Il y aura toujours des printemps en Amérique

Louis-Martin TARD

Il y aura toujours des printemps en Amérique

FRANCE LOISIRS
123, boulevard de Grenelle, Paris

Illustrations
I *Frégate de La Rochelle, vers 1670*, Bibliothèque de la Marine; II *Vie rurale
vers 1780*, aquarelle de James Peachey, détail, Archives publiques du Canada
C-2029; III *La prise de Québec, 1759*, Laurie & Whittle, Archives publiques
du Canada C-1078; IV *La rue Notre-Dame à Montréal vers 1830*, Archives
de la Ville de Montréal; V *Affiche de recrutement*, Archives publiques du
Canada C-116604; VI *L'évacuateur de crue de LG 2*, Société d'énergie de
la Baie James.

© Éditions Libre Expression, 1987
   244, rue Saint-Jacques, Montréal, H2Y 1L9

ISBN 2-7242-3953-9

Les personnages

- A -

ABEL. N. 1686 d'Armand + Perrine. Jésuite. 1er prêtre de la famille Malouin.

ADÉLAÏDE. N. vers 1740 de Léandre + Mathurine. Épouse un protestant.

ADJUTOR. N. 1850. Fils de Ludovic, scieur de bois à l'Anse.

ADRIEN. N. 1776 de Basile + Anne-Marie. Quitte jeune Lavaltrie. Riche industriel à Québec, rachète la scierie, l'auberge, la ferme des Malouin de Lavaltrie. Ép. Antoinette Lafrenière.

ALBÉRIC (Lafrenière-Malouin). N. 1856. Commis-voyageur. Ép. Alma.

ALEXANDRE. N. 1845 de Jean-Baptiste + Anne-Rosa. Bûcheron et célibataire.

ALMA. N. 1866. Fille de Ludovic. Ép. Albéric Lafrenière-Malouin.

ALPHONSE. 1878. Fils de Félix; comme lui aubergiste à Lavaltrie. Ép. Madeleine.

ANGÉLINE. N. vers 1900. Épouse de Roger hôtelier à Lavaltrie.

ANGÉLIQUE. (Lebeau). N. vers 1770. Fiancée à Nérée. Ép. Frantz Aubert.

ANNE. N. vers 1737. Épouse de François, scieur de bois à Lavaltrie.

ANNE-MARIE. N. vers 1755. Ép. de Basile, aubergiste à Lavaltrie.

ANNE-ROSA. N. vers 1815. Ép. de Jean-Baptiste, forgeron au Coteau St-Louis.

ANTOINE. N. 1664. Enfant unique de Josam + Françoise. Militaire de carrière.

ANTOINE. N. 1827 de Napoléon + Betty l'Irlandaise. Notaire comme son père.

ANTOINE. N. 1955. Enfant unique de Luce + Edgard. Conjoint de Claudia. Père d'Élise et Christophe.

ANTOINETTE (Lafrenière). N. 1808 au Vieux-Poste d'Ignace + Claire. Ép. Adrien.

ARMAND. N. 1641 de Jean-Louis + Madeleine. Ép. de Marianne. Pionnier de la Grand-Côte. Ép. en 2e noces Perrine. Meurt en 1707 laissant son bien à Émery qu'il a élevé.

ARMANDE. N. 1641 de Jean-Louis + Madeleine. Jumelle d'Armand. Meurt enfant, tuée par une flèche iroquoise.

ARMANDE. N. 1932. Fille de Damien. Musicienne.

ARTHUR. N. 1885. Fils de Gabriel, ouvrier métallurgiste, petit-fils de Jean-Baptiste. Engagé dans l'aviation, tué au combat à la guerre 1914-1918.

AUGUSTE. N. 1728 en Acadie. Fils de Philippe. Vient s'installer à Lavaltrie épouse Lison et acquiert les biens des Malouin de l'endroit.

- B -

BASILE. N. 1753 de Frédéric + Gervaise. Ép. Marie-Anne. Aubergiste à Lavaltrie.

BENOÎT. N. 1935. Enfant illégitime de Marc + Gaétane.

BERNARD. N. 1896 de Zénon + Dorothée. Avocat.

BERTRAND. N. vers 1610 à La Rochelle. Ami de Jean-Louis. L'incite à se fixer au Canada.

BETSY. N. 1950 de Florian + Mary. Enseignante.

BETTY. N. 1810 en Irlande. Émigre avec ses parents à Montréal, y épouse Napoléon.

BRUNO. N. 1771 d'Éloi + Gilberte. Forgeron comme son père au Coteau St-Louis. Ép. de Madeleine.

- C -

CALIXTE. N. 1788, fils de Fernand; comme son père fermier de la Grand-Côte.

CARIGNAN. Sobriquet d'un soldat du roi. Ép. Hélène, fille de Jean-Louis + Madeleine.

CAROLINE (Baron) N. 1820, fille d'un tavernier de Montréal. Amoureuse de Victor. A de lui un fils Xavier, reconnu par Émile.

CÉCILE. N. 1840; femme de Rosaire, fermier de la Grand-Côte.

CÉSAR (de La Briche). N. 1673. Comédien ambulant venu de France. Se fait passer pour Griboval. Ép. Javotte.

CHARLES. N. 1649 de Jean-Louis + Madeleine. Marin, s'établit en Acadie après avoir épousé Claude.

CHARLES. N. 1794. Fils du fermier Fernand. Devient prêtre et généalogiste.

CHICKWAOU. N. vers 1639. Huron, compagnon de jeu, puis d'expédition de Josam.

CHRISTOPHE. N. 1983 d'Antoine + Claudia.

CLAIRE. N. vers 1760 au Vieux-Poste. Ép. Hyacinthe.

CLAUDE. (Giroire). N. 1654. Acadienne. Ép. Charles.

CLAUDIA. N. 1953 dans une île des Antilles. Compagne d'Antoine.

CLOVIS. N. 1898, (descendance de Xavier). Menuisier à Lavaltrie.

- D -

DAMIEN. N. 1872. Fils de Trefflé. Épicier à Saint-Vital (Ex-Vieux-Poste).

DELPHINE. N. 1812. Femme de Jérôme, installée avec lui à Lavaltrie.

DENISE. N. 1899. Épouse de Raoul, négociant en fourrures de Québec.

DORIS. N. 1943 de France + Jorodo, homme de loi d'Outremont.

DOROTHÉE. N. 1870. Femme du notaire Zénon.

- E -

EDGARD. N. 1925 à Saint-Vital. Sociologue. Fils de Damien. Ép. Luce Mottin.

ÉDOUARD. N. 1738 de Roch + Marie-Thérèse. Prêtre.

ÉLISABETH. N. 1685 d'Armand + de Perrine. Jumelle d'Abel.

ÉLISE. N. 1980 de Claudia et d'Antoine.

ÉLOI. N. 1728 de Léandre et Mathurine. Combat aux Plaines d'Abraham. Ép. Gilberte. Comme son père forgeron au Coteau St-Louis.

ELZÉAR. N. 1842 (parenté de Calixte). Neveu de Marie-Louise et Sylvio. Part avec eux aux États-Unis. Y fonde une branche des Malouin.

ÉMÉLIE. N. 1882. Ép. de Léonide, cultivateur à Lavaltrie.

ÉMERY. N. 1686. Fils d'Antoine, adopté par Armand. Ép. «à la gaumine» Isabelle.

ÉMILE dit Gornouille. N. 1815. Fils de Calixte. Ép. Caroline Baron et passe pour le père de Xavier, né de Victor.

ÉTIENNE. N. 1673 d'Armand + Marianne. Jeune devient marin.

EUGÈNE. (voir OWEN).

EULALIE. N. à Québec en 1850. Épouse de Ludger.

EUSÈBE, dit Zeb. N. 1939 d'Odilon + Solange, fermiers à Lavaltrie. Le devient à son tour. Ép. Margo.

ÉVARISTE. N. 1852 (descendance de Viateur). Marchand général à St-Vital.

- F -

FABIENNNE. N. 1900. Épouse de Marc.

FÉLICIEN. N. 1780 au Vieux-Poste (descendance de Louis). Colporteur.

FÉLIX. N. 1856 de Placide. Comme lui aubergiste de Lavaltrie.

FERNAND. N. 1764. Fermier de la Grand-Côte.

FLORIAN. N. 1919 de Gaétane + Sylvain. Participe au débarquement de Dieppe. Ép. de Mary.

FRANCE. N. 1920. Ép. de Jorodo, avocat d'Outremont.

FRANÇOIS. N. 1735 de Laurent + Justine. Combat aux Plaines d'Abraham.

FRANÇOISE. N. 1644 à Paris. «Fille du roi». Ép. Josam.

FRANTZ (Hausberger, dit Aubert) mercenaire allemand dans l'armée anglaise. Se fixe à Lavaltrie et épouse Angélique.

FRÉDÉRIC. N. 1731 de Roch et Marie-Thérèse. Ép. de Gervaise. Tué aux Plaines d'Abraham.

- G -

GABRIEL (de Bonpré). Jeune noble français envoyé en punition au Canada. Neveu de Thomas Tinchebray. Ép. Victoire.

GABRIEL. N. 1813 au Coteau St-Louis. Ouvrier métallurgiste.

GAÉTANE. N. 1902 de Léonide et Émélie. Ép. Sylvain, puis vit avec Marc.

GASTON. N. 1890. Fils d'Adjutor. D'abord propriétaire de la scierie de Lavaltrie, puis comptable à Montréal.

GÉDÉON. N. 1861. Fils de Rosaire. Comme lui fermier de la Grand-Côte.

GERVAISE. N. 1730. Ép. Frédéric (malgré un sortilège).

GILBERTE. (de Bussac, née Jacquart). N. 1732. Veuve et héritière. Ép. Éloi.

GISÈLE. N. 1841. Ép. de Régis.

GISÈLE. N. 1886. Fille de Félix, de Lavaltrie puis ouvrière à Montréal.

- H -

HÉLÈNE. N. 1652 de Jean-Louis- + Madeleine. Ép. Carignan.

HERMAS. N. 1920 à St-Vital. Fils de Damien. Missionnaire.

HORACE. N. 1749 de Victoire + Gabriel de Bonpré.

HYACINTHE. (Lafrenière). N. 1783. Fils d'Ignace + Claire, colons du Vieux-Poste.

- I -

ISABELLE (de Cottin) N. 1690. Ép. Émery «à la gaumine».

IGNACE (Lafrenière). N. 1751 au Vieux-Poste (descendance de Louis). Ép. Claire.

- J -

JACQUES. N. 1666 d'Armand + Marianne. S'installe en Louisiane. Y crée une branche des Malouin.

JAVOTTE. Née vers 1678, filleule de Nicole de la Mote.

JEAN-BAPTISTE. N. 1813, succède à son père Éloi à la forge du Coteau St-Louis. Ép. Anne-Rosa.

JEAN-LOUIS (Noël), dit Malouin. N. vers 1610 à Saint-Malo. Charpentier de marine, décide de demeurer à Kébec. Avec Madeleine, fondateurs des Malouin.

JEANNE. N. 1669 d'Armand + Marianne. Ursuline à Québec.

JÉRÔME. N. 1810 d'Adrien + Antoinette. Ép. Delphine et vit à Lavaltrie.

JOACHIM (de la Mote). N. Paris 1649. Fonctionnaire royal à Québec. Ép. Nicole.

JOSAM (Joseph-Samuel, dit). 1er enfant de Jean-Louis + Madeleine. Cultivateur, surtout coureur des bois. Ép. Françoise.

JORODO (Joseph-Rodolphe, dit) N. 1919 de Bernard. Comme lui avocat d'Outremont. Ép. France.

JOSEPH. Fils de Louis-Joseph. Comme lui marchand de bois à Québec.

JOSEPHTE. N. 1792. Ép. du fermier Calixte de la Grand-Côte.

JULIE. N. 1808. Fille illégitime de l'Indienne Marie-Agathe et Martial. Élevée au Coteau St-Louis. Puis vit à Lavaltrie. Y épouse Léon.

JULIEN. N. 1873 (descendance de Jean-Baptiste). Hérite de la forge.

JUSTINE. N. 1711. Épouse François de Lavaltrie.

- L -

LAURENT. N. 1708 d'Émery + Isabelle. Ép. Justine.

LÉANDRE. N. 1706 (jumeau de Roch) d'Émery + Isabelle. Ép. Mathurine. Devient forgeron au Coteau St-Louis.

LÉON. (Lafrenière) N. 1812. Fils de Hyacinthe du Vieux-Poste. Aubergiste à Lavaltrie. Ép. Julie la Métisse.

LÉONIDE. N. 1882. Fils de Gédéon. Également fermier. Ép. Émélie.

LÉONCE. N. 1671 en Acadie de Charles + Claude.

LISE. N. de Roger + Angéline. Tient un restaurant à Lavaltrie.

LISON. N. 1731 de Léandre + Mathurine. Ép. Auguste l'Acadien.

LOLA. N. 1855 de Ludovic. Religieuse.

LORENZO. N. 1894. Neveu d'Omer. Fils de Raoul. Ép. Denise.

LOUIS. N. 1714. Colon, puis coureur des bois. S'installe au Vieux-Poste — futur Saint-Vital — (Haute-Mauricie) Ép. Margot.

LOUIS-JOSEPH. N. 1814 d'Antoinette + Adrien. Également installé à Québec, lui succède comme marchand de bois.

LUC. N. 1920. Fils de Gaston. Divorcé puis vit avec Luce. Journaliste.

LUCE (Mottin) N. 1924 à Amiens (France). Ép. Edgard, puis vit avec Luc.

LUDGER. N. 1850 (parenté de Louis-Joseph). Marchand de bois puis créateur d'un grand magasin à Québec. Ép. Eulalie.

LUMINA. N. 1875 à Québec. Fiancée d'Omer.

LUDOVIC. N. 1830 de Delphine + Jérôme. Hérite de lui la scierie de Lavaltrie.

- M -

MADELEINE. (Langlois) N. vers 1620 près de Tourouvre (Perche). Vient avec sa famille au Canada. Elle y épouse Jean-Louis dit Malouin.

MADELEINE. N. 1774. Ép. Bruno, forgeron au Coteau St-Louis.

MADELEINE. N. 1881. Femme d'Alphonse de l'Auberge de Lavaltrie.

MAGLOIRE. N. 1896. (descendance de Xavier). Curé à Montréal.

MARC. N. 1898 de Julien + Pauline. Ép. Fabienne.

MARCELLE. N. 1875 à Lavaltrie. Mère de l'abbé Magloire et de Clovis.

MARGO. N. 1940. Fermière et ingénieur. Ép. de Zeb.

MARGUERITE. N. 1665. Dernier enfant de Jean-Louis et Madeleine.

MARIANNE. N. 1643 à Mlle (Poitou). «Fille du roi». Ép. Armand.

MARIE-AGATHE. Amérindienne. N. vers 1775. Séduite par Martial.

MARIE-LOUISE. N. 1812 de Calixte. Suit son frère Sylvio aux États-Unis.

MARIE-THÉRÈSE. N. 1710. Ép. Roch. À sa mort dirige la ferme familiale.

MARION. N. vers 1610 en Saintonge. Femme du marin Bertrand.

MARTIAL. N. 1773 d'Éloi + Gilberte. Postillon.

MARTINE. N. 1652 de Jean-Louis + Madeleine.

MARTINE. N. 1899. Ép. l'avocat Bernard, d'Outremont.

MARY. N. 1923. Femme de Florian.

MAULÉON (de Griboval). Envoyé du roi. Mystifié par César de La Briche.

- N -

NAPOLÉON. N. 1808 d'Adrien + Antoinette. Notaire à Montréal. Ép. Betty.

NÉRÉE. N. 1760. Unique enfant de Lison + Auguste. Renonce à son héritage pour vivre dans l'Ouest. Y fonde une dynastie de Malouin métis qui prennent le nom de Badfar.

NICOLE. N. 1664 d'Armand + Marianne. Ép. Joachim de la Mote.

NORBERT. N. 1863 de Rosaire + Cécile à la Grand-Côte. Aumônier de syndicat.

- O -

ODILON. N. 1913 d'Émélie + Léonide. Fermier à Lavaltrie. Ép. Solange.

OMER. N. 1871 de Ludger et Eulalie. (dit L'Espérance, dit Bonanza). Homme d'affaires. Ép. Zénaïde.

OSCAR. N. 1930 de Marc + Fabienne. Débosseur à Montréal.

OWEN. N. 1837. Orphelin irlandais adopté par Léon et Julie. Zouave pontifical.

- P -

PAULINE. N. 1876. Ép. de Julien, petit industriel de Montréal.

PERRINE. N. 1667. 2ᵉ femme d'Armand.

PHILIPPE. N. 1700 en Acadie. (Descendance de Charles).

PLACIDE. N. 1833 de Jérôme et Delphine. Aubergiste de Lavaltrie.

- R -

RAOUL. N. 1894. Parenté de Louis-Joseph. Négociant en fourrures. Ép. Denise.

RÉGIS. N. 1816. Fermier comme son père Placide. Tué en 1838. Ép. Gisèle.

RENÉ. N. 1791 de Bruno et Madeleine. Également forgeron.

ROCH. N. 1706 d'Isabelle + Émery. Hérite de la ferme. Ép. Marie-Thérèse.

RODOLPHE. N. 1894 de Zénon + Dorothée. Militaire, tué en France en 1916.

RODRIGUE. N. 1918. Fils de Gaston. Jésuite.

ROGER. N. 1899 d'Alphonse + Madeleine. Hôtelier à Lavaltrie. Ép. Angéline.

ROLLANDE. N. 1902. Fille de Félix. Institutrice.

ROSAIRE. N. 1839 de Régis et Gisèle. À son tour fermier de la Grand-Côte.

- S -

SYLVAIN. N. 1897. (Parenté de Louis-Joseph). Ép. Gaétane.

SYLVIO. N. 1811. Fils de Calixte. Va s'installer aux États-Unis.

SOLANGE. N. 1919. Fermière à La Grand-Côte. Ép. Odilon.

- T -

TANCRÈDE. N. 1922 de Roger et Angéline. Trappiste. Devient Thomas Marceau.

TÉLESPHORE. N. 1851. (Descendance de Napoléon). Notaire comme lui. S'installe à Outremont.

THOMAS (Marceau). Voir Tancrède.

THOMAS (Tinchebray). Normand qui visite le Canada en 1720. Oncle de Gabriel.

TRÉFFLÉ. N. 1872. Fils d'Évariste. Comme lui marchand général à Saint-Vital.

- U -

UBALD. N. 1847 (Descendance de Félicien). Zouave pontifical en 1870.

- V -

VIATEUR. N. 1806. Fils de Félicien. Comme lui colporteur rural.

VICTOIRE. N. 1719 d'Émery + Isabelle. Ép. Gabriel de Bonpré.

VICTOR. N. 1802. Fils d'Hyacinthe. (St-Vital). Poète et pamphlétaire. A, de Caroline Baron, un fils, Xavier.

- X -

XAVIER. N. 1668 d'Armand + Marianne. Tué à la Baie James.

XAVIER (dit Barzoune). N. 1856 de Caroline et Victor.

- Z -

ZÉNAÏDE. N. 1872. Fille du notaire Télesphore. Artiste peintre. Ép. Omer.

ZÉNON. N. 1872. Jumeau de Zénaïde. Notaire comme son père. Ép. Dorothée.

I
Jean-Louis Noël,
dit Malouin

*À Annette Rémondière,
qui m'a donné une famille.*

*À ces hommes et ces femmes
qui nous ont donné un pays.*

Qu'en savait-il du Canada, Jean-Louis, lorsque adolescent, à Saint-Malo sa patrie, il songeait au rude, mystérieux et lointain pays? Un pays un peu plus connu qu'ailleurs sur les rives de la Rance. C'est de là qu'était parti le fameux Jacques Cartier, en route, pensait-il, pour la Chine. Cartier ne l'avait pas trouvée, cette route, mais, au nom du roi de France, François le Premier, avait pris possession d'une immense terre. Là-bas, les Indiens lui avaient appris qu'elle s'appelait Kanada.

Le héros local — il était mort de la peste en l'été de 1557, quelque cinquante ans avant la naissance de Jean-Louis —, s'il n'avait exploré qu'une partie de l'espace canadien, ne l'avait pas découvert.

Bien avant lui, des pêcheurs basques, portugais, bretons connaissaient les Neuves-Terres, les rivages du Laboureur — encore appelés Labrador — et les Grands Bancs. Il y avait belle lurette que les gens de Saint-Malo armaient des vaisseaux de pêche qui s'en allaient vers les brumes du fin fond de l'Océan pour y quérir force morues.

11

Ces marins pêcheurs avaient été précédés. Comme l'avait été aussi le nommé Colombo, celui qui avait pensé être le premier Européen à poser un pied sur la terre d'Amérique.

On savait à Saint-Malo que des siècles avant le voyage de ce Colombo maintes fois la mer océane avait été traversée, que sur ses rives de l'Extrême-Occident un peuple était allé s'établir. C'étaient les Vikings, dits encore Nortmans; ou, si l'on veut, des Normands, tout comme ceux de Granville, un autre port de la baie de Saint-Malo.

«Là-bas où sont allés Bretons et Normands, je devrais bien me sentir un peu chez moi», pensait Jean-Louis.

On lui avait montré à Saint-Malo des cartes marines qui éveillaient son imagination, aiguillonnaient son désir de partir. C'étaient de grands parchemins, parfois des vélins ou des peaux de mouton historiées. On y discernait le tracé des rivages, les lignes bleues des fleuves, et, sur l'indigo qui figurait les mers, les entrecroisements des itinéraires de navigation. Partout où il restait de la place, les dessinateurs de ces atlas, planisphères, mappes, portulans avaient ajouté des roses des vents, des caravelles, des blasons, cartouches et pavillons, avaient décoré les zones vierges de paysages fantastiques, peuplés de ribambelles d'animaux prodigieux et de créatures étranges, sirènes au torse nu, Amazones, Indiens emplumés, sauvagesses. Des inscriptions inclinaient à la rêverie: «Terre des Bienheureux», «Brasil», «Antilia», «Kébec».

Ce dernier lieu existait pour vrai. C'était, disait-on à l'ombre de la tour Solidor, un comptoir de traite des fourrures sur le fleuve Saint-Laurent. Les Anglais en avaient délogé les Français, qui venaient de le reprendre. Tout autour, c'était l'Iroquoisie.

Il n'était pas si difficile d'y aller pour qui avait vraiment envie de partir.

L'homme à la hache

Kébec, automne 1633.

Quel calme étrange, soudain, sur le navire ancré.

Sous les pieds de Jean-Louis, dit le Malouin, les planches cernées de goudron avaient cessé d'osciller. Plus un crissement dans la mâture du *Don de Dieu,* joli vaisseau de quatre-vingts tonneaux, armé de six canons. Une frégate un peu étroite, mais qui prend bien la brise.

— Du vent! Il en faudra à pleines voiles! disait à côté de Jean-Louis un compagnon de bord.

— Et c'te fois, mordieu! qu'on mette moins de huit semaines pour retourner chez nous!

La voix du maître d'équipage gronda:

— Taisez-vous, les novices! Savez pas? Le vent est toujours meilleur quand on vogue vers l'ouest.

— Maître, quand va-t-on lever l'ancre?

— Dès le coucher du soleil, pour profiter du reflux. Au premier coup de cloche, je veux voir tout le monde à bord.

Un incroyable silence. Un soleil tellement rouge.

Penché au sabord, Jean-Louis se mit à écouter les bruits de la terre si proche. En venait la rumeur confuse des chants, rythmés par des tambours, d'une bande de Hurons campés sur le rivage.

Malouin cherchait à discerner entre les arbres roux les quelques toits de la bourgade, indiquée sur la carte nautique, disait le maître, par ce mot: Kébec.

Le regard de Jean-Louis errait de la grève au sommet de la falaise. S'y détachait sur le haut ciel un fortin de troncs et de gazons bruns. Il vit les maisons, leurs reflets sur le fleuve.

Des goélands passaient en criant. On était sous le règne de Louis XIII, en l'an de grâce 1633, à cinquante lieues de la mer libre, en un endroit au bout du monde appelé Kanada.

«Ce soir, on va partir de là», songea Jean-Louis.

La frégate tirait sur sa chaîne, se remit à danser. Renaissaient d'un seul coup tous les bruits familiers du bâtiment, dominés par la voix du maître d'équipage.

— La mer est étale. Le flux va bientôt commencer. Préparez-vous à appareiller!

Le cœur du Malouin se gonflait.

Alors, il fallait dire adieu à ce paysage fluvial ourlé d'escarpements boisés. En comptant au mieux cinq bonnes semaines sur la prairie atlantique remuée par les tempêtes d'équinoxe, il pourrait retrouver à la fin d'octobre les horizons de sa Bretagne.

Revint à Jean-Louis le souvenir de son embarquement — c'était au printemps de cette même année. Jamais auparavant il n'avait navigué, mais le désir était en lui. Son frère aîné avait hérité de la ferme paternelle. Lui, de menuisier, était devenu tailleur de bois sur les chantiers navals de la côte normande. La marine du roi réclamait alors des vaisseaux à cause d'une guerre contre les Hollandais. Les soirs, Jean-Louis rêvait à des mondes lointains habités par de curieuses peuplades, hantés par d'étranges animaux. Un navire en partance pour la terre d'Amérique cherchant un calfat-charpentier, il s'était proposé. Maître de son destin,

14

sans attache, il partait pour six mois environ. De quoi calmer sa faim d'aventure.

Les premières semaines avaient été atroces pour le terrien ballotté par la houle. L'étroite couchette à bord du *Don de Dieu* où il s'endormait épuisé était aussi celle du matelot Bertrand. Ils se parlaient un peu à la faveur des changements de quart et étaient devenus amis.

Et voilà! On allait repartir, retrouver Saint-Malo et le royaume de France et tous ceux de là-bas à qui Jean-Louis raconterait ce qu'il avait vu de l'inconcevable terre américaine.

— Au couchant le départ! avait dit le maître d'équipage.

Encore une ou deux heures à humer le puissant effluve de la forêt si proche, les fumets des brûlis mêlés à la forte odeur des herbes marines remuées par la marée montante. Il régnait par-dessus tout une odeur tenace et indéfinissable. Le Malouin devinait les ballots de fourrures, apportés en des canots d'écorce que manœuvraient silencieusement, presque nus, des Indiens peints de traits pourpres.

Ce serait là la dernière vision qu'il garderait de Kébec. Les curieuses gens qui s'acharnaient à habiter sur ce bout de rivage ou en haut de la falaise avaient, quatre mois plus tôt, accueilli avec un étonnant enthousiasme le *Don de Dieu* et les deux autres voiliers qui l'accompagnaient. C'est qu'à bord revenait Samuel de Champlain, celui qui naguère avait fondé la petite colonie canadienne, avec une poignée d'hommes et de femmes. Jean-Louis, au cours de l'escale, les avait tous rencontrés.

Les Martin, les Hébert, les Marsolet et d'autres colons avaient déjà fait souche. Des gars comme Étienne Brûlé ou Jacques Hertel couraient les forêts en quête de peaux de castor, la pelleterie la mieux payée. Tous avaient affronté les étés humides et les longs et redoutables hivers.

Puis les frères Kirke, de fameux forbans nés à Dieppe de père anglais, avaient pris le petit établissement de Kébec au nom du roi d'Angleterre après avoir affamé les colons. Champlain avait dû retourner en France pour obtenir du secours.

Bertrand, le compagnon de bord de Jean-Louis, qui avait déjà hiverné plusieurs fois à Kébec, en savait long sur Samuel de Champlain, l'étrange personnage qui le premier avait exploré le Saint-Laurent très loin vers l'ouest et choisi Kébec comme premier établissement. L'explorateur, né à Brouage, sur les côtes de la Saintonge, avait navigué très jeune dans les Indes occidentales, d'où les Espagnols ramenaient tant d'or et tant d'esclaves. Champlain rêvait de découvrir pour le roi de France un autre Eldorado en terre d'Amérique et aussi un chemin qui mènerait à Cipango, à la Chine et à d'autres pays riches en perles et en épices.

Encore une heure, se disait Jean-Louis, et salut Kébec! Adieu le cap aux Diamants enveloppé ce soir-là dans une somptueuse lumière orangée qui faisait flamboyer les arbres très roux en cet automne du Nouveau Monde.

Le charpentier descendit dans l'étroit coqueron qu'il partageait avec Bertrand. Il ouvrit son coffre. Au-dessus des outils brillait le fer de sa hache. Il passa son pouce sur le tranchant, qui avait besoin d'être aiguisé, et chercha en vain la pierre à affûter.

Jean-Louis se souvint qu'il avait vu une meule dans la ferme du dénommé Abraham Martin. Il avait le temps d'aller affiler sa cognée et dire au revoir à ces gens.

Sur le rivage, le Malouin rencontra un groupe de colons qui regardaient gravement le *Don de Dieu*.

Avaient-ils envie de repartir à son bord vers leur pays d'origine?

— C'est pas tant ça, lui dit un solide laboureur qui enlaçait la taille de sa jeune femme, mais des voiliers, on n'en verra plus ici jusqu'au printemps.

Elle, qui était enceinte et tenait la main d'un enfant, regardait le bateau avec les larmes aux yeux.

— Tu t'en vas une dernière fois courir les filles? demanda à Jean-Louis un marin qui avec d'autres amenait sur le *Don de Dieu* des tonneaux d'eau douce.

Le propos était plaisant. Des filles! Pourrait-on en trouver deux ou trois autour de ce havre perdu? Toutes mariées qu'elles étaient, ou alors elles avaient à l'annulaire l'anneau d'ivoire des fiancées.

Bien sûr, il y avait les Indiennes, des drôlesses peu farouches. Jean-Louis avait essayé d'en approcher quelques-unes. Lui pourtant habitué aux mâles odeurs de ses compagnons de bord confinés dans les habitacles, il avait été suffoqué par le fumet de sauvagine des Huronnes et peu attiré par leur corps mariné dans des tuniques de cuir et de fourrure.

En leurs villages, il les avait vues quasiment nues, leur peau brunie lavée par le grand vent. À Kébec, les bons pères jésuites veillaient à ce qu'elles fussent couvertes plus décemment.

Malouin salua, assis sur un rocher et lançant son fil plombé dans le fleuve, ce même pêcheur qu'il avait vu le jour de l'arrivée.

— Chanceux, vous autres qui retournez dans le vieux pays!

— Venez donc avec nous, le père!

L'homme a montré sa maison de bois au bord de l'eau, son jardinet devant lequel trois gamins gardaient autant de chèvres, puis fait un geste qui pouvait exprimer autant la fierté que la résignation.

Jean-Louis, montant le sentier taillé dans le schiste qui menait à la ferme des Martin, se demandait pourquoi au juste il y allait. Sans doute pour marcher une dernière fois sur cette terre qui valait la peine d'être habitée, travaillée par ces gens, venus de si loin, qui y demeuraient. Il voulait aussi retrouver Bertrand, qui n'avait pas reparu à bord.

Le Malouin doit se hâter. La cloche sonne dans la chapelle de bois où quelques voix chantent complies. Tout près se trouve la maison d'un Breton qui sert à boire pour quelques liards. Justement, Bertrand est là, sur le seuil, qui vide une bolée de cidre.

— Où cours-tu, compagnon?

— Ma hache à émonder, je vais jusqu'à la ferme.

— On a tout notre temps! Viens donc ici, c'est le bonhomme qui régale!

— Buvons alors un coup, accepte Jean-Louis. Sur le bateau, nous n'aurons que la cruche d'eau.

Il tape dans le dos de compère Bertrand.

— On retourne chez nous!

Le matelot, d'une voix tranquille, répond:

— Pas moi.

Malouin, surpris, manque de lâcher le bol qu'il portait à ses lèvres.

— Tu veux rester à terre?

— C'est la nouvelle que j'aurais dû t'apprendre plus tôt. J'osais pas.

— Parles-tu vrai?

— Oh, si!

— Explique, tudieu!

— Ici, c'est que je me trouve bien. Je dirais que...

Le gabier, d'ordinaire si loquace, s'embrouille. Finalement, regardant son compagnon dans les yeux, sa grosse main sur le poignet de Jean-Louis, il dit:

— Ici, sur cette terre, je me sens comme délivré, me comprends-tu?

— Tu veux pas retourner à La Rochelle!

— Et puis? Demeurer matelot toute ma vie? Ici, on m'offre, à moi, le commandement d'une barque pontée pour faire le transport sur le fleuve. J'ai déjà accepté. Oh! essaye pas de me faire changer d'avis.

— Bertrand, c'est folie que de rester.

— C'est folie que de repartir. Je pourrais bien aussi te dire...

— Pas le temps!

Jean-Louis est reparti vers les hauteurs, sa hache à la main. Il cherche à comprendre ce qui retient vraiment Bertrand.

Sans doute cette fille à coiffe blanche qu'il a vue parfois avec son compagnon. Des confidences reçues à bord lui reviennent par bribes. Il y a à Kébec une Saintongeaise que Bertrand a rencontrée lors de ses hivernements, revue à chaque escale dans ce port du Saint-Laurent. C'est la vraie raison?

Le charpentier, arrivé en haut de la côte, contourne le campement des Indiens. Entre leurs tentes d'écorce pointues, il aperçoit leurs feux odorants, entend leurs entêtantes mélopées accusées par les tambours, reprises à l'infini par des voix graves.

Malouin passe au large d'un fortin. Il traverse un verger qui ressemble étrangement à celui de son père.

Une silhouette sous les pommiers.

— Bonsoir, monsieur de Champlain.

— Salut, charpentier. Tu viens me dire adieu?

— Je passais.

— Toi, tu vas rembarquer sur le *Don de Dieu*, mon bon vieux navire.

L'homme est plutôt grand et sec, mais courbé comme un arbre fruitier qui a fait son temps. Sous son feutre, de longs cheveux gris, un nez d'oiseau de mer, des yeux très pâles sous des sourcils broussailleux fort saillants; la voix passe par une bouche édentée, séquelle du scorbut contracté lors des pénibles hivers passés au Canada.

— Sais-tu qu'il y a bien vingt-trois ans, sur cette même nef, parti de Honfleur un huit d'avril, j'arrivai en ce pays le vingt-six du même mois?

Plusieurs fois déjà Jean-Louis l'avait entendu raconter la plus rapide de ses traversées et à la suite narrer les missives qu'il expédiait au roi Louis XIII, demandant que soient envoyées en Nouvelle-France des familles pour renforcer la colonie naissante, des missionnaires pour évangéliser les Indiens. Il fallait, répétait Champlain, que le sol soit cultivé afin que fussent nourris ceux qui s'adonnaient au commerce de la fourrure, aux travaux de la forêt, des mines et des pêcheries. Que de millions de livres cela rapporterait au royaume de France!

Une fois encore Champlain révéla son intime secret: il y avait, au-delà du grand fleuve, un chemin nautique vers le nord-ouest qui menait vers un océan inconnu baignant, plus loin encore en direction du couchant, une terre qu'il appelait Cataye, cette Chine emplie de richesses qu'il voulait offrir à son roi. Soudain revenu à la réalité, Champlain interroge:

— Quel âge as-tu, charpentier?

— Vingt-trois ans, je pense.

— Je t'ai vu à l'œuvre sur le navire. Tu es un garçon habile. De Saint-Malo, je crois?

— Oui, messire.

— Tu as de la famille là-bas?

Jean-Louis, qui voit le soleil baisser, a la tentation de rompre l'entretien. On doit l'attendre sur le navire déjà déhalé. Pourtant, il lui plaît de répondre au vieillard.

— Mon père, ma mère, morts quand la grand-peste a frappé notre pays. Mon grand frère a repris la ferme. Mes sœurs sont établies.

— Vous n'êtes pas huguenots, au moins?

— Fi! monsieur le lieutenant. Pas les Malouin.

Champlain se prit à parler de Saint-Malo et du fameux Jacques Cartier, marin de ce port, qui environ un siècle plus tôt, en d'incroyables aventures sur des coques de noix, avait atteint l'embouchure du Saint-Laurent, remonté le fleuve et pris possession du pays au nom de François Ier.

— Connais-tu tout cela?

— Par ouï-dire. Dans ma famille, on a toujours dit que nous étions apparentés à ce Cartier. Tout jeune, mon grand-père l'a vu qui finissait ses jours, en bon bourgeois, en son manoir de Limoüelou, proche Saint-Malo.

Champlain regardait la hache du charpentier. Il dit:

— C'est des garçons comme toi dont j'ai besoin ici, habiles à manier des outils pour construire des habitations, des forts, des estacades. Le bois ne manque pas. Ce qu'il faut, ce sont des bras. Accepterais-tu de rester avec nous?

Le jeune homme baissait la tête sous l'œil bleu du vieux qui murmurait.

— Tu vois ces pommiers? C'est moi qui les ai plantés à mon premier voyage ici. Ils donnent de beaux fruits, tout comme dans ta Bretagne. Les hommes et les plantes poussent bien en ce sol, malgré les froids.

— Je vais y penser, messire. Il faut que je parte.

L'autre lui serrait la main. Pour dire adieu? Pour dire au revoir? Pour le retenir?

Jean-Louis descendait le sentier à grands pas. Il ne songeait plus à son outil à affiler, ni même au bateau. Il voulait parler à Bertrand.

Plus personne devant la cabane du Breton. Au-dedans, une fillette cria:

— Votre camarade, vous pourrez le trouver dans la maison sur le chemin à main gauche.

Au loin, comme posé sur une plaque de cuivre ardent, le *Don de Dieu* dodelinait. La brise du soir faisait s'enfler les voiles de hunier colorées par la grandiose lumière ambrée du crépuscule automnal. La cloche du bord appelait.

Jean-Louis s'arrêta à la fourche des deux sentiers. La douce fumée des feux de bois faisait oublier la violente odeur de la forêt.

«Bientôt, et jusqu'en mai, dit-on, l'hiver gèlera ce pays tout entier.»

Encore un coup de cloche, repris par l'écho.

Il serait grand temps de prendre à droite et de dévaler le sentier jusqu'au rivage.

Tranquillement, Malouin s'engagea sur le chemin de gauche.

Au seuil d'une masure, Bertrand semblait l'attendre. Dans la pénombre, une femme faisait cuire une potée de lard et de choux.

— Tu viens souper avec nous, l'ami?

Bertrand avait un bon sourire. Il vit son compagnon ficher le fer de sa hache dans un tronc.

— Oui. Je reste, et tu le savais.

L'histoire des Malouin commence au Canada.

L'engagé de la forêt

Printemps 1636.

Depuis combien de mois Jean-Louis a-t-il laissé partir sans lui le voilier? Vingt-huit? Vingt-neuf? Il essaie de les compter en marchant vers la maison de Bertrand. Pour gagner son pain en Neuve-France, le Malouin s'est embauché comme tâcheron à la mission des jésuites, qui possèdent, au-delà de Kébec, un vaste domaine boisé. Là, avec une douzaine d'autres engagés, l'ancien charpentier de marine, jour après jour, abat des arbres, les ébranche, les tronçonne, les range en cordes monotones. Il ne voulait contracter engagement que pour un hiver.

— Trente-six mois, pas moins, avait dit le père recteur. Ici, c'est la coutume.

Seigneur! qu'il avait eu froid! Froid du corps et cœur glacé en une saison qui n'en finissait pas. En guise de consolation, il y avait ses visites à la demeure de Bertrand et de Marion. Ils venaient tous deux du même village de Saintonge. Quand le matelot l'avait retrouvée, elle était mariée à un colon de Québec. C'était alors une des rares femmes qui habitassent la bourgade. Devenue veuve, Marion s'était promise à Bertrand. C'est pour cela qu'il n'était pas reparti sur le *Don de Dieu*.

Puis, pour une seconde fois, Jean-Louis avait hiverné. Hiverner! Avant qu'il connaisse ce pays de gel inhumain, ce mot l'avait fait rêver. Il pensait aux marmottes, aux ours bruns qui savaient s'encabaner sous une cache de terre ou dans la tiédeur d'une souche creuse. Dormir, songer, attendre.

Au lieu de cela, il lui avait fallu bûcher les grands troncs dans le gris du matin gelé jusqu'au gris du bref après-midi, lancer sans relâche sa hache, les pieds dans la neige, et sans manger à sa faim. La peau de ses poignets était devenue blanche et friable. C'était le mal de terre, encore appelé scorbut, qu'il conjurait, comme le faisaient les Indiens, en buvant des infusions de feuilles de conifères mitigées du sucre liquide tiré de la sève printanière des érables.

Il y avait eu chez les Bertrand ce triste Noël où ils avaient appris la mort du vieux Champlain. Ils avaient pleuré cet homme obstiné, créateur de la petite colonie, qui avait souventes fois fait la traversée, pour obtenir du roi et des riches marchands de Paris et de La Rochelle des subsides et des vivres pour les colons et pour les coureurs des bois, pourvoyeurs de précieuses pelleteries.

Une fois, Champlain était revenu avec une très jeune femme, une presque enfant, épousée en France, et qui y était repartie, n'ayant pu se faire à ce rude Canada. Comment, se disait Jean-Louis, réussir à bâtir famille ici? Où trouver une compagne? Lui faudrait-il, son temps d'engagement fini, retourner à Saint-Malo?

Jean-Louis marchait vers la maison de ses amis par le sentier encore glacé en ce printemps trompeur. La neige, sous le soleil pâle d'avril, fondait en ruisseaux, découvrant des plaques d'herbe déjà verte, picorées par les premières corneilles revenues du Sud. Il suffirait d'un coup de nordet pour que le ciel s'obscurcisse et se mette à pondre de lourds flocons qui, en une heure, iraient refaire le blanc paysage.

Parmi les toits serrés autour du havre, Jean-Louis reconnut celui de Bertrand. Il était là qui relevait ses clôtures saccagées par les gels. Le bûcheron vit le geste chaleureux de son camarade, reconnut surtout l'appel de Marion. Des semaines qu'il n'avait pas entendu une voix de femme.

Il faisait bon entre les murs de leur maison de bois. Malouin, du premier coup d'œil, avait vu le couvert mis sur une nappe de lin blanc; lui qui le plus souvent mangeait en pleine forêt dans une écuelle posée sur ses genoux, il était heureux de s'asseoir en face de Bertrand dans un fauteuil paillé, devant la porcelaine blanche, l'étain si doux au regard.

Éclairée par le feu de sa cuisine, la souriante Marion. Comme toujours, sur ses cheveux dorés, un mouchoir noué en coiffe; sur ses épaules, un grand fichu clair qui tombait en pointes sur sa longue jupe de futaine, sur quoi était attaché un tablier de cotonnade blanche. Elle finissait de cuire une omelette épaisse dans une poêle de cuivre. Lui en habit de matelot, son bonnet sur sa longue tignasse; entre deux bouffées de fumée bleue, il souriait à Jean-Louis.

Du fond de l'âtre profond venait la voix de Marion, son babillage chantant de Saintongeaise obscurci par des mots de patois. Le bûcheron finit par comprendre ses propos.

— Jean-Louis, même du fond de votre forêt, vous avez dû apprendre la grande nouvelle. Il vient de nous arriver une autre recrue conduite par maître Robert Giffard.

Face au Malouin, fixé à la rustique paroi de bois, un grand miroir encadré de bois doré. Ces sortes de glaces brunies et bombées, il en avait déjà vu, petit garçon, chez un oncle corsaire qui avait pillé bien des galions anglais ou espagnols. Comment cet objet avait-il pu aboutir dans la cabane du Rochellois exilé? Plus insolite encore était une statue de bois très noir, grossièrement taillée, pourvue de seins en poires très tombants, d'un sexe masculin et toute piquetée d'épines et de clous. Le regard de Jean-Louis revint au miroir. Ce qu'il contemplait, étonné, était sa propre image. Son corps d'homme jeune s'était allongé et affermi; sous son hoqueton de gros drap roulaient des muscles puissants. Son visage, jadis poupin, s'était ossifié, garni de grosses pommettes sous des yeux enfoncés d'un gris vert, couleur des eaux de la Manche. Le menton était très solide mais caché par une barbe fournie, taillée au carré. La chevelure, aussi épaisse, était marquée, au bord des oreilles, de fils argentés.

— Une belle tête d'homme, avait chuchoté Marion à son mari.

— Et bien remplie, avait répondu le marin.

— Tu parlais d'une nouvelle recrue amenée par le sieur Giffard. Combien de colons?

— Une quinzaine de familles. C'est moi qui suis allé chercher tout ce beau monde à Tadoussac. Ils sont déjà tous installés à Beauport, à une lieue d'ici, prêts à planter leur orge et leurs haricots. Ils ont débarqué avec tout un troupeau de bœufs de travail et de vaches laitières, des porcs, des chèvres puis des moutons. Ma barque était pleine de monde et de bestiaux.

— C'était l'arche de Noé!

— Pour vrai!

Ils mangeaient tous les trois, lentement. Jean-Louis questionna:

— Quelles nouvelles de France apportent-ils?

— Pas très bonnes. Depuis trois années, disent ces gens, le mauvais temps a gâté les récoltes. Et puis la guerre a repris. Cette fois contre les Espagnols, je crois.

— C'est bon pour la construction des bateaux, ça.

— La guerre, c'est la misère du pauvre monde, répondit Marion, qui soudain évoqua des souvenirs, se mit à parler d'une voix nerveuse de soudards répandus dans les campagnes, de récoltes foulées, de granges brûlées, de bétail volé, de choses pires, disait-elle, et surtout de maisons rangées en tas de pierres sur le bord des chemins.

Pour éteindre les lamentations, Bertrand, ému, se mit à servir des rasades.

— Allons, buvons un coup et avouons que l'on est mieux sur notre rocher. Pas vrai, Marion?

Disant cela, il avait posé sa main sur l'épaule de sa femme et, l'attirant sur son vaste poitrail, il baisait sa joue rose.

Malouin, feignant de ne pas voir ce geste de tendresse conjugale, regardait le calme intérieur, l'humble mobilier reluisant de cire, le lit clos aux portes ouvertes où rougeoyait un gros édredon. Il pensait aux étreintes du couple heureux.

Marion, confuse, était allée sortir du four un plat de terre vernissée débordant de beignets.

— Va-t-on encore manger tout ça?

— On attend de la visite. Les Langlois et les Leneuf doivent venir.

Bertrand, pour Jean-Louis, précisa:

— Justement, ce sont de nouveaux colons de la terre de Beauport.

Il fumait la pipe avec son copain quand, au loin, des voix chantantes se firent entendre, se rapprochèrent:

J'ai vu le loup, le renard, la belette,
J'ai vu le loup passer.

Le logis s'emplit soudain de jeunes hommes et de jeunes femmes habillés de vêtements de gros drap, chaussés de sabots. Jean-Louis, qui les écoutait bavarder dans leur parler percheron, essayait de démêler leurs liens de parenté. Ils causaient avec Bertrand et Marion de l'hiver nouveau pour eux, des façons d'apprivoiser la terre qui devait les nourrir. Ils évoquaient le Perche lointain, les familles restées là-bas.

— Vous vous y ferez, disait le marin. Demandez au Breton.

— Es-tu défricheur, l'ami?

— Si on veut. À cette heure, je travaille comme bûcheron, mais mon vrai métier, c'est charpentier.

— Ah! avait répondu le questionneur, un homme d'âge mûr, le père Langlois, qui venait de Tourouvre aux confins du Bocage normand et de la Beauce.

Jean-Louis en vint à parler avec ses deux filles: Madeleine, l'aînée, et Babette; même bonnet de lin gris, même robe de laine beige et même fichu de coton fleuri. Des visages roses, rieur chez Babette, plus grave chez Madeleine. Celle-ci avait des yeux fort bruns — le plus souvent cachés par ses paupières —, la voix musicale et les mots précis. Sur ses doigts solides, aucun anneau. Lorsqu'il avait regardé ses mains, elle les avait cachées, rougissante, sous les pointes de son fichu.

Babette expliquait qu'autrefois à Tourouvre son père était métayer. Qu'il était venu en Canada avec sa famille parce que maître Giffard lui avait baillé une concession sur son domaine de Beauport, qu'ils habitaient maintenant une maison toute en bois près de la rivière. À l'entour, une grande terre encore toute mouillée par le dégel. Jean-Louis écoutait et regardait Madeleine à la dérobée.

Le groupe avait quitté la demeure en reprenant sur la route le couplet du renard, du loup et de la belette. Bertrand regarda son compagnon dans les yeux.

— Malouin, si tu veux prendre femme, il est temps. Des jeunesses viennent d'arriver, elles ne resteront pas longtemps sans mari.

Il répondit par un geste d'indifférence feinte. Au fond de lui, cependant, la pensée de rentrer à Saint-Malo faisait place à un autre projet: bâtir sur ce sol un foyer, y demeurer. Marion coupa sa méditation silencieuse.

— Jean-Louis, vous aviez l'air de bien vous entendre avec les filles Langlois. La plus jeune est pas mal enjouée.

— Et un joli minois, ajouta Bertrand.

— On verra, fut la réponse de l'homme à la hache.

* * *

— Han! Han! Han! Han!

Jean-Louis abattait des peupliers près de la métairie. Han! Il repensait à la phrase de Bertrand. «Il est temps de prendre femme.» Han! Les oiseaux revenus s'appelaient entre les branches garnies de bourgeons. Han! Il voyait en pensée le visage de Madeleine, qu'il était allé rencontrer plusieurs fois sur le domaine de

Giffard. Accepterait-elle de lier son sort à celui d'un charpentier? Han! Sur l'eau du ruisseau, une forme brune suivie d'une autre. Un couple de castors nageait, tenant entre leurs deux longues incisives une branche feuillue, vers leur hutte aquatique. La femelle plongea pour y aller nourrir ses petits. Son compagnon vint au rivage, s'asseoir sur sa large et pesante queue écailleuse. Des ongles crochus de ses pattes avant, il lissait son pelage, l'oignait de l'huile extraite d'une glande de son bas-ventre, sans cesser, de ses yeux malins, de regarder Jean-Louis, appuyé sur sa cognée.

Le bûcheron se mit à observer d'autres rongeurs affairés sur le rivage qui taillaient en pointe les troncs de bouleau ou de peuplier. C'étaient eux qui, avec leur digue, avaient transformé le bras de rivière en petit lac, et, de leurs griffes patientes, avaient creusé de minces canaux pour le flottage de leurs billots. Les voilà, les paisibles castors capables de s'unir pour survivre.

Dans le lointain résonna un appel de trompe. Jean-Louis tourna la tête. Son mouvement avait fait sursauter le castor le plus proche, qui avait soudain plongé après avoir battu l'eau de sa queue, entraînant par ce signal la disparition de ses congénères.

Le coup de trompe signifiait un danger à l'habitation, le feu peut-être. Jean-Louis saisit sa hache et se mit à courir sur le sentier. En vue de la clairière, il distingua quelques-uns de ses compagnons qui se hâtaient vers la baraque, où l'on distribuait des mousquets.

— Qu'arrive-t-il?

— Des Iroquois. On a vu leurs canots cachés sous les saules. Suivez-moi sans bruit.

Le groupe d'hommes, précédé du maître, s'enfonça dans les taillis.

Un compagnon chuchota à Jean-Louis:

— Ils rôdent sur le domaine. Pas plus tard qu'hier, sur l'autre bord du fleuve, en pleine terre des Lauzon, ils ont surpris des gens de Québec qui relevaient des nasses à anguilles. Ils en ont tué un, blessé l'autre. Lève pas la tête comme ça, compagnon, une flèche est vite arrivée. On va faire le guet dans la broussaille. Tu comprends bien ce que je dis?

L'autre devait être d'un pays de langue d'oc. À ses mimiques, le demi-Breton de Saint-Malo avait vite compris. Ils se terrèrent tous deux, tenant les inutiles armes à feu qui, dans la panique, leur avaient été assignées. L'un n'avait pas reçu sa poire à poudre, et à Jean-Louis, qui également en était privé, manquait de la grenaille dont il devait emplir le canon de sa pétoire.

Des manouvriers harassés par des courses vaines vinrent se joindre à eux. Tous disaient pareil.

— Introuvables, ces sauvages. Ou bien cachés dans le taillis. En ce moment, ils nous visent de leurs arcs, ou bien donc ils sont déjà repartis silencieux comme ils sont venus, sur leurs canots d'écorce.

— Quelle sorte de sauvages? demanda Jean-Louis.

— Moi, je vais vous le dire. Moi, je le sais. Je suis en Canada depuis longtemps; depuis la première venue de messire de Champlain.

Disant cela, l'homme retira sa coiffe de feutre, inclina la tête respectueusement mais brièvement, comme s'il avait été à la chapelle au moment de l'offertoire. Il reprit bien vite son discours avant d'être coupé par des interlocuteurs.

— Ces Indiens nous haïssent. Ils disent que les colons leur prennent leurs terres. Mais ils détestent aussi leurs frères de race qui sont nos alliés. C'est sur les terres huronnes que les Iroquois veulent s'installer. On a déjà vu des choses comme ça en pays de France.

— Nous qu'on est des Picards, lança un blondinet, faut voir comment les Flamands nous traitaient.

Impatient, Jean-Louis interpella celui qui disait avoir connu Samuel de Champlain.

— Tu disais? Les Hurons sont avec nous? Les Iroquois nous détestent?

30

— Et bien pire qu'eux, les Agniers veulent notre mort. Faut voir comme ils sont hardis. Leurs sorciers leur ont fait croire que s'ils meurent en nous combattant, ils iront tout droit retrouver le bonheur autour de leur Grand Esprit. C'est pour ça, les gars, qu'ils sont autour de nous. Essayez de sortir de ce fourré, un Agnier est en embuscade. Sa flèche est prête. Il te vise, il te tue. T'es pas mort? Il saute sur toi, te coupe ta chevelure. Pire, il t'emporte vivant. Avec d'autres, il t'attache avec des cordes d'herbes vertes. J'ai vu ça, les amis, juré, que je sois maudit si je mens.

— Et puis? dit, tout blême, le garçonnet de Picardie.

— Ils en ont traîné vers leurs campements, au-delà du fleuve. Personne n'a plus jamais entendu parler d'eux. Ils n'ont laissé que nos champs brûlés comme nos maisons.

Né en Haute-Normandie, l'homme au chapeau de feutre avait une parlure et un accent bien différents des autres. Il poursuivit:

— À c't'heure, vos Agniers, repoussés qu'ils sont par nos soldats, sont sans doute rendus dans le bout de la terre de Beauport!

Ce mot de Beauport prit Jean-Louis aux tripes.

Il prononça à mi-voix le nom de la jeune fille à la coiffe de lin.

Jean-Louis n'avait jamais ressenti un tel émoi, même autrefois lorsqu'il avait aimé une demoiselle de Saint-Malo. Amer souvenir toujours tu.

Depuis qu'il avait rencontré Madeleine, qu'il l'avait guettée au long des sentiers pour jaser quelques minutes avec elle, la devinant aussi troublée qu'il l'était, depuis lors, chaque fois que loin d'elle il évoquait sa silhouette, la rose douceur de sa joue, l'odeur de sa nuque, son corps d'homme était totalement bouleversé.

Ses compagnons, assis sur des souches, s'entretenaient d'atrocités commises par les hommes rouges. Chacun y allait de son anecdote sanglante.

— Mais pourquoi ces Agniers sont-ils si méchants avec tout le monde? demanda le blondinet.

— Ils veulent être les seuls à vendre de la fourrure à nos marchands, c'est ce que je crois, répondit le maître.

— Tant d'horreurs pour des pelleteries. Qu'est-ce qu'ils en font donc, en France, de toutes ces peaux de castor? Comme nous des souliers, des guêtres, des moufles?

— Non, ils en font des chapeaux pour les beaux messieurs des villes.

Malouin n'écoutait pas leurs remarques. Son idée tenait dans cette phrase qu'il répétait:

— Demain, j'irai à Beauport voir le père de Madeleine.

* * *

L'entretien n'alla pas tout seul. Le père Langlois savait que sa fille plaisait au Breton et qu'elle tenait à lui. D'autres gaillards déjà avaient tenté de se poser en galants auprès de Madeleine, qui les avait écartés.

— Je comprends, disait le Percheron, que vous avez un bon métier, qu'avec vous ma fille ne manquerait pas de pain. Un bûcheron, ça gagne bien.

— Je suis surtout charpentier. Je peux travailler aux bateaux comme aux maisons. Je commencerai par bâtir la nôtre.

— Vous faudra une terre. On pourrait faire un arrangement. Je pourrais vous céder une partie de mon lot, mais pour cela il vous faudra travailler un peu pour moi.

— Pour Madeleine, je ferai cela.

— Je ferai écrire tout cela dans un contrat que tu signeras.

Jean-Louis acceptait toutes les conditions, trop heureux de voir que les choses marchaient si bien. Il deviendrait aide-fermier pour un temps, continuerait à bûcher, et un jour il aurait son lopin.

— Vous n'êtes pas déjà marié en France? Ça s'est vu...

— Jamais! cria Jean-Louis, indigné.

— C'était pour plaisanter, l'ami. Allons, tope là! Ce soir, je parlerai à ma femme. Tu as des chances, tu sais.

— Vous acceptez?

— Oui. Tu n'auras plus besoin de te cacher pour dire des mots doux à Madeleine. Moi, je m'occupe de nos arrangements.

Les épeurés de Ville-Marie

Été 1643.

— *T*u es un vrai castor, mon Jean-Louis!

C'est Madeleine qui avait lancé, mi-affectueuse mi-moqueuse, cette remarque à son mari qui, depuis le matin devant la maison, à coups de hache précis taillait des bardeaux. Il avait décidé de remplacer le chaume de la toiture par une solide couverture de bois.

Cette demeure où habitait le jeune couple, il la partageait avec les beaux-parents Langlois. Au début, les deux Malouin n'avaient eu comme lieu conjugal bien à eux qu'une alcôve faite de couvertures tendues dans la salle commune, où la nuit dormait tout le reste de la famille. Leur espace avait été un peu agrandi lorsque était né Joseph-Samuel, que l'on appelait Josam. Puis Madeleine mit au monde des jumeaux, Armande et Armand. Et il n'y avait pas moyen d'aller habiter ailleurs.

— Tout cela est ma faute, disait Jean-Louis. Avant notre mariage, j'aurais dû insister pour obtenir un bout de concession bien à moi et y bâtir maison.

Mais dans la douce ivresse des fiançailles, Jean-Louis Noël, dit le Malouin, avait accepté pour deux termes de trente-six mois

35

d'être manouvrier sur les arpents du beau-père Langlois, recevant pour tout salaire vivres et logement. Le travail était dur. Langlois, pour le compte du seigneur de Beauport, le sieur Robert Giffard, bâtissait des maisons. L'hiver, on abattait les bois de haute futaie, on équarrissait les troncs, on les tirait à la main sur la croûte de neige glacée.

À la belle saison, le bûcheron devenait bâtisseur, avec les autres construisait des demeures faites pour le nouveau pays où chacun apportait la tradition de sa province d'origine. Comme en Bretagne, on commençait par un solage de schiste à demi enterré, sur quoi, comme dans les campagnes normandes ou picardes, on montait des colombages de bois, garnis non pas de hourdis comme au Poitou, de briques comme en Picardie, de pisé comme au Vexin, mais d'épaisses planches clouées horizontalement et dont les entre-deux étaient jointoyés d'argile, de chaux et de brai.

— Un peu comme les carènes de navire, disait Jean-Louis, qui savait calfater.

Ensuite, les bâtisseurs, à la manière poitevine, lissaient les murs d'un torchis fait de glaise, de paille et de fins cailloux.

Les chevrons étaient recouverts d'un faîtage de bardeaux de pin. Ces maisons pour les nouveaux colons gardaient longtemps de douces odeurs de sève et de résine.

Jean-Louis rêvait souvent à la demeure qu'il ferait pour lui. Dans laquelle il serait seul avec Madeleine et les enfants. Quand son contrat allait-il finir?

Il terminait une autre douzaine de bardeaux quand on le héla pour le dîner. Dans la pièce unique de la maison, la table était dressée près de la cheminée centrale. Madeleine, sa sœur Babette et leur mère, le visage empourpré, tiraient de l'âtre la marmite coiffée de vapeurs bouclées où se reconnaissaient des odeurs de lard, de choux et de pois ronds. C'était la pitance ordinaire de la maisonnée. Babette, de sa voix enjouée, lança au beau-frère:

— Sais-tu ce que nous mangerons ce soir?

— De la morue sèche, comme de coutume.

— Non, du cerf rôti. Notre père hier en a tué un le long de la rivière Montmorency.

De tous les colons qui vivaient autour du cap aux Diamants, le père Langlois était le plus habile à tirer les canards à col vert, à pêcher truites et saumons, à prendre les perdrix au gluau, les lièvres au lacet, les anguilles à la nasse.

À table, il allait raconter, une fois de plus, en parlant du jeune cerf abattu, que s'il était resté en France son exploit lui aurait valu un solide procès, la chasse y étant le privilège des seuls gentilshommes. Autrefois, pour un garenne pris, un roturier risquait le fouet, ou pire.

— Même s'il s'est réservé ses droits de chasse et de pêche, ce n'est toujours pas le sieur Giffard qui vous empêchera de vous en prendre au gibier, opina Jean-Louis.

— À propos de Giffard, il viendra te chercher à la relevée pour te montrer les terres qu'il veut ouvrir.

«Encore des maisons à construire pour les autres», pensait Malouin.

Il regardait Madeleine et Babette ranger les plats de grosse terre vernissée dans un vaisselier. Ce meuble solide, c'est lui qui l'avait fait de ses mains, comme toutes les autres commodités de cette grande pièce: la huche, le pétrin, les armoires, le banc à seaux, les lits à courtine, les berceaux des enfants et jusqu'au solide fauteuil où était assis le père Langlois.

* * *

Vêtu de cuir, les mains tachées par les mancherons de la charrue, le seigneur Giffard faisait partie de ces hommes aventureux et lucides à qui la Compagnie de la Nouvelle-France avait concédé de grandes terres afin qu'ils les divisent en lots où s'installeraient des ménages. Devenu hobereau non par la loi du sang mais par la nouvelle tradition de la colonie, il ne s'attendait pas à ce que les gens de son fief pliassent le genou devant lui. Il serra aux épaules Langlois, qui ne s'était même pas levé de sa chaise. Tous deux venaient de Mortagne, petite cité fière de son titre de capitale du comté de Perche. Le maître refusa le gobelet de vin de cerises qu'on lui proposait. Il avait bien trop d'ouvrage pour bavarder comme il aimait à le faire lors de ses visites d'hiver.

Cependant, il demanda à voir les enfants endormis, retrouvant les gestes du médecin qu'il avait été pour toucher leur front et examiner leur ventre.

— Pas de boutons, de petites taches rouges? Tant mieux, Madeleine; la variole s'est déclarée dans le camp des Hurons. Ils ne sont guère résistants. Il y aura des morts chez eux. Nous autres, nous craignons moins, mais si quelque chose t'inquiète, fais-moi appeler.

Madeleine aux mains tremblantes avait recouvert les enfants. Elle se signait, cherchant dans sa mémoire quel saint guérisseur elle devrait invoquer contre la sournoise maladie.

* * *

Dans la forte odeur des thuyas et des genévriers, Giffard, au centre de la clairière, expliquait à Malouin ce qu'il attendait de lui.

— C'est ici que nous allons déserter.

Pour lui, ce mot signifiait défricher le sol, abattre jusqu'au dernier les arbres de la longue terrasse au-dessus de l'eau, brûler les taillis, dessoucher à la force des bras, car on manquait d'animaux de trait. Ensuite, planter les piquets pour délimiter les longues parcelles.

Jean-Louis s'était familiarisé avec le principe adopté en Nouvelle-France: tailler pour chaque colon un lot dix fois plus long qu'il était large et touchant le fleuve ou un de ses affluents par un de ses petits côtés; ainsi, chaque fermier avait son «abord» pour puiser de l'eau ou amarrer son canot, le seul véhicule pour le seul chemin qui existât, l'eau du Saint-Laurent et de ses tributaires. C'est sur cette devanture de terre, près de la rive, qu'on bâtissait la maison; proche, mais ne la touchant jamais à cause

38

des dangers d'incendie, étaient édifiés la grange, l'étable et le four à pain sous son auvent.

Toutes les demeures se trouvaient ainsi à portée de voix en cas d'attaque des Indiens. À l'arrière des maisons, les colons établissaient leur potager, puis les terres à froment et à avoine, les prairies à foin jusqu'à la forêt, réserve de bois de chauffage et de construction.

À l'automne, on abattait les arbres, on cordait les bûches. On ne sacrifiait pas les érables, fournisseurs de sève sucrée.

Toutes ces terres en longueur, étroites comme des lames de parquet, perpendiculaires à la rive, formaient un rang. Giffard, les bras tendus, arpentait le terrain à grandes enjambées.

— Mon Jean-Louis, criait-il, sur ce rang, entre la grosse roche et le coude de la rivière, on pourra tailler au moins dix lots.

Jean-Louis courut jusqu'au seigneur, le regarda bien en face, d'une voix essoufflée lança:

— Maître, vous savez que mon temps d'engagé est proche de finir.

— Beau dommage! Veux-tu oui ou non ouvrir ces terres?

— Certain.

— Alors, charpentier, si tu me donnes encore un peu de ton temps, tu choisiras la meilleure pour toi.

Jean-Louis était resté coi et, tout en travaillant jusqu'au soir, avait pesé la proposition de Giffard. Il la mettait en balance avec une autre idée qu'il avait: aller s'installer avec Madeleine et les enfants à Ville-Marie. C'était, sur une grande île boisée, en amont du Saint-Laurent, un village fortifié créé par une poignée de fervents catholiques venus récemment de France, inspirés et financés par une société quasi secrète.

Jean-Louis questionna Bertrand, qui parfois montait jusque-là avec sa barque.

— Ce village?

— Un village, c'est beaucoup dire. Plutôt une clairière sur la rive, où tu trouves quelques logis en rondins, une chapelle, un petit hôpital, un entrepôt fortifié, le tout entouré d'une palissade. Ceux qui vivent là ne sont pas cinquante.

— Et les terres?

— Elles sont très bonnes, plein sud entre le mont Royal et le fleuve. Les gens de Ville-Marie en promettent à ceux qu'ils engagent.

— Quels gens?

— Leur chef s'appelle Paul Chomedey, sieur de Maisonneuve, un Champenois, à ce qu'on dit, ancien militaire. Il plaît aux jésuites qui sont avec lui et aux associés de France qui ont mis des écus dans cet établissement.

— Ça leur rapporte?

— En principe non. Ce sont tous des espèces de missionnaires laïques qui œuvrent pour la plus grande gloire de Dieu et la conversion des sauvages.

— Justement, les Indiens?

— Sur l'île et autour, ce sont des Hurons et des Algonquins, très paisibles. Au camp de Ville-Marie, on leur donne des vivres pour se faire instruire sur notre religion, mais ils y viennent surtout pour obtenir une protection contre leurs ennemis iroquois. Maisonneuve a des soldats avec lui.

— On permet la traite des fourrures?

— Totalement défendue. Faut pas faire offense aux marchands de Québec, qui détiennent le monopole. Dommage, car l'endroit est bien placé pour le trafic. C'est juste là où débouche dans le Saint-Laurent la rivière qui monte franc nord-ouest vers la région des Grands Lacs.

Les Grands Lacs. Le Nord-Ouest. Les routes nautiques vers l'inconnu. Jean-Louis se souvenait des discours exaltés du vieux Champlain. Ces lacs ne recelaient-ils pas le fabuleux passage qui menait à un océan tiède où vers le couchant se trouvait la Chine, le merveilleux pays de Cataye? Si ces chemins ne menaient pas à l'Asie, au moins côtoyaient-ils des contrées où l'on trouvait l'or que n'avait pu découvrir Jacques Cartier, des forêts remplies d'animaux étranges. Jean-Louis rêvait d'impossibles équipées: partir dans les bois, y faire de fructueuses courses aux fourrures. La course! Jean-Louis se mit à penser que ce même mot, utilisé en Nouvelle-France pour les randonnées dans la nuit verte des sapins, se disait à Saint-Malo pour désigner la navigation des corsaires commis à la capture des vaisseaux ennemis.

Bertrand, qui avait vu Jean-Louis se perdre dans une rêverie, continua son explication.

— Maisonneuve est pour la vertu et contre les péchés. À Ville-Marie, ordonne-t-il, pas d'ivrognes, pas de blasphémateurs, pas de coureurs des bois; mais pour vivre, faudra bien qu'ils y viennent tous, au commerce des pelleteries. Es-tu intéressé à aller t'engager là-bas?

— Moi, oui. Et je crois que Madeleine voudra aussi.

Ce soir-là près de Madeleine, dans leur lit étroit, à l'abri bien mince de la courtine, en un long chuchotement, Jean-Louis a exposé son projet.

Elle n'avait pas dit oui tout de suite, pensant soudain à sa famille.

— Quitter mon père, ma mère, quitter Babette?

— Oui, Madeleine, et nous quitterons aussi nos voisins du rang. Et notre bon seigneur Giffard, qui n'oublie jamais, avec son sourire en coin, de prélever une part de notre revenu.

— Jean-Louis, il ne faut pas parler ainsi. Mon père dit que...

— Je sais! Pour ton père, je ne suis pas un vrai laboureur; puis je ne suis pas du Perche comme vous autres, je suis un étranger, un étranger pauvre qui n'avait comme tout bien que sa hache, un pauvre naufragé, un «horsain» comme dit ta mère. Dans votre pays, on ne peut épouser personne en dehors de la paroisse. C'est vrai, dis-le!

— Tais-toi, Jean-Louis, tu vas réveiller mes parents.

— Mais oui, toujours tes parents!

Pour le faire taire, Madeleine attira vers son cou le visage de son mari, le berça, lui souffla à l'oreille:

— Je sais que tu as raison. Je ferai tout ce que tu veux.

* * *

Un pressentiment? Sans doute une indiscrétion de Marion, la femme de Bertrand, mais Babette avait vite percé le secret du jeune couple. Toute rouge, un matin elle interpella sa sœur:

— On dit que vous allez partir pour Ville-Marie.

— Peut-être bien, bredouilla Madeleine.

— Vous quitteriez la maison?

— On en aura une autre; elle sera bien à nous et l'arrière-fief aussi.

— Ville-Marie, c'est entouré de sauvages. Vous le savez?

— Pas plus qu'ici, Babette. On nous l'a promis. Nous serons tranquilles et bien heureux.

Disant cela — c'était à la fin du mois de mars 1644 —, elle ne savait pas qu'en ce même jour à Ville-Marie Paul Chomedey de Maisonneuve et ses compagnons repoussaient de terribles attaques. Les Iroquois, possesseurs des terres et des eaux du pays, ne pouvant tolérer l'existence du petit avant-poste français, avaient décidé de le détruire avec ses habitants.

Bertrand, qui en revenait, avait raconté l'étonnante résistance des assiégés, leur riposte, la retraite des assaillants; il avait cité le nom des morts, des blessés, des disparus.

Jean-Louis et Madeleine n'ignoraient rien des périls où ils seraient en vivant à l'ombre du mont Royal. Ils partiraient nonobstant. Pour Jean-Louis, au fond du cœur, le désir de prêter main-forte, mais aussi, en s'aventurant vers l'ouest, le besoin d'entreprendre, de conquérir une terre qui serait bien à lui, et peut-être la réalisation d'inavouables songeries, dont la plus étincelante était son entrée dans le pays fabuleux d'Eldorado et des Amazones. Madeleine, elle, faisait confiance à son homme.

Tous les soirs, au milieu de ses prières, elle demandait au Dieu tout-puissant d'assister les colons prisonniers des Indiens, car ceux-là étaient soumis à d'épouvantables supplices et, lorsqu'il ne leur resterait qu'un fil de vie, ils seraient brûlés très lentement, jusqu'au trépas.

* * *

Penché au créneau, fusil en main, le guetteur pouvait enfin voir les eaux du fleuve refléter les premières luisances de l'aube. L'aguet serait plus facile; c'était aussi l'instant le plus dangereux, celui choisi par les Agniers pour attaquer, quand la sentinelle, lasse de sa nuit blanche, moins vigilante, attend la relève.

Le veilleur, c'est Jean-Louis le Malouin. Il y a sept ans à présent qu'il a quitté la maison des Langlois à Beauport, avec sa femme Madeleine et les enfants, pour devenir colon et artisan à Ville-Marie. C'est, tout juste au bord du Saint-Laurent, un triangle de terre où s'élèvent un gros fort de bois, la maison du gouverneur, l'infirmerie de l'Hôtel-Dieu, les cabanes des cultivateurs et de leur famille, celles des soldats, des prêtres, des représentants des marchands de fourrure, car finalement ce fructueux négoce a été autorisé. En tout, soixante personnes qui vivent derrière la palissade, redoutant les attaques des hardis sauvages.

À la pointe du fort, Jean-Louis veille sur le village. À ses pieds, Hercule, un briard à l'oreille fine. Rien de suspect sur les sentiers qui mènent à la double butte du mont Royal, mais les Indiens n'arrivent jamais à Ville-Marie de ce côté-là. Sur l'autre horizon, près du moulin, Malouin reconnaît sa maison. Madeleine, ses nattes défaites, doit dormir, entourée des enfants. Depuis que le ménage vit dans la nouvelle demeure, deux autres sont nés et ont survécu, Charles et Hélène, qui s'ajoutent à Josam, le premier-né, à Armand et Armande les jumeaux.

Autour de sa ferme, le blé est à peine visible. Au temps des labours, faits à la pioche, les Indiens n'ont cessé d'escarmoucher. Que sera la moisson?

Sur le fleuve grisâtre, pas une embarcation. Ceux de Québec n'osent plus s'aventurer jusque-là. Plus jamais on ne verra les canots des Hurons. Les Iroquois ont envahi et détruit la Huronie, et les survivants de cette peuplade sont venus se réfugier dans les forts des Français. Les féroces guerriers iroquois ne se risquent pas non plus sur le Saint-Laurent. On les verrait arriver. S'ils devaient investir Ville-Marie, ils se glisseraient dans les jonchères, silencieux, leur hache de guerre entre les dents. Malouin se dit:

«Si les hommes rouges attaquaient en masse, nous serions perdus.»

Pourquoi était-il devenu soldat-laboureur? Soldat d'infortune, laboureur d'occasion. Le fusil l'occupait plus que la charrue.

Hercule se redressa en grognant. Malouin prépara son mousquet.

C'était Lambert Closse qui apparaissait sur le chemin de ronde, tenant en laisse sa chienne Pilote. Maisonneuve l'avait chargé de la sécurité de Ville-Marie.

— Jean-Louis, je viens te relever. Encore une nuit calme.

* * *

L'angoisse encore au cœur, Jean-Louis était retourné à sa ferme, bâtie au bord de l'eau près du moulin à vent. Les enfants, au plus profond du sommeil de l'aube, reposaient sur leur lit unique. Armande et Armand enlacés. Charles et la petite Hélène côte à côte, à plat ventre, les mains le long du corps, paumes au-dessus. Josam solitaire, cabré, comme prêt à un envol. Le père tira sur eux le gros drap de laine, accepta le bol de soupe brûlante que tendait Madeleine. Il n'aurait guère le temps de se reposer. Sa hache l'attendait.

— Reste encore près de nous.

— Rien à craindre, Madeleine. Ces vauriens n'oseront pas attaquer de jour.

Elle posa ses doigts sur la main de son époux, main à la fois musclée et habile. Tout ce qui les entourait, du sol à la toiture, le banc où ils étaient assis, la table où ils appuyaient leurs coudes, le lit clos auquel ils étaient adossés, c'était son œuvre. Madeleine avait planté le chanvre, l'avait teillé, peigné, tissé pour faire les toiles rugueuses de leur couche et les habits beiges qu'ils portaient, si semblables, tant lavés, tellement rapiécés. Seule tache claire, celle de sa coiffe qu'elle inclinait vers la tête de Jean-Louis. Comme à l'accoutumée, il ressassait des réflexions, tournait en silence des phrases qu'il n'osait dire. Ne valait-il pas mieux quitter la bicoque, les champs cernés par la forêt, revenir habiter, près de Québec, dans la maison des Langlois, être comme naguère journalier sur un terroir moins menacé? Finalement, à haute voix, il exprima sa pensée.

—— Je le sais bien, Madou (il n'utilisait ce diminutif que dans leurs rares moments de confidences ou de joies intimes), tu aurais préféré que l'on reste à Beauport.

Elle avait bien deviné sa pensée, tenait la réponse prête.

— Non, mon mari. Ensemble, depuis longtemps, on a choisi.

— Là-bas, on ne savait pas comme on était tranquilles, innocents.

— Et toi, si tu étais demeuré en Saint-Malo, m'aurais-tu connue? Il ne faut rien regretter.

Elle approcha sa pommette tout contre la barbe rude et, au lieu du tendre baiser quêté, elle perçut sur sa nuque la rude poigne de Jean-Louis et sur ses lèvres les siennes. Quand elle put reprendre souffle, elle murmura:

— Oui, ami, nous devons rester ici, où nous avons bâti maison, quoi qu'il arrive.

* * *

Un autre de ces chauds matins, le Malouin, sous le haut soleil, travaillait à son champ. Deux de ses voisins montaient la garde. De plus, son mousquet était à portée de la main.

Josam, qui avait apporté de l'eau fraîche à son père, était demeuré près de lui. Douze ans! C'était un gamin solide qui regardait la vie de ses yeux rieurs mais savait tous les dangers qui guettaient sa famille. Jean-Louis, qui le voyait piocher d'un poignet ferme, se disait: «C'est pour lui, ses frères et sœurs, que nous tenons ici. Ils auront cette terre.»

Il se remit à arracher les souches, à les dresser en tas pour y mettre le feu.

La flamme orange courait sur les avoines folles, coiffée d'une fumée âcre. Jean-Louis soudain leva le nez. Une autre fumée flottait dans l'air. Au loin, des détonations, les coups redoublés du tocsin. Le défricheur lâcha sa houe, prit son mousquet.

— Josam, rentre vite à la maison. Enferme-toi avec ta mère et les enfants. Prenez Hercule avec vous. Cours, mon garçon!

Lui se hâta vers le fort, où convergeaient le plus vite qu'ils pouvaient d'autres paysans. Un garde du gouverneur, de loin, leur faisait signe de le suivre. Malouin tout en courant priait intérieurement. Il demandait protection pour ses enfants, pour Madeleine.

Bondissant, pliés en deux, de fourré en fourré, rampant sur le sol pour traverser les endroits découverts, les colons armés s'approchaient de l'hôpital assiégé par un fort parti d'Indiens qui tiraillaient et hurlaient sans arrêt.

— Ils sont au moins deux cents! Restez à couvert et visez bien!

Dans les fumées noirâtres de la poudre et de l'incendie, la petite troupe avait du mal à exécuter l'ordre. Ils devinaient les hommes rouges qui se ruaient vers les pans de palissade calcinés, portant des troncs de bouleau pour enfoncer portes et murs. Des fenêtres de la bâtisse partaient les salves de ceux qui la défendaient, dirigés par Lambert Closse.

Pris entre deux feux, les Agniers reculaient, se regroupaient dans un bois, puis, menacés d'être encerclés, s'enfonçaient dans la forêt pour rejoindre la rive. On les voyait au loin qui emportaient leurs morts et aussi des prisonniers.

Malouin aperçut nettement un Indien qui achevait un blessé à coups de tomahawk, puis avec son couteau, d'un geste rapide, incisait la peau d'une oreille à l'autre, posait son pied sur la nuque de sa victime, arrachait la chevelure et s'enfuyait en poussant un cri violent. Jean-Louis, tremblant d'épouvante, avait ajusté, tiré.

Là-bas, le guerrier tombé agitait encore le scalp sanglant.

— Doux Seigneur, ils sont tous là! cria Malouin en retrouvant sauve sa maisonnée.

Madeleine, les enfants autour d'elle, apprit par lui les nouvelles, les noms de ceux qui étaient morts, blessés, ou, pire encore, prisonniers et, à l'heure qu'il était, ligotés aux poteaux de torture dans le camp des Indiens.

— Nous les avons forcés à battre retraite, répétait Jean-Louis, ils ne reviendront pas de sitôt s'attaquer à nous.

— Sont-ils vraiment tous partis? Ils ne peuvent pas ressourdre?

— Certain, ma femme. Fallait voir comment ils ont débâclé quand ils ont senti la mousquetade. Plus rien à craindre, va.

Encore frémissante de peur, les mains tendues sur sa nichée, elle passa le seuil. Un soir tranquille s'étendait, du fleuve aux collines, sur tout le paysage. Des soldats, des colons enfonçaient des troncs d'arbre pour affermir les retranchements. D'autres, en haut des tourelles de bois, leur lançaient, mêlées de grands rires contents, des paroles d'encouragement. Ville-Marie, qui avait si bien résisté, se détendait.

* * *

C'était un autre soir de cette année-là.

Penchée sous le manteau de la cheminée, la femme Malouin fit reprendre le feu en soufflant sur les braises, accrocha à la crémaillère le chaudron d'eau.

— Faudrait bien deux ou trois oignons pour le potage.

— Je vais aller en quérir, dit Armande.

Déjà la fillette courait vers le clos. Sa mère, qui avait quitté l'âtre pour la suivre du regard, la vit soudain se casser en deux, rouler sur l'herbe. Elle entendit son atroce gémissement, courut vers l'enfant ensanglantée, hurlante.

D'autres cris tout proches, c'était Jean-Louis, la hache à la main, qui, avec d'autres, poursuivait un grand sauvage nu. Le guerrier cerné, rejoint, de ses deux avant-bras protégeait sa tête rasée, vite rougie, broyée par le fer des armes.

Sous le lilas, Madeleine prostrée berçait sa fille dans son giron, sourde à tout ce qui n'était pas la plainte de la mourante, n'entendant pas ce que se criaient voisins et voisines.

— C'est l'Armande à Jean-Louis, touchée par une flèche.

— Un Iroquois resté caché dans la broussaille.

— Le maudit! Nos hommes l'ont bien renvoyé en enfer.

— Quand serons-nous débarrassés de cette engeance?

— Faudrait qu'il fasse quelque chose, notre gouverneur.

C'est au soir de l'enterrement d'Armande que monsieur de Maisonneuve réunit, dans une salle basse du fort, tous les chefs de famille. Parmi eux, des veuves aussi décidées que les habitants à défendre leur foyer. Dans l'ombre, à l'écart, vêtue de bure, coiffée de toile grise, Jeanne Mance, cette Champenoise qui, par vocation charitable, était venue partager l'existence des fondateurs de l'avant-poste villemarien. C'est elle qui dirigeait le petit hôpital.

Maisonneuve fit le décompte de ceux capables de porter les armes dans la bourgade. Moins de cinquante personnes ce soir-là.

— J'ai décidé, déclara le gouverneur, que désormais tous les habitants et leurs familles demeureront dans l'enceinte du fort.

— Mais nos récoltes?

— Vous sortirez sous la garde des sentinelles pour ramasser tout ce que vous pourrez. Et nous vivrons tous dans ces murs.

— Monseigneur, ce n'est pas possible!

— Ce sont mes ordres. Obéissez et priez afin que nous soyons épargnés.

Ayant parlé, le maître de Ville-Marie se retira. Si au moins il avait annoncé la création d'une vraie milice, renforcée par les troupes de la garnison de Québec, comme l'avait fait à Trois-Rivières l'audacieux capitaine Pierre Boucher. Les paysans se regardaient et commentaient.

— On va nous parquer comme des moutons...

— Maisonneuve, ce n'est pas un soldat, c'est un homme d'administration.

— Il n'aime pas le sang versé, notre fondateur.

— Il dit que notre bourg est protégé par le ciel. C'est sans doute vrai, mais ce n'est pas avec des cantiques que nous allons sauver nos femmes et nos enfants...

Au premier rang, Jean-Louis Malouin, blême de chagrin et de rage, qui avait bien mûri ce qu'il allait dire, prit la parole.

— Il faut regarder les choses comme elles sont. Nous sommes trop isolés pour continuer à cultiver nos champs lointains où sans cesse nous sommes harcelés par les sauvages. Mais nous ne pouvons pas non plus abandonner nos maisons, qui seront brûlées par eux. Il faudrait renforcer notre défense sur un territoire plus petit.

— Pouvons-nous à la fois faire le guet et travailler nos terres?

— On fera tout cela par bordées, tantôt les uns, tantôt les autres, pour l'ouvrage et pour la vigie.

C'est l'ancien homme de mer qui parlait, qui avait gardé le sens de la sauvegarde collective, face à des terriens que la vie au Canada avait rendus encore plus individualistes. Tous avaient adopté la suggestion du Malouin. Lambert Closse était allé en discuter avec le gouverneur. Monsieur de Maisonneuve avait accepté que ses hommes fortifient l'Hôtel-Dieu et quelques maisons avoisinantes afin de former un réduit. Le gouverneur annonçait aussi qu'il s'embarquait incontinent pour la France. À

Paris, il demanderait des renforts aux messieurs de la Société de Notre-Dame, ces lointains protecteurs qui prodiguaient leur or et leurs prières pour la survie de Ville-Marie.

En l'absence de Maisonneuve, c'est Closse qui devenait commandant en chef de la bourgade retranchée. Il ordonna:

— Pour que les hommes puissent dormir un peu, il faut que les femmes, entre la fin de la nuit et le lever du soleil, soient aux postes de veille.

Cette nuit-là, la plus courte de l'année, celle de la Saint-Jean-Baptiste, Madeleine se trouvait à la meurtrière. Elle choisissait toujours celle qui donnait sur le fleuve. Jamais celle du côté de la levée de terre boisée, là où l'été passé le sang d'Armande a été répandu.

Un autre enfant naîtra bientôt. Il tressaille fort dans le ventre de Madeleine. Mais rien, pense-t-elle, ne lui fera oublier celle qu'elle appelle encore «ma grande», Armande qu'elle imagine toujours à ses côtés. Il lui faut surveiller l'horizon incertain. Gazés de gris par le brouillard, les troncs des conifères ressemblent à autant d'ennemis menaçants. Madeleine n'a jamais aimé ces arbres, trop verts à la belle saison, noirâtres au temps de l'hivernage, toujours chargés d'un lourd parfum de résine.

Elle revoit les ramures légères des bocages de son enfance, faits de chênes rouvres, de tilleuls, de haies d'aubépines pleines d'odeurs légères. Un bruit la fait tressauter. Ce sont des oiseaux qui s'appellent, des sortes de choucas qui craillent vilainement. Madeleine tremble de peur, autant que de froid. Elle se lève pour marcher un peu. Son flanc arrondi se heurte au canon évasé de l'arquebuse posée debout contre le mur. Si les Iroquois surgissaient entre les joncs, elle ne pourrait épauler cette arme de mort des hommes, manœuvrer le rouet d'acier pour faire sortir des étincelles du silex et enflammer la poudre. Elle ne pourrait que hurler pour qu'on vienne à l'aide, un cri qui ressemblerait à celui d'Armande quand la flèche a frappé son petit ventre.

Pour chasser cette idée, elle se reprit à penser au Perche où elle était née. Un vrai pays, avec des chemins au long des collines, des villages aux maisons de pierre beige, des prés d'herbette où paissaient de gros chevaux pommelés. Pas comme le Canada, où l'on ne voit jamais un cheval.

— Au lieu de ça, monologuait-elle, des ours et des loups, il y en a.

Des bêtes jamais connues par Madeleine autrement, en son enfance, que dans les histoires écoutées sur les genoux de sa mère-grand. Ici le printemps passé, une ourse géante au poil fauve s'était dressée face à elle dans le potager. Elle avait poussé contre l'animal son râteau, s'était enfuie à toutes jambes en appelant Jean-Louis.

Lorsque aux froids allaient s'endormir ces terrifiants animaux griffus, venaient dans la neige les bandes de loups. Son mari, avant de barrer les volets de bois, avait beau tirer des coups d'escopette, ces fauves, dès la brunante, venaient haleter au seuil des portes, hurler toute la longue nuit. Ce n'était plus des contes. Guettant leurs proies, les loups attendaient l'instant de sauter sur la chevrette ou d'étrangler et d'emporter l'enfant d'homme vers leurs repaires.

Dans le bout de Tourouvre-en-Perche, il y avait une chapelle, où toute petite elle allait, où pour la première fois elle avait communié. Elle se souvenait surtout de gravures en haut des colonnes, représentant d'épeurantes créatures de l'enfer promis aux pécheurs, ces mêmes ours et loups du pays qu'elle habitait désormais.

Même sans loups ou ours, l'hiver était assez épouvantable. Aux jolies neiges d'octobre succédaient d'atroces froidures, interminables, et des jours sombres, très courts, parfois étincelants sous un soleil glacé. Alors tous les Malouin se tenaient autour d'un foyer résineux à attendre l'inespéré printemps, tardif et si bref. À la lueur des braises, Jean-Louis taillait, collait du bois, inventait des formes, sans un mot, imposant par ses regards un grand sentiment de sécurité. Elle revit ces soirées-là. Dans leur literie, les enfants dorment à poings fermés.

«C'est alors notre meilleure heure, se souvient Madeleine. Jean-Louis alors laisse là son ouvrage, va regarder au petit carreau si rien ne menace dehors, il assure la fermeture de la porte, il pose la main sur mon épaule. Il me dit: ''Mado, arrête ton tricot'', ou ''le rapetassage de ton linge''; il m'appelle toujours Mado à ce moment-là. Il m'entraîne vers le lit, où nous dormons nus. Comme notre première nuit ensemble.»

Elle revit les moments de son mariage, la maison de Beauport avec Jean-Louis le silencieux. Non pas qu'il fût timide. Mais lui ne parlait qu'un dialecte gallo, mêlé de bas normand. Elle, le patois percheron. Ils avaient dû apprendre à donner le même nom aux choses, la faux, le crible ou la baratte, et pour ce qui était du monde invisible, particulièrement les sentiments, ils avaient appris à se les dire par des mimiques. Cela, dans le fond, n'avait guère changé: c'est par ses gestes qu'elle continuait à bien comprendre ce que pensait son homme.

Le soleil pointe dans la brume au ras des eaux. Une cloche tinte dans Ville-Marie.

— Sainte Vierge, prononce Madeleine, faites qu'en ce jour rien de méchant n'arrive. Ni dans ces années.

Encore un bruit. Inquiétant, celui-là. Un glissement dans l'herbe. Alors qu'elle allait crier, elle reconnut Chickwaou, le jeune Huron compagnon de jeu de ses enfants.

— Ô squaw, c'est toi qui veilles! Ne crains rien des Iroquois. Cette nuit est celle de leur grande chasse aux lièvres. Ils sont tous loin d'ici.

Aussi discrètement qu'il était apparu, Chickwaou disparut dans les fourrés habillés de brouillards légers.

Dans le fort, avec les familles de paysans, avec les gens de la petite administration, avec les soldats, vivaient des groupes de Hurons. Parmi les plus jeunes, Josam s'était fait un ami qui venait souvent à la table des Malouin. Il tranchait sur les autres enfants par son teint de cuivre et son crâne ras à l'exception d'une bande de cheveux raides qui lui faisait un cimier noir. Chickwaou avait le même âge que l'aîné des Malouin, mais il était plus grand, plus fort, doué d'un jugement et d'une dextérité qui étonnaient Jean-Louis et Madeleine.

Elle, depuis la mort d'Armande, se crispait à la vue du petit Peau-Rouge. Il ne faisait pas partie de la terrible peuplade des Iroquois, dont le nom signifie «vraies vipères», mais de celle des Attignawantons, ou Hurons, comme les appelaient leurs alliés français à cause de leur brosse de cheveux en hure. Ils étaient haïs par les Iroquois, bien qu'ils parlassent la même langue.

Alors que les colons de Ville-Marie hésitaient à s'éloigner du fort pour aller chasser dans les bois ou arracher quelques légumes autour de leurs maisons abandonnées, les Hurons ne craignaient guère de quitter leurs huttes d'écorce pour aller traquer les castors. Ils cédaient les peaux aux marchands blancs restés sur place, dont l'intrépidité n'avait d'égale que leur passion du lucre.

Comme celui de 1651, l'hiver de 1652 avait été très dur pour les Ville-Mariens assiégés, coupés du reste du monde, sans cesse sur le qui-vive. L'Indien rôdait toujours. Aux attaques en force avaient succédé les coups de main isolés contre les colons trop sûrs d'eux qui s'éloignaient du camp retranché.

La première voile à réapparaître sur le fleuve avait été celle du voilier de l'ami Bertrand. À chacune de ses remontées du fleuve, il craignait de retrouver la bourgade en cendres et ses habitants exterminés. Il pleurait en embrassant Jean-Louis, Madeleine et leurs enfants, reprenait aux épaules son ancien compagnon du *Don de Dieu*.

— À Kébec, on vous croyait tous morts.

— La vie, là-bas?

— Elle continue. La preuve: on m'envoie pour porter de la poudre et des vivres; mais je ne dois pas oublier de ramener des ballots de fourrures.

— Et Maisonneuve?

— Tout ce qu'on sait, c'est qu'il continue à chercher des secours en France pour vous autres.

Ce n'est qu'en août de 1653 que Bertrand rapporta la grande nouvelle. Le gouverneur de Montréal revenait enfin. Parti au début de juin de Saint-Nazaire à bord du *Saint-Nicolas,* il était en route, à la tête d'une recrue de cent vingt personnes, des agriculteurs, des hommes de métier, des filles à marier, des militaires, deux apothicaires-barbiers-médecins et chirurgiens, et une institutrice. Tous venant d'Île-de-France, d'Anjou, de la Champagne ou du Maine.

Le marin rapportait aussi une information moins exaltante: les Iroquois, qui avaient déterré la hache de guerre, assiégeaient pour l'instant le poste de Trois-Rivières.

Ce n'est qu'au milieu de novembre que réapparut Bertrand, qui ramenait le gouverneur et une partie de la recrue; les autres suivaient. Les gens de Québec, qui jalousaient ceux de Ville-Marie, avaient bien tenté de garder pour eux une partie de ce précieux renfort.

— Doux Jésus, nous sommes sauvés! répétait Madeleine, qui avait retrouvé tous ses sourires.

À Jean-Louis qui s'en allait complanter ses terres revenues à l'état de hallier, Bertrand demanda soudain:

— Pourquoi continues-tu à cultiver?

— Quoi faire d'autre?

— Traiter la fourrure. Le castor est bien meilleure monnaie que le sac de blé, le baril de lard ou le cent de planches. Pourquoi garder cette ferme où vous vivez si mal?

La question avait troublé Malouin, qui avait tant envie de s'en aller par chemins d'eau sur un canot léger vers les grands territoires où les hommes rouges offraient du bon pelu de castor en échange de pacotille. Mais il répondit plutôt:

— On voit que tu n'as pas de terre à toi. Tu ne sais pas le mal que j'ai eu pour acquérir la mienne, la garder. Je tiens à mon lopin. Que d'autres trafiquent. Pas moi.

— Tu as la même perfection que Maisonneuve. Mais sans les pelleteries, avec quoi on vivrait en Nouvelle-France? Qu'est-ce que je transporterais, moi, sur ma barque?

— Ne criez pas si haut, vous deux, a demandé Madeleine. Bertrand, tu as réveillé ta filleule.

Elle serrait contre elle la petite Hélène qui sanglotait.

— Je vous demande pardon, Madeleine, mais je pensais à vous, à votre misère.

— On a vaincu les Indiens, on a vaincu l'hiver. On vivra bien quand même et les enfants aussi, avait affirmé Jean-Louis.

Madeleine acquiesçait. Elle embrassa du regard ses enfants qui entouraient Bertrand.

— Mais où donc est Josam? Où est ton frère, Armand?

— Bien sûr avec Chickwaou!

L'escapade

Ce qui avait commencé par un jeu de garçons était devenu une aventure exaltante pour Josam et Chickwaou le jeune Huron.

— Nous rapporterons, disait-il à son camarade, les plus belles pelleteries et tes parents seront contents.

Ils étaient prêts à rompre les attaches, partir au loin, mettre toute leur force d'âme au service de leur réussite.

Du secret même et de tous les préparatifs, Armand avait été exclu. Le cadet trépignait chaque fois que Joseph-Samuel et son compagnon s'esquivaient.

— Laisse donc les grands s'amuser entre eux, disait Madeleine, qui confiait volontiers à Armand la surveillance de Charles et des petites sœurs.

Alors, le gamin n'avait d'autre ressource que de s'échapper à son tour. En des courses solitaires, se glissant sous la palissade, il allait souvent jusqu'au lieu où il avait vu enfouir Armande sa jumelle, prenait à pleines mains la glaise du tertre, se bâtissait des demeures en murmurant le prénom de cette partie de lui-même qui avait disparu.

Pendant ce temps, à l'orée du bois, Josam et Chickwaou donnaient forme à leur projet.

Pour fabriquer le canot, le jeune Indien avait utilisé des couples de pin fourchus cintrés à la vapeur d'eau, collés avec une glu faite de peau d'élan bouillie, assemblés au moyen de fines perches; sur cette carcasse, des bandes d'écorce de bouleau avaient été cousues avec des radicelles d'épicéa, que les colons appelaient épinette, puis renforcées aux coutures par des applications de résine. Cette coque incroyablement solide et légère avait été enduite de terre d'ocre délayée dans de l'huile de pin.

Il leur avait fallu aussi acquérir auprès des marchands, contre des saumons boucanés par eux, des sachets de perles bleues, des canifs, des miroirs, des alênes, qu'ils échangeraient contre des peaux, de préférence du castor gras, c'est-à-dire du castor d'hiver, celui que les Indiens ont porté longtemps sur leur peau nue et huilée, qui perd ainsi des touffes grisâtres, devient souple comme soie et se vend très cher.

C'est le grand matin tant rêvé que Josam vit enfin. Il se répète: «Chickwaou sait conduire le canot. Il peut le diriger sur le Saint-Laurent et tous les affluents du fleuve. Il connaît les territoires à fourrures, la langue et les usages des tribus qui les occupent. Nous ne risquons rien.»

Ils ont quitté furtivement la bourgade, à cause des parents, en dépit des veilleurs. Il est absolument interdit aux gens de Ville-Marie de traiter les fourrures avec les tribus. C'est réservé aux représentants des compagnies.

À l'avant du canot, Josam, à chaque coup de pagaie, se sent plus libre. Au soir, enveloppé dans une couverture, il dort avec l'Indien sous le canot retourné au long d'une côte de sable. Se retrouve seul. Il pleut. Alors lui vient la pensée de ses parents dans l'anxiété. Il a faim.

— Quelle folie je fais!

Chickwaou, pour embarquer davantage de pacotille, avait décidé de ne pas apporter de victuailles. Au plus profond de son accablement, le fils Malouin entend le trille répété d'une mésange à tête noire. C'est le signe de reconnaissance de son camarade.

Il apparaît souriant, au milieu des fougères, portant au bout d'une corde un carcajou, et commence à le dépouiller.

— Comment l'as-tu pris?

— Au collet.

— Quand en as-tu posé?

— Hier soir, avant de m'endormir.

Ainsi agit Chickwaou. Il faut faire du feu. Le jeune Blanc a son idée. Il a apporté une lentille de verre qui, présentée au soleil, doit enflammer des brindilles. Le ciel est couvert. Chickwaou se met à rire. Il sort d'un sac de cuir deux morceaux de pyrite de fer, qu'il frotte, dirigeant les étincelles sur le duvet d'une cuisse d'aigle séchée, laquelle embrase à son tour un fragment d'écorce de thuya. Déjà les copeaux préparés se mettent à flamber. L'odeur de la viande grillée fait tout oublier à Josam.

— Tout est simple avec toi, dit-il.

Il est vrai que le compagnon a tout prévu: la graisse d'ours contre les piqûres d'une infinité de moustiques, les vessies séchées d'orignaux pour envelopper la venaison, les tridents pour darder les saumons d'eau douce, attirés la nuit par une torche fixée à l'avant du canot.

— À ton tour de parler dans ta langue, fit Chickwaou. Explique-moi ton clan.

Ils remontent une rivière qui s'enfonce dans la forêt. Josam s'habitue mal à l'oppressante densité de la sylve, à sa pénombre vert foncé, à l'odeur de bois pourri, aux inquiétants brames relayés par les échos. Josam se raconte à Chickwaou, fort occupé à guider l'esquif, à contourner les rochers qui divisent le courant en cent bras, précipitent soudain son cours en un torrent écumant. Parfois la rivière languit sous des voûtes sombres. Ils voguent sur des eaux mortes au creux d'une écume chargée de pollen et de feuilles grises. Rompant le silence angoissant, le floc d'un ouaouaron — ces énormes grenouilles — ou la coulée d'une loutre apeurée.

— Va falloir portager, dit Josam, voyant la barre des collines verrouiller l'horizon.

Ils contournent les cascades, hissant l'un après l'autre sacs et canot, retenus sur le dos par un bandeau de tête.

— Demain est un autre jour, disait en une phrase longue, pleine de sonorités, l'ami de Josam.

Les garçons s'apprennent leurs secrets. Chickwaou dévoile à Josam ceux de la chasse, faits de patience, d'un singulier respect du monde créé par le Grand Esprit.

— Jo, chaque fois que ton genou écrase une plante, tu dois la relever. Ainsi font les gens de nos nations.

Sans s'en rendre compte, ils parlaient tantôt le français et tantôt le langage des tribus.

— Nous entrons sur le territoire des Outaouais, a dit Chickwaou. On va trouver là où ils cabanent et négocier des peaux avec eux. Mais avant, on va creuser des caches pour enterrer nos marchandises.

Dans les demeures de la tribu, des cahutes de branchages à toits de jonc tressé, ils sont accueillis comme si, de toute éternité, ils étaient attendus.

— Voici Jo, mon frère, dit Chickwaou au chef du village, une squaw vêtue d'une robe de peau de daim merveilleusement souple et frangée.

Elle ordonne que l'on prépare pour les visiteurs un festin de chiens bouillis et d'herbages cuits à la vapeur, réserve pour eux dans une des loges de la cabane centrale, sans cesse enfumée, une place sur les nattes de jonc.

— Il est temps de négocier, suggère Malouin.

— Pas un mot, Josam. Ainsi faut-il faire avec ces gens. Leurs meilleures fourrures sont pour leurs amis. Devenons vraiment leurs amis.

Ils vivent au camp des Outaouais les jours ensoleillés de la fin d'octobre, qui sont, avant les neiges, comme un repentir de la belle saison. Josam se plaît dans le village de huttes. Plus rien ne l'étonne. Ni la conversation quotidienne avec les chasseurs qui portent une plume de corbeau dans leurs cheveux tressés, leur seul vêtement à l'exception d'un brayer d'écorce et, sur leurs épaules, une couverte de vison, ni ces femmes dénudées qui vont, portant sur leur dos, ligoté sur une planchette, un enfant joufflu et bruni.

Tous les jours, le fils Malouin va à la chasse avec des garçons de son âge. Lui et Chickwaou, petit à petit, vident leurs caches et remplacent leur camelote de traite par des dépouilles de lynx, de renard bleu et de castor.

— On pourrait rentrer, répétait Josam. On va être poignés par l'hiver.

Chickwaou passait des heures avec une jeune Outaouaise nommée Coatri. Avait-elle quinze ou seize ans? C'était une enfant déjà mamelue qui intimidait Josam, suscitait des rires moqueurs parmi les adolescents du clan. Le Huron ne s'en souciait guère lorsqu'ils revenaient tous deux de leurs promenades dans les bois.

— Quand on va partir, amèneras-tu Coatri avec nous à Ville-Marie?

— Des filles comme ça, il y en a d'autres ailleurs.

— N'êtes-vous pas, comme on dit, fiancés?

— Tu veux rire, Jo?

— Quoi? Tu ne veux pas l'épouser?

— On ne s'est rien promis. Elle n'attend même pas un enfant.

Josam songe à toutes les complications, à tous les interdits qui, chez lui, entourent ce qu'on appelle les fréquentations; à la surveillance incessante de la famille, des voisins, des missionnaires qui dirigent la paroisse.

Au même instant, à Ville-Marie, le souci de Jean-Louis et Madeleine, c'est leur fils aîné. Novembre a commencé, le mois des morts. Chaque jour, ils vont guetter au tournant de la rive. Rien sur le fleuve qui ressemble aux absents.

Armand seconde son père. Pour les labours d'automne, c'est lui qui dirige l'araire primitif attelé à un bœuf, très fier surtout de porter le fusil en bandoulière. On craignait toujours le retour des Agniers.

«Armand, se disait Madeleine qui le regardait travailler, c'est l'image de son père, même façon de se courber sur la charrue, même sourire heureux de voir le sillon bien ouvert. Suis-je sotte! corrigeait-elle. Si quelqu'un ressemble à Jean-Louis, c'est plutôt Josam.»

À ce nom, son visage devint terne et précocement ridé. Le reverrait-elle jamais, son grand enfant parti?

Au milieu du village de huttes, Josam montrait aux Peaux-Rouges de son âge comment se montait et se démontait un fusil hollandais.

— Eh! le Blanc! Quand tu n'auras plus de poudre, qu'est-ce que tu en feras, de ta branche à lancer le feu? À peine bonne à assommer un chevreuil!

Eux taillaient des flèches dans du bois de hêtre, fendaient en deux des plumes qu'ils collaient avec de la gomme de pin bouillie, afin de munir le trait d'ailerons parfaitement équilibrés.

Près du groupe de garçons, les femmes non mariées hachaient des poils de vison mêlés de duvet de chat sauvage, dont elles faisaient du feutre. Elles bavardaient, lançaient des rires moqueurs. Josam tentait de suivre leurs propos, se retenant de paraître ému quand ses yeux s'égaraient sur des poitrines ou des cuisses nues. Il avait à peine quinze ans. Coatri et ses compagnes le troublaient terriblement.

— Nous devrions rentrer, dit-il à Chickwaou.

— J'ai promis que nous irions ce soir à la chasse aux ours. À notre retour, nous mettrons le canot à l'eau.

Avant l'hibernation, les bêtes sont grasses, déjà somnolentes. Ils avaient traqué un énorme mâle, puis perdu sa trace. Josam avance entre les sapins, le cou tendu. Une épouvantable douleur à l'épaule le jette à terre. C'est l'ours, grimpé sur une branche, qui vient de sauter sur lui. Le Huron accourt, couteau à la main. Il prend son élan, enfonce sa lame dans la nuque de la bête. Josam peut s'esquiver, au cou une longue égratignure sanglante.

Rentré à la cabane, le jeune Malouin doit s'allonger. La chair enfle autour de la blessure. Les tempes en feu, il réclame à boire.

Le lendemain, l'Indienne qui réglemente tout dans la maison regarde la plaie infectée, tâte le front, prononce quelques mots à Chickwaou désespéré. Au-dehors, la neige a commencé à tomber, très dru.

Josam délire, appelle sa mère. Son compagnon sait qu'il va mourir. Les anciens de la tribu se réunissent autour du feu. Longue palabre pour discuter des rites funéraires que l'on doit à ce Blanc.

— Il a encore un souffle, dit un des vieux.

Il rappela que dans le village voisin vivait peut-être encore un Indien qu'on appelait le jongleur; son savoir pourrait sauver Josam. Il y avait aussi, à deux jours de marche, une Robe-Noire qui possédait des remèdes. Le Huron le connaissait, un jésuite de la petite mission installée au bord d'un lac. Ils décident que Chickwaou ira chercher le missionnaire tandis que deux du clan outaouais vont tenter de trouver le jongleur.

— Nous arrivons sans doute trop tard, dit le Huron, les larmes aux yeux.

Il amenait le prêtre. Déjà le jongleur était là, un curieux homme sans âge penché sur Joseph-Samuel, inerte, les paupières closes, mais qui respirait encore.

— Alors?

— Le jongleur lui a fait boire des tisanes pour conjurer l'empoisonnement du sang. Il a posé des emplâtres sur son épaule.

— Je suis sûr que ton ami s'en tirera, dit le jésuite.

Dans la tempête qui n'a pas cessé, Chickwaou le raccompagne vers sa cahute.

— Tu sais, je n'aurais guère fait mieux que cet Indien.

Il dit encore, avant qu'ils se quittent:

— Au début de mon ministère, je pensais que, pour leur salut, il était bon de franciser les sauvages. À présent, je crois que ce sont les Français, en s'indianisant, qui peuvent trouver ici la survie du corps et de l'esprit.

Longtemps Chickwaou essaya de comprendre cette phrase. Quand il revint au chevet de Josam, il le trouva mieux.

De jour en jour, le fils Malouin reprenait des forces. Mais ils étaient à des lieues de Ville-Marie, forcés d'hiverner.

L'hiver. La splendeur glacée de la forêt sous un ciel pur et sec d'où tombe une intense froidure. Et aussi jours de tempête dans la démence du vent. Josam vivait ces heures près du feu, tassé avec ses amis, tous grelottants et le ventre souvent vide. Le jeune Blanc avait la trouble sensation que jamais plus il ne verrait le printemps au jardin de son père.

Jean-Louis et Madeleine n'osaient se dire qu'ils avaient perdu leur fils aîné.

À la fonte des glaces, les Outaouais se préparaient à décamper. Le canot des deux gars était prêt depuis longtemps. Josam allait retrouver les siens. Mais les mains vides. Leurs caches à fourrures avaient été découvertes et vidées.

Sur le chemin du retour, à peine purent-ils piéger quelques écureuils et marmottes que les jours plus longs faisaient sortir de leurs gîtes. Les seules peaux qu'ils rapportaient.

Dans la joie du retour inespéré, il n'en fut même pas question.

Les «filles du roi»

Printemps 1662.

D
ix ans passent.

En 1662, Ville-Marie, de plus en plus appelée Montréal, est toujours un ramas de cabanes* où vivent à portée de voix l'envoyé du roi de France et sa mince force militaire, quelques missionnaires et des trafiquants de fourrures. Et la poignée de colons. Ils ont forcé les Indiens iroquois à mettre fin à une guerre faite d'embuscades quotidiennes.

Enfin la paix!

Les sulpiciens, seigneurs de l'île de Montréal, offrent aux colons qui voudront les défricher des parcelles de leur domaine.

Quel prodige!

L'année n'a-t-elle pas commencé par une série d'aurores boréales, de tremblements de terre, de chutes de météores?

Le premier colon qui a accepté l'offre, c'est Jean-Louis, dit le Malouin. Il a cinquante-trois ans. Madeleine a tout de suite

---

* *Ramas, agglomération de cabanes* se disait, dans une des langues amérindiennes: *Canada*.

dit oui. On leur a octroyé un lopin, au-delà de l'enceinte de pieux, sur les pentes du mont Royal, non loin du moulin à vent que le gouverneur Paul Chomedey de Maisonneuve a fait construire et a voulu solide, afin qu'il puisse servir de redoute.

Encore un déménagement.

Ainsi Madeleine et Jean-Louis ont bâti maison au lieu dit le coteau Saint-Louis.

Vivent avec eux trois enfants: Armand, Hélène et Martine.

Armand, le cadet — il aura bientôt vingt-deux ans —, est toujours célibataire. Les filles à marier sont rares à Montréal.

À peine nubiles ou veuves, elles trouvent des épouseurs.

Madeleine a voulu que ses filles aillent à l'école qu'a fondée dans une étable Marguerite Bourgeoys, une religieuse venue de Troyes, en Champagne. Au moins savent-elles lire et écrire, alors que leurs parents, qui ne pouvaient écrire, ont parafé d'une croix leur contrat de mariage.

Charles, un des garçons, mousse sur la goélette de l'ami Bertrand, navigue sur le fleuve, souvent au-delà de Québec, parfois jusqu'à l'Acadie, la partie atlantique de la Nouvelle-France.

Et Josam?

Il a accoutumé de courir les bois avec Chickwaou. L'escapade continue.

Ça ne manquait pas. Chaque fois que Jean-Louis et Madeleine sortaient de leur maison sur le coteau, ils jetaient un coup d'œil sur la sente qui, au long d'un ruisseau, descendait doucement vers la petite ville. Ils espéraient la visite rare de Josam.

Ce matin-là, entre les arbres bourgeonnants, Charles le moussaillon apparut. Lui, au moins, n'oubliait pas de venir embrasser ses parents chaque fois que la *Sainte-Anne* venait accoster sur la grève boueuse qui servait de port à Montréal.

— As-tu des nouvelles de ton frère? fut la première parole de Madeleine.

— Il va bien, le Josam. Craignez pas.

Charles redit ce qu'il savait, ce qu'il avait déjà annoncé lors de son dernier passage à la maison paternelle: son aîné avait passé l'hiver tout près de Québec. Ce qu'il taisait, c'est que Josam se trouvait en compagnie d'une ravissante sauvagesse.

Armand arrivant là-dessus, avec son salut, lança un regard entendu au mousse.

— C'est quoi encore, vos cachotteries?

— Il n'y a pas de secret, sa mère, dit Armand; ce soir, j'embarque avec Charles pour descendre à Québec.

— Toi? Tu t'en vas à Québec? Dis-moi bien pourquoi.

— Un voyage d'une semaine, pas plus.

Madeleine, interdite, regarda Jean-Louis qui, à coups de hache, taillait un tuteur pour le jeune lilas qu'il voulait planter devant la maison.

— Toi, Armand le casanier, qu'est-ce que tu vas aller faire là-bas?

— Une surprise, peut-être. Vous verrez.

Madeleine, prenant son fils aux épaules, supplia:

— Promets-moi de voir Josam. Si c'est possible, ramène-le.

À Québec, Armand avait failli ne pas reconnaître son frère en cet homme athlétique, au visage hâlé enfoui dans une forte barbe. Sur ses cheveux longs, un bonnet de raton laveur dont la queue à rayures fauves et beiges pendait sur l'épaule de sa veste de daim à bords frangés. Il était chaussé de mocassins brodés de perles, portait aux jambes des mitasses, sorte de houseaux qui montaient jusqu'à sa culotte de loup marin.

Ils se donnèrent l'accolade sur la place du marché de la basse ville, où ils s'étaient retrouvés. Une animation inaccoutumée régnait dans la petite capitale.

— Armand! Qu'est-ce tu fais ici?

— Es-tu le seul à pas le savoir? Un navire venu de France nous amène une quarantaine de filles, des paysannes, même des demoiselles de Paris.

— Qu'est-ce tu contes là?

— Le roi a payé leur passage. Toutes ont reçu un trousseau, valant trente livres. De plus, on leur en baillera cinquante autres payées en denrées lors du mariage.

— Quel mariage?

— Elles viennent ici pour épouser des colons. Pourquoi crois-tu que je sois venu ici?

Josam tombait des nues. Il suivit son frère jusqu'à la rive. Des jeunes gens attroupés ne quittaient pas des yeux un voilier à l'ancre. Une première chaloupe s'en détachait. On distinguait les passagères, en vêtements clairs. Un cri s'éleva de la foule des garçons assemblés, furieusement impatients.

— Elles s'en viennent!

Une à une les arrivantes sautaient sur la grève: justaucorps de toile sur jupe de lainage épais, coiffe blanche. Elles tenaient à la main un mouchoir de lin; sous le bras un coffret.

Leur gouvernante ordonna:

— Dispersez-vous, mes drôles! Et venez demain au parloir des ursulines. Là, vous pourrez faire votre demande.

Josam, moins timide que son frère, déjà avait répondu au sourire d'une solide brunette.

— Puis toi? Comment tu t'appelles? D'où viens-tu?

— Marianne est mon nom; je suis de Melle en Poitou.

— À bientôt, Marianne.

Le chaperon les avait séparés; la gracieuse cohorte se dirigea vers la haute ville, escortée par les seuls regards des gaillards qui, de mémoire de garçon, n'avaient jamais vu tant de tendrons à la fois.

Les deux frères s'en furent chacun de son côté. Le voilier n'avait pas amené à Québec que des filles à marier. Dans ses cales, des marchandises fort attendues: du fer en barre et en feuilles, de la quincaillerie, de magnifiques étalons et juments. Les Indiens émerveillés, qui n'avaient jamais vu de chevaux, les appelaient des orignaux de France.

Armand voulait acheter les outils et les caisses de clous dont il avait besoin à la ferme. Josam était déjà en route pour le cabaret où se réunissaient les coureurs des bois.

Le grand Malouin se prit à penser à la si désirable Marianne. Quel beau visage rose sous sa cornette de batiste. Et ses yeux, à peine entrevus tant elle avait baissé ses paupières, ourlés de cils châtains, quel regard si doux. Comme elle était loin des filles de la forêt, aux grosses pommettes ambrées, aux lèvres couleur de mûres, vêtues de leurs seules nattes bleu corbeau et d'une peau crue d'orignal. Et elles ont une dot, les demoiselles venues de France, payable par l'intendance en grains et en bétail. Lui, Josam, avait des écus durement gagnés sur les chemins de la traite. Il savait qu'au coteau Saint-Louis son père lui avait réservé une bonne terre.

Au moment de tourner le coin de la rue qui menait à la taverne, Malouin aîné se ravisa. Comment dire à Chickwaou et aux autres canotiers: «Moi, Josam, ici présent, je renonce aux courses dans le bois. Je vais me retirer en plaine pour cultiver, en compagnie d'une jouvencelle arrivée drette de France, que je ne connais même pas»?

De bonne heure le lendemain matin, Josam s'était néanmoins présenté au couvent, où les nouvelles arrivées avaient passé leur première nuit en terre d'Amérique. Il avait demandé s'il pouvait parler à une certaine Marianne de Melle en Poitou. Une religieuse avait inscrit son nom sur un registre, lui avait suggéré de revenir dans l'après-dîner.

Quand Armand vint à son tour et déclina son nom, la tourière avait répété:

— Malouin? C'est vous, Malouin?

Armand, un peu surpris, fut tout de suite conduit dans une salle où se tenait, fort intimidée, une grande fille au regard tendre qui semblait attendre sa visite. Ils avaient parlé. Lui de ses cultures, de son élevage, de son désir d'avoir un jour sa propre ferme. Marianne, orpheline, avait confié son intention d'élever une grande famille. C'est pourquoi elle avait fait le long voyage. Oh! elle n'avait pas que la dot du roi; elle apportait aussi un peu d'argent amassé. Armand se sentait vraiment conquis: la voilà, la fille qu'il cherchait.

Pour sûr, Marianne voulait bien épouser le jeune fermier. Ils s'étaient donné la main. Armand ferait la grande demande à la gouvernante.

À Josam qui, en même temps que d'autres jeunes gens, vint, trois heures plus tard, faire tinter la cloche des ursulines, on apprit que Marianne s'était déjà engagée. On lui offrait de rencontrer une autre demoiselle, une «fille du roi», selon l'expression nouvelle répandue en vingt-quatre heures à Québec.

Le voici face à une jeune personne qu'on lui présente sous le nom de Françoise. Puis le chaperon s'éloigna un brin pour laisser jaser les candidats au mariage. Elle était bien jolie, cette Françoise aux yeux gris-bleu, aussi émouvante que Marianne. Elle expliquait que, fille d'artisan, dernière-née d'une nombreuse famille de Paris, sans espoir de s'y établir elle avait suivi les conseils d'un oncle magistrat, avait demandé à être inscrite sur le rôle des départs pour le Canada. Elle narrait tout cela par bribes, fort gênée par ce luron curieusement vêtu. Ce n'était pas ainsi qu'elle s'imaginait les colons du Canada.

— Françoise, je suis coureur des bois.

Elle ouvrit ses grands yeux, répéta le mot.

— Cela veut dire que je vais quérir du pelu dans les territoires des Indiens. Il faut des jours et des jours de canot pour se rendre sur place; mais là on trouve la marchandise à pas cher en échange de vieux mousquets, de couvertes, de chaudières. Le traitant prend sa part mais à chaque voyage il ne reste pas moins de six cents écus. Tu comprends?

Elle n'avait pas saisi un mot du discours. Que voulait-il dire avec ses mousquets et ses chaudières et surtout le pelu? Finalement, elle osa demander:

70

— Ce que vous allez chercher, le pelu, c'est quoi?

— Des fourrures, Françoise, des peaux de castor ou de renard.

Françoise ne se voyait guère mariée avec un voyageur. Lui faudrait-il vivre avec lui sur un esquif dans les forêts profondes? Elle était venue ici pour partager l'existence d'un laboureur installé dans le plat pays. Elle devait repousser ce parti, parler à un autre garçon. Quel dommage, il était si fort et souriant.

Josam comprit soudain la pensée de Françoise.

— Je suis surtout habitant, ou, si vous préférez, cultivateur. Mon père a une terre sur l'île de Montréal. Le blé vient bien chez nous et le foin aussi, qui permet, l'hiver, de garder au moins six vaches. Françoise, si je vous demandais, diriez-vous oui?

Elle avait souri. Si cet homme disait vrai, c'est lui qu'elle souhaitait. Elle se sentait déjà attirée vers cette solide poitrine que moulait son vêtement de cuir. Sans s'en rendre compte, elle serrait entre ses doigts le poignet noueux de Josam. Il répéta sa question.

Pour dire oui, elle avait fait un signe affirmatif et osé poser sa tête sur la forte épaule du jeune homme.

* * *

C'est un beau jour pour Bertrand. Il doit ramener à Montréal les deux fils de son vieil ami ainsi que leurs promises. La supérieure du couvent des ursulines, la mère Marie de l'Incarnation, les lui a confiées en personne. Elles étaient là dans la barque. Il ne manquait plus que les épouseurs.

Les voici qui se hâtent vers le port. Armand, qui avait réglé ses affaires, qui n'avait pas revu son frère, descendait la côte. Il sauta sur le pont de l'embarcation de Bertrand, où l'attendait «sa» Marianne. Près d'elle, une jouvencelle inconnue. C'était Françoise, qui, surveillant le chemin, voyait arriver son fiancé barbu.

Josam lui faisait signe de loin, n'avait pas reconnu l'autre jeune personne, qu'il voyait de dos. Il se dit: «Tiens, mon frère a lui aussi trouvé une compagne.»

Il s'élança sur le bordage de la *Sainte-Anne,* vit Françoise qui lui tendait les bras, reconnut au même instant la Melloise auprès d'Armand.

— Ah! mon frère, savais-tu que j'avais d'abord choisi Marianne, que le destin t'avait attribuée? Mais pour moi maintenant, vois-tu, c'est Françoise.

Ils se mirent à rire tous les quatre. Au fond de lui, Armand savourait sa petite victoire. Il avait soufflé à son aîné la solide Marianne. Il aurait sans doute pu se voir attribuer Françoise la Parisienne, tant aimable mais un peu gourmée à son goût, trop riche de mystères.

— Une fille de la campagne, c'est le bonheur que je voulais, déclara-t-il en toute franchise.

À l'avant de la barque, le mousse, qui venait de haler l'ancre, se retourna. Encore des cris de joie. Josam et Armand avaient oublié que leur petit frère Charles était à bord. Nouvelles embrassades à la normande, trois fois sur chaque joue.

Rayonnant, Bertrand sonnait la cloche du départ.

Au cours de la longue remontée du fleuve, Marianne et Françoise avaient raconté le dur voyage de La Rochelle à Québec sur le voilier exigu, encombré de marchandises, au milieu d'un équipage goguenard, protégées sans cesse par la préceptrice spécialement choisie, affirmait-elle, par la reine de France, Marie-Thérèse.

Elles questionnaient sur cet étrange pays, à la fois rassurées et inquiétées par la présence de ces jeunes hommes à qui, par un capricieux hasard, elles devraient s'unir, ces garçons trop fougueux qui traduisaient en gestes gauches leur désir.

Pour faire patienter leurs fiancés, elles ouvraient leur coffret, montraient les mouchoirs, les rubans à souliers, le peigne de corne, les bobines de fil, les ciseaux, les bonnets, la coiffe du dimanche, le cent d'épingles et autres cadeaux offerts au nom du roi.

Josam et Armand, émerveillés par la fraîcheur de ces promises providentielles, cherchaient à prendre les tailles dans leurs paumes calleuses, à froisser des guimpes de coton très blanc, à poser des baisers sur les nuques rosées.

Charles, qui tenait le timon, les regardait batifoler.

— Et toi, le petit frère, tu aurais pu aussi tenter ta chance… Vois comme la loterie nous a comblés!

Au coteau Saint-Louis, l'arrivée avait créé une prodigieuse émotion. Les trois filles Malouin, qui sarclaient le potager, avaient été les premières à apercevoir le joyeux groupe qui montait vers la ferme. Elles criaient de joie.

Madeleine, accourue, s'était soudain comme jamais sentie en pleine santé. Elle faisait visiter la maison aux futures belles-filles, à qui Jean-Louis répétait:

— Au moins, j'aurai travaillé pour quelque chose.

Il était allé chercher du cidre bouché. Bertrand, levant son gobelet, affirmait:

— Ça va faire une belle noce. Puis toi, mon Josam, il était temps que tu te ranges. Le gouverneur parle de refuser tout permis de traite et de chasse aux gars restés célibataires après l'arrivée des bateaux de filles du roi.

La belle Françoise se jeta dans les bras de son prétendant.

— Jure-moi, Josam, que ce n'est pas à cause de ça que tu m'as choisie!

Le sergent Carignan

« R égiment de Carignan. Compagnie de monsieur de Saurel. Au nom du roi, le colonel de Salières fait savoir qu'il requiert Malouin Jean-Louis de recevoir en son domicile le porteur de ce billet et de lui fournir paillage, chandelle et place au feu.»

Le message, signé d'une grande S majuscule, était daté d'octobre 1665.

Hélène Malouin déchiffrait péniblement la feuille timbrée de fleurs de lys que lui avait tendue sa mère. Devant la ferme se tenait un militaire en uniforme gris et brun, portant chapeau de feutre à ruban noir sur cheveux poudrés. À ses pieds, son sac et son fusil à platine. Madeleine comprenait mal. Près d'elle Françoise, la femme de Josam, son fils le petit Antoine accroché à sa jupe, essayait d'expliquer à sa belle-mère:

— D'après ce papier, c'est un soldat des régiments envoyés de France, que vous êtes tenue d'héberger et de nourrir, le temps qu'il sera chez vous, par ordre.

— À nos frais? s'étonnait Madeleine.

— C'est ainsi.

— Le père décidera ce soir ce qu'on fera, dit Madeleine. En attendant, Françoise, tu vas conduire cet homme à la grange, lui donner du pain et à boire.

D'anciens souvenirs montent à la mémoire de Madeleine. Les excès des gens de guerre dont on parlait dans son pays du Perche, ceux-là qu'on appelait les soudards, que la prévôté installait là où il lui plaisait dans les maisons des villageois. Cette soldatesque aussi crainte que l'armée ennemie, pillarde, rançonneuse, violeuse de filles.

À l'heure du souper, Jean-Louis, rentré des champs, avait d'abord rassuré Madeleine, ses filles et ses brus. Puis il était allé voir l'homme. Celui-ci avait retiré son justaucorps réglementaire et accroché son couvre-chef à une cheville. Il méditait, assis sur un sac d'orge. Il s'était levé à l'approche du maître; par habitude, s'était mis au garde-à-vous. Interrogé, il répondait avec un accent qui étonnait Malouin.

— Je suis des environs de Grenoble. Notre régiment a été recruté en Dauphiné.

— Vous êtes nombreux?

— Vingt compagnies en tout. Douze cents hommes et officiers. Les autres sont à Québec ou dans les forts qu'on nous a fait construire cet été sur la rivière Richelieu.

— Tu veux dire la rivière des Iroquois, celle qui mène vers Orange et Manhatte*?

— Justement, c'est pour couper la route des Agniers. On prépare une expédition contre eux. C'est pourquoi une partie de mon bataillon a été envoyée à Montréal. On vient chercher un groupe de vos miliciens, qui vont combattre avec nous.

Jean-Louis avait hésité. Finalement, il invitait l'homme à entrer dans la maison partager avec la famille la soupe aux pois et la potée de bœuf.

---

* Orange et Manhatte, postes alors hollandais sur la rivière Hudson, vont devenir anglais et s'appeler Albany et New York.

Le militaire, en s'excusant de déranger, trouva une place sur le banc entre Hélène et Martine, bien plus intimidées que lui. Jean-Louis avait oublié de lui demander son nom. On ne l'appellerait pas autrement que Carignan.

Le Malouin, dans la demi-inconscience qui précédait son sommeil, songeait à cet homme, le premier qui vécût sous son toit. Il revoyait l'empourprement de ses filles quand l'étranger était apparu sous la lampe familiale. Il fallait donc que vienne ce Carignan. Son arrivée rappelait aussi le péril indien, qu'il venait conjurer. Jean-Louis finit par s'endormir la joue sur l'épaule de Madeleine, si paisible en son sommeil.

Tout naturellement, le lendemain, revêtu d'un sarrau, ce fils de paysan des Alpes avait accompagné Malouin et ses garçons. Sans un mot, il avait fauché avec eux le blé tout le jour, puis avait nourri les bêtes à l'étable.

Jean-Louis avait dit à Madeleine:

— Des soldats comme ça, que le roi nous en envoie d'autres. Il a un fameux coup de faux.

À la veillée, Carignan prenait sur un genou Antoine, le petit garçon de Josam, sur l'autre Nicole, fille d'Armand et de Marianne. Il leur chantait des chansons qu'ils n'avaient jamais entendues, leur contait des histoires de son pays.

Hélène, quatorze ans, Martine, qui en avait seize, écoutaient ce grand homme mince qui parlait lentement avec juste ce qu'il fallait de mots.

Jamais il ne se plaignait de son sort. Ainsi, devant le plat du souper préparé par Madeleine, des pois chiches cuits dans du sucre d'érable, mêlés de lardons, corsés de citrouille sauvage:

— C'est bon, ça, madame.

— Comment êtes-vous nourris à l'armée?

— Surtout du biscuit de mer, du bœuf salé.

— Quoi? Pas de venaison?

— On n'a pas le droit de chasser. Il faut économiser la poudre. Mais nos officiers ne s'en privent pas.

Il examinait un à un les membres de cette famille: Madeleine, la mère qui, allant sans cesse de la cheminée à la table, mangeait debout à la hâte une cuillerée de brouet; le père, aux mains et au visage cuits de soleil, déjà chenu, installé en bout de table. Assises épaule à épaule, penchant leurs coiffes de toile écrue sur des enfançons à qui elles présentaient, en un même geste, leur sein dénudé, deux solides jeunes femmes. Le mari de l'une savait poser, après des temps de réflexion, de précises questions.

— L'homme, dans votre pays où il y a de la froidure comme chez nous, avant l'hiver, est-ce que vous renchaussez avec du sable les pieds de mur de vos granges?

Carignan, avec son accent du Dauphiné, répondait à Armand:

— Pas besoin pour nos fenils. Mais pour nos étables, nous entassons le bois de chauffage coupé l'hiver d'avant, jusqu'à l'auvent des toits.

Tant il se sentait à l'aise, le soldat, se mettant à tutoyer, se tourna vers Françoise:

— Puis toi, ton mari?

— Encore parti avec le Huron, dans les pays d'en haut. Pour le pelu.

Carignan comprit mal ce qu'elle voulait dire. Madeleine, qui portait à table la jatte de myrtilles:

— Voici les bleuets. Hé! le soldat, ça se mange avec de la crème.

— Chez nous aussi, madame.

Il n'osait guère poser les yeux sur les deux grandes gamines, Hélène et Martine.

— Un autre fils, dit Madeleine par diversion, s'appelle Charles. Il navigue dans le bout de l'Acadie.

— Marin comme a été son père, alors. Marié lui aussi?

— Qui sait? répondit Madeleine.

De très loin, un matin, le vent avait porté des appels de tambour. Très vite, Carignan était sorti de la grange revêtu de son uniforme couleur de feuilles mortes, fusil à la main. Il faisait ses adieux.

— Vous reviendrez bien un jour nous voir à la montée Saint-Louis?

Il avait fait un geste signifiant «à la grâce de Dieu», puis, enfonçant son tapabor sur ses yeux, était parti par le sentier bordé de chaumes.

* * *

Dans la cour des Malouin — c'était bien après le départ de Carignan —, les chiens aboyaient. Toute rougissante, Hélène, allée voir dehors, aperçut, monté sur un cheval, un personnage à très longs cheveux, vêtu d'un habit galonné, portant dentelles au col et aux poignets, entouré de porteurs de hallebardes. Un des gardes proclamait à la maisonnée ébahie:

— Voici monseigneur l'intendant qui vient vous rendre visite.

On savait que Jean Talon, nouvellement désigné par le roi de France pour seconder le gouverneur, avait accoutumé de se rendre chez les habitants pour s'entretenir avec eux des choses de la colonie; mais qu'il vienne ainsi jusqu'au coteau Saint-Louis, si loin de Québec, la capitale!

Les Malouin, debout, écoutaient cet homme aux allures de grand seigneur bonasse.

— As-tu vu ses grands cheveux? avait chuchoté Martine à son frère Armand.

— Tais-toi, sotte! C'est une perruque, comme en France.

Talon voulait mettre ses hôtes à l'aise. Il les pria de se rasseoir autour de la grande table du souper dans la vague lumière de l'âtre rougeoyant et d'une lampe où brûlait de l'huile de marsouin. L'intendant, assis à califourchon sur une chaise, les mains posées sur le dossier, posait des questions. Une sorte de greffier notait les réponses.

— Ainsi, disait l'important personnage, sur cet écart de Montréal, vous constituez un feu. Combien de vaches avez-vous, mon ami?

Jean-Louis répondait avec prudence, se grattant l'oreille, éperdu de peur à l'idée qu'on le sente trop à l'aise, que soient augmentées les redevances qu'il payait. Il comprenait aussi que le sieur Talon avait ses plans pour aider les cultivateurs.

— Le royaume, disait le grand personnage, pourrait, par exemple, fournir des subsides pour l'installation d'une tannerie en Nouvelle-France. Pourriez-vous alors y porter des peaux de bœuf ou de porc? Si vous semiez du lin et du chanvre, et nous vous donnerions pour cela des semences, cela irait à des ateliers de tissage, des corderies royales que nous comptons établir ici.

— De quoi se mêle-t-il? disait Armand à voix basse à l'oreille de son frère. Ces gens de France vont tout de même pas nous apprendre à cultiver nos terres!

— Son idée de plantes à tisser, ça serait une bonne chose. Ça permettra de tenir quand les marchands vont baisser le prix du pelu.

— Toi et ta fourrure!

Avant de quitter la ferme, monseigneur Talon avait rappelé qu'il voulait voir beaucoup d'enfants dans les maisons, qu'il récompenserait par des écus les pères de famille nombreuse. Il avait donné un grand coup de chapeau à plume aux Malouin, fait des sourires particulièrement aimables à Madeleine, mère et grand-mère si comblée, et à Marianne, la femme d'Armand, dont le ventre épanoui présageait une autre naissance à la ferme Saint-Louis.

Martine, après le départ de la noble compagnie, ne put s'empêcher de lancer à sa sœur cadette:

— Tu étais bien agitée, Hélène, quand tu leur as ouvert la porte.

L'autre, faisant la moue, haussa les épaules. Bien sûr, elle avait cru que c'était Carignan qui revenait. Martine ajouta:

— Tu as pensé que c'était le soldat, ma petite. S'il revient, ça sera plutôt pour moi.

— Pourquoi pour toi?

— Parce que je suis l'aînée. Toi, tu es trop jeune.

— Trop jeune? Mais d'autres se marient bien à douze ans!

Un soir, c'était au temps des moissons, Carignan était apparu, maigri, claudiquant, la joue fendue par une cicatrice. Il avait demandé à parler à Malouin. Hélène et Martine étaient devenues rouges comme crêtes de coq.

Le père, revenu dans la salle, annonça:

— Carignan vient s'engager chez nous. On le logera au grenier. Les gages lui conviennent.

— Comment, il n'est plus militaire?

— Son régiment va rentrer en France. L'armée offre une gratification plus une année de solde à ceux qui veulent demeurer au Canada.

Carignan faisait désormais partie de la maison des Malouin. Toujours silencieux et actif, il accomplissait sa part en sifflotant des airs militaires.

Tous les Malouin avaient essayé de lui faire raconter sa campagne. De façon laconique, Carignan avait narré l'opération mal préparée par des officiers habitués comme en Europe à commander des charges à la baïonnette contre des rangées d'ennemis alignés dans une plaine. Au lieu de cela, des semaines de marche dans la forêt glaciale, raquettes aux pieds, les engelures aux doigts, les yeux brûlés par le blanc de la neige, le ventre creux, l'angoisse au cœur. Les hommes rouges emplumés se glissaient d'arbre en arbre, abattaient un retardataire, puis disparaissaient.

— Et les volontaires de notre milice? avait demandé Josam.

— Les Capots-Bleus? Ils savent se battre contre les sauvages et vivre en forêt. Sans eux, on serait tous morts. Le froid aurait fait plus de victimes que les Agniers.

— Avez-vous au moins tué de ces barbares?

— On a incendié leurs villages, détruit leurs récoltes, tué quelques vieux. Les autres s'étaient envolés.

— Et votre blessure, comment c'est arrivé?

Hélène, rougissante, devançant sa sœur Martine, avait posé la question.

— En sentinelle. J'ai été attaqué par un Indien armé d'une sorte d'esponton. Nous avons combattu. Il est maintenant prisonnier. Et sans doute bien tranquille.

Armand frappa la table de son rude poing de paysan.

— Vous savez ce qu'ils font, eux, à nos prisonniers?

— Je sais, a dit Carignan.

Plus jamais il n'avait voulu reparler de ses saisons de guerre.

Martine avait cessé de fréquenter l'école fondée à Montréal par Marguerite Bourgeoys. Elle passait ses journées à travailler avec sa mère. C'est elle qui portait aux moissonneurs leur repas de midi. Jean-Louis la voyait souvent bavarder longuement avec Carignan qui tortillait sa moustache.

Les fanes de maïs jonchaient les champs. Pailles et grains avaient été rentrés. Le cheptel avait bien profité; on pourrait remplir le saloir pour l'hiver. Il était temps de cueillir les pommes.

Charles, qui avançait vers la maison de ses parents, rencontra son frère aîné.

— Tiens, voilà notre matelot. Es-tu pour longtemps à Montréal?

— Josam, en arrivant au mouillage tout à l'heure, Bertrand est mort frappé de congestion à la barre de la *Sainte-Anne*. Comment annoncer cela à notre père?

Ils entrèrent dans la grande salle, virent les autres dans une sorte de gravité joyeuse. Armand les renseigna.

— Carignan vient de faire une demande en mariage.

82

Charles attendrait le lendemain pour annoncer la nouvelle qui allait profondément bouleverser Jean-Louis. Josam demanda:

— Carignan a demandé Martine, bien sûr!

— Non, Hélène.

Jean-Louis était allé chercher une bouteille cachée dans le haut d'un buffet et servait à boire au milieu des éclats de rire. La petite fiancée de quinze ans était rose d'émotion.

Loin de l'âtre qui illuminait la grande cuisine, Martine cachait ses larmes.

* * *

— Mon père, je m'accuse…

C'est Armand, à genoux dans la chapelle attenante à l'Hôtel-Dieu, la seule église de Montréal, qui, très hésitant, se confessait. Il reprit sa phrase:

— Je m'accuse d'un péché, un péché capital, euh…

— Sans doute la luxure, mon fils?

Un silence. La voix rocailleuse du pénitent se remit à chuchoter.

— Non, l'envie.

— Ah? Envieux, comment?

— Je possède mon petit bien, durement gagné. Et puis un de mes frères…

— Continuez.

— Un de mes frères, qui, lui, ne se donne pas le centième de la peine que je mets à ma tâche, reçoit de son labeur tant de profits que…

— Que cela vous donne un sentiment d'irritation et, disons, de convoitise.

— C'est ça pour vrai.

— Mon fils, je crois que vous êtes un bon laboureur. Le Seigneur bénit ses créatures qui travaillent. Mais pour ce qui est de votre frère, méditez la parabole des ouvriers de la onzième heure. Ou encore celle de l'enfant prodigue. Et priez le ciel qu'il vous donne la paix du cœur. Est-ce là bien tout?

— Oui.

— Respectez-vous bien les fêtes chômées? Et surtout vous abstenez-vous bien de manger gras les jours d'abstinence? Êtes-vous marié?

— Oui.

— Des enfants?

— On en a déjà deux. Ma femme attend le troisième.

— Alors, allez en paix.

Armand reprit le chemin du coteau Saint-Louis. Il ne savait guère ce qu'il devait penser de ces ouvriers de la dernière heure, ni de cet enfant prodigue. Ce qui était sûr, c'est que tout réussissait à Josam, qui gagnait gros et travaillait, semble-t-il, peu ses arpents. Préférant le fusil au fléau, il descendait son canot à la rive chaque fois qu'il le pouvait, disparaissait des jours entiers, rapportant dans sa hotte quelques lièvres et un quarteron de palombes quand ce n'était pas de bonnes peaux de castor qu'il échangeait contre des marchandises venues de France.

Tandis que lui, Armand, s'acharnait à l'ouvrage, parfois même aux temps fériés, se refusait tout repos.

«Josam, se disait Armand, il ne fait rien comme les autres. Sans doute aime-t-il nos parents, sa femme Françoise, Antoine, leur unique enfant. Il a sa maison sur le même lot que nous autres, mais il semble vivre loin de nous. Notre autre frère, Charles, lui qui pour la plupart du temps passe sa vie à bord de son bateau, au moins chaque fois qu'il le peut vient se réfugier sous le toit paternel et retrouver la chaleur des siens. Pourquoi notre frère aîné est-il ainsi?»

Depuis que le sieur Jean Talon avait visité la ferme, Josam était allé voir les commis de l'Intendance et avait obtenu qu'on lui donne de ces semences promises aux colons. Il avait récolté du houblon, qu'il vendait bien à la brasserie, et aussi du chanvre. Des brebis venues des fermes royales de France avaient peuplé son pré d'agneaux. Pour Françoise, qui filait à la quenouille et au fuseau, Josam avait commandé un métier à tisser. Et ne voilà-t-il pas qu'à présent il voulait acheter un cheval pour remplacer le bœuf de travail à la charrue et au tombereau.

«Mon frère, se répétait Armand, devrait être satisfait. Pourtant non; il vit toujours comme l'oiseau sur la branche.»

Un soir que Josam rentrait à sa maison portant sur l'épaule un ballot de dépouilles de loutre, Armand lui avait demandé:

— Pourquoi continues-tu à t'occuper de fourrures? Pour l'argent?

— Non, Armand. Les pelleteries n'ont pas d'importance pour moi. Ce que je trouve dans mes courses, c'est la liberté.

Tous les matins, en ouvrant ses contrevents, Madeleine se disait que son mari avait bien confectionné leur maison du coteau Saint-Louis: une ferme avec un étage. Elle voyait, plantée d'arbres fruitiers, une cour en U donnant sur le sud. En toutes saisons, dans le berceau de ramures, on apercevait la barre du fleuve. Toute proche, d'un côté, la maison d'Armand et de sa famille, de Carignan et d'Hélène; de l'autre, les granges et l'atelier. Au centre, une mare où, à l'automne, se mêlaient aux canards domestiques des cols-verts en partance pour le sud. Des voisins s'étaient peu à peu installés au long du sentier qui suivait en biais l'arrondi de la colline, menait à des carrières de pierre calcaire qui permettait de bâtir solide.

Josam avait choisi d'établir sa demeure sur le lot de son père mais dans la partie boisée qui le dominait, au bord d'un ravin rocheux où dévalait un ruisseau qui, l'hiver, se transformait en longues franges de glace. Armand et sa famille logeaient dans l'ancienne grange transformée en demeure malcommode. Le four à pain servait aux trois ménages et donnait aux femmes l'occasion de se parler.

Madeleine pouvait ainsi consoler ses deux brus envoyées par le royaume de France en terre de Canada: Marianne la Poitevine, qui se plaignait de sa trop grosse charge d'enfants, et Françoise la Parisienne, qui se désolait de n'avoir que son petit Antoine.

— Ma fille, disait-elle à cette dernière, il n'est pas surprenant que tu sois presque bréhaigne, ton mari est si souvent loin de votre toit. Prends-tu tous les moyens de l'y retenir?

Françoise baissait la tête. Elle savait combien son beau-père Jean-Louis était démangé par l'idée de s'en aller à travers forêts et rivières. Et pourtant il demeurait immuable sur sa terre.

Josam n'aimait pas l'inaction des hivers, les soirs précocement ténébreux, les longues veillées autour d'un lumignon, parfois à la seule lueur des tisons, les mains qui s'affairaient à des travaux répétitifs, les langues bavardes qui reprenaient de vains propos. Josam partait, raquettes aux pieds. Sur l'épaule, avec son barda, les pièges de métal qu'il avait lui-même forgés.

Il ne revenait parfois qu'au bout de deux ou trois jours. Françoise le retrouvait tout habillé, endormi au mitan de leur lit. Elle se glissait à ses côtés, attendant son réveil. C'était le meilleur moment pour causer avec lui.

— Bonne chasse?

— Je me suis bien promené. Rien de nouveau au coteau?

— Ton frère Armand est venu me dire que mémère ne se sentait pas très bien. Voulait aussi que tu viennes l'aider à battre du blé noir dans la grange.

— Ça pouvait bien attendre un peu.

— Antoine est allé le voir faire. Il faut qu'il commence à apprendre les choses de la ferme.

— Oui, Françoise. Et moi, à notre fils, je lui montrerai les secrets du piégeage. Le travail de la terre, c'est réglé à longueur d'année. Tout revient aux mêmes saisons. À la chasse, il arrive rarement ce qu'on attend.

— Surtout les dangers.

Elle hésita un peu avant de livrer un autre de ses tracas.

86

— N'aimerais-tu pas que nous ayons un second enfant?

— Tu m'as déjà dit ça. Sommes-nous pas heureux ainsi?

— Certes, Josam, mais…

— Mais quoi?

— Le père curé m'a encore rappelé cette semaine que tu ne dois pas empêcher que je sois imprégnée.

Il se redressa brusquement, lança d'une voix furieuse:

— Je ne veux pas, tu m'entends, que tu racontes à personne ce qui ne regarde que toi et moi! Je te le défends!

* * *

C'était un autre soir d'un bel été. On aurait dû se réjouir au coteau Saint-Louis. Jean-Louis était allé dire la nouvelle à sa femme.

— Le fils Lamothe est venu me demander notre fille aînée. Les noces se feront à la Saint-Martin.

Madeleine, toute recroquevillée dans le grand lit, avait répondu d'une voix triste ponctuée de quintes de toux.

— Je ne verrai pas les épousailles de Martine.

— Pourquoi dis-tu cela, ma femme?

— Parce que je sens que mon temps est fini. Je vais retourner près du moulin.

C'est là que se trouvait le cimetière des Montréalais. Non loin de ce carré de terre sainte, ils avaient eu autrefois leur maison.

— Te souviens-tu, Jean-Louis, de nos premiers jours à Montréal? Nous n'avions que nos bras et notre courage. C'étaient les jours d'angoisse. Tu voulais qu'on retourne près de Québec, et même en France pour avoir un peu de paix. Je savais que le bon Dieu nous protégerait. Et puis il y a eu ce jour-là où notre petite Armande a reçu cette flèche dans le ventre.

— Tais-toi, Madou, tu vas encore tousser.

— À présent que tout notre monde va bien, je peux partir tranquille.

— Ne dis pas ça, tu vas guérir.

Jean-Louis serrait le poignet aminci de sa compagne. Elle se prit, avec une curieuse voix de tête, à discourir sur leurs enfants, remémorait leurs jeunes années, parla d'Armande, puis se prit à sangloter doucement. Jean-Louis la faisait ressourir en lui parlant de la marmaille qui peuplait maintenant leur demeure, surtout le petit dernier, le poupon d'Hélène et de Carignan.

— Tu prendras bien soin d'eux, Jean-Louis.

Au même moment, Josam se trouvait au lieu dit Lachine, sur l'île de Montréal, passé les rapides du Saint-Laurent. C'était le port d'embarquement vers les pays d'en haut. Le fermier était venu rencontrer son ami Chickwaou.

À la veille des grands départs d'automne, Lachine grouillait de monde. Coureurs des bois qui s'affairaient autour des longs canots d'écorce aux deux pointes haut relevées, marchands venus proposer la marchandise de troc et les provisions de voyage, traiteurs en habits galonnés qui surveillaient la partance de leurs engagés, interprètes indiens prêts à embarquer sur les flottilles. Ils avaient édifié leurs tentes sur la plage du lac Saint-Louis. Il y avait aussi beaucoup de militaires. Lachine était place fortifiée. Les cabarets étaient pleins. Pas seulement de buveurs. En dépit des interdictions, des filles galantes cherchaient à racoler. Dans les rues, il y avait des Indiens ivres morts. L'intendant qui régnait alors à Québec, cédant à la pression des bénéficiaires du monopole de la fourrure, venait à nouveau d'autoriser la vente des boissons enivrantes aux hommes rouges. L'évêque et les missionnaires avaient tonné en vain contre le grand personnage.

— Il peut crier, remarqua le Huron, permission ou non, Chickwaou trouve de l'eau-de-feu autant qu'il veut. Si les trafiquants de Nouvelle-France refusent — ils ne le font jamais —, Chickwaou ira vendre ses castors aux marchands d'Albany.

— Est-ce que ces Hollandais paient mieux que nos marchands?

— Au lieu de vos eaux-de-vie de France, ils donnent ce qu'ils appellent rhum. Pour un gosier d'ivrogne, pas de différence!

— Tu te souviens du temps où nous allions dans les territoires de chasse échanger du bon pelu contre de vulgaires perles bleues?

— C'est bien changé, Josam, regarde ça.

Chickwaou déroule un lé de lainage rouge vif à bandes noires.

— C'est une escarlatine, de la meilleure qualité.

— Les tribus qui ne veulent plus d'alcool ou qui ont déjà des fusils choisissent en guise de monnaie d'échange ce genre de couverte. Les meilleures viennent secrètement d'Angleterre, au prix que tu devines. Faire de la traite coûte une fortune et rapporte peu. Tu vois tous ces voyageurs autour de nous obligés d'aller toujours plus loin au-delà des Grands Lacs.

— Je crois que c'est mon frère Armand qui a raison. Rien ne vaut la glèbe pour nourrir les siens.

Pour toute réponse, Chickwaou plissa ses pommettes, laissant filtrer un regard dont on ne pouvait dire s'il exprimait l'approbation ou bien la moquerie.

En remontant vers les hauteurs de Saint-Louis, Josam dépassa un sulpicien. C'était le curé Bisaillon, qui pressait contre sa poitrine une pyxide d'étain.

— Josam Malouin, c'est pour ta mère que je viens chez vous. Ça va être sa fin. Cours devant. Va l'embrasser s'il est encore temps!

* * *

Marguerite avait quatorze ans. Elle alla trouver Jean-Louis, qui, depuis qu'il était veuf, passait de longs moments à somnoler sur le fauteuil près du feu.

— Père, deux hommes sont là. Des soldats pour sûr. Ils demandent à parler à Carignan.

— Va le chercher, il est dans la pâture.

Un de ces deux personnages déclina son nom: monsieur de Saurel. L'autre s'appelait Lespérance. Jean-Louis avait compris qu'il s'agissait d'un officier et d'un soldat du régiment auquel avait appartenu son gendre. La plupart de ces gars-là portaient des sobriquets: Lafleur, Sansregret, Tranchemontagne, LaLiberté, dont ils avaient fait des noms de famille.

Quand Carignan arriva, il fit le salut militaire.

— Mon capitaine.

— Je suis venu te parler.

— Vous pouvez le faire devant mon beau-père.

— En deux mots, le roi va me bailler une seigneurie. Je veux prendre comme censitaires des hommes de ma compagnie. Lespérance est déjà un de mes futurs colons.

— Où sera votre domaine?

— Près de l'embouchure de la rivière Richelieu. Des terres riches. Comme il se doit, je ferai bâtir un manoir pour moi et un moulin à farine. Je ne demanderai pas de grosses redevances à mes anciens soldats, à qui je vais concéder de bons lots.

— C'est vrai, dit Lespérance. Toute la vallée, ça va être pareil. Tous nos anciens capitaines deviennent des seigneurs.

Carignan répondit qu'il allait y penser. Jean-Louis savait déjà que le mari d'Hélène accepterait et qu'il allait perdre gros. Il ne pouvait blâmer Carignan. Il se revoyait au même âge que lui, vivant dans la maison de ses beaux-parents, impatient d'avoir son lopin à lui. C'était dans l'ordre. Un autre des siens allait être établi.

Françoise raconta à Josam la visite du capitaine de Saurel et le départ probable des Carignan.

— Il a rudement raison. Puis moi, je pense qu'on va agrandir notre étable. On pourrait avoir quatre génisses de plus.

— Tant d'ouvrage, Josam? Es-tu bien sûr que tu n'auras plus envie de repartir dans les bois?

— Jamais, ma femme.

— C'est un mot qu'il ne faut jamais dire, avait-elle répondu en posant un tendre baiser sur la joue de son mari.

Armand, lui aussi, mine de rien, avait interrogé son beau-frère.

— Dis-moi, Carignan, faut-il être ancien soldat du roi pour obtenir une terre en concession dans les nouvelles seigneuries?

— Ce sont, à ce qu'on m'a dit, les titulaires de fiefs qui partagent leurs terres selon leur bon plaisir. Ils cherchent surtout des censitaires qui paieront bien leur rente et tous les autres droits. Cherches-tu à t'établir en dehors du coteau?

— C'est pas ce que j'ai dit, Carignan.

On le savait. L'Armand ne pensait qu'à ça, un sol à défricher dont il serait le maître. De toute façon, la terre paternelle reviendrait à Josam. Le cadet voulait, dès que possible, se tailler un patrimoine ailleurs que sur le domaine montréalais des Messieurs de Saint-Sulpice. Il voulait devenir le prince d'arpents de bonne glaise.

Un voyageur est demandé

C'était à l'été de 1671, trois ans après la mort de Madeleine. Josam, qui étrillait son cheval dans l'écurie, entendit les chiens aboyer. Antoine, son fils, l'appela, lui demanda de venir dans la maison. Un grand gaillard barbu attendait, dont les bras s'ouvrirent quand il vit Josam.

— Jean-Baptiste! Que viens-tu faire à Montréal?

— J'ai à te parler. On a besoin de toi.

L'homme, à qui l'hôte avait tendu un gobelet de bière mousseuse, expliquait pourquoi il était venu de Québec: il s'agissait d'accompagner par la route de la rivière Saguenay deux envoyés du gouvernement qui voulaient se rendre à la mer du Nord.

— Il faut un habile conducteur pour diriger les équipes de canotiers. Ils sont tous d'accord chez le gouverneur: tu es le meilleur.

Josam, qui avait rougi sous son hâle de paysan, tenta de convaincre l'envoyé qu'il avait ses moissons à engranger, ses piquets de clôture à réparer, ensuite les labours, les semailles.

L'autre insistait.

— Je sais tout ça, Josam, mais on a besoin d'un voyageur. Quitte un peu tes herbages. Ton père et ton frère Armand sont là pour s'occuper de tout. D'ailleurs, on sera revenus à la fin de l'automne. Tous deux avec une bourse pleine d'or. D'ici à quinze jours, tu seras sur les chemins d'eau. Comme avant! Te souviens-tu?

S'il se souvenait! Il connaissait bien Jean-Baptiste Couture. Ensemble, ils avaient parcouru les forêts et vécu dans les tribus d'hommes rouges. Repartir à l'avant d'un esquif d'écorce, remonter des rivières inconnues, dormir à la belle étoile... Il allait cependant dire non. Couture ajouta:

— Bien sûr, Chickwaou sera du voyage. Les rameurs seront des Montagnais et il connaît leur langue.

Sur les traits de Josam, un sourire bref suivi d'une grimace.

— Non, Jean-Baptiste, il faudra partir sans moi.

Dans le fond de la pièce, Françoise, assise à son métier à tisser, regardait son mari en souriant et fit de la tête un hochement qui voulait dire: «Pars, mon homme, tu en meurs d'envie depuis si longtemps.»

* * *

— Puisque je te le dis, qu'à la Saint-Michel on sera tous revenus chez nous, répétait Jean-Baptiste Couture à Josam, alors qu'ils descendaient à Québec à bord d'un petit voilier.

— C'est une pinasse de l'Intendance royale, s'était étonné le gars Malouin.

— Ordre du sieur Jean Talon. Notre intendant a décidé cette expédition, à la demande des marchands. Ces messieurs ont pris peur parce que les Anglais auraient installé des postes de traite sur ces rivages qu'ils appellent baie d'Hudson et baie de James.

— Mais c'est la mer du Nord? Des territoires à nous autres!

— Tout ça, c'est la faute à deux gars de chez nous. Tu les connais: Médard Chouart des Groseilliers et son beau-frère Esprit Radisson.

— Les fameux coureurs, natifs de Trois-Rivières.

Couture racontait comment ces deux gaillards, parce que le gouverneur leur avait confisqué des pelleteries, étaient passés du côté des trafiquants de Boston. Les Anglais leur avaient fait fête. Au long des rivières qui se jettent dans l'immense mer intérieure, les deux transfuges connaissaient toutes les nations indiennes, parlaient leurs langues, pouvaient récolter d'incroyables quantités de fourrures, savaient les baies où l'eau gèle rarement, havres de départ et d'arrivée pour les voyages les plus courts entre le Canada et l'Angleterre. À Londres s'était formée «The Company of Adventurers of England trading into Hudson Bay». Radisson et Des Groseilliers figuraient parmi les actionnaires. Apprenant la nouvelle, les négociants de Montréal et de Québec se voyaient déjà ruinés.

— C'est pour ça qu'on doit accompagner des émissaires. Ils doivent montrer que la mer du Nord est toujours sous la domination du roi de France. Il y a peut-être aussi l'idée de découvrir le secret.

— Quel secret?

— Toujours le vieux rêve: trouver là-haut le fameux chemin qui mène de l'Europe à l'Asie.

Josam se souvint que son père racontait comment Champlain, comment Jacques Cartier et d'autres avaient espéré toute leur vie découvrir la fabuleuse route. Il demanda:

— Le gouverneur aurait pu envoyer un détachement militaire.

— Il a préféré déléguer un jésuite, le père Albanel, et un jeune homme de grande distinction, Paul Denys, dit de Saint-Simon. Ce sont les maîtres que nous devons servir. Et seulement pour deux mois.

À Québec, Chickwaou retrouvé annonça une piètre nouvelle: rien n'était prêt pour le départ.

À la fin du mois d'août seulement, les canots embouquèrent le Saguenay, ce fjord profondément taillé dans un tumultueux granite, couronné tout du long de conifères agités par la haute brise, le remontèrent parmi les troupeaux de belugas et de baleines bleues jusqu'aux premiers portages de la région de Chikoutémy, que Josam connaissait bien. Ils arrivèrent enfin à l'immense lac Saint-Jean.

— Douze rivières s'y jettent. Il a l'air calme, mais des tempêtes peuvent s'y lever, comme en pleine mer, expliquait Josam aux chefs de l'expédition.

On mit deux semaines à le traverser. Au campement, près du delta de la rivière Achouapmouchouan, là où vivait la nation du Porc-Épic, des trappeurs montagnais venus du nord annoncèrent que des vaisseaux anglais étaient ancrés dans la baie de James.

«Comme ça, se dit Josam, on n'aura plus besoin d'y aller.»

Denys de Saint-Simon décida de redescendre à Québec pour y demander des ordres.

— Chickwaou, je l'accompagne et je rentre chez moi.

Tous les soirs, un peu plus tôt, les couchants empourpraient davantage les cimes.

— Je repars, disait Josam.

Mais c'était le temps des grandes chasses. Le Huron l'entraînait sur de giboyeux sentiers.

— Il faudrait bien que je reparte à la maison.

Abaissant ses paupières, il revoyait le précarré du coteau Saint-Louis. Françoise qui lui souriait, un peu tristement, comme toujours. Il imagina celui qu'il appelait «mon petit bonhomme», Antoine. Il pouvait avoir huit ans. Entendit la dernière conversation avec sa mère.

— On a toujours dit que ton père c'est un vrai castor. Et toi tu es un barnache.

Il s'était senti flatté d'être comparé au jars de ces bandes migratrices de grandes oies blanches qui passent au printemps et à l'automne.

— Les barnaches, avait-il répondu, ça revient toujours juquer où c'est bon.

Pourtant, Josam préféra rester sur les rivages de l'Achouap-mouchouan. Le caribou abondait. Chickwaou avait été nommé sagamo, c'est-à-dire chef des canotiers du père Albanel. Malouin fils manœuvrait la pagaie à l'avant de l'embarcation. La Robe-Noire portait la bonne parole dans les tribus de la région.

Le missionnaire arriva à baptiser quelques Indiens âgés, qu'il charma par sa connaissance de leur langue et de leurs mythes. Ce qu'il faisait le mieux, c'était de découvrir des Français qui avaient choisi de vivre en pleine sauvagerie. Tous étaient en ménage avec une Indienne, «mariés sur l'autel de la nature», comme disait en souriant le révérend père Albanel, et entourés de petits métis nus comme la main. Certains acceptaient volontiers les sacrements officiels. D'autres tentaient de les éluder. Le jésuite savait alors que ces réfractaires avaient déjà femme et enfants dans le Sud, sinon en France, que ses semonces seraient vite oubliées. Il avait été aumônier du régiment de Carignan-Salières et connaissait bien les hommes.

Bientôt, dans les savanes, les lièvres prirent le pelage blanc de l'hiver. Au campement, sur les piquets en faisceaux pointus des tentes, les peaux d'élan avaient remplacé les laizes d'écorce de bouleau.

L'hiver s'installa brusquement.

— Tu te souviens, Chickwaou, de notre premier hivernage chez les Outaouais?

Ils avaient aussi faim que naguère. On se nourrissait de «tripes de roches»; c'étaient des lichens que l'on faisait bouillir, qui apaisaient mal la faim et laissaient la bouche pleine de sable. Puis les épidémies avaient frappé, décimant les rameurs indiens.

Les eaux gelées se remirent à couler. Saint-Simon revint. On repartit alors, au gré des affluents, vers le lac des Mistassini. Quatre cents rapides à franchir. Pour contourner les cascades, deux cents portages sur les sentiers de montagne entre les arbres rapprochés. Puis on passa la ligne de partage des eaux, celles qui coulaient vers le Saint-Laurent et celles qui bondissaient vers la baie nordique.

Josam et Chickwaou se lançaient des coups d'œil complices. Comme autrefois, ils ressentaient l'émouvante étreinte de la forêt, ses odeurs puissantes, sa vie intense cachée sous une paix apparente.

Le groupe arrivait au terme du voyage, un littoral marécageux où ne croissaient que des sapins nains tordus par le vent, livré aux outardes bleues. Là, plus de trace de navire, mais fut trouvée une cabane de rondins, peut-être construite par les Anglais; mais des Français du Canada y avaient sûrement résidé: on y avait ramassé de ces ceintures de laine, dites fléchées, seulement portées en Nouvelle-France.

À la baie de James, le jésuite, plantant un drapeau, reprit possession du rivage au nom du roi Louis XIV.

Au coteau Saint-Louis, depuis dix-huit mois, Françoise attendait. Elle montrait à son fils Antoine, assis sur ses genoux, un portrait de Josam. Une fois de plus, elle racontait l'histoire de cette peinture.

C'était quelque temps après son mariage. Un homme avait frappé à la porte de la ferme des Malouin. On lui avait offert l'hospitalité. C'était un récollet, le frère Luc, qui peignait des tableaux destinés aux chapelles et églises.

Il avait demandé à dormir sur la paille de l'étable. Toute la famille l'avait suivi pour l'en dissuader, lui offrir le meilleur lit de la maison. En voyant là Jean-Louis qui portait le fanal, Marianne son dernier-né dans les bras, assise entre les frères Malouin, le religieux avait eu soudain l'idée de faire un tableau représentant la visite des Rois mages. Il était parti deux semaines après, emportant son *Épiphanie*, mais avait laissé à ses hôtes deux études peintes à l'huile.

Antoine regardait l'image de son père. Josam, alors qu'Armand s'était laissé portraiturer dans ses vêtements de laboureur, avait tenu à revêtir sa tenue de coureur des bois.

— Papa revient, je le sais, disait l'enfant.

Il était sûr que son père, pagayant à une encablure de la maison, allait arriver, les bras chargés d'étonnants cadeaux.

La porte s'ouvrit. C'était Armand. Sans cesse, il entrait dans la salle de la ferme pour réconforter Jean-Louis, cassé par une longue vie de labeur, l'âme rongée par la nostalgie de son fils aîné.

— Soyez tranquille, le père, Josam va revenir.

— Mais pourquoi n'est-il pas revenu à Québec avec les autres?

Armand répétait une explication à laquelle il ne croyait plus:

— Il aura sans doute eu en route un bon contrat pour aller quérir des lots de fourrures. Et puis ce n'est pas la première fois qu'il reste longtemps sans donner de nouvelles.

Le vieux Malouin hochait la tête.

— N'oubliez pas non plus qu'il est avec Chickwaou, l'Indien le plus habile que l'on connaisse.

Les saisons se succédaient. Un jour qu'Armand passait près de la grange de son frère, il entendit le tac-tac vigoureux du fléau. Josam était-il rentré?

C'était Françoise qui battait de l'orge, son caraco trempé de sueur. De l'avant-bras, elle releva une mèche qui barrait son œil. Près d'elle, Antoine balayait les grains blonds.

— Toujours pas de nouvelles? demanda-t-elle à son beau-frère, qui repartait la larme au coin de l'œil.

Françoise se revoyait à peine dix ans plus jeune dans l'atelier de son père, fabricant de passementerie dans le quartier du Marais à Paris, puis si vite devenue «fille du roi», sa longue traversée et, dès Québec, Josam qui semblait l'y attendre de toute éternité.

— Mon mari, répétait-elle, où es-tu?

Elle allait rentrer dans leur maison tenant la main du petit Antoine, préparer leur frugal souper. Elle travaillerait un peu à son métier à tisser, tiendrait les comptes de la ferme, ou lirait quelques pages du livre prêté par un père jésuite, un ouvrage de piété. Elle irait dormir seule dans le lit aux draps de grosse toile, cherchant dans son sommeil le corps musclé de Josam, velu, qui dégageait de viriles odeurs d'homme actif.

— Josam, il faut que tu reviennes.

Là-bas, lui y pensait souvent, quand son impatience à courir les forêts, ce qu'il appelait son vieux démon, le lâchait un peu. Avec son ami l'Indien, il avait raccompagné le père Albanel à sa mission de Tadoussac. Mais, au lieu de parcourir le fleuve vers Montréal, ils étaient repartis vers le nord, pour aller chasser avec ceux des tribus amies, rencontraient d'aimables sauvagesses oublieuses dès l'aube des accomplissements d'une nuit.

— Au printemps, c'est juré, j'abandonne ma vie errante. Françoise, pauvre elle, qui m'attend.

Il lui avait fait savoir que, s'il tardait un peu en route, c'est parce qu'il amassait pour leur foyer d'inestimables trésors. Un Montagnais soi-disant en route pour Montréal fut chargé du message. Josam, qui ne savait point écrire, avait, à la manière indienne, tracé des signes sur une bande d'écorce: le profil d'une oie barnache — c'était lui — volant vers le sud-ouest désigné par un soleil presque couchant, chargée de ballots de pelleteries. Un cœur ardent disait son amour; une pensée dessinée, son souvenir. Il avait marqué ses initiales séparées par une croix.

La fruste missive n'arriva jamais. L'Indien, qui avait choisi un autre but de voyage, l'avait perdue en chemin.

Cependant Françoise espérait. Ses journées faites, elle allait s'adosser à une épinette qui poussait oblique au bord du ruisseau, là où une longue échappée de vue permettait un regard jusqu'au fleuve. Son petit Antoine sur les genoux, elle guettait le retour de Josam.

— Quand il reviendra, disait-elle, il sera fier de retrouver son bien.

«Josam ne rentrera jamais», pensait Armand.

C'est lui qui, sous l'œil de plus en plus atone de Jean-Louis, régentait la ferme. Marianne était morte dans l'hiver, peu après la naissance d'Élisabeth.

Le jeune veuf ruminait d'angoissantes et coupables pensées. S'y ajoutait la rancœur de ne pas être maître absolu du petit domaine familial, promis par tradition de primogéniture à Josam, puis à Antoine.

«Moi, se répétait Armand, j'aurai un jour ma terre à moi, si grande que je pourrai en donner un gros morceau à chacun de mes enfants. Ils ne seront pas des crève-la-faim comme l'ont été mes parents. Et je quitterai ce coteau trop près de Montréal.»

Il n'avait jamais aimé ce gros village enclos, plein d'aventuriers, disait-il: des marchands obséquieux, de grossiers militaires qui, parce qu'ils venaient de France ou allaient y retourner, se donnaient des airs hautains. Encore plus néfastes, tous ces sauvages immodestes et le plus souvent soûls qui traînaient dans les rues, triste exemple pour les jeunes gens et danger pour l'innocence de leurs sœurs. La pensée la moins avouable d'Armand allait à sa belle-sœur, cette Françoise aux cheveux couleur de miel, cette «fille du roi» qui aurait pu être sienne, qu'il rêvait d'avoir dans son lit, à qui il disait, en pensée: «Josam est mort. Tu dois devenir ma femme.» Mais il l'entendait répondre: «Josam reviendra, et, s'il ne revient pas, je n'aurai d'autre époux.»

La lune-des-feuilles-qui-tombent allait commencer.

— On rentre, avait dit Josam au sagamo.

Jamais ils n'avaient donné de meilleurs coups de pagaie. Derrière eux le lac Abitibi, en route pour le lac Témiscaming, par des eaux qui coulaient franc sud vers la rivière des Outaouais. Bientôt Montréal. Le canot était lourdement chargé. Les tourbillons de l'eau annonçaient encore un rapide.

— On porte, Chickwaou?

— Pas besoin, on peut franchir, mon compère.

Ils dirigèrent la nef d'écorce dans les remous, contournèrent habilement les roches, retrouvèrent le lit du courant devenu lisse. Une plage de sable allait permettre un atterrissage où ils passeraient la nuit.

— Chickwaou! cria Josam.

Une lame sournoise, partie d'un rocher, avait renversé le canot. Le contre-courant les lança tous deux tête première sur la paroi de pierre. Ils flottèrent un court instant, puis furent attirés irrésistiblement sous l'écume blanche qui les recouvrit de son suaire léger.

* * *

Le temps était arrivé des premières neiges d'octobre, celles que les ouragans tassent au creux des chemins et qui ne tiennent qu'une nuit. Jean-Louis, entouré des siens, soufflant le nom de son fils aîné, sent que sa vie va le quitter.

— Laissez-moi partir, dit-il.

On l'a enterré les pieds tournés vers l'est, vers son pays d'origine, vers l'est aussi, chemin de la résurrection. Il repose pour toujours en terre d'Amérique, son nom écrit sur un bout de planche par le curé: «Jean-Louis Malouin, de Saint-Malo — 1610-1673».

— Sa cognée, on en aura encore besoin, a répondu Armand à sa sœur.

Ce grand gars pleure sans vergogne, fixant l'argile où sont désormais ensemble ses parents, sa jumelle Armande inoubliée et Marianne, venue de Melle en Poitou pour fonder avec lui une famille.

Armand se redresse, regarde les vivants du clan Malouin. Un nom qu'ils n'étaient pas nombreux à porter.

Sur un dernier signe de croix, ils quittèrent tous le cimetière du Moulin, humble paroisse des trépassés des plus anciens Montréalais, ceux des premiers temps de Ville-Marie, et montèrent vers la ferme Saint-Louis. Les pensées n'allaient pas qu'à Jean-Louis Malouin. Ce fut la petite Nicole qui, rompant le silence, demanda:

— Pourquoi l'avait-on appelé Josam?

— C'était mon frère, bredouilla Armand.

— C'est ton frère, affirma Françoise. En fait, son nom, c'est Joseph-Samuel. Il s'appelle comme ça en souvenir de Champlain, un homme que le grand-père avait connu et admiré. Il était venu au Canada pour chercher la route qui mène à la Chine.

En disant cela Françoise sanglotait. Son mari aurait-il une tombe, une plaque qui porte son nom? Armand marchait près d'elle, n'osant prendre son bras. Il venait de décider qu'il quitterait Montréal et irait établir son bien ailleurs.

II
Armand Malouin

*I*l l'a depuis douze bonnes années, sa terre, Armand Malouin.

Celle que lui a concédée le sieur Séraphin Margane de La Valtrie sur son fief sis entre la pointe de l'île de Montréal et le lac Saint-Pierre.

Le concessionnaire doit à ce seigneur peu d'honneurs mais des rentes perpétuelles de vingt sols par arpent de front plus des droits et redevances.

Moyennant quoi il est maître chez lui et peut se consacrer au défrichement et à la mise en valeur de son fonds.

Pour sa nombreuse famille, Armand a bâti une vaste demeure qui a pris le nom du lieu, la Grand-Côte.

Le prince de la glaise

« **A** u nom du Père, et du Fils, et du Saint-Esprit.
«Écrit par moi, Armand Malouin, en ce trentième jour du mois de mars 1686, en ma maison de la Grand-Côte, fief du seigneur de La Valtrie, alors que ma femme Perrine va donner naissance à…»

Armand, d'un trait de plume tenue par ses gros doigts de cultivateur, raya une phrase pour tracer cette autre: «Moi, Armand Malouin, en ma quarante-troisième année, je veux ici, de mon plein gré, indiquer mes dernières volontés.»

Il biffa l'adjectif et écrivit: «Par ce testament, après moi, je veux que devienne maître de ma terre et d'une partie de l'argent que je laisse…»

Il posa alors sa plume et, les coudes sur la table, le visage dans ses paumes, se prit à réfléchir. Il perçut des gémissements.

«C'est le travail qui commence pour Perrine. Pauvre elle! Pour Marianne, la naissance de notre Nicole avait été si longue, si douloureuse.»

Pour écrire son testament, Armand s'était installé à l'autre bout de sa maison, qu'il avait voulue très grande, qu'il avait souhaitée toujours emplie d'enfants. Celui qui allait naître serait le seul rejeton à respirer sous son toit. Tous les autres étaient partis. Armand avait devant lui, dessiné sur un parchemin, l'arbre de famille. Comme des feuilles ceux de sa descendance s'étaient envolés.

Pour commencer, Nicole, l'aînée, mariée il est vrai et ne vivant pas si loin, à Québec où elle était devenue l'épouse du sieur Joachim de La Mote, un presque noble, fonctionnaire aux bureaux de l'Intendance.

Après Nicole, Jacques. Là, le cœur d'Armand se durcissait. Jacques le têtu, qui n'avait jamais voulu s'intéresser aux choses de la ferme. Quand son père l'avait envoyé pensionnaire au collège des jésuites de Québec, le gars s'était fait renvoyer pour fainéantise et rébellion. Armand l'avait alors placé en apprentissage chez un menuisier; il s'en était échappé pour suivre un groupe d'aventuriers en partance vers le sud, espérant trouver par là la fameuse route de la Chine.

Ensuite, c'est Étienne qui avait quitté la ferme. Comme son oncle Charles, voulait être navigateur, voguer sur la mer jolie.

Armand alors n'avait plus que Xavier à qui enseigner comment se mène une terre.

— Lui, disait-il, je saurai le garder à la ferme. J'en ferai le meilleur colon de la place.

Xavier à son tour avait quitté la ferme, à la veille de ses dix-huit ans, à la suite d'une étonnante dispute qu'Armand ne devait jamais oublier. Comme tous les mois, son grand fils était allé faire l'exercice militaire avec les gars des rangs. Ils en étaient tous fiers. Ils revêtaient des uniformes improvisés, calqués sur ceux des troupes de la Marine envoyées par le roi. Après la manœuvre, la soirée se terminait par de joyeuses libations de cidre et de bière d'épinette dans le cabaret du bord de l'eau.

Le bonhomme Malouin n'était pas mécontent que Xavier fasse partie du groupe de défense, chargé de montrer la force des Blancs aux Indiens qui rôdaient dans les hautes terres et les forêts. Pour les jeunes, c'était un sain exercice que d'apprendre à tirer, à se mettre à l'affût, savoir se déplacer par tous les temps,

110

dans la poussière de l'été, la boue des arrière-saisons, sur la neige en tirant des traînes chargées de vivres et de munitions.

Et puis Xavier pouvait devenir un jour capitaine de milice. Dans les campagnes, c'était le personnage le plus important après le curé, à présent que les seigneurs, trop occupés à faire du commerce, avaient renoncé à leurs pouvoirs, préférant s'attacher à des privilèges honorifiques. Le chef de milice devenait peu à peu l'homme du gouvernement. Il était respecté, surtout quand, de plus, il possédait des arpents.

— Xavier, pour sûr, recevra la succession de la Grand-Côte. Il verra grandir les jeunes érables que j'ai repiqués ce matin de chaque côté de l'allée, disait Armand à Perrine.

Un soir, alors que le fermier faisait ses comptes, Xavier arriva en chantonnant.

— Bonsoir, père.

— Alors? L'exercice a été bien mené?

— Durement; on nous a appris à nous servir du nouveau mousquet à pierre.

Xavier, qui défaisait les lacets de ses mitasses, ajouta:

— Il me faudra en acquérir un.

— Avec quel argent? Pas le mien, toujours.

— Les miliciens doivent s'armer eux-mêmes. C'est l'ordonnance.

— Je t'ai baillé mon vieux fusil. Il fera encore l'affaire.

— Toute la compagnie doit avoir les nouvelles armes.

Armand ricana.

— Pour quoi faire? Pour abattre les corneilles?

— Non... Notre groupe doit partir avec l'expédition commandée par monsieur le chevalier de Troyes. Il nous mène pour déloger les Anglais une fois pour toutes de la baie du Nord et...

Le fermier s'étranglait de fureur.

— Et tu penses que tu vas aller les suivre en pleine sauvagerie? Cette affaire regarde les troupes régulières, pas la milice.

— C'est pourtant un des fils Le Moyne, Pierre d'Iberville, qui nous commandera. Deux de ses frères partent avec nous. Ce sont des miliciens comme moi.

— Xavier, tu es un cultivateur, pas un soldat. Laisse ça à ton cousin Antoine, qui veut briller sous les armes. J'ai besoin de toi à la ferme. Elle sera à toi. Oublie la milice.

— Le capitaine nous a dit...

— De quoi vas-tu aller te mêler? Ce n'est pas notre village qu'on va défendre là-bas, ni les droits du roi de France; seulement le domaine des riches marchands de fourrures de Montréal contre ceux de Londres.

— On nous demande...

Le ton montait. Les voix étaient terribles qui réveillaient la maison. Xavier finit par baisser la tête. Le maître de la Grand-Côte ne changeait jamais d'avis.

Le lendemain matin, les vaches n'avaient pas été nourries ni les chevaux pansés. Xavier était introuvable. Il était parti en emportant son uniforme et ses raquettes.

Le bonhomme Malouin avait hurlé de rage, maudit son rejeton, juré devant Perrine et tous ceux de la maison qu'il déshéritait le rebelle, l'ingrat, le benêt, et que lui-même, Armand Malouin, soit damné à jamais s'il manquait à ce serment. Perrine avait eu du mal à calmer l'énorme colère.

Y repensant, Armand, qui sentait remonter en lui son courroux, alla dans la cuisine se servir un gobelet d'eau et passa par la grande chambre où Perrine sommeillait entre deux accès de douleurs.

— Soyez donc patient, maître Malouin, avaient dit les femmes.

Comment être calme en une telle soirée?

Le futur père reprit ses méditations. Il pensait à Nicole, sa première fille, en qui il se reconnaissait. Femme de tête, économe, capable d'en imposer aux autres et qui avait réussi au-delà de toute espérance.

Armand Malouin se remémorait cette visite qu'il lui avait faite à Québec. Il était allé dans la capitale toucher les intérêts de quelques placements et en avait profité pour se faire tailler un habit, se gréer de linge, de bas, de chaussures de ville pour changer un peu de ses socques garnis de peau de bœuf. Il s'était même payé un tricorne, qui devenait la coiffure à la mode chez les petites gens qui voulaient imiter les nantis. Ainsi vêtu, Armand se sentait terriblement endimanché. Mais il lui fallait bien cela pour aller frapper à la porte de la maison de pierre où habitait sa fille aînée Nicole, à mi-chemin entre la basse et la haute ville.

Ce soir-là, Madame de La Mote recevait à souper, Armand l'avait tout de suite compris, il proposait de revenir le lendemain ou une autre fois.

— Jamais de la vie, père! Vous restez avec nous, soyez bien à l'aise.

Il ne l'était guère. Il entendait sa fille donner des ordres à sa domesticité. Celle-ci était plutôt réduite: le nommé Tit-Jean, plus porte-faix que cuisinier, Cécile sa femme, à la fois soubrette, lingère et gouvernante, et Marie-Félix, jeune Indienne qui tendait au rang de cameriste.

— Avez-vous compris, Jean? Nous présenterons d'abord le service des deux potages, le maigre aux asperges en même temps que la marmite de bouillon de bœuf. Nos invités devront choisir et vous ne repasserez pas les soupières. Marie-Félix apportera alors les serviettes mouillées à chaque convive.

— Auront-ils alors besoin d'essuyer leurs doigts, madame?

— C'est ainsi que cela se fait en France. Puis, dans l'ordre, vous servirez la langue d'orignal avec le ragoût en saucière, le rôti de porc et la compote de pommes. Pendant que Jean tranchera la viande, Cécile servira la compote et Marie-Félix disposera les assiettes de salade devant chaque personne. J'espère alors que nos invités ne seront pas trop gourmands face à la terrine de castor et aux filets de saumon fumé. Mais il faudra bien les montrer. Jean, je compte sur vous. Et vous les remettrez au frais.

Pour le dessert, je vous rappelle les tartes aux pommes, les noix et les bleuets confits.

— Et pour la boisson, madame?

— De l'eau bien fraîche. Monsieur de La Mote se charge des vins. Il vient d'en recevoir de France.

«Les invités auront encore faim après tout cela, se disait Armand. Si ma fille dépense tant d'argent, c'est qu'il s'agit de personnages considérables.»

Il se souvenait de la façon dont des Hurons affamés avaient été traités par la supérieure du couvent des ursulines, une saga-mité improvisée; dans ce plat entraient des pains de six livres, des mesures de farine, de pois et de blé d'Inde bouillis, des pruneaux de Tours, et, pour faire plus gras, on faisait fondre dans le mélange une douzaine de chandelles de suif.

— Nicole, j'aime mieux revenir une autre fois.

— Non, vous restez. Vous allez rencontrer un jeune homme qui travaille avec mon époux, Charles-Albert du Fresny de Lambesc. Joachim dit qu'il a de solides appuis à Versailles. Et qui va-t-il rencontrer ici? Ma sœur Jeanne. Vous comprenez?

La benjamine de la famille était alors pensionnaire chez les ursulines. Elle n'avait pas encore fait savoir qu'elle entendait prononcer ses premiers vœux et Nicole sa grande sœur tenait absolument à ce qu'elle fît un beau mariage.

La-dessus arriva le gendre d'Armand, monsieur Joachim de La Mote. Nicole alla à sa rencontre et lui glissa:

— J'ai une surprise pour toi, un autre invité. Papa, qui nous arrive de La Valtrie.

— Et moi j'en ai un aussi, un contrôleur de l'Amirauté en mission dans la colonie, qui vient d'arriver à Québec et que je suis obligé de recevoir.

Joachim fit la grimace. Mais il savait qu'il ne pouvait fléchir Nicole. Il faudrait accepter ce lourdaud de beau-père, celui qui avait déjà gâché ses noces. Le jour même où il épousait la fille du fermier, celui-ci, veuf, convolait avec Perrine, une paysanne, quasi-domestique du bonhomme. Pour marquer ces épousailles, une sérénade discordante avait retenti longtemps autour de la maison, troublant la double fête. C'étaient les gars de tous les rangs voisins, munis de chaudrons, cornets de berger, crécelles, cloches à vache, qui faisaient le charivari, leur façon de manifester leur hostilité au riche laboureur qui les privait d'une épouse possible. Pour calmer le tapage, il avait fallu sortir des écus que les jeunesses allèrent dépenser chez l'aubergiste. La famille de Joachim n'avait guère apprécié ces mœurs rurales.

L'arrivée de Jeanne puis des hôtes masculins l'obligea à oublier son ressentiment. Nicole faisait les présentations, mettant en valeur son père.

— Monsieur le contrôleur, mon papa, le sieur Armand Malouin de La Valtrie; monsieur du Fresny de Lambesc, ma jeune sœur Jeanne, couventine chez les dames ursulines.

— Ah! fit le contrôleur, la maison d'éducation fondée par Marie de l'Incarnation, que l'on connaît bien en France, la première femme missionnaire, la grande mystique...

— Mais qui sait aussi inculquer aux jeunes filles dont elle a la charge un sens très pratique des nécessités de la vie. Je le sais car moi aussi j'ai été formée par les ursulines, dit Nicole.

Armand était abasourdi par un tel verbiage. Comme il aurait préféré à l'instant même se trouver dans sa maison de ferme à côté de la jeune Perrine.

Mais l'on passait à table. Armand remarqua la nappe de fine toile empesée, la vaisselle d'argent que faisaient scintiller de gros candélabres à quatre branches supportant non pas de grossiers cierges de graisse brune mais des chandelles de cire aux flammes vives, importées de France.

Dans le fond de la salle, pour aider les convives à prendre place sur les sièges à haut dossier, se tenaient avec un sourire un peu forcé les trois domestiques.

Joachim avait placé son beau-père dans le haut bout de la table, espérant qu'il ne lancerait pas de propos déplacés.

Au service des potages — «Ce n'est que de la soupe», s'était dit Armand —, mené avec brio, avaient succédé les autres mets. L'homme de l'Amirauté avait fait compliment sur la langue d'orignal fumée, délice, disait-il, digne de figurer à la table de Versailles. On parlait de l'ancien gouverneur le comte de Frontenac, heureux d'être à Paris, lui qui aimait tant le drame et la comédie.

— S'ennuie-t-il de nous, à présent?

Armand dit:

— Si ce seigneur s'ennuie de quelque chose ici, c'est bien des sacs de pistoles qu'il entassait en faisant la traite illégale des fourrures.

Nicole fit de gros yeux et La Mote, la carafe en main, se mit à resservir du claret.

— Vous disiez, monsieur de La Valtrie? demanda le contrôleur.

— Votre ministre à Paris, fait-il exprès de mal payer ses fonctionnaires, sachant qu'ils peuvent décupler leurs appointements en trafiquant?

Nicole s'en tira en engageant la conversation sur Jean Racine. Pourquoi ce grand auteur n'écrivait-il plus de pièces de théâtre? Depuis sa *Phèdre* que l'on avait lue au pensionnat des ursulines, dans une version d'ailleurs expurgée, avait-il écrit d'autres grandes œuvres exaltant l'amour?

— L'amour, monsieur du Fresny, répétait Nicole, quel levier pour nos âmes!

Enfin on parlait de banalités. Joachim de La Mote se sentait mieux. Il était vrai que grands et petits commis, militaires de tous poils et de tous grades, soit directement, soit par le moyen de complices, transformaient les futailles d'eau-de-vie en chargements de castors gras. Et si l'on ne commerçait pas avec les sauvages, on faisait de la contrebande avec les marchands anglais du Sud. Même le vieux monsieur de La Barre était allié à de riches négociants de Québec, des gars tel Jacques Le Ber, d'une famille partie de rien. Le Ber avait un domaine de cent cinquante arpents. Douze domestiques, dont des esclaves noirs, le servaient dans son manoir. Car il avait réussi à se faire anoblir. Une vraie manie. Pierre Boucher, ancien domestique, était devenu monsieur Boucher de Boucherville. Et les Le Neuf, et les Le Gardeur? Joachim arrêta là ses pensées. Sa femme, désormais De La Mote, n'était-elle pas petite-fille de bûcheron et son père un fermier de La Valtrie? Et même les De La Mote, leur titre avait été récemment acheté.

Maître Jean, tout heureux d'être appelé ainsi ce soir-là, venait de servir le pâté de castor. Nicole fit remarquer à ses invités, fraîchement arrivés dans la colonie, que le castor, qui vit dans l'eau, était considéré comme plat maigre par l'Église, que l'on pouvait le consommer les jours d'abstinence. Puis la conversation fut détournée sur les chevaux, dont Joachim disait qu'ils étaient peu utiles, sauf l'été, mais que les gens du Canada les nourrissaient à prix d'or car ils étaient signe de richesse, bien qu'ils rendissent les habitants moins habiles à la marche. Le sévère conseiller pensait qu'on devrait bien un jour promulguer un édit qui limiterait à deux ou trois par famille le nombre d'attelages, et seulement des bêtes de trait. Puis on aborda le sujet des protestants, plus nombreux qu'on ne le pensait à Montréal et à Québec, et qui, en dépit des interdictions, faisaient de bonnes affaires en Nouvelle-France, bien qu'ils fussent éloignés de tout emploi officiel et n'eussent pas le droit de se réunir, même pour prier.

Puis les convives entamèrent le sujet favori des bavardages de table de la haute ville: les problèmes de préséance au château Saint-Louis, résidence du gouverneur général, et les dernières contestations auxquelles ils avaient donné lieu.

On était passé aux pâtisseries et aux liqueurs fines arrivées de la métropole.

«Au moins, se rassurait Armand, mon gendre refuse d'imiter certains nobles et grands bourgeois de Québec, chez qui, à la fin de chaque souper, on tire les tables à jeu et l'on sort cartes et jetons.» Et, surtout, on ne dansait pas, obéissant ainsi aux prêtres, qui rappelaient les terribles méfaits du menuet et de la gavotte.

Mais les conversations allaient bon train. Le contrôleur confiait au fermier de La Valtrie:

— Monsieur, ce qui m'étonne ici, ce n'est pas tant que les gens de Québec s'évertuent candidement à recréer Versailles sur le cap aux Diamants, c'est que tous les gens que j'y rencontre, cultivateurs, commerçants, marchands, disent appartenir à une nouvelle nation. Ils ne se disent plus français mais canadiens.

Armand se pencha vers son autre voisin, le jeune Du Fresny, qui n'avait pas trop parlé ce soir-là, pas plus d'ailleurs que Jeanne Malouin.

— On m'a dit, monsieur, que vous pensiez à vous marier.

— Non, monsieur. Si je suis à Québec, c'est pour y accomplir sans grand enthousiasme les trois années de service que je dois à l'administration. Je ne puis être que célibataire, étant chevalier de Malte et ayant fait vœu de célibat.

«Pauvre Nicole, avait pensé Armand, elle a trop dépensé pour un bon souper qui n'aura servi à rien.»

Le fermier de la Grand-Côte rouvrit les yeux. Il avait la joue sur sa table entre ses deux bras étendus. Après s'être souvenu de la soirée chez Nicole, il avait sombré dans le sommeil et fait quelques rêves dont il se rappelait seulement qu'ils étaient angoissants.

La chandelle, presque entièrement consumée, allait s'éteindre. Derrière le carreau, la nuit était opaque. Là-bas, de l'autre extrémité de la demeure, parvenaient des cris poignants. Armand se hâta d'aller voir Perrine. Celles qui présidaient à son accouchement annoncèrent:

— Elle en a encore pour des heures, la petite. On en est seulement à la présentation et nous aurons, certain, un gros enfant. Allez vous mettre au lit, maître Armand, et demain vous l'aurez, votre bonne nouvelle, même si Perrine doit beaucoup pâtir.

Il revint à la pièce où il avait commencé à rédiger son testament. L'enfant à naître, sûrement un garçon, serait favorisé. Armand guettait tous les bruits. On frappait à sa porte.

— Une fille, maître Malouin, pas ben grosse, mais pas mal mignonne. Vous viendrez la voir tout à l'heure.

118

— Et Perrine?

— Elle a été ben vaillante. Elle est aux prises avec l'arrière-faix. Ayez de la patience.

«Voilà, se dit Armand, c'est pas patient que je dois être, mais résigné.»

Par la fenêtre, l'aube blanche lançait ses premières lueurs sur le plancher. Il y eut encore des bruits dans la maison près de la porte d'entrée. Le fermier, qui allait voir, se heurta à quelqu'un qui tenait un gros poupon endormi. Ça ne pouvait être la nouvelle-née.

— Qui êtes-vous?

Alors Armand reconnut le visage de son neveu Antoine. Pas à s'y tromper, la démarche même de Josam, mêmes yeux couleur de myosotis, la chevelure blondasse pareillement plantée et ce même sourire mi-pudique mi-provocant. Antoine était aussi l'image de sa mère, cette Françoise qu'Armand avait tant aimée, tant désirée, jamais oubliée.

Le neveu Antoine, en uniforme, parlait très vite, disait que le bateau qu'il avait pris à Montréal pour descendre à Québec risquait de ne pas l'attendre au quai de La Valtrie. Il devait rejoindre sans délai un fort de l'île de Terre-Neuve où il était nommé. L'enfant, c'était son fils, né de sa femme décédée. L'oncle Armand pouvait-il, pour un temps, garder le petit? Il s'appelait Émery.

Émery venait juste d'entrouvrir un œil, de voir Armand penché sur lui, à qui il avait fait un sourire, mêlé de balbutiements.

Emporté par l'émotion, le fermier acceptait, racontait que Perrine, qui venait de donner le jour à une fillette, pourrait très bien s'occuper en même temps du petit Émery. Il promettait solennellement à Antoine d'élever ce neveu comme son propre fils, tant qu'il le faudrait.

Le militaire était reparti après avoir longuement embrassé son fils, son bon oncle.

119

«C'est bien le gars de Josam», avait pensé Armand.

Mais ce qu'il avait appelé longtemps «la nuit du testament» n'était pas fini. La servante accourait.

— Monsieur! monsieur!

— Qu'arrive-t-il à ma femme?

— Une deuxième naissance. Cette fois, un garçon. Vous allez faire baptiser deux fois. Vous êtes ben chanceux, maître Malouin. Des jumeaux!

À l'assaut du Monsoni

Dans sa maison, Armand avait désormais trois petits êtres à aimer, qui redonnaient un sens à sa vie: Émery, survenu si étrangement, et, nés de Perrine, Élisabeth et Abel, les enfants jumeaux qui l'émouvaient. Ils lui rappelaient qu'il avait partagé le ber d'Armande. Il fallait bien à Armand ces émois et ces satisfactions pour affronter ce qu'il appréhendait confusément. Xavier ne reviendrait pas à la Grand-Côte.

Ce qui s'était passé depuis le soir de sa fuite?

Xavier se retrouvait, vingt jours plus tard, sur un cours d'eau qu'il remontait vers le nord, dans un canot nagé par un Huron qu'il devait relayer toutes les heures. Ils transportaient des poches de farine. Autour d'eux, d'autres embarcations chargées de soldats ou de miliciens — les uns et les autres ne se mêlaient pas. À bord des barques, les quelques personnages qui ne portaient pas d'uniforme étaient des représentants de la Compagnie du Nord, qui finançait l'opération. Parmi eux, trois des fils du fameux Charles Le Moyne; autrefois aubergiste à Dieppe, il avait eu quatorze enfants au Canada et était devenu un riche négociant.

Chef de l'expédition, le chevalier de Troyes se tenait sur le canot de tête. On disait que le gouverneur Denonville l'avait envoyé là parce qu'à Québec il était trop assidu auprès de la jeune madame Denonville.

Il y avait encore de la neige sur les rives, des plaques de glace sur la rivière des Outaouais. C'était pourtant le mois que les Indiens appellent lune-des-bourgeons, précédant celle des petites puis des grandes feuilles. La montée vers le Nord encore hivernal faisait qu'au fil des jours de navigation on ne voyait aux branches que boutons loin d'éclore. Torrieu! on ne verrait donc jamais le printemps?

À la nuit tombante, les hommes s'abritaient sous les canots retournés, dormaient sur une litière de branches d'épinette, pour repartir à l'aurore en croquant leur ration de biscuit. Puis c'était le dur travail de la pagaie pour que la pirogue remonte le courant au milieu des éclaboussures d'eau glacée. Souvent les guides indiens demandaient un arrêt. Il fallait accoster, vider les embarcations et les transporter avec leur contenu sur d'abrupts sentiers ouverts à la hache afin de contourner de bruyantes cascades ou des rapides infranchissables.

Xavier avait l'impression de refaire un chemin déjà parcouru, de revivre un rêve ancien. Où donc avait-il connu ces sensations déjà éprouvées en de tels paysages?

— Nous voici à l'entrée du lac Abitibi, avait dit une voix autour de lui.

Le fils Malouin comprit soudain. Tout petit garçon, sur les genoux de son oncle Josam, il l'avait entendu narrer ses aventures dans les contrées lointaines. Abitibi… C'était par là que le frère aîné de son père avait disparu avec son compagnon indien. Leurs mânes devaient rôder dans les buissons ombreux puisque leurs corps n'avaient pas eu de sépulture. Xavier frissonna. La veille au soir, au bord de la vasière où était le campement, il avait vu dans la nuit briller la flamme fugitive de feux follets.

Au mitan du mois de juin, les dix-neuf canots touchèrent enfin la baie de James, échancrure profonde du golfe d'Hudson. Sur le fort Monsoni, que l'on devait attaquer, flottait le drapeau anglais. Ses occupants surveillaient les eaux salées et plates, loin de penser qu'ils pussent être attaqués par l'arrière.

On attendait pour l'assaut la fin de la nuit très courte. À l'aube, couchés sous les sapins nains, sur la mousse spongieuse où sévissaient des milliers de moustiques, les hommes attendaient l'ordre de foncer vers le bastion.

— En avant! Tous vers la poterne!

Pierre Le Moyne d'Iberville est en tête. Une douzaine de miliciens dont Xavier courent derrière lui, portant un tronc de sapin. Ils en font un bélier qui enfonce le lourd vantail de bois. Iberville charge, rapière à la main. Le battant se referme derrière lui. Il se trouve dans une sorte de salle de garde face à une demi-douzaine d'Anglais en chemise de nuit, armés d'épées. Ils ferraillent. Le Canadien, pris au piège, n'a plus que trois adversaires, qui le poursuivent dans la cour intérieure du fort. Sa lame dans une main, son pistolet dans l'autre, il ajuste un Anglais qui allait décharger son mousquet contre lui et l'étend raide. D'autres ennemis arrivent de partout, mais, au moment où Iberville va faillir, le bélier fait voler toute la porte en éclats. Les miliciens envahissent le fort. Un à un les défenseurs sont mis hors de combat. Xavier, le premier monté sur le toit du fortin, a saisi l'étendard de l'ennemi, qu'il remplace par le pavillon blanc tout brodé de lys d'or.

Quatorze Anglais tués, trois prisonniers, un gros butin de fourrures et de vivres.

Ce n'était qu'un commencement. De la même façon, deux autres forts de la baie ainsi qu'un navire furent attaqués et pris à un ennemi stupéfait que des Français aient pu arriver par voie de terre pour les surprendre ainsi.

Il y avait eu aussi des morts parmi les Français. Xavier l'héroïque en faisait partie, enterré à la baie de James.

À La Valtrie, Armand, hébété, répétait:

— Je lui avais dit de ne pas y aller. Mais pourquoi est-il mort? Pour une querelle de marchands.

Antoine donnait parfois de ses nouvelles. Il avait tenu garnison à Terre-Neuve, puis avait été envoyé dans la partie continentale de l'Acadie. De là il était parti caserner du côté des Grands Lacs. Le domaine nord-américain du roi de France était immense, partout convoité, de l'Atlantique aux Prairies, de la baie d'Hudson au golfe du Mexique. Il fallait le défendre contre les empiétements de l'avide souverain de Londres.

En réponse à son neveu, Armand racontait comment l'enfant Émery en grandissant devenait un bon petit garçon bien obéissant que l'on faisait prier tous les soirs pour la protection de son papa, que le petit Abel s'intéressait aux choses de la ferme et que sa sœur Élisabeth aidait bien sa maman. Pour ce qui était de la ferme, elle prospérait, s'agrandissait, produisait en excédent des minots de grain, des barils de bœuf salé qui étaient vendus à Québec. Il était bon de mettre des écus de côté, car viendrait le temps où il faudrait envoyer les garçons étudier au collège, surtout Émery, sûrement appelé à devenir prêtre.

À la Grand-Côte on recevait aussi des lettres d'Étienne, ce fils d'Armand qui était navigateur au long cours. Ses voyages le conduisaient, en des trajets triangulaires, de Québec à des ports français et, de là, à des îles de la mer des Antilles, pour revenir sur le Saint-Laurent avec des chargements de denrées exotiques. Ainsi Étienne racontait-il:

> *Ce vingt-huit d'août 1694, à bord de la frégate* La Picardie, *en rade de Saint-Pierre.*

Mon cher père,

Vous auriez du mal, vous tous de la Grand-Côte, à imaginer le paysage que je vois à travers le sabord: un gros village de bois au milieu d'étonnantes verdures, des arbres géants, toujours verts comme les sapins de chez nous, mais portant à leur sommet de grosses noix velues; d'autres arbres sont couverts de fleurs ou d'étranges fruits qui mûrissent en toutes saisons dans cet archipel sans neige.

Je vous écris de l'île de la Martinique, où notre navire fait relâche. Avez-vous bien reçu ma lettre précédente, dans laquelle je narrais la traversée de Québec à Saint-Malo?

J'ai pu visiter cette curieuse ville de Bretagne tout entourée de remparts, de rocs et de bastions considérables. Je suis entré, mon cher papa, dans la cathédrale où je sais que votre père a été baptisé du nom de Jean-Louis. La ville, m'a-t-on dit, a bien changé depuis qu'il y a vécu; elle a gagné force habitants, est devenue plus prospère encore par les profits d'un commerce qui s'étend très loin, par les pêcheries de Terre-Neuve et aussi par les hauts bénéfices de la guerre de course. Je vous dirai à mon retour comment ici des marins que l'on nomme corsaires attaquent et pillent, avec l'assentiment discret des gens du roi, les bâtiments des nations ennemies.

J'ai vu aussi, dans les immenses entrepôts de pierre de taille qui dominent le port, les marchandises les plus variées; même des fourrures et morues salées du Canada.

Après une trop courte escale dans cette bonne ville de Saint-Malo, nous avons fait voile vers la mer des Antilles. Et c'est ainsi que, ce soir, je vous écris de Saint-Pierre.

Au-dessus de la ville, on voit une montagne couverte de forêts; il sort sans cesse de son sommet une fumée blanche. Une partie des gens du lieu viennent de France; ils sont commerçants et demeurent près de la rade, ou alors, comme au Canada, ils ont des concessions où ils cultivent du tabac plus fort que chez nous, diverses épices, une plante nommée coton, dont les graines sont entourées d'un duvet très pâle que l'on tisse, et d'autres comme l'indigo, qui sert à teindre les tissus en bleu, et le roucou, qui donne une couleur rougeâtre. La culture la plus importante est celle des grandes cannes, dont la sève plus sucrée que celle des érables sert à faire un sucre roux et par distillation une eau-de-vie, celle que l'on appelle rhum.

L'autre partie des habitants de Saint-Pierre, les engagés, sont des Noirs amenés de force d'Afrique, bien plus nombreux que les colons, qui les font travailler durement.

Quelques personnes de ces îles, hardis capitaines ou matelots, sont corsaires comme à Saint-Malo. Ici on les nomme «gens de la flibuste» lorsqu'ils reçoivent des lettres de marque du roi ou bien «forbans» quand ils travaillent à leur compte. Lorsqu'ils ne font pas la course aux navires marchands, ils s'installent sur les côtes de l'archipel, où ils s'occupent à boucaner de la viande

125

de bœuf, de chèvre ou de tortue, qu'ils vendent aux navigateurs, vivant loin de la société comme le font nos coureurs des bois. Tout cela doit vous paraître bien étrange et cela intéressera Émery et Abel, qui à présent doivent être de grands garçons.

Rassurez-vous, mon père, si la vie ici est plaisante par certains côtés, j'ai hâte que notre vaisseau remonte le Saint-Laurent. Nous devons, avant Québec, faire notre dernière relâche à Port-Royal en Acadie, où j'irai saluer votre frère Charles et sa famille.

Je dois vous dire aussi que nous avons à bord deux passagers fort différents. Un nommé César, un boute-en-train qui nous amuse par ses imitations. L'autre, plutôt solennel, est envoyé par le roi en Canada. On l'appelle le baron de Griboval. Je ne sais pourquoi on lui a fait prendre une route si longue pour arriver à Québec, car, de plus, la mer rend malade ce pauvre homme.

Après avoir ajouté une respectueuse et amicale formule de salutations à son père, fermier à La Valtrie en Nouvelle-France, Étienne Malouin avait ajouté un post-scriptum:

J'apprends, au moment de remettre cette lettre à un camarade qui part à l'instant sur une corvette en route pour Québec, que La Picardie, *hélas, ne prendra pas la même route. Notre navire reçoit l'ordre de quitter la Martinique pour se diriger vers La Rochelle en mission d'escorte d'un groupe de navires marchands.*

Lorsque Armand Malouin reçut cette lettre, débarqua dans le port de Québec Mauléon de Griboval, homme sûr de lui. Il se fit conduire au château Saint-Louis, résidence du gouverneur général.

Monsieur de Frontenac accueillit comme il se devait le commissaire spécial envoyé de Paris, qui était de surcroît parent de Pontchartrain, secrétaire d'État à la Marine.

— Venez dans le jardin, mon cher Griboval, nous serons mieux pour parler et ainsi vous verrez le merveilleux paysage de la ville et de ses environs.

126

Mais ce n'était pas pour décrire à son hôte les Laurentides dans le lointain, l'île d'Orléans et les beautés du fleuve que Frontenac, vieillard verbeux, avait conduit l'émissaire dans les allées tapissées de feuilles d'érable pourpres ou dorées.

— Parlons entre gentilshommes, monsieur l'envoyé. Je ne dois pas vous cacher que j'ai ici beaucoup d'ennemis. Je sais qu'à Versailles on tente de répandre sur moi mille calomnies, que l'on conteste mon administration. Est-ce là-dessus que vous devez enquêter?

— Monseigneur, les termes de ma mission sont précis. Je dois m'enquérir de l'état des arts et des lettres dans la colonie.

— Fort bien, monsieur de Griboval, et tant mieux! Mais j'attacherais également du prix à ce que votre témoignage mît fin également à tant d'insinuations et que vous repartiez avec la preuve qu'en ce pays ma conduite n'a été dictée que par ma soumission aux ordres de notre bien-aimé souverain.

— Que Votre Excellence sache que je n'en doute pas.

— Savez-vous, Griboval, que si je cause avec vous en ce jardin et non dans mon cabinet, c'est parce qu'entre les murs du château Saint-Louis je ne me sens pas tranquille?

— Que dites-vous là?

— Il me semble que mes adversaires glissent partout des espions qui épient mes gestes et mes paroles afin de dénaturer mes intentions et propager de folles rumeurs.

— Qui sont-ils?

— Le clan de l'intendant m'a déclaré la guerre. Les jésuites sont contre moi. Les bourgeois négociants de fourrures s'acharnent à me diffamer. Je vous en supplie, n'approchez pas ces gens-là. En dehors de ma personne, y a-t-il des particuliers que vous comptez rencontrer ici?

— Personne à part le conseiller de La Mote, dont le nom m'a été communiqué récemment.

— La Mote! Excellent. Il est de mon parti, même si certains de ses collègues du Conseil souverain prétendent que je veuille les régenter. Griboval, je vous aiderai à remplir votre mission en Nouvelle-France. Faites-moi confiance.

Justement, l'envoyé voulait tout voir, tout visiter pour le mémoire qui serait soumis au roi. Frontenac lui préparait des tournées à travers la colonie, lui ouvrait certaines portes. Griboval n'aimait rien tant que celles des salons, où il faisait merveille, allant de souper en souper, de fête mondaine en réception.

Une de ses premières visites fut celle qu'il fit à la maison des La Mote. Son accueil se trouva facilité par cette phrase qu'il lança:

— J'ai eu l'honneur, dit-il à la maîtresse de maison, de naviguer avec monsieur votre frère, jeune officier à bord du navire royal *La Picardie*.

— Mon frère Étienne! Comment se portait-il?

Griboval vraiment était homme qui connaissait parfaitement les usages, surtout ceux de Paris et mieux encore ceux de Versailles. Le voici lancé dans les délices de la conversation.

La politique? À cause de ses fonctions, il ne lui plaisait guère d'en parler. Mais les arts, madame. Le théâtre, les lettres. Et la mode donc!

— Parlez-nous des fontanges, mon cher baron.

— Peuh! ce genre de coiffure que l'on voit encore ici n'est plus du tout porté par les dames de Paris, mais plus du tout!

— Qu'est-ce qui la remplace?

— Le scarabé, voyons!

— Le scarabé, dites-vous?

Il dessinait alors sur la nappe une manière de corolle de dentelle bouillonnée, tendue vers le haut, ornée de faveurs croisées.

— Et les hommes? Les rubans? On dit ici que c'est fini, demande le conseiller de La Mote.

— Pas du tout. On s'en couvre. On revient même aux teintes de feu le roi Louis XIII, des couleurs safran, tirant sur le brun.

128

Tout le monde écoutait cet homme disert dans le salon de la conseillère. Monsieur de Griboval s'y rendait souvent pour répondre aux questions des dames qui s'étaient coiffées du scarabé, des messieurs portant beaucoup de rubans d'un jaune criard. Il revint surtout parce que là il avait rencontré Javotte, nièce et filleule de madame de La Mote. Elle avait dix-huit ans. Elle était fascinée par Mauléon de Griboval.

Un soir, elle parvint à lui parler en tête à tête. Il ne se déroba point à la conversation.

— Je voulais, monsieur, savoir ce que vous pensiez de *La Princesse de Clèves*.

Elle ajouta en rougissant:

— Je l'ai lu en cachette.

— Excellent ouvrage. On s'en régale encore à Paris. Comme on dit là-bas, c'est si romanesque...

— Romanesque... L'adjectif est joli. Un mot nouveau?

— Et qui va si bien à cette œuvre. Savez-vous, Javotte — vous permettez que je vous appelle ainsi? —, savez-vous qui est l'auteur de cet ouvrage?

— On dit que c'est un inconnu.

— Puis-je vous dire en secret qu'il ne s'agit pas d'un écrivain mais d'une femme... Parfaitement. Une dame de la cour, qui a vécu une passion terrible pour un gentilhomme.

Le mot «passion» fit étinceler les yeux de Javotte...

Le charmant Mauléon, sous prétexte de parler littérature, revint très souvent s'entretenir avec la jeune Québécoise. Madame de La Mote n'empêchait pas ces fréquentations. Elle ignorait que le grand personnage glissait des billets doux à sa nièce, qu'ils se voyaient seul à seul dans la pénombre des chapelles ou des bosquets.

Tout cela était si romanesque...

Le commissaire du roi, hélas, dut partir pour visiter les autres lieux de la Nouvelle-France. Il avait annoncé un voyage qui devait le conduire jusqu'à Trois-Rivières pour y visiter les mines de fer. À Verchères, où il souhaitait rencontrer la jeune héroïne d'un fait d'armes contre les Indiens. À Montréal enfin, où le gouverneur de cette place entendait le recevoir aussi dignement que l'avait fait le vice-roi de Québec.

Griboval comptait même se rendre loin dans l'Ouest, jusqu'au fort de Michilimakinac, où il devait rencontrer les officiers en poste, dont le cousin de Nicole de La Mote, Antoine Malouin. Serait-il chargé, le beau baron, d'enquêter sur le trafic illégal des fourrures, auquel était mêlé, affirmait-on, le comte de Frontenac, ardent à s'enrichir?

L'émissaire royal, qui aimait tant les voyages, revint pourtant plus tôt que prévu à Québec. De Trois-Rivières, il était monté à bord d'une barque qui descendait le Saint-Laurent pour le ramener dans la capitale. Il y était pour les fêtes du nouvel an et se faisait bien sûr inviter chez les La Mote. Javotte, qu'il voulait tant revoir, lui fit grise mine.

— Javotte, arriva-t-il à lui glisser à la dérobée au cours du festin, si vous saviez que c'est pour vous que je suis revenu?

— Mon bon monsieur, je ne puis vous croire. Mon oncle Joachim a entendu parler de vous. Par des gens qui connaissent votre famille à Paris. Est-ce vrai que vous auriez plus de quarante ans?

Griboval n'osa avouer.

— C'est... c'est ma perruque qui me donne un air si juvénile.

— Est-ce vrai que vous seriez marié et père de cinq enfants?

— Ah non! mademoiselle. Au contraire.

Ils étaient tout rouges, envahis par un trouble étrange.

C'était à la fin du repas, alors que, cédant à la mode, Joachim de La Mote acceptait que ses invités jouassent aux cartes. L'envoyé spécial attira Javotte dans un petit boudoir isolé et obscur. Il la tassa sur une causeuse.

— Je n'ai pas la volonté cornélienne de l'amoureux de *La Princesse de Clèves*. J'aime mieux tout vous dire.

Il lui prit la main.

— Me dire quoi?

— D'abord, je vous aime, Javotte. Et vous le savez.

Pour toute réponse, elle donna ses lèvres aux siennes, se laissa étreindre fiévreusement.

Alors, il se livra. Son vrai nom, ce n'était pas Mauléon de Griboval, mais César de La Briche.

— Oh! un nom connu à Paris. Mon père a joué avec Molière.

— Son ami d'enfance?

— Il était comédien lui aussi. Je n'ai pas connu le grand homme. Molière est mort le jour de ma naissance. Ainsi me croyais-je doué pour le théâtre. Mon père, lui, était acteur. Moi, je ne suis que baladin.

Tout cela semblait irréel à Javotte, ce retournement de situation véritablement théâtral, ces confidences dans cette pièce mal éclairée à deux pas de la brillante compagnie. Le prétendu Griboval racontait ses tournées en France avec des acteurs ambulants, ses échecs. Il avait su qu'à Québec on aimait le théâtre et qu'il n'y existait aucune troupe professionnelle, que Frontenac cherchait un directeur pour monter *Tartuffe*.

— Mais, mon pauvre ami, dès que monseigneur l'évêque a su qu'on allait monter cette pièce qu'il disait mauvaise et criminelle, il a menacé d'excommunier tous ceux qui la joueraient et qui iraient la voir. Il aurait même donné cent pistoles à Frontenac pour que la comédie ne soit pas représentée.

— Ça, je ne le savais pas en quittant la France. Je ne savais pas non plus que jouer la comédie sur une scène de théâtre était un crime au Canada. Je ne l'ai appris qu'à l'escale de la Martinique.

— La Martinique?

Javotte comprenait très mal tout ce qui était arrivé. Mais elle s'abandonnait dans les bras de ce beau garçon qui parlait si bien.

— Ainsi, vous n'êtes pas Griboval, le vieux Griboval?

— Il était avec moi sur le bateau, ennuyeux, plein de lui-même. C'est pourquoi, à Paris, on voulait se débarrasser de lui. La traversée l'avait rendu affreusement malade. À Fort-de-France, en Martinique, on l'a laissé à terre. C'est là que j'ai eu une idée sublime.

— Quoi?

— Prendre sa place, jouer son rôle. Dans la chambre que nous partagions à bord, il y avait sa malle, ses costumes, ses perruques et une pochette de maroquin rouge avec tous ses papiers officiels. Pardonnez-moi, Javotte, je suis alors devenu monsieur Mauléon de Griboval.

— Mais tout le monde croit...

— Oui, j'ai tout inventé, les missions, les scarabés, les rubans jaunes. J'ai joué.

Il ajouta:

— Mon plus beau rôle. Sans doute le dernier.

Elle le regardait intensément.

— Ça devait arriver. Ils vont tous finir par savoir la vérité. Vous devez m'en vouloir...

Javotte éclata de rire. Très éprise, elle ne pouvait que tout pardonner, tout céder. Ainsi César allait entrer par le côté cour dans la famille des Malouin.

Le pire, ce fut pour le vrai Griboval. Quand enfin il put arriver à Québec, tout le monde lui rit au nez.

On pensait que c'était un autre imposteur qui venait mystifier les gens de la colonie.

Les épousés de la gaumine

Été 1705.

A rmand Malouin faisait ses comptes, fenêtres grandes ouvertes qui lui permettaient de voir au loin, jusqu'au rivage, ses blés et ses avoines, son verger de pommiers et pruniers, et, proche, la prairie où il avait son bétail. Cela faisait vingt-cinq ans qu'il avait reçu cette terre de la Grand-Côte, une parcelle du fief du seigneur Séraphin Margane de La Valtrie, un militaire plus préoccupé de troquer de l'eau-de-vie contre des fourrures que de s'intéresser à son bien.

Armand allait marier sa fille Élisabeth et n'entendait pas lésiner afin que ce soit une grande et belle fête.

De l'étable venait le beuglement d'un taureau.

— Perrine, viens ici.

La petite Perrine d'autrefois est une femme dans la quarantaine. Elle vouvoie son mari, l'appelle papa, lui accorde tous les signes apparents du respect et de la soumission. Seulement les signes. A la Grand-Côte, elle accepte que son mari régente tout ce qui touche aux travaux de la terre et aux finances du domaine. Hormis cela, elle décide de tout dans la maison, faisant croire à Armand qu'elle lui obéit docilement.

— Ma femme, as-tu entendu Flamme mugir? La Blanche et la Caille sont fin prêtes.

— J'ai déjà donné l'ordre à l'engagé. Ce soir, il va mettre le taureau dans la pâture avec les vaches. Je pensais que vous m'appeliez pour parler du mariage d'Élisabeth.

— Je m'occupe aussi du mariage de notre fille. Je viens de calculer. Nous serons au moins trente-cinq autour de la table.

Perrine, qui comptait sur ses doigts, acquiesça d'un hochement de tête.

— Il faudra abattre deux veaux, pas moins. Il faudra des chapons et assez de pigeons pour faire cuire cinq grandes tourtières. Et j'y mettrai beaucoup de lard.

— Deux veaux, Perrine?

Armand Malouin n'était point avare. Mais deux veaux, tout de même!

— Va pour deux veaux. C'est le mariage de notre dernière fille. Il faut faire les choses en grand.

Il reprit:

— Recomptons. Trente-cinq. Nicole et La Mote, ça fait déjà huit.

Les La Mote seront les importants convives de la noce. Ce monsieur en habit brodé, moins que noble mais plus que manant, c'est le gendre d'Armand. Il serait, disait-on, sur le point de devenir commissaire-ordonnateur près le gouverneur de Montréal. Quelque chose comme un vice-intendant. La Mote, qui était si souvent l'hôte du représentant du roi à Québec, voudrait-il manger de la tourtière, un mets si commun? C'est la question que posait Perrine.

Armand répondit que monsieur Joachim de La Mote en mangerait comme les autres. Il refit une autre fois le compte des invités. Les Lamy, parents du marié, avaient une grosse famille. Les autres voisins ne manqueraient pas de venir en nombre pour participer au riche repas que l'on prendrait dans la grange vide de ses gerbes de blé, qui serait toute tendue de draps blancs blasonnés de bouquets de fleurs des champs. Des joueurs de violon et de musette viendront de Montréal. Ils seront en tête du cortège de charrettes et de cabrouets qui ramènera les gens de la chapelle à la ferme. Ils joueront pendant la ripaille et peu à peu chacun quittera les longues tables pour aller danser, tandis que les nouveaux époux s'en iront discrètement.

— Avez-vous bien fait dire à vos fils qu'ils devraient être là pour les noces?

Quand Perrine parle des fils, il s'agit, bien sûr, d'Abel et d'Émery. Les autres, en allés, on n'en parle jamais. Jacques, l'aîné, disparu il y aura bientôt vingt ans, vivrait, dit-on, en ce pays du Sud appelé Texas et ne donne jamais de ses nouvelles. Quant à l'autre, Étienne, il navigue toujours, passe parfois sur le fleuve mais ne prend guère la peine de venir saluer son père.

— Oui, les garçons vont arriver du collège pour nous aider.

Les garçons, ce sont donc Abel le vrai fils et Émery l'enfant adopté, le petit gars d'Antoine, qui a grandi à la Grand-Côte comme s'il était le frère d'Abel.

— Et votre fille Jeanne, faut-il la compter?

— Cloîtrée qu'elle est dans son couvent, la supérieure des ursulines ne la laissera pas quitter Québec. Les jeunes mariés, si un jour ils y vont, l'iront visiter.

Perrine quitta la salle. Armand reprit ses jetons mais, au lieu de compter combien de pintes de vin, de bière et d'eau-de-vie il faudrait rassembler pour les épousailles, il se prit à penser à la façon dont il distribuerait son bien.

«Va falloir, se dit-il, que je le fasse, mon testament. Abel aura toute ma terre, la maison de ferme, tout ce qui s'attache au domaine de la Grand-Côte. Il devra loger, nourrir sa mère Perrine tant qu'elle vivra. Les filles sont bien dotées. Jacques et Étienne n'auront pas un liard. Je laisserai à mon neveu une bonne part d'argent. J'ai déjà élevé à moitié son père, l'Antoine. Émery ne sera pas comme lui, comme Josam, un coureur de grands chemins. Les jésuites vont en faire un bon prêtre qui grâce à moi ne manquera de rien.»

Le fermier avait déjà établi qu'Émery, après sa classe de rhétorique, recevrait la tonsure, serait un jour curé ou plus haut encore dans le clergé.

* * *

Au collège de Québec, Abel entra dans le dortoir et trouva son cousin Émery qui rêvassait devant la haute fenêtre, d'où l'on apercevait au loin un bout du Saint-Laurent.

— Je vois que tu as déjà préparé ton coffre. C'est seulement demain que nous prenons la barque pour La Valtrie. Te voilà bien pressé de quitter les bons pères pour aller au mariage d'Élisabeth.

— Et toi, tu n'as même rien préparé.

— J'ai peut-être une raison, fit Abel. C'est un secret, mais tu le sauras bientôt.

Abel faisait le mystérieux. Cherchait-il un confident? Émery insista.

— Je ne veux pas te le dire.

— Dommage! fit Émery, qui lui aussi avait quelque chose à révéler.

Une sonnerie de cloche tinta dans la grande maison. Abel, silencieux, quitta le dortoir.

Le secret d'Émery s'appelait Isabelle. Elle avait les joues roses, une frange blonde sous son bonnet blanc, des yeux bleus vifs, des lèvres qui ressemblaient à la pulpe des atocas. C'est à cause d'elle qu'il avait hâte de retourner à la Grand-Côte.

L'idylle avait débuté à l'été précédent. Émery, pataugeant dans un ruisseau en quête d'écrevisses pour appâter des achigans, avait soudain remarqué une blondinette qui ourlait un mouchoir tout en surveillant une couple de brebis.

— Tu es bergère? avait-il demandé.

Elle n'avait pas répondu, plongeant le nez dans sa couture.

Il était revenu le lendemain, s'étant découvert une passion persistante pour la pêche à la ligne. La gardeuse était, cette fois, escortée d'un jeune homme à la mine peu amène. Le couple était encore là le jour suivant et quitta la place lorsque Émery parut. Il alla s'asseoir sur la roche où elle se tenait. Il trouva dans une faille de la pierre un petit papier roulé. Des mots: «Je crois que vous êtes un des garçons de la ferme après le petit pont. Votre sourire m'a touchée. J'aimerais bien vous revoir, mais hélas! je ne le puis autant que je le souhaiterais. Essayez de revenir en ce lieu.» Un I majuscule penché à droite, tracé d'une main ferme, terminait la missive.

Certes qu'il y revint, très impatient, cherchant à deviner un prénom commençant par un I. Il n'avait trouvé qu'Iseult. Il finit enfin par la rencontrer seule. Sa première question:

— Votre ami n'est pas là aujourd'hui?

— Ce n'est pas mon ami, mais mon frère. Car maman...

Elle rosit fortement et termina sa phrase les paupières baissées:

— ... maman ne tient pas à ce que je sois seule dans les champs. Je suis bien heureuse de vous revoir sans témoin.

Avec quelle voix émue elle avait dit cela. Il osa s'asseoir près d'elle sur le rocher.

— Comment vous appelle-t-on?

— Isabelle.

C'était si simple! Tout de suite ils entreprirent de se dépeindre. Elle, la cadette d'une grosse famille dont les terres jouxtaient celles d'Armand Malouin.

— Alors? C'est vous les De Cotin? Des gens bien riches, dit mon oncle.

— Pas tellement, puisque c'est moi qui garde le troupeau.

Deux moutons! Il aimait sa candeur, se tenait à l'affût de tout ce qu'elle disait, s'émerveillait aussi de ses silences, en quoi il percevait d'indicibles messages. Sans trop le dire, ils étaient déjà convenus de tout faire afin de passer ensemble d'autres de ces moments d'étonnants et chastes bonheurs.

Des taches de rubis dans les feuilles des érables leur mirent l'âme en peine. Elles signifiaient la fin de leurs rencontres. Émery devait retourner étudier à Québec. Ils auraient peu de moyens de correspondre. Leur amour tout neuf devrait subir l'ordalie des saisons.

Il y avait un an de cela. À part Abel, qui jugeait futile ce qu'il appelait une péripétie, personne ne savait rien de la tendre histoire. À Noël, le jeune Malouin avait tout juste pu entrevoir son aimée. Il avait essayé d'en parler à Perrine, sa mère adoptive.

— Isabelle, vous la connaissez peut-être?

Perrine avait fait une grimace.

— De quelle Isabelle parles-tu? Pas l'Isabelle des Cotin, ces nouveaux venus sur la terre de Saint-Sulpice? Des gens bien fiers. Leur fille doit joliment leur ressembler. Certain qu'elle se prend pour une vraie descendante de seigneurs.

Émery avait préféré parler d'autre chose.

Le lendemain pendant la messe, dissimulés dans le fond de la chapelle, ils avaient chuchoté.

— L'as-tu dit chez toi?

— Je n'en ai pas eu le courage. Et toi?

— On n'a pas l'air d'aimer votre famille à la maison.

— Émery, tu m'as promis d'agir. Ce que je craignais va arriver.

— Quoi, Isabelle?

— Je l'ai appris par la servante: mon père a décidé mon mariage pour l'automne.

— Ton mariage?

— C'est presque fait.

— Avec qui?

138

— Je ne sais pas. Son père est officier, je crois.

— Jamais, tu m'entends!

— Pas si fort, Émery.

— Je ferai quelque chose. Je t'aime, Isabelle.

Dans l'obscurité, dans l'odeur âcre des cierges de suif et de l'encens, dans la voix détonnante des fidèles, ils avaient avancé leurs mains l'une vers l'autre et, pour une minute, serré leurs index tournés comme des bagues.

Faire quelque chose? Mais quoi? De retour à Québec, le malheureux Émery, qui n'avait rien pu inventer pour conjurer le sort, n'attendait plus rien d'autre que des consolations. Il alla se confier à sa tante Jeanne.

Au couvent des ursulines, dans le parloir qui sentait bon la cire et aussi la soupe aux choux, la cloche appelait la mère Saint-Victor.

— Tu viens me voir, mon petit?

— Ma tante, je suis malheureux.

Jeanne Malouin, une des filles d'Armand, avait-elle choisi d'être religieuse enseignante parce qu'elle avait des dispositions de directrice d'âme ou bien sa formation d'éducatrice lui avait-elle conféré une étonnante perspicacité? Émery fut tout surpris d'entendre sa tante lui répondre:

— Parle-moi de cette jeune fille.

Il avait tout raconté. Les voisins De Cotin sur leur terre, en arrière-fief de Saint-Sulpice. Isabelle. Les sentiments naissants, les promesses faites, les vœux échangés. Leur sort injuste.

Les joues en feu, il livrait son secret à la mère Saint-Victor, qui questionnait posément.

— Reviens me voir le mois prochain, Émery.

Il était revenu plusieurs fois voir sa marraine. Ce matin encore il avait répondu à ses questions.

— Je suis certaine que tu aimes sincèrement Isabelle.

— Ma tante, je vous l'ai répété.

— Votre mariage ne peut se faire.

— Tante Jeanne!

Il se pinçait les yeux dans ses paumes.

— Attends, Émery... Il ne peut se faire de façon normale. Vous avez besoin des autorisations paternelles.

— Oncle Armand et monsieur de Cotin se détestent. Leurs terres se touchent. Ils se chicanent depuis des mois pour une histoire de pâturage.

— Je sais tout cela.

— Et puis nous ne sommes que roture et eux se disent nobles.

— Eux, des nobles! Ma grand-mère du côté de mon père les connaissait bien. Ils viennent du même village du Perche. Denis, dit Cotin, tavernier en France. Installé à Québec en même temps que mes grands-parents, qui, eux, n'ont pas fait le trafic des fourrures, la peau de castor troquée contre une chopine de mauvais alcool.

La voix de la religieuse sonnait haut dans le parloir.

— Eux, des nobles! Leur fils a eu assez d'écus pour acheter un domaine et Denis, dit Cotin, est devenu Denis de Cotin. Ils continuent. Ce sont des marchands de peaux qui habitent depuis peu ce qu'ils osent appeler un manoir.

— Mais Isabelle sera pour un autre. Comment l'épouserai-je? Les familles sont contre nous. Peut-on se marier sans papiers du curé? Ma cousine Élisabeth va épouser le fils Lamy, je le sais.

— Ne crie pas et écoute-moi, Émery. Tu vas faire ce que je dis.

* * *

Des fleurs partout dans la chapelle. Le curé Vachon se retourna vers l'assemblée. Au premier rang, Élisabeth Malouin, plus rougeaude que jamais. Près d'elle, le vigoureux François Lamy, qui lui tenait la main. Il allait être l'époux officiel. Celui qu'on appelle le curé n'est pas résidant. C'est un missionnaire récollet qui va d'église en église, apportant ses ornements et son calice. Il demande:

— À genoux, tout le monde. Je vais dire à présent les paroles de la consécration.

Le prêtre jeta un coup d'œil sur le vieux livre usé pour se ressouvenir de tous les mots de la préface. Puis, se retournant:

— *Dominus vobiscum.*

Pour toute réponse, une voix claire retentit au fond de l'église:

— Moi, Émery Malouin, je déclare prendre pour femme Isabelle de Cotin ici présente.

En écho, l'on entendit:

— Et moi, Isabelle de Cotin, je prends pour mari Émery Malouin.

Tout le monde s'était retourné pour voir le neveu d'Armand et la jeune personne près de lui, enveloppée dans une cape de taffetas lilas. Autour d'eux, deux garçons du village étaient debout, les bras croisés. Émery et Isabelle les avaient choisis comme témoins de leur subterfuge.

Ce fut un beau scandale.

— Un vrai scandale! glapissait le surlendemain madame de Cotin, les poings serrés.

À ses côtés, son mari, congestionné et muet de surprise et de douleur. En face d'eux, le curé Vachon et Armand Malouin qui encadraient le grand vicaire. Il avait une voix suave.

— Madame, je le répète, le mariage de mademoiselle votre fille est, en termes théologiques, parfaitement valable.

— Comment? Sans publications préalables, ni consentement parental, sans sommations respectueuses?

— Ce ne sont là que dispositions de la hiérarchie ecclésiastique. Émery et Isabelle, je dois le reconnaître, se sont conféré validement le sacrement de mariage, à côté de deux témoins et devant un prêtre. N'est-ce pas, monsieur l'abbé Vachon?

— Je suis bien ennuyé, monseigneur, de tout cela. Et en plein pendant les épousailles de la demoiselle Malouin et de François Lamy.

— C'est impossible! Il doit y avoir empêchement ou recours! cria madame de Cotin.

— Il existe pour ce genre d'affaire une source de jurisprudence. Connaissez-vous le sieur de Gaumin?

Gauthier de Cotin réfléchit un instant et demanda au grand vicaire:

— De quelle branche, ces De Gaumin?

— Vous ne devez pas les connaître. Il était en France intendant du roi Louis XIII. Il a été le premier à contracter mariage comme il a été fait à La Valtrie. Et son union, quoique réalisée de façon prohibée, a été déclarée valide. Il y a eu d'autres cas. En Nouvelle-France sans doute aussi. Nous appelons cela des mariages à la gaumine.

Le ton du prélat était sec. Il ajouta, de sa voix redevenue onctueuse:

— Quelqu'un a dû bien renseigner votre nouveau gendre.

À ce mot de gendre, les Cotin, de rouges, devinrent tout pâles. Ils devaient encore entendre cette dernière phrase:

— Monsieur de Québec, notre évêque, réprouve de tels actes, mais puisque aucun obstacle dirimant ne permet d'annuler le mariage, je crois que Sa Grandeur imposera toutefois une amende au bénéfice des pauvres de monsieur le curé Vachon.

Armand Malouin, qui n'avait pas encore ouvert la bouche, lança à ses vis-à-vis stupéfaits:

— Je prendrai en charge la moitié de la sanction pécuniaire. Et nous en profiterons pour discuter argent puisqu'il n'a pas encore été question de contrat de dot en ce qui concerne ma nouvelle nièce. Je suggère donc...

142

Le soir même de la gaumine, Armand pleura. Perrine tenta de le consoler.

— Votre petit-neveu vous a fait grand-peine avec son mariage.

Non. Le bonhomme Armand se doutait de tout. Son grand chagrin qui le faisait sangloter sur l'oreiller ce soir-là, c'est que le seul de ses fils qui devait lui succéder sur sa terre de la Grand-Côte, Abel, n'était pas là pour le double mariage. Pourquoi? Il avait fait dire que, décidé à demander l'ordination, il resterait à la maison des jésuites.

Tout l'avenir terrien des Malouin reposait donc désormais sur les épaules bien frêles d'Émery Malouin.

À l'instant même, il descendait le fleuve en barque avec son Isabelle.

Encore étonnés tous deux de se retrouver jeunes mariés.

* * *

Armand alliait un grand sens pratique avec la plus chaleureuse tendresse pour les jeunes êtres. Il avait pris son parti de la réalité. Depuis que vivaient sous son toit Émery et Isabelle, restée si gracile malgré son ventre bombé, annonce d'une proche naissance, l'habitant avait retrouvé une autre jeunesse.

— Au moins, disait-il, je sais pourquoi j'ai tant de cœur à l'ouvrage.

Lui qui depuis si longtemps n'avait pas tenu de petit enfant sur ses genoux fut comblé. Ce n'est pas un mais deux garçons qui naquirent à sa ferme. Il disait à Isabelle:

— Deux petits gars, Roch et Léandre. Encore une fois des bessons. C'est dans la famille. Avec Perrine on a eu Élisabeth et Abel ensemble. Et quand j'étais jeune j'avais une jumelle. Pauvre Armande que le ciel m'a ôtée. Pauvre moi qui la regrette encore. Mais à présent me voilà gréé de deux neveux qui vont être comme mes petits-fils. Roch et Léandre. Puis lequel un jour marchera sur ma terre pour la travailler? Celui-là ou l'autre? Qui deviendra un galvaudeux comme il y en a tant chez les Malouin?

En attendant le jour où il pourra emmener ses deux petits-fils à travers son rang pour leur montrer à «faire de la terre», Armand, ce matin-là fort guilleret, traverse son clos vers le bout de ses arpents, où s'arrêtent les sillons cernés de taillis, de grosses roches. En les faisant éclater avec des charges de poudre, en abattant les brousses, on gagnerait quelques perches carrées de bon humus.

Le fermier releva ses manches, cracha dans ses mains, serra le bois de sa cognée, trancha d'un premier coup un solide pied de fardoches. À l'instant de porter le second, Armand chancela, vit mille soleils sur l'envers de ses paupières, sentit sa poitrine se déchirer en deux, tomba à genoux, roula sur le sol qu'il voulait défricher. Le long de lui, ce fut la dernière image de sa vie, la hache héritée de son père. On en avait plusieurs fois changé le manche mais on la reconnaissait aux initiales et à la silhouette de castor tracée anciennement sur le fer.

Émery, héritier choisi par Armand, selon la coutume de Paris, observée en Nouvelle-France, était devenu tenancier et, avec Isabelle, eut à mener le domaine de la Grand-Côte, isolé entre la rive et la forêt. Le jeune couple savait qu'il avait de la parenté à travers la colonie.

— Bah! disait Émery, les autres Malouin finiront bien par venir un jour frapper à notre porte. Et nous les accueillerons pour leur montrer ce qu'a réussi le vrai seigneur de cette terre, le sieur Armand de La Malouinerie.

Ceux de l'Acadie

Il y avait en Acadie d'autres Malouin. Ceux-là avaient été engendrés par Charles, le frère de Josam et d'Armand. Il avait fondé sa famille au bord de l'Atlantique, à Port-Royal, minuscule capitale du domaine acadien, une péninsule, des îles et presqu'îles très convoitées par les Anglais depuis que les Français s'y étaient installés. Là encore l'histoire avait commencé avec Samuel de Champlain, quelques années avant qu'il fonde Québec. Sans arrêt depuis, selon la fortune des armes, ce territoire du levant de la Nouvelle-France passait de la couronne du roi de Paris à celle du souverain de Londres.

Charles Malouin s'était fixé là dans l'année de la mort de sa mère. Il n'avait pas encore vingt ans et ne savait rien de l'amour. À l'époque, mousse sur un petit voilier, il naviguait entre les ports du haut Saint-Laurent et ceux de l'Atlantique. Un matin que l'embarcation était amarrée à l'anse du Cul-de-Sac à Québec, parut un homme dans la quarantaine, vêtu comme un bourgeois, qui le héla du quai.

— Est-ce bien ce vaisseau qui part demain pour Port-Royal?

Le vaisseau en question était l'humble *Belle Laura,* barque à deux mâts, gréés de voiles carrées.

— Oui, messire. Nous partons pour Tadoussac, Gaspé, Miscou, puis toutes les escales acadiennes.

— Prendriez-vous deux passagers?

— Ce n'est pas moi qui commande à bord. Mais je peux vous dire que nous transportons déjà six militaires que le gouverneur nous contraint de mener jusqu'à la baie Françoise.

— Six militaires! répéta l'homme en hochant la tête.

— Qu'allez-vous faire à Port-Royal?

— Mais je rentre chez moi.

Urbain Giroire avait raconté son histoire: venu jeune du Poitou, il avait émigré avec sa famille sur la côte d'Acadie. Quand les Bostonnais — il prononçait «Bastonnais» — l'avaient envahie, il avait résolu de fuir cette contrée pour retourner vivre en France avec son enfant unique, car, hélas, il était veuf.

— À présent que les Anglais vont nous rendre notre chère Acadie, je veux retrouver mes terres et ma maison.

Le soir, Gros-Paul avait dit à son pilotin:

— Charles, nous accueillerons à bord un bonhomme et son fils qui retournent en Acadie.

— Je sais. Il m'a parlé. On les logera dans le poste de proue avec les soldats?

— Non, ils paient bien. Je leur donne la chambre de l'arrière.

Précédés de porte-faix chargés de malles, étaient arrivés le voyageur et un jeune homme grand et chétif, mais doué d'un beau sourire.

Le brigantin descendait le Saint-Laurent. Sur le pont avant, les militaires jouaient aux cartes. Accoudés à la lisse, les deux Giroire regardaient s'éloigner les rives marquées par les rouilles de l'automne. On allait entrer dans le golfe. Gros-Paul, d'un œil inquiet, guignait les nuées noires poussées par ce nordet assez vif qui annonçait les grandes tempêtes d'octobre.

146

Dans la nuit, ce fut la tourmente. La *Belle Laura* dansait fortement sur la terrible houle. Les rafales de vent vrombissaient dans sa mâture. Le patron, qui avait fait ferler les voiles, tenta de gagner une anse de l'île d'Anticosti. Trouva enfin un abri et un mouillage.

Le lendemain, la mer était encore agitée. On comptait deux blessés dans l'équipage. Le beaupré était rompu, des agrès emportés. Les haubans se tortillaient dans la brise comme des mèches de fouets fous.

Maître Gros-Paul ordonna:

— Charles, tu vas descendre à terre avec un ou deux militaires et couper un tronc de sapin pour remplacer notre beaupré.

Dans le poste, soûls comme des ânes, qu'ils étaient, les fantassins du roi. La tempête et le vin en avaient fait des loques titubantes, bégayantes. Écœuré, Charles referma la porte sur eux.

— Emmène le garçon Giroire, il doit savoir manier un aviron.

Le père s'était objecté, trouvant la tâche trop rude pour le jeune homme. Il s'offrait à partir à sa place sur la chaloupe.

— C'est moi qui commande ici. Allez, mon gars, embarque.

Claude Giroire, qui avait ramé gauchement, était encore plus maladroit à la cognée. Il leur avait fallu ensuite transporter le tronc ébranché, poisseux de résine, pour le hisser sur l'embarcation. Là, une vague énorme s'était abattue sur le jeune homme, qui dégoulinait d'eau salée. Charles vit son regard piteux à travers ses boucles blondasses collées à son visage. Le marin allait éclater de rire lorsque soudain un rayon de soleil qui perçait à travers la brume éclaira à contre-jour l'adolescent. En une seconde, Charles avait cru déceler sous les vêtements imbibés un corps de fille.

— Tu meurs de froid, nous allons faire un feu pour sécher ton linge.

Claude, d'une voix suppliante, demanda plutôt de rentrer sans retard à bord pour qu'il puisse se changer. Charles, d'un geste, montra les voiles de brume qui se déployaient sur la mer enfin calmée. La *Belle Laura* n'était déjà plus perceptible au centre de la baie.

— À cause des battures, nous ne pouvons naviguer dans ce brouillard. Notre feu signifiera pour le brigantin que nous sommes obligés de rester à terre.

La flambée de bois de grève pétillait. Charles était allé couper des rameaux de sapin pour faire une hutte. Il retrouva l'autre qui, drapé dans le prélart trouvé dans la chaloupe, secouait au-dessus du feu des chausses et une chemise humides.

La nuit était tombée. Charles regardait le brasier rougeoyant. Près de lui, Claude avait réussi à s'endormir et, sans s'en rendre compte, tant par besoin de chaleur que de sécurité, se pelotonnait contre lui. Il n'y avait pas de doute: ce corps abandonné qu'il tenait presque dans ses bras était celui d'une toute jeune femme perdue dans le sommeil.

Un brandon que le vent avait attisé se mit à flamboyer comme une torche, éclairant la naissance de sa poitrine. Instinctivement, elle la couvrit d'un pan de la bâche dans laquelle elle était roulée puis ouvrit des yeux affolés, voyant Charles penché au-dessus d'elle.

— Ne crains rien. Je l'avais deviné depuis longtemps.

Elle expliquait que c'était son père qui avait voulu ce déguisement à l'idée de la voir entourée d'hommes sur le navire.

— Déjà pour la longue traversée entre la France et Québec, j'étais vêtue en garçon. Je suis presque habituée à prendre une voix grave et à marcher en marquant le talon.

— J'aime mieux que tu sois une jolie fille. Comme tu me plais!

Elle ne céda ses lèvres à Charles qu'après lui avoir fait promettre qu'il tairait son secret jusqu'à l'arrivée à Port-Royal, puis elle s'abandonna entre les bras du robuste Malouin.

Le passager Claude Giroire, très à l'aise en ses habits de damoiseau, avait repris place à bord, guettant les sourires du second de la *Belle Laura,* échangeant avec lui des caresses furtives, trouvant le moyen de le retrouver dans un recoin de la cale. C'est là que le bonhomme Giroire les avait découverts enlacés. Charles avait dû sur-le-champ faire la promesse d'épouser la fille.

— Je ne sais trop ce que valent les promesses de matelot. Dès que vous mettrez pied à terre à Port-Royal, vous allez devenir le mari de Claude.

C'était plus que les deux amoureux en voulaient.

La branche acadienne des Malouin fut vite implantée. Urbain Giroire, après avoir reçu, pour un grand mariage, toutes ses connaissances retrouvées, savait qu'il y aurait vite un baptême à célébrer.

Charles prouva ce jour-là qu'il était en train de devenir un vrai gars d'Acadie. Sans s'en rendre compte, il utilisa la façon de parler de sa nouvelle famille.

— J'étions bien heureux, dit-il, de marier Claude. Avant, je restais sur des bateaux qu'étiont toujours su l'eau. Nous autres gabiers, c'étiont pas une vie. À c't'heure, j'étions fixé à terre, ben attaché à Claude.

Et tous les gens de Port-Royal d'applaudir.

Après son mariage, Charles avait renoncé à naviguer. Claude avait su le retenir à Port-Royal. Il fournissait aux bâtiments qui relâchaient dans le port, où les eaux ne gelaient jamais, vivres, agrès et voiles. Sa femme, plutôt que les grosses toiles de chanvre, préférait vendre des cotonnades imprimées à Rouen à la façon des Indes orientales. Peu à peu, d'avitailleur de navires, Malouin était devenu en Acadie le marchand le plus réputé de draps, indiennes et soieries; les affaires étaient bonnes. La colonie acadienne commerçait surtout avec les îles à rhum et à sucre, leur fournissant viandes et poissons séchés ou salés.

Près de cinquante ans avaient passé, au cours desquels, une fois de plus, la péninsule tombée entre les mains des Anglais avait été rendue à la France. Puis, de nouveau, une flotte ennemie avait forcé la baie, canonné le fort, débarqué des soldats. Port-Royal capitulait derechef et devenait Annapolis, en hommage à la souveraine de Londres. C'était en 1710.

Rien ne semblait changé cependant dans la petite colonie isolée lorsqu'un matin furent placardés des avis qui enjoignaient aux Acadiens de prêter serment au roi George Ier d'Angleterre.

— Moi, Charles Malouin, faire ça? Jamais!

Le vieux bonhomme en tremblait d'émotion devant Léonce, un de ses garçons, et Philippe son petit-fils.

— Qu'est-ce que vous voulez faire, le père?

— On s'en va aller atterrir au Cap-Breton.

Cette île proche, dans le nouveau partage de l'Amérique du Nord, avait échu à la France.

— Je ne veux point mourir anglais! répétait Charles.

— Et à qui vendrons-nous nos étoffes?

— Tous les gens de cœur d'ici feront comme nous. Qui voudrait vivre sous les lois d'un monarque étranger qui ne parle même pas notre langue et ne suit pas notre religion?

— Ses soldats ne nous empêcheront pas de faire nos affaires, pas plus que ne le faisaient ceux du roi de France. L'île du Cap-Breton est bien pauvre.

Charles la connaissait bien, tout enveloppée de brouillards, une haute terre aride aux côtes escarpées qui possédait de bons mouillages, mais c'était tout.

— Écoutez, vous autres, restez si ça vous plaît à Port-Royal, mais moi j'irai m'installer là-bas. Pas vrai, Claude?

Elle pleurait parce que c'en était fini de leur maison sur le port, de leur magasin encombré de ballots de tissus qui avait pour enseigne *Le Rouet d'Or*.

Une fois, un des enfants avait suggéré d'aller vivre dans la vallée du Saint-Laurent, que les troupes de France et les milices avaient su protéger.

Le vieux s'était indigné à une telle idée.

— Devenir colon comme le fut mon père ou l'Armand? Et puis j'ai trop besoin de voir la mer de ma fenêtre. Me voyez-vous habiter Montréal?

150

Pourtant, c'est avec regret qu'il parlait de ses jeunes années à Ville-Marie, comme s'il avait effacé de sa mémoire la grande misère et la terreur de l'Indien connues jadis. Il narrait plutôt l'étonnante escapade de Josam, l'installation de ses parents au coteau Saint-Louis, au-delà des palissades qui entouraient la ville. Il évoquait son apprentissage de matelot sur la goélette de Bertrand, son goût de la mer qu'il avait transmis à Étienne, un des garçons d'Armand.

Il ne parlait pas trop de ce soir de tempête sur la *Belle Laura*, de sa descente à terre avec Claude, adolescente vêtue en garçon, et de leur nuit d'amour, en plein fleuve, sur la rive sableuse d'une île.

La décision avait été prise. Comme un départ pour une nouvelle et dernière escale de la vie, quitter Port-Royal.

L'arrivée dans le nouveau havre du Cap-Breton avait été horriblement décevante pour le vieillard. Il n'y avait que quelques bicoques autour d'une très belle rade d'un ovale parfait fermé par un goulet rocheux, facile à défendre. Les eaux profondes permettaient d'abriter là tous les vaisseaux du royaume de France. Mais, en dehors de cette commodité, rien à l'entour sinon un peu de terres cultivables entre les bancs de rocs.

Dans les cabanes habitaient des gens rongés par le scorbut. Autour campaient, parmi les wigwams des Indiens Micmacs, les restes de la garnison de Plaisance et autres forts de l'île de Terre-Neuve, cédée à l'Anglais. Qui achèterait les étoffes, la mercerie, les vêtements coupés à Paris? Ce qui manquait, c'était le pain, le lard salé, le bois pour bâtir et pour chauffer. Charles se sentait trop vieux pour se remettre à commercer. Claude se cachait pour pleurer, consolée par Philippe, qui seul avait tenu à suivre ses grands-parents.

Le gouverneur Saint-Ovide était pourtant enthousiaste. L'Acadie se reformerait là. La France envoyait des écus pour construire autour du grand port une ville fortifiée, imprenable, qui allait s'appeler Louisbourg, en hommage au roi de France. Une puissante flotte se tiendrait au mouillage, prête à défendre l'entrée du golfe du Saint-Laurent, à protéger les pêcheurs terre-neuviens. La prospérité viendrait de la mer. Louisbourg serait un vrai Saint-Malo du Nouveau Monde.

Charles ne pensait qu'à ça. Il répétait sur un ton de mystère que les Malouin de l'Est canadien seraient finalement les plus riches. Il allait découvrir un trésor au fond de l'océan.

Tous les jours, il allait marcher sur les galets entre falaise et mer déferlante d'un gris laiteux. Il regardait le vent écrêter les lames avant d'aller plier pour leur donner une courbe permanente les rares conifères de l'île et les coiffer de brouillards fantomatiques.

Philippe, quinze ans, avait trouvé à s'employer sur une barque de pêche. Grâce à lui, la maisonnée ne mourait pas de faim.

Un matin, le vieux Malouin se rendit au port. Le petit morutier *La Virginie* sur lequel Philippe travaillait avait besoin d'un second mousse. Le jeune garçon fut tout étonné de reconnaître, sous son suroît de toile cirée, le visage de son grand-père. Faute de mieux, Leblanc le patron l'avait pris comme apprenti marin pêcheur.

Philippe ingénument avait appris au vieux à mettre un doris à la mer, et, tous deux installés dans la légère embarcation, il lui avait expliqué comment capturer l'encornet à la turlute sur les hauts-fonds, comment fixer cet appât sur l'hameçon, avec un peu de chair de palourde, puis lancer, sans l'embrouiller, la ligne plombée dans l'eau glauque où, en rangs serrés, passaient les morues qui pacageaient dans les forêts de goémons. Charles avait aussi appris à trancher sur le pont de *La Virginie,* d'un revers de couteau, les lourds poissons, à les étêter, à retirer d'un coup l'arête et les issues, puis à les envoyer à l'homme qui dans la cale, sans relâche, salait les filets. Cinquante ans plus tôt, en ses apprentissages de marin, Charles Malouin avait appris pour toujours les gestes de la mer.

Parfois, l'aïeul était chargé plus simplement de faire tinter la cloche du bord pour que les hommes sur les doris ne s'égarassent pas dans la brume, et, à l'heure de la soupe, de tirer le coup de mousquet pour les rappeler sur le navire.

Un soir, Leblanc avait demandé à Charles de tenir un instant la barre. Le presque octogénaire avait manœuvré avec finesse et mené *La Virginie* droit sur la passe pour l'engager dans la rade, face à l'appontement.

Le patron, estomaqué, avait clamé à Philippe:

— Mais quel mousse! Vraiment, pour un marchand de draps, ton pépère est un merveilleux marin! Réussir sans jamais apprendre!

— On est tous comme ça dans la famille, avait répondu l'adolescent en clignant de l'œil au grand-père.

Bonjour cousins

D ans un vieux dictionnaire introuvable, publié à Rouen, traitant «des personnages célèbres de la Basse-Normandie», on trouve, à la page 117 (tome II), cette rubrique:

«Tinchebray, Thomas, fils de Raoul Tinchebray, marchand de fer et de quincaillerie, né en août 1685 à Coutances, mort à Cherbourg en 1760. Poète et érudit, Thomas Tinchebray a publié divers ouvrages de vers et de prose: *La Muse satirique et rurale, L'Extravagant Naturaliste, Les Oraisons du célibataire, Délices du Contentin*. Voyageant en Nouvelle-France pour les affaires de son père, il y aurait composé un *Journal de route en Laurentie.*»

D'autre part, on a retrouvé à La Valtrie en 1759 les feuillets d'un manuscrit écrit en pattes de mouche, signé T.T. Ce document a été retranscrit au tournant du siècle. Les lacunes ont été respectées. Quelques corrections ont été apportées à un style obsolète qui marque bien une époque (note du transcripteur anonyme).

155

29 mars (1720).

À bord de L'Émeraude. Enfin nous voguons dans le fleuve Saint-Laurent et notre nef a cessé d'être la victime des vagues océanes. Elles m'ont mis aussi le corps à l'envers. Mais mon esprit, semble-t-il, demeure droit. Hier encore, que de périls! On me montrait au loin deux montagnes de glace étincelante plus hautes que les tours de notre cathédrale entre lesquelles L'Émeraude devait se glisser. Fallait-il pour conjurer le danger prier Notre-Dame ou espérer d'Éole un souffle favorable? C'est le dieu du vent qui nous a fourni la bonne brise.

Deux avril.

Que ce pays du Canada est vaste. Nous sommes entrés dans le golfe et je n'en ai rien vu hormis quelques écueils. On m'a indiqué dans la brume la pointe de la terre d'Anticosti. Elle est «aussi grande que ma Corse natale», m'a dit un matelot.

Trois avril.

La neige recouvre encore un sol rocheux et crevassé où pas âme ne vit. Je relis, parmi les livres que j'ai apportés, les écrits du sieur Jacques Cartier, ce Breton qui croyait que, pour arriver à Cipangu ou en quelque Chine pleine d'épices et de soie, il fallait remonter cette «rivière de Canada». Lui qui croyait voir sur ses bords des vignes croissant au milieu des champs de diamants parcourus par des cours d'eau charriant des pépites d'or ne s'est guère trompé en parlant de «la terre que Dieu a donnée à Caïn».

Cinq avril.

Enfin, j'ai aperçu des humains sur la grève d'un lieu appelé Rimouski. Ils vivent loin de tout entre les bois et le bord de mer. À la bonne saison, ils pêchent des marsouins et en tirent la seule huile lampante que l'on trouve au pays.

Six avril.

Nous sommes en vue du cap Diamant. Le paysage est enfin riant. Les montagnes de grès couvertes de forêts s'ouvrent parfois pour faire place à de courtes plaines côtières où des paysans font les semailles de printemps. J'ai vu à la lorgnette aussi des maisons de bois très espacées. Comme j'ai hâte de marcher sur un sol immobile.

   Neuf avril.

   Après tant de jours sur le navire, j'avais perdu l'habitude de gravir des pentes. Et Québec n'est fait que de ça. Les marchands que je dois voir pour obéir à mon père demeurent en la basse ville. Les autorités que je dois rencontrer sont dans la haute. À toute heure du jour et surtout à l'aube, les cloches d'innombrables églises, chapelles et couvents répandent leurs carillons. Les gens de Québec, s'imaginant que les Français meurent de faim, m'invitent à des festins de viande, de poisson, de pâtisserie. Je dois goûter de tout pour ne point paraître impoli. Moi qui me croyais grand mangeur et fort buveur, me voilà dépassé par ces paladins de la fourchette et du hanap. Sans façon, de jolies filles de la meilleure société me font les yeux doux. Ainsi, constamment ai-je les jambes rompues, le ventre empli, le cœur déchiré et les oreilles brisées. Tout cela pour complaire à un père dont je n'hériterai pas si je ne feins de m'occuper de son négoce.

   Quatorze avril.

   Que de belles odes à écrire sur ce pays pour lequel j'éprouve la plus tendre des passions. Hélas! mon inspiration fuit devant les longues palabres que je dois tenir avec des clients retors. Que de procès en perspective! Il y a ici le droit de Paris, la coutume normande et toutes sortes de jurisprudences. Et par surcroît de fugitives règles non exprimées que l'on m'oppose sans cesse.

   Vingt avril.

   Ce pays n'a de routes que celles qu'on appelle fleuve et rivières. Le Saint-Laurent est le boulevard liquide d'un village sans fin appelé Canada. Pour aller à Montréal finir de régler des causes qui m'échappent, il m'a fallu prendre une sorte de bac à voile. Au moins cela me vaut-il de voir les rives où Sa

Majesté le Printemps jette à plaisir ses bourgeons vert tendre contre le feuillage éternellement sombre des sapins.

Vingt-cinq avril.

Je n'ai plus guère le loisir de rédiger tant j'ai d'invitations des Montréalais, qui veulent faire mieux à mon égard que les bonnes gens de Québec. Leur ville est un verger où l'on a planté de jolies maisons et des églises presque aussi nombreuses que les demeures. Les jeunes personnes sont charmantes et coquettes à souhait et nullement effarouchées devant l'étranger que je suis. Car, il faut que je me l'avoue, je ne suis pas, comme je le croyais, dans une province éloignée de la France, mais dans un tout autre pays.

Vingt-huit avril.

Où êtes-vous, mes bons camarades de Coutances? Comme j'aimerais lever mon pot de cidre parmi vous. Je lis, en pensant à vous, des écrits du jeune Voltaire. Mon pieux logeur, qui a vu mon livre, me suggère de le tenir caché pour échapper aux foudres d'un clergé qui déjà admet mal les Dialogues de Fénelon et les Sermons de Bourdaloue.

Deux juin.

Ce soir, j'étais assis, face à un rôti d'orignal, entre un ecclésiastique et un officier. Le plus intéressant était la portion de quadrupède, dont la viande avait été marinée dans du vin et des épices avant d'être cuite. Mon voisin ensoutané m'a longuement parlé de la piété des Canadiens, obtenue grâce à la discipline imposée par un clergé zélé. Le militaire m'a assommé avec ses histoires de garnison, de beuveries et de filles de joie. Cet olibrius fait partie, avec l'autre armée, celle des fonctionnaires, des gens que le Roi entretient pour administrer et défendre cette colonie sans mine d'or qui coûte cinq cent mille livres par an à la Couronne.

Au dessert, pour achever de m'estoquer, un troisième larron, que l'eau-de-vie rendait trop bavard et me prenant pour un Parisien, n'a cessé de me dire du mal de ceux de la capitale française que l'on tolère à Montréal. Qu'ils repartent vite, disait-il, d'où ils sont venus.

J'en ai soupé de tous ces coloniaux à la fois hauts-talons et pieds-plats. Comme j'ai envie de retrouver mon petit coin de Normandie. Un navire part pour La Rochelle mardi prochain. Je serai à bord.

Huit juin.

J'ai fait tout bonnement naufrage sur le Saint-Laurent en descendant le fleuve. L'embarcation qui me reconduisait à Québec, prise par un coup de vent, a donné contre ce que l'on appelle ici une batture. L'eau est entrée par le fond crevé du petit navire. Tous mes bagages et les précieux papiers de mon père ont été perdus, à l'exception de mon sac de cuir où était ce journal.

De braves fermiers qui habitent au bord de l'eau m'ont recueilli. «Je suis de Normandie», ai-je dit à mes hôtes forcés. «Tope là, ont-ils répondu, soyez notre cousin.»

Mes vêtements sèchent en ce moment devant leur cheminée. En attendant que je les remette, ils m'ont fourni un habillement. De la sorte, je ressemble à un «habitant»: chemise de toile, culotte de droguet, capot de laine avec ceinture fléchée, mitasses aux jambes. Il ne me manque que la tuque de laine et la pipe de plâtre. Coutançais, si vous pouviez voir Thomas Tinchebray!

Neuf juin.

Je dois quitter demain ces Malouin si accueillants. Quel plaisir de bavarder avec ces «cousins». Ils habitent une maison massive qui pourrait être normande avec sa toiture en pavillon percée de lucarnes en chien-assis. J'ai ma chambre dans une pièce du grand grenier, d'où je vois le fleuve et, à droite, seul dans la plaine, un orme qui porte haut sa tête en éventail ouvert dont les houppes frissonnent sans cesse au zéphyr.

Quinze juin.

J'ai décidé de prendre pension chez les Malouin. Mon père attendra mon rapport sur le commerce de la quincaillerie en

Nouvelle-France. Lucette Lamy, une des filles de la maison voisine, est fort charmante.

Dix-sept juin.

Pourquoi n'achèterais-je pas une terre ici? Je ferais bâtir maison. On vit aisément sur ce sol en gardant un tiers de la superficie en boisés, un tiers en prairie pour le foin et la pâture, un tiers en blé et en orge. Et ici, au contraire de la France, pas d'impôt sur le sel, ni taille, ni corvée contraignante, ni logement gratuit aux soldats. La dîme à verser au curé n'est que du vingt-sixième, payable en grains, et encore les nouveaux colons en sont exemptés pour les cinq premières années. La rente à payer au seigneur est légère. Quelle différence avec ce qu'ont à débourser nos paysans normands.

Mais ce qui nous unit, gens du Canada et gens de Basse- et Haute-Normandie, ce sont nos sentiments envers cette ville que l'on nomme Paris, une cité qui nous fascine et dont nous avons peur, où nous brûlons de paraître un jour et dont nous savons que nous y serons mal, tant est grand le charme maléfique des Parisiens, des Parisiennes, tant est insensée leur arrogance face aux provinciaux. Je ne suis jamais allé dans cette Babel qu'est la capitale française, où notre César et ses acolytes veulent donner le ton à tous les pays de France. Et encore moins à Versailles, un mot détesté tant à Coutances sur les douces rives de la Soule que sur les bords grandioses du Saint-Laurent.

Dix-huit juin.

Lucette et «ses jolis yeux doux» me fait languir. Elle ne veut pas écouter les madrigaux que je compose pour elle. Je suis venu chez elle avec un bouquet. Ses sœurs ont ri de moi. Elle était allée cueillir l'ail des bois, et pas seule, m'ont-elles dit. Que dois-je entendre, moi qui comprends mal le parler du Canada?

Vingt juin.

Isabelle, la femme d'Émery, attend son dixième enfant. Les deux aînés, Roch et Léandre, n'ont que quatorze ans. Ils travaillent aux champs avec leur père. Le grand-père Antoine, ancien

160

militaire, traîne sa jambe de bois dans la maison. J'ai grand plaisir à causer avec lui. Il me parle d'un cousin proche qui vit à l'île du Cap-Breton. Un autre qui serait en Louisiane avec sa famille. Ils sont partout, ces Malouin!

J'ai rencontré un aimable jésuite, le père Abel, frère de lait du fermier Émery. Si la vocation ne l'avait pas conduit dans les rangs de saint Ignace, Abel serait maître de la concession de la Grand-Côte. Mais il a préféré aller porter le salut aux peuplades sauvages. De passage à la ferme où il est né, il donne un coup de main avec bonne humeur aux travaux des champs et du jardin. Ce matin, il faisait chaud, il avait troqué sa soutane contre une blouse de travail et remplacé sa barrette par un chapeau de paille. Tout en replantant des fraisiers, il me parlait avec cette familiarité qu'a ici le clergé issu des classes simples, bien loin du ton des savants docteurs en théologie. Abel, sans façon, me contait les histoires des Malouin et l'étonnant mariage d'Isabelle et d'Émery, contracté par stratagème, comme une sorte de bon tour joué aux autorités. Comme je m'étonnais qu'il approuve une telle entorse à la discipline, le père Abel m'a assuré qu'en terre de Canada les voix de la chair étaient plus fortes que l'esprit des lois, vinssent-elles du ciel.

Ce qui me paraît certain, chez ces Canadiens, c'est leur vitalité génésique, encore supérieure à celle des campagnes de France d'où ils viennent. Que d'enfants partout, même s'il en meurt beaucoup au berceau. Et chez les Malouin, cette vigueur dans la reproduction se traduit particulièrement, à chaque génération, par la naissance de jumeaux.

Vingt-cinq juin.

Je repensais aux paroles du prêtre rencontré lors d'un souper à Montréal, qui me parlait de l'esprit religieux inégalable des Canadiens, de leur soumission et de leur obéissance, de la piété des hommes, de la modestie des femmes. Comme ceux de France, les gens d'ici, en dépit d'une discipline ecclésiale préventive et surtout répressive, dès que le curé a le dos tourné, se plaisent à jurer, à boire, à danser, à manger gras les jours d'abstinence et à ignorer le commandement qui a trait à une autre sorte de chair.

161

S'il y a du monde à la messe du dimanche, c'est parce que c'est l'endroit où rencontrer les voisins et leur montrer les belles parures et les riches attelages. Hier, Lucette portait une blouse brodée qui montrait ses belles épaules. Mais était-ce pour moi?

Vingt-neuf juin.

Les colons canadiens ont bien cessé d'être français ou le sont aussi peu que les Normands qui veulent le rester. Cela s'entend aussi à leur façon de parler. Ils appellent cèdre ce que nous appelons thuya et cyprès ce que nous nommons pin gris. Mais qui a raison?

Dix juillet.

J'ai travaillé dur avec toute la famille aux moissons précoces. Ma main durcie par le manche de la faucille a peine à présent à tenir la plume d'oie.

Les Cotin, s'ils sont alliés aux Malouin, ne sont pas des voisins commodes. Je tente depuis un mois de négocier l'usage d'arpents qu'ils possèdent au long de la rivière. Nous avons enfin réussi à traiter.

Trois août.

Moi qui ne connaissais que la forêt de Coutances, je découvre ce qu'est la vraie sylve canadienne, si inattendue, inquiétante, vraie cathédrale de la nature. Je contemplai la hauteur des cimes de tant d'arbres en ces bois à parcourir, à abattre, dont les Canadiens font des maisons, des fondations aux bardeaux, de ces bois qui deviennent canots, outils, traîneaux, source de chaleur, dont la sève devient sucre et les cendres engrais.

J'étais à la chasse avec Émery. Nous sommes revenus le long du ruisseau par le pré où j'aurai ma maison. L'eau fera tourner un moulin qui sciera des planches, apportera l'humidité à mes récoltes. L'eau, le bois, le ciel, le Canada est dans tout cela.

162

Dix août.

Pendant que son mari faisait, comme il dit, le train dans l'étable, sortant le fumier à grands coups de fourche, Isabelle Malouin m'a posé cette question: «Dans votre Normandie, qui hérite de la propriété familiale? — Par droit d'aînesse, au plus âgé des garçons, ai-je répondu. — Et s'ils sont jumeaux?» Je n'ai rien su répliquer d'autre que cette phrase étourdie et bien normande: «Alors, je prendrais un avocat.» Je me suis alors souvenu que Roch et Léandre sont bessons, qu'Isabelle a un faible pour Léandre mais qu'Émery soutient plutôt Roch, lequel d'ailleurs s'entend admirablement avec son frère. Mais l'affection fraternelle peut-elle demeurer solide quand surviennent les questions d'intérêt?

Quinze août.

Les Malouin reçoivent leur oncle jésuite. Le père Abel nous conte son apostolat auprès des Français qui vont aller chercher la fourrure aussi loin que la pointe extrême du lac Supérieur, à présent que les territoires de la baie d'Hudson nous sont fermés. Il nous parle aussi des sauvages, c'est-à-dire des Indiens, qu'il évangélise et qu'il brûle d'aller retrouver.

Vingt août.

Tous les grillons du Saint-Laurent se sont-ils donné rendez-vous à La Valtrie pour faire tant de bruit ce soir? Lucette, peu sensible à mes blandices, n'est pas à la ferme de ses parents. Sans doute à cause d'un autre galant. Et pourtant, hier, à l'orée du bois...

Seize septembre.

Nous sommes dans la coulée de l'automne. Les sumacs sont pavoisés de leurs cônes pourpres et veloutés. Les amélanchiers offrent leurs fruits aux oiseaux. Tout va devenir très roux. J'attends l'hiver.

Vingt septembre.

Infâmes Cotin! Ils ont bien signé contrat devant notaire pour me concéder une partie de leur terrain, mais nuitamment ils ont

163

déplacé les bornes. Cela est avéré par témoins. Ils auront un bon procès, que je gagnerai.

Vingt-deux septembre.

Foi de Normand, je ne peux rester dans ce pays. À cause de Lucette, bien sûr, à cause de qui je pantèle, mais aussi parce qu'au Canada on interdit la profession d'avocat. Comment plaider? Je pars sans retour.

Vingt-neuf septembre.

Adieu, La Valtrie. J'ai le cœur dolent. Je pars, il est vrai, mais comme ce voilier triangulaire d'oies sauvages dans le haut ciel d'automne, je reviendrai, pour sûr.

III
Lison la tenace

*C*eux du coteau Saint-Louis, on les avait toujours appelés les Malouin-la-Misère ou encore les Malouin-Pas-de-Chance.

Léandre, né du premier et double enfantement d'Isabelle, ne faisait pas exception, qui avait repris la petite terre près Montréal.

Heureusement, vers ces années 1730, il était de moins en moins difficile de circuler en Nouvelle-France et Léandre ne s'en privait pas quand il avait envie de revenir à la Grand-Côte.

Le fabricant de chapeaux

Dans le souvenir de Lison, l'image la plus ancienne: elle est, entre son frère Éloi et sa mère, secouée dans un traîneau que tire gaillardement un petit cheval noir sur une route glacée. C'est son père qui tient les rênes, fait claquer sa langue et son fouet pour augmenter la vitesse. Elle se souvient des crissements des patins d'acier. Autour d'elle l'air vif ne peut dissiper une forte odeur de cuir, de poix et de sueur.

Avec toute sa famille, qui habite Montréal, elle va à La Valtrie visiter la parenté. Elle s'endort alors que le mouvement cesse et elle entend la voix paternelle qui dit très fort:

— Moins de quatre heures pour faire onze lieues. Hé! Roch, qui aurait cru ça?

— Oui, mon Léandre, maintenant que le chemin du Roi est ouvert, on va vous voir encore plus souvent à la Grand-Côte.

Même s'il affichait un goût marqué pour la ville, Léandre aimait revenir à la ferme natale. Il y retrouvait les manières rudes et affectueuses du clan Malouin, la solide cuisine que faisait sa mère et l'amitié fraternelle de Roch, son jumeau qui avait été appelé à prendre la suite de leur père.

À Léandre, cadet malgré lui, Émery et Isabelle avaient donné la petite terre et la vieille demeure du coteau Saint-Louis à Montréal, héritage du grand-père Josam. Le fils Malouin, plutôt que de cultiver, trouva plus profitable d'y installer une forge. Le jeune maréchal-ferrant rencontra Mathurine, en fit sa femme. Vint au monde leur premier fils, baptisé Éloi, suivi de Marie-Louise, blonde aux yeux pervenche, si menue qu'on l'appelait Lison et parfois Lison-des-Neiges car elle avait poussé son premier cri en une nuit de grande poudrerie.

Voilà donc petite Lison qui, dans le traîneau, se réveille blottie au giron de sa mère, reconnaît ses pépère et mémère, ses mononcles et matantes de la Grand-Côte, réunis pour le souper de la fête de Pâques, richement servi après les longues semaines d'un carême exigeant.

Près d'elle, Lison voit son grand-oncle qu'on appelle le père Abel. Le jésuite, quasi-frère d'Émery, qui, après avoir longuement cabané avec les tribus indiennes dans le bout des Grands Lacs, s'occupe à présent d'une mission proche de Trois-Rivières. À côté de l'homme en soutane, c'est l'oncle Louis. Il est le plus souvent parti en traite, pas toujours muni d'un permis du gouverneur, à la recherche de peaux de castor, qu'il recède à des trafiquants. À cause de son métier de coureur des bois, son visage et le dessus de ses mains sont brunis par le soleil et émane de lui une perpétuelle odeur de sauvagine. Laurent, dit Fiston, un autre oncle, a fort impressionné Lison lorsqu'il est arrivé monté sur un percheron pommelé. En croupe, arborant une coiffe neuve, Justine tenait son fiancé aux épaules. Fiston, en guise d'habit de fête, portait un chapeau brodé, une chemise à manches bouffantes et des mitasses en peau de chevreuil. Une partie de ses cheveux, réunis en chignon sur sa nuque, étaient enfermés dans une petite bourse de serge noire. Il y a aussi Victoire, une jeune sœur de Léandre, et, assise près d'elle, l'oncle Roch, qui ne parle guère, non plus que Marie-Thérèse, sa femme, qui donne le sein à un poupon. Avec leur aîné, Frédéric, qui a six ans, ils habitent sous le toit paternel dans cette maison que le vieil Armand avait fait construire.

Mémère Isabelle veille à tout. Elle est allée chercher dans le four à pain une grande lèchefrite où ont cuit ensemble des pièces de bœuf, de porc, des volailles. Pépé Émery tranche des parts et à la pointe du couteau les distribue. Abel, l'homme en soutane, toujours premier servi, sourit à Lison entre les soupières fumantes, les platées de purée de pois secs parfumées au lard, les compotiers emplis de pruneaux cuits.

Plusieurs fois pendant le repas, Léandre a répété:

— Moins de quatre heures pour aller du coteau Saint-Louis à La Valtrie!

Et Émery a fini par dire:

— Il nous coûte assez cher, torrieu! ce chemin du Roi. C'est nous, les habitants, qui le payons avec notre argent et avec nos corvées.

— Mais, le père, on le paie nous autres aussi à Montréal et il sert à tout le monde.

— Là, tu glisses encore sur la glace, mais dans huit jours ce sera de la boue et cet été tu conduiras ta calèche dans la poussière.

— N'empêche qu'on pourra aller drette-là de Montréal à Québec et fouette cocher!

— J'aime mieux encore descendre le fleuve en barque.

Au dessert, Lison a entendu son père, la bouche pleine de gâteau aux noix et un verre de cidre à la main, lancer:

— Lorsque la route sera entièrement terminée, on pourra créer un service de coche public.

— C'est quoi, ça?

Il expliqua ce que c'était. Le père Abel ajouta que les Anglais, dans leur colonie, entre Boston et Albany, avaient des voitures qui faisaient régulièrement la route avec relais de chevaux et gîtes d'étape.

— Pourquoi pas nous? triompha Léandre. Je pense qu'il y a de l'argent à faire là.

— Tu te vois déjà postillon, coupa Roch.

— Les gens continueront à prendre le bateau.

— Et l'hiver?

— Ils resteront chez eux.

Le mot «bateau» lança Léandre sur un autre sujet, des navires de guerre que l'intendant royal voulait faire construire sur les bords du Saint-Laurent. Il révéla qu'il comptait planter un arpent de chanvre au coteau Saint-Louis.

— Pour quoi faire, du chanvre?

— Il en faudra pour les cordages, pour les voiles. On aura besoin de goudron, de fers et de fontes. Savez-vous qu'il va se créer près de Trois-Rivières des forges?

Abel dit qu'il avait entendu parler du projet, que depuis longtemps on savait que le sol de la seigneurie de Saint-Maurice contenait du minerai de fer.

— Comptons pas là-dessus pour nous enrichir, fit Émery. Mieux vaut produire de bons blés et du bétail gras.

Léandre se mit alors à parler du ginseng, une plante dont la racine était achetée par les Chinois au triple de son poids d'argent.

— Le ginseng pousse très bien en notre pays. Il suffit d'en planter et de faire fortune.

— On a déjà du mal à vendre notre tabac aux gens d'ici.

Léandre préféra abandonner son sujet et taire un autre de ses projets qui étonnerait sa famille. «C'est mon grand secret», se disait le père de Lison. Allait-il le révéler? Abel avait détourné la conversation. Il parlait pelleterie avec François et Louis, qui disait qu'il fallait aller de plus en plus loin pour trouver de bonnes peaux, qu'il songeait à s'employer au travail de la terre. François, lui, sur un lopin que son père lui donnait en guise de cadeau de mariage, allait faire bâtir maison et sur la rivière proche installer un moulin pour le sciage du bois.

Puis on parla de l'Acadie. Émery avait reçu une missive de Philippe, des Malouin d'Acadie, installé à Louisbourg, au Cap-

Breton, qu'on appelait désormais Île Royale. On y construisait, disait-il, une énorme forteresse navale que jamais les Anglais ne pourraient prendre, protégeant le port où relâchaient de nombreux navires: ceux de la marine du roi, les bâtiments qui faisaient commerce avec les Antilles, les flottilles de pêcheurs de morue et les bateaux qui se livraient à la contrebande avec les ports de la Nouvelle-Angleterre. «Les affaires n'ont jamais été meilleures au Rouet-d'Or», disait le cousin, qui ajoutait que sa femme l'aidait au magasin et parlait aussi de son fils Auguste, qui avait six ans.

* * *

Le secret de Léandre, Lison le vit se révéler peu à peu au coteau Saint-Louis. Son père avait acheté à l'oncle Louis des peaux de castor, qu'il entreposait dans la grange. La fillette se demandait ce qu'il ferait de ces pelages bruns très doux où ses doigts s'enfonçaient. Léandre s'était associé avec un homme venu de Paris qui connaissait l'art de transformer ces fourrures en chapeaux. Lison regardait les deux hommes tremper les peaux dans des baquets, lisser les poils, les fouler, les presser entre des rouleaux de bois pour les transformer en grandes formes ovales qui bouillaient longuement dans des liquides violacés et fétides. Elle demeurait quand même là pour observer à travers la buée les pièces qui, à demi humides, se changeaient sous les coups de brosse en calottes moelleuses puis en chapeaux qui achevaient de sécher sur des cônes de bois.

Roch, de passage en ville, vint voir son frère qui, très fier, lui montra une fort belle coiffure taupée à galon noir, doublée de soie cramoisie.

— Cela vient de France?

— Non, c'est fait ici. Par moi. Viens voir.

Il le conduisit dans l'atelier, lui montra les établis, les presses, les formes, présenta son associé.

— Nous vendons nos chapeaux au même prix que ceux qui nous arrivent de la métropole et qui sont faits avec le castor qui vient d'ici. Je fais un joli bénéfice.

— Bien pensé, mon frère.

L'idée de Léandre avait été si bonne qu'il eut des imitateurs. Deux autres chapelleries s'ouvrirent dans la colonie. Léandre exultait. Il faisait quand même les meilleurs produits et n'arrivait pas à suffire à la demande. Il avait engagé des commis, acheté des chevaux pour transporter les ballots de peaux et livrer aux clients. Mathurine, comme les grandes dames de Montréal, avait pu se commander ces nouvelles jupes très amples montées intérieurement sur des cerceaux d'osier, une mode qui venait de Paris.

Un après-midi, passa au coteau Saint-Louis un garde de l'intendance de police, qui ordonnait au sieur Malouin de se présenter en personne au bureau. Léandre comparut devant un fonctionnaire subalterne et embarrassé qui avait pour mission de lui tenir cet avis: par ordre venu du ministère parisien, il était rappelé qu'en Nouvelle-France il était formellement interdit à quiconque de fabriquer le moindre chapeau de castor. Il fallait obéir sur-le-champ ou aller en prison.

Lors d'une visite à la Grand-Côte, l'oncle Abel, à qui Léandre raconta tout penaud sa désespérante mésaventure, fit cette remarque:

— C'est là le grand principe des pays colonisateurs. Les contrées établies sous leur dépendance le sont pour l'utilité seule de la métropole et jamais dans l'intention qu'elles puissent se passer du royaume.

Le jésuite s'apprêtait, à partir de ces maximes, à induire quelques paroles apologétiques, lorsque l'ex-chapelier l'interrompit.

— Mais qu'est-ce que je vais devenir?

— Trouve une autre idée, mon neveu, tu n'en manques pas. Fais venir de France ce qu'ils ont en abondance et dont nous manquons et prends ton bénéfice.

Par manière de plaisanterie, il suggéra:

— Tiens, les gars se plaignent de manquer ici de belles créatures à épouser. Il n'y a plus de «filles du roi». Fais-en le commerce…!

Mathurine s'exclama:

— Toi, le curé, ne dis pas de choses pareilles! Léandre serait bien capable d'essayer ce commerce-là...

* * *

C'est l'été à La Valtrie. Et Lison se trouve là. Elle a un peu plus de quinze ans et épuise ses maigres forces aux travaux domestiques sous la férule de sa tante Justine. C'était le marché convenu. On logeait et nourrissait la petite en échange de son travail. Pour elle, au coteau Saint-Louis, la vie n'était plus tenable.

Léandre, depuis qu'il avait dû abandonner la fabrication des chapeaux de castor, était redevenu forgeron et, à l'occasion, puisatier. Il passait surtout beaucoup de temps au cabaret, tentant d'y noyer son amertume. Il se revanchait en frappant pour un rien ses enfants. Éloi, l'aîné, avait déjà fui la maison et traînait en ville. De son mieux, Lison suppléait sa mère, dont la vie était une succession de temps de grossesse ou d'allaitement.

Léandre, lorsqu'il revenait au logis chambranlant, s'il ne battait pas Lison, cherchait à la surprendre seule, lui prodiguait des démonstrations de tendresse qui devenaient vite des enlacements, des caresses intolérables, d'incompréhensibles baisers que l'adolescente essayait de détourner.

Un soir que son père l'avait empoignée dans la grange, qu'elle trépignait pour lui échapper, elle vit dans le cadre de la porte le visage décomposé de sa mère, qui venait de les surprendre. Léandre avait soudain lâché prise, en criant à sa femme:

— C'est elle, la petite pas-grand-chose, qui voulait me taponner.

Le soir même, Mathurine, d'une voix blanche et sans explication, annonçait à Lison qu'elle irait passer l'été chez Laurent et Justine, les cousins de La Valtrie.

Ces Malouin-là habitaient, dans le bout de la terre d'Émery qui était proche du petit village, une maison entre le chemin du Roi et le ruisseau, à l'endroit où il coulait dans le Saint-Laurent.

En ce lieu appelé l'Anse, Armand Malouin, premier colon de la Grand-Côte, avait construit un petit moulin. «Seulement pour scier mon bois de chauffage, avait-il précisé. Je ne porte pas atteinte aux droits du seigneur, qui, lui, doit édifier un moulin à farine.» L'installation avait été améliorée tour à tour par Émery puis par Roch, qui avait ajouté des remises et une vaste habitation.

C'est là que demeuraient Laurent et Justine. Devant leur écurie, les voitures de messagerie avaient pris l'habitude de s'arrêter. Et, tandis que Laurent changeait les chevaux, Justine fournissait aux voyageurs, aussi bien ceux de la route que ceux du fleuve, de quoi se rafraîchir la gorge. «Une idée qui m'a été volée», disait toujours Léandre, amer.

Le moulin à scie devenait aussi une bonne affaire. La guerre avait repris au loin entre Français et Anglais, et la marine royale, de nouveau, commandait des bâtiments de guerre aux chantiers navals de la colonie canadienne.

Tout près se trouvait la grosse église de bois. Elle n'avait toujours pas de curé résidant. La desserte continuait à être assurée par des missionnaires franciscains. Lorsqu'il était de passage, l'oncle Abel, le vieux jésuite, aimait dire la messe, baptiser, marier, chanter les funérailles de ceux de sa tribu.

À l'arrière du relais de la poste, au bout du champ, on trouvait la ferme de la Grand-Côte, où Roch régnait depuis que ses parents étaient morts, presque ensemble, comme ils avaient vécu. Marie-Thérèse, l'épouse de Roch, naguère si effacée, avait du jour au lendemain régenté la maisonnée sur un mode à la fois bienveillant et autoritaire, comme l'avait fait si longtemps sa belle-mère, Isabelle Malouin née De Cotin. Les nombreux enfants du couple, toutes des filles à l'exception de Frédéric l'aîné et du petit dernier, étaient, avec elle, à bonne école, la seule qu'ils fréquentassent. Vivait aussi au foyer Victoire, qui s'enlisait dans un tranquille célibat. Le frère Louis ne courait plus les bois à la recherche de fourrures. Avec sa femme Margot, il était parti vers le lac Saint-Pierre, où il avait obtenu une censive qu'il défrichait.

Pas un pouce de vent ce jour-là. Et, sans cesse, le grand bruit strident des grillons. D'un ciel couleur d'or fondu tombait une intense chaleur. Lison, seule dans la maison, portes et fenêtres grandes ouvertes, peinait. La tante Justine lui avait commandé de démonter les tuyaux de métal du gros poële de fonte. Perchée sur un escabeau, en sueur, elle avait le visage et les mains barbouillés et de la suie dans les cheveux, lorsqu'elle fut interrompue par un inconnu.

— Aimable créature, disait-il, pouvez-vous me dire si monsieur Malouin, votre maître, est là?

Lison était stupéfaite. Pour la première fois de sa vie, quelqu'un la vouvoyait et elle se faisait appeler «aimable créature».

— Laurent Malouin n'est pas mon maître. C'est mon oncle et il se trouve au moulin à scie.

Le personnage était étrangement vêtu. Il portait une perruque comme Lison n'en avait jamais vu, en cheveux presque blancs, bouclés, retenus sur la nuque par un large nœud de velours noir. Pour le reste, une cravate de linon qui faisait plusieurs fois le tour du cou et s'épanouissait en jabot, une tunique plutôt courte de drap bleu-vert avec des manches à larges parements, portée sur une veste rouge foncé longue, très boutonnée, une culotte grise qui se fermait au-dessus des genoux, d'où partaient des bas de soie, de minces chaussures de cuir. Il avait posé sur le sol son bagage, tenait de la main droite un tricorne et sur son bras gauche un énorme manteau de lainage brun.

— C'est pour quoi faire, votre grosse bougrine? Ça?

— Savez-vous, mademoiselle, que l'hiver il fait très froid dans ce pays?

— Certain que je le sais. Je ne m'appelle pas mademoiselle. Moi, c'est Lison, Lison-des-Neiges.

Son nom jurait avec sa tenue, une camisole courte, une jupe étroite, marquées, comme ses bras et ses jambes, de traces de charbon et de rouille.

Il s'inclina.

— Je suis Gabriel, dit-il en s'épongeant le front avec un mouchoir trempé.

Il se plaignait de la chaleur, des moustiques, appelant curieusement «cousins» les maringouins et «taons» les mouches à chevreuil. Il retira sa perruque. Ses vrais cheveux étaient blond-roux. Il pouvait avoir vingt ans. Lison le conduisit à la scierie. Le nouveau venu n'avait plus sous le bras qu'une étrange boîte aux formes arrondies.

Laurent, la tignasse pleine de sciure, dans la franche odeur de la résine, poussait contre la scie mécanique des billots de pruche. Son fils François, dans la dizaine, aidait son père en manœuvrant les vannes qui réglaient l'arrivée de l'eau sur la roue du moulin. Les mains en porte-voix à cause du bruissement aigu, Lison cria:

— Un homme pour vous!

Laurent se souvint alors d'une lettre envoyée de Coutances, en Normandie, par le bonhomme Tinchebray, qui avait fait autrefois un séjour à La Valtrie et qui écrivait parfois. La missive disait:

«Accepteriez-vous de recevoir un mien cousin, qui m'est parent à la mode de Normandie, c'est-à-dire assez éloigné? C'est un bon garçon qui de tout cœur ferait n'importe quel ouvrage lui assurant le gîte et le pain. Il se nomme Gabriel.»

Le jeune homme était devenu palefrenier et, à l'occasion, garçon de table. Son étrange accent et les mots rares qu'il utilisait faisaient bien rire tous les Malouin. Ils surent ce que contenait l'étrange boîte qu'il avait apportée: un violon. Il habitait dans l'écurie et en jouait le soir. Lison, de la maison, dans la soupente où elle était logée, entendait ce son languide, si nouveau pour elle. Elle imaginait qu'ainsi Gabriel lui parlait, livrait ses secrets. Elle en oubliait son malheur, d'être une enfant éloignée de chez elle.

Laurent, satisfait de Gabriel, fit, par le père Abel, écrire à Thomas de Tinchebray qu'il l'engageait. Le Coutançais répondit:

«Votre décision me couvre de plaisir et de reconnaissance. Il faut que je vous révèle que Gabriel, étudiant en lettres à Paris, loin d'étudier, a commis quelques frasques. Oh! rien de grave, la fréquentation de demoiselles d'opéra, et, surtout, il a contracté des dettes de jeu qui ont déplu à sa sévère famille normande. Elle a demandé aide à un juge, qui a signé un arrêt. Gabriel devra passer trois ans au Canada pour expier ses fredaines. Sachant cela, acceptez-vous de le garder? Si vous pensez qu'il ne s'est pas assagi, renvoyez-le. Dans le cas contraire, merci de l'accueillir. Son père, le comte de Bonpré, en sera heureux.»

Gabriel se révéla repenti et, tout titré qu'il fût, tenait l'écurie en ordre. Laurent lui avait promis qu'il ne dirait à personne qu'il était fils de comte et surtout pourquoi il était venu en Nouvelle-France. Lorsque les années de pénitence seraient accomplies, Gabriel de Bonpré pourrait repartir, tête haute, vers son Cotentin natal.

La justice française, expliqua Abel, n'envoyait pas dans sa colonie que des fils de famille qui avaient couru la galipote. Elle y expédiait aussi des braconniers et des faux-sauniers, ceux-là qui vendaient du sel illicite non grevé de la taxe spéciale dite gabelle. Des hommes qui avaient commis des crimes plus graves avaient été aussi transportés au Canada en dépit des plaintes des autorités de Québec, qui préféraient que mauvais garçons et filles de joie allassent plutôt peupler les îles de Guadeloupe, Martinique ou Saint-Domingue.

Les labours d'automne allaient commencer. Lison devait s'apprêter à regagner Montréal, mais non pour revenir au coteau Saint-Louis. Elle allait devenir servante dans une maison de la ville.

Chez madame Villandry, la petite Malouin, levée la première, commençait par aller puiser de l'eau à la fontaine, allumait les feux, fourbissait meubles et planchers, faisait les commissions, les vaisselles, les lessives jusqu'au soir, où elle ravaudait du linge sous l'œil d'Anna la gouvernante, aussi sévère que la maîtresse du logis. La seule personne qui prêtait attention à Lison était Madeleine, la fille de la maison, même âge qu'elle, à qui elle servait de confidente. La soubrette aimait bien, lorsque demoiselle Villandry avait été conduite par ses parents à des soirées en ville, l'entendre raconter un monde inconnu. Lison ensuite, avant son sommeil, s'imaginait en robe d'apparat, conversant avec de charmants cavaliers. Autour d'elle, des laquais porteurs de torches. Un jeune homme en perruque blanche, qui jouait du violon pour elle, terminait un accord et s'approchait. C'était Gabriel. Alors elle sanglotait.

Dans la maison, Lison n'avait pour elle qu'une paillasse dans un galetas sous un toit de métal, glacé en hiver, brûlant en été. Elle s'endormait après avoir beaucoup pleuré. Plusieurs fois, Léon, le cocher des Villandry, qui était gros et laid, et avait femme et enfants, était venu secouer sa porte, la bouche emplie de phrases mielleuses et de mauvais mots. Chaque fois la petite hurlait, et le cocher, qui craignait la gouvernante, se retirait en sacrant à voix basse.

— Tu finiras par m'ouvrir, ma petite niaiseuse, et tu ne le regretteras pas.

Ce soir-là, à l'abri de son verrou, ce n'était pas à cause de cette menace qu'elle était angoissée. L'après-midi, en repassant, elle avait un peu brûlé un canezou de madame Villandry. Prise de panique, elle avait caché le vêtement roussi au fond du panier, puis était allée l'enfouir sous le tas de fumier. Madame ne s'apercevrait pas de la disparition, elle avait tant de linge.

Le lendemain, Lison avait tout oublié de ses craintes. Elle chantait en astiquant les pots de cuivre, soudain s'arrêta, glacée de peur; elle voyait, par la porte entrouverte de la chambre de madame, Anna la femme de charge qui comptait et recomptait le linge de toile ouvré. Tremblante, Lison gagna le jardin, s'accota au mur, essaya de rassembler ses esprits. Elle sentit contre elle le corps épais de Léon dont les mains cherchaient sa taille, les lèvres sa nuque. Il susurrait bêtement:

— Ma belle, tu viens voir ton bon ami?

N'osant crier, elle se raidissait, implorait le rustaud de la lâcher. Mais que voulait-il? Que voulaient tous ces mâles qui la reluquaient, cherchaient à toucher son être, à blesser ses oreilles par des propos incompréhensibles? Pourquoi elle? Alors que Madeleine, la fille de madame Villandry, était entourée de regards respectueux de jeunes hommes qui lui parlaient avec de muettes inclinaisons de tête, des bouquets, de petits papiers glissés dans la paume.

180

— Tu m'échapperas pas, soufflait Léon en poussant son gros ventre contre sa hanche.

Elle se défendait sans un mot. L'autre, qui haletait contre son visage, lui lança:

— Ce n'est pas de moi que tu as peur. Je t'ai vue cacher quelque chose dans la fosse à purin. Je ne dirai rien, Lison. Donne-moi juste ta bouche.

Elle avait mordu la main serrée sur son menton. Il avait lâché prise subitement car il avait senti s'approcher Anna qui ordonnait à Lison de se présenter devant madame Villandry. Il était question de corsage de dentelle introuvable, mais aussi de couverts d'argent disparus et retrouvés sous une paillasse dans le grenier. Elle jura, au nom des saints évangiles, qu'elle n'était pour rien dans cette histoire d'argenterie.

— Ne t'obstine pas, répétait Anna. Il pourrait t'en coûter cher. Dis-le que tu as pris ce qui manque dans cette maison.

Lison disait non sur tous les tons, se traînait à genoux aux pieds des deux femmes. Léon fut appelé, qui reçut l'ordre d'aller enfermer la servante dans le cellier. Il l'y traîna et, dès qu'il fut seul avec elle, tout en fourrageant sous son jupon, la menaça.

— Je te tiens.

— C'est vous qui avez caché les couverts sous mon matelas.

— Oui. Tu n'as qu'à dire que tu les avais dans ta chambre pour les nettoyer. Il t'arrive bien d'y apporter de la couture à faire. Dis-le. Anna voudra bien te croire.

— Non, lâchez-moi!

Elle hurlait tant que le cocher la gifla puis la laissa là en la traitant de vaurienne.

— Madame a prévenu la maréchaussée. On va venir te chercher.

Lison fut détenue dans les dépendances du couvent, où l'on gardait les femmes accusées de méfaits. Elle y passa plusieurs semaines, puis apprit que le juge avait mis fin à la session car le temps des semailles de printemps allait commencer.

Enfin Lison reçut la visite de sa mère. Mathurine, les yeux embués, après de longues démonstrations de tendresse, passa vite aux reproches. Tout le coteau Saint-Louis, tout Montréal savait que la fille Malouin était une voleuse et le déshonneur retombait sur la famille entière. La prisonnière clama son innocence, reprit ses explications. La dentelle brûlée et cachée, oui, c'était elle, mais pas les cuillers. Elle nommait ceux qui mentaient: Anna et surtout le vilain cocher, celui qui cherchait à l'embrasser.

— Tais-toi! lança Mathurine en giflant sa fille devant les autres détenues. Je sais comment tu te conduis avec les hommes. Je t'ai vue avec ton père.

Elle partit, laissant la petite livrée au total désespoir.

Éloi vint à son tour à la prison porter un panier de provisions à sa sœur.

— Père et mère ne m'en veulent donc plus? dit Lison entre ses larmes et sourires d'attendrissement.

— C'est moi seul qui ai préparé tout ça pour toi. Ils ne savent même pas que je suis venu te voir. Pauvre toi, tu t'es mise dans ton tort.

— Toi aussi, tu me penses coupable?

— Non, ma Lison. Mais tu ne peux rien prouver. Les Villandry sont fortunés, puissants. Devant le juge, ils auront raison. Pour eux, nous sommes du pauvre monde.

Éloi parlait à voix très basse et lentement, en massant de la paume son menton mal rasé. Il portait sur sa culotte de gros drap et sa chemise de chanvre le tablier de cuir des forgerons. Il était dans sa vingtaine mais avait gardé un ton flûté de petit garçon. Il ajouta:

— Notre seule force devant les maîtres, c'est d'être petits mais têtus. On sait ce qu'on veut, nous autres. Écoute mon conseil: si tu veux être libérée, sois gracieuse avec les bonnes sœurs, dis bien les prières avec elles, à genoux, les yeux bas, et surtout tais-toi.

— Jamais! cria Lison, qui se retourna devant le mur de pierre rongé par le salpêtre.

182

«Jamais, se répétait-elle, je n'attendrai des autres ce que je peux obtenir par moi-même. Si je sors d'ici, je ne resterai pas longtemps servante.»

Les femmes qui étaient dans sa geôle parlaient des châtiments qui attendaient les voleuses. N'avait-on pas pendu l'an passé une femme de chambre pour un larcin commis chez ses patrons?

Une autre fois, la porte de sa cellule s'ouvrit et Lison reconnut Madeleine, la fille des Villandry. Elle commença par dire:

— Personne ne doit savoir que je t'ai rendu visite. Il peut t'arriver malheur.

Une fois de plus, Lison commençait à tout raconter. La jeune femme l'arrêta:

— Je le sais. J'ai même entendu ce que te disait le cocher dans le cellier. C'est un misérable.

— Si je l'avais laissé faire ce qu'il voulait, on m'aurait accusée d'être une coureuse. On m'aurait mise au pilori. Qui aurait pris ma défense?

— Je suis venue pour te faire sortir d'ici.

— Ma pauvre demoiselle, en avez-vous le pouvoir? Et où irai-je?

— Tu m'as déjà dit que tu as des parents en dehors de la ville.

— Oui, des oncles et des tantes, près de La Valtrie.

— Va-t'en chez eux pour un bout de temps.

— Mais il me faudrait...

Madeleine Villandry lui coupa la parole en lui mettant dans la main un sachet d'étoffe alourdi de pièces de monnaie.

— C'est votre argent, je n'en veux point.

— Je n'en aurai plus besoin.

Elle expliqua qu'elle entrait le lendemain chez les religieuses cloîtrées de saint Joseph. C'étaient celles qui s'occupaient, outre de prier sans arrêt, des plus basses tâches auprès des malades pauvres de l'Hôtel-Dieu de Montréal. Lison pensait: «Elle vient pour ma délivrance. Demain, c'est elle qui portera la bure et moi je retourne à La Valtrie. Elle qui est si libre choisit d'être enfermée.»

Lison se retrouva à La Valtrie, un an plus vieille, dix ans plus mûre. Cette fois, elle n'habitait plus chez Justine et Laurent mais à la ferme de la Grand-Côte, chez Roch, Marie-Thérèse et tous leurs enfants. Elle regrettait la maison près de la scierie et de l'auberge, là où passait tant de monde. Elle n'osait s'avouer que c'était à cause de l'étrange Gabriel.

— Est-il drôle, ce grand-là... disait sa tante Victoire, dont elle partageait la chambre.

— A-t-il une blonde? osa-t-elle demander.

— Bin non, fut la réponse de la bonne mademoiselle.

Cela changea un dimanche d'été où tous les Malouin de la paroisse, comme de raison, se retrouvaient à l'église, où Roch, maître chantre, dirigeait les voix.

Au sortir de la messe, selon la coutume, c'était à celui dont la calèche partirait la première et, lancée à fond de train sur l'allée, atteindrait la grand-route et filerait jusqu'à sa cour de ferme.

Gabriel, depuis toujours distant avec son entourage, surtout les filles, s'il ne participait pas à ces jeux de paysans, en riait volontiers. Ce jour-là, il eut la surprise de voir monter Victoire dans la voiture qu'il conduisait et en faire partir le cheval au galop.

À la Grand-Côte, les fermiers gardèrent le jeune homme à souper. Et Lison, un peu agacée, vit se nouer une familiarité entre la sage Victoire et l'étrange garçon roux.

La conversation roulait sur la musique et il mit toute sa bonne volonté à lui montrer comment fabriquer un pipeau dans une tige de sureau et en tirer des notes. Victoire était ravie. Dernière fille de la famille, elle avait eu une enfance maladive puis, après l'adolescence, devenue soudain robuste, elle avait longtemps secondé sa mère dans les travaux de la maison. Elle tenait loin les galants. Elle avait vingt-cinq ans, se croyait laide parce qu'elle était bedonnante. Elle découvrit qu'elle aimait parler musique avec Gabriel. Il avait promis de revenir un soir de la semaine avec son violon. L'exilé avait dans ses bagages des partitions d'un nommé Couperin, «un auteur fort à la mode à Paris», disait-il.

Le mardi soir, il était encore là, bien serviable. Son instrument sous la joue, il en tira des plaintes cadencées qui ravissaient Victoire.

Elle le retint tard dans la soirée. Il lui montra longuement comment poser ses doigts sur les trous de la flûte de bois. Quand elle saurait bien jouer, dit-il, il l'accompagnerait avec son violon.

Pour une histoire de cheval à ferrer, Gabriel était justement reparu à la Grand-Côte. Il n'avait guère le temps, mais avait accepté de goûter à des beignets que Victoire avait cuits. Ils avaient bavardé de tout et de rien dans la salle, où ils étaient seuls.

— On se reverra dimanche à l'église, a-t-elle dit quand il est parti. Et tu essaieras encore d'arriver le premier à la ferme.

— Je ne pourrai pas venir, Victoire. C'est mon tour de rester toute la journée à l'Anse.

Il était venu quand même ce dimanche-là, à la fin de l'après-midi. Laurent avait donné congé à son garçon d'écurie. Gabriel tranquillement était allé visiter les autres Malouin du rang. Il fut bien accueilli à la Grand-Côte et fit avec Victoire une promenade au bord de l'eau. Il lui parlait de Paris et racontait les pièces de théâtre qu'on y jouait, d'un jeune auteur nommé Marivaux.

Il y eut une nouvelle rencontre vespérale et impromptue le mardi de la semaine suivante. Le professeur de musique improvisé était venu apporter un cahier de solfège. Il ne resta pas longtemps, car la calèche de poste allait passer à l'Anse, ce qui lui donnerait de l'ouvrage.

Victoire attendait avec impatience une autre visite.

Gabriel travaillait dur aux moissons dans les champs de Laurent. Levant la tête, il aperçut, venant vers la pièce qu'il fauchait, la silhouette d'une personne vêtue d'une robe noire, qui arrivait à la hâte. C'était le vieux père Abel Malouin, le jésuite.

— Toi, dit-il haletant, je suis venu te parler.

— Tout de suite, là? Vous voyez bien que je coupe l'avoine.

— Il y a plus urgent que ça. Mon neveu Roch m'a parlé de ta conduite envers Victoire, de ton engagement.

— Comment, Victoire? Mon engagement? De quoi parlez-vous?

— Tu l'as fréquentée assidûment; deux dimanches, deux mardis, un jeudi.

— Ben, on a dû se voir ces jours-là. Et alors?

— Et alors? Elle se trouve compromise. Par toi. Ici, c'est presque de la séduction.

— Moi, j'ai séduit Victoire? Par exemple! Nous n'avons fait que causer musique et théâtre.

— C'est qu'elle se considère comme engagée avec toi. Ses parents aussi, et c'est bien normal. Tu es devenu son cavalier.

Éberlué, Gabriel apprit qu'en Nouvelle-France la coutume des bons soirs voulait qu'un garçon fasse connaître ses intentions matrimoniales en se faisant recevoir les dimanches, mardis et jeudis chez la demoiselle de son cœur.

— Je ne le savais pas. C'est par coïncidence. Je n'ai pas l'intention d'épouser Victoire.

— Ses parents ne le prennent pas ainsi. Surtout pas Roch, son frère aîné. Toute la paroisse est au courant de tes assiduités. Fille courtisée qui n'est pas épousée est déshonorée. Mon enfant, il faut réparer.

— Réparer?

186

— À la quatrième visite faite les bons soirs, la demande doit être formulée. Tu dois cette démarche. La noce pourrait se faire après les récoltes.

Le soir même, les gens de la Grand-Côte, parmi lesquels Lison Malouin, virent arriver, venant de l'auberge, Gabriel, qui marchait tête baissée. En fait, il n'avait encore rien décidé. Pouvait-il encore s'enfuir? Accepter ce mariage? Vivre au Canada avec cette demoiselle de la campagne? Rentrer en France avec elle et étonner sa parentèle normande?

Plus gauche que jamais, Gabriel s'entretint avec Roch. Dans sa chambre, tout émue, sa sœur vérifiait si son trousseau était toujours bien en ordre dans le coffre de bois de cèdre. Puis on l'avait appelée dans la grande salle. Elle eut quand même une surprise: elle allait devenir vicomtesse de Bonpré.

— Victoire! s'écrie le père jésuite, les bras au ciel.

— Hélas! parlons plutôt de défaite, dit Laurent qui venait d'arriver. On annonce que la forteresse de Louisbourg est tombée aux mains des Anglais. Pauvres cousins d'Acadie!

Mauvais et bons soirs

*L*ison, qui vivait toujours à La Valtrie sous le toit de Roch et de Marie-Thérèse, aidait Victoire à élever son fils — le jeune Horace de Bonpré avait six ans. Elle reçut la visite de son frère aîné Éloi, qui allait de ferme en ferme, en ces temps de moisson, pour offrir ses bras de journalier. Elle ne l'avait pas revu depuis deux ans.

— Éloi, je pensais que tu t'étais fait soldat.

— Pas soldat, ma petite sœur, seulement engagé comme ferronnier. Je vais te dire en deux mots.

Elle savait déjà qu'il allait faire tout un discours. S'il était illettré, il avait une grande mémoire et un beau talent de raconteur.

— Seulement envoyé dans l'Ouest pour aider à construire des forts dans la vallée de la Belle Rivière, que les Anglais appellent Ohio. À des lieues d'ici, près du lac Érié, des forts pour protéger les terres du roi de France. Et sur notre territoire, voilà-t-il pas que les gens de la Virginie veulent en construire, eux autres aussi! Alors, celui qui nous commandait, monsieur de Pécaudy, sieur de Contrecœur, envoie en parlementaire un de ses jeunes officiers, Louis Coulon de Villiers, dit Jumonville, porter au chef anglais, un colonel de vingt-deux ans, appelé George Washington, la sommation de se retirer. Écoute-moi bien. Jumonville s'en va avec trente-quatre hommes sur des canots ramés par des sauvages qui étaient nos alliés. Mais une nuit que notre troupe campait dans un ravin, le nommé Washington, qui l'avait cernée avec ses fusiliers, ordonne de tirer sur les nôtres. Nous avons perdu dix braves, dont Jumonville, tous scalpés par les Indiens qui combattaient avec les Virginiens.

— Un combat? Alors qu'il paraît que nous ne sommes plus en guerre? put placer Lison.

Mais Éloi poursuivait son récit circonstancié: les représailles françaises, le fort des Anglais attaqué, détruit, et le Washington forcé de capituler et de signer un document où il s'avouait coupable de meurtre sur la personne de Français.

— Alors que, c'est vrai, nous étions en paix, c'était au printemps de 1754. Quand je suis parti de là-bas, mon capitaine disait que cette affaire pourrait amener une guerre entre la France et l'Angleterre, qu'il fallait que le roi de France nous envoie bien de l'argent et des hommes. Les Anglais ont vingt fois plus de monde que nous sur leur colonie. Au contraire de la nôtre, elle est d'un seul morceau sur un petit territoire. Ça fait que...

Lison échappa au reste en demandant des nouvelles de ses parents. Au coteau Saint-Louis, contait Éloi, les choses ne changeaient guère. Léandre, leur père, mi-cultivateur mi-forgeron, toujours soûlon et irascible, désespérait Mathurine et avec elle les enfants qui demeuraient à la maison: Denis et la jeune Adélaïde.

— Et toi, Lison? À vingt-quatre ans, toujours pas mariée? Pas de galant?

— Mon heure n'est pas arrivée pour cela. Toi aussi, tu es garçon.

— Qu'est-ce que je pourrais offrir à une femme? Je n'ai rien à moi.

On parlait encore de noces à la Grand-Côte. Le fils de Roch et de Marie-Thérèse, Frédéric, qui avait l'âge de Lison, devait épouser Gervaise, une fille de la paroisse. Frédéric avait eu du mal à éloigner un rival, un certain Paul Chauvin, étrange homme doté d'une moustache en croc, affligé d'une petite barbe pointue et, sur sa chevelure, de deux coques qui lui faisaient comme deux oreilles supplémentaires. Septième garçon d'une curieuse famille, il était, selon la superstition, porteur d'un don miraculeux. On prétendait qu'il pouvait guérir par imposition des mains, mais aussi, par des pratiques à distance, faire tarir le lait des vaches, éloigner les essaims des ruches, amener la boiterie des chevaux.

On l'appelait «le ressoreux».

Gervaise avait été ensorcelée par ses dires enjôleurs. Mais finalement Frédéric, par son bon sens terrien, son attentive affection, avait été choisi.

La veille du mariage, à la maison de sa mère, la fiancée épanouie surveillait la cuisson du pain dans le four de pierres des champs bâti dans la cour.

Arriva Chauvin qu'elle ne vit qu'au dernier moment à cause de la fumée, environné d'étincelles. Les yeux brillants, de sa voix grave, il dit:

— Alors, c'est pour demain la grande noce?

Gervaise eut un sursaut.

— Tu ne me reconnais pas? C'est moi, Paul Chauvin. Demain c'est ton mariage et je reste ton soupirant.

— Tu ne comptais pas, j'espère, être invité?

— Rien ne m'empêche d'être là dans l'église.

— Si tu es là, je ne ferai attention qu'à celui qui va être mon mari.

— Par le consentement seulement.

— Que veux-tu dire encore?

— Le mariage est plus qu'un oui.

— Plus le temps d'écouter tes sornettes.

— Écoute-moi, Gervaise. Le prêtre va vous lier par un sacrement, Frédéric Malouin et toi. Mais moi aussi j'ai la puissance de créer un lien qui ne se dénouera pas.

Paul ajouta un rire sarcastique à cette phrase qui laissa Gervaise pantoise. Puis il sembla disparaître comme par enchantement dans le nuage fuligineux qui sortait du four à pain.

Le seul moment où elle put instruire son futur époux des menaces de Chauvin, ce fut dans l'église pendant la cérémonie, presque à l'instant du oui, alors que les choristes terminaient une hymne joyeuse. Gervaise souffla à Frédéric:

— Paul Chauvin a dit qu'il nous jetterait un sort.

— Un sort? Bonguienne!

— Il veut te nouer l'aiguillette.

— Me nouer quoi?

— T'empêcher de consommer notre mariage, un sortilège. Il est là.

Très pâle, Frédéric se retourna. Il vit, à l'ombre d'un pilier, le sieur Chauvin, son sourire démoniaque, qui roulait entre ses doigts une cordelette et murmurait des patenôtres.

— Bonguienne de bonguienne, c'en est fait de moi, murmura le promis.

Il revenait à la mémoire du fils du fermier tout ce qui se disait sur l'empire que pouvait avoir le diabolique Chauvin. Il ne se contentait pas, lorsqu'il voulait se venger de quelqu'un dans un des rangs, de rendre un taureau infécond, c'est à son propriétaire même qu'il s'en prenait, l'atteignant à la racine même de son désir, ruinant par ses incantations les virilités les mieux établies.

— Fais quelque chose, implora Gervaise. Il faut, pour dénouer, réciter le Miserere à l'envers.

Mais déjà s'avance l'enfant de chœur, portant un plateau où scintillent les deux anneaux, et, sous sa chasuble, le suit le curé. Dans le grand silence, c'est la minute de l'engagement sacramentel. Tout en se répétant intérieurement que ce ne sont là que vieilles croyances, balivernes folles, Frédéric essaye de dire, en commençant par la fin, le psaume libérateur, que l'officiant prend pour un consentement. Voici l'union scellée, bénie.

Le repas de noces fut fort gai. Il y avait tant de jeunesses autour de la table. Un seul personnage ne toucha qu'à peine aux plats, laissa son verre plein, ne participa pas à la réjouissance, ne répondait pas aux reparties qui déclenchaient des rires fous; c'était Frédéric, blanc comme la nappe.

Puis le jeune marié dansa sans conviction au son aigrelet du violon de Gabriel. Dans le rythme de rigaudon se forma une longue farandole pour accompagner le couple jusqu'à la chambre où l'attendait le lit à colonnes torsadées qui supportaient un ciel de toile de coton à carreaux bleus et blancs.

Avant de gagner le lit nuptial, Frédéric, interrogé sur son extrême nervosité, avait osé confier son tourment à son père, et Roch avait mis sa femme dans la confidence.

— C'est pas un jeteux de sorts guenillou comme le Chauvin qui va empêcher notre fils de tisonner sa femme.

— Ça s'est déjà vu, répondit la mère du marié, en se signant trois fois.

Marie-Thérèse attendit plusieurs jours avant de poser franchement la question à sa belle-fille. Gervaise, le visage empourpré, s'embarrassa d'une voix mourante dans de pénibles périphrases.

— Enfin, oui ou non, Frédéric a-t-il naturé?

— Non, ma mère. Il n'a point encore pu naturer.

Roch, mis au courant de ce qui arrivait, voulut prendre son fusil et se rendre chez Chauvin.

— Pas ça, implora Marie-Thérèse, il n'y a que le noueur qui peut dénouer. Si Chauvin mourait, Frédéric demeurerait impuissant à jamais.

— Un incapable chez moi! hurla le fermier. C'est la malédiction. Nous allons demander des prières spéciales au curé.

— Non! Personne ne doit le savoir en dehors de la famille. Seul oncle Abel peut nous aider.

Le jésuite, prévenu, qui arriva par la calèche, avait déjà envisagé la solution.

— Il faut annuler le mariage.

— Une séparation de biens et de corps dans notre famille? Jamais! rugit Roch.

— Laisse-moi parler. J'obtiens de l'évêché, où j'ai des amis, un bref qui rend nul le mariage, et aussitôt, dans l'église, où il n'y aura que moi et les époux démariés, je reçois leur consentement. Les voilà de nouveau mari et femme et l'ensorcellement sera brisé.

Une semaine après, Gervaise et Frédéric revenaient à la ferme accompagnés du père Abel, qui avait discrètement refait le mariage.

Dans les jours qui suivirent, Marie-Thérèse n'eut même pas à questionner sa belle-fille. Tout disait dans son regard que la nature avait repris ses droits sur le maléfice. Pour fêter l'heureux dénouement, la fermière de la Grand-Côte décida qu'on ferait un grand festin. Frédéric détendu pourrait ainsi oublier les noces manquées.

Il y eut une surprise alors qu'on célébrait ces secondes réjouissances familiales. La voiture de poste avait déposé au village Auguste Malouin, un lointain cousin de l'Île Royale. Il arrivait de Louisbourg, le port acadien isolé, face à l'Atlantique, à l'extrémité est de la Nouvelle-France.

Auguste n'avait pas trente ans. Mais sa prestance, la forte barbe carrée qui entourait son visage et surtout la façon précise dont il exprimait sa pensée impressionnèrent fort les Malouin réunis.

Il raconta tout ce qui était arrivé à Louisbourg. Dix ans plus tôt, le port-forteresse avait été pris par les Bostonnais.

— C'était, à mon avis, une citadelle imprenable, avait lancé Éloi Malouin, qui commençait à discourir sur ce sujet.

194

— Non, fit doucement Auguste. Nos fortifications avaient été maçonnées avec du mortier de mauvaise qualité, les munitions manquaient, les troupes du roi de France étaient mal payées par la faute de gestionnaires cupides. L'assaillant a eu vite fait d'envahir notre ville et de la piller. Le traité de paix a forcé l'ennemi à nous rendre Louisbourg, mais nous nous sentons menacés. Le péril anglais est à nos portes.

Il expliqua que son père l'avait envoyé visiter Québec et Montréal pour voir si l'on pourrait y installer le magasin *Le Rouet d'Or*.

— Mais parlez-moi de vous autres, enchaîna-t-il avec un sourire qui lui rendait sa jeunesse.

On lui apprenait sa famille des bords du Saint-Laurent: ce septuagénaire voûté, c'était le père Abel, jésuite. Et il embrassait encore une fois Roch et Marie-Thérèse, parents du marié, Frédéric rougissant et Gervaise aussi émue. Il saluait Victoire de Bonpré, Gabriel le rouquin et leur fils Horace. Il y avait Louis, un frère de Roch, ancien coureur des bois, devenu fermier au lac Saint-Pierre, venu à la noce avec sa femme et quelques-uns de ses nombreux enfants. Il parlait avec Laurent et Justine, qui possédaient à l'Anse une scierie et une petite auberge où s'arrêtaient les voitures et les goélettes, entre Québec et Montréal. Leur fils François allait se marier à son tour. Il y avait Lison et son frère Éloi, qui représentaient les Malouin de Montréal. Tous descendants comme lui de Jean-Louis et de Madeleine, qui s'étaient connus en Nouvelle-France quelque cent vingt ans plus tôt.

Auguste, fils unique qui avait passé toute sa jeunesse entre ses seuls père et mère dans le petit monde fermé de Louisbourg, découvrait tous ces cousins à peu près de son âge et surtout ses cousines.

De toutes, pour lui, la plus âgée semblait la plus jolie, la plus plaisante, la plus désirable; c'était Lison, dans sa robe fleurie, coiffée d'un grand chapeau de paille, assise en rond avec les autres sous le grand noyer. Il décida de mieux faire sa connaissance et de demeurer quelque temps à La Valtrie.

Finalement, il lui fit savoir qu'il avait le cœur épris, par un billet qu'elle trouva un matin dans son sabot et qui se terminait par ce post-scriptum: «Lison, si tu es sensible à ma déclaration, fais-le-moi savoir au souper en portant à une de tes oreilles un pendent de cerises.»

Elle parut le soir portant des deux côtés du visage les fruits rouges de l'été.

Marie-Thérèse, quelques jours après, comprit ce qui se passait entre le visiteur et sa nièce. Elle la prit à part.

— Je crois qu'Auguste l'Acadien a les yeux tournés vers toi.

— C'est vrai, ma tante.

— Tu oublies un peu, ma fille, que c'est un gars très fortuné. Sait-il que ton père est un pauvre forgeron du faubourg Saint-Louis à Montréal et non pas un riche habitant?

— Je lui ai dit. Il a répondu que ça ne changeait rien.

— Il faut faire savoir à tes parents que tu es accordée. Et ne me dis pas que tu n'as rien fait pour que ça arrive.

— Je n'ai rien fait, tante Marie-Thérèse.

Elle n'avait fait que vouloir de toutes ses forces au fond d'elle-même, Lison la tenace.

Au bout de la pelouse, entre les peupliers, on vit grandir sur le fleuve, toutes ses voiles gonflées par le vent, un haut navire.

— Encore un bâtiment du roi qui nous amène des troupes, dit Roch.

— Allons-nous vraiment avoir la guerre? demanda Gervaise en se serrant contre Frédéric.

Gravement, Auguste dit:

— Il faut pour vivre n'avoir ni crainte ni espérance.

Et Lison ajouta:

— Il faut pour vivre beaucoup espérer.

Un jeudi 13 septembre

Septembre 1759.

Arrivant sur la falaise de Sillery, Éloi Malouin vit, de l'autre côté du Saint-Laurent, s'arrondir un petit nuage blanc. Une détonation sourde se fit alors entendre, suivie, très proche, d'un fracas et de la lente montée, au-dessus des toits de Québec, d'une torche de fumée laiteuse vilainement torsadée de jaune et de noir. Un autre nuage blanc sur la rive sud du fleuve, puis encore le coup de départ d'un projectile, sa chute sur la ville, marquée par une autre colonne de fumée montant en spirale dans le ciel d'automne.

«Ça, c'est la vraie guerre», se dit le frère de Lison. Il portait le capot et la tuque des miliciens montréalais.

Éloi venait d'avoir trente ans. On était le douze de septembre de l'année 1759. Depuis des semaines, on savait que l'armée des Anglais était aux portes du Canada. Soudain, ils avaient investi Québec.

Leurs vaisseaux de guerre avaient débarqué des régiments qui campaient aux abords de la capitale et commencèrent à la bombarder. Le marquis de Montcalm, qui commandait les troupes françaises, avait demandé du secours. Éloi Malouin, recensé parmi les célibataires capables de porter les armes, tout de suite désigné, partit sans révolte ni grande joie avec les gars de la milice.

Le voici en plein bombardement, stupéfait comme toutes les recrues montréalaises. Il essaie de voir au loin mais le brouillard d'automne voile peu à peu le paysage. Guettant une nouvelle explosion, Éloi entend une voix qui crie vers son groupe:

— Craignez pas, le monde de Montréal, ça fait plus de deux mois que de même on reçoit des bombes à Québec. Une bordée à toutes les demi-heures.

— Puis vous autres, d'où êtes-vous?

— Des paroisses au bord de l'eau, entre Repentigny et Lanoraie. On est des miliciens.

— Qu'est-ce que vous faites ici?

— On nous a envoyés pour escorter un convoi de vivres. On attend.

Dans le ciel couleur d'ardoise, des rayons de soleil, comme sortis d'un poing qui s'ouvre, percent le brouillard. Éloi voit devant lui un camp de tentes grises à l'orée du bois de Coulonge, là où commence le plateau onduleux qu'on appelle curieusement depuis toujours «les plaines d'Abraham», d'après le prénom d'un colon qui avait connu Champlain.

«Jamais les Anglais ne pourront prendre ce lieu», se dit le milicien Malouin, qui avançait vers les hommes du bivouac. Parmi eux, il reconnut son cousin Frédéric de la ferme de la Grand-Côte, qui venait à lui les bras ouverts.

— Hé, toi! Et puis? Tout va bien chez vous à La Valtrie?

— J'ai laissé Gervaise en gésine, pour notre troisième.

Éloi, qui se souvenait de l'épisode du nouage d'aiguillette lors du mariage de Frédéric, pensa que le diable n'avait pas toujours le dessus.

— Et ma sœur Lison?

— Son mari, Auguste l'Acadien, m'a dit qu'il espérait un petit pour bientôt. Et toi, mon Éloi? Toujours garçon?

— Oui, et, par force, milicien comme toi.

— Sais-tu que notre cousin François, le François à Laurent l'aubergiste, est dans ma compagnie? Tu pourras peut-être le voir si on ne remonte pas demain à Trois-Rivières chercher d'autres provisions pour les troupes du roi.

— Par la route?

— Oui, les goélettes ne passent plus sur le fleuve.

— Comment ça?

— Regarde toi-même.

Frédéric montre du doigt le Saint-Laurent. À l'ancre, impavide, comme sur la Tamise, la flotte britannique.

— Il paraît qu'ils sont neuf mille soldats à bord de tous ces bateaux en plus de trente mille marins.

— Pourquoi on ne les canonne pas?

— Ils restent hors de portée des batteries. Par deux fois nos marins ont essayé de mettre feu à ces bonguiennes de navires avec des brûlots; ont pas réussi, ces bonguiennes!

Il y eut une nouvelle explosion d'un projectile sur Québec. Éloi regarda monter la fumée noire.

— Il ne va plus rien rester de notre vieille ville, fit-il.

— Ton beau-frère Auguste dit que ça a été pareil à Louisbourg.

— Reste-t-il encore beaucoup de gens dans la ville?

— Quelques obstinés. Y veulent pas la quitter, par peur du pillage. La semaine dernière, on nous a donné ordre de passer les remparts pour amener tout ce monde à la raison. Y préfèrent vivre dans les décombres. Les Anglais, qui ont tout fait pour prendre Québec, se vengent en la détruisant.

— Et les militaires français, y font rien?

— Sont retranchés à Beauport entre la rivière Saint-Charles et la Montmorency. Les Anglais, eux, y tiennent l'île d'Orléans, puis les hauteurs de Lévis. Finiront bien par repartir, les bonguiennes!

— Comme ça, tu crois qu'ils vont s'en aller?

— Pardi! Ont pas réussi de tout l'été à prendre Québec. L'automne est avancé. Bientôt leurs bonguiennes de bateaux seront saisis par le gel avec dix pieds de glace sous leur quille. Et nous autres on va rentrer dans nos fermes.

Un ordre arriva. Tous ceux de la milice devaient rester sur place, à la disposition des chefs de la compagnie régulière de tirailleurs qui tenait les avant-postes.

— On va nous faire combattre avec les soldats?

— Pas étonnant, remarqua Frédéric, on manque d'hommes à c't'heure. Sais-tu que dans notre compagnie une partie des gars ont déserté pour aller faire les moissons dans leurs fermes, les bonguiennes!

Et ce jeudi soir, Éloi, désigné de garde, observe Québec. Au son et à la fumée, il sait maintenant faire la différence entre boulets de mortier qui piquent sèchement sur les toits de Québec et les carcasses incendiaires. L'an dernier, encore sous les ordres de Montcalm, il avait combattu, aux lisières de la Nouvelle-France, à Carillon sur le lac Champlain, alors qu'au même moment en Acadie les Anglais, une fois de plus, reprenaient Louisbourg. Il se souvenait des escarmouches du fort Duquesne, sur la Belle Rivière, celle qu'on appelle aussi Ohio. Depuis ce temps-là, méthodiquement, sûres d'elles, bien pourvues d'argent, les forces anglo-américaines avaient investi le domaine d'outre-mer du roi de France. Éloi en était là de ses souvenirs lorsque arriva son cousin François.

François, c'est le fils de Laurent l'aubergiste et de Justine. Il commença par donner des nouvelles de l'Anse. Il venait de se marier et avait hâte de retourner à La Valtrie, où il gérait le relais de la poste et la petite scierie.

— Tu as bien raison, François. Moi aussi j'en ai assez de faire le milicien. Je m'en vais retourner au coteau Saint-Louis reprendre mon métier de forgeron. Je veux dire: dès qu'on aura chassé les Anglais d'ici. Le roi de France doit nous envoyer des renforts à pleins vaisseaux.

Un capitaine vient interrompre leur entretien.

— Vous n'avez rien remarqué, vous autres?

— Non. Le bombardement continue. Plus fort, on dirait.

— Je veux dire: sur le fleuve. On parle de signaux lumineux entre les navires de l'ennemi.

François et Éloi, la main en visière, le regard sur le point d'horizon que désigne le gradé, scrutent la ligne grise que font en face les hauteurs de Lévis et en dessous la ligne beige que fait le fleuve. L'escadre britannique est toujours là, étalée; vingt-neuf vaisseaux de ligne, quatorze frégates et corvettes, quatre-vingts navires de transport et plus de cinquante goélettes.

— Ça remue, on dirait. Pas vrai, capitaine?

— D'après moi, les Anglais lèvent le siège. Vous deux, vous avez assez veillé, on va vous relever. Allez donc dormir.

Une nuit fort courte pour les deux gars. Un réveil brutal. Une terrible mousqueterie de plus en plus rapprochée, le cri répété: «Aux armes!», les sonneries de trompette les tirent du sommeil à l'instant où l'aube jette ses clartés roses sur le plateau herbeux. Autour de François et d'Éloi, des hommes courent de toutes parts, de ravin en ravin, à travers les champs de blé. François n'a qu'un mauvais fusil de chasse. Il perd beaucoup de temps à ajuster le silex afin que le choc provoque sur la poudre le flot d'étincelles inflammatoires.

— Dépêche-toi, lui dit Éloi. On dit que les Anglais ont réussi à arriver en haut de la falaise. Ils vont attaquer en nombre.

Dans le petit brouillard, ils trouvent enfin leur compagnie. Alignés dans les taillis, tous les hommes genoux à terre, l'arme épaulée. Soudain le soleil levant éclaire en face d'eux, en rangs comme à la parade, un millier d'hommes en uniformes écarlates qui avancent. Éloi entend une voix impérative.

— À mon commandement, feu à volonté!

Des Habits-Rouges tombent, remplacés par d'autres. Ils envahissent inexorablement le terrain, les baïonnettes pointées vers les Français.

— Hardi! tirez-les!

Dans la pétarade, Éloi, qui a rampé jusqu'à son cousin François, apparaît.

— Tout le monde doit se regrouper près des buttes à Neveu. Là-bas, derrière nous. C'est un ordre!

Là où ils aboutissent, on distingue tout un pan du champ de bataille, occupé en partie par les formations ennemies sur lesquelles flottent des drapeaux rouge sang. François peut enfin demander:

— Comment les Anglais ont pu arriver sur la falaise?

— Paraît qu'à la barre du jour une de leurs colonnes a escaladé le versant. Les autres ont suivi en hissant de petits canons. Puis ils sont ressous tous en masse sur les hauts.

— C'est pas croyable! Et les nôtres?

Éloi montre à l'est les lignes bleues et les enseignes blanches.

— Les royaux du régiment de Guyenne. Est temps qu'ils arrivent.

Ils écoutent le son des tambours et des fifres. De bosquets partent des fusillades. Éloi voit les tireurs. Des Canadiens comme lui et des Indiens torse nu.

— Et nous, va-t-on nous dire de faire quelque chose, crédieu?

202

Enfin paraît le capitaine. Il ordonne:

— Vous, les miliciens, vous vous portez en avant vers cette ferme qu'occupent les Anglais. Voilà le sergent qui va vous commander. Tâchez de lui obéir.

Le sous-officier, un Languedocien, essaie d'expliquer la manœuvre, se rend compte que les Canadiens le comprennent difficilement. Alors, il ordonne:

— Allez, suivez-moi!

Tous dévalèrent le sentier derrière lui pour s'enfoncer dans un sous-bois de vinaigriers aux feuilles déjà rouge foncé. Au commandement, ils mettent genou à terre, prêts à tirer. Un long moment passe.

— On serait mieux chez nous, chuchote François à Éloi.

— Oui, Fiston! Si cette guerre-là peut finir, je vais m'en retourner drette-là au coteau Saint-Louis. Non... D'abord je m'arrêterai à La Valtrie voir ma sœur Lison et l'enfant qu'elle va avoir d'Auguste l'Acadien. J'irai à la Grand-Côte, où Gervaise, la femme de Frédéric, fait de si bonnes tartes aux bleuets. Et puis...

Le sergent se retourne vers ses hommes. Il crie:

— Attention! (Il prononçait «Atten-ciongue».) Feu!

Tirer, recharger, tirer encore. François imitait les gestes assurés de son cousin. La cible? Une maison qui ressemblait à la leur. Aux fenêtres, des silhouettes pourpres. Les Anglais sortirent précipitamment dans une âcre fumée, s'égaillant autour de la ferme qu'ils avaient incendiée.

Le sergent à l'accent bizarre jugeait la mission accomplie. Il intima l'ordre de rentrer vers les buttes.

— Je ne comprends rien à ce qui se passe, disait François à Éloi.

D'affreux sifflements autour d'eux. Des bouquets d'arbres qui se brisaient, éparpillant des feuilles jaune-vert. C'étaient des boulets.

Les deux Malouin se plaquent au sol dans les herbes sèches. Puis autour d'eux c'est le silence. Ils courent vers un creux du plateau où se terrent d'autres miliciens qui ont également perdu leur compagnie. Les mieux armés ont des pétoires à tourterelles munies d'un couteau de chasse ficelé sur le canon en guise de baïonnette. Personne ne sait rien. Le canon reprend. Qui tire? Sur qui? Entre deux explosions, on entend les cornemuses des Anglais. Et, au loin, les sifflets aigus des fifres, des arpèges de trompettes.

Éloi grimpe le long de la côte, risque un œil sur le champ de bataille. Il crie:

— Ils arrivent, les soldats du roi!

Les autres le rejoignent. C'était vrai. Marchant au pas réglementaire, les troupes de l'infanterie de marine, drapeau bleu et blanc en tête, puis les autres. Éloi les nommait:

— Royal-Roussillon, Guyenne, Béarn, Languedoc, La Sarre.

En uniforme blanc à parements rouges et azur, les troupes régulières, solidement armées, se plaçaient sur la lande herbue en triple ligne, tout comme les gars d'en face en habit rouge, qui semblaient attendre.

Il était un peu plus de neuf heures du matin. Une bien belle matinée d'automne. On avait distribué aux miliciens du biscuit et de la saucisse sèche. Dans le fossé, un gars du petit groupe avait allumé un feu pour réchauffer une gamelle de café. Sans les explosions des boulets à feu qui là-bas tombaient régulièrement sur Québec, on se serait cru à un pique-nique ou à une partie de chasse.

— On va languir comme ça longtemps? demanda Éloi.

Un milicien de Québec, sûrement une sorte de commerçant ou même d'instituteur, mal à l'aise dans son capot bleu et embarrassé de son arme, répliqua:

— Monsieur le marquis de Montcalm sait ce qu'il fait. Il n'a pas pour l'instant les forces qu'il lui faut. M'est avis qu'il doit attendre qu'arrivent dans l'après-dînée les contingents de monsieur de Vaudreuil, qui sont le long de la rivière Saint-Charles, et ceux de monsieur de Bougainville, qui sont à Cap-Rouge, sans compter ceux de la citadelle de Québec. C'est à ce moment où il sera deux fois plus fort que les «Rosbifs» qu'il pourra les jeter en bas de la falaise.

Un silence poli répondit à ces affirmations.

Brusquement apparut à cheval un officier français.

— Vous, les coloniaux, au lieu de manger, mettez-vous en rang. Sergent, faites obéir et suivez-moi tous vers l'aile droite.

Les miliciens, vexés de s'être fait traiter de coloniaux, ne sachant rien de ce qui pouvait être l'aile droite, suivirent le cavalier à l'habit chamarré.

On les posta dans un petit bois avec d'autres Canadiens.

— Bonguienne! si c'est pas mes cousins! Salut, Fiston! Salut, Éloi!

Ils reconnurent tout de suite Frédéric de la Grand-Côte.

— Puis, Tit-Fred?

— On est là à rien faire, tabernac!

Il montra au loin le fourmillement vermillon que faisait l'adversaire.

— Paraît qu'on attend les renforts.

Près d'eux, les Indiens aiguisaient leurs couteaux à scalper. Ils avaient revêtu leurs ornements de guerre.

— Les Anglais vont y goûter. Pas un de ces bonguiennes ne sortira vivant du piège où ils se sont mis.

— Toi, t'as raison!

Celui qui venait de parler d'une voix féroce était un Acadien. Il rappela ce que tout le monde savait: son pays conquis par les Habits-Rouges, des familles entassées dans des barques, emmenées au loin, dispersées. Les gars pourchassés et tirés dans la campagne comme des lapins. Ce serait leur tour à ces diables en costume de flammes.

205

— Y vont-ils arriver, les grenadiers de Bougainville puis les gars de Vaudreuil?

— Écoutez, on sonne la charge. Les Français attaquent. Hé! pas déjà!

Ils voyaient en plein soleil les régiments français avancer vers les carrés anglais, courir, puis tirer encore. Un chef sur un cheval sombre levait vers le ciel son épée dégainée. Beaucoup de fumée. La canonnade. Les musiques des régiments sonnaient l'attaque puis reprenaient sur un air entraînant.

— Miliciens, à mon commandement, marche avant! cria leur capitaine.

— Cette fois, dit Éloi, ça commence pour vrai...

François ne put répondre à son cousin. Il courait avec les autres, pointait, rechargeait son mauvais fusil. Dans les masses de fumée qui bougeaient devant lui, il voyait les hommes en blanc et bleu, parfois ceux en rouge. Certains avaient les jambes nues. Ils combattaient en jupe au son de cornemuses qui répétaient toujours les mêmes notes. De toutes parts, des hommes tombaient, fauchés par la mitraille. Un chef de la milice vociférait:

— Attaquez en ligne, rechargez en marchant, tirez tous ensemble!

On allait enfoncer ces rangs d'hommes rouges qui fusillaient sans relâche. Mais soudain ce furent eux qui chargèrent à la baïonnette. Les rangs français se décomposaient.

Par hasard, Éloi retrouva François dans le petit bois. D'autres Canadiens étaient là à l'affût. Enfin la guerre qu'il savait faire. Se déplacer d'arbre en arbre, tirer vite, s'aplatir dans les fougères; essayer d'arrêter cette marée de grands fantassins anglais et d'Écossais qui se ruaient la claymore à la main.

— Écoutez! Les Français sonnent la retraite.

En fait de retraite, c'était la débandade. Les beaux militaires détalaient. Avaient perdu leur tricorne, leur fusil, même leurs souliers à boucle. On voyait des Anglais partout. Ils avaient envahi tout le plateau. Il n'y avait pas un quart d'heure que Montcalm avait levé son épée pour donner le signal du combat.

Puis tout se brouilla pour Éloi.

Ce visage au-dessus de lui, qui est-ce? Est-ce François qui le regardait ainsi?

D'une voix qui ne semblait pas lui appartenir, il murmura:

— Est-ce que j'ai dormi?

— Chut! dit le visage.

C'était celui d'une jeune femme aux yeux de jade. Près d'elle se tenait son cousin François. Que faisaient-ils tous trois dans cette chambre aux murs tendus de cuir de Cordoue? D'ailleurs, ce ne pouvait pas être une chambre puisqu'au-dessus des deux têtes on voyait le ciel très bleu où passaient des nuages orangés. Éloi s'aperçut qu'il était allongé dans un grand lit en partie recouvert d'un dais de velours pourpre. Des corneilles ou peut-être des mainates volaient et piaillaient. Éloi voulut tendre une main. Chaque geste qu'il faisait lui causait une ahurissante douleur. On le fit boire.

Il désignait l'inconnue aux yeux verts.

— Elle dit s'appeler Gilberte. Elle nous a recueillis dans sa maison, ou ce qu'il en reste. Elle t'a soigné.

— Ah oui?

— Une femme qui a bien voulu t'accueillir dans ce qui reste de sa maison. Les hôpitaux sont pleins.

— Les Anglais, où sont-ils?

— Calme-toi, ils n'ont pas pris Québec.

Quatre jours et quatre nuits s'étaient passés depuis ce quart d'heure fatal du 13 septembre, vers dix heures du matin, quand les troupes britanniques avaient submergé les défenses françaises.

Si Éloi n'avait pas brûlé de tant de fièvre qui abolissait en lui jusqu'à la douleur d'un genou déchiqueté par une balle, on aurait pu tout lui raconter: les deux généraux, Montcalm d'un côté, Wolfe de l'autre, morts tous deux. Celui-ci avait dit en son dernier souffle: «Thank God, I die in peace», et l'autre: «Tant mieux, je ne verrai pas les Anglais dans Québec.»

Ils n'y étaient pas encore. Bougainville, arrivé trop tard sur les plaines, avait tout de même réussi à faire entrer quelques vivres et des munitions dans la cité écrasée par soixante-huit jours de bombardements. Vaudreuil avait suivi ses régiments en déroute jusqu'à Beauport, puis jusqu'à un nouveau camp à onze lieues à l'intérieur des terres. Un autre chef français, Lévis, tenait en réserve des détachements frais quoique privés de ravitaillement et de munitions.

Les hommes du roi George II, exténués, ne pouvaient songer à s'emparer de la cité fortifiée.

— Tu vas voir, mon cousin, il suffit qu'on revienne en force et l'armée d'Angleterre va repartir sur ses bateaux.

François Malouin ne savait pas que, dès le vendredi, au moment où tout allait si mal, une conjuration formée de négociants de Québec, du commandement de la garnison et de dignitaires de l'évêché avait entamé des négociations avec le commandement ennemi. La reddition était signée.

Le 18 septembre au matin, sous la pluie, les Anglais, sans tirer un coup de canon ou de fusil, firent leur entrée dans la ville. On leur ouvrit toutes les portes, qu'ils passèrent avec leurs drapeaux haut levés. Les troupes françaises eurent droit aux honneurs de la guerre. Elles purent quitter Québec à la lueur des torches, faisant rouler sourdement leurs tambours. Les officiers, l'épée au clair, saluèrent une dernière fois le drapeau blanc à fleurs de lys, qui descendit pour être remplacé au sommet de la ville par l'*Union Jack*.

Dans son délire, Éloi croyait que tout ce bruit était fait par ses compagnons d'armes qui contre-attaquaient.

* * *

S'appuyant sur une canne, Éloi Malouin escaladait un à un les degrés de pierre vers le nouveau soleil qui illuminait la haute ville de Québec. Gilberte, patiente, lui tenait le bras. Ils arrivèrent au débouché des remparts, où se profilaient des sentinelles en habit rouge.

Depuis sept mois, depuis la folle matinée de défaite sur les plaines d'Abraham où une balle lui avait brisé le genou, Éloi vivait dans la maison de la jeune femme. Les premiers temps caché, car on disait de par la ville que l'occupant considérait les miliciens comme des irréguliers, qu'il pouvait les emprisonner, les déporter.

Mais les Anglais, maîtres de la ville, y étaient pratiquement prisonniers. Ils ne pouvaient guère s'aventurer au-delà des murailles et leurs gros navires étaient partis. Pour subsister, ils envoyaient dans les campagnes des intendants escortés de détachements, chargés de réquisitionner dans les fermes tout ce qu'ils pouvaient trouver. Parfois les Indiens en embuscade attaquaient et l'on retrouvait dans la neige le cadavre de quelques grenadiers ou de ces montagnards écossais qui combattaient enjuponnés.

L'hiver particulièrement glacial avait été terrible pour les habitants de Québec. Le commandement britannique avait permis à ceux qui avaient quitté la ville désertée d'y revenir à condition qu'ils prêtent serment à la couronne d'Angleterre.

Quelques Québécois, surtout des commerçants, s'empressaient autour du pouvoir militaire. Le haut clergé donnait l'exemple. L'évêché demandait aux curés de faire prier pour le nouveau souverain comme on le faisait naguère pour Louis XV. Des supérieures de couvent faisaient parvenir des confitures, accompagnées de compliments serviles, au général Murray, successeur de Wolfe, le vainqueur décédé au soir de sa victoire. D'autres ordonnaient que les religieuses tricotassent des jambières destinées aux soldats écossais afin qu'ils tiennent au chaud et aussi cachent leurs cuisses nues.

Gilberte, dans les décombres de sa maison, avait retrouvé quelques objets de valeur, qu'elle avait pu revendre ou échanger contre des denrées. François était reparti pour La Valtrie, promettant de donner des nouvelles des autres Malouin.

Elles étaient atroces: Frédéric avait été tué sur les plaines d'Abraham, ainsi que Gabriel de Bonpré, mari de Victoire et père du jeune Horace. Mais Lison, qui habitait la ferme de la Grand-Côte avec Auguste, avait donné le jour à un petit garçon baptisé Nérée. François avait provisoirement fermé le relais-auberge, où les seuls voyageurs qu'il aurait pu recevoir étaient des militaires de l'Angleterre. Avec les siens, il vivait chichement des maigres revenus de la petite scierie. Des Malouin de Montréal, ceux du coteau Saint-Louis, il n'y avait aucune nouvelle.

— Si ma jambe ne me faisait pas tant souffrir, disait Éloi, j'arriverais bien à me rendre là avec toi.

— Tu attendras la belle saison, répondait doucement la femme aux yeux verts.

Jeune veuve d'un marin de Lorient, Gilberte avait eu pour père un fonctionnaire civil qui s'était bien promis de décupler sa fortune au Canada, où il avait été envoyé. Le sieur Jacquard y avait assez bien réussi, en fournissant, comme il disait, «des provisions de bouche aux armées, celle des hommes, celle des chevaux et celle des canons». Le munitionnaire, pour mieux s'enrichir, s'était abouché avec l'intendant François Bigot et ne manquait pas une des soirées fastueuses organisées, jusqu'à la veille même de la défaite, au palais de l'Intendance. Le bonhomme Jacquard s'y était forgé un personnage de joueur invétéré et malchanceux. C'était sa façon discrète de récompenser l'intendant, tous ces louis qu'il perdait fallacieusement aux tables de jeu. Avant la triste journée du 13 septembre 1759, se doutant que les choses tourneraient mal, Jacquard avec son magot était reparti en France. Sa fille avait refusé de le suivre, préférant vivre avec sa pension dans la maison à demi démolie par les bombardements.

Éloi était arrivé au soir de la catastrophe, à qui elle avait offert toutes ses disponibilités de dévouement et d'affection. Elle avait caché dans sa cave, soigné, nourri ce grand corps d'homme. Pour ce grand cerf blessé, elle s'était faite biche très tendre. Lui, mâle insatiable, allongé sur son matelas, la gardait contre lui, jamais rassasié des dons du corps laiteux de Gilberte.

210

Au mois d'avril, un matin très froid, elle était sortie pour aller chercher leur repas, du lard et des épis de maïs desséchés, et, pour le réchauffer, des lattes de bois ramassées dans les gravats. Éloi l'entendit revenir à grands pas et crier du haut de l'escalier:

— Toute la garnison est sur le pied de guerre! On dit que les nôtres vont attaquer et nous délivrer!

Ce n'était pas une vaine rumeur. Barricadés dans leur sous-sol, Éloi et Gilberte reconnurent bientôt la canonnade et le bruit sourd des boulets qui battaient le rempart, parcimonieusement car les assaillants avaient plus de courage que de moyens. Le nouveau siège s'éternisait. Contre les Français qui cernaient la ville, les Anglais, qui avaient tenté une sortie bien organisée, furent battus au village de Sainte-Foy, tout près de l'endroit où, l'automne précédent, avait été perdue la bataille des plaines d'Abraham. Le bref et tardif succès n'eut pas de suite. Un espoir demeurait; les assaillants attendaient des vaisseaux remplis de troupes aux couleurs des fleurs de lys. Gilberte rapporta la nouvelle: en aval du fleuve, une voile avait été aperçue. Sûrement le premier des navires libérateurs.

Claudiquant, dans sa hâte précédant même Gilberte, Éloi, comme tous les gens de Québec, s'était porté sur la muraille d'enceinte et observait le fleuve.

Ils virent enfin, entre la côte et l'île d'Orléans, une frégate qui remontait au vent. Mais déjà toute la ville savait que c'était un bâtiment de guerre anglais. Il était suivi par d'autres. Toute espérance en allée, les deux amants redescendirent dans leur caveau, lieu de leur peine et de leurs extases.

À La Valtrie, Lison avait vu passer les régiments du cheva-lier de Lévis, qui, avec des moyens d'infortune, allaient tenter de reprendre Québec aux Anglais. Elle avait couru avertir son oncle Roch et sa tante Marie-Thérèse. On avait débouché pour les soldats et miliciens des bouteilles de vin, de bière, d'eau-de-vie, bien cachées au fond des étables. Hélas, quelques semaines après, c'était le triste défilé des combattants qui refluaient vers Montréal, devenue, par force, capitale de la colonie.

— On va bientôt revoir les troupes de l'ennemi, disait tristement Marie-Thérèse.

Si elle pleurait, c'était au souvenir de son fils Frédéric et de son beau-frère Gabriel, tués au combat. Lison observait cette vieille femme qui, dans les désastres des mâles, devenait si forte.

«Pourquoi, essayait de comprendre Lison, pourquoi Roch, d'ordinaire si entreprenant, pourquoi ses frères Laurent et Louis, et même Auguste mon mari, toujours si brillant, sont-ils désemparés à ce point?»

Elle les voyait tous tourmentés par la défaite, par la malédiction des armes jetées, qui traînaillaient dans la cour de ferme ou autour de la scierie, oisifs, palabrant sans cesse dans le vide, cherchant le mur ensoleillé pour y appuyer leur dos, sortant leur couteau pour taillader sans fin des morceaux de bois qu'ils jetaient ensuite.

«Comment nous protégeront-ils si d'autres malheurs tombent sur nous?» se demandait Lison.

— Ils arrivent! Ils arrivent!

Tout au long du Saint-Laurent retentit cette phrase chargée de terreur. Ils arrivaient, ces Anglais inconnus et détestés. Et par surcroît suppôts du diable, disaient les bons catholiques. Des réfugiés d'Acadie racontaient une fois de plus le terrible calvaire des habitants de là-bas. Les vieux se ressouvenaient du temps des sauvages, de toutes les cruautés endurées.

— Avec les gens d'Angleterre, ce sera cent fois pire. C'est eux, nos nouveaux hommes rouges!

À la ferme, Roch avait dissimulé des boisseaux de grain derrière des fagots empilés dans sa grange et conduit ses vaches dans des prés lointains. Il avait surtout recommandé à son neveu François, l'ancien milicien des plaines, de se tenir caché à l'arrivée des Anglais.

«Avec un temps comme ça, il est fou de penser qu'on est en guerre», se disait Lison qui se promenait au bord du fleuve, Nérée son petit garçon dans les bras, avant de le ramener à la

212

ferme, où il dormirait dans son ber. L'eau si transparente baignait les très fines racines des saules. Chaque soir, un peu plus longuement, des couchers de soleil oubliés rosissaient le ciel chargé d'odeurs et de tiédeurs très douces. Deux grands arbres sur la rive, qui encadraient une longue portion du Saint-Laurent, avaient en une matinée fait leurs bourgeons à feuilles. C'est entre ces hêtres que se dessina la silhouette très massive d'un bateau jamais vu.

«Pour sûr, ce sont les Anglais», pensa Lison.

Elle vit, se détachant du navire, trois chaloupes qui, en contre-jour, avaient l'air de flotter sur le brouillard léger. Les embarcations, à toutes rames, se dirigeaient vers l'anse. Alors Lison, serrant très fort Nérée, se mit à courir, à crier:

— Ils arrivent! Ils arrivent!

«S'ils cherchent François, ils ne le trouveront pas, il est caché.»

Une fumée pâle d'abord puis noirâtre monta de la maison de Laurent. La grange et la petite scierie se mirent à flamber aussi. Lison haletante, par un raccourci, monta vers les bâtiments de la Grand-Côte, où tous les Malouin du village étaient réfugiés. Ils avaient entendu les cris de Lison, étaient sortis dans la cour, voyaient la fumée de l'incendie au bord de l'eau. Déjà, semblables à de gigantesques insectes mécaniques, les soldats avançaient vers la ferme. Ils portaient un uniforme cramoisi à revers jaunes, étaient coiffés de bonnets à poil sur lesquels brillait un haut motif triangulaire de cuivre ouvragé. Ils portaient surtout de longs fusils prolongés par d'acérées et luisantes baïonnettes.

Un grand roux à fortes moustaches, leur chef, fit signe aux paysans d'entrer dans la remise, et ses subalternes, leur pointe en avant, y poussèrent les Malouin épouvantés.

Auguste essaya d'intervenir, interpellant le gradé dans son meilleur anglais. L'homme répondit par une phrase blessante et vulgaire prononcée de façon gutturale. Comme les autres il faisait partie des contingents de mercenaires recrutés en Allemagne par le gouvernement de Londres pour cette expédition coloniale. Lison et les siens virent le rouquin, qui portait un seau, en déverser le contenu sur le plancher de la grande salle, aller au foyer et jeter sur la poix une pelletée de tisons rougeoyants.

Tout se passa très vite. Le vieux Roch, qui travaillait aux champs, qui avait vu la fumée de loin, accourait, fouettant la jument attelée au tombereau. Deux carabiniers lui barrèrent la route, le forcèrent à descendre. Sa ferme brûlait et l'écurie et la remise allaient aussi passer au feu.

— Nérée, où est Nérée? criait Lison.

Roch bouscula les soldats qui le tenaient encore, fonça au cœur de l'incendie, ressortit, sa veste, ses cheveux, sa barbe en flammes, tenant l'enfant à demi asphyxié, le tendit à Lison et tomba.

Les soudards manœuvrés par le grand roux retournèrent à leurs barques les yeux baissés, les mâchoires serrées. Penchés sur les avirons, ils ne revinrent pas à leur bateau de guerre. Ils ramaient vers l'autre baie. Encore des fermes à brûler sous prétexte qu'un des habitants miliciens était absent.

De loin à cause de l'ardeur du feu et des flammèches tournoyantes, les Malouin virent s'anéantir leur bien.

Sauf Roch, allongé sur l'herbe jeunette, à qui Marie-Thérèse venait de fermer les yeux. Une balle tirée au moment où il quittait le brasier, tenant Nérée, lui avait transpercé la poitrine.

Les nouveaux maîtres

1763.

O n entendit bêler une brebis.

    — Le temps de l'agnelage va commencer, dit Victoire, celle qui avait perdu son mari Gabriel.

    — Ton fils aura la charge des moutons dès cet été, reprit Marie-Thérèse.

    Victoire dit oui de la tête à sa belle-sœur, qui décidait de tout dans la maison. Ainsi Horace va devenir berger. Apprendrait-il jamais à lire et à écrire comme l'aurait voulu son père, tué sur les plaines? Et pourtant Gabriel de Bonpré avait tout prévu. Horace irait au collège de Québec, puis on l'enverrait en Normandie, dans le domaine de sa noble famille, où il recevrait une éducation digne de son nom. Gabriel avait tout envisagé. Sauf la défaite. À cause de cela, il fallait qu'Horace en son adolescence garde des troupeaux et que toute sa vie il signe d'une croix. Victoire tourna la tête vers le mur afin que les autres ne vissent pas qu'un flot de larmes coulait de ses yeux.

    La flamme jaune foncé de la chandelle qui sautillait comme un feu follet éclaira soudain deux autres visages, deux portraits peints à l'huile, gardés depuis longtemps dans la famille, sauvés

215

par un étrange hasard, avec tant de choses inutiles, du désastre. Ainsi le violon de Gabriel, suspendu à un clou sur le mur de crépi entre les gerbes d'oignons. Bien plus indispensable, sur l'armoire de pin encore roussie par le feu, une vieille hache, dont le fer est marqué d'une figure de castor. Celle de Jean-Louis l'ancêtre, venu s'établir cent trente ans plus tôt en terre de Canada.

Étrangement, une des femmes se mit à dire:

— Quelqu'un que j'ai vu à Québec m'a parlé des temps anciens de notre famille.

— Qui cela?

— Sœur Saint-Pierre, une très vieille ursuline.

Marie-Thérèse finit sa maille et précisa:

— Je la connais; de son vrai nom, c'est Geneviève Boucher.

— Comment nous connaît-elle?

— Son père, c'était Pierre Boucher. Il est venu en Canada un peu après l'arrivée de l'arrière-grand-père de ton grand-père. Il l'a connu. Il a conté à sa fille des souvenirs de ce temps-là.

— Est-ce possible?

— Boucher a eu seize enfants. Il avait d'abord épousé une jeune sauvagesse, puis une autre femme de Mortagne-en-Perche, comme lui. Geneviève, leur dernière fille, a près de quatre-vingts ans.

Toutes songeaient à cette religieuse qui par son père avait connu tout le passé des Malouin, qui avait parlé de Jean-Louis comme s'il était encore vivant.

Le chien assis aux pieds de Justine se leva et alla grogner contre la porte.

— Couché, Titan!

— Laisse-le, il a dû entendre quelque chose; écoutez.

Les sept femmes tendirent l'oreille.

— C'est le vent, dit Lison, qui dans le fond de son cœur espérait le retour d'Auguste.

Dehors, des hennissements, des cliquetis. Marie-Thérèse quitta son fauteuil, vint ouvrir la porte. Les traits dessinés par en dessous par le falot qu'il tenait à la main, un militaire était là qui expliquait dans un français approximatif:

— C'est pour loger. Huit hommes avec moi.

— Loger? Mais où?

— Vous êtes auberge?

— L'auberge a brûlé.

— Alors, de la place dans la ferme. Vous serez payés.

Il fouilla dans sa giberne, montra des pièces qui brillaient dans sa paume. Le grand cri de Marie-Thérèse retentit. Elle saisit l'homme par le poignet et le tira dans la pièce où les six autres femmes effrayées s'étaient tassées dans un coin.

— De la place? Venez-y voir, nom d'un chien! Voyez! Voulez-vous cantonner ici? Ou là?

Elle lui montrait la petite salle où reposaient François et les autres.

— Il y a aussi le coqueron. Les enfants y sont. Des granges, on n'en a point. Des gens comme vous ont tout détruit. Passez votre chemin!

L'homme recula en balbutiant, esquissa un salut et disparut dans le noir.

Longtemps chez les Malouin on raconta cet épisode de la grande Marie-Thérèse en deuil qui avait tenu tête à un officier anglais. Heureusement pour lui, ajoutait-on, qu'elle n'avait pu décrocher un fusil.

Les armes de chasse avaient été enterrées dans le potager depuis que les occupants avaient annoncé qu'elles seraient confisquées.

Au début de l'été, Lison, qui attendait le retour d'Auguste, eut une visite réconfortante. Son frère Éloi passait par la Grand-Côte et venait présenter Gilberte, sa femme.

— Vois comme je marche bien à présent, disait-il à sa sœur.

Appuyé sur sa canne, il faisait de grands pas dans la chambre mais traînait fortement une jambe raide. Lison comprit que c'était un pilon de bois.

— Oui, fit Éloi, on a dû m'amputer. C'était ça ou la mort par gangrène. Je pourrai peut-être un jour reprendre mon métier de forgeron.

— Comment va notre père, justement?

— Pas fort; il serait prêt à me laisser la forge. Il faudrait refaire toute la maison du coteau Saint-Louis, qu'il a bien négligée.

— Et Denis, notre frère?

— Lui, si tu le voyais!

Éloi savait toujours raconter:

— Denis, ce n'est pas le gamin blondinet qui a été notre petit frère. C'est un gros personnage cossu, habillé d'une redingote bordée, de bas blancs sur une culotte de drap bleu foncé. Autour du cou, une sorte de col-cravate de soie grise. Il est arrivé chez nous dans un petit cabriolet, a sorti de sa poche une tabatière de nacre et a offert des prises.

— Mais de quoi vit-il? fit Lison, surprise.

— Monsieur s'est lancé dans le commerce de la fourrure. Il travaille, c'est certain, pour le compte des nouveaux maîtres anglais et n'en a pas honte.

— Des militaires?

— Pire que ça: ceux qui les suivent, des spéculateurs acharnés venus de Londres, qui achètent tout pour rien et vendent cher grâce à des «yes sir» comme notre frère.

Gilberte ne disait rien. Nouvelle belle-sœur qui se sentait si éloignée de Lison, elle laissait Éloi parler d'abondance. Il narrait leur mariage à l'église paroissiale de Montréal:

— Le curé a demandé que l'on prie, comme de juste, pour le pape Clément XIII, glorieusement régnant, et, tout de suite après, pour notre souverain. Lequel? George III d'Angleterre. J'en pleurais de rage. Puis, dans son allocution, le prêtre, suivant les ordres de l'évêque, a dit combien l'Église se réjouissait que des couples se forment pour donner d'autres fidèles au pays tant éprouvé, le Canada qui avait connu la défaite à cause de l'iniquité de beaucoup de ses fils et qui connaissait enfin un répit grâce à la bonté généreuse d'un nouveau monarque si débonnaire.

Son imitation faite, l'invalide cracha dans les cendres de la cheminée.

Auguste Malouin revint enfin de son long voyage au Cap-Breton. Il décrivait à Lison les atroces visions de son Acadie natale. L'occupant bien installé dans la presqu'île. Louisbourg, la grande ville portuaire édifiée à prix d'or, méthodiquement détruite.

— Si tu avais vu, Lison: il ne reste plus une pierre l'une sur l'autre. Ça leur a pris six mois. Tout d'abord, ils ont creusé sous la ville des galeries étayées avec le bois des charpentes et des poutraisons arrachées aux maisons. Dans ces souterrains, ils ont entassé tous les barils de poudre que les marins français avaient eu le tort de ne pas noyer lors de la reddition. Et pof! d'un seul coup, tout ce qui restait debout a sauté!

— Mais pourquoi les Anglais ont-ils fait ça? Ils n'avaient qu'à garder intactes pour eux la citadelle et la ville...

— Ils ont peur qu'une nouvelle guerre ou un traité les oblige à rendre Louisbourg à la France. Alors, ils en ont'fait un désert. De toute façon, en face, sur la côte, ils ont fait construire un port fortifié. Un village que dans ma jeunesse on appelait Chibouctou. Ils en ont fait une sorte de Gibraltar. Ils ont amené là à pleins bateaux des Écossais, des Gallois, des Irlandais, même des Suisses et des Allemands, avec leurs familles.

— Les Anglais vont donc garder l'Acadie?

— Ils ne sont pas au bout de leurs peines.

Auguste disait tout cela d'un air entendu qui intriguait Lison. Il celait qu'au cours de son voyage il était passé par Boston. Il lui cachait aussi qu'il avait su retrouver dans les ruines du Rouet-d'Or, le magasin de ses parents, le coffret de fer autrefois scellé dans un mur par Philippe Malouin. Il contenait des louis et des ducats et quelques bijoux.

— Voici ce que je te rapporte, fit-il seulement.

Il passa au cou de sa femme un collier d'argent et de pierreries. La parure avait appartenu aux Giroire et venait de l'aïeule si dévote, dont on racontait en catimini la galante aventure de sa jeunesse quand elle naviguait habillée en garçon avec Charles Malouin.

Quelques semaines plus tard, une nouvelle parvenait à La Valtrie: à Paris, un traité avait été signé avec l'Angleterre. La longue guerre était finie, mais la France perdait toutes ses possessions en Amérique du Nord à l'exception des îlots de Saint-Pierre-et-Miquelon.

— On va donc appartenir pour toujours à l'Angleterre? dit Lison.

— L'avenir en décidera peut-être autrement, répliqua l'Acadien.

Longtemps Lison avait gardé en mémoire cette phrase mystérieuse et parfois interrogeait son époux.

— Tu avais dit un jour que nous redeviendrions français.

— Je n'ai pas dit cela exactement. Seulement que nous finirions d'être gouvernés par les gens de Londres.

— Comment cela sera-t-il possible?

— Tu verras: un jour, notre garçon aura à lui une terre et un pays.

À présent, toujours enfant unique, leur fils Nérée avait quinze ans. Il était bien fait, fort actif, capable de lire et d'écrire. Auguste lui préparait un bel héritage. À la mort de Marie-Thérèse, l'Acadien avait su arbitrer au mieux une succession qui, à l'origine, devait aller à Frédéric, tué à la bataille des plaines et dont les enfants étaient mineurs. À eux devaient revenir la ferme, la scierie et l'auberge. En attendant, Auguste avait su prendre la tête du domaine et se l'appropriait méthodiquement. Grâce à l'argent retrouvé dans les décombres de la maison familiale à Louisbourg, il avait fait reconstruire la ferme et entrepris de nouvelles cultures fort payantes: lin, tabac, pomme de terre, ce qui avait stupéfait les gens de La Valtrie.

— Vois-tu, disait-il à Nérée, mon père avait voulu faire de moi un négociant en tissus. Il m'a tout enseigné sur le grain des soies, le tissage du coton et du velours broché. Parce que tout a flambé chez nous, j'ai dû devenir laboureur comme l'ont été tous les Malouin. Et parce que je ne connaissais rien à ce nouveau métier, mon imagination m'a tenu lieu d'expérience.

Auguste avait aussi remis en service le relais de la poste aux chevaux et le traversier qui conduisait à la rive sud. Il avait transformé la minable hôtellerie d'autrefois en une florissante auberge; face à l'église toute neuve, on lisait sur une enseigne: *À l'Étrier d'Or*. Pour faire marcher cette entreprise, comme pour les autres le hardi Acadien savait utiliser le labeur des cousins et neveux Malouin.

Gravement, Auguste, qui avait des lectures, disait:

— Notre fils n'aura tout ça à son tour que s'il le mérite. De par sa naissance, aucun homme ne peut recevoir le droit de commander aux autres. Seul le talent naturel ou acquis le permet.

«Mais quel pays veut-il qu'ait Nérée?» s'interrogeait Lison.

Bientôt le secret d'Auguste allait lui être révélé: dans les colonies anglaises d'Amérique du Nord, chez ces colons protestants du Sud, un soulèvement se préparait contre le gouvernement de Londres. Un jour, les forces rebelles envahiraient le Canada et l'Acadie pour les libérer du joug britannique. Ces deux portions du territoire peuplées de Canadiens français deviendraient un État libre, membre d'une confédération nord-américaine.

«Est-ce un rêve? Comment peut-il savoir cela?» se répétait Lison.

Auguste expliqua. À Boston, il s'était affilié à une loge de francs-maçons. Oh! c'était permis à un catholique romain puisque le premier article de la foi maçonnique était la croyance en un Dieu révélé. Ainsi, par ses «Amis du Progrès et de la Liberté», Auguste savait-il les progrès de l'insurrection. L'an dernier, à Boston justement, capitale du Massachusetts, des patriotes avaient balancé dans l'eau du port des ballots de thé en guise de protestation contre les taxes imposées par l'Angleterre. Et la rébellion allait s'intensifiant.

Lison, qui ne croyait guère à tout cela, fut convaincue ce matin de novembre 1775 quand sur le fleuve, devant La Valtrie, des navires de guerre anglais furent attaqués par les barges de ceux qu'on appelait à présent les Américains. Ils avaient envoyé du Sud deux armées qui, par deux vallées différentes, se dirigeaient vers la ville de Québec.

L'autorité anglaise avait tenté de créer des milices pour aider ses troupes à combattre l'envahisseur. Au village des Malouin comme ailleurs, les habitants, malgré les objurgations du clergé, se soustrayaient à la lutte contre les Yankees, reçus dans des paroisses du sud de Québec comme des libérateurs.

À Montréal, un des chefs de la rébellion américaine, un nommé Benjamin Franklin, vint prêcher l'idée d'une République du Québec associée aux Colonies-Unies.

Mais le destin des armes était contraire aux rebelles américains. Ils n'avaient pu prendre Québec dans un assaut en pleine tempête à la fin de décembre et refluèrent en désordre vers le sud.

Une nouvelle fois, à La Valtrie, on vit passer des armées sur le fleuve et sur la route: les Américains qui retraitaient et les Habits-Rouges qui les poursuivaient.

— Vous verrez qu'ils reviendront, affirmait Auguste.

— C'était un trop beau rêve, répondit Lison. Occupe-toi plutôt de l'avenir de Nérée.

Le Loup du Nord

Printemps 1782.

— **K**aministicoua, se répétait Nérée. Kaministicoua. Je vais bien finir par m'en souvenir du nom de cette maudite rivière!

La Kaministicoua se jette dans la baie du Tonnerre au fin fond du lac Supérieur. Depuis six années, aux approches du printemps, Nérée Malouin se rendait là. Il fallait une fameuse force de biceps et un joli coup de poignet pour avironner depuis Montréal l'énorme canot fait d'écorces de bouleau sur membrures de hêtre, manœuvré avec lui par neuf vigoureux compagnons.

Sur l'étroit banc de nage, Nérée, rameur de gauche, ne voyait pas le dos du canotier placé devant lui, caché par un ballot de marchandises; à peine celui de droite, à cause d'un baril de rhum. Entre ses pieds, il avait un sac contenant ses effets et ses provisions de route. Le long de la cuisse, le mince bordage derrière lequel clapotait l'eau du grand lac.

Nérée, l'héritier de la Grand-Côte, bien loin du domaine familial, ramait très mécaniquement pour mieux goûter les sensations qui l'émerveillaient toujours; l'infime toucher du vent sur son bras velu et bruni et, de coup de rame en coup de rame, la vision de plus en plus précise de l'île posée là-bas sur l'eau, telle

223

une corbeille de verdure; elle annonçait la dernière passe avant le but ultime. Dans la densité glauque du lac Supérieur se montraient de fantomatiques poissons argentés attirés par le sillage des canots et le bruit sourd des pagaies. Nérée en recevait sur son visage un léger embrun à saveur très fraîche qui augmentait sa vigueur.

Le rameur d'avant entonna une chanson dont il composait au fur et à mesure les paroles sur un air très ancien:

> *Je vois déjà l'Île Royale*
> *Sur l'aviron faut que tu hales*
> *Je vois aussi des canards blancs.*

Chacun répétait, au rythme de la pagaie:

> *Vas-y rouli, vas-y roulant*
> *Le fils du roi s'en va chantant*
> *Portant à sa belle une rose*
> *Pis rame mon gars, jamais repose.*

L'improvisateur, à bout d'improvisation, lança, sur un rythme plus vif, le refrain que tous attendaient:

> *V'là l'bon vent, v'là l'joli vent!*

Les esquifs de la brigade de printemps luttaient maintenant de vitesse, au gré de la chanson à ramer. C'était à celui qui atteindrait le premier la terre d'où montaient mêlés l'odeur des herbes aquatiques et le fumet des feux de bois sur le rivage si longtemps désiré.

Cette joie enivrante de l'arrivée à la baie du Tonnerre, Nérée la vivait pleinement chaque printemps. Il n'oublierait jamais la première ni les circonstances de son départ.

Ce matin-là à la Grand-Côte, alors qu'il semait du blé, son père était venu se planter devant lui.

— Tu ne mets pas beaucoup de cœur à l'ouvrage. Avoue, travailler la terre ça ne te plaît pas. Mais vois-tu comme tu jettes les grains?

Auguste, qui avec Lison avait médité la chose, fit alors cette proposition à son fils:

— Tu voudrais t'en aller, je le sais. Et comme canotier pour les pays d'en haut. Eh bien! vas-y donc. Ta mère pis moi, on pense que tu es mieux d'essayer ça. Pis tu verras que bientôt tu reviendras pour t'occuper de la ferme, ou même de la scierie ou de l'auberge. Va, mon garçon. Va mener ta vie à ta guise.

Lison avait pleuré quand son garçon était parti. Auguste avait dit:

— Pleure pas, m'amie. Il reviendra quand il aura plus de gouvernail que de voiles.

Elle braillait quand même, la Lison. Elle savait que chez les Malouin, quand un gars de vingt ans décidait un jour de sacrer son camp, ni une semonce de père, ni une larme de mère, un sanglot de fiancée, ne pouvaient les agripper. Pas même la certitude de l'opulence promise à Nérée, accumulée pour lui par Auguste.

Qui pouvait le retenir? Elle l'avait vu, son gars, insensible et souriant faire son paquetage. Comme il était beau, ce fils à l'œil rêveur sous de grands cils, à la bouche bordée d'une lèvre lippue. Sans effort, de son bras musclé, il avait envoyé son bagage dans la carriole paternelle!

— En route, le père! Mes compagnons m'attendent au quai.

— À bientôt! criait Lison désolée, les regardant s'éloigner.

La compagnie de fourrure appartenait à des «bourgeois» écossais fixés à Montréal. À chaque voyage, un des associés montait vers le septentrion avec les canotiers prendre possession, à la baie du Tonnerre, des ballots de pelleteries. Ces peaux, les plus belles qu'on pouvait trouver alors dans tout le continent, avaient été ramassées par d'autres engagés de la compagnie, qui, eux, demeuraient toute l'année dans l'immense contrée lacustre où vivaient de rares tribus indiennes qui trappaient lorsqu'elles ne faisaient pas la guerre.

Ces engagés du grand Nord-Ouest s'appelaient entre eux les Loups. Seuls ils avaient le droit d'arborer à leur bonnet une plume rouge. Ils affichaient le plus parfait mépris pour les canotiers, ceux des brigades d'en bas. Ces mangeurs de lard, comme ils disaient, ces visiteurs de l'été qui, sitôt arrivés, repartaient avec les canotées de peaux fétides.

Nérée, rêve inaccessible, brûlait de vivre avec les gars de la brigade nordique. Eux ne revenaient jamais à leurs villages du Saint-Laurent. Ils hivernaient sur la rive du lac Supérieur, dans le fortin de la compagnie de fourrure, ou encore vivaient avec les Indiens chasseurs de bisons, de lynx et de visons.

— Cette fois, vas-tu rester avec nous?

Comme tous les ans, chaque fois qu'il revenait, Lison posait la même question à son fils. Il répondait toujours:

— Vous le savez bien que je vais repartir après les sucres.

Lors de ses séjours à la Grand-Côte, Nérée n'aimait rien tant que de s'occuper des chevaux de la ferme. Il se sentait en accord avec ces bêtes domestiquées mais frémissantes de liberté. Il montait les coursiers ou bien attelait un des pommelés à un léger traîneau qu'il conduisait à fond de train sur la surface glacée du fleuve. Une fois, il avait poussé son attelage jusqu'au côteau Saint-Louis pour voir ses cousins. On appelait l'endroit La Forge. De là, on apercevait les toits et les cheminées fumantes de Montréal posée au bord du fleuve.

On voyait encore à la forge des pans de murs construits autrefois par Jean-Louis Malouin, mais toutes les terres avaient été cédées à l'exception du jardin qui entourait la demeure et l'atelier. Denis l'avait repris à la mort d'Éloi, son frère. Il gagnait mal la vie des siens. La maison respirait à la fois la gêne et la résignation.

«Jamais, se disait Nérée en retournant à la ferme paternelle, je ne pourrai supporter la vie de Montréal.»

À «La Malouinerie», comme disait son père, il ne se sentait pas heureux non plus.

C'est quelques semaines avant son départ pour la rivière Kaministicoua qu'il rencontra Angélique, une fille de La Valtrie. Il alla souvent veiller chez ses parents. La jeune fille savait lui poser des questions sur sa vie dans l'Ouest. Elle savait surtout écouter. Lui, avec ses mots simples, narrait ses navigations sur lacs et rivières, les pénibles portages et aussi les riches heures de ses aventures.

— Et comment dormez-vous, vous autres, les voyageurs?

— À la brunante, on accoste. Les maîtres des canots connaissent les bons endroits. On retrouve les pierres noircies des foyers des autres voyages. Il faut ramasser du bois flotté bien sec pour faire un beau feu. Dans la marmite chacun jette sa poignée de pois et son morceau de lard. On attend. On a trop mal au dos pour bavarder. Enfin, on peut manger, puis dormir, enroulé dans une couverte. À la barre du jour, on nous réveille. Il faut partir dans le brouillard bien frais, puis ramer et ramer encore. Trois cent cinquante lieues qu'il y a entre Montréal et la baie du Tonnerre.

Angélique regardait les bras nus sur lesquels les muscles faisaient comme des torsades qui roulaient sous la peau cuivrée à chaque geste que faisait Nérée.

— Parfois, on frappe un peu de vent et le maître fait tendre une petite voile de prélart sur un mât de fortune. Sais-tu ce qu'on fait pour remercier le vent? On lui jette des brindilles de tabac. On lui chante des chansons.

Il fredonnait des couplets, qu'elle reprenait avec lui.

— Et tu vas t'en aller encore là-bas?

— Si tu savais, Angélique!

Il évoquait les jeux du soleil d'été sur les eaux, les grands miroirs des lacs, les rapides de la rivière des Outaouais, les chenaux étroits qui mènent à la baie Georgienne. Sur les rives, parmi les bouleaux bagués de noir, les cornouillers si fleuris qu'on les croyait chargés de neige. Parmi les prêles et les osmondes marchent de grands hérons bleus. À fleur d'eau volent de grosses libellules couleur de turquoise.

— Elles sont nos amies, elles mangent beaucoup de moustiques, mais il en reste assez pour nous achaler.

Lison, heureuse que son fils fréquente l'Angélique, faisait brûler à l'église des lampions pour que la jeune fille lui donne l'envie de rester à la Grand-Côte.

À la veille du départ, Nérée, le cœur serré de timidité, avait confié à la blonde adolescente qu'allait se terminer son second contrat de six ans, qu'il allait être libéré de son engagement avec la compagnie. Elle reçut de lui un baiser tout chargé de muettes promesses.

Auguste, lui aussi, entrevoyait l'avenir.

«Les corneilles arrivent. Nérée une fois de plus s'en va. Mais, à l'automne prochain, il s'installera ici. Il a fait gagner assez d'argent aux marchands anglais. À présent, il doit travailler pour la Grand-Côte, qui sera à lui avec l'auberge et la scierie.»

Cette année-là, au mois de juillet à la baie du Tonnerre, le bourgeois qui dirigeait le fort fit appeler Nérée Malouin.

— Aimerais-tu rester ici? J'ai besoin de toi cet hiver dans la brigade du Nord.

Nagé par les canotiers du bas pays, le grand canot de quarante pieds de long s'en retourna sans lui. Nérée avait porté son sac dans la cabane des Loups du Nord; il allait apprendre de nouvelles rivières, de nouveaux portages, d'autres voyagements dans des confins où les chemins d'eau ne coulent plus vers le sud-ouest pour aller à l'Atlantique, mais fluent franc nord à travers la steppe boréale en direction de la baie d'Hudson et des mers glaciales. Il allait faire connaissance avec les tribus indiennes, parler leurs langues, traiter avec elles et surtout porter à sa tuque de laine la prestigieuse plume rouge.

— Es-tu content, novice? avait demandé le maître de la brigade.

— J'ai tant attendu pour être avec vous.

— Te réjouis pas trop tôt, petit. Demain ça va être le baptême.

Il avait subi la dure cérémonie pieds et poings liés, ses vêtements retournés, les cheveux enduits de mélasse. Il avait dû, à genoux, répéter le serment cocasse, puis on l'avait précipité dans le ruisseau tandis que ses nouveaux compagnons buvaient à sa santé le rhum qu'il avait dû payer très cher.

Il ne redescendrait plus à La Valtrie. L'hiver, il habitait le campement des Objibouais. Il avait sa place dans la hutte au toit et aux murs de peaux de bison crues, tendues sur des carcasses de bois. Près de lui vivaient les célibataires du clan, ceux qui espéraient réunir assez de pelleteries pour acquérir un fusil et une épouse. Peu à peu, Nérée comprenait leur parlure, apprenait leurs chants, leurs contes. Il se prenait, comme il disait, «à penser indien», et étonnait ses camarades de la brigade par son savoir.

Au printemps, dès que le flot rompait les embâcles, lorsque les vols d'outardes descendaient du nord et qu'une herbe jaune apparaissait sous les plaques de neige, il partait avec les trappeurs indigènes et les Loups, dans les étroits canots à huit, chargés de pacotille, de couvertures, chaudrons et fusils. Ces armes, destinées aux chefs des tribus, étaient spécialement fabriquées en Angleterre, surchargées de décorations et dotées d'un canon inutilement long, signe de toute-puissance.

Les Loups allaient toujours plus loin en d'immenses territoires, vers un nord incertain, là où les jours deviennent de plus en plus courts, où les ciels nocturnes sont magnifiés par de prodigieuses aurores boréales. Puis la brigade redescendait à ses quartiers d'hiver au milieu des Indiens, pour préparer les peaux et se tenir prête pour le rendez-vous annuel des canotiers d'en bas.

À La Valtrie, Lison et Angélique, filant le chanvre et la laine, attendaient le retour du voyageur.

— Il aurait trente ans cette année, murmurait Lison, parlant de son fils comme d'un mort.

Elle poursuivait à haute voix sa réflexion:

— Me voilà vieille femme. Pourquoi je vis?

— Vous, madame Lison, une vieille femme? Vous êtes si vaillante.

Le compliment la fit se redresser, lancer un sourire qui ridait à peine son visage lisse.

— Vous plaisez encore à votre mari, certain! disait Angélique, admirative, pensant aux fois où elle avait vu le couple Malouin épancher, de façon si rare, par des accolades et des baisers, leur tendresse conjugale.

Elle soupira.

— Comme il trouvera le pays changé.

— Tu as raison, il faut se dire qu'il va revenir.

Dans la vallée du Saint-Laurent apparaissaient de subtils changements qu'Auguste mieux que d'autres pouvait discerner. Lui, venu d'Acadie et qui avait élu cette autre patrie, avait le pouvoir d'y jeter un regard encore neuf. Il voyait arriver peu à peu de la nouvelle république des États-Unis des familles d'Anglais peu heureuses sous les lois du Congrès et qui venaient vivre sous le drapeau du roi de Londres. Le Canada avait bien accueilli ces coloniaux qui tenaient tant à le rester. Il les avait installés sur des terres taillées pour eux, selon des coutumes qui n'étaient plus celles de la Nouvelle-France, leur avait fait largement cadeau de semences, de bestiaux, d'instruments aratoires. Cette sollicitude pour les nouveaux venus faisait jaser. Auguste, qui tentait d'être juste, expliquait à Lison:

— Après tout, ces nouveaux habitants apportent à notre pays un autre souffle. Mais qu'ils le fassent discrètement et ne nous imposent pas des façons d'être qui ne peuvent être les nôtres. Je trouve trop revendicatifs ces descendants d'Anglais qui sont très bien traités par le Canada mais se plaignent de nos manières trop françaises. Faut-il que nous changions nos lois à cause de ces gens qui se disent loyalistes?

Il s'était même, près de la Grand-Côte, installé un Allemand. Celui-là était un ancien soldat d'un régiment de Hesse formé de mercenaires recrutés par Londres. Ce monsieur Hausberger lorgnait du côté des filles canadiennes-françaises, cherchant une épouse. Il avait tenté de faire la cour à Angélique, pour qui ne comptait que Nérée. Elle l'espérait encore, ne voulant croire les on-dit. Un canotier de passage à La Valtrie avait affirmé: «Le gars Malouin, là-bas, a marié une sauvagesse. Il en a eu beaucoup de petits sang-mêlé, des ''bois-brûlés'' comme on dit là-bas.» Mais un autre avait déclaré: «Le Nérée, il en a plein son casque des Indiens. Il m'a juré qu'il rentrerait chez lui à la prochaine lune.»

L'abbé Édouard Malouin répétait:

— Tous, qui que nous soyons, devons nous habituer avec des étrangers; c'est une épreuve que le Seigneur a voulu pour les Canadiens qu'Il aime tant.

* * *

Le jeune Adrien Malouin — c'était le fils de Basile, tenancier de l'auberge de l'Étrier-d'Or et maître de la poste aux chevaux — apportait à la Grand-Côte les deux gazettes imprimées, l'une à Montréal, l'autre à Québec. Auguste aimait bavarder avec ce garçon curieux de tout.

C'était au printemps de 1792 et les journaux parlaient des élections, les premières à se tenir au pays.

— On dit dans le village que vous devriez vous présenter.

— Ah non! avait clamé Auguste. Je ne crois pas à l'utilité de ce Parlement que Londres nous octroie afin de nous persuader que nous allons être maîtres de notre destin. Ce sont quelques rares Canadiens de langue anglaise qui possèdent déjà le vrai pouvoir, la force économique, et entendent le garder.

— On aura au moins une assemblée élue.

— Ce n'est pas le vent de France qui souffle sur nous. C'est celui de la Grande-Bretagne, qui, par ce faux cadeau, veut nous éloigner encore davantage des États-Unis. On nous offre une illusion de la liberté. Je ne veux pas me rendre complice de cette tromperie. Et à mon âge…

Malgré ses soixante-quatre ans sonnés, il était encore allègre. En fait, depuis qu'il savait que Nérée ne reviendrait plus, Auguste Malouin se désintéressait de tout ce qui avait fait sa vie, à l'exception de Lison.

— Me vois-tu député de notre circonscription électorale, qui a reçu le nom de Warwick? «Wô-rik» comme prononcent les Anglo-Saxons. Et le comté d'à côté, qui s'appelle Leinster? Est-ce bien canadien, ces noms-là?

Sa prédiction se réalisait bientôt. À la Chambre d'assemblée du Bas-Canada, cette partie de la colonie peuplée en large majorité de Canadiens de souche française, sur cinquante élus siégeaient seize anglophones représentant les nouveaux seigneurs ruraux et la classe marchande.

Un matin qu'Adrien apportait les journaux, il trouva le maître de la Grand-Côte penché sur une grande feuille de papier toute marquée de lignes et de noms.

— Je dresse l'arbre généalogique de la famille.

Il montra à son jeune parent le tronc où étaient inscrits les noms de Jean-Louis et Madeleine Malouin, née Langlois, unis près de Québec en 1638.

— Vois-tu, Adrien, ton prénom est ici. Tu es fils de Basile, et petit-fils de Frédéric, tué à la guerre en 1759, qui avait Gervaise pour épouse.

Auguste se ressouvint mais ne dit pas un mot de l'épisode burlesque des noces, alors que les mariés avaient cru qu'un voisin jaloux avait «noué l'aiguillette» et qu'il avait fallu refaire le mariage.

Adrien, du doigt, suivait le destin des enfants qu'avaient eus Émery et Isabelle, qui, par Roch, aboutissait à lui, par Laurent à son cousin Fernand.

— Et du côté de ma tante Lison?

— Tu pars de Josam, voici son fils Antoine qui a engendré Émery, lui-même père de Roch et de Léandre, les jumeaux nés du fameux mariage à la gaumine. Et tu trouves Lison, fille de Léandre.

— Éloi, c'était son frère?

— Oui. Il a eu de sa femme Gilberte deux fils. Bruno, qui est forgeron au coteau Saint-Louis près de Montréal, et Martial le postillon, que l'on voit ici souvent, trop souvent même...

— Et ce Louis, qui est-ce?

— Un des enfants d'Émery et d'Isabelle, né à la Grand-Côte. Lorsque la maison a été brûlée par les Anglais, il a repris son ancien métier de coureur des bois. Il est allé trapper vers la Mauricie, où il a emmené toute sa famille.

— Vous, l'oncle, vous n'êtes pas né à la ferme, puisqu'on vous surnomme l'Acadien.

— Je suis de Louisbourg, comme tu vois ici, où vivaient des Malouin de la souche Jean-Louis. Notre ancêtre, Charles le navigateur, c'était un des frères d'Armand. Tiens, le voici jeune, Armand Malouin.

Auguste lui montra sur le mur l'un des deux portraits à l'huile peints autrefois par un artiste de passage. L'un représentait Armand, le tenace fermier qui, de toutes pièces, avait créé la Grand-Côte. L'autre, son frère Josam, l'infatigable coureur des bois. Où était-il désormais, l'opiniâtre instinct foncier des Malouin qui animait les solides colons d'autrefois?

— Nérée, l'imbécile! tonna Auguste, abattant son poing sur le papier où se lisait dans l'arbre de famille le prénom de son fils.

Adrien regardait le bonhomme aux yeux humides qui à présent cachait sa main droite sous sa veste, chagriné de s'être livré ainsi à un accès de courroux.

— Allons, mon petit, à présent laisse-moi, dit-il au fils de l'aubergiste.

L'Acadien était tourmenté par son testament, qu'il voulait révoquer afin que La Malouinerie aille à qui serait digne de la gérer après sa mort. Parmi les changements imposés par les occupants anglais, il y avait un nouveau droit en matière de succession: le testateur était libre de faire de ses biens tout ce qu'il souhaitait.

Cette saison-là, la variole tuait beaucoup de gens dans la région et Auguste craignait d'être atteint par l'épidémie. Mais, un matin, c'est Lison qui fut prise de fièvre. Sur ses mains et son visage apparurent des pustules vite suppurantes. Le soir, elle délirait. Auguste attela la voiture pour aller chercher l'abbé Édouard. Un vent violent soufflait sur le fleuve, roulant d'affreux nuages. Le conducteur dut mettre pied à terre pour guider le cheval qu'effrayaient les éclairs et le tonnerre déchaîné. La pluie tombait à seaux.

On retrouva le lendemain Auguste et la bête littéralement foudroyés.

Tous les Malouin avaient été consternés par ce décès. Beaucoup se sentaient un droit de succession de l'Auguste, qui n'avait, semble-t-il, plus d'héritier. Et, pour Lison mourante, ce n'était plus qu'une question d'heures. Et même vive, la pauvre dame, serait-elle capable de régir un tel bien-fonds?

À la surprise de tous, la moribonde prit du mieux. De terribles forces lui revenaient, échos persistants de cet entêtement qui lui avait permis de survivre aux heures noires de sa jeunesse.

La veuve Malouin, comme on l'appelait, avec l'aide d'Angélique, l'éternelle promise de Nérée, menait les affaires de son mari disparu, nantie de ressources de force d'âme, de courage tranquille, d'inexplicables vigueurs physiques.

— Il en a toujours été ainsi chez beaucoup de femmes de notre famille, soulignait l'abbé Édouard.

Lison fut terrassée par une autre récidive de sa maladie. Ceux qui espéraient des grosses parts d'héritage se dirent que leurs prières allaient être exaucées. Las! le Seigneur n'était plus avec eux. Au moment où ils s'attendaient à de proches funérailles, on apprenait que Lison la tenace, hier grabataire, avait été vue dirigeant l'attelage des bœufs pour les labours d'automne. Elle avait pris à son service un régisseur. C'était le fils d'Hausberger, l'ancien mercenaire allemand de l'armée britannique, devenu fermier près de La Valtrie. Son garçon, qui se faisait appeler Aubert, qui avait été à la petite école du village, parlait comme un vrai Canadien français.

Aubert était entreprenant. Trop, répétait Basile l'aubergiste, qui laissait entendre que Frantz allait épouser la vieille Lison.

— Une femme de soixante et un ans? s'était récriée la femme de Fernand, de la ferme de la Grand-Côte.

— Et pourquoi pas? grinçait Basile. Crois-tu qu'il y a un âge pour refuser d'avoir du plaisir?

Lison mourut à la fin d'un hiver, en un mois de mai plein de promesses de vie. Fernand devenait le maître de tout, mais Basile gardait l'auberge. Angélique recevait une bonne somme d'argent. Elle allait devenir la femme d'Aubert, qui était chargé de diriger le moulin à bois. C'était le dernier vœu de Lison, né d'une croyance insensée.

— Si jamais Nérée revenait, ce bien lui appartiendrait, jure-le-moi sur les saints Évangiles, avait-elle demandé à Angélique.

Et l'obstinée Lison était ainsi morte en paix.

IV
Monsieur
Adrien J. Malouin

*Q*uand avait-il commencé, ce temps qu'à LaValtrie on appelait «les méchantes années»?

Sans doute bien avant la mort d'Auguste l'Acadien, qui, après avoir tant fait pour la Grand-Côte, s'en était désintéressé quand il avait compris que son fils Nérée n'y reviendrait plus.

Ni les biens ni les opinions, disait-il, ne sont héréditaires. Et puis, de nos jours, travailler la terre est de moins en moins prestigieux et rémunérateur. Il y a d'autres moyens de gagner son pain qu'en faisant, de peine et de misère, pousser le blé.

Cela, dans les années 1790, un garçon de la tribu Malouin l'avait compris: Adrien, dont le père tenait la petite auberge proche de la Grand-Côte.

Le feu dans la paille

Des coups violents frappés à la porte résonnèrent dans la salle de l'Étrier-d'Or, où se tenaient Basile et les siens.

— Qui est-ce? cria Anne-Marie. Adrien, va donc voir.

La voiture de la poste était passée. À cette heure et en ce début d'hiver qui s'annonçait aigre, peu de voyageurs se risquaient sur la route entre les relais de l'Assomption et de Maskinongé. Il n'y avait aucun client à l'auberge ce soir-là.

— Basile, reprit la voix, notre fils ne va pas ouvrir, dérange-toi donc.

Basile alla vers la porte, tenant le falot qui dégageait une décourageante odeur d'huile de marsouin. Se tenait dans le huis, vociférant, un gaillard rougeâtre curieusement vêtu qui dans son jargon réclamait quelque chose.

Ainsi commence l'épisode connu dans les annales familiales sous le nom de «crime de Basile Malouin», qu'Adrien ne devait jamais oublier de toute sa longue vie.

— Qui est là? demanda encore Anne-Marie. Adrien, va demander à ton père. Après tout, c'est peut-être Martial qui revient.

Ce bout de phrase fit tressaillir le visage brun de Marie-Agathe, la servante huronne. Adrien, le grand gars de dix-neuf ans, qui, assis dans l'ombre, continuait à tailler inutilement un morceau de bois, se dirigea vers la porte. Ce n'était pas Martial Malouin, postillon de son état. Adrien, qui s'était avancé jusqu'au tambour, perçut alors l'étrange scène. Son père, usant de bribes d'anglais, essayait de raisonner l'inconnu décidé à ce qu'il le conduisît sur le rivage d'en face. L'aubergiste-passeur répétait:

— *No sir. Tonight* le *ferry is closed. Closed. Understand? Impossible to cross you the river. Never after the* coucher du soleil. *It's the law. But you are welcome at my* auberge. *If you* payez. Monnaie. *Understand?* Vous, dormir, manger à l'auberge. Demain, *tomorrow,* moi vous conduire *over the* Saint-Laurent.

L'autre, assez éméché, ses deux chelins dans la paume de la main, montrant la chaloupe amarrée, poussa le Canadien vers la berge. Basile, se croyant attaqué, décrocha un coup à l'homme, qui roula sur la levée de terre, se cogna durement le crâne contre une roche et, très doucement, s'enfonça dans l'eau. Adrien vit un remous, tout rond et silencieux.

Glacé d'horreur, sans être vu de son père demeuré face au fleuve, ses deux poings encore fermés, Adrien rentra dans la salle de l'auberge.

— Qui c'était?

— Rien, mère. Sans doute quelqu'un qui se trompait de porte.

— Mais où donc est ton père?

Basile avait couru jusqu'à l'écurie. Il attelait le boguet, fonçait dans la nuit.

— Édouard, veux-tu me confesser?

— À cette heure, Basile?

— J'ai tué un homme.

L'abbé Malouin regarda son neveu.

— C'est pour ça que tu viens me réveiller? As-tu bu?

À genoux, entre deux sanglots, le pénitent racontait, mêlant à ses explications d'effroyables visions.

— Basile, comme tu as raison de craindre les châtiments de l'enfer.

Les supplices destinés aux damnés, l'aubergiste les craignait, certain. Mais ce dont il avait le plus peur, c'étaient les tourments que, selon lui, la justice faisait subir aux accusés pour leur arracher des aveux. Il appréhendait l'eau bouillante, le fer rouge, le plomb fondu dans les oreilles, les brodequins qui écrasent les pieds, et autres tortures que les questionneurs patentés lui réservaient. Il avouerait certainement, serait condamné à la potence ou au moins traîné dans un cachot où il demeurerait jusqu'à la fin de ses jours.

— J'ai tué, Édouard.

L'abbé sut rassurer son parent.

— Mon fils, tu ignores que notre nouvelle justice, celle du roi d'Angleterre et non plus celle du roi de France, considère comme innocent tout justiciable qui n'a pas encore été déclaré coupable. Dans notre malheur, nous avons au moins gagné ça. En dehors du Dieu tout-puissant qui voit tout, qui sait que tu as eu ce fâcheux geste d'irritation? Cet homme — que le Seigneur ait son âme! — qui par malheur ce soir a glissé dans la boue jusqu'au fleuve, avec les froids qui commencent, va être gelé jusqu'à la débâcle du printemps. Le retrouvera-t-on jamais? Personne ne t'a vu, m'as-tu dit? Tu ne peux donc être accusé. Il faudrait que tu te dénonces à un tribunal qui n'est pas celui de notre Dieu. Veux-tu le faire?

— Non, dit Basile faiblement.

— Là, tu serais jugé par un magistrat sévère, tu bénéficierais sans doute de circonstances atténuantes. Tu pourrais être acquitté, après avoir subi ton procès dans une langue que tu comprends mal. Ce serait là ta plus grande punition.

Basile avait compris qu'il n'avait rien à redouter dans l'ordre temporel. Pour le reste, il accepta de se confesser totalement, avouant qu'il ne faisait pas toujours maigre aux jours prescrits, qu'il avait commis l'œuvre de chair en dehors du mariage, qu'il subtilisait à l'hôtel des flacons de boisson forte pour les boire en cachette.

L'Écossais d'un soir, on ne retrouva jamais son corps. Sa disparition ne fut signalée à aucun baillif.

Basile, qu'Édouard avait renvoyé en paix, vivait non pas dans le remords mais dans la crainte. L'abbé, qui connaissait son crime, était obligé au silence par le secret de la confession. Mais l'aubergiste, sans pouvoir en être sûr, pensait bien que son fils Adrien avait assisté à l'altercation et à sa suite homicide. Basile cessa de rudoyer son rejeton, remplaçant les brutalités par de fallacieux signes extérieurs de camaraderie.

Cette façon de faire renforça le désir qu'avait Adrien de quitter la maison. Ou plutôt, par égard pour sa mère et ses jeunes sœurs et frères, de s'en détacher sans drame.

Garçon de table et palefrenier à l'auberge-écurie, le jeune homme y avait beaucoup appris. Écoutant les dires de tous ceux qui passaient, passagers des goélettes et du traversier, ceux des calèches et carrioles qui circulaient sur le trajet Montréal-Québec, Adrien démêlait ceci: de plus en plus étaient discutés les uns, qui avaient l'autorité, par les autres, qui étaient en leur puissance. Que ce fussent les prêtres, les seigneurs, les pères de famille. Et aussi les Anglais, maîtres du pays.

Ils étaient peu nombreux mais avaient la force pour eux, celle des garnisons envoyées par Londres. Ils tenaient en main le commerce, les quelques journaux qui paraissaient. La bourgeoisie canadienne-française et son haut clergé pliaient devant eux. Cela rendait encore plus arrogants ces Anglais qui voulaient qu'au Parlement les députés des «nouveaux sujets» du roi d'Angleterre se servent de la langue anglaise, qui devait être aussi la seule utilisée pour la publication des lois, ordonnances et règlements. Ces Anglais qui faisaient subir au peuple de quotidiennes vexations, d'assidues tracasseries. Adrien avait entendu tout cela, et des mots qui se murmuraient, tels «résistance», «pétitions», «désobéissance civile».

Il tenait même d'un voyageur, canadien comme lui, qui habitait aux États-Unis dans le Vermont voisin, que les idées révolutionnaires venues de la libre Amérique et de la France jacobine — on était en 1795 — conduiraient le pays à son indépendance et que le peuple devait hâter cet instant en s'en prenant aux oppresseurs de libertés.

LaValtrie était loin de ces excès. On y vivait en paix en respectant les autorités, au premier rang desquelles le curé. Il semblait bien qu'il en était de même partout dans les campagnes.

«Tout de même, se disait Adrien, le feu est dans la paille et l'on sent des souffles de rébellion.»

Lui-même se sentait rebelle. Au moins à des routines qui lui pesaient. Il s'était juré: «Je ne resterai pas ici. Il faut oser. L'oncle Auguste avait raison. Mais si je réussis, ça ne sera ni comme cultivateur, ni comme aubergiste, ni comme scieur de planches. Et encore moins comme postillon comme mon cousin Martial.»

Ce Martial, dont le nom prononcé avait tant troublé la servante indienne de l'auberge, c'était un des Malouin du coteau Saint-Louis, enfant tardif d'Éloi le forgeron et de Gilberte. Il était devenu cocher de diligence. On le voyait entre Montréal et Québec, aux vingt-neuf relais où toujours il s'efforçait de faire des conquêtes féminines. Il se vantait de ses bonnes fortunes auprès des autres voituriers, ne narrant jamais ses échecs.

Celle qu'il avait enjôlée à LaValtrie, la Marie-Agathe, croyait dur comme fer que viendrait le mariage qu'il avait tant promis. Pour le hâter, elle allumait des lampions à l'église.

La volonté d'Adrien de se faire une autre vie le poussa à rencontrer plus souvent Angélique et Aubert, qui vendaient du bois équarri aux gens du voisinage.

— Pourquoi n'essayez-vous pas de fournir des poutres et des planches à des pratiques de Trois-Rivières, voire de Québec?

— Comment y arriver? avaient-ils demandé.

— Je m'en charge.

Pour commencer, le fils de l'aubergiste avait pris le chemin de la grande ville. En quelques semaines, il passait des commandes au moulin à scie de son village. On le voyait partout entre LaValtrie et Québec, un carnet sous le bras, un crayon sur l'oreille.

Son cousin Martial lui aussi fréquentait toujours la route et allongeait ses étapes à l'Étrier-d'Or pour forcer Marie-Agathe à quelques instants de furieuse sensualité, en dépit de Basile, toujours salacieusement aux aguets.

Un soir, un autre personnage surveillait le postillon, un dîneur portant un riche habit de drap vert foncé. Un Anglais, bien sûr. Il avait invité Martial à prendre un verre à sa table. Ils parlèrent femmes.

— Je vous ai vu, disait l'homme, sortir tout à l'heure du pailler; vous n'y étiez pas seul, hein?

Il cligna de l'œil d'un air entendu et ajouta avec un gros rire qu'il avait remarqué que les genoux et les coudes du garçon étaient couverts de brindilles.

— C'est la noiraude qui est ton amie?

— Oui, la sauvagesse.

— Jolie fille, fit l'inconnu, qui prit un ton confidentiel. J'ai moi-même une passion pour une dame de Québec. Mariée, bien sûr. C'est tout un problème de communiquer avec elle. Mari jaloux. Enfin, vous voyez...

Martial comprenait mal les propos de l'homme en vert, qui sortit un écu d'or et le glissa sur la table.

— Je vous devine malin. Pourriez-vous, à Québec, porter un message confidentiel à cette dame? Ce que j'ai sous la main vous rendra inventif.

Le marché fut conclu. Martial s'acquitta bien de sa tâche. À Montréal, il retrouva plusieurs fois l'auteur des billets qu'il livrait à une lingère, amie de la soubrette de la mystérieuse Québécoise. L'homme en vert ne se gênait pas pour montrer à son messager, devant qui il écrivait, sa prose fleurie aux nombreuses majuscules. Il en lisait même des passages où il était question d'«Orages de la Passion», de «Feux brûlants», de «sacrés Nœuds du Bonheur», d'«appas désirables», d'«Aiguillon du Plaisir», de «Temple de l'Amour». Tous ces mots ahurissaient Martial, pour qui les relations intimes avec celles qu'il appelait les créatures se réduisaient à quelques phrases et empoignades sans façon. À Québec, le porteur de lettres aurait bien voulu apercevoir l'«Objet des Convoitises».

En revanche, Martial y retrouva Adrien. Ses affaires marchaient bien. L'audacieux cousin s'était fait une clientèle qui appréciait le bois de qualité charpenté à LaValtrie. Il avait loué une chambre dans la ville, non sans mal. Les autorités anglaises venaient d'en renforcer la garnison militaire et navale. On craignait que la marine de la République française, soutenue par les Américains, tente un coup de main pour libérer le Canada des Britanniques. La police de la colonie avait eu vent d'un complot et multipliait ses surveillances auprès des milieux avancés de la population canadienne-française.

Martial, qui avait raconté à Adrien avec forfanterie son rôle de porteur de dépêches galantes, avait ce soir-là sur lui une missive qu'il devait remettre à la lingère complice. Adrien demanda à la voir et, pris de soupçons, déplia le billet. Il n'y vit que des déclarations écrites dans un style plus décousu que passionné.

— A-t-il rédigé cela devant toi?

— Non, le billet était tout écrit. Je l'ai vu surcharger le texte de signes qu'il traçait avec une plume trempée dans une sorte de lait.

Adrien approcha le papier de la bougie qui les éclairait. En transparence il vit des traces se dessiner entre les lignes d'écriture, chauffa une partie de la lettre contre la flamme.

— Attention, Adrien.

— Regarde toi-même, ces chiffres mêlés de lettres...

— Qu'est-ce que ça veut dire?

— Que tu es un naïf mêlé à une histoire dangereuse.

Le représentant en bois d'œuvre fit flamber le papier tout entier et en jeta les cendres dans le foyer de sa chambre. Martial, pâle et tremblant, fit un signe de croix.

— Le mieux que tu as à faire pour l'instant, c'est de ne plus revoir cet homme à l'habit vert.

Quelques semaines plus tard, les gazettes annonçaient que la police avait arrêté et conduit devant un magistrat-instructeur un nommé David MacLane, soupçonné de haute trahison. Jugé, il fut condamné puis pendu. Sa tête séparée de son cadavre avait été montrée à la foule puis brûlée.

Martial en frissonnait encore quand il pensait à toute l'affaire. Ainsi se faisait la justice sous le règne de Sa Gracieuse Majesté George le troisième.

Basile, lui, y avait échappé, mais, les soirs de grand vent, le souvenir de son «crime» l'obsédait. Il quittait l'Étrier-d'Or, allait rôder loin de la rive du Saint-Laurent, craignant toujours d'apercevoir le corps flottant de sa victime d'un inoubliable automne. Ou, pire encore, son fantôme escorté des noirs démons de la vengeance divine.

Vive Napoléon!

*O*n le savait entre Montréal et Québec, et plus loin jusqu'à Tadoussac: toutes les goélettes voguant sur le fleuve qui montraient un bordé d'indigo marqué d'un bandeau orangé appartenaient à Adrien Malouin, ce prospère marchand de bois de construction pour navires et maisons qui avait sa cour à matériaux près de l'embouchure de la rivière Saint-Charles, là où commence le havre de Québec.

Adrien était fier de sa flottille, qui transportait aussi sables, goudrons et chaux, tout ce qu'il fallait pour construire une capitale qui s'étendait peu à peu.

Adrien, content de lui, aimait revenir à son village natal à bord d'une de ses goélettes à coque bleue. Avant lui, d'autres Malouin avaient pu prospérer en cultivant de leur mieux la terre, en allant quérir très loin des fourrures, mais il était le premier à se faire un nom par le commerce, et quel nom! À Québec, on lui donnait du «monsieur Malouin», formule jamais employée jusque-là en terre du Canada.

Il n'était pas seul à transporter du bois sur le Saint-Laurent. Les riverains voyaient passer sur l'eau de longs enchevêtrements de radeaux. C'étaient les trains de bois de flottage, nommés «cages» par les mariniers. Ces cages étaient assemblées dans la haute vallée de la rivière des Outaouais. Les cageux, tout un peuple de marins fluviaux, dirigeaient habilement sur des lieues ces pontons mouvants, pourvus de cabanes pour loger l'équipage, sur lesquels on allumait des feux pour se chauffer et cuire les repas. Lorsque le vent était favorable, pour ajouter à la vitesse du courant, les cageux improvisaient des voilures.

Ces transports de bois appartenaient à des entrepreneurs anglo-saxons qui disposaient de capitaux et de débouchés. Leur bois équarri, chargé à Québec sur des vaisseaux, était destiné aux chantiers navals du Royaume-Uni. Car la guerre battait son plein entre l'Angleterre et le nouvel empire de France créé par un jeune général corse. S'il courait de victoire en victoire sur les champs de bataille de l'Europe, les Anglais venaient de le battre, sur mer, entre Méditerranée et Atlantique, au large du port de Gibraltar.

À Montréal, la nouvelle de cette bataille de Trafalgar, annoncée au cours d'un bal où se pressait l'élite restreinte de la société anglophone, à laquelle s'était mêlé, très infime, un quarteron de marchands canadiens-français enrichis par le négoce avec la minorité possédante, avait soulevé l'enthousiasme. Il s'ouvrit immédiatement une souscription pour élever un monument au vainqueur, l'amiral Nelson, qui avait fait son devoir et qui en était mort. Ainsi, sur le socle de la colonne commémorative, pouvait-on lire, quelques mois plus tard, parmi les noms gravés de Frobisher, McGillivray, Forsyth ou McGill, ceux de notables francophones. Même le supérieur du séminaire de Saint-Sulpice se distinguait par une souscription de vingt livres sterling.

À Horatio Nelson bien des Canadiens préféraient Napoléon, dont on ne savait pas grand-chose, excepté que c'était l'ennemi acharné de l'Angleterre. Ses triomphes engendraient des rêves insensés. L'empereur-général allait-il réussir ce que la Révolution française n'avait osé tenter? Allait-il diriger ses invincibles grenadiers vers la vallée du Saint-Laurent pour en chasser l'occupant?

Adrien comprenait tous ces élans envers le souverain français. Il lui était surtout reconnaissant d'avoir décrété le Blocus continental, grâce à quoi la Grande-Bretagne, coupée de ses sources traditionnelles de pins scandinaves, se fournissait dans sa colonie nord-américaine. Des hauts fûts destinés à devenir mâts de navire de guerre, Adrien en vendait aux marchands anglais, mais il évitait que son nom fût inscrit sur le marbre mémorial.

L'industrieux Malouin avait vite amassé assez d'argent pour se faire construire une maison à Québec, s'installant, par hasard, non loin du lieu où les ancêtres Jean-Louis et Madeleine avaient commencé leur vie commune au Canada et, sans le savoir, fondé une dynastie.

Chaque fois qu'il débarquait à LaValtrie, le marchand de bois descendait à la scierie, qu'il avait rachetée, puis allait souper chez Fernand Malouin, ce lointain cousin qui était devenu le censitaire de la Grand-Côte.

Il arriva, alors que l'habitant fendait des bûches, qu'Adrien demanda:

— Faites donc voir votre hache, Fernand.

Il y avait sur le fer des signes creusés que la rouille n'arrivait pas à dissimuler.

— On dit que depuis toujours elle appartient à la famille.

— Connaissez-vous d'autres Malouin, à part ceux de la forge du coteau Saint-Louis de Montréal?

Fernand, se grattant la chevelure sous sa coiffe de feutre, finit par dire:

— Sais-tu que l'autre jour passe ici une manière de colporteur, un de ces courailleux de chemin qui vont de ferme en ferme pour vendre toutes sortes d'effets, des aiguilles, des peignes, des almanachs pour ceux qui savent lire, et j'en passe. On se met à jaser et, yâbe de yâbe, il se met à me parler de là d'où il venait, dans les hauts de Trois-Rivières où reste sa famille. «Comment que tu t'appelles? — Lafrenière», qu'il me dit. Et il ajoute: «Le vrai nom de notre famille, c'est Malouin.»

— Quelle sorte de Malouin?

— Il m'a dit que c'est peut-être bien son grand-père qui est allé s'installer là-bas. Son grand-père Louis, il devait être un des frères de Léandre et de Roch les bessons.

— Les bessons?

— Oui, les jumeaux, on a eu ça dans la famille. Un qui a hérité de la Grand-Côte, l'autre qui s'est lancé en affaires à Montréal.

— Ceux du coteau Saint-Louis, je sais, et alors?

— Ça fait que le Louis Malouin, là-haut, il a eu tellement d'enfants, puis que ses enfants en ont eu tellement aussi, que toute la paroisse portait le même nom. Alors, yâbe de yâbe, pour changer, certains de ces Malouin, va savoir pourquoi, ils ont dit, un beau soir, on va s'appeler Lafrenière.

Adrien, qui, pour son commerce, parcourait la Mauricie, monta jusqu'aux terres où était établie cette mystérieuse famille. C'était bien ce qu'avait dit l'oncle Fernand. Les Malouin-Lafrenière descendaient pour vrai de Louis, fils d'Émery et d'Isabelle. Chez eux, on en parlait encore, de leur fameux mariage, des épousailles à la gaumine qui avaient tant scandalisé puis réjoui la parentèle.

Un des cousins retrouvés s'appelait Ignace. Lui aussi, qui savait bien lire et écrire, aimait rassembler les papiers concernant son lignage. Il fut vite ami avec Adrien.

Tous ces Malouin, certains dits Lafrenière, vivaient au village du Vieux-Poste, dans des cabanes posées au long de ruisseaux dans des clairières d'épinettes, et vivaient de l'abattage du bois. Pour que les troncs coupés arrivent jusqu'au confluent de la Saint-Maurice et du fleuve Saint-Laurent, les bûcherons devaient peiner de longues semaines à les faire passer, à l'aide d'estacades, d'un torrent à l'autre. Ignace, le plus finaud de tous, savait fabriquer du charbon de bois pour les forges de Saint-Maurice et aussi, en traitant les écorces et les branches des résineux, produire de la perlasse, un engrais potassique naturel qu'il échangeait contre du blé, du chanvre ou du lard aux fermiers de la plaine.

252

— Faudra, un jour, disait Ignace à Adrien, que je te raconte toute l'histoire de Louis et comment, à cause de lui, est né notre village.

Adrien s'intéressait surtout à une des filles d'Ignace, Antoinette Lafrenière, qui l'avait séduit par sa grande vivacité d'esprit, sa remarquable énergie dans un corps menu et un rare sourire. S'il exportait à pleins bateaux du bois de haut fût, il n'avait jamais été ému par les forêts. À cause d'elle, il en découvrit l'agrément et les mystères. Elle le conduisait, au long de tapis de mousse et de feuilles mortes, dans ses clairières favorites; ils s'asseyaient au bord de petits lacs-miroirs qui doublaient son plaisir de contempler avec elle les couleurs de l'automne, de humer les senteurs de résine et de champignons, d'écouter le tac-tac d'un pic qui, de son bec, frappait un tronc sec. Elle lui montrait le lynx qui se glissait dans les fougères et qu'il n'avait pas vu.

Antoinette admirait qu'Adrien, homme «d'en bas», contrairement aux autres, sache distinguer une pruche, qu'il appelait parfois savamment tsuga, d'une épinette blanche, qu'il nommait aussi épicéa, tout comme il disait des thuyas pour des cèdres. Elle l'interrogeait sur le monde qu'elle ignorait.

— De quoi ça a l'air, une ville?

Le négociant en bois tentait de décrire Québec.

— Imagine tous ces monts, comme ici autour de nous, mais dont on aurait abattu tous les arbres, où l'on aurait taillé des rues bordées de bâtiments, allant, drettes ou croches, jusqu'au Saint-Laurent, où passent les grands voiliers.

Elle contemplait son horizon boisé, le foisonnement des arbres jaunes, rouges, vert foncé, tant de branches agitées par le vent, porteuses de glauques draperies de lichens, et devant eux, jusqu'aux buissons, les grandes nappes de solidagos surdorés par le soleil.

— Des rues? répétait la fille de la forêt, qui ne connaissait que les sentiers, qui ne pouvait, elle qui n'avait jamais vu autre chose que des torrents, concevoir un fleuve. Est-ce vrai que vous demeurez dans une maison faite de pierres?

— Tu aimerais l'habiter?

La main devant la bouche, elle riait à une telle pensée.

C'était une demande en mariage. Il la réitéra et cette fois sans détour. La pièce d'eau refléta leurs deux visages réunis pour un baiser qui confirma leur accord. Lorsque leurs lèvres se descellèrent, ils virent un couple de chevreuils, venus boire à la mare, qui les regardaient.

Les Lafrenière étaient des gens d'une étonnante simplicité. Ignace et Claire se dirent enchantés de la proposition d'Adrien de s'unir à leur fille.

— Deviens notre gendre, Adrien, mais à une condition: tu nous promets que souvent tu nous reviendras ici, au Vieux-Poste, avec Antoinette.

Émue, émerveillée, elle partit un soir avec son mari, tenant contre sa poitrine le coffret de cèdre contenant son modeste trousseau, pour s'en aller habiter une maison qui ne fût pas en rondins, dans cette mystérieuse cité de Québec.

Les amours de Martial Malouin avec la petite Huronne de l'Étrier-d'Or avaient tourné tout autrement. Pour en devenir l'amant, il avait dû jurer sur le crucifix pendu au galetas qu'il passerait bientôt un jonc d'or à l'annulaire brun de la servante.

— Il ne faudrait plus attendre, lui avait-elle soufflé un soir. À cause de toi, je crois que je suis partie pour enfanter. Pour l'amour de Dieu, Martial, fais quelque chose, sinon je vais en mourir de honte.

Il hésitait à épouser l'Indienne, non qu'elle ne lui plût point, mais il aimait davantage sa liberté.

— Je reviens la semaine prochaine, Marie-Agathe. Et là, je vais aller voir le curé Édouard. Pleure pas, ma chouette!

En route, il regrettait déjà ses paroles. Elle disait attendre peut-être un enfant? Va voir! Elle avait sans doute d'autres cavaliers avec qui elle courait la galipote. Peut-être le Basile, ce senteux de cotillons. Il l'avait vu essayer de tasser Marie-Agathe dans la cuisine de l'Étrier-d'Or.

Arrivé à Québec, le postillon alla droit chez Adrien pour lui parler de son affaire. Il n'avait rencontré dans la maison qu'une Antoinette radieuse. Son homme était quelque part sur un chantier. Elle l'attendait.

«Comme c'est plaisant, ces gens mariés, pensait Martial qui flânait près du port. Adrien est bien chanceux. Tu rentres chez toi: ça sent le morceau de porc et les patates qui cuisent au four et la cire qu'on a mis sur les meubles. Tu as pas à t'échigner. T'arrive là. Puis tu es tranquille.»

Il continuait sa songerie. Pour sûr que Marie-Agathe, toute sauvagesse qu'elle était, pourrait elle aussi lui offrir un bonheur paisible.

«Elle puis moi, pourquoi pas? À part ça, elle dit attendre un petit. Pour sûr que c'est moi qui lui ai fait. Cré belle garce! Ça m'étonne pas!»

Il choisit d'aller dans une taverne pour poursuivre ses raisonnements, peser ce qu'il avait à gagner ou à perdre. Il passa devant une échoppe d'orfèvre qui lui rappela le jonc promis. L'or neuf brillant comme les yeux de Marie-Agathe en proie au plaisir. Son corps incroyablement différent et bien plus enivrant que celui des filles blondasses aux yeux bleu-gris qu'il avait accoutumé de presser contre lui.

La bière était aigre et tiède. Martial à présent tentait d'oublier l'insidieux souci qui revenait en assauts incessants.

«Dès demain, je repars. Et jeudi, je vais me retrouver au relais de LaValtrie, face à Marie-Agathe. Il me faut au moins lui montrer cet anneau. Ça va la faire tenir tranquille pour un temps. Je vais aller l'acheter.»

Il tenta de se lever. D'autres buveurs entraient dans la taverne où flottait un remugle de malt et de viandes grasses.

«Le plus effrayant, se répétait Martial, ça sera d'aller parler au curé Édouard. C'est lui qui va tout arranger.»

Un silence soudain dans la gargote. Une dizaine d'hommes en armes venaient de passer la porte. Ils portaient l'uniforme bleu ardoise et les chapeaux de cuir bouilli des «provosts» de la marine anglaise. Ils tenaient contre leur hanche un mousqueton prolongé par une baïonnette. D'incompréhensibles commandements proférés en anglais figèrent les consommateurs.

— Résistez pas, les *boys,* avait crié le patron, c'est la *Press-Gang!*

Martial ne le savait pas. Une loi votée à Londres permettait à tous les commandants des vaisseaux de Sa Majesté, là où ils manquaient de matelots, de saisir quand ils le pouvaient les hommes nécessaires au service maritime.

Le jeune Malouin était ceinturé par les intrus, frappé au visage. Parmi les assaillants, il avait cru reconnaître un de ses anciens rivaux.

L'œil fermé par un coup de poing, garrotté par les hommes de la prévôté, battu jusqu'à en perdre conscience, traîné sur le pavé, il se retrouva enchaîné dans une soute qui sentait la nasse et le goudron. Bientôt le remuement lui fit comprendre qu'il allait vers la haute mer.

Qui, hormis l'Amérindienne Marie-Agathe, pouvait se soucier de la disparition du cocher Malouin?

Dans les larmes de l'humiliation, la Huronne, doublement blessée — par l'abandon de l'homme qui s'était engagé envers elle, par l'idée des mortifications extrêmes que lui vaudrait à coup sûr, dans le village des Blancs, sa condition de mère sans mari —, jura sur ses ancêtres que celui qui avait pour nom Martial Malouin connaîtrait une juste vengeance.

* * *

Au coteau Saint-Louis, près de Montréal, chez les Malouin dits de La Forge, événement rarissime, une lettre venait d'arriver. Madeleine, la femme de Bruno le forgeron, avait tout de suite pensé:

«C'est Martial qui nous donne enfin de ses nouvelles.»

Cela ne venait pas du frère de Bruno. Le pli, scellé d'emplâtres de cire jaune, fut déchiffré par René, le fils aîné. Comme il lui fut difficile de démêler de quoi il était question, on fit appel au curé.

— Il n'est pas question de Martial. C'est un notaire de France qui vous écrit. Le notaire de Langon, une paroisse de là-bas. Auriez-vous dans votre parenté une dame Gilberte de Bussac, née Jacquart?

Bruno se souvint que c'était le nom du premier mari de sa mère.

— Alors, ladite Gilberte de Bussac, décédée à Montréal, et ses descendants sont désignés comme l'ayant cause dans la succession de feu son oncle paternel. L'avocat qui a pris partie veut savoir si des tiers, demeurant en la colonie anglaise du Canada, ont droit de jouir, à titre d'hoirs, des biens à elle destinés.

— Qu'est-ce que ça veut dire, cette parlure?

— Si je comprends bien, ça veut dire qu'on vous demande si vous auriez droit d'hériter d'une fortune que ta mère aurait dû recevoir.

Le mot «fortune» fit trembler soudain les Malouin. Bruno, la bouche grande ouverte, bégayant et salivant, finit par articuler:

— Quoi, ma mère? De l'argent? Combien?

— La lettre ne dit rien là-dessus. Il vous faut trouver un procureur. Répondre au notaire de Langon. Tout ça peut prendre beaucoup de temps. De l'argent, vous en aurez peut-être. Mais n'oubliez pas qu'aux biens de ce monde mieux vaut préférer les certitudes de notre vie dans l'au-delà.

Ni Madeleine ni Bruno n'entendaient le dire du curé. Il n'y avait guère de chelins dans leur bourse, peu à manger dans la dépense où ils serraient leurs provisions. Venait de naître un grand espoir chez les Malouin de Montréal.

— Tout de même, disait Madeleine, j'aurais préféré qu'on nous dise que mon beau-frère Martial est encore en vie quelque part.

Des fenêtres de sa maison toute neuve de Québec, Adrien voyait les vaisseaux battant pavillon britannique qui quittaient le port chargés du précieux bois canadien et parfois aussi, comme un écho du trafic d'autrefois, de ballots de fourrures. Ces bâtiments ne revenaient pas vides. Ils amenaient des familles chargées de baluchons qui s'interpellaient avec les différents accents des langues anglaise et celtique. Ces immigrants, pour la plupart, continuaient leur route vers l'ouest en direction du Haut-Canada, vers les rives nord des Grands Lacs, ces régions où, cinquante ans plus tôt, on ne rencontrait que des tribus indiennes et quelques soldats, marchands et missionnaires français.

— Vive l'empereur! aimait à fredonner Adrien Malouin tous les matins en se faisant la barbe.

Antoinette riait.

— Tu aimes le souverain des Français parce que, grâce à sa politique, tu vends beaucoup de bois aux gens de Londres, «monsieur» Adrien Malouin...

Adrien, qui passait de la lotion sur ses joues, répliquait alors:

— Je te le répète, ma femme, la Fortune est une déesse fort passagère. Il faut la saisir au vol.

Engageant son peigne dans sa longue tignasse, il ajoutait en sifflotant:

— Il faut la saisir au vol. Par les cheveux.

Et il embrassait dans le cou cette jolie femme en déshabillé qu'il était allé chercher dans les solitudes boisées d'une haute vallée.

Les religieuses du couvent de Marie-de-Toutes-les-Grâces avaient recueilli Marie-Agathe au huitième mois de sa grossesse, à la demande du curé de LaValtrie. Ses ouailles l'avaient longtemps accusé de tolérer dans la paroisse une fille non mariée, et sauvagesse par surcroît, qui portait insolemment, le ventre en avant, le poids de sa faute.

C'est dans la paille de l'étable à l'arrière du monastère que, seule, la Huronne avait, sans problème, accouché d'une pouponne.

258

Crachant sa haine en même temps que sa douleur, la mère avait répété:

— Martial, tu n'avais jamais cru que nous aussi on avait notre honneur.

Un joli petit matin de juin comme il s'en fait parfois à Montréal, Madeleine Malouin entendit le bruit d'un cabrouet qui s'arrêta devant la forge, puis qui repartit.

— Si c'est encore un message de ce farceur de notaire de France…

Plus surprenant encore. Dans un panier de jonc tressé, comme en font les Indiens, enveloppé dans une couverture, un petit enfant tout neuf suçotait son poing.

Madeleine, qui pressentait tout, qui savait que Martial avait fleureté plus qu'il n'est permis avec la Marie-Agathe de LaValtrie, comprenait déjà d'où venait ce cadeau printanier. Elle n'avait jamais eu que des fils et souffrait d'une éclipse de maternité.

À Bruno, estomaqué de la voir délanger une fillette à peau foncée, elle annonça gaiement:

— Les sauvages sont passés.

* * *

Sur le chemin, tantôt baigné de lumière dorée, tantôt ombré de mauve, sous les conifères enneigés, au long du torrent gelé, Adrien conduisait un fin traîneau de métal. Il ne se lassait pas d'écouter ce qu'il appelait la «rhapsodie d'hiver», faite du martellement des sabots sur le sol dur, du crissement continu des lisses et des sonnailles sporadiques. Par des claquements de langue, le conducteur excitait l'ardeur de la petite jument brune qui envoyait par ses naseaux des nuages argentés. Près de lui, engoncée dans une peau d'ours, Antoinette sa femme tenant contre elle leur fils premier-né. Elle était enceinte de leur second enfant.

Les Malouin de Québec, pour les fêtes de Noël, se rendaient au Vieux-Poste chez les parents d'Antoinette.

La jeune femme avait retrouvé la maison de son enfance. Dans la cuisine, son fils sur ses genoux, son mari près d'elle, elle goûtait les odeurs retrouvées. Celle de l'âtre et des chaudronnées de légumes où dominaient les pois et le blé d'Inde, la senteur acide des fromages mis à sécher sur une claie et le relent du rude tabac dont Ignace, son père, bourrait son éternelle pipe courte.

On avait donné aux visiteurs la chambre attenante qui, grâce à une petite porte dans la cloison, recevait la chaleur de la grande cheminée. Autrefois, c'est là qu'Antoinette dormait avec ses sœurs. C'étaient les mêmes murs faits de troncs superposés, tout juste dépouillés de leur écorce et joints par de longues bandes de brai.

— Sa mère! (Chez les Lafrenière, les enfants, lorsqu'ils s'adressaient à leurs parents, ne disaient pas «ma mère» ou «mon père» mais «sa mère» ou «son père».) Sa mère, disait Antoinette, je suis assez contente d'être revenue chez nous.

— Tu as pourtant, à ce qu'on dit, une assez belle maison toute neuve à Québec, pas une cambuse comme nous autres.

Claire serrait contre elle sa fille au ventre gonflé, son Antoinette enveloppée dans une robe de fine étoffe de mohair lie-de-vin garnie de dentelles qui contrastait avec son propre vêtement de laine brune et son tablier de grosse toile grise.

Ignace Lafrenière racontait à son gendre comment était né le village du Vieux-Poste: au confluent de deux rivières torrentueuses de la moyenne vallée de la Saint-Maurice, ça avait d'abord été, dès les débuts du Régime français, un lieu où les Indiens échangeaient, dans la cabane d'un Blanc, les peaux de castor contre de longs fusils, des couvertes, des flacons d'eau-de-feu.

Après la Conquête, le poste de traite était passé aux mains d'un Anglais. C'est ce traitant qui avait engagé, pour le diriger, Louis Malouin, un des fils d'Émery, deuxième tenancier de la ferme de la Grand-Côte, redevenu coureur des bois.

Peu à peu, le commerce des fourrures étant devenu de moins en moins rentable, le concessionnaire du Poste, qui s'était fait concéder toute la forêt alentour, en tirait des revenus. Au tournant de l'automne, il faisait abattre les plus beaux pins, qui, ébranchés sur place, étaient laissés sur la neige. Au cœur de l'hiver, avec leurs «teams» de chevaux, les bûcherons les tiraient jusqu'aux cours d'eau gelés, à attendre la débâcle qui emporterait jusqu'au fleuve les troncs marqués au fer rouge.

Les uns après les autres, les maîtres de l'endroit avaient interdit à leurs travailleurs de la forêt de se livrer à l'agriculture. Les habitants du village forestier devaient se contenter d'un jardinet, d'une ou deux vaches, d'une portée de porcs, d'un cheval pour tirer les billots de bois.

Ignace Lafrenière avait innové en dotant son clos de quelques ruches dont les abeilles fournissaient un miel vert qui fleurait la résine; il le vendait avec sa perlasse et son charbon de bois pour se procurer ce qu'il ne pouvait produire. De toute façon, la terre, gelée tard en saison, puis trop mouillée, n'était pas facile à cultiver. Dès la fin du printemps, l'air était empesté de toutes sortes de moustiques hargneux. Pour faire les foins, il fallait porter des mitaines et se couvrir le visage de passe-montagnes que Claire, la maîtresse du logis, taillait dans de vieux torchons. Le premier gel venait dès septembre.

Toutes les femmes de la maison, celles de demeures proches, toutes apparentées aux Lafrenière, préparaient le repas de la fête nocturne, sans messe de minuit. Pour en avoir une, il aurait fallu qu'il existât une chapelle dans le village forestier ou qu'un prêtre vînt, à des milles de là, tenant contre lui son autel portatif.

Comme de coutume, l'oncle Félicien (c'était lui le colporteur qui avait appris à Fernand de la Grand-Côte l'existence des Malouin de la forêt) lirait dans un missel le récit de la nativité tandis que chacun égrènerait son chapelet. On entonnerait de vieux psaumes, puis ce serait le réveillon.

On bridait des volailles et dans la dépense Ignace taillait de larges morceaux de porc et de veau. Depuis les grands froids, à l'exception des bêtes gardées pour la reproduction, le cheptel avait été abattu, dépecé, gardé suspendu dans le hangar.

— Antoinette, répétait Claire, tu ne devrais pas rester debout. Pense à ton petit. Tu serais aussi bien assise pour faire tes pâtisseries.

Des enfants rieurs entouraient Félicien qui, sortant de ses cachettes des figurines de plâtre colorié, fabriquait une crèche. Adrien s'était retiré pour une sieste dans une des chambres aux murs de bois brut. Il pensait à ceux de sa maison de Québec, garnis de velours gaufré aux teintes rares, à la chambre qu'il avait fait préparer pour le nouveau-né et où attendait une bercelonnette d'acajou enveloppée de fine batiste, un meuble venu de France, signé d'un ébéniste de la cour impériale. La naissance, avait dit le médecin de l'Hôtel-Dieu, était prévue pour le milieu de janvier. Ensuite, le marchand de bois songeait à traverser l'Atlantique pour ses affaires. À sa connaissance, aucun membre de la famille Malouin n'était jamais allé à Paris. Il serait le premier à voir la cathédrale Notre-Dame, le palais des Tuileries et cet arc de triomphe de l'Étoile commandé par le vainqueur d'Austerlitz. D'autres victoires avaient eu raison des Austro-Prussiens et des Russes. La prochaine serait remportée contre les Anglais. Adrien souhaitait que l'empire napoléonien fasse plier sans l'écraser l'orgueilleuse Albion, ce qui permettrait aux manufacturiers du Canada de négocier aussi bien avec la clientèle anglaise que française.

Sur ces images triomphantes et familiales, Adrien s'assoupit.

Un gémissement le tira de ses songeries, une lamentation qui devenait plainte atroce. C'était la voix d'Antoinette. Ignace entra dans la pièce la main en avant.

— Aie pas peur, mon gendre, c'est l'enfant qui arrive avant terme. La petite est entre bonnes mains.

— La petite?

— Je parle d'Antoinette. Sa mère, avec les autres femmes, s'occupe d'elle.

— Faudrait que je descende à Québec aller chercher le docteur Dupuis, il a promis...

— Es-tu fou? Regarde le temps qu'il fait. Tu ne ferais pas une lieue en carriole. Sois tranquille, ta belle-mère a accouché toutes les femmes du poste et même les taures quand il a fallu.

Un petit gars naquit ce soir-là, qui dormit son premier sommeil dans un ber sorti du grenier et qui avait déjà beaucoup servi. Le réveillon, fort retardé, n'en fut que plus gai, même si les viandes avaient un peu séché.

Adrien avait de longue date choisi le prénom du nouveau Malouin. Son aîné s'appelait Napoléon. Le second devint Jérôme. Sa vénération pour l'empereur des Français était nourrie d'admiration. C'était dans les années 1810.

Cinq ans plus tard, Adrien Malouin, en visite au coteau Saint-Louis, y entendit encore parler du légendaire héritage. Le maître de la modeste forge, Bruno, expliquait.

— On a bon espoir. On a encore reçu des papiers de là-bas. Ça fera beaucoup d'argent, des métairies, des terres à vignes. Qu'est-ce qu'on fera de tout ça?

En attendant, il offrait à son visiteur des rasades de bouillon. Ainsi appelait-il une sorte de bière laiteuse qu'il fabriquait chez lui en faisant fermenter de la farine dans de l'eau tiède.

Adrien observait René, fils de Bruno, qui travaillait comme compagnon à la forge paternelle. Il avait perdu sa main droite, remplacée par une sorte de pince de métal, deux ans plus tôt, au combat de Châteauguay, sur la rive droite du Saint-Laurent. René, pauvreté oblige, s'était engagé dans les Voltigeurs, corps de miliciens où les Canadiens de langue française avaient combattu les troupes des États-Unis qui, une seconde fois, avaient tenté, sans succès, d'envahir le Canada. La main estropiée de René faisait tristement pendant à la jambe perdue à la bataille de 1759 par le grand-père Éloi.

La fillette très brune qui se trouvait là, dans la maison du coteau Saint-Louis, aux pommettes accusées et cuivrées, c'était Julie, recueillie sept ans auparavant par les Malouin.

— Toujours pas de nouvelles de Martial! fit tristement Bruno. Mon pauvre frère est sans doute mort.

Adrien, qui avait des relations à l'amirauté britannique, avait su que l'ancien postillon, conduit de force sur un des bâtiments de Sa Majesté, après avoir navigué sur les sept mers, avait réussi à déserter, à l'autre bout du monde. Depuis, on n'avait plus entendu parler de lui.

— Et la mère de la petite, Marie-Agathe la Huronne?

— Retournée depuis longtemps dans sa tribu.

C'est ce jour-là, par un officier de marine rencontré dans le port, qu'Adrien Malouin avait appris la stupéfiante nouvelle: à Waterloo, dans une plaine de la lointaine Europe, les armées de l'Angleterre et de la Prusse avaient défait celles de Napoléon. Le terrible «Bony» avait dû se rendre aux Anglais.

Déjà la hiérarchie catholique, comme elle l'avait fait après les escarmouches victorieuses contre les bataillons des États-Unis, ordonna des Te Deum, demandant en plus que l'on remercie le ciel pour avoir rétabli la monarchie des Bourbon sur le trône de Paris.

Adrien Malouin perdait une idole. Ses projets d'affaires en France se trouvaient ajournés. Le conflit avec les voisins américains s'était terminé par une paix blanche. Les Canadiens devraient, dans leur pays, faire de plus en plus de place aux *Canadians,* se montrer dociles envers le Royaume-Uni, maître de toutes les mers du monde et producteur de machines révolutionnaires alimentées par du charbon de terre.

* * *

Napoléon donnait du souci à Adrien Malouin. Napoléon, c'était son fils aîné, dit Tit-Nap. Dix-huit ans, mince, grand, brun aux cheveux bouclés. Pas sage. Il avait été renvoyé du collège parce qu'il entretenait avec une jeune veuve une correspondance clandestine que les enseignants, des jésuites, avaient jugée inqualifiable. Pour éloigner son rejeton des traquenards du Tentateur, Adrien avait fait appel à un prêtre de la famille. Chez les Malouin, il y avait toujours un bon parent dans le clergé. Ce fut l'abbé Charles. Natif de la Grand-Côte, zélé et pieux ecclésiastique, il venait d'être désigné comme adjoint du grand vicaire à Montréal.

En ce temps-là, l'évêque ne possédait ni cathédrale ni résidence épiscopale. C'étaient les puissants Messieurs de Saint-Sulpice, toujours seigneurs de l'île de Montréal, qui possédaient la vénérable église Notre-Dame, habitaient le magnifique séminaire et roulaient dans de belles voitures vert foncé à brancards rouge vif. Le cousin Charles partageait avec son monseigneur et quelques autres clercs un petit pavillon de l'Hôtel-Dieu aussi modeste que le gîte d'un curé de campagne. Napoléon fut donc installé non loin, dans une maison du faubourg, où il occupait un grenier.

«Soyez tranquilles, écrivait Charles aux parents de son protégé, Napoléon se rend ponctuellement chaque jour chez le notaire où vous l'avez placé. Il me semble un bon employé et un excellent étudiant. Il ne sort pratiquement pas. Et s'il courait les auberges et les établissements douteux, croyez bien que je le saurais vite.»

Il était vrai que le jeune homme passait beaucoup de temps chez lui. Il avait le goût des jeunes demoiselles et savait les attirer dans son grenier.

Il crut que son bon temps allait se terminer. On donnait à Napoléon un compagnon en la personne de Victor Lafrenière, un neveu d'Antoinette, qui, lui aussi, venait habiter Montréal.

— Victor est un garçon sérieux, disait Antoinette à Adrien. Notre fils a tout à gagner en l'accueillant dans son logement.

Antoinette Malouin ne savait pas que son neveu avait été atteint par un mal nouveau, le tourment du siècle.

Victor, c'était le fils d'Hyacinthe, frère d'Antoinette, celui qui, au Vieux-Poste, avait ouvert le premier magasin. Il y vendait sa potasse aux habitants des environs, puis, petit à petit, tout ce dont ils pouvaient avoir besoin: outillage, tissus, savon, grains et semences, épicerie de base. Victor, le grand garçon, avait découvert — comment ce livre était-il arrivé dans la haute vallée? Sans doute par l'oncle Félicien le colporteur — un recueil de vers qui l'avait étourdi. La plaquette portait ce titre: *Odes et poésies diverses*. Elle était signée par un Français nommé Hugo. Cet inconnu, le Canadien s'en réjouit, était né la même année que lui et portait le même prénom. Et surtout il exprimait si parfaitement ce que Victor ressentait. Instantanément, le jeune homme fut fondé à se croire poète. Sur le papier gris destiné à envelopper le lard ou les clous, il aligna d'interminables huitains et alexandrins. Ils firent rire ceux des siens devant qui il eut la candeur de les déclamer. Un soir, il fit un ballot de ses quelques vêtements, mit ses écrits sous son bras et prit à pied la route de Montréal. Il alla droit au grenier de son cousin, lui demanda l'hospitalité.

— Habite ici, Victor. Tout ce que je te demande, c'est de savoir fermer les yeux et les oreilles quand je reçois une blonde.

Victor avait accepté, mais il ne savait pas fermer son bec. Une réflexion étourdie dans une lettre à sa tante et l'on sut à Québec que Tit-Nap, selon l'expression de Victor, «soupirait auprès d'une dulcinée aux charmes et aux appas des plus délicieux».

Adrien sur-le-champ écrivit à l'abbé Charles pour exiger une explication.

Depuis qu'il était à Montréal, Napoléon, avide de liberté, s'était livré avec fougue aux plaisirs longuement prohibés, se contentant d'aventures corsées et brèves. Cette fois, sa nouvelle conquête ne ressemblait pas aux autres. Elizabeth, dite Betty, il l'avait rencontrée un matin par hasard près de la maison du notaire. Elle avait des cheveux fort roux et des parents de langue anglaise. Elle cherchait dans la ville un interlocuteur francophone pouvant l'aider à perfectionner son français encore hésitant. Napoléon l'aima tout de suite, fut vite très épris, mit toute son âme à séduire la demoiselle qui ne demandait qu'à se passionner.

Un après-midi que le jeune poète Victor Lafrenière montait les marches conduisant au galetas de son cousin, il entendit d'étranges bruissements: cris aigus, chuchotements, cliquetis de sommier. Il approcha un œil indiscret d'une fente de l'huisserie pour apercevoir sur le lit à barreaux de cuivre des pans de chair laiteuse, une crinière fauve très agitée, sur quoi, flambant nu, se penchait Napoléon.

«Tit-Nap et Miss Betty, se dit-il, pourraient au moins barrer leur porte. Il y a chez ces Malouin un regret de paradis perdus où les élans de la chair n'étaient point condamnés.»

Le bonheur des tourtereaux les rendit encore plus imprudents. Bientôt Charles Malouin sut qu'il y avait scandale et en apprit les conséquences inéluctables.

Ce fut encore l'orage dans la maison d'Adrien. Il avait d'abord été informé par l'abbé tout penaud que son fils avait compromis une jeune fille de la meilleure société de Montréal, qu'elle était, à cause de Napoléon, «affligée d'un embonpoint déshonorant» que le coupable ne pouvait réparer que par un «prompt mariage».

Une nouvelle encore plus affreuse arriva chez le marchand de bois. Un laconique billet de l'abbé Charles: «Il est impossible que Napoléon épouse cette fille, tristement déshonorée. À vous la bénédiction du Seigneur. Charles, prêtre.»

La consternation d'Adrien et d'Antoinette s'amplifia au reçu d'une troisième missive arrivée le surlendemain: «Napoléon victime d'une nommée Betty O'Brien. Sans doute protestante. Tout mariage mixte est exclu. Tristement vôtre dans la foi de N.S.J.-C. Votre dévoué, Charles.»

Adrien attela sa voiture la plus rapide et ses chevaux les plus fringants. Antoinette l'accompagnait à Montréal. Ils jugeaient impossible que leur fils, quelque dévoyé qu'il ait pu devenir, ne puisse se marier avec la demoiselle qu'il avait séduite par amour.

— Elle est anglaise, elle est protestante, on s'en sacre, disait Adrien en fouettant l'attelage. Ça sera quand même notre premier petit-enfant.

— Va plus vite, Adrien!

Devant l'Hôtel-Dieu, Charles les attendait. Il souriait curieusement.

— Ne vous inquiétez plus. J'ai les résultats de l'enquête. La famille de Betty, grâce au ciel, n'est qu'irlandaise. Donc catholique romaine. Nous allons pouvoir les marier. Et vite!

— Ouf! Cent fois ouf!

Pour la première fois dans l'histoire des Malouin, une anglophone entrait dans la famille.

Une révolution manquée

1837.

*I*ls étaient quatre et, entre eux, se donnaient le nom de Mousquetaires de la République. Quatre cousins qui, à Montréal, en cette année 1837, se rencontraient souvent. Leur aîné et chef, c'était Victor Lafrenière. Les trois autres s'appelaient tous Malouin: Jean-Baptiste, le fils du forgeron manchot du coteau Saint-Louis, Sylvio, un des garçons de Calixte, le fermier de la Grand-Côte, et Napoléon, devenu notaire.

Victor aimait répéter qu'il était né alors que son siècle avait deux ans. Lui, à présent, en avait trente-cinq. Le fils du marchand du Vieux-Poste n'avait guère réussi en poésie. Il continuait à courtiser une muse infidèle mais, pour gagner, et petitement, sa vie, écrivait des brochures pour des commerçants montréalais et parfois arrivait à publier un article enflammé dans le journal *La Minerve*.

Les Mousquetaires se réunissaient plusieurs fois par semaine à la taverne Baron, sur la rue Saint-Paul, où ils avaient leur table. Avant de venir s'y accouder, ils endossaient des vêtements de grosse laine tissée à la campagne, fermés par une ceinture fléchée, se coiffaient de bonnets tricotés à pompons. Ils fumaient du tabac très fort dans de grosses pipes, passaient leur soirée à discuter, à porter à haute voix des toasts «au vrai peuple de ce pays», «au patriotisme des véritables Canadiens», «à la liberté contre toute tyrannie».

Les verres qu'ils levaient ainsi devaient être emplis de bière locale ou d'eau-de-vie du pays, car ces nationalistes jetaient l'interdit sur toutes les boissons importées, surtout le whisky et le gin distillés en Grande-Bretagne.

La fille de l'aubergiste Baron, la tranquille Caroline, aimait servir ces bruyants clients et les entendre palabrer. Elle était surtout fascinée par Victor au verbe solennel.

Napoléon ne manquait jamais aucune de ces réunions. Avant de quitter sa douillette maison de la rue Saint-Urbain, il troquait son frac contre le gros costume de laine patriotique, il dépeignait ses favoris pour se faire un visage farouche, embrassait ses enfants et saluait sa femme, la rousse Betty, qui, restée seule, chantait en s'accompagnant à la harpe de nostalgiques ballades irlandaises.

Sylvio, le Malouin de LaValtrie, depuis longtemps avait quitté la ferme paternelle. Sa mère avait voulu qu'il fît ses études pour devenir prêtre. Élève médiocre, il avait lâché les humanités pour, avait-il dit, se préparer à être médecin. En ces années-là à Montréal, faute de faculté enseignant cet art, il suffisait, pour pratiquer la médecine, d'un long apprentissage auprès d'un praticien reconnu. L'étudiant apprenait en voyant faire son maître et s'essayait à préparer pilules et sirops, à panser, à accoucher. Le bureau qui décernait le diplôme avait plusieurs fois recalé Sylvio, à la grande déception de son père, qui espérait que ce fils, à défaut de devenir curé, serait au moins un jour «physicien», un métier rare, prestigieux, et faisant bien vivre dans le Bas-Canada.

Éternel carabin, Sylvio ne se souciait pas de cela. Au collège, il avait surtout appris à chanter juste. Soliste de la chorale, il était aussi premier rôle lorsque les bons pères faisaient jouer aux élèves de belles tragédies pieuses écrites pour jeunes gens seuls.

Le goût lui en était resté. Sylvio fréquentait surtout les salles de spectacles. Pas toujours comme spectateur. L'autorité religieuse n'acceptant pas que les dames se produisent sur la scène, les rôles féminins étaient donc tenus par des travestis. Et il arrivait à Sylvio, grand et blond, la taille bien prise, qui savait dire et chanter dans l'aigu, de revêtir les falbalas des divas et des soubrettes.

Entre Sylvio ambigu et Jean-Baptiste aux mains noueuses, face à Tit-Nap taciturne, écouté aussi par Caroline Baron, Victor pérorait, la chope de bière au poing.

Sur un mode lyrique, il annonçait la lutte armée contre l'ennemi, l'abaissement des aristocrates et marchands anglophones, la fin des pouvoirs des bureaucrates liés au gouvernement colonial de Londres. Il faisait acclamer le nom de Louis-Joseph Papineau, chef incontesté des Canadiens, qu'il prononçait «Canayens», prédisait une République du Bas-Canada, séparée des autres, ceux qu'il appelait les «Canédieuns».

— Je vais vous dévoiler un secret, dit Victor à ses compagnons. Je sais les couleurs de notre drapeau des combattants de la Liberté.

— Comment cela?

— Par un ami qui fait partie du comité. Ont été choisies trois bandes verticales: une verte, une blanche et une rouge.

— Ah! fit Sylvio, peu enthousiasmé par ce tricolore. Pourquoi?

— Le premier choix, c'était le bleu-blanc-rouge, le drapeau de la Révolution française. Mais parce qu'il y a un ou deux Irlandais avec nous, le vert a été substitué au bleu.

— Peuh! grogna Nap.

— Cet étendard, lança Victor d'une voix sublime, fera le tour du monde. Car il représente aussi les saisons de notre beau pays: le vert de nos incroyables printemps, le blanc de nos hivers et le rouge de nos automnes somptueux. Ces couleurs qui sont celles de notre géographie vont devenir celles de notre histoire.

Adrien Malouin n'ignorait pas qu'à Montréal son notaire de fils menait double vie.

— À ton âge, moi aussi, lui disait-il, j'avais des instincts de rébellion. J'avais l'excuse de vivre dans le désespoir et la pauvreté. Mais à mesure que la fortune m'a comblé, ces idées m'ont quitté. Je ne pense plus qu'il soit possible d'être à la fois bourgeois et insoumis.

— Père, protestait Napoléon, nous qui faisons partie de la classe supérieure, qui avons reçu l'instruction, n'avons-nous pas le devoir d'aider le peuple à sortir de l'ornière de l'asservissement?

— Sans doute, avait dit le sage Adrien. Mais il faudrait être sûr que cette révolution que tu prépares avec tes amis va vraiment libérer les Canadiens.

— Partout en Europe, des mouvements d'insurgés ont renversé des tyrans oppresseurs pour les remplacer par des républiques. Et en Amérique même, les Chiliens ont enlevé de haute lutte leur indépendance.

Ce qui arrivait à Varsovie, à Parme, à Paris, à Bruxelles et même à Santiago du Chili pouvait-il s'appliquer aux deux Canadas? Adrien en doutait. Il voyait plutôt dans les démarches fiévreuses de son fils, de ses cousins, de ses camarades d'indignation, les signes d'un tourment intérieur dont souffraient tous les jeunes du temps, cette souffrance du siècle, que certains appelaient le romantisme.

À Montréal, monseigneur Lartigue avait ordonné des cérémonies d'action de grâce en l'honneur de la jeune Victoria Iʳᵉ, cette célibataire de dix-huit ans placée soudain à la tête du Royaume-Uni et de toutes ses possessions dispersées sur tous les continents. Ces solennités avaient été perturbées par des fidèles qui, en signe de protestation, avaient ostensiblement quitté les églises.

— Il y a, parmi nos ouailles, des agitateurs; voyez à faire ordonner des enquêtes, avait dit le prélat à l'adjoint d'un de ses grands vicaires.

L'abbé Charles Malouin eut vite fait, par les accointances que l'évêché avait dans la police, de savoir où se trouvaient les fauteurs de troubles. Ceux qui se réunissaient à la taverne Baron n'étaient pas classés parmi les extrémistes. Mais d'autres factions, très actives, s'armaient et s'apprêtaient à agir à la faveur des réunions publiques qu'organisaient les tribuns patriotes.

Arrivé, un après-midi, plus tôt que de coutume chez Baron, Victor lut un sourire étonné sur le visage de l'ardente Caroline. C'est vrai, il portait ce jour-là une veste de laine à carreaux rouges et noirs, une feuille d'érable très rouge à la boutonnière, et, malgré la température un peu fraîche, était coiffé d'un chapeau de paille comme on en tressait au Vieux-Poste. Il avait ajouté à sa tenue une culotte de peau de bœuf blanchâtre avec de grosses taches irrégulières, des bas tricotés et des chaussures à l'ancienne faites de pans de cuir repliés et tenus par des lacets. Ainsi s'affirmait son patriotisme: le refus d'arborer des effets qui auraient enrichi l'ennemi.

Quand il demanda où étaient ses amis, Caroline n'eut pas le goût de rire.

— Vos amis? Mais n'êtes-vous pas allé avec eux à Saint-Charles-du-Richelieu?

Victor se souvint que les partisans de la résistance aux Anglais avaient été appelés dans ce village du sud de Montréal à une grande assemblée, interdite comme toutes les autres par le gouverneur Gosford. Il ne put répondre qu'en prenant un ton mystérieux.

— On ne peut être partout à la fois!

Du menton, il désigna la rue où patrouillaient des escouades de fantassins britanniques renforcées de volontaires anglophones aux uniformes chamarrés.

— Je sais, chuchota Caroline, que vous êtes un des chefs du mouvement. Je vous admire tellement, monsieur Victor. Tous les soirs, je prie pour votre cause. Et pour vous.

Elle se tenait tout près de lui, rose d'émotion. Avec la terrible audace des timides, elle souffla:

— J'aime tant quand vous récitez vos rimes révolutionnaires aux trois autres.

Il lui prit la main. Elle, à l'oreille du jeune homme, glissa:

— Gardez-vous bien, monsieur Victor, notre pays a besoin de vous. Moi aussi.

La confidence appelait un baiser tendre que vint compromettre l'arrivée du père Baron.

Ni Victor ni aucun des Mousquetaires ne s'étaient rendus ce jour-là à Saint-Charles, où le célèbre Louis-Joseph Papineau, contrairement aux autres orateurs, avait tempéré l'ardeur des adeptes de l'insurrection.

Ils ne participèrent pas non plus aux échauffourées et aux combats brouillons et violents qui marquèrent tout ce glacial hiver de 1837 et qui jusqu'au printemps firent de nombreux morts dans les rangs des Patriotes.

Cependant, tous les quatre réunis trinquèrent longuement lorsqu'ils apprirent que le gouverneur promettait une récompense de mille livres sterling à qui lui livrerait le chef Papineau.

— À la santé de Louis-Joseph! Notre messie! Notre sauveur!

— Mille livres, ça fait quatre mille piastres. Elle vaut cher, la tête à Papineau!

Ils feignaient d'ignorer tous les faits d'armes des vrais insurgés, plus riches de fourches que de fusils, qui avaient tenu en échec les colonnes anglaises au long de la rivière Richelieu.

Et à Saint-Eustache, au nord de Montréal, d'autres morts dans le village encerclé, dans l'église assiégée, bombardée par l'artillerie, où se tenaient le docteur Jean-Olivier Chénier, 31 ans, et sa petite troupe, trente braves raidis dans un suaire de neige. L'Église, parce qu'ils s'étaient soulevés contre l'ordre légalement établi, hésitait à leur accorder la sépulture ecclésiastique.

Sur un coin de table, Victor griffonnait une ode à Louis-Joseph, réfugié aux États-Unis, et Caroline, le cœur battant, attendait qu'il la déclame.

Le calme semblait revenu. La loi martiale était suspendue. Un nouveau gouverneur était envoyé par Londres qui peu à peu faisait libérer les prisonniers, au grand dam des anglophones.

Comme honteux de n'avoir pas participé à l'épopée, les Mousquetaires de la République espacèrent leurs libations politiques. Victor, touché par la passion de Caroline Baron, se retenait d'y répondre, voulant demeurer un pur poète, «withdrawing into self», comme il disait, pour trouver dans son for intérieur une exaltation de soi. Son «égotism» ressemblait à de l'égoïsme.

Jean-Baptiste était retourné à sa forge. «À quoi bon, disait-il, essayer de lutter contre les Anglais? Ils sont trop forts.»

Sylvio était de plus en plus pris par le théâtre. Il avait décroché un rôle d'ingénue dans un vaudeville.

Calixte et Josephte, ses parents de la ferme de la Grand-Côte, ne savaient rien de cette vie secrète de leur fils Sylvio, ni même des événements politiques qu'il avait vécus. Rien de cette effervescence, ni les assemblées populaires, ni les affrontements armés au nord de Montréal et dans les villages de la rivière Richelieu, rien de tout cela que l'abbé Malouin appelait pudiquement les «troubles» de 1837 n'avait eu d'écho en dehors de quelques portions bien restreintes du vaste pays.

Qui aurait, à LaValtrie, à ceux du village, à ceux des rangs, révélé ces épisodes lourds de sens? Qui aurait raconté d'autres faits encore plus étonnants, tels que l'utilisation d'un gaz malodorant jailli de tuyaux souterrains pour éclairer violemment quelques magasins et logis de Montréal? Qui aurait évoqué cette autre nouveauté incroyable: des voitures accrochées à un engin mû par la vapeur et dont les roues suivaient un chemin de traverses de bois renforcées de métal?

Sylvio avait un frère puîné, Régis, un beau gaillard dans la vingtaine, à qui Calixte confiait de plus en plus le soin de diriger la ferme. Certain soir, le bonhomme voyait son garçon descendre vers le fleuve. Il allait détacher la chaloupe, s'en aller ramant vers l'autre rive. La voix dans un sourire complice, Calixte disait à Josephte:

— Voilà notre Régis qui s'en va s'épivarder avec sa blonde l'autre bord. Certain que demain il aura encore des petits yeux.

Régis allait voir Gisèle, dont le père était meunier près de Contrecœur. Elle l'attendait sous les taillis de la berge. Ils s'étreignirent, puis très vite il lui annonça:

— Je dois aller emprunter un cheval au moulin. Faut que j'aille rencontrer des gens.

— Encore?

— Il le faut, Gisèle.

Régis Malouin, en secret, appartenait à une association née après l'échec de la sédition de 1837. Pour être admis parmi les Frères Chasseurs, il fallait, après avoir été choisi par les chefs, prêter serment, à genoux, les yeux bandés, jurer sur le livre des quatre Évangiles qu'on obéirait, que jamais on ne révélerait quoi que ce soit à autrui. Puis, les bandeaux retirés, on montrait aux assermentés une torche allumée entre un pistolet et un poignard.

— Si tu trahis, disait l'officiant le visage caché par une cagoule, ce sera pour toi la mort violente et la destruction par incendie de tes biens, de ceux de ta famille.

Ce soir-là, Régis et les autres Chasseurs de son groupe, qui s'étaient identifiés par des hululements convenus, furent conduits à leurs chefs masqués, installés dans un hangar. Ils surent qu'à une prochaine réunion ils recevraient un fusil de guerre et des cartouches qu'ils devraient cacher chez eux en attendant le signal de l'action, qui ne devrait pas tarder.

Des mois passèrent. À l'automne, aucun émissaire de l'armée secrète n'avait convoqué Régis à une autre rencontre dans la cabane à sucre, dans le bout de Saint-Antoine-de-Richelieu.

«Ce sera pour l'an prochain, s'était dit Régis. Que de projets pour 1838!»

Ses parents et ceux de Gisèle, et Gisèle elle-même, le pressaient de faire enfin le mariage.

* * *

Installée dans le fond de la taverne, Caroline Baron, de sa plus belle écriture, traça d'une traite ces mots:

À Montréal, ce 25 octobre 1838.

Mon beau Victor,

Depuis que tu ne viens plus ici avec tes amis, je suis toute chagrine. Et toi, tu ne m'écris pas. Mais je sais pourquoi. Tu es tellement occupé par ce que tu prépares pour la délivrance de notre pays. Mais lorsque, avec les troupes que vous commandez, vous aurez fini votre travail et puni les traîtres, vous pourrez de nouveau ravir votre Caroline qui vous chérit tant.

P.-S. Soyez fort prudent en tout. Mon père dit que la ville est remplie d'espions du gouvernement. Méfiez-vous bien et gardez-vous.

Elle sursauta. C'était, de la cave, le père Baron qui l'appelait, ayant besoin d'un coup de main pour remonter des bouteilles. Elle descendit après avoir caché dans le sous-main son écrit. Un consommateur qui paraissait somnoler à l'autre bout de la salle s'approcha de la table et trouva la missive, qu'il eut le temps de lire.

Ce même soir, à LaValtrie, où soufflait un mauvais nordet qui annonçait l'hivernage, Régis allait éteindre la lampe dans la cuisine et retrouver sa femme déjà couchée. Il entendit ses chiens japper. Il passa le seuil, vit une ombre derrière le noyer et entendit deux fois, puis une fois, le cri de la chouette. Régis leva le falot à hauteur de poitrine, le déplaçant de droite à gauche. L'inconnu s'avança vers le jeune fermier et avant de lui tendre la main, autre signe de reconnaissance des Chasseurs, frotta sa paume sur son poignet gauche.

— Frère, on t'attend demain à Napierville.

— Demain? On devait nous donner une arme et des munitions.

— Viens avec ton fusil de chasse.

L'inconnu s'enfonça dans la nuit pour aller porter ailleurs son message.

Napierville est un gros bourg étalé sur un méchant plateau près de la frontière américaine. Le vent de l'arrière-saison arrache les dernières feuilles des ormes. Pataugeant dans la terre grise, Régis et des camarades rencontrés en route arrivent fourbus. D'autres volontaires, comme eux vêtus de capots de grosse laine teinte et tissée à la ferme, cherchaient en vain un gîte. Ils durent, comme au temps de la chasse, se fabriquer un abri de branches d'épinette qui protégeait mal de la bise toujours plus aigre et plus cinglante.

On leur avait promis du pain et des uniformes. Le lendemain, ils n'eurent que des discours. Dans le brouillard glacé, de loin, ils entendirent les éclats de voix d'un homme qui s'était hissé sur un tertre. Des fanaux allumés autour de lui éclairaient par instants des drapeaux vert, blanc, rouge. Il y eut des salves d'applaudissements.

— Lui, qui c'est? demanda Régis.

— On dit que c'est Nelson.

— Nelson?

— Un de nos chefs. On vient de le proclamer président du gouvernement provisoire de la République du Bas-Canada.

— Qui? Lui notre président? Encore un Anglais?

Amers, ils retournèrent dormir sous leurs branches de sapin après avoir mâché silencieusement des morceaux de porc salé qu'on leur avait tardivement distribués.

— Pourquoi, demanda-t-il, faut-il que ce soit ce Robert Nelson qui soit notre chef? A-t-on besoin de ce fils d'Albion?

Un Chasseur expliqua:

— Parce que notre Joseph Papineau s'est enfui aux Etats-Unis, le lâche. Et aussi qu'il y a dans ce pays des gens de langue anglaise qui comme nous ne veulent pas d'un gouvernement dirigé par les gens de Londres. Ils veulent un gouvernement à nous, chez nous. Pas celui de la Victoria.

— D'où es-tu, toi, qui parles si bien?

— De Montréal, fit le Chasseur. Crois-tu qu'il y a dans cette troupe seulement des gens des fermes pour se battre pour l'indépendance?

Le «camp» de Napierville s'emplissait de nouveaux arrivants aussi démunis mais remplis d'espoir. Sur des feux de bois, on rôtissait des carcasses de bœuf réquisitionnées dans les fermes. On répartissait du pain, du vin de messe pris dans les presbytères. Ceux qui n'avaient pas de fusil de chasse reçurent de vieux mousquets et des balles faites de cuillers de plomb fondues, qui entraient mal dans les culasses. D'ailleurs la poudre était rare.

Régis se cachait pour pleurer, pensant à Gisèle, au battage des grains qu'il devait faire. Des bruits circulaient: des troupes américaines renforcées de soldats envoyés par la France seraient massées de l'autre côté de la frontière, prêtes à engager l'offensive avec les Patriotes. On disait aussi que le général anglais Colborne avait réussi à masser des forces à Montréal. Il arrivait à marches forcées vers le sud.

Désespérés parce qu'ils se sentaient inutiles, on vit quelques Chasseurs cacher leur arme dans un taillis et fuir. D'autres s'arrangeaient pour retourner à leur village à la brunante. Régis avait envie d'en faire autant. Une nuit à marcher dans les sentiers, le fleuve à traverser dont il connaissait toutes les îles, tous les courants, et il était chez lui dans le lit de bois neuf, entre des draps fraîchement tissus, près du corps épanoui de Gisèle.

Enfin un ordre arriva. Le chef des Chasseurs de la loge de Contrecœur, qui avait le grade de «castor», avait reçu l'ordre de conduire ses hommes vers Lacolle afin d'enlever un canon à un parti de miliciens anglais. L'opération, rondement menée, réussit, mais le groupe d'affidés ramena aussi le corps de Régis, tué d'une balle dans le front. Le lendemain, menacés d'encerclement par les troupes de Colborne, tous les Patriotes avaient dû se disperser. Les chefs, disait-on, s'étaient réfugiés en territoire américain. L'armée anglaise, ne trouvant plus aucune résistance devant elle, mettait le feu aux fermes de la région.

La nouvelle de la rébellion avortée et de la mort de Régis parvint aux Mousquetaires atterrés, réunis dans une arrière-salle de la taverne Baron. Caroline, le visage défait, ouvrit la porte.

— Sauvez-vous par la cuisine, la police est là.

Napoléon, Sylvio, Jean-Baptiste s'esquivèrent haletants, mais Caroline retint un instant Victor pour quêter un baiser. Il allait filer à son tour lorsque parut un grand moustachu:

— Arrêtez cet homme, ordonna-t-il à des agents armés. Peut-être un de ces brigands.

Victor allait se disculper, jurer qu'il n'avait jamais pris part à une action illégale. Devant le père Baron et sa fille, envahi soudain par un sentiment de honte mêlé de bravade, il s'accusa.

— Oui, j'en suis un et même un des chefs du mouvement des Patriotes.

Comme on lui mettait les menottes, il lança, fidèle à son style:

— Faites votre besogne, vils complices de l'oppresseur!

Sylvio, retourné à LaValtrie, avait repris sa place auprès de Calixte, son père. Napoléon, qui ne quittait plus son foyer et son étude de notaire, faisait le dos rond. Tout comme Jean-Baptiste à la forge du coteau Saint-Louis. En prison, Victor rédigeait sa défense sur un ton grandiloquent, se complaisant dans la fiction imaginée par Caroline.

Des cours martiales qui jugeaient les suspects en anglais, sans le concours d'avocats francophones, les condamnaient à la déportation en Australie, et, dans certains cas, à la potence. Les premières pendaisons eurent lieu juste avant la Noël.

Un matin de mars 1839, Victor vit entrer dans sa cellule la religieuse qui parfois apportait des douceurs aux prisonniers. C'est elle qui l'appela par son prénom. Il reconnut sous la capeline les yeux de Caroline Baron.

— L'abbé Charles a tout arrangé. Prends ma cape, ma coiffe et sauve-toi. Le gardien n'est pas dans le couloir. Va jusqu'à l'escalier, traverse le jardin en longeant le mur; à main droite une porte non gardée. Là tu trouveras la vraie sœur qui t'attend dans un cabriolet.

Il partit, sans même remercier, sans demander ce qui arriverait à Caroline. Lorsqu'il fut sûr que Victor avait pu gagner les États-Unis, l'abbé Malouin respira et se dit à lui-même: «Si je confessais à monseigneur Lartigue que c'est sa voiture qui a servi à faire évader un Patriote, me donnerait-il l'absolution?»

Les méchantes années

*I*l aurait sûrement hésité, le prélat qui avait ordonné que l'on
refusât les sacrements aux rebelles vivants et la sépulture
chrétienne à ceux qui étaient tombés les armes à la main.
Tous les bourgeois laïques qui s'étaient placés à la tête des Canadiens français pour les conduire au désastre devaient, selon la
hiérarchie catholique, lui faire place. Elle reprenait en mains ses
ouailles et renforçait la lutte contre ce qu'elle appelait l'indifférence religieuse, la dissolution des mœurs et surtout l'intem-
pérance. Appelés à la rescousse, arrivaient, venus de la France
de Louis-Philippe Ier, des religieux qui remplaçaient les quelques
instituteurs non tonsurés, des prédicateurs qui prêchaient des
retraites, des supérieurs de communauté qui ouvraient de nouveaux
couvents pour religieux et religieuses.

Adrien Malouin, croyant mais peu dévot, était outré par
l'étalage de tant de bigoterie. Ce n'était partout que récollections,
neuvaines, heures saintes, processions, quarante heures, récita-
tions publiques du rosaire dans les églises, sur les parvis, sous
les bannières déployées dans l'odeur des cierges et des encensoirs
maniés à toute volée, au son des cloches et des cantiques.

C'est à Montréal que tout cela était le plus visible et la ville
allait devenir capitale. Pour les besoins de leur politique et de

leur commerce, les Britanniques avaient réuni en une seule colonie le Haut- et le Bas-Canada. On avait choisi le marché Sainte-Anne comme siège du nouveau parlement et les quatre-vingt-quatre députés, aux deux tiers canadiens-anglais grâce à de subtiles manœuvres électorales, allaient siéger là où l'on vendait les légumes, la volaille et le poisson.

Tout cela n'arrangerait pas les affaires du vieil Adrien, qui déjà allaient mal. Des cargaisons de troncs de pin qui arrivaient des nouveaux chantiers d'abattage ouverts dans l'ouest des Canadas-Unis par les compagnies anglaises avaient fait dangereusement baisser les prix. Dans la construction navale à Québec, les commandes se faisaient rares.

De plus, depuis la fin de 1840 s'était créée une «Société amicale et bienveillante des charpentiers de vaisseaux de Québec». Elle exigeait que le salaire quotidien de ses membres soit majoré à quatre chelins par jour. Pour la première fois de sa vie, Adrien avait entendu prononcer le mot «grève».

À LaValtrie, les nouvelles n'étaient pas meilleures. La ferme de la Grand-Côte, gérée par le nonchalant Sylvio, ne rapportait pas un centin, l'auberge dont il avait la charge périclitait et la scierie ne tournait plus guère. Adrien décida brusquement qu'au moins il irait remettre un peu d'ordre dans tout cela. Sans avoir prévenu, il arriva dans le petit village côtier, accompagné d'un de ses fils, l'élégant Jérôme, et de Léon Lafrenière, un neveu du côté d'Antoinette.

Le sifflet du brick à vapeur fit s'envoler une rangée de goélands alignés sur le ponton.

À l'Étrier-d'Or, aux volets tirés, les visiteurs trouvèrent, une fois la porte ouverte, le plancher de la grand-salle couvert de crasse et de débris répugnants, et, sur les tables en désordre, de la vaisselle et de la verrerie tachées. Montaient aux narines des relents de graillon, de bière et de pipe froide. Adrien se souvenait de l'auberge, pauvre sans doute, mais si propre du temps de sa mère, des odeurs de lard grillé, d'encaustique, de flambées de bouleau.

Émile, un des frères de Sylvio, apparut, reboutonnant à la hâte son gilet. Il descendait d'une des chambres où sans doute il sommeillait.

— Ah! C'est vous, le maître? Je croyais que c'étaient des voyageurs.

— Drôle de façon de les recevoir!

— Il ne vient presque plus personne ici...

— Qui aurait envie d'y venir? dit Adrien, qui savait aussi que les nouvelles diligences entre Montréal et Québec, plus rapides que celles d'autrefois grâce à la route meilleure, aux ponts qui remplaçaient les bacs, avaient modifié leurs relais. Adrien avait décidé de négocier cela avec les entreprises de transports, mais d'abord il fallait redonner à l'auberge sa réputation de naguère.

Un peu plus loin, à la scierie, tout était silence. Ni Calixte ni son fils Sylvio n'avaient entretenu le mécanisme. Tout était à refaire: le bief de l'écluse, la roue et les châssis à scie.

Les trois hommes se rendirent à la ferme. Adrien, qui avait vu la Grand-Côte si florissante du temps d'Auguste, montrait à Jérôme et à Léon les granges aux toits dégradés, et quasi vides, l'étable et l'écurie où logeaient jadis une douzaine de chevaux et plus de vingt taurailles.

Sylvio, le beau garçon blond, était devenu un personnage voûté, à demi chauve, aux tempes grises, à la voix grinçante. Il se tenait près de Marie-Louise, sa sœur. Tous deux célibataires, ils élevaient le jeune Rosaire. C'était le fils de Régis, tué lors des combats de 1838, et de Gisèle, sa femme, morte en couches. Les gens du village, qui feignaient de croire que c'était leur enfant, ricanaient et médisaient de Sylvio et Marie-Louise, ce frère fantasque et cette sœur taciturne qui vivaient ensemble, confinés dans une seule pièce de la ferme autrefois bourdonnante de vie.

— Votre père n'est pas là? demanda Adrien. Sylvio répondit:

— Papa (il prononçait «Pouppo»), pour être tranquille, habite une maison du village. Comme ça, il est plus près de l'église pour faire sa religion.

Et il ajouta:

— De toute façon, son règne est fini.

Adrien s'emporta. D'un ton tranchant, il avertit qu'il voulait voir tout le monde de la famille, le soir même, à la ferme et qu'il aurait de quoi dire.

Autour de la table, il retrouva les Malouin. Adrien avait d'un côté son fils Jérôme. De l'autre son neveu et filleul Léon. C'était un des fils d'Hyacinthe, le marchand général du Vieux-Poste. En face de lui, Calixte, le fermier retraité, flanqué de son frère l'abbé Charles. Il avait, pour des raisons de santé, quitté le service diocésain; faiblement pensionné par son évêque, mais doté du titre de chanoine, il coulait des jours calmes à LaValtrie. Lui faisant face, Sylvio, sa sœur Marie-Louise, son frère Émile. Il y avait aussi deux femmes effacées.

L'une au teint de mulâtresse, les sourcils très noirs comme ses cheveux, mais eux mêlés de mèches grises. C'était Julie, la fille de Martial Malouin et de Marie-Agathe, recueillie autrefois à la Grand-Côte, et qui y demeurait, payant en menus travaux sa mince part de pitance.

L'autre, plus jeune, aux cheveux blond cendré. C'était Caroline Baron, qui, après son exploit de la prison du Pied-du-Courant, chassée par son père le tavernier de la rue Saint-Paul, avait trouvé refuge, grâce à Sylvio, à LaValtrie.

Caroline, pour gagner sa vie, apprenait l'a b c aux enfants du village, réunis dans la beurrerie désaffectée de la ferme. Elle toujours triste et absente, tout entière à un secret qu'elle ne révélait à personne, ce soir-là réprimait une agitation qui la faisait rosir. Son regard ne quittait pas ce Léon, le nouvel arrivé. C'était le frère de Victor l'exilé, celui dont elle n'avait jamais eu de nouvelles.

— Voici ce que j'ai décidé, déclara abruptement Adrien. C'est mon fils qui va venir habiter ici avec sa famille et qui s'occupera de la scierie.

— Ton fils? Quel fils? demanda Calixte.

— Jérôme ici présent. Pas Louis-Joseph, qui travaille avec moi à Québec à mon commerce de bois de construction, ni Napoléon, qui est notaire à Montréal. Pour ce qui est de l'auberge, j'ai désigné Léon, un des garçons du frère de ma femme. Toi, Calixte, tu as mis Sylvio à la tête de la ferme, mais c'est entendu que c'est le jeune Rosaire qui un jour en sera le maître.

— On n'a jamais dit le contraire, coupa faiblement Sylvio, qui n'entendait pas, toute sa vie, être agriculteur.

— En attendant, tu ferais mieux de t'occuper mieux du bien de la famille. Puisque tu es instruit, tu devrais consulter plus souvent des livres d'agriculture. Tu verrais que tu peux fabriquer de bon beurre et des fromages que tu pourrais vendre à la ville, où ils sont en demande. Sais-tu que les chantiers forestiers paient très bien le foin pour nourrir leurs chevaux?

— Si vous saviez, oncle Adrien, comme la terre ici est épuisée, protesta mollement Sylvio.

— Seulement, tu jettes le fumier à la rivière, au lieu de t'en servir comme engrais.

Tous baissaient la tête, ne sachant quoi dire. Charles, pour détourner la colère du sexagénaire au verbe si sec, lui demanda s'il avait des nouvelles des Malouin du coteau Saint-Louis. Julie tendit l'oreille pour bien entendre. C'est là qu'elle avait été élevée.

— Les pauvres, dit Adrien, faut voir ça. La forge les fait à peine vivre. Ça fait que notre cousin Jean-Baptiste a dû se faire porteur d'eau.

— Porteur d'eau? C'est quoi ça? demanda Calixte.

— Tous les matins, il allait quérir de l'eau du fleuve pour emplir un baril posé sur un petit chariot. Puis il allait de maison en maison pour livrer sa marchandise.

— Il le fait plus?

— Dans le quartier où il avait son permis de porteur d'eau, la Cité a posé un aqueduc. Mais il s'est embauché comme terrassier pour le creusage du nouveau canal Lachine, qui va permettre aux bateaux, malgré les rapides, de se rendre de Montréal aux Grands Lacs.

— Et leur héritage? Le fameux héritage de grand-maman Gilberte?

— Ils attendent encore, dit Adrien.

Les deux femmes assises en retrait ne disaient rien. Julie pensait au fabuleux magot dont elle avait tant entendu parler lorsqu'elle vivait chez Bruno et Madeleine, ses parents adoptifs, et dont on lui promettait sa part, puisqu'elle était fille de Martial Malouin. Mais jamais elle ne serait riche. Personne ne voulait d'elle. Elle n'avait reçu d'aucun homme les tendresses désirées. Pour elle, dans le décor maussade de la ferme, les jours se suivaient, insignifiants.

Caroline n'avait cessé de regarder Léon.

«Que lui veut-elle? se demandait Julie. C'est la première fois que je la vois aussi nerveuse devant un garçon. L'institutrice a-t-elle décidé de se faire remarquer par ce beau joufflu qui va être le patron de l'auberge? C'est vrai qu'il va intéresser toutes les filles de la paroisse.»

Rasséréné, Adrien bavardait avec tous ceux qui étaient autour de la table. Il interrogeait Caroline.

— Puis es-tu contente de tes élèves?

— Oui, mais ils viennent quand ils peuvent à l'école. Les parents ont toujours besoin d'eux. Et puis monsieur le curé leur donne toujours raison.

— Ça, ça ne m'étonne pas.

Très volubile, contrairement à l'accoutumée, Caroline expliquait.

— Il a commencé par m'interdire d'avoir les garçons et les filles dans la même classe. Les uns le matin, les autres l'après-midi, a-t-il décidé. Et il n'y a que lui qui peut leur enseigner le catéchisme. Il dit que, si je veux professer, je dois d'abord devenir religieuse, prononcer les vœux.

Elle rougit davantage. Et, comme tout le monde la regardait, cacha son visage dans ses mains. C'était aussi pour cacher des

288

larmes qui montaient. Léon avait le même regard que Victor et elle en tremblait intérieurement.

— Ce sont, déclara l'abbé Charles, les habitants qui n'aiment pas l'école. Ils ont peur qu'elle devienne obligatoire. Et qu'ils soient pour ça obligés de payer des impôts supplémentaires.

— Résultat, dit Adrien, les trois quarts de nos Canadiens sont illettrés et doivent signer d'une croix parce qu'ils ne sont pas capables d'écrire jusqu'à leur nom. Et, coupa-t-il, Charles, comment ça va, tes recherches historiques?

Le chanoine Malouin, pour se désennuyer, avait entrepris d'écrire une histoire de la famille. Il avait découvert, dans le grenier de la ferme, une armoire aux flancs brunis par le feu, portant ce millésime: 1735. À l'intérieur, de vieux papiers, annotés autrefois par Auguste, celui qui, à la fin du Régime français, était venu de Louisbourg en Acadie pour épouser Lison, du coteau Saint-Louis, et acquérir les biens d'une partie des Malouin de la vallée du Saint-Laurent.

— Auguste a écrit, et je cite de mémoire, disait Charles, que chez nous chaque génération possédait son lot de personnages contraires. Tu vois, ça a commencé avec les fils du fondateur. Jean-Louis de Saint-Malo avait deux fils: Josam, coureur des bois, et Armand, terrien jusqu'aux moelles. Et ainsi de suite, toujours des Malouin cigales et des Malouin fourmis, des Malouin immobiles et des Malouin d'impatience.

Il dépliait la grande feuille où était dessiné l'arbre généalogique:

— Là, je cherche à savoir ce qui est advenu d'un certain Nérée. Il habitait cette ferme. Un soir, il est parti pour aller vivre dans les fermes de l'Ouest. S'il vit encore, il doit bien avoir quatre-vingts ans passés.

— Nérée, disait Adrien, je me souviens pas l'avoir connu. Mais son père, Auguste l'Acadien, prenait de ces colères quand il parlait de ce fils unique parti à l'autre bout du pays, alors que cette ferme où nous sommes devait être à lui.

Caroline et Julie suivaient cette conversation. L'abbé Charles, qui essayait de retrouver tous les Malouin en allés, saurait-il où était Martial le postillon? Où était Victor qui se croyait poète?

* * *

Cette année-là, aux quatre-temps de septembre, Jérôme et Delphine son épouse, «une madame de Québec», disait-on à LaValtrie, vinrent s'installer dans la maison attenante au moulin à scie, entièrement rénové, de par la volonté d'Adrien.

Léon, le nouveau maître de l'auberge également modernisée, vivait en célibataire. Ayant appris autrefois des Indiens du Vieux-Poste l'art de trapper et de transformer les dépouilles d'animaux sauvages en pelleteries, il consacrait tout son loisir à la chasse, à la pêche, au tannage ou à l'empaillage de ses proies. Caroline Baron, pour mieux expliquer la vie animale à ses élèves, disait-elle, venait parfois rendre visite à Léon Lafrenière, lui empruntant quelque grand duc, héron ou lynx naturalisé. Elle aimait l'entendre raconter ses chasses, car il avait la même voix que Victor. Lui appréciait la compagnie de l'institutrice, admirant son dévouement aux enfants.

— Personne, lui disait-il, dans notre village des bois, n'a jamais pensé à apprendre à lire aux jeunes. Je t'admire, Caroline.

Il lui offrit, en témoignage, quelques peaux qu'il venait d'apprêter et que Caroline était fière de montrer. Dans le village, où il ne se passait rien, l'idylle supposée entre l'aubergiste et la maîtresse d'école fit scandale. Le curé signifia à mademoiselle Baron que, si elle retournait à l'auberge, plus aucune famille ne lui enverrait ses enfants.

Julie, perfidement, alimentait les racontars:

— Dix peaux de vison, affirmait-elle, qu'il lui a données. Ça ne m'étonne pas. Cette fille de buvetier, dès le premier jour, n'a pas cessé d'agacer le Léon. Cette délurée veut l'enfirouaper. Quand je pense que moi, pas plus qu'avec Sylvio, et j'aurais pu, j'ai jamais voulu cousiner avec Léon. Et elle, cette planche à pain, qui veut le marier de force!

Caroline n'imaginait pas tout ce qui se disait sur elle. Elle ne vivait que pour Victor, dont elle était sûre qu'il lui reviendrait.

Julie, elle, n'osant se l'avouer, était follement entichée du robuste et timide Léon. Mais, trop fière pour le laisser paraître, détournait son regard quand elle l'apercevait.

Le chanoine Charles Malouin, qui était allé à Montréal pour fouiller des archives, près du lieu où s'amarraient les bateaux, rencontra le cousin Jean-Baptiste.

— Tu ne travailles donc plus aux travaux du canal Lachine?

L'autre montra le crochet de fer qu'il avait pendu à sa ceinture.

— Non, je suis devenu débardeur.

— Ça paie mieux?

— C'est pire encore.

— Pourquoi as-tu changé?

— On était trop de pelleteurs pour faire l'ouvrage. Ça fait que les entrepreneurs qui nous avaient engagés à trois chelins par jour ont descendu les gages à moins de deux chelins et demi. Alors on s'est mis en grève.

— C'est grave, ça!

— On se l'est fait dire déjà par les curés: on doit obéissance à notre maître, c'est la loi. Mais comme on ne voulait pas travailler pour un salaire de misère, le gouvernement a envoyé la troupe. Il y a eu des morts. Moi, j'ai seulement attrapé un coup de crosse dans le ventre.

— Pauvre toi. Et ta forge?

— Ça fait une bonne secousse que le coteau Saint-Louis n'est plus un village de campagne. On est devenu comme un quartier de Montréal, mais pas grand monde est assez riche dans notre bout pour avoir des voitures. Pas beaucoup de chevaux à ferrer ou de socs de charrue à forger. Alors...

Il montra son crochet de débardeur.

L'abbé Charles vit passer près d'eux un groupe étrange composé d'hommes portant de grands chapeaux de feutre, de femmes enveloppées dans des châles, d'enfants en guenilles.

291

— Il en arrive tous les jours, dit Jean-Baptiste. On a construit des hangars pour les loger. Ce sont des Irlandais. Ils quittent leur île à pleins bateaux à cause de la misère.

Il y avait, sur des lits colorés de feuilles mortes attardées, des givrures précoces lorsqu'un après-midi de dimanche Léon quitta LaValtrie. Il n'y était pas réapparu ni le soir ni le lendemain matin. À l'auberge, on s'inquiétait.

— Pour le sûr, il n'est pas allé à la chasse, ses fusils sont tous là.

Un engagé affirma qu'il avait vu le maître s'en aller en guêtres hautes, vêtu de sa bougrine de laine rouge, coiffé de son casque de chat sauvage, portant sur l'épaule une pelle.

— Certain qu'il a dû descendre au bord du fleuve chercher des vers pour la pêche.

Sylvio et Jérôme, alertés, organisèrent une battue. Léon était introuvable.

— Ce n'est pas pourtant un homme à glisser dans l'eau sans essayer de s'en sortir ou à se perdre dans le bois, clamait Julie.

Seule, elle entreprit une recherche, essayant de retrouver en elle ce sixième sens hérité d'ancêtres indiens. Elle parcourait les sentiers à la recherche d'indices.

— Comme tu as de l'espérance, disait Caroline les larmes aux yeux. Quatre jours qu'il a disparu. S'il avait été pris d'un malaise, avec le froid de la nuit, peut-être qu'il serait mort. Il faut faire comme dit l'abbé Charles: prier pour le repos de son âme.

Julie repartait dans le bois. Elle trouva une piste fragile de marques de mocassins, comme ceux de Léon, imprimées çà et là dans la boue, des branchettes brisées net à certains arbres, peut-être le fer d'une pelle portée sur l'épaule, un culot de tabac noirci échappé d'une pipe. Elle avançait dans les taillis en criant le nom de Léon. En vain. Elle avait perdu la trace.

Le samedi suivant, appuyé sur un bâton, terriblement émacié, la barbe et les vêtements couverts de boue, Léon apparaissait au bout du village. On le porta jusque chez lui. Au coin du feu, par bribes, il racontait:

— J'étais parti pour creuser un piège à ours. Le plus beau que j'avais jamais fait, bien profond, bien glissant, caché sous un lit de branches. Aucun gibier tombé là-dedans ne serait ressorti. Pour appâter, j'avais apporté une brique de lard.

Julie lui faisait boire à petites gorgées du bouillon brûlant.

— C'est moi qui suis tombé dedans. Misère! J'ai tout fait pour m'en sortir mais je m'étais cassé la jambe. Les premières nuits, j'ai pu faire un peu de feu au fond du trou. J'ai mangé le lard, puis des racines et je ne sais quels insectes. Après, plus rien que ma souffrance, l'odeur de glaise glacée. Je savais que je devais crever là. Je m'étais roulé en boule dans la bouette. Je croyais que j'étais revenu dans le ventre de ma mère.

Il sanglotait et Julie serrait contre sa forte poitrine la tête fangeuse de l'homme qui continuait à dire pour se délivrer.

— C'est quand je t'ai entendue appeler que j'ai repris courage. Toi, tu ne pouvais pas entendre mes cris. J'ai réussi à remonter, à venir ici.

— Dieu soit loué! s'exclama Charles.

Puis il ajouta:

— Notre pays est devenu un grand piège à ours dans lequel nous sommes tous encarcanés.

Le soir même l'abbé Charles Malouin devait repartir pour Montréal, mais non plus pour aller fouiner dans les vieux livres. Le typhus s'était déclaré dans les «sheds» où étaient entassés les arrivants irlandais. Il fallait du monde pour les soigner, bénir les mourants, s'occuper des orphelins. L'évêque, monseigneur Bourget, avait enrôlé tous les gens disponibles, y compris les sœurs cloîtrées, relevées temporairement de leurs vœux monastiques. Charles fut parmi les victimes.

Jean-Baptiste fit parvenir la nouvelle à LaValtrie. Il disait aussi que sur les navires qui entraient au port revenaient des Patriotes qui avaient terminé leur peine de bannissement.

On ne parlait pas de Victor Lafrenière. Caroline pleurait dans sa petite chambre glacée sous les combles de l'école de rang.

«La Capricieuse»

Printemps 1855.

— Oui, mon Louis-Joseph! Des portes et fenêtres de bois façonnées à LaValtrie et montées sur les chantiers Malouin & Fils de Québec vont être présentées aux Français de France. À Paris même! Sur les Champs-Élysées! Oui, Louis-Joseph, ça c'est fort! disait Adrien Malouin.

Louis-Joseph admirait surtout l'enthousiasme de son père. Le vieux avait presque ses quatre-vingts ans et il gambadait littéralement dans la cour à bois. Autour de lui, ses employés clouaient des caisses marquées de grosses impressions au pochoir: «Exposition universelle et internationale de 1855 — Pavillon du Canada». C'était la première fois que la France organisait une telle manifestation et la Maison Malouin à Québec avait été choisie pour présenter ses produits.

— Nous devrions bien partir aussi, dit Adrien. Ce serait un beau voyage. C'est l'empereur Napoléon III qui va inaugurer l'exposition. J'aimais mieux le premier du nom. Partirais-tu, toi, Louis-Joseph?

— Père, c'est impossible. Jo, à la rigueur (Jo, c'était le fils de Louis-Joseph, qui travaillait avec eux), pourrait s'occuper de nos chantiers, mais il y a aussi nos affaires de LaValtrie.

295

Là-bas, c'était encore à la ferme de la Grand-Côte que la sauce se gâtait. Une fois de plus, Sylvio parlait de tout laisser, alors que son neveu Rosaire, qui n'avait que quinze ans, n'était pas encore prêt à s'occuper du bien familial.

Justement, ce matin-là, penché sur la table de la cuisine alors qu'il aurait dû écrémer le lait, Sylvio répétait ces mots:

— Massachusetts, Michigan, Saskatchewan.

— Mon frère, tu déparles encore, dit Marie-Louise.

— C'est des noms de pays.

— Tu veux encore quitter...

— Hier, j'ai jasé avec un homme qui revient des États-Unis. Il me l'a répété: paraît que dans l'ouest du Canada on peut avoir de bonnes terres pour une chanson.

— Tout ça c'est du rêve. Et qui s'occupera de Rosaire? Et de notre ferme?

— Ce n'est pas à nous. Et notre frère Émile veut bien me remplacer. J'en parlerai à l'oncle Adrien. Ça fait longtemps que j'attends ça.

— Je te le répète, Sylvio Malouin, on ne doit pas partir.

Sylvio replia sa carte en soupirant. Il n'arriverait donc pas à faire comprendre son projet à Marie-Louise? Il avait rencontré la veille à l'Étrier-d'Or un ancien LaValtrien établi en Nouvelle-Angleterre. L'homme, comme un monsieur de la ville, vêtu d'un habit de drap fin, cravaté de noir sur chemise à collet blanc, portait à ses doigts des bagues d'or. Il était allé, plusieurs années de suite, faire les foins dans le New Hampshire; une année, il était descendu jusqu'à Boston, où il avait tout de suite été embauché dans une fabrique. Il s'était installé là-bas avec sa famille.

— Bientôt, disait-il, j'aurai fait assez d'argent pour m'acheter une terre. Les compagnies de chemins de fer offrent des lots que l'on peut payer sur quinze ans.

De tels récits, Sylvio en avait entendu des dizaines. Ce qu'il voyait dans ses rêveries d'avenir, c'était plutôt le fait de partir que de recommencer sa vie de cultivateur sur une terre neuve.

À Québec, cet été-là, le 13 juillet 1855, vingt et un coups de canon tirés de la citadelle provoquèrent tous les échos de la vallée. Répondirent autant de salves envoyées d'une corvette qui piquait vers le port, pavoisée de bleu, blanc, rouge.

C'était *La Capricieuse*, le premier navire de guerre français à revenir dans les eaux du Saint-Laurent depuis la Conquête.

On aurait dit que toute la ville était là pour assister à ce spectacle. Un orchestre jouait des marches militaires et, lorsque les premiers marins posèrent pied à terre, les vivats couvrirent les flonflons de la fanfare. On agitait des drapeaux français et des drapeaux anglais. Il est vrai qu'au même moment en Crimée les soldats des deux pays luttaient côte à côte pour la prise de Sébastopol et que la France impériale de Napoléon III souhaitait renouer des liens commerciaux avec la Grande-Bretagne impérialiste de Victoria «Regina».

Dans la foule se tenait Adrien, qui avait été parmi les premiers habitants de Québec à demander s'il pouvait recevoir à sa table quelques marins de *La Capricieuse*. On lui avait promis comme convives un quartier-maître et deux matelots. Il avait fait atteler sa meilleure voiture pour aller les chercher. En les attendant, il avait besoin de dire sa joie. D'instinct, il interpella un homme qui se tenait à ses côtés, un individu au visage ardent, pauvrement vêtu, qu'il avait remarqué car il tenait sa main droite plaquée sous son veston.

— Le même geste que le grand empereur, dit Adrien.

— C'est à cause de mon pauvre cœur, monsieur.

— Venez-vous, vous aussi, chercher des invités?

— Je n'ai pas ce bonheur, monsieur. Et je suis trop pauvre pour les traiter.

Le ton de voix étonna Adrien Malouin; il essaya de scruter la physionomie de l'inconnu, impénétrable, car il portait de curieuses lunettes à verres bleus, cerclées de métal.

— Vous êtes quand même venu acclamer cet équipage.

Le petit homme eut ce mot inoubliable:

— Je suis venu pour voir des yeux qui ont vu la France.

À LaValtrie, on vivait bien loin de tous ces événements. Chaque jour naissant ressemblait aux anciens. Mêmes gestes toujours refaits. À la belle saison, une ou deux fois par semaine, le passage de la diligence ou de la goélette animait pour quelques heures la bourgade. On parlait d'une voie ferrée qui relierait Montréal à Québec. Les gens du pays, qui se réunissaient sur le parvis de l'église après la messe, à l'auberge ou au magasin général, partageaient le même avis.

— Les gros chars, on n'en veut pas. Pour construire la ligne, ils vont monter nos impôts. Les trains, ça va être la ruine des marchands du pays et puis ça va nous amener des étrangers.

Les nouveaux venus étaient mal vus. Caroline Baron, qui vivait à la Grand-Côte depuis près de quinze ans, ne se sentait pas adoptée par le village. On l'appelait encore «la Morialaise».

Lorsqu'elle allait dans le village, l'institutrice voyait souvent les rideaux des fenêtres s'écarter légèrement. Elle se savait épiée derrière les vitres. Les chalands du magasin général tournaient la tête vers elle et murmuraient entre eux. Elle ne connaissait que trop leurs médisances:

«La Morialaise, certain qu'elle nous cache quelque chose.» «Une créature de même, ça doit avoir un galant.» «On n'a jamais vu pourtant un homme entrer dans son école.» «Elle doit bien le cacher, son amoureux.» «Avec ça que ça nous coûte gros, son idée de faire la classe aux enfants.» «Si on avait, à sa place, une sœur d'école, on aurait moins de trouble.» «Je vous dis que si on la pince avec un faraud, on va vite la renvoyer à Morial.»

Parmi ses élèves, Caroline avait un garçonnet roux à qui elle avait réussi à apprendre le français oral et écrit, bien qu'à son arrivée il ne parlât que le gaélique. C'était Owen Malouin. Après son mariage avec Léon, Julie, qui ne pouvait avoir d'enfant, avait adopté ce bambin, seul survivant d'une famille d'immigrants irlandais, décimée par le typhus dans les hangars de la pointe Saint-Charles.

Owen et Rosaire, qui avaient le même destin d'orphelins, s'étaient liés d'amitié. On voyait toujours ensemble, prêts à d'ahurissantes fredaines, l'adolescent et son jeune compagnon au visage mangé de taches de rousseur.

* * *

Chaque fois qu'il retournait à son village natal, en Haute-Mauricie, Léon Lafrenière en voyait les transformations. Une église de pierre, flanquée d'un presbytère presque aussi massif qu'elle, avait été bâtie au Vieux-Poste, qui s'appelait désormais Saint-Vital. Les cabanes de bois dispersées dans les clairières avaient peu à peu été masquées par de neuves constructions alignées au bord d'un chemin qui était devenu une vraie rue, coupée de voies perpendiculaires. De nombreuses boutiques faisaient concurrence à ce qui avait été longtemps l'unique épicerie créée par le grand-père Ignace Lafrenière.

Des industriels aux noms anglais avaient acquis le droit d'installer des moulins à aubes sur les sauts du torrent. Des scieries, une minoterie, une petite filature prospéraient et donnaient du travail aux habitants des terres stériles qui préféraient vivre de ces usines plutôt que d'aller couper du bois dans la forêt.

— Si j'étais resté au Vieux-Poste, qu'est-ce que j'aurais choisi? se demandait le prospère aubergiste de LaValtrie-sur-Saint-Laurent.

Ce soir-là, il y avait une épluchette de blé d'Inde à la Grand-Côte. Dès la tombée de la nuit arrivaient les voisins. Sylvio et Émile avaient fait provision de vin de gadelle et d'eau-de-vie de grain distillée au village. Les deux breuvages mêlés formaient le «caribou» qui devait réjouir les invités. Dans la grange, à la lumière de toutes les lampes à huile de la maison, ils avaient commencé à dépouiller les épis de leurs feuilles serrées. Ils faisaient vite, sachant que dès la corvée terminée on danserait.

Selon la coutume, la découverte d'un rare épi aux grains pourpres accordait à qui le décortiquait le droit de donner un baiser à la personne de son choix. Rosaire et Owen n'avaient pas manqué, en les faisant mariner dans du jus de betteraves, de donner à des douzaines d'épis la teinte si recherchée. Ils les avaient mêlés à la récolte et, à chaque instant, éplucheurs et éplucheuses criaient victoire et multipliaient les bécots.

Sylvio, qui avait promis un petit verre à tous les chanceux, n'arrêtait pas de verser son caribou. Très vite une joie sonore avait empli le fenil, où l'odeur tenace du maïs mûr se mêlait aux subtils effluves de la boisson forte et à la sueur acide de la compagnie énervée qui riait tout son soûl. Le caribou abolissait les timidités. Les femmes se laissaient aller à glousser dès qu'était comprise une remarque paillarde lancée par les gaillards. Seule Caroline Baron, qui riait volontiers des grasses plaisanteries, n'acceptait qu'avec retenue, chaque fois qu'elle était choisie, le baiser rituel. Le tas de quenouilles vert pâle diminuait. Chacun était pressé d'en avoir fini.

Soudain, on entendit frapper à la grande porte de bois. Tout le monde retint son souffle. Rosaire, qui était allé voir, revint dans la lumière des lampes et annonça:

— C'est un quêteux qui demande l'hospitalité!

— Qu'il entre! cria joyeusement Sylvio.

L'homme apparut dans le cercle de lumière. Peu jeune mais vigoureux, engoncé dans un habillement fatigué, un collier de barbe beige masquant son visage, et surtout, ce qui frappa Rosaire et Owen, des lunettes aux verres bleu foncé. Il avait un curieux accent. Il ôta son chapeau, découvrant des cheveux gris et frisés.

— Il n'y avait personne à la maison de ferme. Je me suis permis de vous déranger.

– Soyez le bienvenu, dit Émile. Pour l'épluchette, c'est presque fini, mais vous mangerez bien quand même un morceau avec nous?

L'inconnu fit non de la tête. Tous regardaient ce passant, gauche dans ses habits rapiécés, qui n'osait s'avancer dans le grand rond de lumière. Caroline, dont le cœur s'était mis à battre, voulait entendre sa voix.

«Peut-être, se disait-elle, ce pourrait être lui?»

Pendant quinze années, elle avait mille fois imaginé que celui qu'elle attendait reviendrait de cette façon, un soir.

— Si vous n'avez pas faim, demanda Sylvio, vous prendrez bien un verre de petite frette?

L'étranger, d'un geste, signifia qu'il ne voulait pas d'alcool. Jérôme pointa son doigt vers lui:

— Je vous ai déjà vu, l'autre mois à Québec. Je vous reconnais, avec vos lunettes bleues. N'étiez-vous pas à l'arrivée de cette corvette française, quand mon père est venu chercher des marins?

— J'y étais.

Quelqu'un s'écria:

— Un quêteux, c'est aussi un raconteux. Parle-nous, l'homme. Qui es-tu?

— Je suis de ce pays, mais j'ai dû en partir. J'ai beaucoup vécu dans les États.

Sylvio demanda:

— Dans l'Ouest?

— Un peu. Surtout dans le Sud, chez les Acadiens de Louisiane, qui parlent français, disons... leur français à eux autres.

— C'est comment, la Louisiane?

Il racontait, appuyé contre une poutre. Chacun épluchant les quenouilles écoutait, oubliant la tradition du baiser, les mots enchantés qui disaient les terres ensoleillées, les rivières qu'on appelait bayous, emplies d'écrevisses, les chênes toujours verts d'où pendaient de longs chapelets de mousse.

Le survenant parlait des familles de là-bas où il avait été reçu, des fermes où il avait travaillé.

— Dis-nous leur nom, demandait Sylvio.

— Ils s'appellent comme ici: Tremblay, Gagnon, mais surtout Leblanc ou Thériault. Leurs ancêtres viennent presque tous de l'Acadie. Toute une histoire.

— Des histoires? Conte-nous-en donc une!

— Je vais essayer de vous la raconter avec leur accent cajun. On va voir si vous la comprenez:

— À la Prairie Mamou, c'est une place de la Louisiane, un jeune homme avait marié une jolie femme. Pendant les sept ans de leur mariage, elle lui bailla sept enfants. Cyprien aimait bien ses enfants, tous bien bruns comme lui et sa femme. Puis, quand le huitième est arrivé, Cyprien a vu qu'il avait la tête rouge et les yeux verts. Il avait pas osé rien dire à sa femme. Voilà, pour faire une histoire courte, que Cyprien s'en vient à mourir et que le prêtre, appelé pour les derniers sacrements, lui demande à poser une question à sa femme, rien qu'une. «Le petit tête-rouge, vraiment, est-il le mien? Dites-le-moi, que je peux mourir en paix. — Certainement, que dit la femme, mon cher mari c'est votre enfant. Ça, je suis sûre et certaine. — Oh! que fait le Cyprien, je peux mourir content d'abord.» Il va pousser le dernier soupir et elle dit: «Mais les sept autres, ils sont pas de toi, cher!»

La couverture de la grange en vibra tant les rires et les applaudissements éclatèrent. Caroline ne s'esclaffait pas. Seule elle avait compris que ce chemineau c'était Victor Lafrenière, son Victor.

Léon était dans le doute; depuis longtemps il pensait que son frère était mort et il ressemblait si peu à cet homme au visage couleur de basane, bien marqué par la cinquantaine, le regard caché par une barre bleue. De son côté, Sylvio, l'esprit embué par le caribou, parti en pensée vers les terres lointaines des États-Unis, si un instant il avait cru reconnaître un des anciens Mousquetaires, continuait à rêver les yeux clos. Émile le réveilla: il tenait le très vieux violon — celui laissé chez les Malouin, il y avait bien longtemps, par un nommé Gabriel de Bonpré — et entamait une gigue soutenue par Jérôme qui frappait, sur son genou, la cadence avec deux cuillers. La bâche retirée, les couples commençaient à danser sur le plancher de battage.

Les femmes étaient allées chercher à la cuisine les plats de cretons, les larges tourtières, les grosses fesses de pain. On buvait. On bâfrait. On giguait. Des gars arrivaient à entraîner leur cavalière dans le sombre de la grange et la renversaient sur les gerbes de paille.

Sylvio, maître chantre de la paroisse, qui autrefois dans les théâtres de Montréal avait appris à lancer loin sa voix, monté sur un baquet renversé, appelait les figures de la danse carrée.

— Saluez tous la compagnie. Puis tout l'monde danse et se balance. Un couple à gauche et l'autre à droite. Balancez bien votre cavalière. Maintenant on se promène en rond. Et tout l'monde s'en vient au milieu.

Au rythme du crincrin de l'infatigable Émile, Sylvio cadençait ses paroles. Les vieux qui ne dansaient pas scandaient à coups de talons la mélodie sans cesse reprise.

Les pas les plus appréciés étaient la farandole suivie d'un pêle-mêle appelé confiture. Chaque dernier tour était marqué par le traditionnel «Et, domino, les baquaises ont chaud!» mais déjà le violon reprenait un autre quadrille.

En pleine confiture joyeuse, d'autres coups furent frappés sur les planches de la porte.

— C'est-tu un autre quêteux? hurla une voix.

Quelqu'un dirigea un fanal vers l'entrée. Émile arrêta net son violon et Sylvio son «callage». Tous les danseurs figés reconnurent le curé de LaValtrie.

— Moi? Un quêteux?

Il s'étranglait de rage.

— Vous êtes que des mécréants! Vous osez danser et prendre de la boisson! Vous êtes tous des soûlons et des frotteux! Et toute cette mangeaille! C'est comme ça que vous vous conduisez, en plein jeûne des quatre-temps d'hiver? J'en étais sûr! Je vous attends tous demain à confesse. Sinon, pas de communion pour personne. Même pour les mourants.

Il y avait bien longtemps que Caroline avait quitté la grange, suivie de Victor, sans même que leur départ n'ait été remarqué, tant l'arrivée du curé avait ahuri la compagnie.

Caroline avait amené Victor chez elle, dans la maison d'école, une chambrette au-dessus de la salle de classe.

— Je t'ai tant espéré.

— Je m'étais juré de ne jamais revenir. J'ai eu tellement honte.

— As-tu parfois oublié que j'avais promis de t'aimer toujours et de t'attendre?

— Non.

Il voulait s'expliquer. Elle préféra lui mettre la main sur la bouche, la retira pour un baiser qu'elle fit durer. Quand elle décolla ses lèvres des siennes, elle souffla:

— Tu es là, c'est le principal.

Elle avait très peur de lui demander s'il comptait rester au village. Victor dit:

— Je ne devais pas venir. Jamais revenir. Je me l'étais juré. J'ai vagué dans les pays, sans arrêter de penser à toi. Je le jure. Si l'autre jour j'étais à Québec, c'est que j'avais décidé de m'embarquer pour la France.

— Mais pourquoi?

— On doit me croire mort. Avant de quitter ce pays, pour une dernière fois, je voulais revoir Montréal. Je voulais revoir le Vieux-Poste. Je voulais revoir la Grand-Côte. Je savais que tu y étais. Mais il n'aurait pas fallu que tu me reconnaisses.

Il parlait par petites phrases essoufflées. Elle y retrouvait à peine son exaltation romantique d'autrefois. Elle ne comprenait surtout pas pourquoi il fallait qu'on le crût mort.

— Tu vas rester ici avec moi. Veux-tu, Victor?

Il disait non de sa tête baissée.

— Pourquoi on ne doit pas te savoir vivant?

Il expliqua avec sa même diction déchiquetée que le vrai tenancier de la ferme c'était Adrien, le mari de sa tante Antoinette. Elle était sa marraine et avait fait promettre à son mari que ce serait lui, Victor, qui aurait la propriété. Mais que, s'il disparaissait, elle devait revenir à Régis ou à l'un de ses fils.

— Tu comprends, Caroline, je ne mérite pas ce bien. Il doit aller au fils de Régis, qui est mort si bravement pour notre cause, alors que je me conduisais en lâche. C'est Rosaire qui va devenir le maître. Il est en âge de le faire. Moi, je dois m'effacer.

— Nous verrons ça demain, dit-elle. Pour l'instant, reste ici. Tu dois dormir.

Il était tout fiévreux. Elle le força à s'allonger sur le petit lit où ils étaient assis. Elle se blottit contre lui, respira à son rythme, comme elle aurait fait pour endormir un petit enfant, et regarda entrer dans son sommeil celui qui était survenu cette nuit-là.

Elle le cacha une semaine dans sa mansarde.

Un matin, Caroline se vit seule dans son lit étroit. L'homme aux lunettes bleues était reparti sur les grandes routes.

Trois mois après, la maîtresse d'école, éperdue de douleur et de honte, alla se confier en secret à Léon, le seul devant qui elle pouvait hurler son malheur. Victor parti, elle attendait un enfant. Elle n'avait aucun endroit où aller cacher sa faute. Elle parlait d'aller se jeter dans le Saint-Laurent tout proche, qui charriait des glaçons.

Il parvint à la calmer, à lui faire promettre d'abord de ne pas se détruire, puis de prier.

— Je le ferai aussi pour toi. Attends quelques jours.

Comment s'y prit-il, celui qu'on appelait le bon Léon? Un soir, alors que Caroline, plus désespérée que jamais, bouclait la petite valise de cuir avec laquelle elle était arrivée à LaValtrie et s'apprêtait à fuir en cachette, Émile vint frapper à la porte de l'école, demandant à lui parler un instant.

Tout ce qu'il avait à dire:

— Demande-moi pas comment je le sais, mais je crois que tu es mal prise. Moi, je suis un vieux garçon. Et puis, depuis longtemps, j'ai un sentiment pour toi. Si tu veux devenir ma femme, je te marie comme tu es. Pleure pas, ma chouette. Puis dis-moi ta réponse.

L'Émile! Le frère du fade Sylvio, encore plus insignifiant mais si brave, celui qui avait toujours le même vieux chapeau enfoncé jusqu'aux sourcils, que dans son dos on surnommait Gornouille. Il fallait lui dire oui.

On ne sut jamais ce qui advint de Victor. Au début de l'hiver, sur une route menant au Nouveau-Brunswick — où allait-il errer? —, il se sentit pris d'un malaise, essaya de se retenir à un jeune hêtre et roula dans le fossé. Incapable de bouger de son lit de glaise mais furieusement conscient, il vit longtemps la neige l'ensevelir doucement. L'esprit comme jamais en éveil, prêt à dire tant de phrases, il ne pouvait ni murmurer ni crier. Mordu par la glaçure, il se sentit peu à peu retranché du nombre des vivants, qui jamais ne retrouvèrent son corps. Des années plus tard, quelqu'un ramassa là, sur le bord d'un chemin, ternies et rouillées, des lunettes aux verres bleutés.

Parlant du disparu, Adrien Malouin eut cette phrase mal comprise de son entourage:

— Avec Victor, notre famille a perdu son seul romantique.

Le vieil Adrien n'eut même pas droit à cette sorte d'oraison ultime. Aucun de ses enfants n'eut conscience que leur père, de tous les Malouin du Canada, était celui qui avait imposé une autre vérité: on pouvait chercher son salut, celui de la terre comme celui du ciel, ailleurs que dans les travaux de la sainte glaise, l'héroïque course aux fourrures ou le petit commerce. «Monsieur Adrien», pour ramasser des écus, avait osé s'aventurer dans l'industrie du bois. Il laissait une manufacture à ses héritiers et un nom qui était connu. Même à Paris.

V
Omer J. Malouin,
dit l'Espérance

« *E*n 1867? Il n'a rien pu se passer, je n'étais pas né», a répété souvent dans sa longue vie Omer J. Malouin, qui affectionnait les boutades provocantes lancées avec le sourire.

En cette année-là, ses parents se mariaient seulement. Tous deux de la Cité de Québec, paroisse Saint-Paul. Le futur père d'Omer, c'était Ludger Malouin.

Petit-fils d'Adrien le marchand de bois, il avait, à son tour, reçu la propriété de l'entreprise familiale et élevé ainsi ses enfants dans une aisance sans faste mais non sans vanité bourgeoise.

En ces années-là, quelques Malouin vécurent des aventures inouïes.

1867 pourtant, disait-on à Omer, c'est tout de même l'année où est née la Confédération canadienne.

«Il n'y a rien là!» répondait l'éternel cynique.

La victoire de Mentana

— *L*'année 1867, éternellement, pour nous autres de Lavaltrie comme pour tout le peuple du Canada, restera celle de Mentana.

Monsieur le curé l'avait proclamé. On le croyait. Mentana, il l'avait assez répété, c'était ce village, quelque part en Italie, où, grâce aux prières de tous les vrais catholiques, les armées de l'immortel Pie IX, glorieusement régnant, avaient écrasé celle du moderne Antéchrist, ce brigand de Garibaldi, l'homme immonde qui voulait arracher ses États au Saint-Père. À Mentana, parmi ceux qui avaient combattu pour le pape et pour la religion, s'étaient trouvés deux Canadiens français qui s'étaient enrôlés dans la légion des zouaves pontificaux. Deux héros, dont l'un avait été blessé. On en frémissait encore chez les Malouin de Lavaltrie.

À ceux de Montréal, ceux du coteau Saint-Louis, le nom de Mentana ne disait pas grand-chose. Jean-Baptiste le forgeron avait vaguement entendu parler de la victoire papale dans la chapelle de son quartier, que les gens du centre-ville appelaient, comme si c'était le bout du monde, le Mile End. Ce quartier était à présent habité par des ouvriers carriers qui arrachaient au sol

311

des blocs de pierre grise pour la construction, industrie qui donnait plus d'animation que de vraie clientèle à la forge. Jean-Baptiste Malouin avait installé des bancs et quelques tables autour de son enclume et ses voisins y venaient le regarder ferrer des chevaux ou refaire le tranchant de barres à mines ou de pics à abattre, tout en bavardant, jouant aux dames et buvant la bière de gingembre, brassée à leur intention, qu'il leur vendait au verre. Il avait autant de mal à élever sa nombreuse famille. Son treizième enfant était né le jour même de ses cinquante ans. Il se demandait si Anne-Rosa sa femme n'en attendait pas un autre.

«Si c'est une fille, se disait-il, on l'appellera Mentana. Mentana Malouin, ça sonne bien.»

À Saint-Vital — au Vieux-Poste comme on disait encore pour garder de vieilles traditions —, le curé récemment nommé ne se contentait pas d'exiger de chaque famille un «trente sous» par mois pour le trésor de guerre de Pie IX. «Il lui faut des guerriers», déclarait-il, et il cherchait dans sa paroisse qui envoyer se battre contre les garibaldiens.

Chez les Malouin de Québec, le neveu de Jérôme, Joseph, celui qui dirigeait l'entreprise de bois de charpente et de bois œuvré, cachait soigneusement sa pensée sur ce que l'on appelait ces années-là «la question romaine». Joseph Malouin, attaché en secret au libéralisme, lecteur clandestin de journaux reçus par la poste sous enveloppe non identifiée et condamnés par le clergé, se réjouissait de ce que «le printemps des peuples» ait enfin touché l'Italie, que ce pays allait s'ouvrir à de profonds changements et cesserait d'être une bigarrure de principautés de carnaval et de duchés d'opérette, de cités autonomes pour atteindre à une nécessaire unité et à une vraie démocratie, comme il en rêvait pour le Canada. Au besoin contre le pape, qui refusait farouchement d'abandonner un pouvoir temporel médiéval sur ses États et ses sujets, et qui pourtant aurait mieux pu ainsi être le chef de l'Église. Mais de tout cela Joseph ne pouvait aucunement convaincre ni sa femme ni ses beaux-frères, belles-sœurs, cousins.

Lorsqu'il allait à Lavaltrie pour parler affaires avec son oncle Jérôme, il se contenait. Il lui arriva d'assister à ce rare spectacle: dans une salle de l'auberge de l'Étrier-d'Or, cinq dames de la famille Malouin embauchées par l'actif aumônier de la Légion Pro Papa, brodant sur de l'étamine blanche et jaune, pour en faire des drapeaux, des clefs croisées, des tiares et la devise «Aime Dieu et va ton chemin». Elles étaient réunies autour des deux plus âgées: Josephte, la veuve de Calixte, très vieille dame sous sa coiffe à rubans à l'ancienne, et Julie, qui gardait de sa chevelure noir corbeau de métis indienne de longues tresses d'argent sortant d'un bonnet de dentelles. La plus bavarde était Delphine, appelée dans le village «madame Malouin», car son mari, propriétaire de la scierie, était, après le curé, le premier personnage de la place. Il était en outre marguillier. Il y avait Caroline, l'ancienne institutrice, épouse d'Émile, dit Gornouille. La plus jeune était Cécile, la femme de Rosaire, le fermier de la Grand-Côte, déjà enceinte de son troisième enfant. Elles placotaient en travaillant et Jérôme les appelait «les papauteuses».

Le fil de leur conversation, au rythme des coups d'aiguilles, se déroulait de remarques en commentaires, de confidences en racontars:

— Sylvio n'envoie pas souvent de nouvelles, disait l'aïeule.

Sylvio, c'était un de ses fils, celui qui avait finalement cédé aux mirages de la prospérité outre-frontière. Laissant la Grand-Côte à Rosaire, il était parti avec son inséparable sœur Marie-Louise et un jeune neveu, Elzéar, qu'ils élevaient comme leur enfant. Le trio n'était pas allé plus loin que l'État du Maine. Sylvio n'avait pas trouvé de terre à son goût. Il avait préféré ouvrir un petit commerce dans une ville de la côte née de l'industrie textile. Sa clientèle était composée de Canadiens français comme lui qui, en attendant de pouvoir s'acheter une ferme, travaillaient dans les filatures et s'entassaient dans un district de la bourgade appelée «le Petit Canada».

— Sylvio, dans sa dernière lettre, disait que les affaires reprenaient depuis que les gens des États-Unis ont terminé leur horrible guerre.

— Quelle guerre? demanda Cécile.

— Quelle guerre? Mais la guerre de Sécession! Elle a duré quatre ans et a opposé, aux États-Unis, nordistes et sudistes. Une terrible guerre civile. Même Xavier sait ça, fit Caroline d'un ton agacé.

— On le sait à Lavaltrie que Barzoune est le seul enfant de son âge à savoir lire, coupa Julie. Fatigue-toi pas, Caroline.

Barzoune, c'était l'autre nom de Xavier, le fils de l'ex-maîtresse d'école, celui qu'elle avait eu de Victor et que tout le monde ou presque attribuait à Émile Malouin, dit Gornouille.

Durant sa grossesse et après la naissance de son enfant, Caroline n'avait pas été remplacée à l'école. Le curé avait promis qu'il engagerait des religieuses enseignantes pour faire la classe mais les propriétaires fonciers rechignaient à l'idée de verser un surcroît de contribution pour l'entretien d'une école de village. Les choses en restèrent là. Caroline, qui voulait que son fils fût instruit, tenant bon en dépit des haussements d'épaules de l'Émile, enseigna patiemment à l'enfant.

— Mon Eugène, reprit Julie, lui aussi écrit et sait lire. Et pour quoi, je le demande? Pour transporter des voyages de bois entre le quai et la scierie.

«Et encore, pas souvent!» faillit lâcher Caroline.

Les femmes se mirent à parler des Malouin de Montréal, de Napoléon le notaire, celui qui avait épousé l'Irlandaise — «une vraie paddy-bas-de-soie», remarqua mémé Malouin —, puis des pauvres parents de la forge.

— Leur fameux héritage, on n'en parle plus? demanda Delphine.

— C'était trop beau. De l'argent tombé du ciel.

— Pauvre Jean-Baptiste, fit Julie, qui, dans son enfance au coteau Saint-Louis, avait vécu les heures d'espoir et de découragement, à cause du testament de la grand-mère Bussac.

Brodant sa tiare à petits points, Caroline, elle, revoyait le forgeron, buvant avec les autres Mousquetaires dans la taverne de la rue Saint-Paul à Montréal. Jean-Baptiste, c'était le plus silencieux des amis de Victor. Justement, Delphine interrogeait:

— Comment vont les Lafrenière-Malouin de Saint-Vital?

— Ceux du Vieux-Poste? On dit qu'Évariste, qui a repris l'épicerie, n'a pas à se plaindre. Il s'installe une usine de pulpe à papier pas loin de chez eux. Au moins, ça marche dans la Mauricie, c'est pas comme ici.

* * *

1867, l'année de Mentana, avait été aussi l'année de la Confédération. On n'en avait guère parlé à Lavaltrie. Pourtant, au début de juillet cette année-là, un autre Canada était né, qui devait aller de l'Atlantique au Pacifique, «d'un océan à l'autre» — *a mari usque ad mare* — disaient les discours patriotiques. La nouvelle capitale serait Ottawa, pour l'instant un petit village de bûcherons, au bord d'une rivière, quelque part dans l'Ouest. On deviendrait un peuple libre, on ne serait plus une colonie. On aurait un drapeau national. En attendant, le pays arborait toujours l'*Union Jack* britannique et le seul étendard était celui du pape, que les curés faisaient tailler par les femmes. Les prêtres ne réclamaient pas que des oriflammes. Ils imposaient une nouvelle dîme, le denier de saint Pierre. Léon l'aubergiste estimait que dix piastres de plus par an c'était bien cher, mais sans hésiter il parafait d'une croix, ne sachant pas écrire, les pétitions exigeant des grandes puissances catholiques qu'elles envoient des troupes contre les ennemis du vrai Dieu. Léon participait aussi comme les hommes du village aux processions pour obtenir du ciel la défaite des révolutionnaires garibaldiens.

Lorsque le curé de Lavaltrie reçut l'ordre de recruter des âmes d'élite pour la formation d'un régiment de' zouaves du Québec, l'aubergiste trouva l'idée excellente.

Son fils adoptif Owen, ou encore Eugène, charmant bon à rien, riche de son sang irlandais qui le rendait à la fois batailleur et porté à la dévotion, ferait un parfait soldat pour les bataillons de l'Église. Julie, qui aimait ce fils au-delà de toutes ses incartades, jura qu'il ne quitterait jamais le foyer, même s'il y vivait en parasite, pour aller, disait-elle, «faire la guerre à des gens qu'on ne connaît même pas». Le curé auquel elle était allée se confesser la réprimanda durement et lui fit entrevoir la gloire qui rejaillirait sur sa famille si son fils revêtait l'uniforme des héros.

315

À Montréal, le desservant du coteau Saint-Louis n'était pas du genre recruteur. Un des fils Malouin, Alexandre, un gars robuste dans la vingtaine, aurait fait un vaillant zouave, mais Anne-Rosa, qui était fine, rappela, lorsque le prêtre la visita, que Jean-Baptiste son mari avait fait la grève sur les chantiers du canal Lachine. L'envoyé de l'évêque se garda d'insister. Pour sa défense, sa sainteté Pie IX ne voulait que des sujets soumis au bon ordre.

À Saint-Vital, le curé, qui espérait, pour l'honneur de sa paroisse, qu'au moins dix recrues soient sur les listes, n'eut qu'une vague promesse du côté des Lafrenière: le jeune Ubald, chétif, très peu doué pour le travail manuel, dépourvu d'instruction mais fort pieux, fut inscrit en attente.

En février 1868, le zouave Eugène, avec une centaine d'autres membres du premier détachement, quitta Montréal en chemin de fer pour New York, d'où, embarqué sur un vapeur, il touchait Le Havre et de là, via Paris et Marseille, arrivait à Rome.

Ce n'est qu'au cours de l'été que Julie et Léon reçurent une lettre du cher enfant, accompagnée d'une photographie. On le voyait fermement appuyé sur un prie-Dieu, portant culottes bouffantes et gilet brodé, guêtres blanches et képi plat.

De son écriture fantasque, il disait: «Chers parents, nous voici installés au camp de Velletri, près de Castel Gandolfo où notre très bon Saint-Père a sa maison d'été. Nos journées se passent à faire de l'entraînement, à participer à des processions et à des offices religieux jusqu'au soir, où nous nous endormons sous la tente après avoir chanté l'*Ave Maria Stella*. Parfois, avec nos aumôniers, nous nous rendons à Rome visiter les lieux saints de la capitale de la Chrétienté, en veillant à ce que, par notre conduite, nous servions d'exemple aux foules. La nourriture est excellente, y compris le vin, dont nous nous gardons d'abuser afin d'avoir l'esprit vif pour mieux combattre les barbares.»

Après les formules de tendre soumission, un post-scriptum demandait un envoi de sirop d'érable.

— On nous a changé notre Eugène! s'exclama Julie, qui avait la larme à l'œil.

316

— Lui, disait Léon, se complaire aux exercices militaires et aux exercices pieux? On a bien fait de l'envoyer dans l'armée du pape.

Les hôteliers de l'Étrier-d'Or ignoraient que, dans une autre lettre reçue par Rosaire, Eugène décrivait autrement sa vie: «Mon vieux lapin, disait l'épître, un voyageur que j'ai rencontré te fera parvenir discrètement cette lettre, car tout ce que nous écrivons doit être soumis aux aumôniers, qui ne laissent passer que les propos édifiants. Être zouave n'est pas drôle. Nous n'avons pas encore vu l'ombre d'un ennemi et nous nous ennuyons à mourir dans ce camp. Nous sommes nourris de gamelles de haricots et de porc dont le dernier des mendiants ne voudrait pas chez nous. Nos sorties à Rome sont de bien pauvres divertissements: visite d'églises sombres où au moins il fait frais, où il n'y a que des reliques à baiser. Tu ne t'étonneras pas de savoir que ton Owen, sous prétexte de pèlerinages personnels, se rend souvent, sans son aumônier, dans la ville, où tout n'est pas saint. J'ai découvert de petites trattorias où la cuisine est parfaite et la compagnie amusante. Il y a aussi des Romaines pas trop farouches qui aiment bien les Canadiens français. Je t'en dirai plus long à mon retour. Ton vieux bambocheur. Owen.»

À Saint-Vital, Ubald Lafrenière, un cousin de Léon qui avait vu la photographie d'Eugène, brûlait de partir lui aussi et d'atteindre à la renommée. Finalement, ce n'est qu'à la fin du mois d'août 1870 qu'incorporé au septième détachement il embarquait à Québec pour Brest. Sur le navire qui le conduisait vers l'Europe, il rêvait de grandes actions d'éclat. Il se voyait tenant haut d'une main la bannière or et blanc, de l'autre un pistolet, enfonçant les rangs de l'ennemi, faisant prisonnier le chef des mécréants, puis tombant blessé. Une belle Italienne le recueillait, le soignait, puis le conduisait en la basilique Saint-Pierre de Rome, où le pape lui remettait une décoration.

Dans le port breton, noyé de bruine, flottaient des drapeaux tricolores. Les zouaves canadiens apprirent que la République venait d'être proclamée à Paris, menacé de blocus par les Prussiens. Les cohortes envoyées du Nouveau Monde venaient-elles en délivrer la France?

Les cent quatorze volontaires furent logés ou plutôt cachés dans un entrepôt. On ne les avait pas revêtus du glorieux uniforme mais d'une défroque blanche qui faisait crier aux Brestois qui les apercevaient:

— Voilà les boulangers! Vive Garibaldi!

L'aumônier, qui ne pouvait conduire ses protégés vers Rome — la ville était encerclée par les troupes italiennes —, accepta l'invitation du principal d'un collège breton à quelques lieues de Brest.

Les gars en blanc se retrouvèrent en plein pays léonard, dans une lande coupée de champs de lin sur un plateau monotone. Dans le ciel toujours pluvieux se dressait le clocher d'une immense basilique, celle du Folgoët, dont la source miraculeuse attirait tous les pèlerins de Basse-Bretagne. Les zouaves erraient dans le petit village, dont les habitants portaient de beaux habits brodés, les femmes et les jeunes filles de très belles coiffes. Elles ne parlaient que breton.

Ubald eut l'idée de demander à se rendre à Saint-Malo, lieu de départ du premier Malouin. Il visita la ville de granite, enclose dans ses remparts, recevant de plein fouet les averses de la mer. Il pleura, moins d'attendrissement que de n'avoir pas connu l'épopée promise. En rentrant au Folgoët, on lui dit que tout le monde repartait pour le Canada. Depuis deux jours Rome était tombée aux mains des «armées de Satan» et le pape, prisonnier dans son Vatican, se voyait privé de ses États.

Longtemps après arrivèrent des nouvelles d'Owen. Il avait déserté pour s'engager dans l'armée des Chemises rouges et, avec Garibaldi, se battait en France contre les Allemands.

* * *

Jérôme Malouin disait souvent: «La généalogie chez les Canadiens est une maladie de famille.»

La fabrication de l'arbre généalogique avait commencé tôt chez les Malouin. De génération en génération on se repassait des papiers où étaient tracées, parfois de façon incertaine, les filiations.

À La Malouinerie, c'est-à-dire à la ferme de la Grand-Côte, était gardé et complété le document original. Dans les années

1800, il avait assez d'allure: un grand dessin sur beau papier tracé en diverses couleurs.

On pouvait voir d'un coup d'œil que, racinée par Madeleine et Jean-Louis, la souche Malouin avait vite fait de la membrure. Elle s'était ramifiée en branches fourchues, à l'infini porteuses d'autres ramages radieux, sans cesse épanouis. En regardant de plus près apparaissaient d'étranges scions, de curieux gourmands. En suivant du doigt le dédale des lignées, on arrivait à d'incompréhensibles impasses. La sève bloquée en de courts branchages avait dû engendrer de vains ou étranges personnages.

Parmi eux, il y avait Eugène-Owen, Ubald, Alexandre, Arthur, et surtout, le plus original dans toute la dynastie des Malouin, Omer, dont un des sobriquets était l'Espérance.

La chasse-galerie

A lexandre, c'est un des enfants de Jean-Baptiste, descendant des forgerons Malouin établis à Montréal sur les pentes du mont Royal, là où les ancêtres Jean-Louis et Madeleine avaient bâti maison dans les années 1640.

Alexandre Malouin, à l'automne 1876, de son écriture maladroite, venait de signer un contrat commençant par ces mots: «Par-devant les notaires publics, moi, Alexandre, demeurant au coteau Saint-Louis, proche Montréal…» Il était désormais tenu de travailler pour un entrepreneur de forêts durant vingt-six jours par mois, d'obéir aux ordres de son employeur «ou à ses agents et commis, sans aucune perte de temps, à peine de tous dépens et dommages». Il serait nourri selon les usages et payé cinq dollars par mois.

Alexandre n'avait pas le choix. Il parafa le papier imprimé. Quoi faire d'autre quand on est sans métier, qu'on a un père malade et âgé et une douzaine de frères et sœurs bien affamés?

— Et encore, précisait le fils du forgeron, sans la mortalité qu'on a connue chez nous, mes parents auraient au moins «vingt-z-enfants».

Chaque fois qu'un décès avait frappé la famille, le médecin avait baissé les bras.

— L'eau que vous buvez est malsaine.

— Comment? s'exclamait Jean-Baptiste en larmes, on n'a jamais bu d'autre eau depuis que les Malouin sont sur ce lot, et ça fait bien deux cents ans.

— Tant que vos lieux d'aisance seront à côté du puits, vos enfants vont mourir, disait le docteur.

Les survivants étaient petits mais forts et tenaces. Tous les enfants de Jean-Baptiste savaient trouver des emplois. Les filles faisaient de la couture à domicile, s'occupaient dans de petits ateliers du quartier, s'étaient engagées comme domestiques chez des bourgeois. Dès leur plus tendre âge les gars avaient été embauchés dans des fabriques de chaussures, de cigares, d'objets dérisoires, ou bien ils devenaient manœuvres n'importe où en ville. Jamais ils ne possédaient le sou noir leur permettant de prendre le tramway tiré par des chevaux pour aller travailler loin du coteau Saint-Louis. Ils s'en allaient à pied au petit jour, sous leur bras un sac de papier brun dans lequel maman Malouin avait préparé — nouveau mot dans la famille — un «lunch» à base de pain.

Le chantier forestier où Alexandre devait travailler se trouvait au-delà de Saint-Jérôme, dans le petit nord de Montréal. On y coupait surtout du bois de chauffage. C'était une idée de l'entreprenant curé du lieu, Antoine Labelle. Il pensait que le bonheur de ses ouailles serait favorisé par l'industrialisation, que jamais elles ne prospéreraient sur les terres froides des Laurentides sans usines ni voie ferrée. Son idée fixe, c'était le train, qui permettrait de fournir en bûches tous les Montréalais. Par un hiver de grand froid, afin d'imposer sa vision, alors que le prix de la corde de bois avait atteint douze dollars, il avait organisé une procession de quatre-vingt-dix traîneaux partis de Saint-Jérôme qui avaient livré gratuitement du bois scié aux indigents de Montréal. Sous les drapeaux et les ovations, le convoi arriva jusqu'à l'Hôtel de Ville, et le curé, devant la presse convoquée, put lancer son grand discours: «Si nous avions un train entre la ville et Saint-Jérôme,

322

jamais vous n'auriez froid.» Le maire incontinent fit voter une motion proposant qu'une voie ferrée soit construite.

Pour l'instant, c'est dans une mauvaise carriole qu'à la coulée de l'automne Alexandre, avec d'autres compagnons, arriva à son chantier. Au bout d'une sente forestière, ils trouvèrent une construction basse faite d'énormes rondins assemblés par encastrement, flanquée d'une écurie, d'une remise à outils et d'un four à pain sous son auvent.

L'entrepreneur en titre, un Canadien anglais que l'on ne voyait jamais, avait concédé des sous-contrats de coupe à des «jobbers». C'étaient de prospères cultivateurs du coin qui ne pensaient qu'à s'enrichir.

La grosse cabane où logeaient Alexandre et les autres ne comprenait qu'une grande pièce. Au centre, toujours entretenu, un foyer sur un carré de maçonnerie, sous une hotte de métal. Aucun meuble autour, seulement des châlits superposés. Chaque bûcheron se servait de son coffre comme siège. Des paillasses bourrées de branchettes d'épinette et de feuilles mortes venaient d'inoubliables odeurs qui se mêlaient à celles de l'âtre, au relent des vêtements mouillés pendus à mi-plafond comme des étendards en berne. Au très petit matin, le violent parfum des grillades de gros lard, de la soupe que faisait réchauffer le «cook», apportait une note nouvelle qui éveillait les hommes.

Dans l'aube glacée, il fallait faire vite: atteler les chevaux, aller prendre le bon sentier sous les ordres du «foreman» qui sacrait contre les bûcherons trop «slow». Sur les pentes, dix heures d'ouvrage coupées par une pause, le temps de mastiquer debout le lunch de banique et de porc froid. Dans la neige jusqu'aux genoux, beau temps mauvais temps, dix heures de gestes mécaniquement répétés, la tête vide, le ventre creux.

Parfois un moment exaltant quand, au pied d'un grand pin, la plaie orange grugée par le fer des cognées et des sciottes commençait à palpiter.

Il y avait un mot convenu qu'il fallait hurler pour alerter les ébrancheurs:

— Tim... ber!!!

Un craquement, le froissement de l'air dans les branchages, le bruit mat de l'arbre qui s'enfonçait dans la neige.

À l'heure violette, hommes et chevaux harassés retournaient au camp pour la grosse nuit à dormir d'un sommeil épais afin d'oublier les jours et ceux laissés là-bas qu'on ne reverrait qu'au printemps.

Parmi ses compagnons, Alexandre s'était vite fait des amis, ou plutôt des complices. Il y avait Albert, venu comme lui d'un milieu pauvre de Montréal, joyeux compère et fort buveur qui savait se procurer, ce que la règle du camp interdisait, des flacons de «moonshine» distillé par les colons du coin. Il y avait Jo, un cultivateur qui, n'arrivant pas à payer les hypothèques et dettes de sa petite ferme, montait à tous les automnes faire chantier pour assurer le pain de sa famille, une famille grandissante. Lorsqu'en mai il rentrait chez lui, à sa question: «Alors?», le plus souvent sa femme répondait: «On a eu un garçon», ou «une fille». Il y avait, plus dépourvu encore, Éphrem, qui appartenait à la nouvelle race des «colons». C'était encore une idée qu'avait eue, parmi d'autres prêtres, le remuant curé Labelle. Plutôt que de voir les Canadiens français pauvres et prolifiques envoyer leurs Jean-sans-terre chez les Anglo-Saxons des États-Unis, ces pasteurs, épaulés par le gouvernement, avaient mis sur pied la «colonisation». Il s'agissait, sous la conduite des missionnaires, d'envoyer les démunis bâtir des villages dans l'Éden minéral et glacé des hautes forêts des Laurentides. Ces armées de défricheurs faisaient l'affaire des exploitants forestiers installés avant eux, qui avaient ainsi à leur disposition une main-d'œuvre hivernale prête, pour de bas salaires, à compléter le maigre revenu de leur lopin.

Il y avait surtout des jeunes au chantier du lac Noir, qui venaient apprendre là non seulement le rude métier de bûcheron mais la vie d'homme. Signe de leur initiation, ils agrémentaient leurs paroles de jurons bien sentis, s'essayaient à boire sec et à gagner aux dés. Alexandre et ses copains avaient le don, dans le dos du contremaître, d'organiser de furtives parties; s'ils étaient pris en faute, c'était l'amende et surtout la menace d'être dénoncé au prêtre qui parfois apparaissait au camp.

324

Le révérend père Langlois, avant de dire sa messe dans la cabane, avait la tâche fastidieuse de confesser ses pénitents sylvicoles. Il passait sur les mauvaises pensées, fulminait contre les abus de boisson, n'était pas trop sévère pour les jeux de hasard et les paris. Pour ce qui est des jurons, il faisait promettre à ses ouailles de ne plus dire «Viarge», «Câlice», «Chrisse» ou «Tabarnacle», mais de remplacer ces mots blasphématoires par «Ciarge», «Californie», «Cristal» ou «Tabarnouche». Il n'avait aucune indulgence pour la luxure. Il était difficile d'y succomber. Il n'y avait à la ronde que quelques femmes ou filles de colons pour induire en tentation. Mais à ceux qui revenaient à la ville, le père Langlois ne manquait pas de demander:

— Mon fils, au cours de votre voyage, avez-vous commis «le» péché?

Il fallait, pour être absous, promettre à tout jamais de ne plus avoir de contact avec ce qu'il appelait «le bénitier du diable».

Tous les samedis soirs on veillait au lac Noir. Joseph avait le don de conter devant les adolescents de terrifiantes histoires parées de tant de détails vraisemblables qu'on pouvait les tenir pour vraies. Ce soir-là, Jo avait ainsi commencé:

— Il y avait, l'année dernière au chantier, un habitant nommé Euclide Bergeron, qui avait fait un pacte avec le diable. Tu l'as bien connu, l'Euclide, pas vrai, Éphrem?

Il narrait l'épouvantable légende du gars qui rêvait tant de retrouver sa blonde qu'il n'avait trouvé que ce moyen pour passer quelques heures avec elle. Le démon convoqué en pensée lui était apparu sous la forme d'un loup-garou — frissons dans l'auditoire. La bête allait sauter sur lui pour l'emporter et le dévorer au fond d'un taillis.

— Une bête qui a la peau si dure qu'on ne peut même pas lui tirer un coup de fusil, dit un des bûcherons.

— Sauf si tu ajoutes aux grains de plomb un chapelet bénit, ajouta un autre.

Un troisième déclara que «si vous tuez un loup-garou le soir, vous sauvez une âme du purgatoire». Joseph reprit son histoire de l'amoureux, qui, ayant fait des signes de croix pour calmer la bête maudite, s'entendit proposer le marché. «Si tu me promets ton âme à soir, tu seras dans la couchette de ton amie. — Elle reste sur la côte de Beaupré, bien loin d'ici. — Si tu m'obéis, je t'envoie là-bas et tu seras de retour demain matin.» L'homme en avait tant le désir qu'il se retrouva dans un canot d'écorce au milieu de rameurs. L'embarcation s'éleva dans le ciel noir, vogua au-dessus des nuages. La «chasse-galerie» commençait. Ensorcelé, le canot allait très vite. Pour l'arrêter, il fallait réciter trois Pater et trois Ave et crocher l'ancre à la croix d'un clocher. Ainsi Euclide a eu sa nuit avec sa petite maîtresse. Mais jamais il n'ira en paradis.

Une de ces soirées fut fort animée. Le contremaître avait dû quitter le camp et Albert s'était procuré plusieurs bouteilles de «bagosse». Après les récits de revenants, de jeteux de sorts et autres épisodes sataniques, on en était arrivé aux propos croustillants et aux chansons paillardes comme celle des «raftmen» en ribote à Bytown, l'ancien nom d'Ottawa.

— Si j'avais pas oublié ma musique à bouche à Montréal, je vous aurais fait un petit concert et on aurait gigué, répétait Albert, de plus en plus chaudasse.

Alexandre, qui lui aussi était allumé par l'alcool, lança soudain:

— Écoute-moi, Albert: moi, je te gage cinq louis que je m'en vais à l'instant chez tes parents et que je le rapporte, ton maudit ruine-babines.

Les hommes riaient d'une telle prétention. Pour atteindre la ville, il aurait fallu dans les sentiers pleins de boue marcher deux fois douze lieues. L'ivrogne rabâchait:

— T'es pas capable, Alex, t'es pas capable, mon saint-ciboire!

— Tu vas voir, hostie de baptême!

Alexandre sortit dans la nuit noire tissée des longs fils phosphorescents de la neige fondante. Le lendemain matin, Albert, sur sa couverture, trouva son harmonica.

326

— C'est bien le mien, répétait-il. Comment as-tu fait, mon écœurant de ciboire?

— La chasse-galerie, affirma Alexandre.

Les jeunes le regardaient avec des yeux effarés. L'ancien apprenti forgeron avait donc lui aussi marchandé avec Lucifer son petit bout de béatitude éternelle?

Éphrem osa, quelques jours plus tard, demander à son copain:

— Dis-le, l'autre soir, quand tu as rapporté la guimbarde à Albert, comment que t'as fait? C'est à peine croyable...

— Pas si simple que tu crois, répondit Alexandre qui continuait à bûcher.

Son secret était simple pour ceux qui savaient. Depuis quelques semaines, à un demi-mille du camp de bûcherons, circulait enfin sur la voie ferrée le train qui descendait à Montréal. Il avait pu, sachant l'heure où passait le convoi, l'attendre à un détour et grimper à la volée dans le wagon de queue. Au retour, il avait utilisé le même stratagème. Pour le plaisir, il gardait son secret. Il aurait pu dire à Éphrem et aux autres, sur un ton de bravade: «J'ai ''jumpé'' un ''gros char''», ce qui voulait dire, dans le langage nouveau de ces années-là: «Sans billet, j'ai pris un train.» Il était beaucoup plus mystérieux de laisser croire qu'il avait fait un pacte avec le Malin.

L'occulte moyen ferroviaire en question, c'était «le petit train du Nord» du curé colonisateur de Saint-Jérôme. En son honneur, la compagnie avait fait graver sur la locomotive son nom: *Rév. A. Labelle.*

À la fin du printemps, le bûcheron reprit ce même train, mais cette fois comme passager de première classe. L'aumônier Langlois lui avait fait promettre, la main tendue sur le crucifix, qu'il rentrerait directement chez ses parents, les forgerons du coteau Saint-Louis.

Dans le wagon, le grand Alex, ses bottes crottées posées sur les coussins rembourrés de la banquette d'en face, tâtait dans la poche de son pantalon de coutil le rouleau de billets de banque liés par un élastique, le «motton» comme il disait. Il avait aussi, nouées dans un mouchoir, de précieuses pièces. Albert, un autre «lumberjack» de Montréal, avait hâte de retrouver sa fiancée.

— T'iras bien avant avec moi rencontrer des créatures?

— Es-tu fou? Pour me damner? Et Bertha qui m'attend.

— Viens donc, on aura du plaisir. Il suffira ensuite de se confesser au bon père Langlois. Il connaît les hommes. On prend un peu de boisson, on va jouer aux cartes, on rencontre une guidoune. Une heure sur un matelas avec une femme: c'est pas rien! Et puis on a de quoi payer, ciboire!

À Montréal, dans le quartier près du fleuve, la taverne était accueillante, la bière mousseuse à souhait; il y avait dans l'arrière-salle, leur tapis vert bien éclairé au gaz atténué par des globes de verre dépoli, de larges billards. Albert et Alexandre se lancèrent dans une partie avec de charmants inconnus. Ils avaient commandé un premier «quatre-épaules» de gin de Londres et ne quittaient pas des yeux, même dans les coups les plus difficiles, la bouteille carrée. Ils gagnaient et cela les rendait de plus en plus bavards. La porte du fond menait au tripot, où ils brûlaient de monter. Ils finirent par s'asseoir autour d'une des tables après avoir vu les autres jouer. Ils commandèrent chacun un flacon de rye. Alex, très pris par le jeu d'adversaires coriaces, après d'étonnantes périodes de chance, voyait diminuer son trésor. Au moment où la fortune semblait de nouveau le combler, le patron du lieu vint lui dire:

— Votre ami est complètement paqueté. Ramenez-le chez lui ou bien j'appelle les constables.

Albert, l'écume aux lèvres, débraillé, se battait à coups de queue de billard contre un débardeur. On eut du mal à séparer les assaillants, qui continuaient à s'insulter.

— On part, Albert. On reviendra demain. Moi, il faut que je regarnisse ma bourse.

— Je peux pas rentrer chez moi de même, hoquetait l'autre qui venait de s'apercevoir que la manche de son «coat» était arrachée et que sa joue balafrée saignait.

328

Il y avait heureusement les hospitalières dames du quartier appelé le Red Light, qui veillaient devant leur fenêtre éclairée. Il suffisait de frapper au carreau. La fenestrière leur ouvrit la porte avec un beau sourire.

Quatre mois plus tard, Alexandre était revenu au chantier du lac Noir, sa hache sur l'épaule. Il en aimait le manche bien lisse.

— Vois-tu, disait-il aux jeunes forestiers, si le bois est luisant et qu'il glisse bien dans la main, ça veut dire que la journée sera belle; sinon, c'est la pluie.

— C'est quoi, ces marques sur le fer?

— Le castor gravé? On dit dans ma famille que cet outil viendrait du premier ancêtre qui est venu au Canada.

— Encore une de tes farces, disaient les jeunes.

Au cours d'un de ses passages à Montréal, Alexandre apprit que le cousin Napoléon voulait le voir. Il se rendit rue Saint-Urbain. Le vieux notaire ouvrit un carton vert, en sortit une feuille estampillée d'un sceau de cire.

— Un confrère de Bordeaux en France m'envoie cette ampliation qui te concerne, toi et tous ceux du lignage de dame de Bussac, née Jacquart, décédée en la ville de Montréal en l'an 1780. Il s'agit de liquider une succession qui se monte à la somme de seize cents écus de France.

Alexandre ouvrait de grands yeux, cherchant à comprendre. Seul le chiffre le frappa.

— Qu'est-ce que tu veux dire par là? C'est quoi, une... une ampliation?

— C'est une copie, si tu préfères. Au coteau Saint-Louis, vous allez tous hériter.

— L'argent que les grands-parents ont attendu toute leur vie? C'est pas vrai!

Napoléon poursuivait sa lecture.

— De par les dispositions du legs et le règlement subsé-
quent, les hoirs demeurant en la Province de Québec, Puissance
du Canada...

— Puissance du Canada? C'est qui?

— C'est le nouveau nom de notre pays. Les Anglais disent
Dominion.

— Dos mignonne, hein? demandait le bûcheron interloqué.
Vas-tu me dire plutôt combien je vais toucher?

Les frais de notaires et d'avocats, la dévalorisation des
monnaies avaient réduit le magot. Jean-Baptiste et sa femme étant
morts, il se partageait entre les frères et sœurs mais il était attribué
à Alexandre l'aîné une part supérieure aux autres: cinq cent
cinquante dollars que maître Napoléon allait verser en pièces
d'or.

Mais le vieux bonhomme, au lieu d'ouvrir le coffre de fer
massif, proposa plutôt:

— Cher Alex, il faut fêter ça. Que dirais-tu de venir boire
un verre de sherry là-haut? Il y a bien longtemps que tu n'as pas
vu Betty et elle serait heureuse de te recevoir.

Alexandre détestait le sherry mais avait fort envie de voir
l'appartement de cette cousine irlandaise, qui était, paraît-il,
étonnant. La «paddy-bas-de-soie» avait gardé de ses fauves
séductions d'autrefois un visage sans rides et tout rousselé.
Superbe et indolente, elle évoluait dans un décor qui fit grande
impression sur le bûcheron.

Des murs recouverts de velours rouge sombre imprimé de
ramages et de perroquets argentés. Des tapis superposés sur le
plancher, peu visibles à cause du grand nombre de meubles, de
lourdes commodes, armoires, consoles de bois sombre rehaussé
de motifs de bronze, beaucoup de tables encombrées de bibelots.
Aux fenêtres, de lourdes draperies. Au plafond, un lustre à gaz
débordant de pendeloques. Les sièges: un énorme divan et des
poufs et fauteuils grassement rembourrés, et, faisant contraste,
de très minces chaises d'ébène marquées de dorures. Sur la

330

cheminée au dessus naperonné, une pendule trop ornée escortée de girandoles, surmontée d'un miroir encadré de rinceaux d'or brun. Un piano pareillement orfévré, frileusement recouvert d'un grand châle. Et un paravent, des plantes vertes.

Comme pour exorciser tout ce luxe voyant, étaient accrochées, entre des portraits à tous âges de la reine Victoria, des images pieuses, des statuettes du Sacré-Cœur, de la Vierge, de nombreux saints, devant lesquelles brûlaient de pâles lampions. Et, brodées à la main au point de croix, des panneaux de toile encadrés qui, en français et en anglais, proclamaient la gloire de Dieu, de Son Fils, de Sa Sainte Mère, et la douceur du foyer.

«Pas un endroit où je pourrais poser un trente sous», se disait Alexandre, ses bottes enfoncées dans les tapis, qui ne savait où s'asseoir.

La cousine sonna pour qu'on apporte du thé. Alexandre obtint, au lieu du vin espagnol, un rhum antillais. Tandis qu'on le servait avec beaucoup d'amabilité, entrèrent deux bambins quasiment identiques dans des robes de soie, chaussés de souliers vernis; ils vinrent le saluer puis repartirent avec leur nounou.

— Ce sont nos arrière-petits-enfants, ceux de Télesphore; ils sont jumeaux, ils s'appellent Zénaïde et Zénon, dit le notaire.

Puis il fit sa voix encore plus douce pour dire:

— Mon cher Alexandre, c'est là une grosse somme que tu vas recevoir. Bien placée, en banque, mais mieux encore convertie en actions, et je connais une compagnie de chemins de fer dont les dividendes...

Déjà Alexandre s'était levé, avait enfoncé ses poings dans ses poches de culottes, renvoyé sa casquette en arrière d'un revers de poignet et hurlé:

— Mon argent, je le veux tout de suite!

Il repartait bientôt à son chantier. Comme d'habitude, sans un traître sou noir.

— Qu'on ne me parle plus jamais d'argent, dit-il à l'aumônier Langlois rencontré dans le train.

— Mon fils, répondit-il, j'ai appris que tu avais disposé d'une très forte somme. Tu ne l'as plus. C'est ainsi, le Seigneur a voulu que sur cette terre il y ait des riches et des pauvres. Tu as joué, tu as perdu. Ce n'était que de la monnaie, cette hostie du diable. Mais, jure-le solennellement, fais plus jamais de «gambling» avec ton salut.

* * *

«Au Bonheur des Familles»

*P*lutôt petit pour ses quatorze ans, Omer Malouin se tenait à l'avant de la barouche, près du conducteur, un ouvrier de la scierie de Lavaltrie.

— Mon petit monsieur, disait l'homme, au retour, certain que c'est en berlot que je vais vous reconduire à la station.

Autrement dit: «La première neige s'annonce déjà et il faudra le traîneau quand vous irez reprendre le train pour Québec.»

Omer et ses parents faisaient un bien triste voyage. Celui qu'on appelait «le bon oncle Jérôme» venait de mourir. Ludger Malouin, le père d'Omer, avait reçu le matin même un appel téléphonique à son bureau des Chantiers Malouin de Québec. Immédiatement il avait décidé de partir, emmenant son fils aîné et Eulalie, sa femme, qui, prévoyant ce grand deuil, avait fait confectionner par sa couturière de riches vêtements noirs. Ils étaient descendus du train Québec-Montréal, qui avait une halte au nord de Lavaltrie.

Pendant le trajet, Omer, silencieux, avait écouté la conversation de son père et de sa mère, qui avait entièrement roulé sur les biens que laisserait le tonton parti au ciel. Le «bon oncle» était aussi un «riche oncle». Qui donc recevrait la ferme, l'usine de bois, l'auberge qui était devenue un hôtel de trois étages doublé d'un bar-salon bien achalandé, les maisons dans le village, les pièces de terre au bord du Saint-Laurent? «Mes parents ne sont donc pas assez riches?» se demandait Omer. Il se sentait bien à l'aise dans ses vêtements bien coupés, ses confortables souliers, et, ce jour-là, il portait un chapeau de castor tout noir et haut d'où pendait à l'arrière, comme le voulait l'usage pour aller à un enterrement, un large ruban de crêpe. «Nous avons des piastres, nous les Malouin de Québec. Moins peut-être que l'oncle Jérôme, et moins encore que les Malouin notaires, mais pourquoi alors tant se faire de souci pour l'argent?»

Déjà, à son âge, Omer Malouin avait développé et mis en pratique une attitude positive face aux problèmes de sa vie: quelque inaccoutumées que fussent les situations, il savait immédiatement s'y adapter et se sentir à l'aise.

— La Grand-Côte, disait Eulalie Malouin, c'est quasiment Rosaire qui l'a déjà, on va lui laisser. Mais pourquoi le moulin à scie il irait forcément à Ludovic? C'est toi, Ludger, qui la faisait marcher, cette usine, et le vieux Jérôme ne s'entendait pas si bien avec son fils. Non? Pour ce qui est de l'auberge de l'Étrier-d'Or, la Julie la veut pour la donner à Eugène. L'autre, Caroline, la femme à Émile, croit aussi qu'elle l'aura pour son Barzoune. Mais toi tu sais que ça doit revenir à des vrais Malouin et tu vas te défendre.

— Parle pas de ça maintenant, Eulalie. J'ai bien du chagrin parce que l'oncle est mort. Il nous aimait bien. Il est encore sur les planches. On a tout le temps de régler les affaires de succession.

Mais Eulalie continuait à placoter.

— Julie, la «grand-noire», même avant qu'elle soit veuve de Léon...

Là, madame Malouin parla à voix feutrée dans l'oreille de Ludger pour ne pas être comprise d'Omer, qui d'ailleurs ne se souciait pas de ces détails:

334

— ... elle en a assez fait de minouchages à ton oncle, pas vrai?

— Possible, Eulalie.

— Tu sais pourquoi elle le veut, l'hôtel? Pour le donner à son fils Owen. Oui, monsieur, un Irlandais dont on ne sait même pas d'où il vient. Du drôle de monde qui est allé batailler en Europe, qui reviendra peut-être même plus dans notre pays.

Omer, lui, pensait à ce retour imprévu à Lavaltrie qui rompait agréablement le premier trimestre de cette année 1884. Il allait revoir en hiver le village où il avait passé ses vacances au cours de l'été précédent, où l'oncle Jérôme avait invité dans sa belle maison au bord du fleuve tous ses neveux et nièces pour une extraordinaire et lumineuse saison. Que Ludovic ait ou non la propriété du moulin à scie, quelle affaire? Omer allait surtout retrouver sa cousine Alma. Il revoyait leurs plaisirs si proches, les jeux de cachette au long des piles de bois rangées pour le séchage, les joies et les ris de tous les autres jeunes de la famille, leurs baignades, leurs parties de pêche, les promenades sur la grève à guetter les navires, à dénombrer ceux à coque de métal, de plus en plus nombreux par rapport à ceux à coque de bois.

— Des bateaux en fer, ça va être la mort du chantier de bois, disait Adjutor, un des frères d'Alma.

— M'en saque! répondait Omer, qui ne pensait pas un jour vendre des poutres de pin.

La barouche traversait le village. On arrivait. De nombreuses charrettes dételées, les brancards en l'air, s'alignaient dans la cour de la scierie, près de la grosse maison en pierres des champs. Sur la porte flottait le voile noir du deuil. C'est la grosse maman Delphine qui était venue accueillir Ludger et les siens. Elle les conduisit dans le salon, que l'on ouvrait pour les grandes circonstances. Là reposait Jérôme. Avant même que soient terminées les aspersions d'eau bénite et les courtes prières, Omer avait entendu sa mère demander:

— A-t-il laissé un écrit?

Elle n'osait pas prononcer le mot «testament». Delphine, toute rouge, avait dit:

— Toi aussi? C'est tout ce que tu veux savoir?

Eulalie, confuse, essayait de se rattraper.

— Voulez-vous que je vous aide à faire quelque chose?

La veuve, qui était encore en tablier, son chignon à demi défait, toisa la nièce si bien chapeautée, tout engoncée dans ses atours funèbres.

— Pas gréyée comme tu es, ma fille! Va plutôt retrouver les gens dans la grande salle.

Delphine lui tourna le dos pour retourner à la cuisine, où, avec ses filles, ses brus et servantes, depuis la veille, se préparaient des tablées de nourriture. On avait sorti de la dépense les meilleures provisions d'hiver: pâtés, cretons, tourtières, anguilles fumées, tartes au sucre, confitures. On posait sur les nappes des platées fumantes de petit lard, des montagnes de pommes de terre bouillies, des piles de crêpes. Dans le four cuisaient des rôtis de bœuf, des volailles, des longes de veau, des fesses de porc enrobées de sirop d'érable, de cassonade, piquetées de gros clous de girofle. Des bouquets d'odeurs se mêlaient aux arômes du café et du thé distribués en grande profusion à tous ceux qui arrivaient et que l'on dirigeait vers la salle à manger.

La parenté proche ou éloignée, les amis ou voisins venus en nombre, tout ce monde qui arrivait sans cesse en oubliait pourquoi on était là. À défaut de veiller le disparu, par une revanche de la vie sur la mort, on prenait d'abord une bouchée puis un bon coup.

Omer se frayait un chemin parmi cette foule, essayant de deviner où et qui étaient les membres de sa famille. Il avait d'abord retrouvé, venant de la ferme de la Grand-Côte toute proche, ses deux cousins, le gros Gédéon et son frère Norbert, que l'on appelait l'étudiant, car ses parents, Rosaire et Cécile, le destinaient au beau métier d'abbé. Il avait salué Xavier, dit Barzoune, et sa maman, la vieille Caroline. Il avait reconnu Julie mais cherchait surtout Alma.

Comme elle avait changé! L'espiègle cousine du mois d'août si spontanée qui vous sautait au cou, dont le décolleté plat avait

336

une bonne odeur de foin frais, était devenue une sèche demoiselle au regard distant, au parler maniéré. Elle tendit vite la joue pour un baiser. Omer trouva qu'elle dégageait l'odeur doucereuse des cierges neufs.

«Boh!» se dit-il. Un remous dans l'assemblée annonçait une arrivée tapageuse. C'étaient des Malouin de Montréal, conduits par Alexandre le bûcheron, précédé de sa voix tonitruante. Avec lui, son frère Gabriel, plutôt gêné, et un enfant blême et mal vêtu, le petit Arthur.

Omer était ravi de revoir ce jeune cousin qui avait passé l'été avec lui à Lavaltrie.

— Viens, Arthur, il y a des choses à manger, dit Omer.

Ils allèrent remplir une assiette et montèrent se nicher au tournant de l'escalier, d'où l'on avait une bonne vue sur la bruyante compagnie installée sous le soleil de la grosse suspension à kérosène.

Ils virent entrer un groupe et, d'après les réflexions, Omer comprit que c'étaient des Malouin de Saint-Vital: un jeune du genre enjoué, il s'appelait Albéric Lafrenière, et un autre plus âgé, à l'allure martiale mais qui pourtant se tenait les mains jointes et les paupières baissées. Omer avait reconnu Ubald, l'ancien zouave pontifical.

— C'est lui, le zouave, dit-il à Arthur, celui qui porte une grosse médaille au bout d'un ruban.

Le petit gars, qui ignorait tout de l'histoire, regardait le personnage évoluer silencieusement au milieu de la foule qui lui souriait. La présence d'Ubald était toujours appréciée. Son passé flatteur rehaussait les réunions de famille et, en tant qu'ancien combattant des armées de l'Église, même s'il n'avait pas combattu, il jouissait à vie, ainsi que ceux qui se trouvaient sous le même toit que lui, du privilège de manger gras les vendredis, excepté celui de la Passion.

Dans les bribes des conversations qui montaient vers eux, les mots qu'Omer et son cousin entendaient le plus souvent avaient trait à l'argent.

Ludovic répétait que le bois de sciage coûtait de plus en plus cher à produire et Ludger affirmait qu'à cause de ça il avait bien de la misère à le vendre. Alexandre, l'éternel tâcheron de la forêt, celui qui avait si allégrement croqué la grosse part du patrimoine destiné à ceux du coteau Saint-Louis, disait le mal qu'il avait à abattre, pour des salaires de misère, les arbres des autres.

— Et puis, lançait-il de la même voix qu'il avait pour crier «Tim... ber!», ce bois-là, il va plus dans vos usines à bran de scie. Moi, je bûche de la pitoune qui sert à faire du papier. Ça, c'est l'avenir.

— L'avenir des investisseurs des États-Unis, disait tristement Ludger.

— Soyez donc malins, faites-en donc, vous autres, du papier! s'exclamait l'Alexandre qui bramait aussi fort qu'un orignal.

Mais, de toutes les voix rehaussées par les rasades de vin de gadelle remonté d'alcool blanc, Omer reconnaissait celle de sa mère. Elle venait de dire discrètement à son mari:

— As-tu vu le curé? Comme il mange puis comme il boit? Pire qu'Alexandre...

— Tais-toi donc, Eulalie, disait Ludger.

— Le curé, sûrement qu'il s'attend à une grosse donation pour son église.

— L'oncle Jérôme était un bon paroissien qui payait bien sa dîme. Il n'a pas dû l'oublier. Monsieur le curé pourra remplacer sa cloche.

Entre le curé et Delphine se trouvait une religieuse enveloppée dans une robe et un voile sombres. Omer se souvint que c'était une des sœurs d'Alma, religieuse dans un ordre cloîtré à Nicolet. Exceptionnellement sa supérieure lui avait permis de sortir pour les obsèques de son grand-père.

— Tu la reconnais? demandait Ludovic à Ludger. C'est Lola. Son nom de religion, c'est sœur Thérèse.

— Sœur Thérèse-de-la-Sainte-Agonie-du-Christ, rectifia la voix sous la cornette.

Une autre réflexion de sa mère monta à l'oreille d'Omer.

— Et Alexandre et Gabriel, pourquoi crois-tu qu'ils sont venus? Ils s'attendent eux aussi à des bontés de Jérôme.

Ces bontés, le petit Arthur les connaissait bien. Lorsque tout allait mal à la forge, que les femmes travaillaient tout le jour chez les autres, que le grand-père Jean-Baptiste, ses fils étaient obligés de délaisser le feu éteint et l'enclume silencieuse pour travailler comme terrassiers ou bûcherons à trois chelins par jour, quand tout allait mal, il suffisait d'un mot à l'oncle Jérôme, qui discrètement faisait envoyer une pochée de patates, un panier de légumes, une brique de lard et, enveloppées dans un papier avec un mot de tendresse, quelques pièces d'argent. C'est l'oncle Jérôme qui, en personne, venait chercher Arthur pour qu'il passe ses semaines d'été à Lavaltrie avec les autres cousins et cousines. Si les Malouin du coteau Saint-Louis étaient venus de leur faubourg, ce n'était pas par cupidité, c'était par reconnaissance.

— De toute façon, clamait Alexandre, chez nous on n'y croit plus, aux héritages.

Il avait sa tuque rouge enfoncée sur les yeux, avait quitté son parka et exhibait ses grosses bretelles sur sa chemise à carreaux. Sa bière à la main, il répétait sa phrase, prononçant «héritahouge», et se gardait bien de raconter comment il avait dilapidé, en jouant à la barbote, les écus d'or de sa famille.

— Et nous on y croit! cria Eulalie. C'est l'argent des Malouin, des vrais, comme Ludger mon mari. Il y en a ici qui n'ont pas droit à une miette.

— Veux-tu bien te taire! grogna Ludger.

— De qui tu veux parler, la Québécoise? Pas de mon fils Xavier? lança Caroline.

— Ton Barzoune, qu'était même pas le fils d'Émile? Tout le monde le sait. C'est comme Eugène: un étranger, un maudit Irlandais!

Le brouhaha devint intolérable et pourtant perçait la voix d'Eulalie.

— Owen a pas le droit d'hériter, c'est un paddy, pas de chez nous.

— *Goddam!* hurla une voix encore plus fort que la sienne.

Tout le monde se retourna. Venait d'entrer dans la pièce, l'index menaçant, vêtue de fourrures, Betty Malouin, arrivée à l'instant avec une partie de sa famille.

— Irlandaise, je le suis aussi. Jérôme était mon beau-frère.

Dans le silence que son apparition avait créé, elle osa ajouter:

— Et comment? Vous êtes tous là à vous disputer? Et personne ne veille au corps?

Une partie de l'assistance lâcha verres et assiettes pour s'en aller, les chapelets entre les doigts, vers le grand salon. La vieille dame les avait précédés. Elle avait gardé son grand chapeau à voilette mais retiré sa pelisse de vison. Elle portait une robe de dentelles mauves à manches gigot très étroites; à la taille partaient vers le bas et l'arrière des volants d'étoffe plissée. De son cou, ceinturé par un ruban couleur lilas, descendaient force colliers et chaînettes faites d'or et de grenats, tout comme ses boucles d'oreille, bagues, broches et gourmettes. Tous ceux qui étaient agenouillés à côté d'elle ne manquaient pas de lever les yeux pour détailler sa riche tenue.

Des «Notre Père» et des «Je vous salue Marie» se télescopaient tant ils étaient débités vite par les récitants pressés de retourner dans la salle pour commenter l'arrivée de la madame de Montréal.

Ce qui intéressait Omer, c'étaient ses jeunes cousin et cousine qui venaient d'arriver avec la tante Betty. Il y a bien longtemps qu'il ne les avait vus. Zénon et Zénaïde, jumeaux, avaient à peu près son âge. Ils étaient habillés à la dernière mode de Montréal, c'est-à-dire de Londres et de Paris.

Zénon portait une redingote cintrée, une lavallière sur une chemise à col et plastron amidonnés. Il tenait à la main un couvre-

340

chef de feutre dur et bombé. Aux pieds, des bottines à élastique. Un vrai petit monsieur.

Zénaïde était vêtue d'une robe de soie, réplique de celle de sa grand-mère, mais «rose puce», disait-elle, et chapeautée d'une capeline dont les bords encadraient ses longues nattes très rousses. Elle avait les bras cachés jusqu'aux coudes par un manchon.

Omer, qui jusque-là avait fait le fier parce qu'il se croyait mis à la bonne façon de Québec et qui voyait le petit Arthur enveloppé dans une bougrine de drap beige retenue à la taille par une ceinture fléchée, coiffé d'une casquette de cuir à rabats, contemplait les nouveaux venus. Il trouvait Zénon détestable mais fut charmé par le sourire de Zénaïde. Alma était venue admirer sa cousine. Elle lui disait:

— Tu as une rôdeuse de belle robe. As-tu une crinoline en dessous?

— Oui, quelques baleines.

— Oh! fais voir.

La jeune Montréalaise pinça le tissu pour le remonter, dévoilant des souliers hauts à boutons sur quoi retombaient des fuseaux de flanelle blanche ajourée dans les trous de laquelle étaient passés de fins rubans roses. Omer lorgna cette lingerie vite cachée et rougit fortement. Son cousin Norbert avait détourné les yeux. Lui se destinait au grand séminaire.

Dans la grande salle, on jacassait pire que jamais autour du notaire Télesphore, le père de Zénon et de Zénaïde. Lui seul savait ce qu'il y avait dans le testament. Et il ne voulait rien dire pour l'instant.

Delphine héritait de tout et devait à son décès laisser la ferme à Rosaire, la scierie à Ludovic et l'auberge à son frère Placide. Mais il y avait des rouleaux d'or qui, à leur majorité seulement, devaient revenir aux jeunes enfants, neveux et nièces. Pas un centin pour les adultes. Ainsi en avait décidé Jérôme. Rien pour le couvent de la sœur Thérèse, qui ambitionnait un autre autel de bois sculpté surdoré. Rien pour le curé de la paroisse, dont la cloche continuerait à égrener des glas fêlés.

Dans le train du retour à Québec, Omer voyait la grosse neige qui tombait. Il entendait sa mère dire:

— Il aurait pu quand même te laisser de l'argent. Tes affaires vont mal.

— Justement, Eulalie. Maintenant, je peux te le dire: je vais vendre mon chantier de bois pendant qu'il a encore une certaine valeur, et me lancer dans une nouvelle affaire.

— Où ça? demanda-t-elle.

— À Québec. La ville va devenir importante avec tous les chemins de fer qui se construisent. Une nouvelle voie va nous relier à la rive sud, une autre ira à Chicoutimi.

— Mais qu'est-ce que tu veux faire?

— Tous les gens de la région vont venir acheter dans la capitale. Je vais ouvrir un grand magasin où ils pourront faire toutes leurs emplettes, des habits, du linge, des souliers, toutes sortes d'affaires.

Eulalie en rougissait de surprise et de joie. Elle se voyait à la caisse, entourée de commis qui débiteraient les plus jolies marchandises de Québec. Des robes, des chapeaux, comme en portait la Betty Malouin des chics quartiers de Montréal.

Omer ne disait rien. Il s'adapterait à la nouvelle situation.

* * *

— Mes dernières vraies vacances d'été à Lavaltrie, disait Omer Malouin à sa cousine Alma. Je vais m'en souvenir, de la maison et de la scierie.

Elle souriait à son beau cousin qu'elle admirait. Toujours bien vêtu. «Dame! Quand on est le fils aîné de Ludger Malouin, propriétaire du plus grand magasin à rayons de Québec, on se doit d'être vêtu comme une carte de mode», savait Alma.

Dans la petite capitale, Omer avait un surnom: il était le petit du Bonheur-des-Familles. *Au Bonheur des Familles*, ces mots s'étalaient sur l'immeuble dans la grande rue commerçante de la ville. Omer en était doublement fier. C'est lui qui avait trouvé cette appellation. Cela faisait déjà huit ans. Quand son père avait pris la décision et cherchait un nom pour l'entreprise, il avait dit:

— Et pourquoi pas «Au Bonheur des Familles»?

On avait applaudi et approuvé. Omer s'était gardé de dire qu'il en avait eu l'idée à la lecture d'un roman français qui faisait fureur à Paris, écrit par un certain Émile Zola: *Au bonheur des dames*. Le livre était interdit de lecture par le clergé de Québec. Omer, qui se l'était procuré, l'avait lu en cachette.

— Vas-tu t'ennuyer aussi de nous autres quand tu seras étudiant à Paris?

— Certainement, fit-il d'un ton peu convaincu. Toi, tu ne penseras même pas à moi. Tu as ton Albéric.

— On est loin d'être mariés, répondit Alma dont le visage se renfrogna.

Omer avait une heureuse vingtaine. Au terme de sa dernière année de collège, lors de la remise du parchemin et à l'instant de la traditionnelle prise de ruban devant professeurs et parents réunis, il avait préparé son effet. Chacun des jeunes gens, appelé par son nom, s'avançait vers une table, choisissait un ruban que son professeur lui passait en sautoir. Une bande de soie violette annonçait que l'impétrant sollicitait la gloire de devenir séminariste. Il était fort applaudi. Plus généreusement encore celui qui tendait la main vers le blanc. Mieux que curé, il deviendrait missionnaire. Et il précisait son vœu: trappiste, Père Blanc, ou autre congrégation prestigieuse en ce qu'elle comportait de futurs sacrifices.

Les acclamations, encore fortes pour les couleurs qui signalaient les candidats aux études de médecine, s'affaiblissaient pour les futurs avocats, les ingénieurs potentiels. Le ruban choisi par Omer lui valut de courtes approbations.

— Études de commerce...

Mais il eut droit à une ovation lorsqu'il ajouta, sur un ton de fausse modestie:

— À l'École des hautes études commerciales de Paris, France.

Arthur, de la branche des Malouin de La Forge, dits encore les Malouin-la-Misère, avait de plus un surnom: «le p'tit Picoté», parce qu'à l'âge de l'adolescence il avait échappé à la grande épidémie de variole. Le cousin Placide, celui de l'hôtel à Lavaltrie, avait alors recueilli ce neveu de Montréal pour lui refaire une santé. Il fallait bien. Le père d'Arthur travaillait au loin dans une usine. Revenu à Montréal, «Picoté» Malouin avait été assez heureux de trouver une place de groom-valet d'écurie dans une riche famille canadienne de langue française. Cet été-là, il était venu passer quelques jours chez Placide et les siens.

Il retrouvait avec plaisir son cousin de Québec.

— Sais-tu qu'à Montréal, l'autre jour, j'ai rencontré Zénon Malouin? Le fils du notaire, lui aussi, le chanceux, il s'en va à Paris.

— Pas pour étudier! Il a déjà été reçu avocat; à l'université anglaise McGill, à part ça!

— Justement! Pour le récompenser, son père lui offre un voyage d'agrément.

— Câline! Il est plein de sous, le papa!

— C'est grâce au grand-papa. Pépère Napoléon, avant de mourir, avait acheté des terrains de l'autre côté du mont Royal. Le village d'Outremont, ça te dit quelque chose? Ça devient une banlieue sélecte. Les terrains se vendent, faut voir ça, depuis qu'on a annoncé que le tramway électrique ira bientôt jusque-là.

Arthur ajouta que, depuis la fondation de la famille au Canada, aucun de ses membres n'avait jamais mis les pieds dans la Ville lumière.

Un troisième Malouin s'apprêtait aussi à réussir cette performance. C'était l'abbé Norbert, le fils des fermiers de la Grand-Côte. Récemment, au séminaire, appelé par le directeur, il s'était entendu dire:

344

— Mon fils, je vous annonce que vous irez faire vos études de théologie avancée au Collège canadien de Rome. En route pour la Ville éternelle, vous vous arrêterez à notre maison de Paris, où l'on vous préparera. Oh! ne protestez pas, Norbert Malouin. Nous l'avons décidé et votre père est d'accord. Il contribuera, en nous versant des boisseaux de blé, à cet important séjour qui fera de vous un prêtre accompli.

Le fils de l'important agriculteur de Lavaltrie faisait la fierté du séminaire. Ses professeurs disaient de lui:

— Déjà l'étoffe d'un bon prédicateur, nourri de saine doctrine. Et avec ça de si bonnes façons pour un petit gars de la terre.

Les bons pères ajoutaient:

— Si fidèlement attaché aux traditions et tellement prudent à l'égard des malheureuses innovations qui menacent notre Église. Pour sûr, il finira sûrement évêque après avoir dirigé une bonne paroisse et travaillé dans l'administration épiscopale.

Norbert ne visait pas si haut. Devenir curé et le rester suffisait à ses ambitions, mais pas dans un village comme Lavaltrie. Il se voyait plutôt à la tête d'une paroisse de colonisation, ou encore aumônier auprès des bûcherons. Il saurait parler à ce peuple et le garder à la fidélité. Aller à Paris et à Rome le tentait. Il irait aux Invalides se recueillir devant le tombeau de Napoléon. Dans la ville sainte, il verrait la sépulture d'autres grands empereurs et au Vatican aurait peut-être la grâce d'apercevoir le glorieux Léon XIII.

Alma, une des filles de Ludovic Malouin, patron de la scierie lavaltrienne, n'avait qu'une chose en tête: Albéric Lafrenière-Malouin. Depuis l'âge de quatorze ans, elle avait collectionné toutes sortes de formules magiques permettant aux jeunes filles de savoir qui serait le premier garçon qui les aimerait, le galant qui les courtiserait, le fiancé qui viendrait les demander à papa et maman, celui qui serait l'époux, le père des enfants. C'était très émouvant et très facile. Il suffisait, par exemple, lorsqu'on était invitée à un mariage, de s'approprier un tout petit morceau du gâteau de noces et de le faire passer plusieurs fois dans le jonc prêté par la mariée. Ce même fragment de pâtisserie devait, le soir même, être caché sous l'oreiller. Alors, à coup sûr, on voyait en rêve le compagnon de sa vie.

Autre procédé: il fallait, avec de la farine et du sel et surtout de l'eau de Pâques récoltée dans le ruisseau à l'aube du grand dimanche, confectionner une galette, la cuire sur le feu de l'âtre et la consommer avant de s'endormir, à condition que l'on n'ait pas prononcé une seule parole de la soirée. Là encore on devait s'attendre à un songe éclairant.

Si l'on connaissait le prénom de l'éventuel prétendu, il fallait l'écrire sur un papier, poser ce papier sur une planchette et par-dessus placer un morceau de la galette salée et une petite chandelle allumée. Le tout au crépuscule, confié au courant de la rivière, s'en allait vers l'élu et lui faisait deviner qui l'espérait. Alma, qui avait rêvé d'un jeune homme blond et souriant, cherchait à mettre un prénom sur un visage.

Un matin d'août, elle le vit pour vrai. Il allait vers la maison de son père où il entra sans plus de façon.

C'était Albéric, originaire de Saint-Vital. Il vendait de l'assurance aux fermiers autour de Joliette et de Trois-Rivières. Il avait au bout d'un bras une serviette de cuir et sous l'autre un parapluie roulé. Elle l'aima tout de suite. Et lui? De quoi devait-il causer avec papa Malouin, patron de la scierie?

— Non, mon jeune, disait Ludovic, pour l'incendie, la foudre, le vol, j'ai tout ce qu'il me faut. Si au moins tu m'assurais contre l'enfer, je signerais. Vous avez pas ça, une assurance qui me garantirait la vie éternelle?

Malgré le ton narquois du bonhomme, Albéric ne s'était pas démonté.

— Non, on n'a pas ça, m'sieur. Même si notre compagnie s'appelle *La Providentielle*. Mais je vends pas que de l'assurance. Je peux aussi vous proposer de l'engrais chimique à bon prix.

— J'en ai pas besoin. Adresse-toi plutôt à mon cousin Gédéon, de la ferme de la Grand-Côte.

— Ce que je vends, c'est de l'engrais pour pelouses et jardins. Encouragez-moi. Commandez-m'en une poche, je vous ferai livrer.

— Non! avait dit Ludovic au souriant vendeur.

En sortant il portait encore sur les lèvres ce sourire professionnel. Alma à l'affût était certaine qu'il lui était destiné. Elle répondit par l'expression la plus heureuse de son visage.

— Tiens, se dit Albéric, au moins, ce matin, un petit succès.

Souvent, pendant ces semaines d'été, on aperçut dans la paroisse le vendeur d'assurances et d'engrais pour jardins et pelouses qui visitait les maisons alentour de la scierie. Omer, l'étudiant en vacances, se lia vite avec Albéric. C'était un charmant et volubile personnage, fagoté dans un méchant costume de confection. Ne pouvait-il pas s'habiller au chic rayon pour hommes du Bonheur-des-Familles? se demandait le fils Malouin, qui se plaisait à rendre service à Alma.

— Elle te plaît, la cousine?

— Elle est pas pire, répondait Albéric. Rien que pour ses beaux yeux, je vais m'obstiner à faire signer une police à son père.

— Albéric, tu es surtout un vendeur.

— Ça tient de famille. Beaucoup de Lafrenière ont gagné leur vie comme marchands ambulants. Tu sais, les bonshommes qui vont de paroisse en village avec leurs marchandises sur le dos. C'est de l'oncle Félicien, le colporteur, que nous tenons toutes les ficelles du métier.

— Par exemple?

— C'est par les femmes qu'on fait les ventes, qu'il me disait, l'oncle. La meilleure journée, c'est encore le lundi. Le matin de bonne heure, elles ont fait leur grosse lessive. Sur les cordes à linge tu la vois sécher. D'après le nombre de pièces et leur qualité, tu peux entrer dans les maisons et dire: «Ma bonne dame, je sais que vous avez une belle grosse famille. Ben oui! cinq jolies filles dont une est assez grandette. Et aussi quatre gars, plus votre mari et le grand-père.» Selon le cas, il déballait ses lots et vendait à coup sûr. Lui, il avait le tour.

Alma jonglait avec de tendres pensées pour le jeune homme idéal aperçu en rêve et surtout vu en chair et en os sur les chemins du voisinage, tenant sa serviette de cuir et son parapluie roulé, et qui lui faisait de si belles œillades. Il était temps qu'il le sache.

Marchant au long au ruisseau, Albéric aperçut une lumière qui étrangement flottait sur l'eau et son nom écrit sur la latte qui la portait.

«Cré, se dit-il, c'est signé Alma. Une créature qui a l'air de ne pas me haïr...»

— Crois-tu qu'elle m'aime? avait-il demandé à Omer.

— Elle ne pense qu'à toi. Sa mère serait d'accord, mais le père ne veut rien savoir. Elle est trop jeune, dit-il, et surtout il ne veut pas d'un gendre qui gagne sa vie en courant les grands chemins.

— Toi, ça ne t'ennuie pas que j'essaye d'en faire l'approche?

— C'est ma cousine, pas ma blonde.

Omer, du rôle de double confident, devint vite complice des tourtereaux. Grâce à lui, ils pouvaient se rencontrer en catimini dans les bosquets du bout du clos, où ils se livraient au doux plaisir.

L'abbé Norbert, de passage à la Grand-Côte, se confiait aussi à Omer.

— Je vais avoir une grosse nouvelle pas bien drôle à annoncer à papa.

— C'est-y très, très grave?

— Je ne ferai pas le voyage en Europe pour aller étudier à Rome. C'est ma décision. J'ai enfin obtenu d'être nommé dans une paroisse de Montréal.

— Ton père qui te voyait déjà curé du village...

348

— Je vais être vicaire à Saint-Henri.

— L'affreux quartier qu'on appelle Griffintown? Là où vivent les immigrants irlandais?

— Oui, les pauvres parmi les plus pauvres.

Très exalté, Norbert racontait qu'il avait lu en cachette une récente encyclique. Ses supérieurs en disaient le plus grand bien mais en interdisaient la lecture aux séminaristes.

— En une soirée, j'ai dévoré *Rerum Novarum*. C'est ça qui m'a donné l'audace de demander et d'obtenir cette nomination.

— Qu'est-ce qu'elle dit, la prose du Saint-Père?

— Pour faire une histoire courte: la richesse est entre les mains d'un petit nombre. En face, la multitude confinée dans l'indigence, à la merci de maîtres inhumains et cupides, vaguement attirée par des solutions socialistes à la mode mais qui ne peuvent que la pousser à la haine. L'Église apporte sa solution d'amour. Avec elle, patrons et ouvriers catholiques s'unissent dans la paix.

— Wahou! dit Omer, très loin des conflits sociaux.

— As-tu récemment causé avec un indigent? demandait le jeune prêtre. Comprends-tu qu'il faut s'attaquer aux causes et non plus aux effets de la misère?

Ludger Malouin, le père d'Omer, homme de bien, évoquait souvent les pauvres, qu'il fallait secourir par des aumônes. On se devait d'aider ces infortunés grâce aux sociétés de Saint-Vincent-de-Paul; leur penchant pour la boisson pouvait être enrayé par l'action des ligues de tempérance. Il fallait surtout prier pour qu'ils ne se révoltent point. Omer redisait ce qu'il entendait chez lui: «Les inégalités sont voulues par Dieu. Les miséreux seront récompensés de leur résignation terrestre par les grands bonheurs de l'au-delà.»

— Faux, totalement faux, criait Norbert. La charité, oui, mais d'abord la justice. Obéissons à Léon XIII.

Omer, devant tant de véhémence, n'osait répondre par son «M'en saque!» coutumier.

— Dommage, nous aurions pu visiter Paris ensemble.

Zénon Malouin, le fils du notaire d'Outremont, lui aussi dut ajourner son départ pour les vieux pays. Une place était devenue libre chez «McChrichton, Benson & Baker — lawyers» sur «St. James Street» à Montréal. Une chance que le jeune avocat ne pouvait laisser passer.

— Je serai donc, disait fièrement Omer à sa cousine Alma, le seul et le premier des Malouin à me rendre à Paris.

Elle se moquait bien de cela, pleurait son beau cavalier rebuté reparti négocier de porte en porte dans d'autres comtés des contrats d'assurance et des sacs d'engrais pour pelouses.

— Jure-moi, disait-elle en sanglotant sur l'épaule de son cousin, que tu vas faire quelque chose. Un malheur va m'arriver, je le sens.

Bon garçon, Omer enfourcha sa bicyclette. Il avait promis de retrouver Albéric et de l'aider à obtenir le consentement du papa pour un prompt mariage.

Il se fit assez vite. Albéric avait eu une idée: répandre nuitamment et à sa façon son fertilisant sur le gazon devant la maison du marchand de planches de Lavaltrie. Les pluies orageuses de la fin de l'été firent le reste. Un matin que Ludovic ouvrait ses contrevents, il aperçut ébahi, dessinée en immenses lettres par l'herbe bien drue, cette affirmation: «J'aime Alma».

Albéric avait gagné. Le mariage aurait lieu. Grandement temps même de le célébrer...

— Je l'avais bien dit, répétait Albéric. Mon fertilisant, c'est un produit miracle.

Omer n'assista pas aux noces. Il ne s'embarqua pas non plus pour Le Havre. Juste à la veille de quitter Québec, en septembre de cette année 1893, l'adversité avait frappé: un incendie rasa le grand magasin. Négligence d'un fumeur? Court-circuit dans le moteur de l'ascenseur électrique qui faisait l'admiration des Québécois et l'orgueil de Ludger Malouin? Ou bien, comme on le murmurait, une main criminelle, inspirée par un groupe de petits boutiquiers du quartier, des jaloux qui prétendaient que le

Bonheur-des-Familles les ruinait? On ne le sut jamais. Tout avait passé au feu. Y compris, dans l'entrepôt, des lots de draperies commandées pour le château Frontenac, le somptueux hôtel d'allure normando-médiévale qui venait d'être édifié, face au fleuve, sur la nouvelle terrasse.

Ludger n'avait pas assuré à sa juste valeur son bien. Ruiné en quelques heures, désemparé, rentré chez lui il était monté au grenier. Son fusil de chasse appuyé sous son menton, s'était fait sauter la cervelle.

Il eut de grandes funérailles. Marguillier, Ludger Malouin *ne pouvait pas* s'être ôté la vie. Version officielle: il s'était tué accidentellement en voulant nettoyer son arme. Omer, devenu soutien de famille, apprit chez un oncle le métier de barbier.

Le seul Malouin qui partit pour la France cette année-là, c'était inattendu, fut Arthur, dit le Picoté, domestique dans une famille de Montréal. Son «bourgeois», nommé par le gouvernement d'Ottawa agent d'immigration pour l'Europe, un poste quasi diplomatique, s'était rendu à Paris avec sa famille, emportant dans ses bagages le jeune groom âgé de seize ans.

Un siècle en or

Hiver 1900.

« Aujourd'hui, nous avons changé de siècle», méditait Omer Malouin en s'installant au plus près de la cheminée de la grande salle de l'Étrier-d'Or. Il était revenu à Lavaltrie pour la bénédiction du nouvel an, donnée, selon la coutume, par le plus vieux de la famille, Ludovic cette année-là.

Omer allait avoir vingt-neuf ans. Maigre de visage, pour le reste replet, il avait gardé sa manie d'adolescent de feindre ouvertement l'indifférence envers tout ce qui pouvait le préoccuper. Son entourage endurait sa bonne humeur factice qui le faisait passer pour un bon vivant, jamais mal pris.

Après l'incendie du Bonheur-des-Familles et la mort tragique de son père, devenu garçon barbier il travaillait dur pour aider sa mère à élever ses frères et sœurs. Il avait fait la connaissance de Lumina, une attrayante demoiselle de Québec, au demeurant trop chaste. Ils attendaient patiemment de se marier lorsqu'il aurait enfin atteint l'autonomie financière.

Elle avait fait avec lui le voyage du premier de l'an. La cérémonie familiale avait été, comme d'habitude, fort émouvante. L'oncle septuagénaire avait étendu ses mains ridées audessus de la cohorte familiale agenouillée et à chacun avait souhaité «le paradis à la fin de tes jours». Il avait ajouté: «Ayez une année et un siècle tout dorés.»

En mangeant les pâtisseries arrosées de thé ou de brandy, la compagnie avait discuté sur la question de savoir si 1900 était bien le début d'un siècle ou la fin d'un autre. Il n'y avait pas eu de danse à cause de la mort de Placide, le patron de l'auberge, à qui succédait le gros Félix, dit Bedaine, déjà père de grands enfants.

Omer réfléchissait en regardant le feu. Sur l'autre banquette, en face de lui, vint s'asseoir Lumina. Elle avait bien tiré sa jupe vers ses genoux, vérifié si son corsage était bien boutonné jusqu'au col, et se tenait droite, les doigts croisés au-delà de sa maigre poitrine. Elle disait des choses futiles, posait des questions banales. Omer était capable de lui répondre, parfois longuement, sans interrompre son riche monologue intérieur.

«Pourquoi ai-je eu l'idée de l'emmener à cette réunion de famille? Elle voulait connaître tout le monde et qu'on dise d'elle: ''Elle est bien fine, la future d'Omer.'' Comme j'ai trouvé Alma changée par le mariage. En moins bien. C'était plutôt une petite créature avant qu'Albéric lui fasse trois enfants. La voilà devenue dondaine. Un qui ne dit jamais un mot, sauf pour se plaindre, comme toujours, que le beurre se vend pas cher et que son blé pousse mal, c'est Gédéon de la Grand-Côte. Mais son frère l'abbé, quel bavard! À part ça qu'il se vante d'être vicaire dans un quartier pauvre de Montréal pour annoncer aux paroissiens qu'ils doivent créer, contre les patrons, des unions catholiques. Il faut voir la tête de ses pauvres parents, qui voulaient que Norbert soit un gros ''monsieur prêtre'' dans un beau presbytère de pierre taillée. Je comprends aussi que son évêque le chicane. Jamais je n'ai eu envie de me faire curé. C'est se donner une autre famille avec des tas de pères supérieurs. Il fallait voir le pauvre Ubald, l'ancien zouave, devenu frère lai, obligé à l'obéissance jusqu'à son dernier jour dans sa petite communauté de campagne. Au moins, lui, il est allé outre-mer, dans sa jeunesse. Alexandre le bûcheron, ça c'est un gars qui a la bonne vie. Toujours parti en dehors de chez lui. Mais quel braillard! À part ses chantiers, il ne connaît que les bars de Montréal. Comme si nous n'en avions pas, des saloons, à Québec. Il a fallu encore qu'il mette les Montréalais en avant, sous prétexte qu'on peut voir à Montréal une ou deux voitures qui marchent au pétrole. "Les voitures sans "jvouho" comme il dit, ça va tuer le commerce du foin." Gédéon en était tout pâle en entendant ça. "Si on ne fait plus de foin, comment c'est qu'on vivra, nous autres sur la terre?" Et mon Alexandre qui répétait, son verre dans le nez: "Ton foin, tu peux te le mettre..." Et l'abbé Norbert qui coupait la conversation, puis l'autre qui se fâchait rouge. Les prêtres, ça vit pas dans la vie, mais il faut les supporter. Si je devais être quelque chose dans le clergé, ça serait missionnaire, bien loin d'ici. Mais on en a assez, chez les Malouin, de bonnes sœurs et de bons religieux. Un qui doit se la couler douce, c'est Arthur le Parisien, toujours célibataire et qui se promène sur les grands boulevards. C'est mieux que la forge du coteau Saint-Louis, même si c'est devenu maintenant un magasin de fer.»

Au dehors, il neigeait de plus en plus fort. Omer continuait à enchaîner de longues suites de pensées, échangeant parfois quelques phrases avec Lumina. Revenait à son intime discours:

«Faut pas que j'essaie de trop la regarder parce que ça énerve toujours Lumina, mais elle est ben agréable à voir, la petite Gisèle. C'est la fille à Félix. Quel âge elle peut avoir, la petite bonjour? Quinze, seize ans? Au même âge, elle me rappelle Zénaïde Malouin, la fille du notaire Télesphore. Qui disait, tout à l'heure, qu'elle apprenait les beaux-arts à Montréal. Les beaux-arts, ça donne quoi? Son frère Zénon, son jumeau, lui il a fait un beau mariage avec une demoiselle d'Outremont. "Des Canadiens français, mais riches!" comme dit tante Rosa, à moins que ça soit tante Flavienne, l'autre placoteuse. Et Zénon, qui a mon âge, est déjà père de deux grands flaux. C'est comme Félix, il peut bien élever une grosse famille. Il est à l'aise, l'hôtelier. Pas trop de clients sur semaine, mais les samedis soir son bar est toujours plein. Pas de concurrent dix milles à la ronde. L'été, les bateaux d'excursion qui lui amènent des bonnes pratiques. Il doit bien verser en douce des dollars à son député, qui se trouve être dans le bon parti, celui qui est au gouvernement. Après tout, m'en saque! C'est de ses affaires. Si je devenais un peu riche, je pourrais marier Lumina. Pis non, je le ferais pas. Être riche, c'est être libre. Quel dommage qu'on ne puisse pas danser. J'aurais pu l'émoustiller un peu, pour une fois... Il neige à plein ciel. Pas question d'aller prendre le train ce soir. Faudra bien dormir à l'Étrier. Félix nous invite. J'irai lui dire bonsoir dans sa chambre, à Lumina, lui souhaiter une fois encore la bonne année. Elle aura peut-être envie de ce qu'elle me refuse toujours, ce que son confesseur lui interdit. La voilà qui bâille. Je vais lui demander si elle n'a pas envie d'aller se reposer là-haut.»

— Oui, il faut que je monte, répondit la fiancée à la proposition.

— Veux-tu un petit peu de vin français? Tu n'as rien pris de la soirée.

— Je suis bien comme ça. Bonsoir, Omer.

— Tout à l'heure, ma chouette, j'irai te donner un petit bec pour...

— Je t'en prie, tiens-toi tranquille. Il est entendu avec ta tante Rosa que je dormirai avec Gisèle. Bonne nuit, mon Omer. Et encore bonne année.

Avant de monter à la chambre de la fille de Félix, debout dans le couloir sombre qui menait à l'escalier, elle accepta un autre baiser qu'Omer essaya de faire durer.

— Écoute, Lumina, si tu voulais... Viens un peu dans ma chambre... pour une fois.

— Es-tu fou, Omer?

— Un tout petit peu...

— J'ai dit non. Bonsoir.

— Alors, adieu, Lumina.

— Adieu, puisque tu le dis.

Omer retourna devant le feu de foyer. Pour une des rares fois de sa vie, il se sentait frustré et osait se le dire. Au lieu de lancer son interjection favorite, il alla posément décrocher son paletot, son casque de fourrure, ses bottes de neige. Il emprunta

356

les raquettes de son cousin Alphonse, et, sous la grosse neige, gagna la gare de chemin de fer.

Pendant la soirée, on avait parlé de la rivière Klondike, loin dans le Nord-Ouest, à l'autre bout du Canada, dans le Yukon. Le cours d'eau charriait des pépites. De l'or qu'on trouvait en bien plus grande quantité qu'en Californie. C'est ce que disaient des gars qui étaient revenus dans la province avec des milliers de dollars dans les poches.

À Montréal, Omer, voyageur sans valise, avait pris un billet au tarif «colonist», le plus bas, et roulait vers l'océan Pacifique dans une longue voiture aux sièges de bois parmi une soixantaine de passagers, pour la plupart des immigrants débarqués des bateaux venant d'Europe.

«J'ai bien fait, se disait-il. Il y a trop longtemps que j'avais envie de partir.»

Quelques mois plus tôt, il avait failli s'engager dans l'armée canadienne, qui recrutait des volontaires pour aller défendre l'Empire britannique, pris en Afrique du Sud avec les Boers, des colons d'origine hollandaise qui luttaient contre la suzeraineté de Londres. Il n'avait pas osé en parler ni à sa mère ni à Lumina. Mais, cette fois, la décision était prise. Il sentait qu'il avait déjà trop attendu pour se laisser porter par le destin.

Il finit par arriver, au confluent du fleuve Yukon et de la rivière Klondike, en la ville de Dawson. À l'heure de son bref printemps, la capitale de l'espoir n'était guère riante: un ramassis de cabanes de bois au long d'un marécage. Des barques échouées servaient de boutiques où ceux qui repartaient désenchantés cédaient à ceux qui arrivaient un équipement fatigué fait de toiles de tente, chaudron, couvertures, pelle et pioche et l'indispensable batée, le récipient à laver les sables aurifères.

— Donne-moi cent dollars et je te donne mon stock, lui proposa un ex-chercheur d'or pressé de descendre vers le sud.

Il n'avait pour tout bien, hormis son équipement tout plein de trous et de rouille, que l'habit en loques qu'il portait. Il ajouta, dans un accent indubitablement canadien-français:

— D'ailleurs, t'as déjà compris, tout ce que je peux te vendre est inutile. Donne-moi une cigarette et je te dirai pourquoi.

L'homme, en fumant béatement, lâcha:

— De l'or, y en a plus une maudite miette dans les *creeks*. T'arrives trop tard. Comme moi. Ça fait un an que j'aurais dû maudire mon camp. Les meilleurs *claims* sont jalonnés par des gars qui dorment dessus pour ne pas perdre leur permis d'exploitation. Pars avec moi. On sacre notre camp à Vancouver. Une ville toute neuve. Paraît que là-bas il y a de l'argent à faire et du plaisir à prendre.

Le barbier hésita, se porta acquéreur du matériel usé, acheta de plus des provisions, de surcroît un mulet. Il passa tout son été à trouver le bon ruisseau, en essaya plusieurs, les jambes dans l'eau à remuer sa batée.

Son modeste campement recevait des visiteurs. Des tente-la-chance comme lui, venus de partout: des États, d'Asie, d'Europe, de tout le reste du Canada. Beaucoup de la province de Québec. Toujours les mêmes questions.

— De l'or, t'en trouves?

— Ça prend du temps.

Tous des malchanceux qui racontaient leur long voyage vers le Yukon.

— Nous autres, on est arrivés par Skagway, Alaska. C'était en plein hiver. On a grimpé le col de Chilkoot. Il fallait voir ça: des heures de montée à pic dans la glace vive, en file les uns derrière les autres, notre butin sur le dos. Arrivés en haut, il fallait redescendre pour aller chercher une autre partie de notre bagage. Trente fois qu'on l'a grimpée, cette maudite côte.

Le compagnon d'escalade ajoutait:

— C'était pas le plus dur. Il fallait refaire autant de voyages en bas, puis en haut, recommencer pour arriver à la rivière. Puis attendre le dégelé, trouver une chaloupe pour faire six cents milles sur le Yukon, avec des rapides comme on n'en avait jamais vu.

358

Omer Malouin trouvait très sympathiques ses deux compatriotes qui venaient partager ses rares provisions de pois secs, de thé et de tabac. Ils étaient prénommés Tit-Pit et Auray.

— Et l'or?

— On en a trouvé tout de suite. De la belle poudre.

— Mais après, on a dû toute la dépenser à Dawson City. On en a trouvé d'autre. Perdue encore.

— Ça fait deux ans qu'on est là, mais je te le dis, Omer, si on frappe un placer, on deviendra de vrais richards.

Omer avait tout de même rempli, bien caché, un petit sac de paillettes. Il pouvait quitter l'austère vallée à la fin d'un été fugace, lumineux et fleuri mais tout vibrant de la susurration de millions d'agressifs maringouins. De la soirée au lendemain commençait sournoisement un automne noyé de pluies stériles. L'ancien fiancé de Lumina pressentait un hiver glacial et sans jour. Il se hâta de s'en aller vers Dawson.

Dans la ville fangeuse rôdait déjà une bise hostile. Omer trouva des milliers d'orpailleurs en cette métropole du bout du monde qui avait encore grandi. Dans le plus grand désordre avaient surgi des demeures de rondins et de planches, coiffées de toile goudronnée ou de plaques de fer noir, fixées avec de gros clous à tête blanche. Cela donnait l'impression d'inscriptions en alphabet morse. D'autres toits étaient simplement recouverts de mottes de terre dans lesquelles poussaient l'été des églantiers ou plus prosaïquement des plants de haricots, selon que leur propriétaire avait l'âme romantique ou l'esprit pratique. Plus de boutiques que jamais. Sur tous les comptoirs, sous la lampe-tempête à pétrole, trônait la balance de précision. Les achats ne se réglaient qu'en poussière d'or.

La «Main Street», au long de laquelle se succédaient les bars, n'était qu'un très long bistrot ouvert nuit et jour. Certains se paraient du titre de casino. On y jouait au black-jack, on y dansait, surtout entre hommes, au son de minces mais bruyants bastringues. On y assistait à de prétendus spectacles donnés par des dames qui montraient leurs jambes et leur poitrine masquées de dentelles noires, très chapeautées et qui cachaient leur visage fardé sous des voilettes. Étaient-ce des hommes déguisés, les mêmes qui présentaient des matches de boxe truqués? Heureusement, il y avait des êtres indiscutablement féminins qui servaient aux tables. Certaines acceptaient de monter à l'étage avec un client. De toute façon, on devait payer d'avance en allant à la caisse, entourée d'un grillage, faire peser de la poudre d'or.

Parmi les clients, Omer avait revu Tit-Pit et Auray, les inséparables, vieux habitués des bas-fonds de Dawson et de sa faune dépareillée. Ils avaient en commun la soif de l'or, de l'alcool, du jeu, parfois des rares demoiselles. Parmi les multiples catégories sociales représentées, il y avait même la caste militaire, incarnée par des déserteurs de nombreuses armées et aussi par un ex-colonel porteur d'un nom à particule. Le clergé, présent par des pasteurs-prospecteurs et quelques prêtres catholiques romains dévoyés qui tentaient de cacher leur appartenance. Le tiers état fourmillait de commerçants, ouvriers, cultivateurs en rupture de labours, tous arrivés d'un continent ou de l'autre. Dans cette Babel, les Canadiens français avaient le tour de se reconnaître et de se retrouver ensemble afin de parler de la patrie désertée mais vers laquelle allait leur pensée nostalgique. Sitôt ensemble, ils se chamaillaient en des querelles de clochers, puis se réconciliaient en communiant aux mêmes boissons.

Leur refuge de grâce, c'était le *Golden Pheasant,* bar-tripot, boîte à guidounes, où ne venaient que les vrais «Canayens», ce qui excluait tout compatriote anglophone, même les Irlandais de Montréal venus de Saint-Henri, dit Griffintown.

Ce lieu de chaleur, de paix et de lumière était défendu par un dédale de boue glacée. Il était hanté par de fascinantes luronnes à l'accent parisien ou montréalais, outrageusement maquillées, parfumées, aux cheveux trop ondulés et teints, parés de diadèmes de plumes d'autruche roses. Elles enserraient leur cou d'un large ruban de velours sombre, portaient jusqu'aux coudes des gants de chevreau noirs, et montraient très bas leur dos et leur gorge par les échancrures de robes aux teintes violentes qu'elles relevaient volontiers jusqu'à la jarretelle ornée, offrant aux regards des mâles des jupons de satin et de madapolam à volants multicolores et des bas à larges mailles.

Calé sur sa chaise devant un verre de bière médiocre, Omer regardait ces étranges créatures. Il osait s'avouer que c'était peut-être à cause de sa mère si prude, de ses tantes vertueuses, de l'inapprochable Lumina qu'il était venu de si loin les contempler, les toucher un peu en rigolant, et souvent aller s'ébattre avec l'une d'elles à l'étage du *Golden Pheasant*. Elles faisaient surtout remonter en lui un lointain souvenir. Lors de l'enterrement de l'oncle Jérôme à Lavaltrie — il avait quatorze, quinze ans —, parmi les cousines venues de Montréal, la fille du notaire, si chiquement habillée, avait, par bravade, montré ses dessous, de longs pantalons blancs avec des incrustations de dentelle et des rubans roses. C'était Zénaïde Malouin. Il revivait cet émoi physique en dansant avec les dames fardées.

Elles avaient bien moins d'attraits lorsque parfois il les rencontrait de jour dans la rue et voyait leurs épaules engoncées sous un lourd parka, leurs pieds chaussés de bottes de cuir.

Après son arrivée à Dawson, Omer avait rédigé une lettre fort tendre dans laquelle il demandait à sa fiancée Lumina de lui pardonner son brusque départ. Il disait espérer un aussi prompt retour et promettait pour eux deux un avenir fortuné. Il avait reçu en réponse un petit mot de son éventuelle future belle-mère. La dame de Québec annonçait sèchement que sa fille, entrée comme professe dans une communauté religieuse, ne pouvait recevoir de correspondance de quiconque.

— M'en saque! avait été sa réaction.

Il n'était plus sûr de revenir riche. Son petit sac de métal précieux était quasiment vide. Devrait-il faire comme Auray et Tit-Pit, qui regagnaient tous les soirs à la table du black-jack leurs pépites perdues, les risquaient toute la nuit, allaient dormir pauvres et revenaient au crépuscule s'attabler au tripot? Omer demanda la réponse aux dés. Il récupéra dix fois le poids de sa précieuse poussière, commanda du champagne, du vrai champagne venu d'Épernay, France, partagé avec les deux lascars.

— Je repars à Montréal, jurait-il.

Il fallait pour cela attendre les beaux jours. Quand le printemps revint, ils étaient tous les trois lessivés. Omer repartit alors vers son placer. Dans les alluvions sassées et ressassées, il ne trouva qu'une pincée d'or. Il laissa sur place tout son attirail, transforma son mulet en grillades coriaces. À Dawson, il n'avait plus de quoi partir pour le Sud. Il finit par aboutir à un port de la côte, où il travailla comme débardeur, peina pour amasser de quoi embarquer sur un des bateaux qu'il déchargeait.

Il retourna enfin à Québec, ne rapportant, sur le gras du biceps, qu'une petite étoile Polaire bleue tatouée au bout d'une Grande Ourse. Il ne voulait pas rentrer à la maison la bourse plate. Un Malouin comme lui se débrouillait toujours. On demandait en ville des hommes bien payés pour un ouvrage dangereux: travailler sur les hautes poutrelles de fer du pont qui allait enjamber le Saint-Laurent.

— Êtes-vous huron? Malécite? Cri?

— Je suis seulement canadien. Pourquoi?

— On prend surtout les Indiens. Ils n'ont pas peur du vertige.

Il montra le dessin incrusté sur son bras.

— Je reviens du Klondike.

— Alors, on vous accepte.

362

Le ciel nous enrichira

*O*mer Malouin, dit l'Espérance à cause de son optimisme chronique, dit Bonanza parce qu'il avait été chercheur d'or au Klondike, qui avait refait ses finances sur les chantiers du pont de Québec, s'était convaincu qu'il était plutôt fait pour gagner sa vie dans ce qu'il appelait «la bizenesse» et avait choisi d'être représentant pour deux ou trois grossistes de Québec. Plaçant des marchandises aussi variées que des matériaux de construction, des spiritueux, des textiles et de la statuaire religieuse en plâtre, il se préservait des aléas du marché. Son territoire s'étendait entre la rivière Saint-Maurice et le Saguenay et incluait le Lac Saint-Jean. On voyait l'actif voyageur de commerce dans les trains et les «steamers» qui faisaient l'aller et retour entre la capitale et Chicoutimi. Dès qu'il avait pu, il s'était acheté une automobile rouge vif, parée de cuivres, dont l'avertisseur, une trompe de chasse alimentée en air par une énorme poire en caoutchouc, arrivait à peine à couvrir les pétarades.

C'est dans cet équipage qu'il freina un jour, pris de l'envie de revoir Montréal, devant la porte de son cousin Zénon de la tranquille avenue Maplewood à Outremont. On ne pouvait manquer cette arrivée imprévue. Omer descendit de sa voiture découverte coiffé d'une casquette munie de cache-oreilles de cuir, le regard barré d'énormes lunettes de protection, enveloppé dans un manteau de chat sauvage, un cigare entre les dents. Il finit par être introduit au salon par une domestique apeurée.

Il eut lui aussi du mal à reconnaître son cousin. Zénon, pour accentuer son prestige d'homme de loi, portait, comme son père et son grand-père dont les portraits en pied ornaient les murs, d'épais favoris qui descendaient jusqu'à ses épaules.

— Tu n'as pas trop changé, dit Omer poliment.

— Et toi tu as l'air pas mal prospère. Quel véhicule auto-mobile! Pas très discret! Es-tu toujours rentier?

— Rentier, moi? Jamais de la vie. Eh! je travaille, j'ai une profession.

— Une profession? Il me semble que tu n'as jamais obtenu de diplôme.

— Je suis un homme d'affaires professionnel. Faut-il un parchemin pour réussir dans le commerce?

— Non, admit Zénon bien qu'il n'appliquât personnelle-ment le mot «professionnel» qu'aux seuls personnages qui suivaient une carrière libérale.

Il ajouta courtoisement:

— Viens-tu me voir pour un testament? Facile à faire. Je crois que tu n'as pas de famille.

— Pas de famille, moi? Mais j'en ai toute une! Les Malouin, ça existe! Ce que je peux avoir comme frères, sœurs, cousines, filleuls, cousins, neveux, beaux-frères, belles-sœurs et le reste... Et tout ce monde-là croit l'oncle Omer bien riche.

— Et tu n'as rien à léguer?

— Pas pour l'instant. Je passais dans le quartier. J'étais venu prendre de tes nouvelles.

Ils parlèrent de choses et d'autres. Le notaire montréalais était fier d'affirmer que Montréal devenait une grande métropole de l'Amérique du Nord, qu'approvisionnaient des lignes de chemin de fer venant des quatre points cardinaux. Il soutenait que son port, terminus fluvial, recevait de plus en plus de cargos et de paquebots, ce qui développait alentour des quartiers industriels et raffermissait l'emprise de la rue Saint-Jacques toute proche où étaient installées les plus puissantes banques et entreprises financières.

— Il y a de bons placements à faire, mon cher. Si tu disposes de quelques avoirs.

Omer, pour toute réponse, déclara que Québec, sa ville natale, n'en demeurait pas moins la capitale politique de la province et que c'est là qu'il fallait vivre si l'on voulait profiter des appuis du gouvernement et de ses fonctionnaires.

Enfin, au fil de la conversation, Omer demanda des nouvelles de Zénaïde. Zénon sursauta et répondit, les dents serrées:

— Nous ne parlons plus d'elle ici.

— Qu'est-ce qui est arrivé à ta sœur jumelle?

De chaque côté du visage soudain pâli de Zénon, ses touffes de barbe frissonnèrent. Il chuchota:

— Disparue.

Bonanza-l'Espérance-Malouin eut un haut-le-corps.

— C'est-il possible?

— Omer! Tu te figures que toi seul peux s'éclipser sans un mot, filer à l'autre bout du monde et rester des années sans donner de nouvelles?

Sur ses yeux embués, le lorgnon de maître Malouin en tremblait.

— Raconte-moi ça tranquillement, Zénon.

— Il y aura dix ans de ça; c'était dans l'hiver 1900; notre mère a trouvé dans sa chambre, contre son miroir, un petit mot qui disait: «Je pars parce qu'il le faut. Ne soyez pas inquiets. Votre fille qui continue à vous aimer.» C'était signé «Z».

Un vrai roman, pensait Omer qui voyait Zénon soulagé et heureux de raconter ce drame. Il lui demanda de poursuivre.

— Ma sœur semblait si heureuse avec nous. Quand j'ai commencé mes études de droit, elle aurait voulu devenir médecin. Notre École de médecine, pas plus que maintenant, ne voulait recevoir de jeunes filles. Nos parents ont été très compréhensifs. Ils ont fait suivre à Zénaïde des cours d'aquarelle, donnés par un très bon professeur, un diplômé des Beaux-Arts de Londres. Je crois qu'elle aimait beaucoup cela. Et pourtant elle nous a quittés.

— Elle avait peut-être une aventure amoureuse avec quelqu'un?

— Elle ne me faisait pas de confidences. Elle n'en faisait d'ailleurs à personne. Elle ne sortait pas, son professeur venait à domicile. Elle était bien traitée. Elle ne manquait de rien. Papa et maman en sont morts de chagrin. Nous laisser sans nouvelles! Ou presque...

— Comment: «ou presque»?

— De temps à autre, c'est vrai, elle écrit. Pour nous faire savoir qu'elle va bien, sans donner de détails, que l'on ne se fasse pas de soucis pour elle. Elle envoie même des cadeaux à mes enfants, qui ne la connaissent pas.

Omer mit la main sur l'épaule de son cousin qui sanglotait et sortit de la maison.

«Qu'est-ce que j'ai eu besoin de demander des nouvelles de la lointaine Zénaïde? se disait le voyageur de commerce. Pour me faire raconter cette histoire banale et larmoyante par son frère? Après tout, leurs affaires, je m'en saque. Je vais aller voir les cousins du coteau Saint-Louis. Ils sont moins façonneux.»

Omer conduisit son rutilant coupé vers un quartier moins huppé. Il remontait la rue Saint-Denis et avait du mal à reconnaître le paysage. Là où jadis s'étendaient des jardins et des boisés, des maisons campagnardes espacées, s'édifiaient à touche-touche des bâtisses servant d'entrepôts ou de boutiques, des logis pour deux familles, l'une au rez-de-chaussée, l'autre à l'étage, tous carrés, à toit plat, à façade de pierres grises ou de briques.

Toutes avaient sur le devant un escalier de métal pour monter au premier, des frontons, des balcons et des tours de fenêtre en bois ouvragé à la scie.

La forge des Malouin, Omer y était venu parfois dans sa jeunesse. Au milieu d'un jardin rectangulaire, complanté de lilas, c'était une grange solide. Tout près, la maison d'habitation, dix fois rebâtie, avait gardé son robuste assemblage d'épais montants et de traverses, son massif toit en pente scandé de lucarnes. Depuis toujours, on ne manquait pas à chaque visite de rappeler qu'en ce lieu même, au long d'un sentier inventé par des Indiens bien avant l'arrivée des Blancs, Jean-Louis et Madeleine Malouin, il y avait presque 350 ans, avaient défriché la terre boisée pour bâtir maison.

Omer se rappelait que, souvenir de la sente tracée sur le versant du mont Royal, la rue où habitaient ses cousins coupait exceptionnellement en diagonale la rue Saint-Denis. La maison était bien là, mais sa façade sur rue avait changé, elle était dotée d'une devanture où étaient exposés des outils; peints sur la vitre, les mots: *Hardware Malouin Marchand de fer*.

C'était Julien, frère d'Alexandre le bûcheron, qui avait opéré cette transformation. Il en était fort satisfait. Le dialogue fut aisé entre le voyageur de commerce et l'audacieux quincaillier. Ils parlèrent affaires, automobile, famille. Omer heureux faisait connaissance avec deux neveux, Marc et Paolo, gentils écoliers qui prirent grand plaisir à faire un tour dans la merveilleuse auto à côté de ce tonton si rieur qui, pour les amuser, faisait couiner à plein son cor de chasse avertisseur.

Tout de même, rentré à Québec, Omer Malouin, grâce à ses relations nombreuses, obtint des renseignements sur l'aventure de Zénaïde, partie avec son maître à dessiner. Sa fuite avait-elle été un enlèvement? On pouvait le croire. La demoiselle de dix-huit ans et son compagnon d'âge mûr étaient partis vers l'ouest. À l'époque, le président des chemins de fer du Canadian Pacific, pour mieux faire connaître les fantastiques horizons des montagnes Rocheuses, offrait à des peintres de plein air des billets de train gratuits et de gracieux séjours dans les magnifiques hôtels de la compagnie, qui étaient remboursés en tableaux. Zénaïde et son compagnon avaient profité de l'aubaine et vécu ensemble d'une villégiature à l'autre. Le couple s'était ensuite rompu, chacun allant de son côté, lui, croyait-on, à San Francisco, elle partant, peut-être seule, vers le nord de la Colombie britannique.

«À cette époque, pensait Omer, j'étais au Yukon. On aurait pu se rencontrer.»

Il évoquait cela avec un bizarre pincement au cœur, se blagua lui-même pour l'oublier. Les démarches qu'il venait de faire dans les coulisses du pouvoir lui avaient procuré de nouvelles relations. Cela se traduisit par deux propositions d'affaires. L'organisation d'une course d'aéroplanes et une grosse commande de rivets pour le pont de Québec, celui-là même auquel il avait travaillé autrefois et dont une travée s'était écroulée dans le fleuve. Pour la deuxième affaire, il avait déjà trouvé le sous-traitant idéal: Julien Malouin, l'entreprenant marchand de fer, venait de créer un atelier de visserie, clous et autre petit matériel pour la construction. Pour ce qui est des avions, il existait une autre ressource familiale: Arthur Malouin, dit le Picoté, celui qui était à Paris. Il y était devenu employé au bureau d'immigration du Canada, était passionné par l'aviation et avait des amis qui s'adonnaient à ce nouveau sport. Il avait raconté cela dans une lettre. Sans plus tarder, Omer envoya une épître à cet autre précieux cousin.

— Julien, c'est le temps des bonnes affaires! dit Omer en arrivant à Montréal dans la maison du quartier Saint-Louis.

— Parle pour toi. Les miennes sont à l'eau. Mes employés veulent se former en syndicat. Chez moi! Une petite manufacture qui paie bien son monde, enfin… honnêtement. Des gars qui se disaient tous mes amis. J'm'obstine, moi, le fils d'un pauvre forgeron, à créer un petit commerce, puis une fabrique de clous. Et voilà que des chefs syndicaux venus de l'étranger viennent se mêler de mes affaires!

— Faut pas perdre notre contrat. J'ai une idée: on va aller voir Norbert.

— Norbert le curé? Qu'est-ce qu'il a à voir là-dedans?

— Il travaille dans un quartier ouvrier, il pourra nous aider.

368

Sans aucune discrétion, Omer stoppa sa belle Crestmobile devant le presbytère édifié au milieu d'usines et de logements prolétaires. Norbert, ravi de revoir ses deux cousins, se fit expliquer leur histoire. Il conclut ainsi:

— Julien, tu ne dois pas t'opposer à la création d'un syndicat dans ton entreprise.

— Hein?

— Notre évêque s'est penché sur le sort de ces petits que sont les ouvriers de notre ville. Il leur reconnaît le droit de s'unir fraternellement pour tenter d'obtenir une vie plus digne. Laisse-moi finir: mais à condition qu'il s'agisse d'organisations dont la nature soit en conformité avec les vues de l'Église. Contre les unions que veulent nous imposer les mouvements socialisants venus des États-Unis, nous opposerons des syndicats catholiques, contrôlés par nous. Et non par les faux amis du peuple.

— En somme, un syndicat de boutique, fit Omer.

— Un syndicat qui réponde aux enseignements sociaux de notre Saint-Père le pape. Laissez-nous vous conseiller.

En remontant de Saint-Henri, Julien le colérique voyait les choses s'arranger, mais d'autres hargnes le tenaillaient. Il montra, près de chez lui, un magasin. Sur l'enseigne, une inscription en des caractères étranges.

— Ici, dit-il à Omer, il y avait un vieux menuisier canadien-français. Il est mort et le bail a été repris par un immigrant, un grand barbu avec un chapeau noir sur la tête. Je lui ai demandé ce qu'il allait vendre. Il m'a répondu dans une langue qui n'était ni l'anglais ni le français et sais-tu quoi?

— Dis-le. Quel commerce?

— Une boucherie «cachère» pour les juifs du quartier, de plus en plus nombreux. C'était déjà assez pour nous d'avoir, de l'autre côté de notre porte, cette famille d'Italiens avec une trâlée d'enfants, qui baragouinent comme leurs parents, dont la femme met de l'ail et de l'oignon dans toute la cuisine qu'elle fait et qui sent le diable!

— Eux, au moins, ils vont à la messe.

— Ils ont leur paroisse catholique à eux. Notre curé dit que c'est de notre faute. Nous n'avons pas à vendre nos propriétés à des étrangers.

Fidèle au tempérament qui lui faisait toujours voir le bon côté des choses, Omer remarqua:

— Tous ces immigrants, ça fait de la main-d'œuvre à bon marché. Tu vas en profiter dans ton atelier. Ça fait aussi des gens qui achètent. C'est des clients.

L'ancien chercheur d'or avait reçu de bonnes nouvelles de Paris. Ses informations avaient impressionné les organisateurs des fêtes aériennes, des hommes d'affaires qui voyaient loin. Pour eux, l'aéroplane, encore considéré comme un sport dangereux pour riches amateurs, jouerait un grand rôle dans l'économie, tout comme les véhicules automobiles, de plus en plus nombreux dans les rues.

En attendant que le projet se réalise, l'astucieux Omer misait sur une autre source de revenus, un grand congrès eucharistique qui se préparait à Montréal.

«D'une façon ou de l'autre, répétait-il, c'est le ciel qui m'enrichira...»

Il commença à visiter tous les curés de la ville, s'arrangeant pour arriver au presbytère à l'instant où ils finissaient leur café et se préparaient à la sieste.

— Excusez-moi si je vous dérange, mais hier je suis entré dans votre église pour dire une couple de chapelets et j'ai dû l'oublier.

Jamais, bien sûr, on n'avait retrouvé le prétendu rosaire du si pieux visiteur. Il engageait la conversation sur la beauté du lieu et le moyen de l'enjoliver encore à l'occasion du grand congrès. Vases sacrés, lampions, statues, Omer en avait justement tout un catalogue.

— Pas besoin? Mais avez-vous des drapeaux, monsieur le curé? Il va falloir pavoiser en masse pour la venue du légat pontifical.

370

Il sortait des échantillons, commençant par l'*Union Jack,* qui se vendait peu. Même si les Canadiens étaient sujets du roi d'Angleterre, l'emblème rappelait les guerres coloniales et les navires de guerre britanniques qui coûtaient cher aux contribuables canadiens. Le «bleu-blanc-rouge» tentait certains. Puisque le pays n'avait pas de drapeau à lui, pourquoi ne pas faire flotter celui de la mère patrie, quelque ingrate qu'elle eût été? Il y avait des curés pour refuser énergiquement un tel pavillon, celui d'une nation où le dangereux président Émile Combes avait déclaré la guerre aux catholiques, chassé les bons religieux et obtenu la séparation d'avec l'Église. Restaient heureusement le glorieux étendard Carillon-Sacré-Cœur et surtout la sublime oriflamme papale, blanche et or et timbrée de la tiare. Omer en écoulait par douzaines.

Entre deux tournées des paroisses, Omer Malouin reçut un appel du groupe de financiers qui commanditaient le meeting aérien. Il fallait, pour qu'il soit réussi, obtenir sans plus tarder l'accord de pilotes venus d'Europe. Omer n'eut pas de mal à résister à son impulsion. Il parla en homme d'affaires.

— Donnez-moi quinze jours. Je fais la traversée et je rapporte la réponse. Ou plutôt: je vous la câble de Paris.

Son sac de cuir de commis-voyageur à la main, il se lança dans l'aventure. Un paquebot transocéanique de la French Flag, par une chance merveilleuse, quittait le soir même Québec pour Le Havre, via Liverpool. Le marchand de drapeaux, parfaitement à son aise, retrouva Arthur, dit le Picoté, sur le quai de la gare Saint-Lazare. Le pitoyable adolescent d'autrefois était devenu un solide gaillard moustachu, sportivement habillé et surtout connaissant le monde nouveau et fermé de l'aéronautique.

— As-tu pris rendez-vous pour moi avec Louis Blériot?

— Oui, mais depuis sa traversée de la Manche il est très demandé. Mais j'ai d'autres noms en tête, les meilleurs aviateurs: Legagneux, Latham, Léon Morane, Jacques de Lesseps.

— Comment connais-tu ces as?

— Je fais partie de l'aéro-club de Paris. J'y consacre toutes mes fins de semaine. C'est passionnant!

— Je croyais que tu t'occupais surtout des petites Parisiennes...

— Ça empêche pas, mais c'est chouette, les zincs.

Omer était fasciné par tant de mots nouveaux, dits avec l'accent qu'avait pris son cousin.

— Tu connais personnellement tous ces aviateurs?

— Certains ont été mes instructeurs. Je suis aussi leur mécano. C'est tous des potes.

— Tu pilotes toi-même?

— Mais oui, Omer.

Le lendemain, une entente était signée avec Jacques de Lesseps. Deux avions Blériot à moteur Gnome seraient expédiés au Canada. Arthur, à titre de second pilote et de mécanicien, serait du voyage.

— Là-bas, disait Omer, tu vas créer toute une commotion. On n'a guère vu un avion dans notre ciel. Surtout conduit par un des nôtres.

— Et moi je serai rudement content de revoir le coteau Saint-Louis et Lavaltrie.

Le voyageur de commerce revint aussi vite au Canada qu'il en était parti. Il n'avait consacré que quelques heures à une visite du Paris diurne et nocturne, tant il était certain que sa bonne étoile l'y ramènerait.

De retour chez lui, il n'avait guère d'ardeur pour la vente de drapeaux aux curés. Mais il lui fallait renflouer son compte en banque. Son déplacement à Paris lui avait coûté plus de deux cents dollars. Un bon investissement, jugeait-il. Pour l'instant, il fallait s'occuper des foules qui viendraient au cours de l'été assister à la réunion eucharistique internationale et aussi au premier spectacle aéronautique au-dessus des villes de la province de Québec.

Un des grands sommets du fameux congrès fut la réponse qu'improvisa, en pleine église Notre-Dame, en présence des plus hauts dignitaires, le fougueux tribun nationaliste Henri Bourassa. Il s'adressait à un prélat anglais, l'archevêque de Westminster en personne, qui avait affirmé que toute l'Église du Canada, pour atteindre son épanouissement, devait, comme véhicule de la Foi, choisir la langue anglaise.

Bourassa, en substance, répliqua: «Éminence, nous ne sommes qu'une poignée, mais le droit et les forces morales ne se mesurent ni au nombre ni aux richesses.»

Le peuple ordinaire avait préféré les processions avec fanfares et zouaves pontificaux. Le vieux frère Ubald, sorti de son couvent, avait pour l'occasion retrouvé l'uniforme, devenu étroit, qu'il avait naguère glorieusement porté dans un village de Bretagne.

Ce qui avait fait sensation, ce fut le meeting aérien. Omer, très fier, présentait partout le cousin Arthur et l'aviateur De Lesseps. Jamais le premier n'avait été plus heureux. Il n'aimait rien tant que de retrouver son pays vu du ciel. Les vols d'entraînement le comblaient. Son plus extrême plaisir: avancer vers Québec au soleil du matin, voir en contre-jour le profil de la citadelle et du château Frontenac, la tour du Parlement, les clochers des églises. Et, durant les vols du soir, revoir le même paysage recevant de plein fouet les rayons du couchant. À près de cent kilomètres à l'heure, il suivait la rive du fleuve, essayant de se ressouvenir du nom des villages: Cap-Rouge, Sainte-Anne-de-la-Pérade, Batiscan. Déjà Trois-Rivières à la triple bouche du Saint-Maurice, l'immense tache d'étain bleuté du lac Saint-Pierre, les îles face à Sorel. Il admirait cette plaine recréée par ses ancêtres. Entre les boisés bien carrés, les longues lanières des rangs.

«Se peut-il que je sois le premier Canadien français à survoler ces campagnes?»

Il admirait au loin, au-dessus des épaules vertes des montagnes, l'architecture des cumulus. Il vit que le vent avait tourné à l'est. Il calcula son temps de retour, se disant qu'il avait juste assez de carburant. Il décida soudain de se poser près de Lavaltrie. Il venait de reconnaître l'île longue au bord du fleuve face au village, le double clocher de son église. Il situait la scierie de l'Anse et la ferme de la Grand-Côte. Il avait vécu là tout jeune, quand il avait été sauvé de la variole. Il commanda un virage sur l'aile, amorça sa descente face au vent et bientôt les trois roues du monoplan foulaient les luzernes de Gédéon Malouin.

Gisèle, la fille de Félix, de la fenêtre de l'auberge avait observé le grand oiseau de toile, l'avait vu descendre jusqu'au sol et rouler jusqu'au jardin. Elle courut haletante et aperçut, venant à elle, un homme habillé de cuir foncé, une longue écharpe de soie blanche autour du cou.

— Tu me reconnais pas? Je suis Arthur Malouin, Arthur le Picoté.

— C'est donc ça, «une» avion? Et tu embarques là-dedans?

Elle en bégayait de surprise, puis elle appela son frère Alphonse, qui avait été compagnon de jeu d'Arthur. C'est Tit-Phonse qui à présent régissait l'Étrier-d'Or, que de plus en plus on appelait l'hôtel de Lavaltrie. Lui aussi avait vu l'engin tourner dans le ciel.

— Je me doutais que c'était toi. Ça c'est dit dans les gazettes qu'un Malouin venait nous montrer un avion de France. C'était pourtant pas croyable, c't'affaire. Montre-moi ça.

— Tout à l'heure. Je dois téléphoner à mon patron pour le rassurer. Et trouver un ou deux bidons d'essence.

— On n'a pas d'auto ici.

— À la ferme, ils ont bien un tracteur?

— Un tracteur? Ici, c'est le pays du foin. On marche avec des chevaux. C'est en barouche qu'on va porter le lait au train et qu'on ramène la malle. Mais le Montréalais qui loue un des chalets d'été le long du fleuve, il a une Ford modèle T.

Assis dans la salle à manger de l'auberge, Arthur, qui avait réglé ses problèmes, attaquait une solide omelette au lard cuite par Madeleine, la femme de Tit-Phonse, et servie par Gisèle, qui ne cessait de poser des questions sur la vie de l'aviateur. Il répondait mais demandait aussi des nouvelles de la paroisse.

Il apprenait que c'était désormais Adjutor Malouin qui s'occupait de la scierie, que son cousin Léonide avait la charge de la Grand-Côte, que Xavier, dit Barzoune, était comptable à la fabrique de chaussures qui s'était établie à Lavaltrie.

— C'est le fils de la bonne Caroline. Chère Caroline qui, dans cette maison, m'a servi de mère pendant des années. Elle m'a appris à lire et à écrire. Sans elle, je n'habiterais pas Paris. Je serais balayeur de *shop* à Montréal.

— Et tu n'aurais jamais conduit «une» avion.

— En France, ils disent «un» avion. Mais ne te fâche pas, ma belle Gisèle, tu es une bien charmante cousine.

Il l'embrassa devant toute la parenté.

En cet été très chaud de 1910, de grandes foules avaient envahi Montréal pour le congrès eucharistique international et la démonstration aérienne qui l'avait précédé. Omer tirait gloire d'avoir été parmi les organisateurs. Dans sa belle automobile découverte, il conduisait vers le bateau de leur retour le cousin Arthur et son pote De Lesseps, le fils du célèbre creuseur de canaux, et prenait pour lui une partie des acclamations.

Arthur Malouin répondait aux hourras de ses compatriotes. Il portait, sur une culotte de cheval, des bottes de bûcheron, était sanglé dans un blouson de cuir, coiffé d'une casquette, la visière côté de la nuque et ornée de grosses lunettes bordées de boudins de caoutchouc. Et sa longue écharpe blanche.

— Es-tu vraiment obligé de t'habiller comme ça? avait demandé son cousin Julien.

— Quand nous sommes entre aviateurs, c'est un moyen de passer inaperçu.

Ce succès moral consolait Omer d'une grave déconfiture financière. L'hiver précédent, il avait fait couper sur le fleuve et garder en glacière des centaines de barres de glace. Il pensait la revendre les jours de grande chaleur à un sou le morceau. À la veille de l'ouverture du congrès, le feu qui avait pris dans une écurie s'était communiqué à l'entrepôt.

— Toute ma fortune à l'égout, disait Omer. Deux mille piastres de perte sèche. Enfin, façon de parler...

Déjà, il pensait à un autre moyen de s'enrichir et essayait d'intéresser Julien à ses projets.

— Les avions, tu as vu? C'est chouette, comme dit Arthur. Mais pense à tout ce qu'on va pouvoir faire avec ces machines: photographier des paysages d'en haut, livrer du courrier, même transporter des gens. Nous, les Canadiens, on a toujours des idées. Il nous manque des capitaux. Pense aux avions.

— Ce sont des jouets pour grandes personnes, répondait le quincaillier du quartier Saint-Louis.

Un Malouin dans les Flandres

Hiver 1915.

*P*lutôt que des jouets, les avions étaient devenus de nouvelles et redoutables armes de guerre marquées de cocardes tricolores ou de croix teutonnes. Ils s'affrontaient dans le ciel de l'Europe. Omer comprenait mal pourquoi, quelques mois plus tôt, soit en août 1914, une guerre y avait éclaté.

«Pourquoi leur guerre? Pour une histoire de petite province que personne ne connaît, la Bosnie. C'est pour ça que les gens des Empires centraux — c'est quoi ça exactement? — étripent ceux de l'Entente. Ceux-là, on sait mieux, c'est l'Angleterre et la France, en partie occupée par ces Allemands que l'on dit si barbares. Mais avons-nous à nous mêler des affaires de la Bosnie?»

Le représentant de commerce s'était réjoui que les Français aient gagné la bataille de la Marne mais s'insurgeait à l'idée que les Anglais exigeassent l'envoi sur le front européen de recrues canadiennes pour la défense de la civilisation. Il était de l'avis de l'abbé Norbert Malouin: «La vraie bataille doit se faire au pays même contre les Canadiens de l'Ontario qui veulent fermer nos écoles catholiques de langue française.» Ce qu'il y avait de bon dans le conflit qui faisait rage dans les vieux pays, c'était que le ministère canadien de la Milice achetait à n'importe quel prix de nombreuses fournitures. Omer avait débuté modestement dans ce genre d'activité; il s'était spécialisé dans les menus articles en aluminium; la gamelle se révélait un article en grande demande.

En ce Mardi gras de 1915, Omer avait invité dans son appartement de célibataire de Montréal tous ceux de sa famille qui étaient autour de la vingtaine sans être en état de mariage. En sa quarantaine passée, le vieux garçon utilisait ce moyen pour ne pas se sentir vieillir: s'entourer de jeunes.

Avant le souper, installés devant les fenêtres, les convives avaient assisté au défilé du carnaval, dont les flonflons faisaient résonner les vitres. On apercevait au loin, énorme construction translucide, éclairée de l'intérieur et de l'extérieur, flanquée d'étincelants mâchicoulis et de tours scintillantes, le traditionnel château de glace érigé par la Ville, vers lequel se dirigeait le cortège de musiciens et de figurants costumés.

Dans l'appartement, pour les voir défiler, il y avait Gisèle, une des filles de l'hôtelier de Lavaltrie. Petite brune à la grâce piquante, elle avait sans s'être mariée dépassé l'âge alors fatidique de vingt-cinq ans, mais en paraissait quinze. Adolescente, sans jamais le révéler elle avait été follement amoureuse d'Omer, mais, hélas, il s'était fiancé avec Lumina puis il était parti au Yukon chercher l'or introuvable autour du filon de Bonanza Creek. Puis était apparu dans sa vie Arthur l'aviateur, sur qui elle avait, intensément et secrètement, fixé un attachement aussi riche de ferveur que dénué d'espérance. Arthur était reparti pour la France sans savoir qu'il était aimé. Gisèle ne vivait plus depuis qu'elle savait que dès la déclaration de la guerre Arthur s'était rendu à Londres pour s'engager dans le British Flying Corps. La jeune femme avait quitté Lavaltrie pour venir travailler à Montréal dans une usine de munitions, où elle se faisait un bon salaire.

Omer remarquait que Marc, le fils de Julien Malouin, toujours dit de La Forge, s'intéressait fort à la cousine Gisèle. Installé derrière elle à une fenêtre, sous couleur de mieux voir la parade, il se pressait contre elle et, entre deux commentaires à la cantonade, chuchotait à l'oreille de la Lavaltrienne dont les joues, toujours rouges comme des pommes MacIntosh, s'empourpraient davantage. Marc, étudiant à l'École des métiers, développait un caractère revêche né d'une insatisfaction; l'aisance relative dans laquelle avait vécu sa famille avait fait place à la gêne juste avant la guerre. Son père avait dû, au bord de la faillite, renvoyer les quelques ouvriers de sa petite manufacture de vis et boulons, puis la céder à une compagnie anglo-saxonne qui, dès le début du conflit, fit prospérer l'affaire en travaillant pour des chantiers maritimes. On avait gardé Julien comme contremaître et il avait bien du mal à élever sa progéniture.

Il y avait aussi, de la famille de Zénon, le riche Malouin d'Outremont, un de ses garçons, Bernard, qui se préparait à devenir avocat. Il y avait deux neveux d'Omer, issus de la branche de Québec des Malouin, Raoul et Sylvain, et enfin Armande, une Malouin-Lafrenière de Saint-Vital, que ses parents, épiciers dans la cité industrielle de la Mauricie, avaient envoyée comme pensionnaire dans une école où des religieuses enseignaient la musique.

Armande battait la mesure alors que passait devant la maison une clique qui faisait retentir la joyeuse marche *Vive la Canadienne*. Derrière les musiciens avançaient des lueurs dansantes: c'étaient les compagnies de raquetteurs et raquetteuses qui portaient des torches. Marc les nommait à Gisèle.

— Voici les Tuques-Bleues. Puis ceux-là, c'est les Montagnards. Eux, c'est les St. George. Des Anglais.

— J'aime pas que tu me tiennes par la taille comme ça, lui souffla-t-elle.

Passèrent les Caledonians, une équipe de curling, balais martialement portés sur l'épaule, puis, coiffés de la bombe de velours noir, sanglés de cramoisi, caracolaient les membres du Hunting Club. Ils étaient suivis par des miliciens à cheval qui déployaient sur toute la largeur de l'avenue une banderole de calicot qui proclamait: «Young Canadian Join the Imperial Forces».

— Les maudits! proféra Marc.

Gisèle le détesta mais n'osait parler d'Arthur qui faisait son devoir sous l'uniforme britannique. Encore quelques unités militaires défilèrent avec leur fanfare puis ce fut la fin du bruyant cortège. Omer avait commandé à un traiteur des victuailles, disposées à la lumière de chandeliers sur la grande table. Il servait café et thé et même du vin français, qu'il était de plus en plus difficile de se procurer à Montréal. Omer disait:

— Tant que cette guerre ne nous créera pas d'inconvénients plus graves, nous n'aurons pas à nous plaindre. Mais un conseil, les *boys:* vous lancez pas dans la folie de vous engager. Faites comme moi, faites des piastres.

— On n'a pas envie de se faire commander en anglais, grogna Marc.

Gisèle cette fois allait parler d'Arthur le pilote, mais ce fut Bernard qui répliqua:

— Oublies-tu, Marc, que Rodolphe mon frère aîné, dès le début de la guerre, a signé l'engagement et qu'il se bat quelque part en France contre les Boches?

— J'avais entendu dire, admit Marc, que vous aviez un militaire dans votre famille.

— Rodolphe faisait ses études de médecine, il aurait pu faire une école d'officier et devenir médecin militaire, profiter des relations de notre père. Non, il s'est engagé comme simple soldat.

— Arthur aussi s'est enrôlé et il est également sur le front, dit Omer.

Ce qui remplit d'aise Gisèle qui, d'une voix qu'elle voulait indifférente, demanda:

— A-t-on eu de ses nouvelles récemment?

— Sans dire où, il m'a écrit qu'il est au front. Et que ses missions de pilotage ne manquent pas.

— Je pourrais peut-être lui écrire une petite lettre au nom de ceux de Lavaltrie, ça lui ferait plaisir.

— Écris-lui en masse, ma fille, il aimera ça qu'on lui parle du pays.

380

Il se gardait de dire à Gisèle qu'Arthur n'appréciait guère les effusions sentimentales venant du sexe féminin, ses goûts l'ayant depuis longtemps fait opter pour des aventures exclusives avec des mâles.

Raoul et Sylvain, tout en dégustant le buffet de leur oncle, parlaient de ces malheureux volontaires canadiens envoyés en Grande-Bretagne et de là mêlés aux troupes anglaises qui se battaient en Flandre. «C'est où, ça, la Flandre?»

Bernard Malouin, le futur avocat, rappela qu'il était question de former un régiment uniquement composé de soldats francophones, mais cela n'enthousiasmait ni Marc ni les deux cousins de Québec.

— Être payé comme fantassin trente-trois dollars par mois alors que le moindre homme de métier peut se faire vingt piastres par semaine dans les usines?

Gisèle répliqua que des femmes aussi travaillaient pour la défense et qu'elle en était un exemple. Et la jeune Armande expliqua qu'à Saint-Vital, grâce aux commandes d'armement, tout le monde avait de l'ouvrage, que beaucoup d'épouses d'ouvrier se rendaient aussi dans les usines. L'épicerie de ses parents marchait bien. Il n'était plus question de grèves.

Omer, qui écoutait parler les jeunes, se souvint de ce que lui avait dit l'abbé Norbert, qui était aumônier d'un syndicat.

— Avec les hauts salaires que nous avons, comment expliquer la vraie bataille que nous menons: améliorer le sort des travailleurs dont la santé est mangée par le machinisme? Dix heures de travail six jours par semaine, c'est trop pour le physique et pour le moral. D'ailleurs on ne peut rien dire, les chefs syndicaux qui sont aux États-Unis ont passé une trêve avec les industriels pour le partage des dollars créés par l'industrie de guerre.

Quand la soirée se termina, Bernard, fort galant, offrit de ramener dans son automobile, l'une chez sa logeuse, l'autre à son couvent, Gisèle et Armande. Les deux cousins de Québec restèrent chez l'oncle Omer. Marc partit seul à pied vers le plateau Mont-Royal, remâchant ses amertumes.

«Tant pis pour Rodolphe Malouin, se répétait-il, s'il aime ça, se faire donner des ordres par les *blokes*.»

* * *

— *Nothing wrong?*

— *Nothing new, sir,* avait répondu au garde-à-vous le «private» Rodolphe Malouin.

Il se trouvait en Flandre, sur les bords de la Lys. Collé à une paroi de glaise, l'œil contre une longue-vue coincée entre deux sacs de terre, il avait la charge de surveiller, au-delà du marécage, les positions ennemies. Elles lui apparaissaient par intermittence, lors des coups de départ des batteries ou lorsque des fusées rayaient lugubrement la nuit pour éclater très haut en bouquets et répandre mille flammèches crépitantes que dispersait le vent. Des bruits continus, canons très lointains ou trop proches dont la détonation vous arrachait le cœur à chaque fois. Deux secondes de silence, rompu par un tac-tac de mitrailleuse. On tirait sur une patrouille, sur des hommes en train de retisser un réseau de barbelés. Qui étaient-ils? Des nôtres? Ceux d'en face? Rodolphe attendait le camarade qui viendrait prendre sa place au poste de guet. Il retrouverait avec délice l'abri malodorant creusé au flanc gluant de la tranchée, la paillasse humide dans son cadre de bois, le sommeil tout habillé, ses souliers dégoulinants de boue à peine délacés, son fusil Ross chargé à portée de la main, pour le cas où une attaque surviendrait.

Le jeune Montréalais essayait de se souvenir comment il avait imaginé cette sanglante aventure au moment de signer son engagement. Il revoyait surtout le bel automne au camp de Valcartier près de Québec, où étaient envoyés les volontaires de la province de Québec. Beaucoup d'entre eux étaient d'ex-chômeurs pour qui l'armée représentait un pis-aller. Puis il y avait eu le brumeux voyage sur un transport de troupes escorté de contre-torpilleurs, ensuite l'hiver glacial dans un camp de la plaine de Salisbury, et, au cours d'un printemps fort mouillé, d'exténuants exercices dans la campagne anglaise.

Puis, de nouveau, embarquement. Destination secrète. Il n'avait plus autour de lui que cinq ou six compagnons avec qui il pût parler français. Le boute-en-train de la bande, in extremis, avait été cueilli par la prévôté. Il s'était mis sous les drapeaux à Montréal pour échapper à la justice, qui le recherchait pour délit d'escroquerie et crime de bigamie. Rodolphe s'était retrouvé dans un peloton où tous parlaient anglais.

En février, sous les hourras, son bataillon, à Saint-Nazaire, mettait pied sur le sol français.

— Vivent les Tommies! leur criait-on, car, à cause de leur casque en forme de saladier et de leur escorte de highlanders en kilt kaki qui jouaient de la cornemuse, on les prenait pour des Anglais.

Perdu parmi cinquante entassés dans un wagon de marchandises qui portait l'inscription «Hommes: 40 — Chevaux: 8 en long», Rodolphe avait entraperçu par le volet d'aération le pays de ses ancêtres. Il avait eu envie de communiquer son émotion à son voisin qui mâchait une chique.

— *Do you speak english?*

— *Little bit.*

— Canadien français, alors?

— Non. Je suis un Iroquois de la réserve de Caughnawaga, près de Montréal.

Cet Indien s'appelait Jérémie. Rodolphe s'en fit un ami. Ils ne songeaient pas l'un et l'autre que longuement, autrefois, leurs deux races s'étaient battues de façon affreuse. Le jeune homme d'Outremont n'imaginait pas non plus que se répétait en lui un spécimen très typique chez les Malouin, celui de guerrier, dans une chronique familiale bien chargée d'odeurs de poudre.

Des pas sur le caillebotis. La relève arrivait, dirigée par un lieutenant.

— *Nothing wrong?*

— *Nothing new, sir.*

Quelques jours plus tard, Rodolphe se disait:

«Mon père serait content. Enfin je mène une vie bien réglée. Six jours sur la ligne de bataille, dont deux nuits dans les tranchées de première ligne, deux sur la deuxième, les dernières en réserve, puis six jours de repos dans un village de l'arrière.»

Repos, c'était beaucoup dire. On entendait les bruits de bataille comme si l'on était au feu. Avant de gagner le cantonnement de relâche, une grange très aérée où les hommes dormaient sur la paille, il fallait passer par l'unité d'épouillage et de désinfection. A la sortie des douches, chaque fantassin, nu, corps très blanc mais visage et mains fardés par le hâle, recevait ses vêtements racornis par l'étuve, tout parfumés de vapeurs de soufre. Ensuite chacun était tenu d'aller décrotter armes, casque et chaussures en vue de l'inspection. Suivaient des périodes d'exercices. En ce printemps 1915, la grande mode était à l'escrime à la baïonnette et au lancer de grenades. En fin de journée, les hommes pouvaient se promener dans le village, ou ce qu'il en restait.

Il était étonnant que dans le fouillis des maisons à demi détruites, privées d'une partie de leur toit et de toutes leurs vitres, des civils puissent continuer à vivre et sans trop de mal. Ils avaient dans les décombres installé des magasins, des estaminets, jusqu'à des tripots. Cela rappelait à Rodolphe les récits de l'oncle Omer quand il racontait sa vie au Klondike.

Les gens du bourg étaient très affables. Rodolphe aimait bien Blandine, l'aînée de l'épicière. La fille aux cheveux de lin, disait-il. Elle avait les yeux qui allaient avec. D'un joli bleu pâle. Elle accepta d'aller se promener avec lui le long du canal, mais à condition que sa jeune sœur vînt avec eux pour servir de chaperon.

— Vous êtes des Canadiens, disait Blandine, mais pourquoi vous habille-t-on comme les Anglais? On les aime bien, les Anglais, mais ils ne dépensent pas beaucoup d'argent. C'est pas comme vous.

Il s'enchantait de son accent artésien. Comme dans la province de Québec, elle ponctuait ses propos de «tu sais» prononcés «tsé», appelait un oncle «un mononque», une tante «une matante», une religieuse «une masœur», et utilisait aussi des mots inconnus des Parisiens, disant «bruant» pour hanneton ou «coulon» pour pigeon. Elle refusait de fleureter.

Jérémie, le Huron du train, expliquait à Rodolphe:

— Moi aussi, j'ai essayé. Ces filles, elles ne donnent rien. Elles vendent. Leurs pères, leurs maris, leurs fiancés sont mobilisés. Elles s'occupent de la *business*. Les plus beaux sourires des créatures, c'est pour t'attirer dans le café ou la boutique de la maman.

— En connais-tu d'autres?

— De l'autre bord de la briqueterie, tu peux trouver deux ou trois plottes. Assez cher pour ce que ça vaut. Un gars du régiment des Princess Patricia m'a dit que, où ce qu'il cantonne, on arrive à trouver une fiancée gratuite pour la période de repos, et à Armentières, dans une maison close, comme disent les Français, on trouve de vraies cocottes. Là, tu en as pour ton argent.

Rodolphe Malouin n'aurait pas dépensé une cenne noire pour passer une heure avec une prostituée. Surtout là où il se trouvait. Un jour, par désœuvrement, il était entré au rez-de-chaussée d'un bordel dans une ville de garnison du nord de la France. Les pensionnaires étaient plutôt troublantes dans leurs peignoirs qu'elles entrouvraient pour montrer leurs dessous et faire humer leur parfum. Mais il avait vu descendre des chambres des soldats français débraillés et mal lavés.

«Ces gens-là, s'était-il dit, ont trop peu d'hygiène pour que j'aille me servir des mêmes femmes qu'eux.»

Il aurait bien voulu pouvoir passer au-dessus de cette réaction de répugnance. Il n'avait jamais eu une fille dans ses bras, n'en avait jamais vu de nue, n'avait pas encore eu d'aventure sentimentale. Encore moins ce que les jésuites qu'il avait eus comme éducateurs appelaient, avec une torsion de bouche, des relations sexuelles.

Il aurait voulu tout comme un héros de Stendhal, son auteur préféré et pourtant interdit au collège, devenir amoureux et «manquer de s'évanouir à l'idée d'être aimé», «vivre avec l'enthousiasme de la passion», enfin «connaître la suprême félicité».

«Il faudra, se jurait-il, que j'essaie avec Blandine. Mais je me jure, si je survis à cette guerre, que je deviendrai le pire des don Juan, un vrai docteur Lovelace.»

Le lendemain, il avait autre chose à penser. Il repartait en première ligne. Il dormait le nez dans la paille quand il fut réveillé par la voix peu amène d'un sergent. Le lieutenant Molson, en tenue de combat, fut plus courtois.

— Tout le monde s'habille. N'oubliez rien. Les camions nous attendent. Nous allons occuper de nouvelles positions.

Après une heure de route, les pelotons descendirent.

— Suivez en file. Que personne ne se perde de vue. Et surtout pas un mot. Pas de cigarettes. En avant.

Courbés sous les sacs à dos, les cartouchières pleines, un fusil dans une main, un sac de vivres dans l'autre, les hommes marchaient dans un sentier fangeux bordé d'énormes cratères emplis d'eau que, par instants, les éclairs de l'artillerie faisaient miroiter. La compagnie arriva à un ruisseau qui coulait en méandres dans la campagne plate. Sur un piquet, une pancarte était clouée.

— C'est ici.

— Où sont les tranchées?

— Les tranchées, on va les faire, chuchota l'officier. Posez votre fourniment. Et chacun creuse son trou et tasse la terre devant lui. On doit avoir fini avant le matin.

Rodolphe, qui remuait la terre visqueuse de sa pelle à manche court, songeait: «Ça me rappelle les petits puddings glacés au chocolat que faisait ma mère.»

Le lieutenant Molson rampait de l'un à l'autre et encourageait:

— Fouillez profond. Faites bien votre trou. Vous allez y passer la journée.

À l'aube chacun gîtait dans son terrier. Une saucisse d'observation allemande montait lentement au-dessus de l'horizon blême. Engoncé dans une peau de chèvre, Rodolphe, de ses mains gantées de boue, ouvrait sa boîte de corned-beef et croquait ses biscuits. En levant la tête, il apercevait, délimités par l'ovale de terreau, quelques pouces de ciel.

— Heureusement qu'aujourd'hui il ne pleut pas.

C'était une belle journée d'avril. Les seuls nuages qu'il voyait venaient de la canonnade, qui avait repris depuis la veille avec plus d'intensité.

«Si un obus me tombe dessus, les camarades n'auront même pas à me creuser une fosse. Elle est toute faite.»

Il somnola, rêva de Montréal, puis dans un demi-sommeil se mit à ruminer d'amères pensées. Pourquoi avait-il quitté la belle maison d'Outremont? Ses amis de l'université? Ce professeur qui lui enseignait la médecine pasteurienne? Aujourd'hui il serait docteur, là-bas où tant d'enfants mal soignés mouraient.

Un visage casqué apparut, masquant l'orifice. On lui tendit une gourde de thé brûlant. «Au moins, les Anglais respectent leurs traditions.»

La nuit suivante, les hommes réunirent les excavations individuelles. Des corvées silencieuses apportèrent des tôles, des sacs de sable, des rouleaux de barbelés. La tranchée naissait, inventait et perfectionnait son décor classique de parapets, de créneaux, d'abris, de fils téléphoniques. Le lendemain, elle fut secouée par une terrifiante explosion. Hébétés de peur, les hommes se collèrent à l'humus. Commencèrent de longues traînées d'explosions se chevauchant, compliquées des stridences des obus qui passaient très haut. Et, dominant le tumulte luciférien, de nouveau l'énorme claquement qui se répétait toutes les cinq minutes.

— Ne craignez rien, hoqueta un major qui comme tout le monde claquait des dents. Ça ne tombe pas sur nous.

— Pas pour l'instant...

L'effroyable tumulte dura toute la journée. Le soir, tout le ciel côté nord rougeoyait. Le lendemain, les tirs reprirent.

— Les Allemands pilonnent la région d'Ypres. En plus des 77, des 150 et des 210, ils utilisent des canons de marine. Au moins des 305. Peut-être des 420.

Pendant trois jours arrivèrent les échos de la bataille, dans laquelle était engagée une partie de la division canadienne. Elle avait perdu près de sept mille hommes. Mais les Prussiens n'avaient pas pris Ypres.

Dans la grande plaine du Nord, on appelle mont la moindre colline. C'est un de ces monts que la brigade devait attaquer. Les soldats canadiens étaient munis de masques à gaz, depuis que, devant Ypres, les Allemands avaient fait précéder leurs attaques de nuages de chlore. L'artillerie tirait très fort. Cette fois c'étaient les batteries françaises, anglaises et canadiennes qui déversaient des tonnes d'acier sur les positions ennemies. L'ordre fut donné d'enjamber le parapet. Rodolphe, en serrant les dents, courait avec les autres vers la pente. Il vit au loin des petits nuages blancs et entendit les clac-clac des mitrailleuses. Devant lui tombèrent le Huron et le lieutenant Molson, puis il sentit que quelque chose venait de se broyer dans son ventre.

— Une côte en miettes, la crête iliaque ébréchée. Vous vous en tirez bien, avait dit le médecin lorsqu'à l'hôpital Rodolphe s'était réveillé après l'opération.

Les blessés français et britanniques avaient droit à une permission dans leur famille. Les Canadiens restaient dans un foyer de repos de la grande banlieue parisienne.

Quelques semaines après, Rodolphe Malouin se retrouvait parmi les hommes de son bataillon, installé dans un secteur calme. Il fut désigné, à titre d'interprète, pour accompagner le brigadier général à Arras.

— Nous allons voir les Français, lui dit-il, pour organiser l'arrivée au front de la deuxième division canadienne. Savez-vous qu'elle comprend un bataillon, le 22e, formé exclusivement de Canadiens français?

— On m'a dit ça. Même les officiers?

— Presque. Presque.

Comme toutes les villes de la région, Arras n'était que ruines, habitées là aussi par d'industrieuses populations. Rodolphe acheta une carte postale qui représentait les belles maisons flamandes du XVIe siècle, à présent transformées en tas de briques et de poutres calcinées.

Le général français était installé dans une citadelle à la Vauban dotée de profonds souterrains. Après la réunion de travail, le haut gradé français dit au troupier de Montréal:

— Ceci vous intéressera. C'est une plaque que nous avons trouvée dans une chapelle détruite de la ville.

L'inscription soulignait que le maréchal François-Gaston, duc de Lévis, avait été gouverneur d'Arras. Rodolphe, qui avait été un bon élève en histoire du Canada, souligna à propos du fameux duc:

— Puis-je vous préciser, mon général, que Lévis a été le dernier défenseur du Canada? Après la bataille perdue des plaines d'Abraham, il a remporté contre les Anglais celle de Sainte-Foy et faillit reprendre Québec. Hélas! les renforts qu'il attendait ne sont pas arrivés et la France a perdu sa colonie.

Rodolphe répéta en anglais à l'intention du brigadier et trouva piquant de citer un tel fait d'armes à un militaire britannique au képi chargé d'or et de pourpre.

En septembre 1916, l'unité de Rodolphe était parmi celles engagées sur la rivière Somme. L'offensive, avait-il compris, devait répliquer aux attaques inouïes que les troupes germaniques lançaient depuis sept mois sur le périmètre retranché de Verdun en Lorraine.

Rodolphe et quelques autres se virent chargés d'une mission entourée de mystère. Ils avaient été, disaient les instructions, spécialement choisis pour une opération longuement préparée et qui devait donner la victoire aux troupes de l'Entente.

Il fut déçu, le troupier Rodolphe. Cela consistait à monter la garde autour de structures dissimulées sous d'immenses bâches.

389

C'étaient, disait-on, des réservoirs. Il pensa à de nouveaux gaz de combat. Autour du village croissait le terrible bruit des grands combats. Les pièces d'artillerie de plus en plus nombreuses, les avions bombardiers à plein ciel entraient en jeu. Et lui il gardait des citernes. Arrivèrent alors des équipes d'hommes bien conscients de ce qu'il fallait faire. Ils retirèrent les toiles qui masquaient d'énormes machines d'acier, des sortes de croiseurs terrestres montés sur de longues chenilles, armés de canons et de mitrailleuses.

Le soir même, ces chars blindés, jamais vus jusque-là, ces «tanks» avancèrent vers les barbelés ennemis bien éclairés par les projecteurs et les broyèrent.

Rodolphe et les copains devaient suivre ces monstres de métal qui anéantissaient les nids de mitrailleuses, franchissaient les tranchées. Il fallait fignoler le travail, attaquer à coups de fusil et à la baïonnette les ennemis épouvantés par les nouveaux engins.

Rodolphe retrouva la peur intense qui précède l'attaque, puis l'abrutissement de tous ses sens dans le fracas qui suivait, mais cette épouvante était, pour une fois, mêlée d'une extraordinaire joie. À la suite des chars grondants, il se sentait invulnérable, terriblement amoureux de la vie et de ses joies charnelles. Immortel. Un éclat d'obus le frappa en plein visage. Sa conscience voulait qu'il hurle: «Maudits Boches! Et mon avenir? Et ma vie d'homme?»

Il n'en eut pas le temps.

* * *

— À votre santé, les *boys,* dit Omer en levant son verre empli de bourbon, d'eau pétillante et de cubes de glace. Eux ils l'ont, l'affaire!

— C'est pas comme dans la province de Québec, où on ne peut jamais boire, répondit Sylvain.

— Et en plus, ajouta Raoul, des spectacles comme on n'en verra jamais chez nous!

Ils étaient tous les trois en plein New York, au bar de l'hôtel Astor, à deux pas de Times Square. Un beau voyage d'affaires qui commençait. Près d'eux, sur une petite scène, des girls se déhanchaient au rythme de la musique fournie par un pianiste, un batteur et un saxophoniste, tous de race noire.

— Moi, disait Omer, j'aime pas trop leur musique.

— Ils appellent ça du «jazz».

Le voyageur de commerce et ses deux neveux devaient embarquer le lendemain pour Rotterdam à bord d'un steamer de la Holland-America Line. Omer, depuis longtemps, était passé des gamelles d'aluminium à des produits plus représentatifs de l'effort de guerre que consentait le Canada pour «Mother England». Omer était devenu l'agent d'une firme canadienne, discret prête-nom d'un consortium de Chicago qui, malgré la neutralité affichée des États-Unis, commerçait ainsi avec les nations belligérantes. Il allait prendre des contacts en Europe et avait invité à l'accompagner Raoul et Sylvain, décorés du titre d'associés. Oncle à la fois amoureux de l'argent et prodigue, égoïste et généreux, il s'offrait le plaisir de partager le voyage avec les deux garçons, qui lui accordaient l'illusion d'une paternité pour lui irréalisée. Omer avait toujours su échapper aux contraintes des attachements du cœur en ne donnant jamais le sien à une femme. Pour ce qui était des impératifs de la volupté, il savait trouver, mais de moins en moins facilement, des filles plaisantes. Il craignait le temps où l'argent compterait de plus en plus dans ces sortes de relations. C'est pourquoi il trouvait qu'il n'était pas bon d'être pauvre.

— La vie est belle, dit-il en commandant au barman de renouveler les consommations. Je n'aime pas le... comment dites-vous?... jazz... mais j'aime bien les danseuses. À l'Amérique!

Il se mit à examiner les danseuses, finit par sourire à celle qu'il avait élue pour passer la nuit dans sa chambre. Accepterait-elle et pourrait-elle voir de près le tatouage qu'il avait à l'arrondi de l'épaule, une petite constellation exécutée à Dawson City? Sa pensée glissa vers des nuits d'autrefois dans les bastringues miteux du Klondike, alors que, garçon barbier en rupture de rasoir, il cherchait les pépites dans le gravier des ruisseaux. Et à présent il était là, bien habillé, dans un hôtel des plus connus de New York. Demain il partirait sur un solide paquebot où l'attendait une cabine confortable; d'ici au départ, il inviterait dans sa chambre une de ces grandes filles qui chantaient et dansaient en dévoilant leurs bas noirs à jarretelles grenat et leurs jupons blancs. Il se souvint de Zénaïde, autrefois, l'adolescente qui à Lavaltrie avait révélé quelques pouces de sa lingerie. Qu'était-elle devenue, la sœur de Zénon? Encore une «Malouin-va-loin» comme on disait dans la famille. On savait à présent qu'après son départ avec son professeur de dessin elle avait vite abandonné ce protecteur d'âge mûr pour mener seule la vie qu'elle avait envie de mener.

Rompant les méditations avunculaires, Raoul et Sylvain applaudissaient en sifflant entre leurs dents pour dire aux danseuses leur satisfaction et réclamer d'autres exhibitions.

— Les gars, attendez d'être dans la capitale française pour voir du vrai french-cancan. Je vous conduirai dans les meilleurs endroits. La guerre ne doit pas empêcher ça, sinon ça ne serait plus Paris.

Les musiciens, après un dernier sursaut sonore de saxophone, des accords de piano et un paroxysme de tambours et de cymbales, firent soudain silence.

— Ouf! soupira Omer.

Une des danseuses vint se percher près d'eux sur un des hauts tabourets du bar. Fier de son aisance dans une langue que ses neveux comprenaient mal, Omer engagea la conversation.

— *You are from French Canada?* demandait la fille.

— *Yes, baby.*

— *Oh! Canada! The Vendoos!*

«Vendoos», c'était le nom anglicisé du fameux vingt-deuxième bataillon composé de Canadiens francophones qui se battaient comme des lions à Vimy dans le nord de la France, en ce printemps de 1917.

392

Raoul et Sylvain essayaient de suivre la conversation entre Omer et la fille. Il y mêlait beaucoup de vantardises qu'ils devinaient et soulignaient en échangeant des clins d'œil.

— *Businessman,* oui, je suis financier à Montréal, racontait-il sans vergogne.

Et il parlait de son diplôme des Hautes Études commerciales et de sa mine d'or au Yukon. La fille riait. Le barman servait à boire.

— C'est une petite pas possible, glissait Omer à ses compagnons, mais à Paris vous verrez mieux.

— *Paris,* disait la New-Yorkaise, *you know Paris?*

— *Sure!* Et j'y retourne. On embarque demain pour l'Europe. En attendant, *darling,* la nuit est à nous.

Déjà il enlaçait la taille de la girl lorsque dans le bar entra un camelot exhibant la première page du journal qu'il vendait. Sur toute la largeur, un titre de deux pouces de haut: «Senate Votes War».

— Ça ruine tous nos projets. On ne part plus. On rentre à Montréal.

Omer ramassa son chapeau de feutre taupé, jeta un billet vert sur le comptoir, poussa Sylvain et Raoul dehors.

Puis, à la fille éberluée, il lança en français:

— Pis salut, toi!

* * *

L'entrée dans la guerre des contingents des États-Unis intensifiait les combats. Gisèle Malouin tremblait de plus en plus pour Arthur l'aviateur. Elle lui écrivait souvent. Pour la première lettre, elle avait pris prétexte de la mode des marraines de guerre, lui offrant, s'il n'en avait pas, de devenir la sienne. Dans chaque épître, elle se retenait pour ne pas trop trahir ses vifs sentiments. Elle se bornait à tenir la chronique d'une demoiselle de Lavaltrie qui travaillait dans une usine de cartouches de la banlieue de Montréal. Ainsi écrivait-elle:

Mon cher Arthur,

Merci de tes bonnes nouvelles. Je tremble pour toi depuis que je sais que ton escadrille est basée sur le front français. Quelques journaux de chez nous décrivent les exploits de nos as de l'aviation. Ils parlent aussi de la conscription. C'est bien normal qu'on envoie nos gars se battre contre les Allemands. Il y a tellement de tués parmi les nôtres. Quant à moi...

Le militaire répondait scrupuleusement à ces lettres par des cartes fournies par l'armée, où il pouvait, d'un trait de plume, barrer toutes les mentions, sauf celles qui disaient: «I have received letter», «I am quite well». Il signait d'un grand «A» majuscule et retournait à une vie exaltante faite de périls et de beuveries avec les gars de son escadrille.

Le Front du Saint-Laurent

L e pesant et humide été laurentien se traînait d'orage en orage au-dessus de Montréal. Omer à son balcon essayait de humer un peu de fraîcheur. Il aperçut dans la rue, venant vers sa maison, le jeune Marc, fils du marchand de fer du quartier Saint-Louis. Il lui fit signe de monter et alla chercher deux bières dans sa glacière. «Il va encore m'apprendre de tristes nouvelles, présumait Omer. Ça ne va pas fort chez eux.» Il ne pensait qu'aux affaires de Julien Malouin. C'était pire encore.

— La police me recherche, fit Marc.

— La police? Qu'est-ce que tu as fait? Quelle' police?

— La police montée.

— As-tu quelque chose à voir avec les dynamitages?

— Les dynamitages, c'est pas nous.

Tout le Canada français, surtout dans la province de Québec, faisait face au problème de la conscription. Longtemps les chefs politiques du Canada avaient promis à la population que seuls des volontaires seraient envoyés en Europe pour combattre l'ennemi. De nombreux Canadiens de langue anglaise s'étaient enrôlés. Peu de Canadiens français, en dépit des sermons demandés aux curés, dans lesquels ils affirmaient que le Dieu tout-puissant était du côté des champions du droit et de la justice. Les autorités avaient tout d'abord institué l'immatriculation de tous les jeunes, puis la loi sur la mobilisation générale avait été votée, qui les astreignait au service militaire actif. Pour venir en aide aux Alliés, dont les pertes sur le front français étaient énormes en cette année 1917, il fallait leur envoyer des conscrits. La menace avait engendré à Montréal de violentes manifestations. Une explosion nocturne avait endommagé la demeure du propriétaire d'un quotidien anglophone montréalais qui prêchait l'enrôlement.

— C'est pas vous qui...?

Marc expliqua qu'à l'école des métiers il faisait partie d'un groupe clandestin anticonscriptionniste, appelé «Le Front du Saint-Laurent». Sur la presse de la classe d'imprimerie, ils avaient confectionné des affichettes «Down with Conscription», placardées sur les poteaux de téléphone du centre de la ville. Ils avaient aussi envoyé des briques dans les carreaux d'un centre de recrutement.

— Mais pas la dynamite. Il paraît que ce sont les rouges qui font ça, des étrangers qui profitent de notre combat pour les droits du Canada français.

— Arrête tes discours, Marc. Tu as raison, mais les politiciens du Canada anglais ont actuellement tout le pouvoir et leur police d'État est bien organisée. Elle a sans doute ses mouchards parmi vous. Tu finiras par te faire prendre et être envoyé de force dans l'armée.

— Quoi faire?

— Comme les autres. Aller te cacher. On a de la famille à Lavaltrie. Tu vas prendre le bateau ce soir et débarquer à l'auberge, chez Tit-Phonse.

396

En arrivant à l'hôtel de l'Étrier, les premiers mots qu'entendit Marc furent:

— Toi, commence à lâcher le faux col et la veste! On n'est pas à Montréal, ici...

— Qui es-tu, toi?

— Moi? Rollande.

— Une fille à Tit-Phonse?

— Non, sa sœur.

— Alors, tu es la sœur à Gisèle. Tu lui ressembles.

Il allait faire connaissance avec cette famille chaleureuse et buissonnante qu'il avait dans le village au bord du fleuve, ceux de l'hôtel, ceux de la petite manufacture de bois et ceux de la ferme de la Grand-Côte. Tous les célibataires de vingt à trente-quatre ans visés par la nouvelle loi étaient prêts à aller se cacher en cas de descente d'agents de la police fédérale.

Marc devint le «chum» de Roger, un des fils d'Alphonse, le patron de l'hôtel. Il se lia aussi avec «l'abbé» et Cloclovisse, qu'on appelait ainsi parce qu'il était bègue.

— Ça ne les empê... pê... pêcherait pas, disait-il, de m'envoyer à la guerre.

Cloclovisse et «l'abbé» étaient des Malouin de la branche éloignée dite Barzoune.

Marc avait été installé dans le grenier d'une dépendance de l'hôtel, où ses copains venaient jouer aux cartes avec lui. Il demanda:

— Pourquoi on te donne ce nom?

— Parce que j'étudie au grand séminaire. Mes parents veulent à toute force que je devienne prêtre. Il est plus facile de ne pas être soldat que de ne pas être curé, tu sais.

— Si tu étais ordonné, tu serais automatiquement exempté.

— Je le sais. Encore que mes supérieurs proclament que c'est un devoir de charité que de combattre avec ceux qui défendent la juste cause de l'Entente franco-anglaise.

— Ils n'ont qu'à envoyer au front tous les séminaristes.

— Mais certains de mes pieux maîtres affirment aussi que la participation à la guerre constitue pour la jeunesse canadienne-française un péril profond. L'envoi en Europe peut lui donner des expériences funestes sur le plan moral et elle risquerait d'en revenir avec l'esprit blasé ou terre à terre ou encore, et je cite, «avec un cœur incapable de ces chastes et saines émotions que sont les ressorts de la vertu».

Marc méditait tout cela dans son grenier. À l'aurore, il était éveillé par un étrange silence. Familier des bruits de sa rue, le ferraillement du premier tramway, le grondement des camions, les cris des marchands ambulants, les cloches de toutes les églises et chapelles, la clameur des enfants dans la cour de la grande école, ici il n'entendait que des coqs. Par la fenêtre, il apercevait le phare qui allait s'éteindre, les nacrures du soleil sur la barre du fleuve. Il pouvait enfin l'admirer, ce fameux Saint-Laurent, caché à Montréal par des milles de hangars et de silos.

Rollande et les autres se moquaient du gars de la ville qui appelait «oiseau» tout ce qui vole, incapable de distinguer une gélinotte d'un malard, tout comme il confondait les espèces d'arbres. Il se rattrapait par un parler et des façons très montréalaises qui amusaient les autres gars et filles et qui effarouchaient leurs parents.

Les vacanciers quittaient le village. Sur les lointains vert sombre des épinettes, les mélèzes prenaient des teintes d'ocre barrées par le blanc crayeux des bouleaux. Les érables sortaient leurs plumets de feu. Vers le sud, les brouillards de l'automne habillaient le fleuve dont on ne voyait plus que les battures.

— Vas-tu aussi rentrer chez toi? demandait Rollande.

Marc n'y tenait pas. Son cœur était épris. Non pas de la petite sœur de Gisèle mais d'une des filles de la Grand-Côte, la délurée Gaétane. Justement, ce jour-là, arrivait une lettre de Julien. Il recommandait à son fils de rester à Lavaltrie. Le gouvernement fédéral, sous la pression du Canada anglo-saxon, avait décidé d'appliquer rigoureusement sa loi sur la conscription. «Tu es bon pour le service, disait Julien. Chez nous, le devoir est accompli, je gagne durement ma vie à fabriquer du matériel de guerre pour les Anglais, dans une usine qui m'a été volée. D'ailleurs, ajoutait-il, la guerre ne va pas durer. Tous les jours, par cargos entiers, les Américains débarquent hommes et matériel dans les ports français.»

Julien annonçait aussi cette triste nouvelle: Arthur, qui avait eu pour mission de repérer un zeppelin qui rôdait le long des côtes, avait été descendu.

C'est à la Grand-Côte que Marc passait le plus clair de son temps. Ainsi se tenait-il plus près de Gaétane, si provocante dans l'acide fraîcheur de ses quinze ans. Pour tenter de justifier sa présence, le gars de la ville se prêtait à toutes sortes de tâches: le fendage du bois de chauffage, la cuite du pain et même la lessive. Il écoutait les propos de Léonide le fermier, qui parlait blé, beurre, chevaux, foin. Marc, qui voyait tout cela produit en abondance sur la ferme et d'un bon rapport, répétait qu'au lieu d'apprendre l'imprimerie il aurait dû se faire cultivateur.

«Pourquoi, se demandait-il, faut-il que je sois un Malouin du coteau Saint-Louis? Ceux, depuis toujours, dits Mange-Misère?»

L'émoi physique que lui causait Gaétane le ramenait au présent.

— Viens, disait-il, on va aller inspecter les ouaches.

C'était, au-delà d'un bois de frênes touffus, en plein maré-cage, des cabanes qui servaient aux chasseurs de sauvagine. Léonide y avait fait porter des provisions et de la literie pour que les conscrits de la famille aient là une cachette introuvable. Pour la première visite avec Gaétane, Marc avait préparé une phrase destinée à l'émouvoir.

— Pense que c'est la guerre. Demain, je serai peut-être envoyé là-bas au front. Je devrai te quitter sans avoir connu le bonheur.

Son discours était inutile; tandis qu'il calait la porte avec une bûche, déjà elle retirait jupon et corset.

L'hiver mit fin à leurs escapades dans le marais mais non à leurs jeux charnels. Ils les pratiquaient dans la remise adossée au four à pain. Comme il servait à toutes les maisons du rang, on y cuisait souvent. Marc, toujours volontaire pour ce travail, avait sa façon de cligner de l'œil quand il disait à Gaétane:

— Viens-t'en, on va mettre une bûche ou deux au feu.

Un peu avant Pâques de 1918, on vit arriver Bernard Malouin, le fils des notaires d'Outremont. Lui aussi mobilisable, il ne voulait pas subir le sort de son frère Rodolphe.

— Avec Arthur, ça fait deux gars de la famille qui ont payé le tribut. Ça fera, dit-il.

Puis vinrent aussi se cacher, venant de Québec, deux autres célibataires: Raoul et Sylvain, les neveux d'Omer. Les nouvelles qu'ils apportaient étaient graves. Dans la capitale, une émeute avait éclaté. Des policiers fédéraux avaient tenté d'arrêter des jeunes gens qui saccageaient un des bureaux d'enregistrement de l'armée. Des soldats — «unilingues anglais», précisaient les deux cousins — appelés en renfort avaient tiré sur les manifestants, en tuant quatre. Résultat: toutes les exemptions, y compris celles accordées aux cultivateurs, étaient annulées. Léonide décréta:

— Les ouaches sont prêtes, les gars. Il faut pas traîner au village. Marc va vous conduire, il connaît bien l'endroit.

Il avait dit cela avec un sourire forcé en direction de son jeune parent, et ajouté:

— Une seule personne aura le droit de vous visiter: c'est Émélie, ma femme, qui vous portera à manger.

L'été fut long pour les sept gars piégés en pleine nature. Dans la journée, Bernard Malouin écrivait longuement à Martine, sa fiancée de Montréal. Ne pouvant lui répondre directement, elle adressait ses réponses à «Mademoiselle Bernadette Malouin, Hôtel de l'Étrier à Lavaltrie». L'étudiant en droit se fâchait quand les autres l'appelaient Bernadette.

Roger et Clovis, silencieux à longueur de jour, pêchaient à la ligne ou taillaient dans des bûches de pin des canards qui leur serviraient d'appelants quand ils pourraient retourner à la chasse.

Sylvain et Raoul jouaient aux cartes. Magloire relisait ses traités de théologie et Marc cherchait à correspondre avec Gaétane pour l'inciter à venir le retrouver en cachette dans le bois de frênes. Mais jamais elle n'apparaissait.

Sylvain et Raoul, las des parties de rami, s'accusant l'un l'autre de tricherie, se retiraient brouillés. Sylvain s'éloignait souvent de la ouache. «Pour me promener», disait l'imprudent.

Les soirées étaient fastidieuses. Léonide avait prohibé, dès la nuit tombée, tout feu ou lumière. Il avait même interdit de fumer, car la police militaire était fort habile à débusquer les réfractaires.

Alors, devant le bras mort du ruisseau, miroir sombre parfois égayé par le vol des mouches à feu, ils discutaient dans la noirceur.

Revenaient les éternelles querelles entre ceux des campagnes et ceux de la ville, entre ceux de Québec et ceux de Montréal, deux villes ennemies dont la rivalité commencée en 1642 se réveillait au moindre prétexte.

L'automne était venu et se mettait à être «fréfrette», comme disait Cloclovisse. Devraient-ils passer l'hiver dans ces humides cachettes?

Émélie, qui leur apportait leur pitance, les ravitaillait aussi en chandails et couvertures. Un soir d'automne, elle ne vint pas seule. Toutes les familles étaient là, portant des fanaux. Joyeuses.

C'était le 7 novembre 1918. Une dépêche de presse prématurée avait bouleversé toute l'Amérique, annonçant, avec la victoire, la fin de la guerre. En fait, l'armistice survenait vraiment quatre jours après.

Réconciliés, les gars Malouin étaient sortis du bois. Il ne restait plus, au grand soleil de la Saint-Martin, qu'à retrouver les jeunes filles pour célébrer le rouge été des Indiens et la paix retrouvée. On avait tous gagné. Pas tous. Rodolphe et Arthur, parmi beaucoup d'autres, sous des croix blanches, dormaient quelque part en France, au pays des roses et des coquelicots.

Quelques mois après l'armistice, il y avait un grand repas de famille à la Grand-Côte pour fêter les quarante ans d'ordination de l'abbé Norbert. Gédéon son frère et Jeanne sa belle-sœur avaient bien fait les choses et invité toute la parenté.

Omer était arrivé dans une voiture dernier cri qui annonçait combien la guerre avait été profitable à ce petit homme d'affaires opportuniste. Il conservait toutefois sa bonhomie innée, faite de fausse indifférence et de simplicité recherchée. Tous lui accordaient une vraie bonté de cœur jointe à une humeur toujours joviale. Il eut droit à la deuxième place d'honneur à un bout de la table. L'autre, forcément, était occupé par Norbert.

Au centre étaient assis les vieux parents, Gédéon et Jeanne la bonne mémère Malouin qui avait toujours quelque petit-enfant dans les bras ou sur ses genoux. L'abbé Norbert avait baptisé tout ce monde-là, célébré quasiment tous les mariages. «Il n'a pas fini de travailler pour le clan Malouin», songeait Omer en remarquant parmi les jeunes couples tant de femmes enceintes. Il essayait de se les nommer sans faire erreur de prénoms et de penser au cadeau que lui, l'oncle-gâteau, devrait bien offrir.

Hormis l'abbé Magloire et son frère Clovis, tous les ex-réfractaires étaient des nouveaux mariés et de futurs pères. Roger, le fils de l'aubergiste, attendait un enfant d'Angéline; Bernard, l'avocat d'Outremont, de Martine. Raoul avait épousé Denise, une fille que l'on disait de la bonne société de Québec — cela signifiait évidemment: riche, guindée et traditionaliste. L'autre neveu d'Omer, Sylvain, s'était uni à Gaétane, la fille de Léonide et d'Émélie. Elle était, de toutes les jeunes femmes, la plus visiblement enceinte. Omer comprenait pourquoi Marc, qui devait représenter à ce repas familial les Malouin de Montréal, n'était pas venu. «C'était ça, avait-il dit, les promenades de Sylvain pendant qu'on était cachés. Ce fourbe allait retrouver Gaétane.»

Émélie, elle aussi, était grosse. Ainsi Léonide, dans l'année, deviendrait pour la première fois grand-père et sa femme lui donnerait leur huitième enfant.

À côté d'Omer se trouvait Gaston Malouin, un ancien du village qui était allé s'installer en banlieue de Montréal. Il était

402

comptable dans une distillerie. Venu de Saint-Vital (où depuis longtemps, mêlée à celle des Lafrenière, s'était épanouie une autre branche des Malouin), il y avait Hermas, propriétaire de la principale épicerie de la cité industrielle mauricienne. L'abbé Norbert Malouin y avait été longtemps curé et aumônier d'un syndicat en lutte constante contre la compagnie d'électricité qui tenait sous sa domination les industries locales et les élus municipaux.

À l'autre bout de la table se tenait le prêtre fêté. Omer remarquait que son visage était devenu sec et ridé, semblable à un bois flotté, mais son bon sourire, entouré de deux rides très creuses, le faisait ressembler à un portrait du curé d'Ars. Autour de lui étaient rassemblés tous ceux qui appartenaient au clergé: Magloire, fraîchement ordonné, et des religieuses dont Omer ne savait plus les vrais noms car elles portaient ceux reçus par elles à leur entrée en religion.

Ce qui intriguait Omer, c'étaient les nonnes. Pourquoi, comment avaient-elles choisi d'entrer en religion? Quelle force intérieure les poussait à tant de renoncements? Quels secrets cachaient-elles sous la bure ou les plastrons immaculés et raides d'amidon? Une réponse était simple: elles croyaient en Dieu, à la vie éternelle, à la récompense au ciel des misères endurées ici-bas. Omer n'aurait jamais avoué à quiconque, la tête même sur le billot, qu'il avait depuis longtemps cessé de croire à tout cela. Et s'il en était de même pour elles?

Depuis quand avait-il perdu la foi de ses pères? Il cherchait à s'en souvenir. Oui, c'était précisément à une fête de famille comme celle-là. Il avait quinze ou seize ans, après les premiers gros péchés, jamais confessés, mais il communiait tout de même, ostensiblement, tremblant de terreur parce qu'il était sacrilège. Quelle fête de famille? Un baptême, bien sûr. Il y en avait tant tous les ans autour de lui. Mais, pour cette inoubliable cérémonie, le nouveau-né était entièrement habillé de vêtements rouges. Cette couleur de sang signifiait pour sa famille que le petit être, non encore marqué par le sacrement rédempteur, était créature du diable. Après la cérémonie, un autre trousseau, tout blanc celui-là, indiquait que le bébé devenait immaculé. «C'est épouvan-

403

table, s'était dit le jeune Omer, de croire des choses de même. Et s'il mourait, cet enfant, juste avant l'oint, le sel et l'eau bénite, serait-il damné pour toujours?» Omer avait posé la question à sa mère. «Oui, il le serait, comme tu as failli l'être», avait dit la bonne maman Eulalie en serrant son fils contre elle. C'est à cet instant-là qu'il avait décidé de ne plus croire à un tel Dieu. Il s'en tirait moralement par une faribole. «Le Tout-Puissant, disait-il, ne croit plus en moi.»

On mangeait beaucoup autour de la table, on buvait sans cesse, on fumait, des conversations très graves ou très lestes se tenaient autour d'Omer. Les nonnes sans âge feignaient de ne s'apercevoir de rien.

Parmi ces religieuses discrètement jacassantes, l'une, à l'ombre de sa coiffe noire tirée à quatre épingles comme le voulait le coutumier de son ordre, lorgnait vers une de ses cousines qui berçait son poupon.

— Veux-tu le prendre? demanda la jeune mère en tendant vers elle l'enfant.

Grand-maman Jeanne intervint d'un ton sec.

— Non, tu sais bien qu'elles n'ont pas le droit.

L'abbé Magloire approuva d'un signe de tête. Omer savait taire son profond désaccord. Ces femmes qui avaient prononcé leurs vœux devaient se protéger de toute émotion qui rappelât la maternité. C'était terrible. C'était ainsi. Elles devaient aussi porter leur cornette au ras des yeux afin de cacher leurs sourcils, marque trop évidente de leur féminité. Manquer, parmi d'autres, à cette prescription, c'était, selon l'enseignement, manquer à l'Église tout entière. Seule la communauté avait un sens. Jamais la personne.

Parfois, jaillie des groupes en conciliabule, dans un silence fortuit, tonitruait une phrase qui aurait voulu être confidentielle. Autant que la réponse.

Ainsi Hermas qui glissait à Norbert:

— Tu dois être assez content. Enfin, elle va être créée, cette Confédération des travailleurs catholiques du Canada.

— Ça fait assez longtemps qu'on travaille pour ça, Christ!

— Encore des syndicats chez nous? s'inquiétait le vieux Gédéon, ça va-t'y pas nous amener des idées bolcheviques?

— Mais non, le père, c'est pour la défense de la race canadienne-française.

C'étaient les maîtres mots. Gédéon approuvait en hochant son menton.

Gaston capta toutes les attentions car il racontait que ses patrons, fabricants d'alcool et importateurs de spiritueux, faisaient de l'argent, c'était «épouvantable», depuis que les États-Unis avaient décrété la prohibition. De l'Atlantique au Pacifique, des passeurs gagnaient bien leur vie en alimentant en bouteilles les voisins du Sud. Roger, qui allait reprendre à son compte l'hôtel et son bar, s'inquiétait.

— Vont-ils aussi interdire la vente de boisson dans notre pays?

Son verre levé, Léonide répondait:

— De toute façon, le petit whisky blanc, c'est toujours nous qui l'avons fabriqué sur notre ferme. On continuera.

Formant comme un barrage entre deux mondes, celui des religieuses et celui des gens mariés et des jeunes, se tenaient trois femmes peu volubiles. Celles qu'on appelait «madame Marcelle», veuve et mère de Magloire et de Clovis le bégueux, «mademoiselle Rollande», institutrice rurale et célibataire, et, également sans mari, Gisèle Malouin.

Gédéon, monté sur sa chaise, faisait tinter son verre avec la lame d'un couteau. On craignait un discours. Il voulait seulement proposer un toast à Norbert et à la victoire des Alliés, «qui nous réunit tous», affirma-t-il solennellement.

— Pas tous...! lança Gisèle dans le silence.

On ne comprit guère sa repartie, sauf Omer, qui savait combien elle pleurait Arthur. Les hommes se remirent à parler fort, lancés sur leur sujet favori, la politique.

— Allez-vous donc vous taire? demandait Jeanne. La guerre, elle est finie. Tout le monde est pas heureux? Non?

Les nouveaux colons

Automne 1930.

Quand Julien entra dans le vivoir d'Omer, celui-ci finissait d'écouter le bulletin d'information du poste C.K.A.C. Enrobée de crépitements, la voix de l'annonceur provenait d'une énorme boîte noire où saillaient boutons, poussoirs et commutateurs et surmontée d'un pavillon de galalithe. Tout en prêtant l'oreille aux nouvelles, Omer examinait son parent vêtu de hardes dont les nombreux rapiéçages cachaient mal les parties élimées. Les deux hommes entendirent le résumé des faits du jour: le début de la construction de la nouvelle bâtisse de l'Université de Montréal sur la face nord-ouest du mont Royal, les exploits des Maroons, un des clubs de hockey de la ville qui pourrait remporter la fameuse Coupe Stanley, et un nouveau discours du pittoresque tribun Camillien Houde, à la fois chef des «bleus» au Parlement de Québec et maire de Montréal. Enfin, il était rappelé qu'un an plus tôt, le 24 octobre 1929, le krach boursier du Stock Exchange de New York avait sonné le glas de l'économie nord-américaine.

— Et ça continue, la grande dépression, fit Julien.

— On paie les folleries de l'après-guerre, ajouta Omer.

À voir son cadre de vie, on pouvait penser qu'il n'avait guère souffert de la crise. Il vivait, au dernier étage d'un grand immeuble cossu à hauts toits d'ardoise pastichant un castel de l'époque Tudor, dans une pièce immense, baroquement meublée avec tendance au douillet. Dans un angle, une cheminée où rougeoyait un feu de boulets. Dans l'autre, un grand lit masqué à demi par un paravent. Sur un des murs, Julien remarqua un portrait de femme, très belle, dans la quarantaine, les épaules nues, le visage à la fois énergique et doux, surmonté de cheveux raides et cuivrés, coupés très courts. Déjà intimidé par la démarche qu'il devait faire, Julien n'en bredouilla que davantage.

— Je suis venu te demander un fier service. Tu sais que je suis toujours en chômage. Et Marc, notre fils qui vient de se marier, sa petite femme Fabienne est enceinte. Le médecin dit qu'il lui faudrait une nourriture reconstituante. On n'a pas beaucoup de quoi.

— Ton fils travaille, au moins?

— Peu. Il a ouvert une boutique d'imprimerie dans notre quartier. Mais avec les affaires qui vont si mal, il n'a pas grand ouvrage. Qui a besoin de prospectus ou de cartes de visite?

Déjà Omer avait sorti son carnet de chèques et écrivait, écoutant la suite des malheurs de ceux du coteau Saint-Louis: les petits gars et filles de Julien et de Pauline qui ne pouvaient aller à l'école faute de souliers, l'un d'eux qui avait attrapé un mal de poumons était dans un sanatorium, une fille atteinte de déformation devrait porter un corset de cuir. Le courtier en métaux augmenta de cinq dollars la somme qu'il avait en tête pour venir en aide à une des familles du clan Malouin.

— Je te rembourserai, dit Julien d'une voix gênée.

— Ça peut attendre, même si je suis moi-même un peu serré. La maison que je représentais et qui a fourni de l'acier pour le nouveau pont entre Montréal et Longueuil se déclare en faillite.

— Es-tu sans travail, toi aussi?

— Oui. Je vis sur une petite réserve. Mais j'ai des projets.

408

Omer Malouin, dit l'Espérance, quand il exposait des projets devant le mener à une grande réussite, claironnait littéralement ses phrases. Dans une fanfare de mots, Julien apprenait que le gouvernement fédéral songeait à construire sur la rive sud du Saint-Laurent, au débouché du pont tout neuf, un pylone pour aérostats géants.

— C'est quoi, ça?

— Des ballons dirigeables transatlantiques. C'est le moyen de transport de l'avenir. Des centaines de passagers transportés toutes les semaines entre Londres et New York, avec escale à Montréal. Oui, mon Julien. Et j'ai pris des options sur des terrains près du futur aéroport, où se construiront des hôtels, des entrepôts, des usines.

— Es-tu sûr de ça?

— C'est une information que je tiens de notre cousin Bernard, l'avocat. Il est bien placé dans la politique du nouveau gouvernement conservateur à Ottawa.

— Et à part ça, comment elle va, la famille d'Outremont?

— Comme nous autres, ils subissent la crise. Zénon parle même de vendre sa grosse maison et de devenir locataire.

— Faut pas trop les plaindre.

— Ils sont peut-être plus mal pris que tu crois. Pas autant que vous autres, Julien. Mais je vais essayer de t'aider. J'aime bien ton fils Marc, et rien que pour lui je vais aller déranger notre bon ami l'abbé Magloire.

— Crois-tu que ses prières…?

— Je pensais pas aux miracles. Mais il a d'autres ressources. Laisse-moi faire.

Avant de partir, Julien jeta encore un coup d'œil au tableau de la femme aux épaules nues. Il n'osait pas poser cette question: «C'est-tu ta blonde?»

— Ce portrait? Je ne sais pas qui c'est. Mais c'est bien peint. C'est un gars de New York qui me devait de l'argent qui me l'a donné. J'ai accepté parce que je trouve la femme pas mal du tout. Au dos, c'est marqué: «Self portrait of Mrs Wilby». Je ne sais rien de plus sur elle.

Le curé Norbert était mort, mais il y avait toujours eu, ou presque, avec plusieurs religieuses, un prêtre chez les Malouin. Magloire, né dans une des familles de Lavaltrie, récemment ordonné, qui avait rêvé de grandes actions pastorales, s'était retrouvé dans une paroisse du centre-ville de Montréal. Son curé, que l'on appelait Monseigneur, l'avait chargé de diriger la chorale des fillettes et de faire jouer les garçons au hockey et au baseball. La consolation de Magloire, c'était l'orgue de l'église, un modèle Casavant, tout neuf, de premier ordre. Magloire, fin musicien, réclamait sans cesse des tâches mieux accordées à son zèle. Monseigneur finit par lui dire, un matin:

— Tu veux te donner du souci? C'est parfait. La société Saint-Vincent-de-Paul nous charge de distribuer des secours. Tu aideras le premier vicaire.

Magloire travaillait à cœur de jour à sa nouvelle tâche. Les pauvres se faisaient de plus en plus nombreux dans la paroisse à venir quémander des bons d'épicerie, de pain, de lait, de chaussures. Ces billets contresignés n'étaient distribués que tous les vendredis soir après la cérémonie du salut du saint sacrement. Dans son allocution finale, le curé rappelait aux fidèles de dire à ceux qui n'étaient pas venus s'agenouiller qu'ils auraient leurs bons la semaine suivante. Magloire en était honteux. À sa console, il attaquait de travers la cantate de Bach, que de toute façon Monseigneur détestait, car on lui avait dit que c'était un musicien protestant.

L'organiste fut étonné de retrouver Omer dans l'antichambre du bureau paroissial.

— Ce n'est pas pour moi, Magloire. C'est pour la famille de Julien. Je sais qu'ils ne sont pas de ton quartier, mais peux-tu quand même faire quelque chose pour eux?

Sans hésiter, le jeune prêtre avait glissé quelque chose dans une enveloppe, qu'il tendit à Omer.

410

— Je n'ai pas besoin de vous le dire: pas un mot à Monseigneur... Des trois vertus théologales, il me fait surtout pratiquer la charité. Et quelle charité...

Tous les jours, Marc et Fabienne allaient faire la queue chez les sœurs de la Providence, ou chez les frères de l'hospice Bruneau, ou même à l'Armée du Salut, bien que ce fût tenu par des Anglais non catholiques. On remplissait leur récipient de soupe, on leur donnait un demi-pain que, chez eux, ils tartinaient de mélasse.

Dans les files d'attente, ils rencontraient toutes sortes de gens qui se faisaient part de leurs expériences pour contrer l'imparable misère. Un huissier, qui avait été saisi par un confrère, donnait gratis des cours de droit à ceux qui craignaient d'être expulsés de leur logement pour non-paiement du loyer. Un ex-cuisinier, qui avait travaillé dans un grand hôtel de New York, expliquait qu'il ne fallait pas compter trouver du travail «aux États, où ils sont encore plus pognés que nous». Un ancien commerçant, pour un sandwich et un verre de bière, se faisait fort de rebrancher le courant électrique chez ceux qui en étaient privés pour ne pas avoir acquitté leur facture à la compagnie. Clovis, rencontré à une distribution de couvertures ou de farine, raconta qu'il avait voulu s'engager comme pelleteur sur un chantier que la Ville avait ouvert mais qu'il s'était fait «jeter dehors». On ne prenait pas les célibataires, afin de favoriser les pères de famille. Il en bégayait encore. Il dit aussi qu'il avait cru reconnaître, à la porte d'une soupe populaire, l'avocat Bernard Malouin, fils de Zénon, le notaire d'Outremont.

— Sont-ils rendus aussi qué... qué... quéteux que nous? lança-t-il.

Ce qui était vrai, c'est que Zénon, naguère si riche, avait fait de mauvais placements et que la crise achevait sa ruine. Le peu de clients qu'il lui restait payaient mal. Un fruitier en difficulté avait même proposé de le régler en nature: dix caisses de raisins secs. Le notaire ne pouvait vendre sa maison. Il la possédait par indivis avec sa sœur jumelle Zénaïde et ils étaient fâchés à mort. Quant à Bernard, lui aussi en mal de clients, l'Université de Montréal, où il donnait des cours de droit, avait dû cesser de payer son personnel enseignant.

Les économies d'Omer fondaient petit à petit. Les projets de port d'escale pour dirigeables à Saint-Hubert ne se réalisaient pas. Les actions de firmes autrefois prospères qu'il avait en porte-feuille ne rapportaient plus que d'infimes dividendes.

— Heureusement, disait-il, que je n'ai pas d'héritiers. Moi, quand j'ai débuté dans la vie, je n'ai rien reçu de personne. Mes neveux, s'ils croient hériter de moi, n'auront pas grand-chose.

À Québec, Raoul Malouin, qui avait un riche beau-père, ne souffrait pas trop de la crise. Il faisait le commerce des fourrures, achetant à bas prix des peaux qu'il exportait avec profit. Mais Sylvain vivait avec Gaétane dans une humiliante indigence qui aggravait leur éternelle tension, la scandait d'aigres disputes et de farouches réconciliations. Bien souvent, excédée, elle annon-çait qu'avec leur fils Florian elle retournait à la Grand-Côte, chez ses parents, avec lesquels elle était d'ailleurs brouillée.

— Tu aimes trop la ville, lui disait-il, pour retourner vivre dans une ferme.

Ils habitaient un logis de la basse ville de Québec et, ce soir-là, elle venait de revêtir une robe fourreau sans manches dont l'ample décolleté était souligné par un collier de perles de verre qui lui tombait à hauteur des genoux.

— Tu ne vas tout de même pas sortir? Et habillée comme ça? grogna-t-il.

— C'est la mode.

— C'est la mode à New York, pour danser le charleston. Mais pas ici. Surtout une mère de famille.

— Écoute-moi, Sylvain. Cette robe ne te coûte pas une cenne. Je l'ai faite moi-même. Pour m'habiller à mon goût, je lave les cheveux des madames de la Grande-Allée dans un salon de coiffure tandis que Monsieur passe ses journées à jouer au billard.

— C'est-tu ma faute si mon patron a fait faillite et que je ne trouve pas de job?

— Ton cousin Raoul, lui, il sait gagner des sous. Il a même un char.

— Et une femme riche, bête et snob.

Elle haussa les épaules, enfila par-dessus sa robe un manteau aussi court, coiffa un chapeau de feutre tout rond dont les bords cachaient ses yeux très maquillés et sortit en criant:

— Tu feras souper Florian. Il y a de quoi dans la glacière. Pis tu lui feras faire ses devoirs et apprendre son catéchisme.

— Avec qui va-t-elle aller passer la soirée, la maudite? lança-t-il.

Et il talocha Florian qui pleurnichait parce que sa mère était partie.

Une autre fois, c'était Sylvain qui, en plein après-midi, rentrait, vêtu de kaki de la tête aux pieds. Gaétane, qui se tenait au lit à cause du froid, hurla:

— Dis-moi pas que tu t'es engagé?

— Non, c'est des vêtements militaires qu'on distribuait aux chômeurs. Si tu avais vu le monde qui attendait là. Le Tout-Québec, ma chère. Même chose au Bureau du secours direct qui vient d'ouvrir.

— Le secours direct?

— Une nouvelle invention des autorités pour nous distribuer de quoi survivre.

— Chéri, retire vite cette saleté d'uniforme. Viens avec moi dans le lit.

Elle était nue sous les draps et couvertures. Ils plongèrent dans la volupté jusqu'à en oublier tous leurs malheurs.

Les autorités ne faisaient pas que distribuer aux chômeurs, sans leur demander de travail en contrepartie, des biens de première nécessité. Elles relançaient le mouvement de colonisation agricole, offrant des primes à ceux qui iraient s'établir sur des terres à défricher. Directement subventionnés, des organismes catholiques organisaient les départs vers les espaces à conquérir. La première cabane qui s'édifiait au milieu des lots distribués aux colons était l'église. Des missionnaires ambulants venaient y faire prier les agriculteurs d'infortune et solliciter du ciel des dons de courage, de force, et surtout la vertu d'espérance, qui permettraient de tirer de cette glèbe ingrate un pain assez quotidien.

L'abbé Magloire avait été désigné pour prêcher cette nouvelle croisade dans les églises du diocèse.

Il s'entendait parfois dire par les curés quelque chose comme: «Vous n'avez pas été très brillant. On voit que vous êtes un gars de la ville. Vous n'avez pas pu trouver une seule phrase qui donne à mes paroissiens l'envie de choisir la colonisation.»

— Leur colonisation, ça ne marchera jamais, soutenait Omer.

Il était assis dans l'auto entre Denise et Raoul qui conduisait. Le marchand de fourrures et sa femme revenaient d'une visite à la Grand-Côte. Ils avaient amené l'oncle. Petit voyage d'agrément mais aussi démarche professionnelle bien profitable. Raoul, qui avait mis sur pied une société d'élevage de visons — encore une bonne idée d'Omer —, proposait des contrats aux cultivateurs. Il leur fournissait des couples de reproducteurs et se chargeait ensuite de la vente des peaux. Léonide, qui avait des surplus de bétail invendables à cause de la baisse des prix agricoles, avait accepté de se lancer dans l'aventure.

— Tu as vu ce qui se passe à Lavaltrie? disait Omer. À part les *farmers* qui se plaignent toujours et qui ne crèvent pas de faim, le village s'en va au diable.

C'était bien vrai. Ils n'avaient vu sur le quai, autrefois animé par d'incessants mouvements de goélettes chargées à plein ventre de sable blond destiné aux chantiers de Montréal, que quelques pêcheurs professionnels qui ramanchaient leurs filets. La scierie et les autres petites fabriques ne tournaient plus que quelques jours par semaine. L'auberge devait faire crédit à ses quelques rares habitués. Roger, qui désormais la dirigeait, racontait que tous les jours passaient des gens à pied qui essayaient de se faire embaucher dans les fermes. En vain.

— La colonisation, c'est un rêve de fou! répétait Omer.

Marc Malouin fut un des premiers de la famille à s'inscrire comme volontaire pour l'acquisition d'un lot dans une vallée du lointain Abitibi.

— Au moins, disait-il, la campagne sera meilleure pour Fabienne que les fumées du quartier Saint-Louis.

Ils laissaient derrière eux leur petit garçon Oscar, aux soins de Pauline, la mère de Marc.

Ils sanglotèrent lorsque arriva le papier bleu de l'administration disant que le grand départ était imminent. Le bagage fut vite fait. Quelques hardes, une hache. Ils quittèrent leur triste et glacial logis. Un train les conduisit longuement, avec des centaines d'autres, vers le Nord-Ouest où l'hiver interminable marquait encore en mai le sol de plaques de neige. On les débarqua sur une plate-forme de bois posée en pleine nature. Des véhicules attendaient, des châssis de camion sur quoi était fixée une boîte de bois au sommet percé par le tuyau de tôle du poêle qui réchauffait l'intérieur. Ils étaient une douzaine entassés dans l'étrange voiture sans fenêtres.

Fabienne somnolait dans les bras de son mari. Le conducteur sifflotait. Soudée sur son volant, une grosse image du Sacré-Cœur.

— Où allons-nous? répétait la jeune femme entre deux accès de toux.

L'ancien imprimeur lui prit la main.

— La terre, câlice, c'est ça qui va nous sauvegarder.

Quelques jours après, Magloire partait aussi, sur décision de Monseigneur, qui avait fait affecter son confus vicaire au service diocésain de la colonisation agricole.

* * *

415

«Le 11 novembre 1932, ça a été pour moi comme une deuxième naissance», se répétait Omer en souriant.

Ce matin-là, promeneur solitaire sur la moquette de feuilles mortes du parc Outremont, ainsi que tous les jours, il prenait sa marche, comme il disait.

Depuis qu'il était entré dans le camp des sexagénaires, il tenait à soigner son aspect d'homme entre deux âges, resté résolument fidèle au premier. Il entendit au loin des nasillements de cornemuses et vit passer au pas cadencé un parti de jeunes militaires encadrant quelques civils, porteurs de drapeaux, la poitrine tintante de médailles et coiffés de vieux bérets de l'armée. Il se souvint que c'était le onze novembre.

Au coin des rues McDougall et Elwood, il y avait un monument aux «braves» de la ville, un haut mur de pierre blanc sur lequel était plaquée une pleureuse de bronze sous l'inscription «Gloria Victoribus — MCMXIIII». Des bouquets liés par des rubans tricolores, des couronnes de feuillage et de coquelicots de celluloïd jonchaient le devant du cénotaphe. Les curieux s'étaient dispersés, à l'exception d'une fort belle femme, vêtue de fourrure, portant un chapeau à voilette. Elle se mit à regarder Omer avec insistance. Il retira son chapeau de feutre.

— Nous nous connaissons, je crois, dit-il.

Il hésitait à mettre un nom sur la personne.

— Vous êtes Omer Malouin. Votre père Ludger avait autrefois un grand magasin de nouveautés à Québec.

— Oui, *Au Bonheur des Familles*. Et vous, vous êtes Mistress Wilby. Mais tu es aussi Zénaïde.

— Il y a plus de quarante ans que nous nous sommes vus pour la dernière fois.

— C'était aux funérailles de l'oncle Jérôme, à Lavaltrie.

— Je me souviens.

— C'est curieux de se rencontrer de même.

— Je viens ici tous les ans, pour ça.

Du bout de son parapluie, elle montra sur le monument, parmi d'autres, le nom gravé de Rodolphe Malouin.

— Mon frère Zénon, pas plus que ses enfants, ne pense à venir fleurir cet endroit.

— Je sais que tu es fâchée avec ta famille.

Ils marchaient pensifs dans l'allée du parc. Il dit tout à trac:

— J'ai votre portrait dans ma chambre depuis des années, madame Wilby. Je comprends maintenant pourquoi il me plaisait tant.

Elle voulait savoir. Il proposa qu'ils aillent prendre une tasse de thé quelque part. Elle avait sa voiture tout près. Ils partirent ensemble se raconter l'un l'autre tout ce qui s'était passé depuis leur lointaine rencontre.

Ils avaient d'abord conversé à bâtons rompus, mélangeant sans cesse le «tu» et le «vous», puis Omer s'était lancé dans un récit chronologique de sa vie. Il confiait tout, comme s'il avait toujours connu cette Zénaïde, pourtant rencontrée quelques heures, il y avait plus d'un demi-siècle.

À son tour, elle commença de se raconter, de sa voix chaude, virgulée de rires, qui enchantait autant Omer que les folles aventures de la fille du notaire d'Outremont.

— On a raconté qu'à l'âge de dix-huit ans j'avais fait une fugue amoureuse, subornée par mon professeur de dessin. Le pauvre en était bien incapable. C'est moi qui l'avais décidé à m'enlever et à me suivre dans l'Ouest.

— Nous aurions pu être dans le même train; ce mois-là, sur un coup de tête je m'en allais vers le Pacifique, à la recherche de ma mine d'or. Je courais après ce qui me manquait le plus. Et vous, qu'est-ce que vous cherchiez en partant?

— Certainement pas l'argent. Et encore moins l'amour. À la maison, père, mère, Zénon mon jumeau m'en fournissaient abondamment. J'étais couvée comme c'est pas possible. Je peux dire que je souffrais d'affection aiguë.

— Et cet homme, ton professeur?

417

— Disons un très précieux ami. Nous avons parcouru ensemble les plus beaux sites des montagnes Rocheuses. Et enfin j'ai pu l'épouser.

— Y avait-il une raison impérative?

— Oui, j'avais atteint l'âge légal pour le faire.

Elle eut un nouveau rire chantant, pour ajouter:

— C'est ce qui s'appelle se marier forcée. Dès le lendemain de ce mariage à quatre-vingt-dix-neuf pour cent blanc, nous nous séparions, Herbert et moi. C'était entendu entre nous. Il retournait à ses chères études.

— Les paysages?

— Non, les nus de petits garçons.

— Donc, ton mari te perdait?

— C'était plutôt un père, à peine incestueux. Dès que nous avons pu, nous avons divorcé. Ainsi devenais-je juridiquement indépendante.

— Et financièrement?

— Mon mari ne m'avait rien laissé, hormis son nom, mais il avait su heureusement m'apprendre à peindre des tableaux, que je détestais mais qui se vendaient bien.

— Et après ce monsieur Wilby?

— J'ai voyagé, de la Californie au Yukon, moi aussi.

— Seule?

— Vous êtes bien curieux, Omer. Mais je dirai: parfois seule, parfois avec une amie.

— Une amie?

— Cela t'étonne ou cela te scandalise?

— De vous, rien ne peut m'ébahir.

Elle poursuivait son récit, le mêlant de petits fous rires, racontait une autre tranche de son existence, avec une autre amie,

418

pastoresse d'une secte religieuse. Avec elle, elle avait traversé les États-Unis, s'était rendue à Londres, puis sur le continent. Elle était revenue en Amérique avec une «personne» très chère, avait tenu une galerie de peinture à New York.

— Es-tu revenue à Montréal?

— Souvent. Je ne fréquentais que des milieux où j'étais sûre de ne pas rencontrer de membres de ma famille.

— Par exemple?

— Les ateliers des artistes et l'alliance canadienne pour le vote des femmes.

— Tu as fait partie des suffragettes?

— Je milite encore. Nous avons arraché au gouvernement fédéral le droit pour les Canadiennes d'envoyer des députés à Ottawa et d'y faire nommer des femmes au Sénat. Les politiciens arriérés de la province de Québec continuent, soutenus par le haut clergé, à résister à cette réforme, mais nous poursuivons nos luttes.

— Tu es incroyable, Zénaïde! Je ne peux pas croire que tu fais partie de la solennelle famille des Malouin d'Outremont...

— Eux le savent bien, mon cher.

Ce que Zénaïde cachait sous cette phrase énigmatique, c'est que quelques mois plus tôt, connaissant les difficultés de son notaire de frère, elle avait fait racheter sa part de la demeure d'Outremont, permettant à Zénon et à sa belle-sœur ainsi qu'à Bernard et aux siens de continuer à y habiter, sans qu'ils aient un sou de loyer à payer. Elle avait sauvegardé la maison familiale où pourtant elle n'avait pas remis les pieds depuis plus de trente ans.

Omer et Zénaïde avaient encore à se dire. Ils s'aperçurent soudain qu'ils bavardaient depuis des heures. Ils promirent de se revoir. Avant de la quitter, il avait posé la question qui, depuis l'instant de leur rencontre, lui brûlait les lèvres:

— Es-tu, en ce moment, seule dans la vie?

Elle avait répondu:

— Un peu moins.

* * *

C'était, paraît-il, le printemps dans tout le sud du Québec. Mais pas encore là où Marc et Fabienne habitaient. La lumière du dehors le fit ciller lorsqu'il ouvrit la porte de sa cabane. Il regarda sans joie le monotone paysage: la forêt d'épinettes aux cimes tordues par les vents. Plus près, les plaques de neige et, sous la croûte blanche, il le savait, seulement du roc. Devant la demeure, la piste qu'on appelait route. À l'arrière, la terre à défricher, à dépierrer. On leur avait promis une paire de bœufs, mais le service de la Colonisation était débordé par toutes les familles installées dans le canton, dont une partie des eaux allait, via la baie d'Hudson, se perdre dans l'océan Arctique; le reste, par une série de lacs et de rivières, dans l'Atlantique par le Saint-Laurent.

— Un vrai pays pour castors! lança-t-il à sa femme.

Fabienne, toujours fiévreuse, blanche comme une laitue poussée sous une tuile, vint s'accoter à son mari pour regarder le sinistre paysage. Elle, si élégante quand elle habitait Montréal, portait d'épais chandails et un pantalon de son mari.

— Si ma mère me voyait ainsi! Elle répétait qu'une femme qui se respecte ne devait pas avoir autre chose qu'une jupe très longue.

Le teuf-teuf d'un tracteur se fit entendre au loin, répercuté par les échos. Il était conduit par le missionnaire-colonisateur qui ramassait les hommes du rang pour les faire travailler à tour de rôle les uns chez les autres. Le «bi» de dessouchage. Il y avait un colis pour les Malouin. Des manuels édités par l'administration, qui enseignaient comment cultiver les fleurs et préserver les fraisiers des intempéries.

— Une brouette aurait mieux fait mon affaire, dit Marc.

420

Il entendait le prêtre parler à sa femme. Toujours le même discours.

— Je vous rappelle que l'Église interdit d'empêcher la famille. C'est un péché mortel.

Le médecin lui avait dit que si Fabienne avait un autre enfant elle risquait sa vie.

Avant de partir, l'homme de Dieu dit:

— J'ai le salut à vous faire de la part de Magloire. Il prie pour vous.

— On en a bien besoin, dit Marc.

Il regardait pensif sa hache, un très vieil outil dont le fer était marqué d'initiales effacées et d'une vague silhouette d'animal.

À Montréal, Omer Malouin rencontrait de plus en plus Zénaïde. Ils en étaient tout rajeunis. «Elle m'a rendu inoxydable», disait-il en rougissant car il avait retrouvé, en même temps que d'ardents désirs, des timidités de collégien. À chacune de leurs rencontres, il apportait un bouquet de fleurs et la présentait comme sa «fiancée». Pour autant, Omer ne négligeait pas ce qu'il appelait «mes familles» et faisait connaître à Zénaïde ce qu'il appelait l'immense archipel des Malouin. Ce jour-là, il l'avait conduite à la maison du coteau Saint-Louis, qu'elle ne connaissait pas. «Le lieu même de nos origines», disait-il pompeusement.

Ils y trouvèrent maman Pauline, qui gardait Oscar, un gentil blondinet, fils de Marc et de Fabienne. La grand-maman vivait du «secours direct». Deux de ses fils avaient été envoyés dans des camps de travail installés en rase campagne, où ils creusaient d'inutiles fossés. Mais ils étaient nourris et recevaient un pécule de vingt cents par jour. Ainsi le gouvernement espérait-il que les jeunes inactifs ne seraient pas poussés à la révolte par les «diaboliques communistes».

Pauline confia à ses visiteurs qu'elle laissait pousser les cheveux bouclés d'Oscar dans l'espoir qu'il serait choisi pour représenter saint Jean-Baptiste enfant à la prochaine procession de la fête nationale.

421

Une autre fois, Omer emmena son amie à Québec rencontrer d'autres Malouin: Raoul et Denise, petits-bourgeois bien installés, lui très sentencieux, elle approuvant tout ce que disait son mari. Sortant de là, Zénaïde fit remarquer qu'elle n'avait vu aucun livre dans la demeure cossue.

— À part, dit-elle, l'annuaire du téléphone et un missel.

Ils avaient appris que Sylvain et Gaétane étaient eux aussi partis pour tenter dans le Nord l'aventure de la colonisation. Leur fils Florian avait été envoyé à Lavaltrie, chez Odilon, un jeune frère de Gaétane.

En Abitibi, Marc et Fabienne vivaient un dur printemps annoncé tardivement par les corneilles revenues, mangeuses de semences. À l'automne, le colon improvisé avait pu tuer d'une seule balle un gros ours gavé de bleuets. Mise au saloir, la bête leur avait permis de tenir pendant la mauvaise saison. Leur garde-manger était vide. Ils regrettaient la mélasse du temps de leur lune de miel à Montréal.

— Tout ça, disait-il, pour mettre en valeur cette maudite terre pleine de bouette et de roches, dont on sera un jour propriétaires si on en défriche trente acres.

Ils en étaient loin.

— Misère pour misère, on va retourner à Montréal au faubourg Saint-Louis, ajouta Marc, malheureux d'entendre sa femme tousser.

Beaucoup de défricheurs des nouveaux cantons, à la grande colère des aumôniers, avaient déserté leur terre dès la belle saison, pour aller s'engager comme draveurs, ou, obéissant à un vieil instinct, chasser le gibier à fourrure, oubliant que seules les peaux d'hiver sont vendables. D'autres s'imaginaient prospecteurs. Les pépites qu'ils trouvaient n'étaient que des sulfures. Pourtant, en Abitibi, on disait que des compagnies américaines allaient ouvrir des mines, que le pays changerait, que les cultivateurs produiraient, pour les habitants des cités nouvelles, le blé, le lait et la viande.

— Il y a ce soir, dit Marc, une danse, dans des cabanes, l'autre côté de la rivière. On va y aller.

422

— Vas-y, ça te fera du bien de voir du monde. Moi, je reste ici, je suis trop fatiguée.

Il voulait renoncer à cette sortie, mais elle le suppliait de s'y rendre sans elle. Il partit après l'avoir embrassée tendrement. Il la laissa sur le pas de la porte, enveloppée dans ce châle à franges qu'elle avait tricoté et qu'elle appelait sa crémone.

Marc trouva, à l'image de la sienne, la rustique demeure. Mais elle était pleine d'hommes et de femmes qui dansaient au son du plus économique des orchestres: un harmonica, des cuillers de métal heurtées sur des genoux trépidants, des bombardes maison et, pour parfaire le concert, des turlutes lancées par tous. Parmi les voisins, une famille algonquine, joueuse de tambourin, scandait les mélodies. L'hôte avait fabriqué une baboche de sa façon. Des bidons d'eau farinée, gardés quelque temps dans la maison puis placés dehors dans le grand froid de l'hiver, avaient produit un rude alcool. Mitigé par du vin rouge d'Ontario, servi à pleines cruches, le mélange circulait d'un invité à l'autre. Lorsque Marc quitta le party pour faire le mille à pied qui le ramènerait chez lui, il tenta de se souvenir de tout ce qu'il avait dit et entendu.

«Il y a d'autres Malouin dans le bout. Un nommé Sylvain. Il est-tu de ta famille?»

Arrivé à son domicile, il vit dans la grise lumière de l'aube, sous la couverte et la peau d'ours, la forme frêle de Fabienne. Il avança ses mains vers elle. Le corps était glacé.

Le 24 juin de cette année-là, la traditionnelle parade religieuse et nationaliste fut annulée. La Société Saint-Jean-Baptiste, qui distribuait ses faibles subsides aux miséreux, n'avait ni le cœur ni les dollars pour fêter. Pas de chars allégoriques, dont le plus attendu était le dernier. Sous les traits d'un enfant assis près d'un agneau vivant, il présentait le patron des Canadiens français. Très triste, grand-maman Pauline avait coupé les mèches du petit Oscar.

Dans sa solitude de l'Abitibi, Marc vivait comme un sauvage, travaillant sans relâche à dessoucher le sol. Souvent il repensait à la phrase entendue dans la maison d'un voisin: «Il y a d'autres Malouin dans le bout. Un nommé Sylvain.»

Si c'était son cousin, celui avec qui il s'était caché pendant la guerre pour échapper aux rafles de la police montée?

Il pensait surtout à Gaétane, à leurs folies amoureuses de ce temps-là. La si jolie et fraîche Gaétane.

Un matin, Marc partit à pied, alla prendre le chemin qui menait à un rang éloigné. Il traversait des étendues de forêts de conifères vierges, puis, après des zones de brûlis, tombait sur des clairières où se dressaient des maisons comme la sienne; parfois des enfants en loques jouaient dans la poussière.

— Je cherche la maison de Sylvain Malouin, demanda-t-il.

On lui indiqua qu'il devait continuer à suivre la piste. D'autres boisés, d'autres friches calcinées. D'autres cabanes, semblables à celles où les premiers Malouin du Canada avaient vécu. Et, comme depuis ce temps-là les jours de grand été, les fenêtres, à cause des mouches, des taons et des moustiques, étaient tendues de coton à fromage.

Dans la dernière maison du rang, Marc entendit le son de la brosse qui frotte sur la planche à laver de métal ondulé. Il s'approcha, vit dans la pénombre une femme penchée sur un baquet, le visage caché par sa tignasse. Elle leva la tête. C'était Gaétane, vêtue d'une robe faite de sacs de toile où on lisait en grosses lettres délavées le nom d'une marque de farine.

— Tu vois, dit-elle, c'est moi la reine du foyer... Entre, Marc.

Sa maison était aussi en désordre que la sienne. La même odeur de désolation.

— Ton mari?

Elle fit un geste vers les lointains.

— Parti travailler aux mines. Paraît qu'il se fait de l'argent. Y m'en envoie pas. Il vient plus ici.

Elle remarqua les bottes empoussiérées de Marc.

— Tu as marché longtemps. Assieds-toi un brin.

Le lendemain matin, il était encore là, étendu contre Gaétane, nue comme lui. Elle regardait le visage du dormeur si rasséréné, puis assombri quand il ouvrit les yeux.

— Sois pas fâché. On n'a fait de mal à personne. On s'est aimés. On en avait tant besoin.

— Je pense à toutes ces affreuses années qu'«ils» nous ont fait manger.

* * *

Depuis ce terrible été-là, six ans avaient passé. Peu à peu, la grande crise s'estompait. Comme tout le monde dans la province, les Malouin osaient prendre le temps de souffler.

Zénaïde et Omer villégiaturaient à Lavaltrie en ce mois d'août 1939. À l'hôtel, Roger et Angéline leur gardaient toujours la meilleure chambre.

Sur la batture sablonneuse, ils avaient l'impression d'être au bord de la mer. Omer, installé sur une chaise longue, lisait ses journaux en fumant son cigare. Non loin, une blouse de toile par-dessus ses robes élégantes, face à son chevalet, Zénaïde peignait le grand fleuve, les géolettes et les gros navires qui le parcouraient, ajoutait dans le ciel bleu quelques goélands.

Ils ne manquaient pas de compagnie. D'autres vacanciers de la famille passaient une partie de l'été au village. Le neveu Raoul et sa femme Denise, accompagnés de leurs enfants; Luc, un grand gars de dix-huit ans, un des fils de Gaston, l'ex-Lavaltrien, celui qui travaillait dans une distillerie de la banlieue de Montréal.

Luc rêvait de devenir poète, une profession très rare au pays du Québec. Il savait qu'il n'en vivrait pas. En attendant, il était commis à la rédaction du quotidien *La Presse* de Montréal. Zénaïde avait adopté le jeune homme.

— Nous sommes, disait-elle, les deux seuls artistes de toute une dynastie.

Il lui avait lu des feuillets de son album secret. Elle écoutait des poèmes qui commençaient ainsi:

> *Heures mauves où fleurit un pur vol d'alcyons,*
> *Près du feu de camp où le cèdre s'embrase,*
> *Je compte vos minutes avec émotion.*

Zénaïde hochait la tête en silence. Luc était ravi.

— Vous êtes la seule personne au monde qui ne me rit pas au nez quand je lui lis mes vers.

Raoul fit son apparition sur le rivage, endimanché comme s'il se rendait à la grand-messe.

— Tu n'as pas l'air d'être en vacances, lui dit Omer.

— Quelles sont les nouvelles?

— Toujours cet Hitler qui va finir par entraîner l'Europe dans une autre guerre.

— On lui a pourtant donné la Chéco, la Chlécoso...

Raoul n'arrivait jamais à prononcer le nom de ce pays. Son oncle enchaîna pour lui:

— La Tchécoslovaquie. Et maintenant il réclame des bouts de la Pologne. Puis après, quoi?

— Une autre guerre ferait encore votre affaire, l'oncle. Moi, je pense à mon fils Lorenzo, tandis que vous, vous allez encore faire des sous, devenir gras dur.

— Plus à mon âge, Raoul. Je hais (il prononçait «ha-hi») les luttes armées, comme tous nos Canadiens.

Arrivèrent alors Denise et ses fillettes, qui retirèrent leur peignoir de tissu éponge pour courir à l'eau. Elles découvrirent des jolis maillots de bain à la dernière mode, que Denise avait fait venir de New York. Raoul explosa:

— Denise! Es-tu folle de laisser les petites dans cette tenue? Quelle horreur!

— Ce sont des choses qui se portent maintenant, dit Zénaïde.

— Et c'est très charmant, ajouta Omer.

— Ce n'est pas de vos affaires, cria Raoul. Et toi, Denise, je vais te dire que tu tentes le démon. Qu'elles aillent se vêtir, sinon, j'en suis sûr, le malheur va tomber sur notre maison.

Un «truck» qui s'arrêta près du groupe interrompit la pénible scène qui se terminait par les larmes des petites Québécoises accrochées au cou de leur mère. Au volant du robuste véhicule, Odilon, le jeune fermier de la Grand-Côte, conduisait à la plage sa jeune femme Solange et leur bébé Eusèbe, dit Tit-Zeb. Ils apportaient un solide pique-nique et quelques bouteilles de cidre qu'Odilon montra en clignant de l'œil car c'était une boisson produite illégalement.

Les hommes trinquaient, clappaient pour montrer leur satisfaction, sauf Raoul, qui appartenait au mouvement antialcoolique Lacordaire, ce qui lui interdisait de consommer en public autre chose que des «liqueurs douces».

De loin, sur le fleuve, trois garçons qui ramaient une chaloupe firent des gestes pour signifier qu'ils venaient se joindre au groupe. C'étaient Lorenzo, l'aîné de Raoul et Denise, Tancrède, le fils de l'aubergiste, et Florian, l'enfant abandonné de Sylvain et Gaétane. Omer n'osait demander des nouvelles de ses parents. Il savait que Sylvain avait déserté son foyer pour devenir mineur dans l'Abitibi, que Gaétane vivait désormais avec Marc, dont elle avait eu un enfant. Que deviendrait Oscar, le petit garçon blond?

Odilon détestait parler de cette grande sœur qui déjà, très jeune, «s'amusait avec les garçons». Pour l'instant, il expliquait à Raoul et Omer que l'élargissement du chemin du Roi mordrait sur ses terres, ce qui lui permettrait de toucher de grosses indemnités, car il était du «bon bord», celui de l'omnipotent Premier ministre «bleu» Maurice Duplessis. Roger, le cousin de l'hôtel, profiterait aussi de ces largesses. Il attendait des expropriations les dollars qui lui assureraient de quoi construire, au long de la nouvelle voie, des unités de motel, une formule qui rapportait bien aux États-Unis car elle attirait une clientèle d'automobilistes.

— Une nouveauté qui favorise certains péchés, dit Raoul, mezza-voce afin que les dames et les jeunes ne l'entendent pas.

— C'est ce que disent les curés, affirma à haute voix Zénaïde, toujours prompte à stigmatiser tout adversaire du progrès.

Soudain, quelqu'un parla de l'abbé Magloire, le missionnaire de l'Abitibi qui avait été envoyé dans l'Ouest canadien veiller sur d'autres ouailles.

— Pour lui, dit Omer, c'était ou le Grand Nord ou le Far-West.

Tout le monde riait de cette repartie lancée en la lumineuse tiédeur de cette fin d'après-midi aérée par la brise fluviale.

C'est alors que Roger arriva essoufflé de l'hôtel.

— Ils ont déclaré la guerre!

«Ils», c'étaient les Anglais.

— Qu'ils la fassent, dit Omer, et cette fois sans nous.

— Mon cher, reprit Zénaïde, vous dites des sottises. Le gouvernement d'Ottawa va suivre. Il va décréter la conscription. Toi, dit-elle à Raoul, la dernière fois tu te cachais dans les bois. Cette fois, ça sera ton fils, avec les autres *boys*.

Omer ne répondit point. Il savait que les femmes de son pays ne se trompaient jamais dans ces affaires-là.

— Un si bel été, fit Roger. On commençait à respirer, nous autres, et voilà que ça va recommencer.

Omer dit alors cette chose étonnante:

— Soyons pas pessimistes. Je crois dans l'avenir. Une preuve, on voulait vous le dire: ce matin, Zénaïde et moi, on a décidé de se marier.

428

Les galets de Dieppe

Été 1942.

— *F*lorian, vois-tu quelque chose?

Le soldat Malouin, qui ne peut, entre les plaques de blindage, apercevoir qu'un rectangle de ciel sombre, se hisse, va scruter l'horizon, cherche vers le sud la barre de la côte. De brèves fulgurations trouent le crépuscule, éclairent la mer, font apparaître en contre-jour les silhouettes fugaces d'une centaine de navires. Le claquement des détonations arrive à ses oreilles. Il se jette au milieu des autres en criant:

— Ça commence, les gars! Et plus tôt qu'on croyait.

Dans la péniche de débarquement, trente-cinq hommes casqués, comme lui, baissent la tête. Les mains en porte-voix, le capitaine essaye de les tranquilliser.

— N'ayez pas peur, ça cogne à plus de deux milles de nous.

— L'action a déjà commencé? demande Florian.

— Tout ce que je sais, c'est que nous ne serons pas opérationnels avant...

Il regarde sa montre.

— Essayez de dormir. Nous avons au moins deux heures devant nous. Nous sommes en réserve. Pas d'autres questions?

— Si, *captain*. Où croyez-vous qu'on va coucher à soir?

Tout le monde rit à cette question du «private» Lafleur. Les éclatements s'amplifient. Florian Malouin se répète qu'il n'a pas sommeil, se tasse entre le bordage et une pile de caisses de munitions. La péniche, suspendue aux bossoirs du bateau transporteur, oscille mollement avec des crissements qui lui rappellent la balancelle chez pépère et mémère à la Grand-Côte. «C'était avant que mes parents aillent habiter en Abitibi pour essayer de devenir colons. Je crois qu'après je ne les ai jamais revus ensemble.» Sa pensée dérape. «Où coucherons-nous ce soir?» Des images se mêlent. «Hier, c'était dans de méchants baraquements à New Haven. ''Florian, c'est un gars pas d'équerre.'' Qui a dit ça de moi, un jour, dans mon dos?

«Si c'est le sergent, il a dû le dire en anglais, l'enfant de chienne! Non, c'était pas hier soir. Ni depuis qu'on est en Grande-Bretagne. C'était bien avant. Quand j'étais à Montréal? Quand j'étais à Lavaltrie? Ou bédon à Québec?

«J'ai trouvé: c'était un jour d'été, sur le bord du fleuve, tout près de l'hôtel à Roger. Il y a même trois ans exactement. C'est ce jour-là qu'on a appris la déclaration de guerre. C'est Raoul, celui qui bourasse toujours, qui m'avait dit ça. Le tabarnac de Raoul!»

Les balancements deviennent plus forts. L'odeur de mazout brûlé, de peinture fraîche, d'algues brassées est écœurante.

«Moi, un gars pas d'équerre? C'est aussi Raoul qui m'a envoyé en pleine face, quand je me suis engagé, que j'étais bien fou. Tout le monde pensait ça dans la famille. Sauf maman. Quand j'ai été la voir, dans mon uniforme des Fusiliers Mont-Royal, elle m'a dit: ''T'as bien fait, mon garçon. Au moins, tu auras tes trois repas par jour. Mais fais tout pour qu'on ne t'envoie pas de l'autre bord.'' Elle tenait dans ses bras le petit Benoît, l'enfant qu'elle a eu avec Marc.»

Une nouvelle bordée d'explosions tire Florian de sa songerie. Les machines du bateau se sont remises à ronfler. À présent, une lumière aurorale éclaire l'intérieur de la barge. Le capitaine perché regarde au dehors. Florian se juche jusqu'à lui. Leur navire est entouré d'autres «landing ships», de destroyers, torpilleurs, dragueurs de mines, vedettes de patrouille. Au loin, on distingue la ligne blanche des falaises normandes, au-dessus desquelles montent de sinistres volutes de fumée très noire. «Notre régiment doit participer à un raid contre un port français. Un raid? Ça a tout l'air d'une invasion», pense Florian. Le nom du port lui revient: Dieppe.

— L'action a commencé, dit le capitaine. On nous garde ici pour le dessert. Descends boire ton café.

Fortement additionné de rhum, le breuvage n'était plus très chaud dans les gourdes. Les hommes anxieux, peu enclins au bavardage, savaient qu'il fallait patienter dans ce petit matin humide d'août, sans rien voir de la bataille mais en entendant tous ses échos.

Florian maudit le casque anglais dont le bord saillant l'empêche d'appuyer sa nuque à la paroi de métal. «Où coucherons-nous ce soir? Si l'on rentre vivants, les Britanniques vont-ils nous donner un meilleur cantonnement?» À son arrivée du Canada, le régiment avait été logé sous des tentes hydrophiles dans une triste contrée; dans la boue crayeuse, on leur faisait creuser des tranchées pour arrêter une éventuelle incursion allemande. En deux ans, une seule permission à Londres, où lui et ses compagnons de virée, tenus loin des pubs, avaient dû se contenter de l'ambiance anglicane et de la limonade au gingembre d'un foyer de la Y.M.C.A.

De bien rares lettres du pays. Sauf de ce bon Omer Malouin et de sa Zénaïde. Les «jeunes mariés», comme on les appelait dans la famille. Eux, ils savaient vivre. Ils envoyaient un peu d'argent. Parfois Florian recevait des nouvelles de Gaétane, sa mère, qui n'avait que des malheurs à raconter. Sylvain, son père, n'écrivait jamais. On disait qu'il gagnait bien sa vie à Val-d'Or. Il était avec une femme d'Abitibi.

Florian avait appris que son cousin Oscar, lui aussi, s'était engagé, ainsi que Lorenzo, celui de Québec. Il aurait pu pourtant échapper à la vie militaire, il était séminariste. «C'était pour lui, avait dit Omer, une façon de faire mal à son père qui voulait le voir prêtre.» Tancrède était à la trappe. Luc Malouin avait pu échapper à l'enregistrement. À Montréal, Camillien Houde, le bruyant maire de la ville, pour avoir prêché la désobéissance, avait été prestement conduit par la police montée dans un camp d'internement, où il était au secret.

Vrroum! Un bruit déchirant qui s'annonce au loin en une seconde grossit de façon intenable, fait baisser toutes les têtes, décroît. C'est une cinquantaine de Hurricanes qui viennent de passer au-dessus du navire.

— Ils s'en vont mitrailler la plage, annonce l'officier. Je peux vous dire maintenant que le Royal Hamilton et le Essex Scottish ont commencé à débarquer.

— Et nous? demanda le soldat Lafleur.

— Ordre d'attendre.

«Comment s'appelle-t-elle, déjà, cette ville de France qu'on devait prendre? se demande Florian. Ah oui, Dieppe.»

Mais il fallait attendre. Encore attendre. «Ça fait des mois qu'on attend. Il a été question de nous envoyer en Libye nous battre contre l'Afrikakorps, d'aller aider les Russes à défendre Moscou. Ceux des nôtres expédiés à Hong-kong sont arrivés là-bas pour se faire maganer par les Japonais. Au moins, ceux-là ont fait quelque chose. Nous, cette nuit, on nous amène à la bataille et on est là comme des couventines à se faire balancer.»

Une bonne heure passe encore. Un haut-parleur crache des ordres. Le capitaine distribue une pâte vert foncé. Chacun s'en enduit le visage et le dessus des mains, vérifie une fois de plus son armement. Avec des gestes d'automates, les marins du «landing ship» larguent lentement la péniche sur l'onduleux plancher liquide.

— Cette fois, c'est à nous.

On aperçoit l'étroite rive surplombée par le terrifiant mur de craie. Dans une échancrure, la ville à demi cachée par des nuages de fumée piquetés d'éclairs. Grandit très vite un rugis-

432

sement qui monte à l'aigu. Des obus encadrent le bateau, faisant jaillir d'énormes geysers. Les explosions sous-marines secouent à la faire chavirer l'embarcation.

Les entrailles crispées par la peur, Florian murmure: «Le prochain coup sera pour nous.» Il essaye de se souvenir: «Vous sautez sur la plage. Rien à craindre. Les détachements envoyés avant vous auront neutralisé les défenses ennemies installées dans les immeubles et sur les falaises à l'est et à l'ouest. Vous sautez. Vous avancez derrière votre officier.»

L'ordre ne vient pas. Ils sont là, sur la péniche ballottée par les lames, au milieu d'un duel d'artillerie entre les batteries des navires et celles de la côte.

Brusquement toutes les barges se mettent en mouvement, cap sur la plage, et s'immobilisent. Les hommes grimpent sur l'étroit pontage.

— En avant!

Ils sautent dans la vague, escaladent la pente couverte de galets gros comme le poing. Autour d'eux soufflent des essaims de balles, éclatent des obus. Le capitaine est tombé le premier.

— Suivez-moi! hurle le sergent Dubuc qui entraîne un groupe à l'abri d'un fortin. Florian aperçoit le plus hideux des spectacles. Sur la mer, une cinquantaine de bâtiments à moitié coulés ou en flammes. Sur la grève, un millier de morts empêtrés dans les barbelés, une vingtaine de chars d'assaut qui ont perdu leurs chenilles brûlent. D'autres tirent sans relâche sur les immeubles du front de mer d'où arrive un feu infernal. Dubuc ordonne à sa petite troupe de foncer à sa suite vers un char Churchill abandonné. Il s'installe dans la tourelle, envoie un obus sur un nid de mitrailleuses qui défend une portion du rivage. Il commande:

— Préparez-vous. Je tire pour vous couvrir. Vous courez jusqu'au mur.

Ils ne sont plus que quatre lorsqu'il les rejoint. La digue borde une large esplanade qu'ils traversent sous les tirs croisés. Ils reprennent souffle sous le porche d'une villa. Lafleur remarque:

— Bon! On y est, à Dieppe. Pis maintenant? À six heures du matin, on ne trouvera pas un bar ouvert.

Alors que la lutte est intense derrière eux, c'est le calme plat dans la petite rue perpendiculaire. Par bonds, les Canadiens arrivent jusqu'au port intérieur. Là aussi, tout est tranquille. Abrités dans une encoignure, ils tiennent conseil.

— Retourner d'où l'on vient, c'est se faire tirer comme des canards, explique Dubuc. On est supposés de nous tenir à l'extrême est du bord de mer pour appuyer les Marines. Il faut y aller.

Il avise sur un des bassins deux chalands portant pavillon allemand. Une voix les fait sursauter:

— English? demande une dame qui a entrouvert un volet de bois.

— Non, Canadiens.

— Bravo! C'est le débarquement?

— Seulement un raid. Ce chenal ramène-t-il à la mer?

— Oui.

— Personne ne garde ces bateaux?

— Non. Mais vous parlez français?

— On y va, décide le sergent qui court vers les navires.

Impossible de faire démarrer leurs moteurs. Le gradé, qui a regardé l'heure, décide qu'on suivra le quai à pied. D'une barricade, devant la gare maritime, part vers les fantassins une giclée de balles. Un des hommes tombe. Les autres, blottis derrière un camion, ripostent, se trouvent à court de munitions. Au moment où Lafleur sort une grenade de la poche de son battle-dress, le sergent s'aperçoit qu'ils sont encerclés par une patrouille qui braque contre eux des fusils-mitrailleurs.

Le quatuor, mains derrière la nuque, est conduit à un poste de garde. On le laisse sous la surveillance d'une seule sentinelle. Avant de repartir avec ses hommes, l'officier allemand fait déshabiller les prisonniers, ordonne qu'on les pousse face au mur. Entre ses dents, Dubuc demande:

— Vous vous souvenez des instructions pour le combat rapproché? À mon commandement. Une, deux, trois.

À mains nues, tous ensemble se ruent sur le factionnaire, vite terrassé, désarmé. Par les petites rues courent quatre gars en sous-vêtement, le visage peint en vert, dont l'un porte un fusil allemand.

Sur la plage où ils débouchent se termine une effrayante tragédie. Des survivants mitraillés essayent de courir entre les épaves fumantes jusqu'à la mer, vers des péniches encore à flot. Tout comme le destroyer qui les attend, elles servent de cible aux canons de la falaise.

— Essayez de rembarquer! Chacun pour soi! crie Dubuc qui disparaît dans un écran de fumée.

Florian court sur les galets découverts par la marée au plus bas. Devant lui un obus éclate au sol, faisant jaillir une nuée de cailloux dans laquelle s'abîme Lafleur.

— Maman! crie Florian.

Il court dans l'eau où flottent des cadavres, des débris, tombe, est submergé par une vague couleur de bile.

Le surlendemain de ce 19 août 1942, Luc Malouin — il était devenu reporter aux faits divers du quotidien montréalais qui l'employait — surveillait ce qui s'inscrivait sur un des téléscripteurs de la salle de rédaction. Une clochette annonça une nouvelle importante et le mot «flash» vint s'imprimer à plusieurs reprises sur le papier. «Des commandos partis d'Angleterre ont entrepris une reconnaissance en force contre des positions allemandes de la côte normande, suivie d'un rembarquement.» D'autres dépêches suivaient, donnant quelques rares détails. On disait que l'opération avait occasionné des pertes en hommes, «assez élevées à cause de la violence des combats, mais pas excessivement si l'on considère l'entreprise en cours».

Un autre journaliste chargé des écoutes radiophoniques venait d'avoir des informations, relayées par des sources neutres, mais qui émanaient de Berlin. Elles faisaient état d'une véritable tentative d'invasion que l'armée du führer avait su briser et qui avait coûté cher en soldats, navires, avions et matériel à la Grande-Bretagne et à ses alliés. Des nouvelles arrivaient sans cesse. Ce qui était certain: une bataille avait eu lieu autour de Dieppe et avait mal tourné pour les assaillants. On parlait de six mille hommes engagés dont la moitié auraient été tués, blessés, faits prisonniers. Et la plupart étaient des militaires venant du Canada français. La censure avait interdit de publier tous ces détails. On devait s'en tenir à la version d'un raid de petite envergure.

Luc, invité quelques jours plus tard à souper chez Omer et Zénaïde, avait raconté tout ce qu'il avait appris sur l'affaire de Dieppe.

— A-t-on donné le nom des unités engagées?

Omer pensait surtout à Florian et aux autres du régiment des Fusiliers Mont-Royal.

— Pas de détails là-dessus. Ce qui paraît certain, c'est que le raid a été organisé sans bon sens. Les navires qui transportaient les péniches de débarquement ont été repérés dans la Manche par un navire de guerre allemand qui a donné l'alerte et permis à l'ennemi d'organiser sur-le-champ des contre-attaques. Elles ont été terribles. Nos gars, qui comptaient sur un effet de surprise, auraient été hachés sur les plages.

— On saura bien un jour ce qui est arrivé, dit Omer. En attendant, la guerre risque d'être plus longue que l'on croit.

Sur tous les fronts, les nouvelles étaient mauvaises. La dure épreuve de Dieppe n'était qu'un épisode malheureux parmi d'autres. En Afrique du Nord, la Wehrmacht, qui avait forcé les troupes britanniques à capituler à Tobrouk, fonçait au même instant vers Le Caire, vers la mer Rouge. Dans le sud de la Russie, cette même armée allemande, apparemment invincible, encerclait la ville de Stalingrad. Si elle arrivait à franchir le cours inférieur de la Volga, elle irait prendre en tenailles tout le Proche-Orient. Luc dit, dans un triste sourire:

— On attend les Allemands sur l'Atlantique. Ils risquent d'arriver par l'Inde avec les Japonais qui sont en train de chasser les Américains de toutes les îles du Pacifique.

— Nos voisins des États-Unis n'ont pas dit leur dernier mot. Crois-moi, Luc. Moi, j'ai vécu chez eux. Ils sont plus obstinés qu'on croit. Là-dessus, ils battent cent fois les Anglais.

— Omer a toujours raison, glissa Zénaïde. Il a toujours réalisé ce qu'il voulait. Même m'épouser. C'est pourquoi je l'aime. Rougis pas, mon Omer Malouin. Omer l'Espérance.

VI
Luce et Luc Malouin

*E*lle, une jeune femme née en France, où elle a rencontré Edgard Malouin, de Saint-Vital, P.Q., puis est venue habiter Montréal avec lui.

Luce écrit souvent à ses parents d'Amiens, leur raconte sa vie.

Elle tient aussi son journal.

Luc, né à Lavaltrie, est journaliste dans un quotidien montréalais.

Il avait épousé en 1943 (surtout, dira-t-il après, pour échapper à la conscription) une Canadienne d'origine espagnole, premier mariage de ce genre dans l'histoire des Malouin.

«Dans notre famille, affirmait Luc, nous avons beaucoup trop cousiné, il était temps que nous allions jeter nos yeux ailleurs que sur nos proches. Nous devons sortir de ce grand village qu'est la province de Québec.»

Luc a été aussi le premier des Malouin à divorcer.

«Je devais, déclare-t-il, choisir entre l'hypocrisie et le scandale.»

Lettres à Amiens

LETTRE I

Montréal, le 4 novembre 1953.

Mes chers parents,

Je l'ai donc connu, cet hiver canadien si redoutable. Arrivé, selon la tradition, le jour de la Sainte-Catherine. «Une simple bordée de neige!» m'a dit mon mari, qui ne s'effraie pas pour si peu. Edgard a calculé que, depuis l'année où le premier des Malouin a mis le pied au pays, sa famille a vécu quelque trois cent cinquante saisons glaciales sans en être incommodée.

Les «bancs de neige», la bise très fraîche, les routes verglacées ne nous empêchent pas de continuer nos visites à la «parenté». Pour moi, elle se compose de deux sortes: le type «Malouin salon» et le type «Malouin cuisine», selon qu'ils reçoivent dans l'une ou l'autre pièce.

Ceux d'Outremont sont, à tous points de vue, de la première catégorie. Bernard et Martine ont hérité d'une immense maison qu'ils partagent avec la famille de Jorodo, un de leurs fils. Cette riche demeure est construite sur les pentes d'une grosse colline montréalaise appelée «la montagne». Jorodo, comme son père, est «aviseur légal», ce qui veut dire conseiller juridique. Drôle de prénom, direz-vous; «Djo-Rodo» est en fait la contraction de

Joseph-Rodolphe. *Ma nouvelle famille adore les noms de baptême rares. Le père de Bernard s'appelait Zénon, son grand-père, Télesphore. Un petit-fils qui vient de naître s'appelle Doris. Le nom du père rappelle celui d'un oncle, tué pendant l'autre guerre, en 1916, à Courcelette, pas si loin de chez nous.*

Les Malouin d'Outremont, vous vous en doutez, sont foncièrement conservateurs, même s'ils se disent libéraux. Jorodo et son papa ont été fort choqués lorsque Edgard leur a annoncé qu'il entrait, à titre de conseiller, à la Confédération des travailleurs catholiques. Il était déjà mal vu parce qu'à la pourtant très pieuse université Laval de Québec il avait choisi d'étudier les sciences sociales, et que, de plus, il a complété ses études en France, même si c'était au très confessionnel Institut de Lille. Voilà comment on passe au Québec pour un «gauchiste», pour ne pas dire plus, selon ces Malouin-là.

Pour eux, tout ce qui menace d'apporter le moindre changement dans la province constitue une trahison envers les valeurs du passé. Nos Malouin d'Outremont se disent libéraux «pure laine», sont fiers d'être des «rouges». S'ils partagent avec Maurice Duplessis, l'actuel Premier ministre «bleu» du Québec, la hantise du socialisme, ils appellent de tous leurs vœux sa chute, car ils le considèrent comme un tyran.

«Quand donc serez-vous au pouvoir?» leur a demandé malicieusement Edgard. «Pour ça, il nous faudrait une bonne organisation électorale» (il faut comprendre: des \$), a répondu Jorodo.

Selon son propos, «la classe dirigeante a le devoir d'éclairer le peuple», et ce qu'il faut au Canada français, qui est pourvu d'«une main-d'œuvre abondante et docile», c'est un bon climat social qui amènera l'afflux de capitaux. Ce qu'il faut aussi, a souligné Bernard le père, «c'est que règne l'entente entre les deux ''races'' du Canada.»

Les mots «classe» et «race» revenaient sans cesse dans leurs bouches. Inutile de vous dire l'agacement d'Edgard qui, intervenant, s'est fait traiter de «pelleteux de nuages».

Un ange est passé dans le salon. Et quel salon! Les murs tendus de damas fané, garnis de lambris de bois sombre sculpté, des fauteuils et des sofas capitonnés, juponnés de franges, nappés de pièces de dentelle ou de crochet. Partout des petits meubles et des bibelots très victoriens ou furieusement Art nouveau 1890. Sur le grand piano à queue, dans un cadre voilé de crêpe noir, auquel est suspendue une médaille militaire, une photographie rappelle le souvenir du frère aîné de Bernard et souligne la valeur que les gens de cette maison attachent à la participation aux guerres sous l'uniforme anglais. Ce système de référence permet une autre classification familiale que les séries cuisine/salon, dans ce que mon sociologue de mari appelle la typologie des Malouin.

Autre caractère, rencontré dans une autre branche de l'arbre familial: le dénommé Luc Malouin, qui fait partie d'une catégorie à part. Un peu plus vieux qu'Edgard, venant comme lui d'un milieu paysan-ouvrier, arrivé adolescent à Montréal, il est entré comme commis dans un quotidien. Il en est aujourd'hui un des meilleurs reporters.

Ce n'est pas cette ascension sociale, fort classique chez les Malouin, qui fait de ce Luc un cas singulier, c'est qu'il est le premier, dans toute l'histoire de la famille, à avoir «commis» le divorce. Il y avait bien eu quelques officieuses histoires de séparation de corps, mais une telle rupture de couple, jamais.

Puisque je suis dans les histoires de famille et de personnages «dépareillés», je dois vous raconter ce que je sais par ouï-dire d'un étonnant couple: Omer et Zénaïde, de vieux et tendres époux qui s'accordaient à merveille. Restés longtemps l'un et l'autre célibataires et sans se connaître, une rencontre et un coup de foudre réciproque leur ont permis de s'unir quasi septuagénaires sans avoir connu ensemble ni jeunesse ni discorde. Comme Philémon et Beaucis, on les cite en exemple de parfait bonheur conjugal. Ils sont morts dans le même mois, il y a quelques années. Comme j'aurais aimé les connaître.

Par le chemin du Roi, qui suit la rive nord du fleuve, nous sommes allés à Lavaltrie, un des berceaux de la famille, rencontrer les très sympathiques Roger et Angéline. Ils ont, à l'entrée du village, où leurs ancêtres tenaient l'auberge d'un relais de

*diligences, un restaurant entouré de cabines de motel. En fait,
c'est elle qui dirige tout cela d'une main douce et ferme, aidée
par leurs filles et gars, à l'exception du nommé Tancrède, qui
est trappiste quelque part au Québec.*

*Dans leur vaste cuisine-salle à manger, j'ai rencontré l'ado-
rable pépère Alphonse, toujours appelé Tit-Phonse, soixante-dix
ans, «en montant» comme il dit. C'est la mémoire vivante de la
famille. Il m'a raconté avoir vu, il y a quarante ans, «une» avion
atterrir le long de son jardin. «Et qui dedans, ma petite dame?
Arthur, un cousin de Paris qui arrivait du ciel!»*

*Pour ce qui est de la politique, le grand-père est intaris-
sable. Il essayait de m'expliquer que son fils Roger, bien que
«rouge», versait régulièrement son obole à la caisse électorale
du parti «bleu» au pouvoir, pour éviter des contrôles tatillons
de la Police provinciale dans son bar. Gisèle, la sœur de Tit-
Phonse, encore plus vieille que lui, lui criait: «Tais-toi donc, mon
gnochon. Et arrête donc de dire du mal du Premier ministre
Duplessis. Il a des espions partout. Veux-tu donc qu'il ôte leurs
bourses d'études à tes petits-enfants? Ou qu'il supprime à un de
tes gendres ses contrats d'entretien des routes? Mâche donc ta
chique et laisse Luce tranquille.»*

*Non loin du restaurant Chez Lise, des Malouin agriculteurs.
Ils habitent la Grand-Côte, dominée par une grosse tour, le silo
à maïs, qui, de loin, rappelle le profil de nos fermes fortifiées
de Picardie.*

*Le fermier Odilon ne cache pas son admiration pour Duples-
sis, qu'il appelle le Père de la province. La photo du «Chef» du
Québec est affichée en bonne place dans le vivoir. Dans un cadre
à côté, on voit un énorme taureau primé de race Holstein dont
la bride est tenue par la petite Élise, une des filles de la maison.
Odilon, champion éleveur, est aussi un prolifique père de famille.
Sa femme Solange allaite et parle du «prochain» bébé.*

*Eusèbe, l'aîné des fils, sera un jour, à son tour, patron du
domaine agricole. Pour mieux se préparer à cet avenir, il ne va
guère en classe. À Edgard qui s'en est étonné, Odilon a répondu:
«Il apprend bien plus en travaillant avec moi. Et puis, tu sais,*

446

les études... Les enfants qu'on envoie dans les collèges, après ils veulent aller vivre en ville. Je veux pas qu'ils deviennent des traîne-misère», etc. Odilon ne croit qu'à la vie à la campagne. Pour lui, les cités sont synonymes de plaisirs malsains, au premier rang desquels il place les cinémas et les bals. Le petit «Zeb» au moins «marche au catéchisme». «L'éducation religieuse, ça c'est important», dit Solange.

Des Malouin de Montréal qui habitaient le village ont pourtant été s'établir en ville. Ainsi Gaston, le père de Luc, mais, avec les siens, il a choisi de s'installer dans un quartier nouveau de Montréal, fait de petites maisons toutes pareilles, flanquées d'un jardinet mi-cottage, mi-coron, où il se donne l'illusion de vivre à la campagne. Il échappe autant qu'il peut aux contraintes urbaines, formant à l'ombre de l'église toute neuve, avec d'autres paroissiens ex-ruraux comme lui, une colonie de migrants qui hésitera toujours entre la terre d'origine et la métropole.

Nous avons rencontré aussi, dans un quartier ouvrier de la grande ville, tante Marcelle. Elle est née et a vécu à Lavaltrie jusqu'au jour où un de ses garçons, l'abbé Magloire, a été nommé à la tête d'une paroisse montréalaise. Veuve, elle est venue habiter au presbytère, devenant ainsi «madame Curé».

À la voir agir lorsque son fils est absent, on a l'impression que c'est elle qui dirige la paroisse. Au cours de notre visite, je l'ai entendue répondre au téléphone à une jeune femme qui s'enquérait de formalités de mariage. Marcelle, qui questionnait beaucoup, a soudain dit d'un ton scandalisé: «Si je comprends bien, votre futur est de religion protestante, c'est bien ça?» Et, avant de raccrocher sèchement, elle a ajouté: «Ça vient de s'éteindre, mademoiselle!»

Le curé Magloire, qui est survenu, a apporté dans la maison un grand souffle de douceur bienveillante qui contrastait curieusement avec la rigueur de sa tenue ecclésiastique: chapeau de feutre à large bord, longue douillette à revers de loutre, bottes et gants fourrés. Au milieu de tout ce noir, la blancheur du col romain et l'éclat d'un sourire. C'est ce prêtre cossu qui, du matin au soir, court pour s'occuper des familles toutes pauvres de sa paroisse, anime des réunions de coopératives ou de Jeunesse *ouvrière chrétienne. Ici, m'a-t-il corrigée, on doit dire «catholique», parce que certains croient que le mot «chrétien» cache une réalité communiste. L'adjectif «social», d'après lui, fait toujours très peur à une bourgeoisie toute-puissante et à son chef Duplessis. «Ne croyez pas, m'a-t-il dit, que tout le clergé approuve sa politique. Je fais partie de ses opposants. Il répète que "les élections ne se gagnent pas avec des prières". En fait, notre Premier ministre les remporte grâce aux curés, ceux qui marchent dans son jeu, recevant pour leurs œuvres des largesses calculées en échange de leur soumission et de leurs louanges au bienfaiteur. Et surtout grâce à ceux qui empochent et se taisent.» Je faisais remarquer que l'argent tient beaucoup de place dans son ministère et il a répondu qu'il n'en aurait jamais assez pour aider ceux qui en manquent, en le demandant fermement à ceux qui en ont trop. Les pauvres, autour de nous, ont une terrible peur de retomber dans le dénuement atroce des années noires. Pour bien se faire comprendre, il a ajouté de sa belle voix grave, mais passant soudain au tutoiement: «Tu vas comprendre. Toi, tu viens de France, où vous avez connu l'Occupation et ses misères. Nous, on a eu la Dépression.»*

Il s'est mis à parler des affreuses années trente. «Personne en fait n'est mort de faim en ce temps-là; les gens ont su s'entraider. Les femmes savaient faire de quoi avec pas grand-chose. Le pire, c'est que rien n'annonçait comment on en sortirait. On vivait mal et surtout sans espérance. On a été délivrés de la crise par la guerre. On a eu nos soldats et nos guerrières. Je veux parler des femmes qui sont allées, sans préparation, travailler en usine ou au bureau. On a eu aussi nos "résistants", les anticonscriptionnistes, nos carrières brisées à cause du conflit. Maintenant que l'argent revient, ceux qui ont peu de moyens craignent de manquer. Vous comprenez?»

Là-dessus, tante Marcelle lui a rappelé qu'à la messe du dimanche il devait réclamer une «quête silencieuse», c'est-à-dire des oboles non en pièces de monnaie mais en billets d'au moins un dollar.

Les Malouin dits de La Forge, eux, sont de vrais Montréalais. Ils ne sont plus maréchaux-ferrants. Dans le vieil atelier,

448

ils ont monté une entreprise de «débossage», autrement dit de réparation de carrosseries d'automobile. Oscar Malouin, qui en est le propriétaire, a fait lui aussi la guerre, comme mécanicien dans l'aviation. Il élève difficilement sa famille, dans une maisonnette de bois du quartier Saint-Louis au centre de la ville. Edgard m'a appris que leur demeure est construite sur les fondations de ce qui fut la première habitation des très lointains Jean-Louis et Madeleine, venus de France (lui de Saint-Malo, elle d'un village du Perche), mariés au Canada et établis sur le coteau du temps que la forêt couvrait presque tout le paysage et était infestée d'Indiens belliqueux qui en voulaient à ces quelques Blancs venus sur leur territoire.

Nous sommes allés aussi chez Marc, celui qui, avant la guerre, a tenté de devenir agriculteur dans les terres désolées du Nord-Ouest de la province. Sa jeune femme est morte là-bas. Il vit depuis avec Gaétane, la sœur aînée d'Odilon, dont il a eu un fils, Benoît, «scandaleusement» illégitime.

De son époux légitime, encore un Malouin, de la branche de Québec, Gaétane a eu un autre fils, Florian. Le pauvre, ramassé demi-mourant sur la plage de Dieppe où il a participé au raid manqué d'août 1942, habite l'appartement voisin de celui de sa mère avec sa femme Mary, qui est montréalaise, anglophone et catholique. Elle faisait l'effort de parler pour moi son meilleur français, en ajoutant des «Oh! God!» tous les deux mots. Leur petit garçon va à l'école irlandaise du coin tandis que sa jeune sœur est éduquée dans l'autre langue chez les religieuses à grande coiffe de tissu blanc amidonné responsables de l'enseignement public du quartier.

Dans la même maison se rencontrent ainsi deux grands mondes généralement hermétiques de Montréal, celui des Canadiens français, majoritaires, et celui des Anglo-Saxons, qui sont la minorité dominante. «Florian, me dit Mary, est un very good husband, il m'apporte chaque semaine son enveloppe de paie fermée.» Il se préparait à partir pour son travail, sa boîte à lunch à la main. Il est veilleur de nuit dans un grand magasin. C'était, retransmise par la radio, L'Heure du chapelet en famille. Nous nous sommes tous agenouillés. Gaétane a voulu que nous

449

restions pour le souper et en faire une fête pour «la cousine de l'autre bord». Active, sans cesse debout, elle lavait au fur et à mesure les assiettes de faïence toutes marquées de traits de couteau, cent mille fois relavées par elle au cours de sa vie de femme, marquée par l'étonnante dignité des pauvres qui n'envient pas de bonheur en ce monde.

La grande attraction du repas venait surtout, posé sur le buffet de la cuisine et acquis à grands frais, d'un poste de télévision. (Chez les Malouin d'Outremont, on dénigre le petit écran, qualifié de «nouveau jouet du peuple».) Benoît nous a alors quittés pour aller s'entraîner. Il veut devenir champion de hockey et remplacer un jour les Maurice Richard, Jacques Plante et Doug Harvey, des gens très importants ici.

Pour les fêtes, nous serons à Saint-Vital, la ville natale d'Edgard, où je ferai la connaissance de ma belle-famille.

Au revoir, mes chers parents. Vous savez les sentiments qui m'attachent à vous. Je demeure, malgré l'océan qui nous sépare, votre fille affectueuse.

Luce.

LETTRE II

(Datée de février 1954, Saint-Vital.)

Chers parents,

Eh oui! Edgard et moi habitons encore ici. Nous devenons même Saint-Vitaliens. Le premier janvier, au téléphone, je vous disais qu'il attendait une nomination. C'est dans sa ville natale qu'il a obtenu son nouveau poste, auprès d'un des syndicats locaux.

Saint-Vital! Il nous en avait assez parlé quand il venait chez nous. Il n'y a pas soixante-dix ans, c'était encore un village de forestiers né d'un poste de traite des fourrures où se sont installés, aux premiers temps du Régime anglais, un Malouin et sa famille — beaucoup sont d'ailleurs devenus des Lafrenière ou autres patronymes, tant ils étaient foisonnants. Un jour, la rivière a été «harnachée»; son eau fort énergique, avalée par des conduites

450

de béton, produit des chevaux électriques. Du jour au lendemain, les bûcherons sont devenus ouvriers d'usine et la communauté villageoise s'est retrouvée bourgade industrielle sous un ciel fardé de vapeurs aigres et de fumées brunes.

Edgard, s'il retrouvait des odeurs familières (caoutchouc, huile chaude et soufre brûlé) et ses paysages coutumiers (hommes en salopette, femmes coiffées de fichu, ceintes de tablier, qui allaient prendre leur «shift» au long des rangées de maisons de brique sans jardin, dans des rues tracées au cordeau), ne reconnaissait pas sa ville. Elle a tant changé depuis son départ, à cause de nouvelles usines et manufactures qui ont été bâties au long de chemins neufs et de voies de chemin de fer. Et dans son quartier, dominé par d'autres hautes cheminées, la boutique d'alimentation de ses parents, autrefois modeste, avait disparu pour faire place à un magnifique immeuble à deux «planchers», dont tout le rez-de-chaussée, garni de vitrines, brille du feu de ses néons. Au lendemain de notre arrivée était inauguré justement le Marché Malouin, «licencié» est-il précisé sur l'enseigne, ce qui signifie que mon beau-père est titulaire d'une «licence» ou permis de vendre de la bière.

Un des frères d'Edgard, Hermas, prêtre missionnaire qui s'apprête à partir pour l'Afrique, a revêtu le surplis et l'étole pour une cérémonie de bénédiction. Devant mon étonnement que l'on pût ainsi consacrer un bâtiment à usage commercial, Edgard m'a dit que ça se faisait couramment ici et que l'aspersion était considérée comme un porte-bonheur.

Nous sommes allés à Québec voir de vagues cousins, dont Lorenzo, ex-séminariste, engagé volontaire en 1941, envoyé en Italie où il a été blessé, donc du genre Malouin-va-loin et Malouin-va-t-en-guerre. Son père Raoul, qui avait une petite entreprise de peaux de vison, est mort dans de tristes circonstances. Ce monsieur, qui affichait une respectabilité très victorienne, entretenait discrètement une petite amie. Il a été tué avec elle dans un accident de voiture. Le soir même, sa double vie était révélée. Du coup, sa famille éplorée a aussi perdu la demeure dans la haute ville de Québec et la maison de commerce, qui est passée entre des mains étrangères.

Ce que j'ai le plus aimé dans cette escapade avec mon mari, ce furent nos promenades dans cette ville si peu nord-américaine qu'est Québec. Imaginez: je me retrouve dans quelque chose comme Le Mont-Saint-Michel, en 1800 et quelques, sous un ciel de Norvège. Un lieu rempli de vie, de tintements de cloches, d'odeurs de cuisine si semblables aux nôtres. Nous marchons, chose incroyable sur ce continent, au long de maisons à toiture en pente, garnie de lucarnes, dans des rues rarement tracées à angle droit et revêtues de pavés qui aboutissent à des remparts, à des poternes, à des tours de guet, à une immense terrasse à flanc de colline. Elle surplombe un port, offre d'incroyables panoramas sur le cours d'eau, sa vallée, l'île d'Orléans au large. Ce n'est plus un fleuve. Déjà la mer. Voilà Québec pour moi. Pour y arriver et en repartir, le train.

Étrange voyage d'hiver. Notre bruyant convoi passe dans une campagne blanche à perte de vue, soudée à un ciel aussi blanc. Seuls les squelettes des arbres, le haut des piquets de clôture, des conifères blottis les uns contre les autres jettent des taches foncées. Le chef de train, que l'on appelle le «conducteur», avant chaque arrêt, groupe les voyageurs qui doivent descendre, devant la porte d'un des wagons. Sur le quai, à coups de pioche, elle est dégagée de son cadre de verglas. Et l'on repart dans le paysage blafard. C'est vite la grisaille puis la noirceur trouée de feux bruns, une ferme au loin, une autre gare: une maisonnette, un quai où des gens engoncés dans des capots de chat sauvage attendent près d'une auto, d'un attelage ou d'un «skidoo», ce nouveau véhicule inventé ici.

Au retour, Edgard s'est replongé dans son travail qui l'occupe et le préoccupe beaucoup. Ses syndiqués vivent encore dans le souvenir mordant de la grande crise d'il y a vingt-cinq ans. La peur du chômage les fait se résigner à des salaires de misère, ils acceptent de s'entasser dans les maisons, envoient dès qu'ils le peuvent leurs enfants dans les usines. Face à eux, un patronat très dur, obsédé par la volonté de rentabiliser au mieux les investissements des actionnaires, surtout anglo-saxons. La politique n'arrange pas les choses. Par exemple, la population de Saint-Vital, qui ne vote pas pour le parti au pouvoir, se voit refuser *depuis des années un pont routier qui unirait les deux parties de la ville. Un jour, dit Edgard, ce monde va se réveiller et ça sera terrible.*

LETTRE III

(Extrait, daté de mai 1954, Saint-Vital.)

Une grande et merveilleuse nouvelle: je suis «en famille», lisez: enceinte. Cet impressionnant événement qui concerne votre fille unique est considéré par la famille d'Edgard comme une péripétie bien ordinaire et quasi obligatoire. Qu'elle survienne «seulement» après douze mois de mariage a fait cesser les regards suspicieux de ma belle-mère, que je dois appeler «madame», mais qui me traite, déroutée par ma condition de «Française de France», moins abruptement que ses autres brus. Elle ne me dira plus: «Luce, il va falloir penser à ''acheter''.» Edgard est fou de joie, mais n'en oublie pas ses soucis professionnels. La direction de l'usine, qui refuse de reconnaître l'existence légale du syndicat, veut encore moins entendre parler de possibilités de contrat collectif, mais redoute une grève qui, dit mon mari, ne saurait être longue, car de grosses commandes seraient en souffrance.

LETTRE IV

(Extraits, datés de juin 1954, Saint-Vital.)

Rassurez-vous, je me porte très bien et prends tous les moyens qu'il faut pour la venue du futur héritier. La grève dure toujours. Le gouvernement est intervenu, forcément du côté patronal; la Police provinciale protège les briseurs de grève et paralyse les démonstrations syndicales. Les familles touchées par l'arrêt de travail commencent à se serrer la ceinture et les commerçants voient leurs revenus baisser. Heureusement que mes beaux-parents, chez qui nous logeons, ont, par conscience chrétienne, le sens social bien orienté. Mais pourront-ils faire longtemps crédit aux clients de leur épicerie?

Ce vague cousin d'Edgard dont je vous ai déjà parlé est venu à Saint-Vital pour écrire une série d'articles sur le conflit.

Il travaille à présent pour un quotidien montréalais qui prend la défense du mouvement ouvrier. Mais ce journal, s'il a beaucoup d'autorité morale, a bien peu de lecteurs.

Luc Malouin, qui a passé beaucoup de soirées à la maison, m'a divertie par des anecdotes sur son milieu journalistique, me racontant comment certains de ses confrères, mal payés comme lui, n'ont pas de scrupules à accepter des «enveloppes» à la fin des conférences de presse ou interviews. Cette pratique est couramment répandue chez les reporters du sport et les chroniqueurs judiciaires, qui, eux, acceptent les dollars pour ne pas mentionner le nom des personnes condamnées. Les journalistes plus raffinés refusent tout argent mais acceptent un cigare; ils font mine de ne pas s'apercevoir qu'il est enveloppé dans un billet de banque.

PENSÉE

(Inscrite par Luce Malouin dans son journal intime.)

Étrange et attachant, ce Luc M. Dans la vitalité de la trentaine. D'après ce que j'ai compris, il vit seul depuis des années, habitant un petit appartement dans le Vieux-Montréal, où il se tient entre deux missions de reportage. Comme beaucoup de Malouin, c'est un monsieur Bougeotte. Aujourd'hui, je suis encore seule. Edgard a dû aller à Québec. Ce soir, les lilas embaument et leurs parfums subjuguent, seule journée de l'année où ne triomphent pas les fumées soufreuses de St-V.

LETTRE V

(Extrait, daté d'août 1954, Saint-Vital.)

La belle Gaspésie! New York! Les chutes du Niagara! Nous ne réaliserons pas cette année ces projets de vacances. «Vos grévistes rentreront à la fabrique à genoux», a dit le gérant général. «Nos gens se tiennent debout», a répondu Edgard. C'était la fin d'une séance de conciliation. Nous habitons toujours chez nos beaux-parents, où nous devons partager notre chambre avec une jeune belle-sœur. Ce soir, Rollande reçoit son «cavalier» au salon et j'ai la pièce pour moi toute seule. Demain, j'irai à

Montréal consulter mon médecin, qui veut que j'accouche à son hôpital.

TÉLÉGRAMME

(Daté de janvier 1955, Montréal.)

Fils Antoine né 10 janvier 3 kilos 600 excellente santé comme moi stop tendresses Luce Malouin.

LETTRE VI

(Extraits, datés de janvier 1955, Montréal.)

Dans deux jours je sors de l'hôpital avec le petit Antoine, que je n'ai guère vu qu'à travers la vitre de la pouponnière, dormant ou porté par une religieuse infirmière. Sans doute mon mari viendra-t-il nous chercher pour nous ramener à Saint-Vital. Pauvre Edgard, qui n'a pas encore vu son fils, tant les choses se sont précipitées. Pour ce qui est de cette grève, sachez que la direction, après des menaces de fermer à jamais l'entreprise, a embauché des jaunes (ici on dit des «scabs»), protégés par des gendarmes provinciaux amenés de partout. La ville est en état de siège. Les fêtes auraient été atroces si des vivres n'avaient été envoyés par des comités de solidarité. En tête du premier convoi, conduisant un camion, l'abbé Magloire. «Méfie-toi, lui a dit Edgard, tu sais ce qui est arrivé à monseigneur Charbon-neau.» Il faisait allusion à l'ancien archevêque de Montréal qui, pour avoir aidé des grévistes (affirmant dans un sermon qu'il existait un complot pour détruire la classe ouvrière) et, joignant les gestes à la parole, organisé des quêtes en leur faveur, a été «démissionné» par le pouvoir duplessiste et exilé à l'autre bout du Canada.

J'ai reçu de nombreuses visites des Malouin de Montréal et même de ceux de Lavaltrie, venus voir le bébé. Tous ont été...

Je reprends hâtivement la lettre d'hier. Un coup de télé-phone m'a appris qu'Edgard a été blessé à la tête au cours d'une manifestation. La police a chargé les syndiqués, qui paradaient paisiblement. Ils ont visé spécialement mon mari, accusé depuis longtemps d'être un révolutionnaire, un meneur aux idées communistes. Lui! Je rentre d'urgence à Saint-Vital. Je vous écrirai de là-bas.

PENSÉES

(Inscrites par Luce Malouin dans son journal intime.)

Antoine pleure. Edgard, la tête encore bandée, sanglote lui aussi. Sa lutte pour un syndicat libre s'est terminée par une défaite amère. «Nous reprendrons tout cela, affirme-t-il. Et nous gagnerons.»

Je pense à ma dernière journée à Montréal. C'est Luc qui est venu me chercher avec le bébé. À cause d'une énorme tempête de neige, pas un taxi. C'est en tramway que nous sommes allés à la gare. Le machiniste répétait aux voyageurs qui encombraient l'avant: «Go to the rear! Avancez en arrière!»

«Avancer en arrière, c'est là tout le programme politique de notre province», a dit Luc.

À la gare, un porteur, s'approchant, a demandé: «J'peux-ti prendre le butin de votre créature? — Non, a dit Luc, ça s'appelle des bagages et Madame n'est pas ma créature.»

Souvenirs cocasses, doux ou terribles.

La liberté en tête

É levant les yeux pour annoncer «Ite missa est», le père Hermas remarqua, processionnant sur les poutres de la chapelle, de colossaux termites bruns. Les fidèles murmurèrent: «Deo gratias.»

— Grâce à Dieu, se dit l'officiant, je vais enfin pouvoir retirer cette chasuble.

C'est alors qu'il aperçut, parmi les visages noirs, une face rose et barbue. La foule partie, l'inconnu, vêtu d'un élégant costume de brousse gris perle, vint à lui la main tendue.

— On ne s'est jamais rencontrés, mais vous devez me connaître, je suis Luc Malouin.

— Luc? Lequel?

— Autrefois de Lavaltrie.

— Alors, tu es le fils à Roger?

— Non, à Gaston.

— Là, je te replace. Qu'est-ce que tu viens faire ici en Afrique-Équatoriale? Es-tu toujours reporter à *La Presse?* Ou au *Devoir?*

457

— À présent, je travaille pour la télévision de Radio-Canada, à Montréal. Je viens préparer une série d'émissions sur les pays de la francophonie. Je suis heureux de vous saluer en passant.

— Viens avec moi à la mission, on va jaser. Il y a longtemps que je n'ai pas eu de la grande visite comme ça.

La mission, comme la chapelle, était une case de paille tressée, au long d'un sentier qui menait, à cinq cents pas de là, à l'étouffante forêt qui cernait le village. Ils burent du vin de messe coupé de l'eau fraîche d'une jarre emperlée de gouttelettes. Ils parlèrent un peu de leurs familles et passèrent tout de suite à la politique.

— Ça va faire neuf ans que j'ai quitté la «Belle Province», comme on dit. Parfois, mon frère Edgard me donne des nouvelles. Tu le connais, Edgard?

Luc ne répondit pas à la question mais se mit à parler des changements sur les rives du Saint-Laurent.

— Comme ça, dit Hermas, le Québec à Duplessis, c'est bien fini?

Il raconta que quelque temps avant son départ pour l'Afrique, passant par Trois-Rivières, il avait assisté à une réunion politique où pérorait le fameux Premier ministre. Il en imitait la voix:

— Et nous lutterons jusqu'au bout pour l'autonomie provinciale!

— Le Premier ministre Jean Lesage, qui dirige à présent, répète: «Nous luttons pour devenir ''maîtres chez nous''.» Et il commence par nationaliser les entreprises hydro-électriques de la province. Et savez-vous qui il a nommé comme ministre des Richesses naturelles? René Lévesque.

— Pas le René Lévesque qui travaille comme toi à Radio-Canada?

— Il n'y est plus mais c'est le même, qui s'est fait une place parmi d'autres ténors du parti libéral.

Le missionnaire, après réflexion, dit:

— Ils disent ça, les rouges à Québec: «Maîtres chez nous»? Les nationalistes de ce pays-ci avaient un slogan du même genre quand ils luttaient pour sortir de leur statut de colonie française et obtenir l'indépendance. Ils vivent à présent sous une République autonome, mais qui demeure tributaire de la France, seule fournisseuse de biens d'équipement et acheteuse du bois précieux des forêts et du cacao des plantations. Sans maîtrise de l'économie, peut-il y avoir une véritable souveraineté?

— Il y a environ six cent mille habitants dans ce pays?

— Environ.

— Et ils ont leur drapeau, sont représentés à l'O.N.U.? Pourquoi pas les six millions de Québécois?

— Nous, Canadiens français de la province de Québec, avons un système représentatif et le droit de vote depuis plus de cent cinquante ans...

— Les Québécoises, depuis peu.

— C'est vrai, mais nous avons toujours eu un système scolaire bien à nous, représentant notre culture. Nos libertés fondamentales sont reconnues. Nous avons un des plus hauts standards de vie du monde. Et tu me dis que le nouveau Premier ministre rouge entame la conquête de l'économie en commençant par l'énergie électrique, qui est vitale. Tout nous arrive par étapes.

— C'est ça, Hermas, la «révolution tranquille». Mais beaucoup de Québécois sont terriblement impatients.

— Les réformes, ça prend du temps. J'ai entendu parler de celle de notre système d'instruction publique. Certains n'ont l'air de ne vouloir qu'une chose: sortir les crucifix de nos salles de classe.

— Ce sont parfois les religieux qui les désertent.

— J'ai entendu parler de ça. Et même quelqu'un de nos familles. Pas Magloire, toujours?

— Il est toujours curé à Montréal, plus que jamais préoccupé des besoins spirituels et économiques de ses paroissiens.

Ce n'est pas non plus Tancrède, le fils de Roger, toujours trappiste. Il s'agit d'un de mes frères, Rodrigue.

— Le jésuite? Le brillant professeur?

— Ça a fait bien de la peine à maman, mais il a quitté l'ordre.

— Pour vrai?

— Au collège où il enseignait, il a voulu entraîner ses élèves dans le grand mouvement d'ouverture au monde, selon la doctrine de saint Ignace. Il en a peut-être trop fait. Il a été rejeté par les anciens. Rodrigue se sent en bonne compagnie, les plus doués de ses frères ont défroqué aussi. Comme il dit: «Les nouveaux martyrs jésuites, c'est nous autres.»

— Où est-il maintenant? Dans la province de Québec?

— Impossible! Il faut bien qu'il gagne sa vie. Alors, il donne des cours dans une petite institution laïque aux États-Unis. Tu vois que chez nous il y a des choses qui ne changent pas encore. On tolère mal ceux qui s'écartent du bon chemin. J'en sais quelque chose, moi qui ai osé divorcer.

Hermas, à brûle-pourpoint, questionna:

— Et Edgard, mon frère à moi, as-tu des nouvelles?

— Oui, il est fonctionnaire à Québec. Un beau poste, conseiller au ministère du Travail.

— Je savais. Et chez lui? Il a épousé une petite Française. Ils ont un petit garçon: Antoine. Les vois-tu?

Luc n'avait aucune envie de dire la vérité. S'il la connaissait, la petite Luce? Depuis deux ans que son mari était allé vivre à Québec, elle demeurait dans un petit appartement de Montréal, seule avec Antoine. Secrètement, elle avait un autre homme dans sa vie. Qui donc? Pouvait-il dire à l'homme en soutane blanche: «Luce, votre belle-sœur? Mais je suis son amant!» Au lieu de répondre, Luc avait demandé quel était cet objet insolite suspendu au mur de la case.

— C'est un masque de la tribu Fang.

Luc examinait la chose curieuse qu'Hermas avait décrochée; sous un énorme front très bombé, peint en blanc mat, l'étroit triangle du nez et de la bouche. Deux fentes arquées et étroites figuraient les yeux.

— Que signifie ce masque?

— C'est avant tout un outil de communication. Le sorcier fang qui cache son visage sous ce faux visage se met en relation avec les forces obscures. Il montre ainsi qu'il entre en rébellion contre le monde actuel et parle au nom d'une autre forme d'ordre, celle du cosmos préoriginel. Il y entraîne ses interlocuteurs. Le masque, c'est l'agent et le signe d'une révolte. Je te le donne. Il ne sera pas déplacé, dans le Québec où tu vis...

Dans le soir, le son des tam-tams leur parvenait.

— C'est un de ces sorciers qui appelle à ses célébrations. Tous ceux que tu as vus à ma messe iront là aussi. Ils ont pourtant reçu le baptême mais continuent à pratiquer des rites vieux comme leur terre. Malgré ce que je prêche, ils sont adeptes de la polygamie. Comment les faire obéir? L'Église n'a pas prévu de masques pour ses missionnaires.

* * *

Luce, infailliblement, savait lire dans l'une des prunelles de Luc Malouin cette infime scintillation qui précédait toujours son plus vif plaisir. Elle en aperçut l'éclat, fut heureuse pour lui; à cet instant même, le bonheur de son ami, c'était de reprendre la parole, à son interlocuteur résumer en une phrase brillante son propos et enchaîner en douceur sur une question piège. Luce voyait Luc en très gros plan sur l'écran de la télévision. En cet été de 1962, il interviewait un représentant du Front national de l'Algérie au sujet du tout récent referendum sur l'autodétermination. Près de six millions de personnes avaient répondu oui — contre cent soixante mille non — à la question: «L'Algérie doit-elle devenir un État indépendant coopérant avec la France?»

L'émission allait se terminer. Luce savait d'avance comment les choses se passeraient. Une voisine viendrait garder le petit

461

Antoine qui avait sept ans, elle prendrait un taxi qui la déposerait devant un restaurant où ils avaient accoutumé de se retrouver. Ils souperaient ensemble, puis iraient faire l'amour dans le petit «bachelor» où il habitait entre deux missions de reportage. Jamais ils ne se rencontraient chez elle. Luce disait:

— Quelle affreuse chose si le petit nous voyait à poil et que candidement il aille confier ses impressions à grand-maman de Saint-Vital…

Ce soir-là, Luc n'était pas au rendez-vous. Elle alla s'asseoir à cette table où d'ordinaire il l'attendait. Elle imaginait des scénarios tragiques.

«Où est-il? Avec qui? C'est impossible qu'il ait oublié. Pas ce soir, mon jour d'anniversaire. Mes trente ans. Voilà plus de dix jours qu'il est rentré de son voyage à Alger. Il m'a juste appelée pour me dire: ''À mardi, comme d'habitude!''.»

Le maître d'hôtel vint à elle, lui remit une enveloppe, «de la part de monsieur Luc», dont elle déchira le rabat sans attendre. Une carte tomba sur son assiette: «Bonne fête, chérie. Si tu veux, je t'attends. Si tu veux, rends-toi au 1560, McGregor, app. 3210. Si tu veux. Mille baisers.»

Bien sûr qu'elle voulait…

C'était, sur le flanc sud du mont Royal, un appartement au dernier étage d'un immeuble récemment construit. Son ami l'attendait tenant une gerbe de roses pourpres. Sur la table, elle apercevait deux couverts mis, des coupes de cristal, une bouteille de champagne dépassant d'un seau à glace. Émue aux larmes, elle pressait Luc contre elle. Après les baisers, il put lui dire:

— Je te présente mon nouveau logement.

Elle contempla autour d'elle un salon-salle à manger dont l'une des parois était une immense vitre donnant sur un balcon d'où l'on voyait une partie de la ville, le fleuve, les collines au loin. À droite, une porte s'ouvrait sur une cuisinette; à gauche, celle d'une chambre.

— Ici, c'est la salle de bains?

— Ouvre et regarde.

Elle cria d'étonnement. C'était une autre pièce, aussi grande que le vivoir, pareillement fenêtrée, mais totalement vide de meubles, et, à sa suite, tout l'appartement jumeau, qui avait sa porte d'entrée sur le palier.

— Si tu veux, Luce, ici ce sera chez toi. Il y a une chambre pour Antoine. Viens t'asseoir, je vais t'expliquer.

Quand ils furent au creux du divan, la regardant dans les yeux, il expliqua qu'il avait renoncé à son statut de reporter pigiste pour devenir coordonnateur des émissions d'affaires publiques de la télévision d'État.

— Toi? Un séparatiste? Et en plus tu voudrais que j'habite avec toi?

— Comment? Mais nous aurons chacun notre logis, notre numéro. Qu'il y ait une ouverture coulissante entre les deux demeures ne regarde que nous deux.

— Tu oublies Antoine.

— Il s'habituera. Quant à ton mari, depuis le temps, il doit être au courant de notre relation. S'il reste à Québec, c'est qu'il est heureux là-bas. Et il voit ton fils chez ses parents.

— Eux, à Saint-Vital, qu'est-ce qu'ils vont penser?

— Ma petite Luce, le temps des hypocrisies, le moment des épouvantements, c'est fini. Nous avons besoin, nous avons envie d'être plus proches. Il faut que tu deviennes autonome comme je le suis devenu. Tu vas réfléchir et me donner ta réponse. Oui? À moins que ça t'ennuie d'habiter à côté d'un intellectuel fonctionnaire...

— Tu parles trop. Donne-moi ta bouche, mon ami, mon amant, mon *lover,* mon *chum*...

Elle s'allongea sur le sofa, l'attirant contre elle.

Au-dessus d'eux, les contemplait le masque africain.

* * *

Un soir de février 1963, Joseph-Rodolphe Malouin lisait le quotidien *The Gazette* devant le feu qui pétillait dans la cheminée de son salon, apportant encore plus de chaleur et de clarté dans la pièce cossue. France, sa femme, enfoncée dans le grand divan, écoutait un disque de son chanteur préféré, Léopold Simoneau, qui triomphait cette année-là sur toutes les scènes lyriques. Chez les Malouin d'Outremont, on boudait toujours la télévision, «cette boîte à images pour les basses classes», disait Bernard, le père de Joseph-Rodolphe.

— Jorodo, tu montes déjà te coucher? demanda France qui voyait son mari replier le journal.

— Non, j'ai une lettre à écrire. Je vais dans mon cabinet de travail. Je te dis bonsoir.

Après avoir embrassé sa femme, il demanda:

— Doris a-t-il dit à quelle heure il rentrerait?

— Non, il a je ne sais quelle réunion.

Doris était un de leurs fils, le plus âgé. Il étudiait les sciences sociales à l'université.

— Il me semble qu'il étudie peu et qu'il sort beaucoup.

— À vingt ans, tu te doutes bien qu'il a une fréquentation.

Jorodo se rendit à son petit bureau, dont le mobilier provenait de l'arrière-grand-père, le notaire Télesphore, celui qui avait installé ses pénates sur le territoire d'Outremont presque un siècle auparavant.

Joseph-Rodolphe cachait dans le tiroir secret d'un grand meuble de palissandre un dossier qu'il en retira. Il le posa sur sa table de travail. Sur le carton vert était imprimé ce titre en lettres dorées: «Rose of Jericho — Ordre souverain et fraternel». Il en sortit une lettre signée «Señor Miguel Castillo (Valley of Montevideo)». C'est à ce personnage qu'il devait répondre au sujet de l'Atelier de Réflexion du Conseil suprême, prévu à Chicago. Jorodo était Grand Assistant général (*for Valley of St. Lawrence)* de cette organisation d'hommes d'affaires, soucieux de philanthropie et de relations amicales. L'illustrissime frère uruguayen s'exprimait en castillan.

— Il ne peut pas écrire en anglais comme les autres, soupira le Grand Maître montréalais qui s'appliquait à déchiffrer l'épître, où il était question d'un nouveau cérémonial d'initiation, des mots de passe et signes rituels à échanger avec les néophytes, des rangs à tenir dans les processions, du choix des emblèmes et des formules sacramentelles.

C'était la passion de Jorodo. Il se complaisait à faire partie clandestinement de cette société très discrète, de croire qu'ainsi il participait au perfectionnement moral de l'humanité et que, dans le mystère des assemblées, il côtoyait d'autres Fils de la Lumière qui secrètement avaient une terrible influence internationale.

Tout à coup, il songea que Doris pouvait avoir dans sa chambre un dictionnaire français-espagnol. Il s'y rendit et se mit à fouiller parmi des livres dont les auteurs lui étaient peu familiers: Antonio Gramsci, Karl Marx, Léon Trotski, Friedrich Engels, Mao Ze-dong, Pierre Vallières, Herbert Marcuse. Il les feuilleta sans bien comprendre. Il trouva une liasse de papier fin. Sur le premier feuillet, calligraphié — c'était l'écriture de Doris —, ce texte flamboyant:

«Nous ne croyons plus que c'est par l'action légaliste, arme émoussée de la bourgeoisie réactionnaire, que nous délivrerons notre peuple de l'occupant anglo-canadien, notre ennemi de toujours, de ses complices traîtres, valets de la haute finance des U.S.A. C'est par la seule insurrection armée des masses que nous arracherons l'indépendance. À bas les colonialistes! Vive la République québécoise, libre et socialiste! Vive la révolution prolétarienne!»

Il y avait d'autres écrits, qui faisaient référence aux fellaghas d'Algérie, aux guérilleros de Castro. Il y avait une recette de cocktail Molotov à base de mazout, un plan de Montréal marqué de points rouges et de flèches avec cette indication: «itinéraire des commandos suicide».

Le lendemain, Jorodo, sans dévoiler sa découverte, dit à France:

— Tu veux savoir à quoi consacre ses soirées un grand gars de vingt ans qui va à l'université? À de stupides jeux de boy-scout.

465

Et, allant faire un tour de jardin, l'avocat-conseil se répétait:

«Libérer le peuple! Quelle sottise. Nous vivons dans le pays le plus libre du monde. Il a tout ce qu'il lui faut, le peuple.»

* * *

Luce, dans son nouveau logis, «mon chez-moi-chez-nous», disait-elle, regardait à travers l'immense fenêtre de verre le Saint-Laurent gelé. Il était question d'y créer des îles artificielles pour abriter une exposition universelle qui célébrerait, en 1967, le centenaire de la Confédération canadienne.

La jeune femme écrivit, en date du 5 mars 1963, ces mots:

Toute la famille sait que j'habite ici. Et le ciel ne nous est pas tombé sur la tête. Elle a même compris que Luc et moi vivons dans deux espaces qui peuvent, à notre volonté, être réunis ou fermés sur eux-mêmes. Antoine demande souvent: «Ce soir, où soupons-nous? Chez nous? Chez Luc? Ou au milieu?» Le milieu, c'est le salon-salle à manger commun. Certains jours, mon compagnon m'avise qu'il «recevra» de son côté et Antoine et moi restons dans notre appartement. Quels visiteurs, quelle visiteuse accueille-t-il?

La nuit dernière, dans son lit, après nous être aimés très physiquement, en fumant une cigarette il a glosé sur notre situation: «Elle paraît ambiguë mais elle est très nette pour moi. Je suis fait ainsi. Ce n'est pas tant que je ne sache choisir. Le mal? Le bien? Je veux tout. Toi et ma liberté à la fois. Je vis comme Adam au premier jardin du monde, dans le perpétuel instant de la tentation, dans la double joie d'avoir à respecter l'ordre et de l'enfreindre. Obéir à la loi ou la transgresser. Faire les deux.»

Avant de s'endormir, la bouche entre mes seins, il a encore dit: «Nous autres, vois-tu, ma petite Ève, nous sommes ainsi: il nous faut notre patrie pour nous tout seuls et en même temps nous voulons nous sentir chez nous dans le reste du pays, dans toute l'Amérique même.»

466

J'ai médité ses paroles. Ce qui me frappe aussi, c'est que plus jamais, parlant de ses compatriotes, il ne dit «les Canadiens français». Il n'y a plus que le Québec et les Québécois.

En avril, à Montréal, explosèrent les premières bombes du F.L.Q. L'une d'elle, chargée de dynamite, tua le gardien de nuit d'un centre de recrutement de l'Armée canadienne. Jorodo Malouin comprit alors que son fils n'était pas mêlé à des enfantillages. Par ses relations, il apprit que Doris, s'il était sur la liste des suspects, ne serait pas arrêté par la police, sa «cellule» n'ayant pas participé aux attentats. Il avait néanmoins envoyé l'étudiant «se reposer» à Lavaltrie.

— Imagine un peu, mon pauvre garçon, dans quelle situation tu me mettrais si les policiers venaient perquisitionner chez nous. Tu vas emporter tes livres d'étude et aller préparer tes examens chez Odilon Malouin.

Doris, arrivé tête basse à la Grand-Côte, y tomba en pleine fête. On baptisait l'enfant de Lise, une des filles de Roger et Angéline. Le jeune homme, au milieu de membres de la parenté qu'il ne connaissait guère, prit le parti de se taire, seul dans un coin. Les autres n'osaient croire que ce garçon, en chandail et blue-jean, la barbe et les cheveux longs et mal taillés, fût bien le fils des respectables parents outremontais.

Lors du repas, Doris, toujours silencieux, détaillait un à un les composants de cette étrange famille, microcosme de ce Québec pour lequel lui et ses amis se battaient. Il tentait d'analyser les propos que chacun tenait.

Écoutant parler Odilon, le solide fermier, Doris pensait: «Individualiste comme tous ceux de la terre, il ne s'intéresse qu'au prix de son lait, de ses bouvillons, du cent livres de viande de porc. Et aux subventions qu'il veut obtenir du gouvernement de Québec et de celui d'Ottawa. Comment faire comprendre l'indépendance à des gens comme ça? Et son fils Zèbe, qui a vingt ans, il n'a rien d'autre en tête que les joutes de hockey, le gros char américain qu'il va acheter à crédit et sa blonde, qui, elle, ne parle que du rock and roll d'Elvis Presley. *It's Now or Never.* Écœurant!

«Et Lise et son mari? Ils ne valent guère mieux. Ce sont des petits-bourgeois pognés dans la société de consommation. Heureux du moment qu'ils vendent leur bière et leur gin. Ils croient avoir des idées avancées. Ils sont libéraux, donc fédéralistes au coton.»

L'abbé Magloire conversait avec ses voisines de table, les très vieilles Gisèle et Rollande, l'ancienne institutrice. Il parlait de l'enfant fraîchement baptisé et disait avec un sourire malicieux:

— Ils l'ont appelé Justin, sans doute qu'ils n'en veulent plus d'autres...

— Verra-t-on encore, demanda Gisèle, les grosses familles comme autrefois, quand nous étions une vingtaine sous la lampe?

— Dans ce temps-là, dit Rollande, les ménages restaient unis jusqu'à la mort, quoi qu'il arrive.

— Oui, affirma Magloire, beaucoup maintenant voient le mariage comme une simple formalité qu'on peut canceller comme un billet d'avion. Les temps sont en train de changer.

Odilon enchaîna:

— C'est votre faute à vous, les prêtres. Vous nous changez toute notre religion. À vous entendre, il n'y aurait plus de péché grave. Bientôt, il n'y aura plus d'enfer. Si le monde n'a plus peur de rien, comment voulez-vous qu'il obéisse?

Rageant intérieurement, Doris avait envie de hurler: «C'est pas vrai que ça change. Rien ne bouge ici. On ne veut pas de changement. Il faut faire taire tous ces vieillards qui nous dirigent. Et le curé Magloire, quelle pitié! C'est un défenseur de la classe dominante chargé de prêcher la soumission et le respect de l'autorité. Que sait-il du vrai peuple?

«C'est comme Edgard, pseudo-révolutionnaire à col blanc, fonctionnaire d'un gouvernement de traîtres, complice des exploiteurs qu'il croit neutraliser. Il dit vouloir un Québec souverain mais c'est pour prendre, avec les siens, la place de la haute bourgeoisie anglo-saxonne, elle-même dominée par le capitalisme des U.S.A.»

468

— Pourquoi toujours parler de révolution? dit Rollande. Pourquoi vouloir tout briser? Il suffit d'améliorer ce qu'on a déjà.

— Et puis, ajouta Odilon, c'est quoi, ces maudits fous de terroristes de Montréal, ces berlandeux tout juste bons à être pendus?

C'est alors que Gisèle se leva et, d'une voix si forte pour une personne si âgée et si menue, lança:

— Toi, mon neveu, tais-toi! Tu déparles! On doit être acharnés contre tous ceux qui veulent nous empêcher de vivre à notre façon, ceux qui nous empêchent de parler notre langue. Contre eux, tous les coups sont bons. Juge pas ceux qui se battent. Faudrait nous souvenir comment et pourquoi Régis Malouin, qui habitait cette maison, est mort en 1838. Et aussi, avant lui, d'autres de la famille, tués par les Anglais.

Elle se rassit. Solange, pour faire diversion, demanda à Odilon de déboucher les bouteilles de champagne qu'elle apportait.

Roger Malouin ne disait rien.

— Pas heureux? lui demanda sa femme Angéline. C'est le baptême de notre petit-fils.

— Si, si, fit-il avec un sourire forcé.

Il cachait que depuis une semaine le supérieur du couvent où était Tancrède l'avait averti. Leur fils, parti un matin pour une promenade dans la forêt, n'était pas réapparu. Toutes les recherches n'avaient rien donné. On ne pouvait que prier pour revoir le disparu.

Edgard aussi se taisait. Il remâchait une des phrases de l'abbé Magloire sur le mariage. Il souffrait de l'amour trahi et plus encore de ce que sa femme vécût ouvertement avec Luc Malouin. Une fois de plus, il se redit: «Il n'y a qu'un coupable et c'est moi. Je n'ai pas su mériter Luce. À présent, ce qu'il faut, c'est de ne pas perdre tout à fait Antoine.»

Retour à la baie de James

Ce n'était ni le jour ni la nuit. Tout baignait dans la lumière blême d'un ciel imprécis dans la froideur précoce d'une hésitante arrière-saison. Ce n'était ni la terre ni l'eau, ni la toundra ni la taïga. C'était un lieu de silence fait de longues nappes de tourbe ourlées de neige, parsemées de blocs de rocs lustrés et tout émaillés de lichens, porteurs de malingres conifères, semblables à des bonsaïs, qui réussissaient à envoyer leurs racines dans le froid fossile de ce sol minéral. C'était une aire sans odeur sur laquelle glissait silencieux un canot d'aluminium. Cinq hommes dans l'embarcation, et c'était Antoine Malouin qui la dirigeait à petits coups d'aviron afin de permettre à ses compagnons d'observer au loin les dernières oies bleues en partance vers le sud. Le chef de l'expédition décida:

— Remettez le moteur en route. Il faut rentrer.

C'était déjà l'heure du couchant.

Le fils de Luce était heureux d'avoir trouvé cet emploi temporaire qui lui permettait de payer ses études de médecine. Il faisait partie d'une des équipes de prospection, détachement précurseur qui s'enfonçait avant les autres, très haut dans le bassin des fleuves qui se jettent dans la baie de James.

On en changeait le cours pour qu'ils aillent alimenter les turbines des centrales qui doubleraient le potentiel hydro-électrique du Québec.

— Au moins, disait Antoine au guide cri, ici il se passe quelque chose. À Montréal, c'est l'ennui total.

Pour l'instant, l'équipe avancée étudiait le tracé d'une route qui permettrait à des camions mastodontes d'atteindre la vallée supérieure de la rivière Caniapiscau, une piste où l'on ne roulerait que sur le sol glacé par le grand froid, l'été la boue et les nuées de moustiques la rendant impraticable.

Ils retrouvèrent leur campement. Encore quelques nuits à dormir sous la tente, puis l'hélicoptère viendrait chercher les hommes pour les conduire au «village», composé de baraquements et de maisons mobiles, entre la piste d'atterrissage et l'énorme chantier de la centrale souterraine, où travaillaient un millier d'hommes et quelques femmes. C'était à mille kilomètres du Québec habité.

— Tu ne l'oublieras pas, avait dit Magloire à l'étudiant en médecine avant son départ pour la baie de James, que tu n'es pas le premier Malouin à te rendre là-bas.

Sur ses vieux jours, l'abbé Magloire entretenait enfin la passion de sa jeunesse, la musique d'orgue, et un nouvel amour, l'historiographie familiale. Il avait découvert dans les greniers de la parenté des papiers accumulés au cours des siècles par d'autres Malouin, généalogistes amateurs, et s'efforçait de retricoter l'histoire. Ainsi pouvait-il citer l'aventure de Josam qui, sans doute, avait dû «monter» avec l'Indien Chickwaou jusqu'à la pointe Louis-XIV, entre baie de James et baie d'Hudson. Il était sûr qu'un autre gars de la famille — il s'appelait Xavier — avait fait partie de l'expédition de Pierre Le Moyne d'Iberville et avait été tué par les Anglais au fort Monsoni, où ils étaient installés.

— Tu regarderas aussi mes notes sur un nommé Nérée, parti dans l'Ouest vers 1780, sur Omer Malouin, chercheur d'or au Klondike au début de notre siècle. Et aussi sur notre zouave pontifical et bien d'autres.

— Je ne savais pas que nous avions eu des ancêtres aussi aventureux.

— Beaucoup d'autres qui ont choisi de cultiver leur lopin n'ont jamais dormi à plus de dix lieues de chez eux. Mais ils nous ont laissé des terres.

Au chantier, Antoine avait comme compagnon de tente un personnage taciturne, dans la cinquantaine. Il s'appelait Thomas Marceau, dit la Gaspésie, bien qu'il ne fût pas né dans la péninsule et n'en ait pas l'accent. De lui, on ne savait guère. Depuis des années, il travaillait sur les chantiers les plus nordiques du Canada, du Yukon au Labrador, toujours volontaire pour les équipes les plus rudes dont la main-d'œuvre se recrutait parmi ceux qui avaient soif de solitude, d'aventure, ou encore voulaient se cacher de la société. Thomas, pourtant, ne semblait pas un dur à cuire. Il avait, quelque part en Gaspésie, femme et enfants, qu'il allait retrouver quelques semaines par an, puis il revenait dans les grands pays désolés de la froidure.

— Dans même pas une semaine, Thomas, tu vas retrouver ta famille.

— Oui, et toi, Antoine, la tienne.

— Moi, tu sais! Il y a mon père, que je ne vois pas beaucoup. Il demeure à Québec. Il est séparé de maman. Elle est hôtesse d'accueil à l'aéroport Mirabel, travail de nuit, drôles d'horaires, mais elle est fière d'être un chef de famille monoparentale.

— Elle vit seule?

— Pas tout à fait.

«Oui, se disait Antoine, il y a Luc», mais c'était bien difficile à expliquer à cet homme plutôt impénétrable avec qui il travaillait depuis des semaines. C'était la première fois, à la veille d'être séparés, qu'ils se confiaient.

— Antoine, ton nom de famille, c'est bien Malouin?

— Oui, la Gaspésie.

— Je te croyais français de France.

— C'est maman qui est née en France. Moi, je suis québécois et bien fier de l'être. Pourquoi tu me demandes ça?

— Pour rien. As-tu une blonde?

— Oui. Elle s'appelle Claudia. Elle est infirmière. Pour l'instant, elle est avec sa famille.

— Au Québec?

— Non, justement, c'est une Antillaise.

— Pas une Noire?

— Si. Et pourquoi pas?

Antoine ajouta fièrement:

— Et juste avant la rentrée à la faculté de médecine, je vais aller la rejoindre et vivre dans son île.

— Tu vas partir pour le vrai Sud? Chanceux!

Le lendemain, l'ingénieur qui commandait le groupe ordonna une dernière reconnaissance en canot; au retour, on rangerait le matériel. Et au revoir le bord de la grondante Caniapiscau. Au moment d'embarquer, Thomas Marceau n'était pas là.

— Il est encore dans la tente, dit Antoine. Je vais le chercher.

Il trouva son compagnon haletant, couché sur le flanc, sa main droite pressée sous son aisselle gauche.

— Ça ne va pas, vieux?

— C'est mon cœur qui me refait le coup. Dis-le pas aux autres, ça va aller mieux.

Antoine ouvrit le parka et la chemise du vieil homme des chantiers, colla son oreille à sa poitrine. Il percevait le choc intermittent d'un ventricule anormalement dilaté.

— Tu as une affection cardiaque grave.

474

— Je le sais. J'ai réussi à le cacher, dit Thomas entre deux geignements. J'ai mal.

Déjà le jeune homme faisait bouillir de l'eau pour stériliser une seringue sortie de la trousse d'urgence. Il courut jusqu'à la rive.

— Partez sans nous, les gars! Thomas n'est pas bien. Je vais sans doute envoyer un appel d'urgence à la base.

L'embarcation s'éloigna sous un ciel plombé, annonciateur des premières bordées de l'hiver hyperboréen.

La piqûre avait calmé le malade, qui se laissait ausculter.

— Tiens le coup, Thomas. Un vrai médecin arrive. On va t'amener à l'hôpital.

— Non, je ne veux pas d'un doc. Appelle un prêtre. Je ne m'en tirerai pas. Écoute-moi, Antoine.

— Parle pas, tu t'essouffles pour rien.

Thomas, de plus en plus blême, s'acharnait dans son dire.

— Je t'ai parfois entendu parler de la Grand-Côte.

— Oui, j'ai des cousins éloignés qui sont de là.

— Tu connais le restaurant de Lavaltrie?

— Oui, ça s'appelle *Chez Lise*.

— Lise, c'est une de mes sœurs.

Thomas avait recommencé à gémir, roulant d'une épaule sur l'autre.

Antoine réfléchissait. Lise serait sa sœur. Donc, il était le fils de Roger et d'Angéline, de Lavaltrie.

L'homme se mit à parler vite, comme s'il voulait se délivrer.

— Thomas Marceau, ce n'est pas mon vrai nom.

— Vous êtes Tancrède, le trappiste.

— Je l'étais. Écoute-moi, petit. Il faut que tu saches. Avant ma naissance, maman avait décidé que je serais prêtre. Tout jeune, je le voulais aussi, mais bien avant le séminaire je savais que je n'aurais pas la foi. La foi ordinaire, oui, mais pas celle pour être un bon curé. L'œuvre des vocations payait le collège. J'ai été assez lâche pour faire croire que j'irais jusqu'en théologie. Tout ce que je souhaitais, c'était étudier. Je rêvais de devenir vétérinaire.

Sous l'index d'Antoine, le pouls battait, de plus en plus erratique.

— C'est pour me punir de ne pas avoir la vocation que j'ai choisi la trappe. Oh! je n'étais pas malheureux. On m'a chargé ensuite de l'école d'agriculture. Maman était si fière d'avoir un fils cistercien. Un jour, j'en pouvais plus. J'ai lâché.

— Et vous êtes venu sur les chantiers pour vous cacher.

— C'est que je suis marié avec une Canadienne française. Elle vient de l'Alberta. Elle ne sait rien de mon passé. Elle ne doit rien savoir. Mes enfants non plus. Ni ma famille à Lavaltrie. Jamais.

Tancrède avait de plus en plus de mal à parler. Il essayait d'expliquer qu'on l'attendait en Gaspésie. Le vent ouvrit d'un seul coup la porte de toile. Dehors, il neigeait à plein ciel. Tancrède, qui s'était redressé, empli d'une dernière force, suppliait:

— Antoine, fais quelque chose. L'hélicoptère ne viendra pas, ou trop tard. Je vais mourir sans le pardon du bon Dieu. Toi, tu ne peux pas comprendre, tu n'as pas été élevé dans l'angoisse de la mort. Tu vas me promettre...

— Oui, Tancrède, quoi?

— C'est ici qu'il faut m'enterrer. Sous les roches. Je n'ai pas le droit à un service religieux, mais vous ferez croire aux miens que je suis parti en règle. Je suis damné, je le sais. Tu m'as promis, Antoine. Pense à maman, à ma femme, mes filles. Tu ne peux pas savoir...

Il délirait à demi, racontait par bribes sa vie au monastère où il ne parlait que par signes avec ses frères, ses premiers pas dans la vie civile, croyant toujours qu'une cloche allait sonner pour lui dire quoi faire.

— Longtemps après mon mariage, disait-il, quand je mettais une cravate, souvent, machinalement, je posais mes lèvres dessus comme si c'était une étole. Quand je devais prendre le livre du téléphone, c'était à deux mains, avec respect, comme je l'ai fait si souvent avec la grosse bible de l'autel.

— Je suis sûr que déjà le bon Dieu t'a pardonné, Tancrède. Il t'entend, tu pars sauvé.

L'équipe de secours arriva le lendemain. Thomas Marceau, de son vrai nom Tancrède Malouin, comme il l'avait demandé, reposerait au Nouveau-Québec.

* * *

Très tiède, un vent de terre gonflait les voiles. Le cotre glissait sur la mer de plus en plus limpide sous l'écume. D'outremer devenait jade. Au loin grandissait le profil triangulaire d'une île. Antoine, une serviette de bain nouée en paréo sur ses hanches, scrutait l'étroit rivage. De là, quelqu'un lui faisait signe. C'était elle. Il plongea, nagea, gravit l'estran de rocs, pressa contre lui la fille en bikini.

Ils montèrent enlacés, sous une voûte de feuillages, les marches grossières taillées dans le basalte, à travers une minisylve faufilée de lianes, par des ravines buissonneuses peuplées de chèvres, à travers des halliers d'eucalyptus et de palmes qui cachaient des fermettes où chantaient des coqs, puis au long de murets de pierres festonnés de fleurs sauvages. Juste avant que commence le seul village de l'île se trouvait la paillote de Claudia. Sous la moustiquaire, le rectangle très blanc du lit dévorait l'ombre fraîche. Déjà ils s'y lovaient.

Ils n'avaient que deux nuits et deux jours à consacrer à la tendresse, à la volupté, aux impressions vécues ensemble, qu'ils se remémoraient en de longues conversations afin qu'elles deviennent, dans leurs mémoires, d'inaltérables souvenirs.

La veille du départ d'Antoine, ils retrouvèrent sur la place du hameau-capitale d'autres jeunes venus comme eux d'ailleurs, mêlés à ceux de l'île. Ils dansèrent, burent du punch sous le ciel étoilé, qu'animaient des trajectoires de lucioles. Entre deux danses, se renouaient des palabres animées. Garçons et filles en séjour, interpellés par les îliens, parlaient de cette vie à monde ouvert qu'ils avaient choisie. On demandait au Montréalais des nouvelles du Québec en gestation.

— Le temps du «chacun dans sa cour» est fini, disait Antoine. Nous avons commencé à nous parler entre nous et nous n'avons plus peur de nous mêler aux autres. Nous deviendrons de plus en plus libres. Ne le sommes-nous pas déjà, Claudia et moi?

— Tu mélanges tout, dit une des filles. Dites-nous plutôt ce que vous faites personnellement pour que votre parti de l'indépendance du Québec prenne le pouvoir.

— Je peux te dire que nous faisons avancer les choses, répondit Claudia, surtout nous, les femmes, qui devons d'abord conquérir notre souveraineté personnelle. Ce sont nos combats de tous les jours qui nous rapprochent de la victoire. Et je te le dis: être à la fois femme et noire au Québec, c'est pas un cadeau.

La musique s'éteignit à l'heure des premiers cocoricos. Claudia et Antoine dormaient enlacés sur un banc de pierre qui entourait un insolite kiosque à musique. Le soleil le réveilla. Il devait regagner son bateau. Ils mirent beaucoup de temps à redescendre le sentier qui menait au petit port. La sirène appelait. Avant de la quitter, il lui dit:

— Je reviendrai à Saba.

C'était le nom de cette île où vivait une petite population colonisée par les Hollandais.

Rentré à Montréal, Antoine, qui préparait un examen de premier trimestre, vit Luc entrer dans sa chambre.

— As-tu une minute? J'ai un service à te demander.

— Vas-y.

478

— Tu connais Doris Malouin?

— Un cousin, du côté de la famille d'Outremont. Celui qui a plus ou moins disparu.

— Justement, je sais où il se trouve. Voilà quatre ou cinq ans qu'il n'a pas remis les pieds chez ses parents. Joseph-Rodolphe et France me demandent de faire une démarche auprès de lui, pour l'inciter à renouer.

— Jorodo ne peut pas faire ça lui-même?

— Il se dit incapable de causer avec son fils.

— Toi non plus, à ce que je vois.

— Je pense que toi tu le comprendras encore mieux que moi.

Antoine promit au compagnon de sa mère de rendre, dès qu'il le pourrait, le service qu'on lui demandait.

L'endroit où Doris Malouin s'était retiré n'était pas gai. Antoine s'y rendit à l'approche de l'hiver. Au bord d'un lac perché, dans le fin fond de l'Estrie, près de la frontière américaine, une grande bicoque de bois grisâtre. Des plaques de carton goudronné remplaçaient des vitres absentes. Sur une planche clouée à un pieu se lisait le nom du domaine: *La Zigoune*. Dans la grange attenante, encore plus vermoulue que la maison, un gars à longue tignasse et à barbe blonde bouclée bûchait tout seul. C'était Doris, qu'Antoine connaissait à peine.

— Tu viens me parler de la famille? Tu perds ton temps, mais entre quand même prendre une bière.

La cuisine sentait le moisi. Dans la salle contiguë, on voyait un grand nombre de lits privés de couvertures et de draps.

— Tu vis seul ici, Doris?

— Autrefois, on était toute une gagne de gars et de filles. Ils sont partis peu à peu pour trouver un peu de travail en ville. De quoi faire un peu de piastres et toucher l'assurance-chômage. Pis ils sont pas revenus.

Il avait dit cela d'une bouche molle comme s'il avait voulu caricaturer le pire accent est-montréalais.

— À présent, tu t'arranges tout seul?

— Faut bien. Rien m'attire à Montréal. Quel âge que t'as, Antoine?

— Vingt ans.

— En 1963, tu avais huit ans, tu ne peux pas te souvenir de ce qui s'est passé. Mais 1970, ça ne te dit rien?

Doris se lança alors dans une péroraison, racontant comment, alors qu'il était étudiant, il avait failli se faire arrêter par la police parce qu'il militait dans un groupe indépendantiste armé. Comment, sept ans plus tard, des gars de la Gendarmerie royale étaient venus le chercher à La Zigoune.

— La crise d'octobre soixante-dix, ça ne te dit rien, mon jeune?

— Oui, à Montréal, un diplomate britannique avait été enlevé et séquestré, puis un ministre du gouvernement québécois a été retrouvé étranglé par des extrémistes.

— Doucement, là. Rien n'a été prouvé là-dessus. Les salauds d'Ottawa, Trudeau en tête, en ont profité pour déclencher une opération de terreur jamais vue ici. T'as pas vécu ça?

Antoine haussait les épaules en un geste d'impuissance et de regret.

— On voulait arracher l'indépendance. Toi et ta bande de petits-bourgeois, vous ne nous avez pas aidés. Vous n'êtes que des gamins ignorants. Vous gobez tout ce qu'on vous dit. De notre temps, quand le curé nous enseignait le petit catéchisme, on en prenait, on en laissait. Vous autres, quand l'establishment vous fait la leçon, vous vous laissez enfirouaper. Vous gobez toute.

Il prononçait «tate». Il ajouta, de sa voix coléreuse:

— Si je me suis installé ici, c'est pour vivre en liberté. Dis ça chez nous.

480

Doris, furieux d'avoir reçu Antoine, le congédia. Mais au moins s'était-il vidé le cœur.

L'étudiant en médecine, repensant à sa visite à La Zigoune, se disait qu'au Québec il y avait des routes pour chacun qui menaient à un même point. Il savait aussi que Doris, aussi enragé qu'il l'était contre l'ordre établi, était bel et bien propriétaire de sa demeure et de ses arpents.

— Nous, les Malouin, avait-il dit à Luc à qui il rendait compte de son inutile mission, on reste une race mauditement accrochée à la propriété privée.

Cela se vérifiait quelques mois plus tard. Oscar, le débosseur, celui qui habitait le lot ancestral du coteau Saint-Louis, venait d'y faire construire un immeuble de quatre étages: l'*Édifice Malouin*. C'était inscrit en lettres de bronze sur la façade. Le rez-de-chaussée abritait l'entreprise de rénovation de carrosseries. Le reste était loué en logements, à l'exception du dernier étage, qu'Oscar avait fait aménager pour sa famille, plusieurs appartements ouverts sur une terrasse qui dominait un bout du quartier. L'ouverture d'une bouche de métro à l'angle des rues Laurier et Berri y apportait une nouvelle vie.

Oscar avait invité beaucoup de membres de sa parenté à venir pendre la crémaillère et les recevait fièrement sur sa terrasse entourée de thuyas en caisses.

— Un vrai jardin suspendu, répétait-il au vieux Bernard Malouin, descendu d'Outremont à cette occasion.

Le bonhomme ému retrouvait des souvenirs.

— Je me rappelle encore de la vieille forge. Il y avait des lauriers et des pommiers tout autour. Avant la guerre, je te parle de la Première Guerre mondiale, notre cousin Julien, ton grand-père paternel, avait installé ici même une petite fabrique de clous et de vis. J'étais bien jeune quand je suis venu la visiter avec papa.

— Ton père, c'était Zénon le notaire, fit l'abbé Magloire, curé à la retraite mais plus que jamais historiographe de la famille.

Il rappela que, bien avant la forge, il y avait sur le site, alors en pleins champs, une petite ferme créée au début de la colonie par l'ancêtre Jean-Louis et sa femme Madeleine.

— Justement, dit Oscar, à propos de vieilleries, il faut que je vous montre quelque chose.

Il conduisit les deux hommes au salon. Sur la cheminée, on voyait, sous verre, une hache au manche poli par nombre de paumes travailleuses, au fer marqué d'un profil de castor. De chaque côté de l'outil, deux portraits à l'huile, représentant un paysan et un coureur des bois.

— Josam et Armand, dit Magloire. J'ai écrit toute l'histoire de ces deux tableaux. Je savais que tu en avais hérité. Oscar, tu peux en être fier. Et garde-les bien dans la famille.

Oscar revint sur la terrasse, portant des bouteilles. Il remplit tous les verres et demanda qu'on bût à la prospérité de la nouvelle maison, mais avant passa la parole à Magloire.

Ce n'était pas un orateur-né, mais une très longue pratique de la prédication lui avait donné un verbe coulant, précis et chaleureux. Il parlait des absents et, parmi eux, évoqua Hermas, retourné en Afrique où il était toujours missionnaire. De Rodrigue, un des frères de Luc, qui n'était plus jésuite mais qui réalisait une partie de son idéal en Amérique du Sud, au service d'un organisme international voué à l'alphabétisation. De Betsy, une des filles de Florian, qui était partie enseigner l'audio-visuel en Égypte.

D'Armande, la musicienne de Saint-Vital, gloire de la famille, qui faisait brillante carrière à New York.

Ce qui aiguilla le propos de l'abbé Magloire sur les fascinants États-Unis, où s'étaient épanouies quelques branches des Malouin. Vers 1860, rappelait-il, un nommé Elzéar, parti avec son oncle Sylvio et sa tante Marie-Louise, avait créé une riche lignée parmi les Franco-Américains. Elle s'ajoutait à celle, plus ancienne, issue en Louisiane d'un prénommé Jacques, un fils d'Armand, le pionnier de la Grand-Côte.

Mieux encore, Magloire avait rencontré, quand il faisait du ministère dans l'Ouest, des familles de métis qui s'appelaient

Badfar. Il avait pu déterminer qu'elles descendaient de Nérée, chercheur de fourrures qui au début du XIXe siècle vivait chez les Indiens; sa postérité anglicisée avait traduit dans l'autre langue du pays le patronyme des Malouin.

Le clerc généalogiste évoqua ceux de la famille et leurs alliés fixés dans le Nord de la province, les valeureux Malouin-Lafrenière d'abord, pionniers de la Haute-Mauricie. Et ceux qui avaient été envoyés en Abitibi à titre de colons forcés, qui continuaient à œuvrer dans cette dure région en des villages lointains qui sans leurs sacrifices n'auraient jamais existé.

— Il y aurait bien d'autres choses incroyables à raconter sur les nôtres, ajoutait l'abbé Magloire, qui disait regretter combien la généalogie était un art et une science misogyne et paternaliste qui favorisait les ancêtres masculins au détriment des aïeules et des célibataires.

Après avoir glorifié le passé, il exaltait l'avenir, célébrait le pays que tant de générations avaient fait, dont la force secrète résidait dans un éternel esprit de printemps.

— Il y a encore de l'avenir pour nous, Américains de langue française, sur une terre qui est nôtre.

Après les demains terrestres, Magloire annonçait le futur proposé à tous par le Créateur.

L'assemblée était émue. Oscar, aidé de sa femme et de ses enfants, se hâta de faire circuler le champagne.

— Vous parlez donc bien, oncle Magloire, dit Luc au vieux curé. Vous savez qu'on s'attend sous peu à des élections au Québec. Vous pourriez vous présenter!

Sur le même ton plaisant, Magloire répondit:

— Mon cher Luc, en d'autres temps, je t'aurais répondu ceci: «Pourquoi soumettre au suffrage du peuple une puissance que nous possédons déjà?» Mais à présent, nous, les clercs, avons perdu tellement d'influence que nous ferions de piètres députés.

La conversation était lancée sur la politique. L'assemblée comme toujours se sépara en deux clans: les rouges et les bleus.

Mais il y avait les nouveaux bleus, les jeunes, pour qui cette couleur était celle de l'étendard du Parti québécois, celui de la souveraineté. La femme d'Oscar détourna les propos sur les vacances d'été. L'avocat Jorodo détailla le projet qu'il avait d'aller en Europe avec France, sa femme. Elle déclara:

— Quand j'étais jeune, pour mes parents, le bout du monde, c'était Murray Bay, sur le fleuve Saint-Laurent; puis les gens bien n'allaient nulle part ailleurs qu'à Old Orchard sur la côte atlantique des États-Unis. Ensuite, ils ont choisi la Floride. Mais à présent tout le monde y va. Alors, nous partons pour l'Italie.

— Les jeunes vont bien plus loin que ça, reprit un des Malouin, fermier à la Grand-Côte. Ma petite sœur vient de partir sur le pouce pour le Népal.

— Enfin, voici Luce, dit Luc Malouin.

Il vint à elle et, la prenant par la taille, la conduisit au centre de la terrasse. Luce si jeune, si fraîche dans sa robe soleil.

— On ne peut pas croire, dit Oscar, que vous avez un grand fils. Comment va-t-il, Antoine?

Elle raconta que son garçon était à Saint-Vital chez ses grands-parents et qu'ensuite il passerait son été à faire de la voile dans les eaux des îles de la Madeleine avec son amie Claudia.

Luc ne la quittait pas des yeux tandis qu'elle allait bavardant d'un groupe à l'autre. Il s'était installé dans un recoin, à l'angle de la terrasse, et feignait de contempler le soleil qui se cachait rougeoyant derrière les pentes du mont Royal. Luce vint à lui, s'accouda à son côté à la barre de bois.

Il lui dit à mi-voix:

— Tu n'es pas rentrée hier soir à l'appartement.

— Non.

— Ton travail à l'aéroport?

— Non.

Deux fois elle avait dit non calmement, doucement mais avec une intonation étrangement métallique, comme emplie de résonance d'un drame intérieur. Il interrogeait du regard.

Elle répondit:

— Quelqu'un dans ma vie.

— Sérieux?

— C'est devenu très sérieux. Je suis très amoureuse, éperdument amoureuse de lui.

Luce baissa les yeux pour ne pas voir le regard de son ami qui se voilait, sa bouche qui se tordait. Il passait nerveusement ses doigts dans une mèche de cheveux grisonnants. Derrière eux arrivait le brouhaha de la fête. Il regardait ses longs cils dorés. Après un silence, essayant de maîtriser son ton, il proposa:

— Ce n'est guère l'endroit pour parler de ça. Si nous allions ailleurs? Chez nous?

— Non, Luc, pas ce soir, il m'attend.

Il enfonça ses doigts dans le bois du garde-corps.

— Vas-tu partir avec lui? finit-il par dire.

— Pas pour l'instant, nous n'en avons pas l'intention.

Le «nous» le blessa davantage. Luce sentit que d'une seule phrase elle pouvait lui ôter sa souffrance. Il suffisait de dire: «Luc, c'est toi que j'aime; je change d'idée, je renonce à cet homme.» Sur la terrasse les hôtes d'Oscar, une assiette d'une main, un verre de l'autre, commençaient à reprendre en chœur ou en canon les couplets et refrains classiques. Après *Ah! Si mon moine voulait danser* et *Vive la Québécoise,* on passait à la chanson des «rafmanes», à celles de Félix Leclerc, Claude Léveillée, Gilles Vigneault. Bientôt on allait danser. Oscar avait embauché des violoneux, joueurs de cuillers, de musique à bouche et de guimbarde. Il avait installé en secret des feux d'artifice. Tout le quartier allait savoir que le débosseur Malouin menait grand train sur le toit de son immeuble.

— Verse encore du champagne, ordonnait Oscar à sa femme. Soigne bien nos gens. Faut que ça swingue!

Luc, tout contre Luce, demandait:

— Vous n'allez pas partir, mais «il» va venir à l'appartement? Coucher avec toi? Chez nous?

— Oui, dit Luce de la même voix métallique que tantôt elle avait répété: non.

Elle lui parlait à l'oreille à cause de la frairie qui se développait à deux pas d'eux, dont le son montait dans la nuit montréalaise.

— Oui, redit Luce, peut-être.

Il ne voyait que les prunelles brillantes de ses yeux, le lustré de ses lèvres, n'entendait que la voix décidée de Luce qui murmurait:

— Luc, souviens-toi, aux premiers temps où nous avons habité sous le même toit: une nuit, entre deux propos sur l'autonomie politique du Québec, tu as fait l'éloge de l'ambiguïté, de la liberté dans l'attachement. Tu me voulais, mais tu voulais aussi ton indépendance. Tu as eu les deux, Luc. Toi seul as usé de ce privilège: recevoir dans ton logement qui tu désirais. Pensais-tu qu'un jour, moi, ton amante, il pourrait m'arriver de revendiquer ces mêmes droits?

— Tu as raison. Tu fais ce que tu veux. Tu es libre.

— Je l'espère.

Déjà elle l'avait embrassé, elle avait traversé la foule d'invités en liesse et se dirigeait vers l'ascenseur.

Lorsqu'elle revint, quelques jours plus tard, à leur domicile, elle trouva dans le salon un mot de Luc. «Je souffre trop. Je ne savais pas que je t'aimais tant. J'ai demandé une année sabbatique. Je vais essayer de trouver le calme dans des ailleurs. Sois heureuse.» Un grand «L» majuscule remplissait le reste de la page.

Vers le mois de novembre, il écrivit d'un village du sud de la Corse, où il s'était fixé pour un temps. C'est là qu'elle lui envoya un télégramme qui disait seulement: «Le parti de René Lévesque a remporté ce soir les élections. Stop. Un referendum est prévu sur l'autonomie du Québec. Stop. Amitiés. Luce.»

486

Prologue à un autre roman

*P*arti de Montréal, le voilier *Septentrion* descend le Saint-Laurent en ce jour le plus long du Québec, celui de la fête de Jean-Baptiste le solsticien.

À la barre, Claudia navigue, les yeux plissés vers les amers, les phares au long des deux côtes qui retardent d'allumer leurs feux pour cette si brève ténèbre, vers les feux de la Saint-Jean qui s'allument l'un après l'autre dans tous les villages de la grande vallée.

Monte alors du carré, avec la voix de ses enfants, une lumière tremblotante. Élise et Christophe tiennent à deux mains une assiette où est posé, couronné de petites chandelles, un gâteau d'anniversaire. Comme il se doit, ils chantent le refrain de Vigneault, devenu hymne national des tendresses pour les gens du pays et adapté à son prénom:

> *Ma chère Claudia, c'est à ton tour*
> *De te laisser parler d'amour…*

Antoine, leur père, les aide à arriver jusqu'au pont. Claudia s'exclame:

— Vous avez réussi tout cela à bord? Sans que je m'en aperçoive?

D'un seul coup elle souffle les mini-flammes, voit les cadeaux enrubannés qu'on lui tend, reçoit les baisers.

— Nos vacances commencent bien, dit-elle.

L'année les avait beaucoup séparés. Elle, responsable d'un réseau hospitalier qui la force à travailler souvent loin de son foyer. Antoine, qui a abandonné ses études de médecine et qui travaille pour le mouvement «Fraternité sans barrières». Enfin ensemble avec les deux enfants. Ils sont en route pour ce qu'ils appellent leur croisière du soleil de minuit; leur plan: de Montréal, naviguer jusqu'au golfe, passer le détroit de Belle-Isle entre le Labrador et Terre-Neuve, puis, passé le 52e parallèle, monter plein nord-ouest le long de la péninsule de l'Ungava, atteindre le cap Saint-Louis, le point le plus nordique du Québec, longer le littoral de la baie d'Hudson, et peut-être terminer dans celui de la baie de James. Première escale: Lavaltrie.

Antoine rappelle:

— Les enfants, ce n'est pas un arrêt, mais un pèlerinage.

Une fois de plus, il se met à raconter qu'en cet endroit, il y a très longtemps, un ancêtre Malouin prénommé Armand avait défriché une terre que l'on cultivait encore. Claudia rigole. Affiliée depuis peu à la tribu, elle entre mal dans l'imagination collective malouine qui pare la Grand-Côte et ses abords de vertus légendaires.

Le *Septentrion* amarré au quai, elle se laisse prendre au charme de la paroisse au bord de l'eau. Ce sont les enfants qui sont déçus; on leur a promis un fermier qu'ils imaginent comme ceux des bandes dessinées ou des images de la télévision, et le cousin Zèbe, vêtu d'un blue-jean et d'une chemisette sport, lunettes de soleil sur les yeux, dirige une entreprise où des bovins de race reçoivent mécaniquement dans leurs mangeoires nickelées et à heures fixes des substances nutritives.

Dans une grosse voiture, mi-camion mi-limousine, arrive la femme de Zèbe, coiffée d'un casque blanc où en cinq lettres se lit son nom: *Margo*. Elle est ingénieur dans une entreprise de construction.

— Mon chantier, dit-elle, est en banlieue de Montréal. Par l'autoroute, à peine cinquante kilomètres. (On avait adopté au Québec une partie du système métrique en même temps qu'étaient abandonnés les degrés Fahrenheit au profit de la graduation de Celsius.) Comment va Luce?

— Maman va bien, dit Antoine. Elle doit être à Pékin. Elle visite la Chine.

— C'est la mode. Est-elle partie avec Luc?

— Toujours avec Luc. En ce moment ils ne se quittent plus.

— Comme toi avec Claudia?

— Oui, fait Claudia. Antoine et moi, on finira peut-être par s'épouser pour vrai.

— Est-on bête à jaser de la sorte devant les vaches! Entrez prendre un verre à la maison.

Face à l'étable-usine au-delà d'une pelouse ponctuée par un vieux noyer et de jeunes bouleaux, la résidence des Malouin a été conçue dans un genre qui hésite entre le ranch californien et le chalet du Tyrol. Dans le vivoir, seul le devant de la cheminée faisait partie de la construction jadis édifiée par Armand, améliorée par Émery son neveu, brûlée lors de la Conquête par les soldats de l'armée anglaise en la triste année 1760, rebâtie par Auguste l'Acadien et maintenue par Lison la tenace, puis finalement reçue par Eusèbe, qui l'a refaite à son goût.

La journée à Lavaltrie se poursuit par un souper à l'Étrier-d'Or. Enfin Élise et Christophe se sentent à la campagne. Les cousins Malouin qui tiennent le restaurant l'ont décoré de meubles de pin, de tentures de catalogne, ont accroché aux murs de basalte des objets trouvés dans les remises et les greniers. Les enfants, qui n'en connaissent ni le nom ni l'usage, se font répéter les mots: la barate, le fléau, le fanal, le joug, la varlope, le dévidoir, l'apichimon, le soufflet, le godendart.

Antoine raconte le temps des diligences, la poste aux chevaux, le lointain Malouin qui accueillait les voyageurs au long du chemin du Roi, leur faisait traverser, pour un sou, le fleuve sur sa chaloupe, la maison longtemps auberge, devenue restaurant.

— Oui, P'pa, mais c'est quoi, un étrier?

Justin Malouin le restaurateur a hérité de l'abbé Magloire le fameux livre de famille commencé par un des ancêtres. S'y trouvent rassemblés d'antiques parchemins, actes de baptême, de décès, copies de minutes notariales, faire-part, images pieuses, des photographies et beaucoup de dessins à la plume rehaussés d'aquarelle, œuvre d'un archiviste amateur de la famille, qui s'est plu à tracer des arbres généalogiques et à illustrer en marge les personnages tels qu'il les imaginait.

Christophe et Élise, qui tournent les pages de l'album en commençant par la fin, voient en couleurs Claudia et leur père qui font du nudisme sur les récifs de Saba, leur grand-maman Luce en robe de mariée près de ce vague grand-père Edgard qu'ils connaissent si mal, Oscar le débosseur sur sa terrasse. Ils rient de plus en plus en voyant les photos de l'oncle Hermas en soutane blanche entouré de deux Gabonaises aux seins nus, de Gaétane enfant de Marie, de l'avocat Jorodo vêtu de la toge et coiffé du bonnet carré universitaire, d'Omer le chercheur d'or au Klondike, de Rodolphe en uniforme anglais souriant au photographe sur le front de Picardie.

Il faut leur expliquer Télesphore le notaire aux favoris gris et au lorgnon doré tout fier dans le parc de sa maison d'Outremont, le cultivateur Gédéon conduisant un attelage de bœufs de labour, Ubald le zouave pontifical, Alexandre le bûcheron et sa sciotte, Évariste marchand général à Saint-Vital, Jean-Baptiste devant sa forge du coteau Saint-Louis.

Après ces photos de plus en plus pâles, ce sont des dessins. «Régis Malouin, tué en 1838», dit la légende agrémentée d'un Sacré-Cœur de Jésus flamboyant, Victor le poète, Adrien le marchand de bois à la proue de *La Vaillante,* une de ses goélettes, Martial le postillon en paréo — qui dira pourquoi? — dans un paysage à la Gauguin, sous cette mention: «Un Malouin aux îles lointaines».

490

Une autre page, et voici Nérée nageant un canot indien et Lison qui sème du blé. Frédéric sur les plaines d'Abraham. Isabelle et Émery s'épousant «à la gaumine». «C'est quoi, maman, la gaumine?» Charles Malouin et Claude Giroire à Louisbourg en Acadie. Françoise et Marianne, «filles du roi».

Enfin, un portrait collectif imaginé. Il représentait Madeleine et Jean-Louis à la porte d'une cabane. Devant eux, leurs enfants, dont les noms étaient soigneusement calligraphiés: Joseph-Samuel, dit Josam, Armand, Charles, Hélène, Martine, Marguerite. Le naïf illustrateur avait ajouté, tapi dans un fourré, un Indien menaçant, le tomahawk à la main.

— Une vraie histoire pour la tévé, avait dit Élise.

La deuxième escale, c'était le port de Québec. Antoine et Claudia y avaient déjà conduit les enfants, qui connaissaient la haute et la basse ville et l'île d'Orléans. Cette fois, dans une auto de location, ils tentèrent de repérer l'endroit où avaient pu vivre Jean-Louis, venu de Saint-Malo, et Madeleine, originaire du Perche. Entre les échangeurs d'autoroutes et les supermarchés, ils ne trouvèrent que de vagues banlieues.

— Qu'est-ce ça peut faire? demanda Christophe.

— Tu as raison, le passé n'a pas d'importance.

— Rentrons au bateau et partons, ça va être très beau, proposa Claudia en montrant un gros soleil tellement rouge.

Au couchant, le *Septentrion* quitte Québec environné d'une étonnante lumière orangée. Les quatre passagers écoutent les bruits de la capitale. Soudain, une accalmie. La grand-voile tombe en ralingue. Plus un crissement sur le voilier. Un curieux silence. Des goélands passent en criant.

Antoine a la saisissante impression d'avoir déjà connu un tel moment. Où? Quand? Dans une vie antérieure?

— Du vent! Il faut en avoir! dit Claudia qui est au gouvernail avec Élise.

Elles ont doublé la pointe de Lauzon et barrent en direction du phare de Sainte-Pétronille.

491

— Un éclat jaune aux cinq secondes, rappelle Élise qui vient de consulter la carte.

Le voilier est pris dans les remous que forment les courants à l'extrémité de l'île d'Orléans au moment où de nouveau la brise enfle la toile. Tous les bruits reprennent sur le bateau.

À sa drisse, claque le drapeau inventé par la famille: sur fond d'azur sombre, une aiguille de compas argentée entre un grand «N» et ce «8» renversé par quoi les mathématiciens désignent l'infini. Aux quatre coins, des fleurs de lys.

— Voilà toute la province qui redémarre! dit Antoine.

— À nous quatre, nous en sommes le peuple! ajoute Claudia.

Ils sont en route vers un incertain Nouveau-Québec.

Comme leur pavillon le dit, entre l'inconnu et l'illimité.

En un roman jamais fini.

FIN

1981-1987. Montréal et île d'Orléans
(Province de Québec), Neaufles-Saint-
Martin (Vexin normand).

Table des matières

I JEAN-LOUIS NOËL, dit MALOUIN 9

L'homme à la hache 13
L'engagé de la forêt 23
Les épeurés de Ville-Marie 35
L'escapade 57
Les «filles du roi» 65
Le sergent Carignan 75
Un voyageur est demandé 93

II ARMAND MALOUIN 105

Le prince de la glaise 109
À l'assaut du Monsoni 121
Les épousés de la gaumine 133
Ceux de l'Acadie 145
Bonjour cousins 155

III LISON LA TENACE 165

Le fabricant de chapeaux 169
Mauvais et bons soirs 189
Un jeudi 13 septembre 197
Les nouveaux maîtres 215
Le Loup du Nord 223

IV MONSIEUR ADRIEN J. MALOUIN 237

Le feu dans la paille 241
Vive Napoléon! 249

Une révolution manquée 269
Les méchantes années 283
«La Capricieuse» 295

V   OMER J. MALOUIN, DIT L'ESPÉRANCE........... 307

Les victoire de Mentana................................ 311
La chasse-galerie 321
«Au Bonheur des Familles» 333
Un siècle en or.. 353
Le ciel nous enrichira................................. 363
Un Malouin dans les Flandres......................... 377
Le Front du Saint-Laurent 395
Les nouveaux colons................................... 407
Les galets de Dieppe................................... 429

VI LUCE ET LUC MALOUIN 439

Lettres à Amiens....................................... 443
La liberté en tête...................................... 457
Retour à la baie de James............................. 471
Prologue à un autre roman............................ 487

Baie d'Ungava

R. Caniapiscau

Labrador

Tracé de 1927 (indéterminé)

Mistassini

d'Anticosti

TERRE

R. St-Laurent

Golfe du
Saint-Laurent

L. Saint-Jean

Chicoutimi

Gaspé

R. Saguenay   Tadoussac   Gaspésie

La Tuque   Rivière-du-Loup   Î. de la Madeleine

Saint-Vital

R. St-Maurice   Montmagny

Outaouais   Mont-Laurier   Québec   Île d'Orléans   ÎLE-DU-
                                                        PRINCE-ÉDOUARD

Joliette   Trois-Rivières   NOUVEAU-BRUNSWICK   Louisbourg

St-Jérôme   Sorel   Î. du Cap-Breton

Lachine   Lavaltrie

Montréal   R. Richelieu

ONTARIO   (Ville-Marie)   Sherbrooke   NOUVELLE-
                                                          ÉCOSSE

                    ÉTATS-UNIS   Port-Royal

L. Champlain

ACHEVÉ D'IMPRIMER LE 20 MAI 1988
SUR LES PRESSES DE L'IMPRIMERIE HÉRISSEY
POUR LE COMPTE DE FRANCE LOISIRS
123, BOULEVARD DE GRENELLE, PARIS

Imprimé en France
Dépôt légal : Mai 1988
Nº d'imprimeur : 45468 — Nº d'éditeur : 14006